KB001642

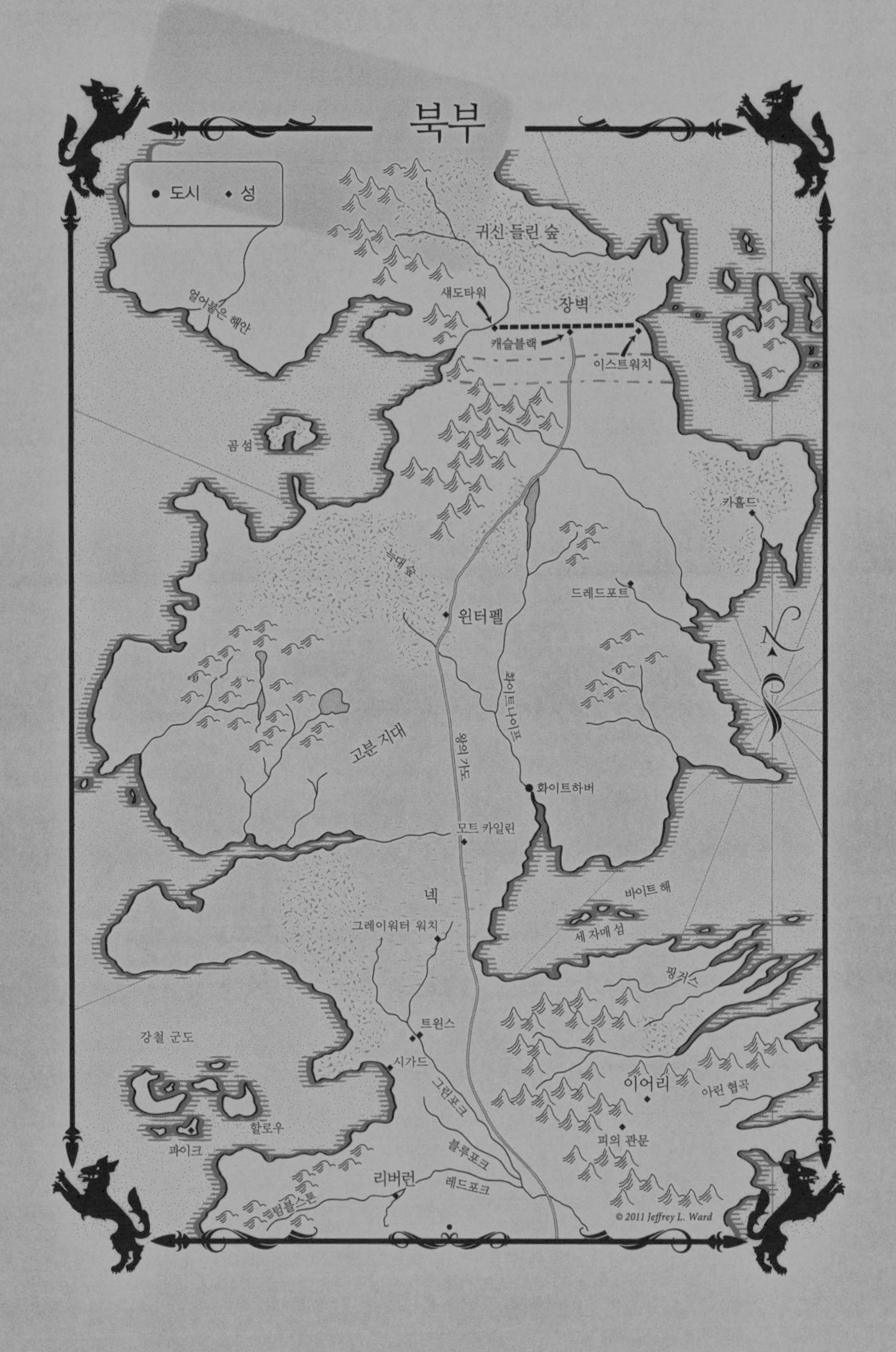
북부
도시
성
귀신 들린 숲
얼어붙은 해안
섀도타워
장벽
캐슬블랙
이스트워치
곰 섬
카홀드
늑대 숲
드레드포트
윈터펠
화이트나이프
고분 지대
왕의 가도
화이트하버
모트 카일린
바이트 해
넥
세 자매 섬
그레이워터 워치
핑거스
강철 군도
트윈스
시가드
이어리
아린 협곡
그린포크
할로우
피의 관문
파이크
블루포크
리버런
레드포크
텀블스톤
© 2011 Jeffrey L. Ward

남부
도시
성
세 자매 섬
핑거스
강철 군도
트윈스
시가드
그린포크
이어리
아린 협곡
블루포크
피의 관문
할로우
파이크
베인포트
레드포크
트라이던트
레드포트
걸타운
텀블스톤
리버런
하렌홀
얼굴 섬
신의 눈
왕의 가도
드래곤스톤
레드포크
골든투스
캐스털리록
라니스포트
킹스랜딩
블랙워터 만
블랙워터 급류
크레이크홀
리치 평원
왕의 숲
골든그로브
타스
올드오크
스톰스엔드
하이가든
도르네 변경 지역
에스터몬트
혼힐
윌
기쁨의 탑
도르네 해
올드타운
이론우드
스타폴
도르네
부서진 팔
선스피어
레드와인 해협
아버
© 2011 Jeffrey L. Ward

왕좌의 게임

2

GEORGE R. R. MARTIN

왕좌의 게임

조지 R. R. 마틴 장편소설

이수현 옮김

2

얼음과 불의 노래 제1부

A SONG OF ICE AND FIRE

은행나무

목차

일러두기

1 등장인물의 이름이 다른 이름이나 단어와 혼동할 여지가 있는 경우에는 최대한 혼동을 피하는 방향으로 표기했다. 또한 이름에 일반명사가 포함되어 있는 경우, 외래어 표기법을 따르되 기존 독자의 편의를 고려해 임의로 표기하기도 했다. (예: 존 스노우, 새기독, 드래곤)

2 본문의 주는 모두 옮긴이의 것으로, 괄호 안에 글씨 크기를 줄여 표기했다.

대너리스

바에스 도트락의 '말의 관문'은 두 마리의 거대한 청동 준마가 뒷발로 서서 발굽을 맞대고 있는 30미터 높이의 뾰족한 아치문이었다.

대니는 이 도시에 왜 문이 필요한지 알 수 없었다. 벽도 없었고…… 당장 눈에 보이는 건물조차 없었다. 그래도 거대한 두 마리 말은 저 멀리 보이는 자줏빛 산을 안에 담고 위풍당당하고 아름답게 서 있었다. 청동 준마들이 파도치는 초원 위로 던지는 긴 그림자 속에서, 칼 드로고는 칼라사르를 이끌고 그들의 발굽 아래를 지나 '신의 길'을 내려갔고, 혈맹기수들이 그 옆을 달렸다.

대니는 은마를 타고 그 뒤를 따랐고, 조라 모르몬트 경과 다시 말에 오른 비세리스 오빠가 함께했다. 대니의 명으로 비세리스가 초원에서 칼라사르로 걸어서 돌아와야 했던 그날 이후, 도트락인들은 낄낄거리며 그를 칼 라에 마르, 즉 '발 덧난 왕'이라고 불렀다. 다음 날 칼 드로고는 비세리스에게 마차 자리를 제안했고, 비세리스는 받아들였다. 고집스러운 무지 덕분에 비세리스는 그게 조롱임을 알지 못했다. 마차는 내시, 불구자, 출산하는 여자들, 아주 어린 아이와 아주 나이 든 사람만 타게 되어 있었다.

그래서 비세리스에게는 또 별명이 붙었다. 칼 라가트, '수레 왕'이었다. 비세리스는 마차를 두고 칼이 대니의 잘못을 대신 사과한다고 생각했다. 대니는 조라 경에게 비세리스에게 사실을 말하지 말아달라고 간청했다. 알면 수치스러워할 거라고 말이다. 기사는 왕이라면 약간의 부끄러움 정도는 감당할 수 있다고 대답했지만…… 대니의 부탁대로 했다. 드로고가 수그러들어 비세리스가 다시 본대 앞에 합류하기를 허락하기까지는 훨씬 더 오랜 설득이 필요했고, 도리아가 가르쳐준 잠자리 기술도 총동원해야 했다.

"도시는 어디 있지?" 대니는 청동 아치 아래를 지나면서 물었다. 건물도, 사람도 보이지 않았고 그저 풀과 도로, 그리고 도로를 따라 늘어선 오래된 기념물들밖에 없었다. 도트락인들이 몇백 년 동안 약탈한 곳곳에서 가져온 것들이었다.

조라 경이 대답했다. "저 앞에. 산 아래입니다."

말의 관문을 지나자 길 양쪽으로 약탈해 온 신들과 훔쳐 온 영웅들이 나타났다. 은마를 타고 지나가는 대니의 머리 위로 죽은 도시의 잊힌 신들이 부러진 번개를 하늘에 휘둘렀다. 돌이 된 왕들은 이름마저 시간의 안개 속에 잃어버린 채 깨지고 얼룩진 얼굴로 왕좌에 앉아 대니를 내려다보았다. 대리석 대좌 위에서 춤을 추는 나긋나긋한 어린 처녀들은 꽃만 걸치고 있거나, 깨어진 항아리에서 공기만 쏟아냈다. 괴물들은 길 옆 풀밭에 서 있었다. 눈에 보석을 박은 검은 무쇠 드래곤, 포효하는 그리핀, 가시 돋친 꼬리로 공격 태세를 취한 만티코어, 그리고 대니가 이름도 알지 못하는 야수들이 즐비했다. 어떤 조각들은 숨이 멎을 만큼 아름다운 반면, 어떤 조각들은 차마 쳐다보지 못할 정도로 흉하고 끔찍했다. 조라 경은 그런 조각들은 아사이 너머 그림자 땅에서 왔을 거라고 말했다.

"참으로 많군." 대니는 은마가 천천히 발을 딛는 가운데 말했다. "그리고 참으로 많은 땅에서 왔어."

비세리스는 별로 감명받지 않았다. "죽은 도시들의 쓰레기로군." 그는 비웃었다. 알아듣는 도트락인이 별로 없는 공용어로 말하기는 했지만, 그래도 대니는 혹시 들은 자가 없는지 확인하려고 뒤따르는 이들을 돌아보게 됐다. 비세리스는 태평하게 말을 이었다. "이 야만족들이 할 줄 아는 거라곤 더 훌륭한 사람들이 만든 물건을 훔치고…… 죽이는 것뿐이야." 그는 소리 내어 웃었다. "죽이는 데 능하긴 하지. 그렇지 않았다면 쓸모도 없었을 거야."

대니가 말했다. "이들은 이제 내 백성들이야. 야만족이라고 부르지 마, 오빠."

"드래곤은 말하고 싶은 대로 말한다." 비세리스는 공용어로 말했다. 그는 뒤에서 말을 달리는 아고와 라카로를 어깨 너머로 흘긋 보고 조소를 던졌다. "봐라, 야만인에겐 문명인의 말을 이해할 지혜도 없지." 15미터 높이의 이끼 낀 거대한 돌기둥이 나타났다. 비세리스는 지겹다는 눈으로 돌기둥을 보았다. "이런 폐허 속에서 얼마나 더 지내야 드로고가 내 군대를 내어주지? 난 기다리는 데 지쳤어."

"공주님은 도시 칼린을 찾아뵈셔야 하고……."

"그 노파들 말이지. 그래." 오빠는 조라 경의 말을 끊었다. "그리고 저 배에 든 새끼를 두고 무슨 예언극을 벌일 거라고 했지. 그게 나와 무슨 상관이지? 난 말고기를 먹는 데도 질렸고 이 야만족들의 냄새도 신물이 나." 그는 헐렁하게 늘어진 튜닉 소매를 킁킁거렸다. 그는 그곳에 향주머니를 달아두곤 했는데, 많이 도움이 되지는 않았다. 튜닉 자체가 더러웠다. 비세리스가 펜토스에서 입고 나온 비단과 두꺼운 모직 옷은 힘든 여행에 얼룩지고 땀에 절었다.

조라 모르몬트 경이 말했다. "서부시장에 전하의 구미에 더 맞는 음식이 있을 겁니다. 자유도시 상인들이 와서 물건을 파니까요. 칼은 적당한 때에 약속을 지킬 겁니다."

"그러는 편이 좋을 거야." 비세리스는 험악하게 말했다. "난 왕관을 약속받았고, 그걸 가질 작정이거든. 드래곤은 조롱을 참지 않아." 그는 족제비 머리에 가슴이 여섯 개 달린 여자 비슷한 외설적인 조각을 보더니 더 가까이 보려고 말을 달렸다.

대니는 한숨 돌렸지만, 불안이 가시지는 않았다. "나의 태양이자 별이 오빠를 너무 오래 기다리게 하지 않길 빌 뿐이오." 대니는 오빠가 듣지 못할 거리까지 가자 조라 경에게 말했다.

기사는 의심스러운 눈으로 비세리스 쪽을 보았다. "오라버님께선 펜토스에서 때를 기다리셨어야 합니다. 칼라사르에는 있을 곳이 없어요. 일리리오가 경고하려고 했지요."

"만 명의 군대만 받으면 바로 갈 거요. 내 남편이 금관을 약속했지요."

조라 경은 끙 소리를 냈다. "그렇습니다만, 칼리시…… 도트락인은 이런 문제를 서쪽에서 우리들이 보는 것과 다르게 봅니다. 저도 그렇게 말했고, 일리리오도 말했지만 오라버님은 듣질 않으시는군요. 기마전사들은 상인이 아닙니다. 비세리스는 공주님을 팔았다고 생각하고, 이제 그 대가를 원하지요. 그러나 칼 드로고는 공주님을 선물로 받았다고 말할 겁니다. 답례 선물을 하기는 하겠지만…… 자기가 준비되면 할 겁니다. 선물은 요구하는 게 아닙니다. 칼에게는 특히나요. 칼에게는 아무것도 요구하는 게 아닙니다."

"비세리스를 기다리게 하는 건 옳지 않아요." 대니는 왜 오빠 편을 들고 있는지 알지 못하면서도 그랬다. "비세리스는 도트락 전사 만 명이 있으면 칠왕국을 휩쓸 수 있다고 해."

조라 경은 코웃음을 쳤다. "비세리스는 만 개의 빗자루가 있어도 마구간 하나 쓸지 못할 겁니다."

대니는 그 목소리에 어린 경멸에 놀라는 척도 할 수 없었다. "만약…… 만약 비세리스가 아니라면? 다른 사람이 그들을 이끈다면? 더 강한 사람이 이끈다면, 도트락인이 정말로 칠왕국을 정복할 수 있을까?"

조라 경은 '신의 길'을 함께 달리면서 생각에 잠긴 얼굴로 대답했다. "처음 망명했을 때 저는 도트락인들을 보고 반쯤 벌거벗은 데다 자기네 말과 마찬가지로 사나운 야만인들을 보았지요. 공주님이 그때의 제게 물어보셨다면 훌륭한 기사 천 명이면 백 배의 도트락인을 패주시키는 데 어려움이 없다고 대답했을 겁니다."

"하지만 지금 묻는다면?"

"지금은 그때처럼 확신할 수 없군요. 도트락인은 어떤 기사보다 더 말을 잘 타고, 두려움이 없으며, 활도 우리 것보다 사정거리가 깁니다. 칠왕국에서는 궁수들이 대개 방패 벽이나 날카로운 말뚝 방책 뒤에 서지요. 도트락인들은 말 등에서 활을 쏘고, 돌진할 때나 후퇴할 때나 차이 없이 치명적입니다……. 게다가 숫자가 너무나 많습니다. 공주님의 부군만 해도 칼라사르에 말 탄 전사 4만 명을 거느리니까요."

"그게 정말 그렇게 많은 숫자인가?"

"오라버님이신 라에가르는 트라이던트에 그만한 숫자를 데려가셨지요. 하지만 그중에서 기사는 10분의 1도 안 됐습니다. 나머지는 궁수, 자유기수, 그리고 창과 투창으로 무장한 보병이었어요. 라에가르가 쓰러지자 많은 수가 무기를 던지고 들판으로 도망쳤습니다. 그런 오합지졸이 피를 부르짖는 4만 명의 전사가 돌격할 때 얼마나 오래 버티겠습니까? 화살이 비처럼 쏟아질 때 가죽조끼와 사슬 셔츠가 얼마나 막아주겠습니까?"

"오래는 못 버티겠지. 잘 막아주지 못할 테고."

조라 경은 고개를 끄덕였다. "뭐랄까, 공주님. 칠왕국의 영주들에게 제

정신이 박혀 있다면, 그런 일은 일어나지 않을 겁니다. 도트락 기수들은 공성전에 감각이 없습니다. 아마 칠왕국에서 제일 약한 성이라 해도 빼앗지 못할 거예요. 하지만 로버트 바라테온이 전투를 벌일 만큼 멍청하다면……."

"그런가?" 대니가 물었다. "그만큼 바보냐는 말이오."

조라 경은 잠시 생각하더니 마침내 말했다. "로버트는 도트락인으로 태어났어야 할 사냅니다. 공주님의 칼은 손에 날을 들고 적을 맞이하지 않고 돌 뒤에 숨는 건 겁쟁이만 할 짓이라고 말할 테지요. 찬탈자도 같은 생각일 겁니다. 로버트는 강하고, 용감하며…… 너른 벌판에서 도트락 군단을 맞이할 만큼 무모하기도 합니다. 하지만 그 주위 사람들은, 흠, 그들의 피리는 다른 가락을 불겠지요. 로버트의 동생 스타니스라거나, 타이윈 라니스터 공, 에다드 스타크……." 조라는 침을 뱉었다.

"스타크 공을 미워하는군." 대니가 말했다.

"그자는 이가 들끓는 밀렵꾼 몇 놈과 자기의 귀한 명예 때문에 제게서 사랑하는 모든 것을 빼앗아 갔습니다." 조라 경은 비통하게 말했다. 듣기만 해도 그가 아직도 상실에 아파한다는 사실을 알 수 있었다. 조라는 얼른 화제를 바꿨다. "저기." 그는 앞을 가리키며 말했다. "기마전사들의 도시, 바에스 도트락입니다."

칼 드로고와 그의 혈맹기수들이 앞장서서 거대한 서부시장을 통과하고 그 너머의 넓은 길로 나아갔다. 대니는 은마를 타고 바싹 따라가면서 주위에 펼쳐진 낯선 풍경을 보았다. 바에스 도트락은 대니가 본 가장 큰 도시이면서 동시에 가장 작은 도시였다. 대니는 그곳이 펜토스의 열 배는 크리라 생각했다. 벽도 경계도 없는 거대한 도시의 비바람에 노출된 넓은 거리는 풀과 진흙과 야생화에 뒤덮였다. 서쪽에 있는 자유도시들에는 탑과 저택과 초라한 빈민굴과 다리와 상점과 전당들이 모두 한데 모여 있지만, 바에스 도트락은 마구잡이로 나른하게 뻗어나간 채, 오래되고 오만하며 텅 빈 모습으로 따뜻한 햇살을 받고 있었다.

건물들도 대니의 눈에는 정말 기묘해 보였다. 돌을 깎아 만든 누각도 보였고, 풀을 엮어서 만든 성채만 한 저택들도 있었으며, 곧 무너질 듯한 목조탑에, 표면이 대리석인 계단형 피라미드, 천장이 뚫린 통나무 전당도 있었다. 어떤 궁전은 벽 대신 가시나무 울타리를 둘렀다. "하나도 비슷한 게 없군."

조라 경은 수긍했다. "오라버님이 일부 진실을 말하긴 했습니다. 도트락인들은 만들지 않아요. 천 년 전에는 집을 짓기 위해 땅에 구멍을 파고 풀을 엮어서 지붕을 얹었지요. 지금 보시는 건물들은 다 약탈한 땅에서 데려온 노예들이 지었고, 노예마다 자기네 방식으로 지은 겁니다."

대부분의 전당은, 가장 큰 건물마저도 비어 있는 듯했다. "여기 사는 사람들은 어디 있지?" 대니는 물었다. 시장에는 뛰어다니는 아이들과 고함치는 남자들이 가득했지만, 다른 곳에는 자기 볼일을 보는 내시가 몇 명 보일 뿐이었다.

"이 성스러운 도시에 상주하는 사람은 도시 칼린의 노파들뿐입니다. 그들과 그들의 노예와 하인들." 조라 경이 대답했다. "그러나 바에스 도트락은 모든 칼이 동시에 어머니에게 돌아왔을 때, 모든 칼라사르의 모든 사람을 수용할 만큼 큽니다. 노파들은 언젠가 그런 날이 올 테니, 바에스 도트락은 자식들 모두를 끌어안을 준비를 하고 있어야 한다고 예언했습니다."

칼 드로고는 이-티와 아사이와 그림자 땅의 카라반들이 장사를 하러 오는 동부시장 근처에서 정지 명령을 내렸다. '산들의 어머니'가 하늘 높이 솟아 있었다. 대니는 마지스터 일리리오의 노예 소녀가 말했던 방이 200개가 넘고 순은으로 문을 달았다는 궁전 이야기를 떠올리며 미소 지었다. 그 '궁전'은 동굴 같은 목조 전당이었고, 거칠게 잘라낸 목재 벽은 높이가 12미터에 달했으며, 지붕은 비단을 기워 만든 커다란 천막으로, 세우면 간혹 오는 비를 막고 내리면 끝없는 하늘이 보이게끔 되어 있었다. 전당 주변에는 높은 산울타리를 두른 널찍한 풀밭 마장, 불구덩이, 그리고 언덕을 줄여놓은 듯 풀에 덮여 볼록 솟은 둥근 흙집 수백 채가 있었다.

작은 노예 무리가 칼 드로고의 도착을 준비하기 위해 앞질러 와 있었다. 기마인들은 안장에서 훌쩍 뛰어내리면서 아라크를 풀어서 기다리던 노예에게 넘겨주고, 가지고 있던 다른 무기도 모두 내놓았다. 칼 드로고도 예외가 아니었다. 조라 경은 바에스 도트락에서는 칼을 지니거나, 자유민의 피를 흘리는 것이 금지되어 있다고 설명했다. 전쟁 중인 칼라사르끼리라 해도 산들의 어머니가 보이는 곳에서는 분쟁을 미뤄두고 함께 고기와 술을 나누었다. 도시 칼린의 노파들은 이곳에서는 모든 도트락인이 한 핏줄이요, 한 칼라사르이며, 하나의 집단이라고 선언했다.

이리와 지키가 은마에서 내리는 대니를 돕는 사이 코홀로가 다가왔다. 드로고의 혈맹기수 세 명 중에서 나이가 가장 많은 자로, 매부리코에 입안에는 깨어진 이가 가득한 땅딸막한 대머리 사내였다. 20년 전, 어린 칼라카(칼의 아들)였던 드로고를 적에게 팔려 한 용병들로부터 구할 때 철퇴에 맞아 깨진 것이었다. 코홀로의 삶은 그렇게 드로고가 태어난 날부터 그에게 매여 있었다.

칼이라면 누구나 혈맹기수가 있었다. 처음에 대니는 그들을 주인을 지키겠다고 맹세한 도트락의 킹스가드라고 생각했는데, 알고 보니 그보다 더 나아간 존재였다. 지키는 혈맹기수가 근위대를 넘어선다는 사실을 가르쳐줬다. 그들은 칼의 형제이자 그림자이며 가장 열렬한 친구들이었다. "내 피 중의 피여." 드로고는 그들을 그렇게 불렀고, 실제로 그러했다. 그들은 하나의 삶을 공유했다. 기마전사들의 고대 관습에서는 칼이 죽으면 혈맹기수들이 같이 죽어 밤의 땅에서 그 옆을 달릴 것을 요구했다. 칼이 적의 손에 죽으면, 복수를 할 때까지만 살다가 기쁘게 무덤 속으로 따라갔다. 지키는 어떤 칼라사르에서는 혈맹기수들이 칼의 와인, 칼의 천막, 심지어는 칼의 아내까지도 공유하지만, 결코 말을 공유하지는 않는다고 했다. 남자의 말은 혼자만의 것이었다.

대너리스는 칼 드로고가 그런 고대 관습을 유지하지 않아서 기뻤다. 그녀는 공유되고 싶지 않았다. 그리고 나이 든 코홀로는 그녀를 친절하게 대했지만, 다른 두 사람은 무서웠다. 덩치가 크고 말이 없는 하고는 종종 그녀가 누구인지 잊은 것처럼 눈을 부라렸고, 쿼토는 잔인한 눈과 상처 입히기를 좋아하는 빠른 손을 가졌다. 그는 도리아를 만질 때마다 부드러운 하얀 살갗에 멍을 남겼고, 가끔은 이리가 밤에 흐느끼게 만들었다. 쿼토의 말들마저도 주인을 무서워하는 것 같았다.

그렇다 해도 그들이 드로고와 생사를 함께하기에, 대너리스도 받아들일 수밖에 없었다. 그리고 때로 대니는 아버지가 그런 남자들의 보호를 받았더라면 얼마나 좋았을까 생각했다. 노래 속에서 킹스가드의 하얀 기사들은 고결하고 용맹하며 진실했지만, 아에리스 왕은 그중 한 명에게, 지금은 킹슬레이어라고 불리는 잘생긴 소년에게 살해당했다. 그리고 대담한 바리스탄 경은 순식간에 찬탈자에게 넘어갔다. 대니는 칠왕국에서는 모든 남자가 그렇게 거짓될까 궁금했다. 그녀의 아들이 철왕좌에 앉는 날에는 혈맹기수들을 두어 킹스가드의 배신으로부터 보호하리라.

코홀로는 도트락어로 말했다. "칼리시, 내 피 중의 피인 드로고가 명하기를 오늘 밤 자신은 산들의 어머니를 올라 신들에게 안전한 귀환에 보답하는 제물을 바쳐야 한다고 전하라십니다."

대니는 어머니 산에는 남자들만 발을 들일 수 있음을 알고 있었다. 칼의 혈맹기수들은 그와 같이 갔다가, 새벽에 돌아올 터였다. "나의 태양이자 별에게 그분을 꿈꾸며 귀환을 간절히 기다리겠노라 전하게." 그녀는 고마운 마음으로 답했다. 아이가 자라면서 대니는 전보다 쉽게 지쳤다. 솔직히 하룻밤 휴식은 더없이 반가운 일이었다. 대니의 임신은 드로고의 욕망에 불을 지피기만 했고, 최근에는 그에게 안기고 나면 기진맥진이 되었다.

도리아가 그녀와 그녀의 칼을 위해 마련된 언덕 구덩이로 안내했다. 그 안은 흙으로 만든 천막처럼 서늘하고 어두웠다. "지키, 목욕을 준비해다오." 대니는 여행의 때를 씻어내고 지친 뼈를 담그기 위해 명했다. 한동안은 여기에 머물 테고, 내일 은마에 다시 오르지 않아도 된다는 사실이 기뻤다.

물은 대니의 취향대로 델 듯이 뜨거웠다. "오늘 밤에 오빠에게 선물을 해야겠다." 그녀는 지키가 머리를 감기는 동안 결정을 내렸다. "오빠도 성스러운 도시 안에서는 왕처럼 보여야지. 도리아, 오빠를 찾아가서 같이 저녁을 먹자고 초대하거라." 비세리스는 도트락 시녀들보다 그 리스 여자에게 더 친절했는데, 펜토스에서 마지스터 일리리오가 그의 침대에 넣어준 덕분이지 싶었다. "이리, 시장에 가서 과일과 고기를 사 오거라. 말고기만 빼고."

"말이 최고예요. 말이 남자를 강하게 만들어요." 이리가 말했다.

"비세리스는 말고기를 싫어해."

"분부대로 하겠습니다, 칼리시."

이리는 염소 뒷다리 살과 바구니 가득한 과일과 채소를 가지고 돌아왔다. 지키는 단풀과 불꼬투리를 곁들여서 고기를 굽고, 익는 동안 꿀을 끼얹었다. 그리고 멜론과 석류와 자두와 대니가 알지 못하는 신기한 동쪽 과일들도 있었다. 시녀들이 식사를 준비하는 동안, 대니는 오빠의 몸에 맞춰 짓게 한 옷을 꺼냈다. 빳빳한 하얀 리넨으로 만든 튜닉과 레깅스, 무릎까지 끈을 묶어 올리는 가죽 샌들, 청동 원반을 엮은 허리띠, 불을 뿜는 드래곤을 그려 넣은 가죽조끼였다. 대니는 비세리스가 거지 같아 보이지 않으면 도트락인들도 좀 더 존중할지 모른다는 희망을 안고 있었고, 이 선물을 받으면 자신이 초원에서 망신을 준 일을 용서할지도 모른다고 생각했다. 어쨌든 그는 여전히 대니의 왕이자 오빠였다. 그들은 둘 다 드래곤의 핏줄이었다.

마지막 선물로 그의 은빛 머리가 돋보이도록 가장자리를 연회색으로 두른 초록색 모래 비단 망토를 정리하고 있는데, 비세리스가 도리아의 팔을 잡아끌고 도착했다. 도리아의 눈은 맞아서 벌겋게 부어 있었다. "감히 이 창녀를 보내어 내게 명령을 하다니." 비세리스는 시녀를 거칠게 카펫에 밀었다.

대니는 그 분노에 놀랄 수밖에 없었다. "난 다만…… 도리아, 뭐라고 한 것이냐?"

"칼리시, 죄송합니다. 용서하세요. 말씀하신 대로 가서 칼리시께서 저녁 식사에 함께하자 명하신다고 했습니다."

비세리스가 으르렁거렸다. "아무도 드래곤에게 명령할 수 없다. 난 네 왕이야! 이년의 머리를 베어 돌려보냈어야 했다!"

리스 출신의 시녀는 움찔했지만, 대니가 다독여 진정시켰다. "두려워 말아라. 널 해치진 않으실 거다. 사랑하는 오라버니, 부디 입을 잘못 놀린 이 아이를 용서해줘. 난 전하께서 괜찮으시다면 같이 저녁 식사를 하자고 청하라고 했어." 대니는 비세리스의 손을 잡고 방 안으로 이끌었다. "봐. 오빠를 위한 거야."

비세리스는 의심스럽다는 듯 얼굴을 찌푸렸다. "이게 다 뭐냐?"

"새로운 의복이야. 오빠를 위해 지었어." 대니는 수줍게 미소 지었다.

그는 대니를 보고 비웃었다. "도트락의 걸레짝이로군. 이젠 나한테 옷 입히기 놀이를 하겠다는 거냐?"

"제발…… 이 옷을 입으면 더 시원하고 편할 거고, 난…… 혹시 오빠가 비슷하게 입으면 도트락인들도…….” 대니는 드래곤을 깨우지 않으려면 어떻게 말해야 할지 몰랐다.

“다음엔 내 머리를 땋고 싶어 하겠구나.”

“나는 절대…….” 왜 오빠는 이토록 잔인한 걸까? 돕고 싶었을 뿐인데. “오빠에겐 머리를 땋을 권리가 없어. 아직 승리를 거둔 적이 없잖아.”

잘못 말했다. 비세리스의 연보라빛 눈에 격노가 비쳤지만, 대니의 시녀들이 보고 있고 바깥에 대니의 카스 전사들이 있으니 감히 때리지는 못했다. 비세리스는 망토를 집어 들고 냄새를 맡았다. “거름 냄새가 나는군. 말 덮개로나 쓸까.”

대니는 상처받았다. “오빠를 위해 도리아를 시켜서 특별히 만들었어. 이건 칼에게 어울리는 의복이야.”

“난 칠왕국의 주인이지, 머리에 종이나 달아 울리는 풀 얼룩이 진 야만인이 아니다.” 비세리스는 뱉듯이 대꾸하고 대니의 팔을 잡았다. “허튼 계집이 분수를 잊었구나. 네가 드래곤을 깨우면 부른 배가 널 지켜줄 줄 아느냐?”

그의 손가락이 팔을 아프게 파고들었고 순간 대니는 다시 그의 격노 앞에서 움츠러드는 어린아이가 된 기분이었다. 대니는 반대쪽 손을 뻗어서 잡히는 물건을 쥐었다. 그에게 주려던 선물, 청동 장식 메달을 엮어 만든 무거운 허리띠였다. 대니는 온 힘을 다해 허리띠를 휘둘렀다.

허리띠는 그의 얼굴을 정통으로 때렸다. 비세리스는 대니의 팔을 놓았다. 메달 날이 찢어놓은 뺨에서 피가 흘러내렸다. “분수를 잊은 건 오빠야. 그날 초원에서 아무것도 못 배웠어? 내 카스를 불러 끌어내기 전에 당장 나가. 그리고 칼 드로고가 이 일을 듣지 못하길 기도해. 들었다간 그이가 오빠 배를 가르고 그 창자를 먹게 할 테니까.”

비세리스는 비틀거리며 일어섰다. “내가 왕국을 되찾으면 이날을 후회하게 될 줄 알아라." 그는 찢어진 얼굴을 감싸고, 대니의 선물을 뒤에 버려 둔 채 걸어 나갔다.

아름다운 모래 비단으로 지은 망토에 비세리스의 핏방울이 튀었다. 대니는 그 부드러운 천을 뺨 가까이 움켜쥐고 잠자리 깔개에 앉았다.

"저녁 식사가 준비됐습니다, 칼리시." 지키가 말했다.

"배가 고프지 않구나." 대니는 서글프게 말했다. 갑자기 무척이나 피곤했다. "음식은 너희끼리 나눠 먹고, 조라 경에게도 보내거라." 대니는 잠시 후에 덧붙였다. "드래곤 알을 하나 가져다주련?"

이리가 짙은 녹색 알을 가져왔다. 작은 두 손으로 맞잡고 돌리면 비늘 위로 구릿빛 얼룩이 반짝였다. 대니는 옆으로 누워 몸을 웅크리고 모래 비단 망토를 두른 다음, 부른 배와 작고 부드러운 가슴 사이 빈 공간에 그 알을 끌어안았다. 대니는 드래곤 알을 안고 있는 게 좋았다. 알은 무척 아름다웠고, 때로는 그저 가까이 두기만 해도 더 강해지고 용감해지는 기분이 들었다. 마치 그 안에 갇힌 돌 드래곤에게서 힘을 뽑아내기라도 하는 것처럼…….

대니가 그렇게 누워서 알을 안고 있으려니 배 속에서 아이가 움직였다. 마치 형제가 형제에게, 핏줄이 핏줄에게 손을 뻗는 것 같았다. 대니가 배 속 아이에게 속삭였다. "넌 드래곤이야. 진정한 드래곤. 난 알아. 난 알아." 대니는 미소를 짓고, 고향을 꿈꾸며 잠들었다.

브랜

가벼운 눈이 내리고 있었다. 브랜의 얼굴에 떨어지는 눈송이는 이슬비처럼 살갗을 건드리고 녹아버렸다. 브랜은 말 위에 똑바로 앉아서 쇠창살문이 올라가는 모습을 지켜보았다. 침착하려고 노력은 했지만, 가슴속에서는 심장이 벌렁거렸다.

"준비됐어?" 롭이 물었다.

브랜은 두려움을 드러내지 않으려고 애쓰며 고개를 끄덕였다. 추락한 후 윈터펠 밖으로 나간 적이 없었지만, 어떤 기사 못지않게 당당하게 말을 타고 나갈 작정이었다.

"그럼, 가자." 롭이 커다란 회백색 거세마의 옆구리를 걷어찼고, 말은 창살문 아래로 걸어 나갔다.

"가." 브랜은 말에게 속삭였다. 브랜이 목을 가볍게 건드리자, 작은 밤색 암망아지가 앞으로 발을 디뎠다. 브랜은 그 말에 댄서라는 이름을 붙였다. 나이는 두 살이었고, 조세스는 댄서가 말이라고 생각하기 힘들 만큼 영리하다고 했다. 그들은 댄서가 고삐와 목소리와 손길에 반응하도록 특별히 훈련했다. 지금까지 브랜은 댄서를 타고 안마당을 돌기만 했다. 처음에는 조세스나 호도가 이끌고, 브랜은 꼬마 악마가 설계해준 커다란 안장에 매여 앉아 있기만 했지만, 지난 2주 동안은 혼자서 댄서를 몰고 마당을 몇 바퀴나 돌았고, 한 바퀴를 돌 때마다 점점 대담해졌다.

그들은 문루 아래를 지나고, 도개교를 건너, 외벽을 통과했다. 옆에서는 서머와 그레이윈드가 바람 냄새를 맡으면서 껑충껑충 뛰었다. 뒤에는 장궁과 화살촉이 큰 수렵용 화살을 한 통 진 테온 그레이조이가 바짝 따라왔다. 테온은 사슴을 잡을 생각이라고 했다. 그 뒤에 사슬 갑옷 셔츠에 사슬 두건을 쓴 위병 네 명, 그리고 헐렌이 떠난 후에 롭이 거마장으로 임명한 꼬챙이처럼 마른 마구간지기 조세스가 따라왔다. 루윈 학사는 당나귀를 타고 맨 뒤에 섰다. 브랜은 롭과 둘이서만 나가고 싶었지만, 할리스 몰렌이 그 말에 따르지 않으려 했고, 루윈 학사도 거들었다. 학사는 브랜이 말에서 떨어지거나 다치기라도 하면, 꼭 옆에 있겠다는 작정이었다.

성을 벗어나자 장터가 나왔는데, 나무 좌판이 텅 비어 있었다. 그들은 진흙투성이 마을 길을 달리며, 통나무와 다듬지 않은 돌로 지은 작고 깔끔한 집들을 지나쳤다. 다섯 채 중에 하나 정도에 사람이 살고 있어서, 나무를 땐 연기가 굴뚝에서 가늘게 올라갔다. 나머지는 추워지면 하나씩 찰 것이다. 낸 할멈은 눈이 내리고 북쪽에서 얼음 바람이 노호하면 농부들은 얼어붙은 밭과 외딴 성채를 버리고 마차에 짐을 실으며, 그때가 되면 겨울 마을이 살아난다고 했다. 브랜은 그런 광경을 본 적이 없었지만, 루윈은 그날이 가까이 왔다고 말했다. 긴 여름의 끝이 코앞에 닥쳤다. 겨울이 오고 있었다.

기수들이 지나자 마을 사람 몇 명은 불안한 눈으로 다이어울프들을 보았고, 어떤 남자는 겁에 질려 움츠리다가 들고 가던 장작을 떨어뜨렸다. 하지만 마을 사람 대부분은 다이어울프를 보는 데 익숙해져 있었다. 그들은 두 소년을 보고 무릎을 꿇었고, 롭은 영주답게 고개를 끄덕여 인사했다.

다리에 힘을 줄 수 없다 보니 처음에는 말의 흔들림에 불안했으나, 뿔이 두껍고 뒷부분이 높이 솟은 거대한 안장은 브랜을 편안하게 감싸주었으며, 가슴과 허벅지에 맨 끈 덕분에 떨어질 일이 없었다. 어느 정도 시간이 지나자 흔들림이 자연스럽게까지 느껴졌다. 불안은 사라졌고, 소심한 미소가 얼굴에 번졌다.

동네 맥줏집 '연기 통나무' 간판 아래에 하녀 둘이 서 있었다. 테온 그레이조이가 큰 소리로 말을 걸자 둘 중에 어린 쪽이 빨갛게 달아올라서 얼굴을 가렸다. 테온은 말에 박차를 가해서 롭 옆으로 다가서더니 웃으면서 말했다. "귀여운 키라, 침대에선 족제비처럼 꿈틀대면서 길거리에서 말 한마디 걸면 처녀처럼 얼굴을 붉힌다니까. 내가 그날 밤 얘기 했나? 키라와 베사가—"

"내 동생이 듣는 데선 안 돼, 테온." 롭이 브랜을 흘긋 보며 경고했다.

브랜은 시선을 돌리고 듣지 못한 척했지만, 그레이조이의 시선을 느낄 수 있었다. 보나 마나 웃고 있을 터였다. 테온은 마치 온 세상이 영리한 자기만 이해할 수 있는 비밀스러운 농담이라는 듯 자주 웃었다. 롭은 테온을 훌륭하게 생각하고 같이 있기를 즐거워하는 모양이었지만, 브랜은 아버지의 대자를 좋아한 적이 없었다.

롭이 가까이 말을 달려왔다. "잘하고 있어, 브랜."

"더 빨리 달리고 싶어." 브랜은 대꾸했다.

롭이 미소 지었다. "네가 원한다면." 롭은 거세마를 속보로 몰았다. 늑대들이 쏜살같이 따랐다. 브랜이 고삐를 확 당기자 댄서도 속도를 높였다. 뒤에서 테온 그레이조이의 고함과 다른 말들이 내는 말발굽 소리가 들렸다.

브랜의 망토는 바람에 크게 펄럭였고, 눈발이 얼굴에 달려드는 것 같았다. 롭은 저만치 앞서 달리다가 한 번씩 어깨 너머를 돌아보며 브랜과 나머지 일행이 따라오는지 확인했다. 브랜은 고삐를 다시 당겼다. 댄서는 비단처럼 매끄럽게 질주하기 시작했다. 롭과의 거리가 확 줄어들었다. 브랜이 겨울 마을에서 3킬로미터쯤 떨어진 늑대 숲 가장자리에서 롭을 따라잡았을 때는 둘이서 다른 사람들보다 훨씬 앞서 있었다. "난 달릴 수 있어!" 브랜은 활짝 웃으며 외쳤다. 나는 것만큼이나 기분이 좋았다.

"경주를 할 수도 있겠는데, 아무래도 네가 이기겠다." 롭의 말투는 가벼운 농담조였지만, 브랜은 미소 짓는 얼굴 아래로 형이 무엇인가에 심란해 한다는 사실을 알 수 있었다.

"경주를 하고 싶진 않아." 브랜은 다이어울프를 찾아서 주위를 둘러보았다. 둘 다 숲 속으로 사라지고 없었다. "어젯밤에 서머가 우는 소리 들었어?"

"그레이윈드도 가만히 있질 못했지." 롭이 말했다. 그의 적갈색 머리는 덥수룩하게 자랐고, 제때 깎지 못한 불그스름한 수염이 턱을 덮어서 열다섯 살보다 나이가 많아 보였다. "가끔은 녀석들이 뭔가를 알고…… 느낀다는 생각이 들어……." 롭은 한숨을 내쉬었다. "너에게 얼마나 말해야 할지 모르겠다, 브랜. 네가 더 나이가 많다면 좋을 텐데."

"난 이제 여덟 살이야! 여덟 살도 열다섯에 비하면 많이 어리지만, 난 형 다음가는 윈터펠 후계자야."

"그렇지." 롭은 슬프고, 조금은 겁먹은 듯이 말했다. "브랜, 네게 할 이야기가 있어. 어젯밤에 새가 날아왔다. 킹스랜딩에서. 학사님이 날 깨웠지."

브랜은 더럭 겁을 먹었다. '어두운 날개에 어두운 소식.' 낸 할멈은 늘 그렇게 말했고, 최근 전서 까마귀들은 그 속담을 사실로 증명했다. 롭이 밤의 경비대 사령관에게 편지를 썼을 때, 돌아온 새는 벤젠 숙부가 여전히 실종 상태라는 소식을 가져왔다. 그다음에는 이어리에서 어머니가 보낸 전언이 도착했는데, 그것도 좋은 소식은 아니었다. 어머니는 언제 돌아올 생각인지 적지 않았고, 그저 꼬마 악마를 포로로 잡았다고만 했다. 브랜은 그 키 작은 남자가 마음에 들었지만, 라니스터라는 이름을 들으면 차가운 손가락이 등뼈를 타고 올라오는 느낌이 들었다. 라니스터에 대해 뭔가 기억해야 할 것이 있었는데, 생각해보려고 하면 현기증이 나고 배 속이 돌처럼 단단하게 죄어들었다. 롭은 어머니에게 편지가 온 날 대부분의 시간을 루윈 학사와 테온 그레이조이, 할리스 몰렌과 함께 닫힌 문 안에서 보냈다. 그 후에는 빠른 말을 탄 기수들이 롭의 명령을 받들고 북부 전역으로 달려갔다. 브랜은 최초인이 넥 지역에 지은 고대 요새 모트 카일린에 대해 이야기하는 것을 들었다. 아무도 무슨 일이 벌어지는지 말해주지 않았지만, 좋은 일이 아니라는 정도는 알 수 있었다.

그리고 이제 또 까마귀가 날아왔고, 또 다른 전언이 왔다. 브랜은 희망에 매달렸다. "어머니가 보낸 새였어? 집에 오신대?"

"킹스랜딩에서 알린이 보낸 전갈이었어. 조리 카셀이 죽었어. 윌과 휴어느도. 킹슬레이어에게 살해당했어." 롭은 눈을 향해 얼굴을 들어 올렸고, 눈송이가 뺨 위로 녹아내렸다. "신들께서 편히 쉬게 하시길."

브랜은 무슨 말을 해야 할지 몰랐다. 한 대 맞은 기분이었다. 조리는 브랜이 태어나기 전부터 윈터펠의 위병대장이었다. "조리를 죽였다고?" 브랜은 조리가 지붕 위로 그를 쫓아다니던 모든 순간을 떠올렸다. 사슬 셔츠와 판금 갑옷을 입고 훈련장을 성큼성큼 걷는 조리, 아니면 대연회장에서 늘 앉던 장의자에 앉아서 농담을 하며 식사하던 조리를 그릴 수 있었다. "왜 조리를 죽여?"

롭은 아픔이 역력히 드러나는 눈으로 멍하니 고개를 저었다. "나도 모르겠어. 그리고…… 브랜, 최악은 그게 아니야. 아버지가 싸움 도중에 쓰러진 말에 깔리셨어. 알린 말로는 다리가 박살이 났대. 그리고…… 파이셀 대학사가 양귀비즙을 먹였는데, 언제…… 언제쯤……." 말발굽 소리를 들은 롭은 길 쪽으로 시선을 던졌다. 테온과 나머지 일행이 달려오고 있었다. "언제쯤 깨어나실진 모른다고 해." 롭은 말끝을 맺었다. 그리고 칼자루에 손을 올리고, '영주 롭'의 근엄한 목소리로 말을 이었다. "브랜, 약속하는데 어떤 일이 일어나도 난 이 일을 잊지 않을 거다."

브랜은 롭의 목소리에 깃든 무엇인가에 더 무서워졌다. "어떻게 하려고?" 브랜이 묻는 사이 테온 그레이조이가 두 사람 옆에 고삐를 당겨 섰다.

"테온은 내가 휘하를 소집해야 한다고 생각해." 롭이 말했다.

"피에는 피지." 이번만은 그레이조이도 웃지 않았다. 마르고 가무잡잡한 얼굴에는 굶주린 빛이 돌았고, 검은 머리카락이 쏟아져 눈을 가렸다.

"휘하를 소집할 수 있는 건 영주뿐이야." 브랜은 흩날리는 눈발 속에서 말했다.

"네 아버지가 돌아가시면 롭이 윈터펠의 영주야." 테온이 말했다.

"돌아가시지 않아!" 브랜은 테온에게 소리를 질렀다.

롭이 브랜의 손을 잡고 침착하게 말했다. "아버지는 돌아가시지 않을 거야. 그렇다 해도…… 북부의 명예는 지금 내 손에 달려 있어. 아버지는 떠나실 때 나에게 너와 리콘을 위해 강해지라고 하셨지. 난 거의 어른이야, 브랜."

브랜은 몸을 떨었다. "어머니가 돌아오셨으면 좋겠어." 브랜이 애처롭게 말하고 몸을 돌려 루윈 학사를 보았다. 그의 당나귀는 멀리서 오르막을 넘고 있었다. "루윈 학사님도 휘하를 소집하래?"

"학사는 늙은 여자처럼 소심해." 테온이 말했다.

브랜은 형에게 상기시켰다. "아버지는 언제나 학사님의 조언에 귀를 기울여. 어머니도 마찬가지고."

"나도 잘 듣고 있어. 모두의 말을 듣고 있지." 롭이 강조했다.

브랜이 승마로 느낀 즐거움은 얼굴에 닿는 눈송이처럼 녹아 없어졌다. 얼마 전까지만 해도 롭이 휘하를 소집해서 전쟁에 달려간다는 생각을 하면 신이 나고 흥분했을 테지만, 지금은 두렵기만 했다. "이제 돌아가도 될까? 추워."

롭은 주위를 둘러보았다. "늑대들을 찾아야 해. 좀 더 갈 수 있겠어?"

"형이 갈 수 있는 만큼은 나도 갈 수 있어." 루윈 학사는 안장에 쓸려 아플 수 있으니 오래 타지 말라고 경고했지만, 브랜은 형 앞에서 약점을 인정할 생각이 없었다. 모두가 끊임없이 야단을 떨면서 괜찮은지 묻는 데엔 질렸다.

"그럼 요 사냥꾼들을 사냥해볼까." 롭이 말했다. 그들은 나란히 왕의 가도로 말을 달려 늑대 숲 속으로 들어갔다. 테온은 뒤처져서 위병들과 잡담을 하고 농담을 나누며 멀찍이 따라왔다.

나무 아래로 들어가니 좋았다. 브랜은 고삐를 가볍게 쥐고 댄서를 계속 걷게 하면서 주위를 둘러보았다. 브랜은 이 숲을 알고 있었지만, 워낙 오랫동안 윈터펠에 갇혀 지냈더니 처음 보는 숲 같았다. 온갖 냄새가 콧구멍을 채웠다. 신선하고 강렬한 솔잎의 싸한 향기, 젖어서 썩어가는 부엽토 냄새, 희미한 짐승 냄새와 멀리서 날아오는 요리 불 냄새. 브랜은 눈 덮인 참나무 가지 사이를 움직이는 검은 다람쥐를 얼핏 보았고, 잠시 멈춰 서서 여제 거미(empress spider)의 은빛 거미집을 관찰하기도 했다.

테온과 나머지 일행은 점점 멀어졌고, 마침내는 목소리가 들리지 않게 되었다. 앞쪽에서 물 흐르는 소리가 희미하게 들렸다. 그 소리는 두 사람이 개울에 도착할 때까지 점점 커졌다. 눈물 때문에 눈이 따끔거렸다.

"브랜? 무슨 일이야?" 롭이 물었다.

브랜은 고개를 저었다. "그냥 생각이 나서. 예전에 조리가 우릴 여기 데려와서 송어 낚시를 했잖아. 형이랑 나랑 존 형이랑. 기억나?"

"기억나지." 롭은 조용하고 슬픈 목소리로 말했다.

"난 하나도 못 잡았는데, 윈터펠에 돌아가는 길에 존 형이 잡은 고기를 줬어. 존 형을 다시 보게 되긴 할까?"

"왕이 방문했을 때 벤젠 숙부도 봤잖아." 롭이 지적했다. "존도 찾아올 거야. 두고 봐."

개울물은 높고 빠르게 흘렀다. 롭은 내려서 거세마를 끌고 여울을 건넜다. 제일 깊은 곳에서는 물이 롭의 허벅지 중간까지 올라왔다. 롭은 반대편에 있는 나무에 말을 묶어놓고 브랜과 댄서를 데리러 다시 건너왔다. 물살이 바위와 나무뿌리에 부딪쳐 거품을 일으켰고, 브랜은 롭의 손에 이끌려 개울을 건너면서 얼굴에 튀는 물보라를 느낄 수 있었다. 미소가 떠올랐다. 순간이지만 다시 강하고 완전해진 기분이 들었다. 브랜은 나무들을 올려다보며 꼭대기까지 기어올라서 숲 전체가 발아래에 펼쳐지는 꿈을 꾸었다.

개울 반대편으로 건너갔을 때 울음소리가 들렸다. 길게 솟아오르는 울부짖음이 찬 바람처럼 나무 사이를 헤치고 지나갔다. 브랜은 고개를 들고 귀를 기울였다. "서머야." 브랜이 말하기가 무섭게 두 번째 목소리가 합류했다.

"녀석들이 사냥을 했군." 롭이 다시 말에 오르며 말했다. "가서 데려와야겠다. 여기에서 기다려. 테온과 나머지 일행이 곧 올 테니까."

"나도 같이 가고 싶어." 브랜이 말했다.

"나 혼자 가야 더 빨리 찾아." 롭은 박차를 가해서 나무 사이로 사라졌다.

롭이 가고 나자 숲이 브랜 주위로 조여드는 느낌이었다. 이제는 눈도 더 펑펑 내렸다. 땅에 닿으면 녹았지만, 주위에 보이는 바위와 나무뿌리와 나뭇가지는 모두 얇은 흰 담요를 덮고 있었다. 기다리다 보니 얼마나 불편한지 의식이 됐다. 등자에 쓸모없이 걸린 다리는 아무 감각도 느낄 수 없었지만, 가슴에 묶인 끈은 꽉 조여서 살이 쓸렸고, 녹은 눈이 장갑을 뚫고 스며들어 손이 시렸다. 테온과 루윈 학사와 조세스와 나머지는 왜 늦을까 궁금했다.

나뭇잎이 바스락거리는 소리를 들었을 때 브랜은 일행들을 보게 될 줄 알고 고삐를 당겨 댄서를 돌렸지만, 개울 기슭에 나타난 남루한 자들은 낯설었다.

"안녕하세요." 브랜은 초조한 기분으로 말했다. 한눈에 보아도 숲지기나 농부들이 아니었다. 갑자기 자신이 얼마나 부유하게 차려입었는지 신경이 쓰였다. 겉옷은 새것으로, 진회색 모직에 은 단추를 달았고, 어깨에 두른 모피를 댄 망토는 묵직한 은제 핀으로 고정돼 있었다. 장화와 장갑도 모피를 댄 물건이었다.

"너 혼자냐?" 제일 덩치가 큰 남자가 말했다. 바람에 얼굴 피부가 상한 대머리 사내였다. "늑대 숲에서 길을 잃다니 불쌍한 녀석이군."

"길을 잃은 게 아니야." 브랜은 낯선 자들이 쳐다보는 눈길이 마음에 들지 않았다. 네 명까지 셌는데, 고개를 돌리자 뒤에 두 명이 더 있었다. "형이 금방 돌아올 거고 위병들도 곧 도착할 거야."

"위병이란 말이지?" 두 번째 남자가 말했다. 여윈 얼굴을 짧은 회색 수염이 덮고 있었다. "그놈들이 뭘 지키는데, 작은 나리? 거기 망토에 보이는 게 은 핀인가?"

"예쁘네." 여자 목소리였다. 여자처럼 보이지는 않았다. 키가 크고 호리호리했으며, 나머지와 똑같이 매서운 얼굴에, 머리카락은 사발처럼 생긴 반투구 아래 감춰져 있었다. 들고 있는 창은 검은 참나무로 길이가 2미터 반은 돼 보였고, 창 촉은 녹슨 강철이었다.

"어디 한번 보자." 덩치 큰 대머리가 말했다.

브랜은 불안해하며 남자를 바라보았다. 남자의 옷은 지저분한 데다가 다 해지다시피 해서 여기는 갈색 저기는 파란색 또 여기는 진녹색으로 기워 붙였고 온통 다 회색으로 바랬는데, 망토는 한때 검은색이었을 것도 같았다. 브랜은 회색 수염의 남자도 검은색 누더기를 입고 있다는 사실을 알고 퍼뜩 놀랐다. 문득 늑대 새끼들을 발견한 날에 아버지가 참수했던 '서약을 깬 자'가 떠올랐다. 그 남자도 검은 옷을 입었고, 아버지는 밤의 경비대 탈영병이라면서 이렇게 말했었다. '그보다 더 위험한 자는 없지. 탈영병은 잡히면 죽는다는 것을 알기에, 어떤 지독한 범죄 앞에서도 서슴지 않는다.'

"핀 내놔." 덩치 큰 남자가 말하며 손을 내밀었다.

"말도 우리가 가져간다." 이번에는 롭보다 키가 작고, 얼굴은 넙데데하고 축 처진 노란 머리를 한 여자였다. "내려. 빨리." 여자는 소매에서 미끄러져 나온 칼을 손에 잡았다. 날이 톱처럼 깔쭉깔쭉한 칼이었다.

"안 돼." 브랜은 불쑥 말해버렸다. "못해……."

브랜이 댄서를 돌려서 달려갈 생각을 해보기도 전에 덩치 큰 남자가 고삐를 잡아챘다. "할 수 있을걸, 귀족 나리…… 그리고 뭐가 좋을지 안다면 내려야지."

"스티브, 끈 매인 것 좀 봐." 키 큰 여자가 창끝으로 가리켰다. "재가 한 말이 사실일지도 몰라."

"끈이라고?" 스티브가 말하더니 허리띠에 달린 칼집에서 단도를 뽑았다. "끈이야 처리하는 방법이 있지."

"너 불구자나 그런 거냐?" 키 작은 여자가 물었다.

브랜은 발끈했다. "난 윈터펠의 브랜던 스타크다. 내 말을 놓는 게 좋을걸. 그렇지 않으면 모두 죽게 될 거야."

회색 수염이 난 여윈 남자가 웃어젖혔다. "과연 스타크답네. 좀 더 영리한 놈이라면 빌 자리에서 위협을 하는 바보는 스타크뿐이지."

"저 녀석의 작은 거시기를 잘라서 입에 쑤셔 넣어. 그러면 입을 닥치겠지." 키 작은 여자가 말했다.

"넌 못생긴 만큼 멍청하기까지 하구나, 할리." 키 큰 여자가 말했다. "저 꼬마는 죽으면 아무 가치가 없지만 살아 있으면…… 맙소사, 벤젠 스타크의 핏줄을 인질로 잡게 되면 만스가 뭘 줄지 생각해봐!"

"만스는 빌어먹을." 덩치 큰 남자가 욕을 했다. "거기로 돌아가고 싶냐, 오샤? 네가 더 바보다. 백귀들이 네가 인질을 잡든 말든 신경 쓸 것 같아?" 그는 다시 브랜에게 돌아서서 허벅지에 묶인 끈을 벴다. 가죽이 삭 소리를 내며 갈라졌다.

그 빠르고 무신경한 일격은 깊게 파고들었다. 아래를 내려다본 브랜은 모직 레깅스가 갈라진 자리에 드러난 창백한 살갗을 보았다. 피가 흐르기 시작했다. 브랜은 붉은 얼룩이 퍼지는 모양을 지켜보며 현기증과 더불어 이상하게 동떨어진 기분을 느꼈다. 통증은 전혀 없었다. 감각조차 없었다. 덩치 큰 남자가 놀라서 그르렁거렸다.

"당장 무기를 내려놓으면 빠르고 고통 없이 죽음을 맞게 해주지." 롭이 외쳤다.

브랜은 절박한 희망을 품고 눈을 들었고, 과연 롭이 있었다. 롭이 던진 말의 힘은 목소리가 긴장해서 갈라지는 바람에 무색해졌다. 롭은 피 묻은 사슴 시체를 실은 말 등에 올라, 장갑 낀 손으로 검을 쥐고 있었다.

"형님이로군." 회색 수염의 남자가 말했다.

"저 녀석은 성질이 사납네." 할리라는 이름의 키 작은 여자가 조롱했다. "우리와 싸울 생각이냐, 꼬마야?"

"바보짓 마. 6대 1이야." 키 큰 여자 오샤가 창을 겨눴다. "말에서 내려서 검을 던져. 우린 말과 사슴 고기를 고맙게 가져갈 거고, 너와 네 동생은 가던 길로 갈 수 있어."

롭이 휘파람을 불었다. 부드러운 발이 젖은 잎사귀를 밟는 소리가 들렸다. 덤불이 갈라지고, 낮게 달린 가지들이 쌓인 눈을 털어내더니, 숲 속에서 그레이윈드와 서머가 나타났다. 서머는 냄새를 맡고 으르렁거렸다.

"늑대다." 할리가 숨을 들이켰다.

"다이어울프야." 브랜이 말했다. 이들의 다이어울프는 아직 반밖에 자라지 않았지만 보통 늑대들만큼 컸고 볼 줄 안다면 차이점을 찾기 쉬웠다. 루윈 학사와 견사장 팔렌이 가르쳐줬다. 다이어울프는 머리가 더 크고 몸에 비해 다리가 더 길었으며, 주둥이와 턱은 확연히 가늘고 두드러졌다. 부드럽게 떨어지는 눈 속에 선 다이어울프들의 모습에는 뭔가 으스스하고 무서운 데가 있었다. 그레이윈드의 주둥이에는 선혈이 튀어 있었다.

"개들이로군." 덩치 큰 대머리가 경멸조로 말했다. "그래도 밤에 늑대 가죽 망토만큼 따뜻한 게 없다던데." 그는 잽싸게 신호를 보냈다. "저것들 잡아."

롭이 "윈터펠!"이라고 외치더니 말을 걷어찼다. 거세마가 개울 기슭을 내리닫자 남루한 자들이 접근했다. 도끼를 든 남자 하나가 고함을 지르며 조심성 없이 달려들었다. 롭의 검은 끔찍한 소리를 내며 그 남자의 얼굴을 정통으로 때리고 선명한 피를 흩뿌렸다. 회색 수염이 돋은 수척한 얼굴의 남자는 고삐를 움켜쥐었고, 반초 정도는 버텼다. 다음 순간 그레이윈드가 달려들었고, 남자는 소리를 지르면서 요란하게 개울에 쓰러져 머리는 물에 처박힌 채 칼을 마구잡이로 휘둘렀다. 그레이윈드가 따라서 뛰어들었고, 그 둘이 사라진 자리에서 하얀 물이 붉어졌다.

롭과 오샤는 개울 한가운데에서 공격을 주고받았다. 오샤의 긴 창은 강철 머리가 달린 뱀처럼 한 번, 두 번, 세 번 롭의 가슴팍에 번득였지만 롭은 장검으로 모든 공격을 받아내 창끝을 피했다. 오샤는 네 번째인가 다섯 번째 공격에서 지나치게 길게 찔렀다가 균형을 잃었다. 아주 잠깐이었지만, 롭은 돌진해서 오샤를 몰아붙였다.

얼마 떨어지지 않은 곳에서는 서머가 잽싸게 움직이며 할리를 물었다. 할리의 칼이 서머의 옆구리로 향했다. 서머는 이를 드러내고 미끄러지듯

피한 다음, 다시 달려들었다. 이번에는 서머의 턱이 할리의 종아리를 잡았다. 키 작은 여자는 두 손으로 칼을 쥐고 아래로 내리찍었지만, 서머는 칼날을 감지했는지 가죽과 천과 피투성이 살점을 문 채로 바로 물러섰다. 할리가 비틀거리다가 쓰러지자 서머는 다시 달려들어서 할리를 뒤로 넘어뜨리고 이빨로 배를 찢었다.

여섯 번째 남자는 학살극에서 달아났지만…… 멀리 가지는 못했다. 남자가 허둥지둥 반대편 기슭으로 올라갈 때 그레이윈드가 물을 뚝뚝 떨어뜨리며 개울에서 모습을 드러냈다. 그레이윈드는 물을 털어내더니 도망치는 남자를 쫓아 달려가서 한 입에 오금 줄을 끊어놓고, 남자가 비명을 지르며 물 쪽으로 다시 미끄러져 내려가자 목을 노렸다.

그러고 나자 덩치 큰 남자, 스티브밖에 남지 않았다. 그는 브랜의 가슴끈을 끊고 팔을 잡아당겼다. 브랜이 떨어졌다. 몸 아래 다리가 엉키고, 한쪽 발을 물에 빠트린 채 땅바닥에 쓰러졌다. 물의 차가움을 느낄 수 없었지만, 스티브가 목에 단검을 대자 칼날은 느낄 수 있었다. 스티브가 경고했다. "물러나. 안 그러면 이 녀석 목을 따버린다. 정말이야."

롭이 거친 숨을 몰아쉬며 고삐를 당겨 말을 세웠다. 롭의 눈에서 분노가 사라졌고, 검을 쥔 팔은 옆으로 늘어졌다.

그 순간 브랜은 모든 것을 보았다. 서머는 할리를 무참히 공격하여 배 속에서 푸르스름하게 빛나는 뱀 같은 것을 끌어내고 있었다. 할리는 눈을 크게 뜨고 있었는데, 브랜은 그 여자가 살았는지 죽었는지 알 수 없었다. 회색 수염이 돋은 남자와 도끼를 든 남자는 움직임 없이 누워 있었지만, 오샤는 무릎을 꿇은 채로 떨어진 창을 향해 기어가고 있었다. 그레이윈드가 물을 떨어뜨리며 그쪽으로 걸어갔다. 덩치 큰 남자가 외쳤다. "저놈을 멈춰 세워! 늑대들을 물리지 않으면 이 불구 녀석은 지금 죽는 거야!"

"그레이윈드, 서머, 이리 와." 롭이 말했다.

다이어울프들은 멈춰 서서 고개를 돌렸다. 그레이윈드는 롭에게 뛰어 돌아갔다. 서머는 그대로 서서 브랜과 브랜 옆의 남자를 바라보았다. 서머가 낮게 으르렁거렸다. 주둥이는 피에 젖었고, 눈동자는 불타고 있었다.

오샤는 창 자루에 의지해서 몸을 일으켜 세웠다. 롭의 칼에 베인 위팔에서 피가 배어나왔다. 브랜은 덩치 큰 남자의 얼굴을 따라 흘러내리는 땀방울을 볼 수 있었다. 스티브도 브랜 못지않게 겁에 질려 있었다. "스타크. 망할 스타크 놈들." 스티브가 중얼거리더니 목소리를 높였다. "오샤, 늑대들을 죽이고 그놈 검을 뺏어."

"네가 직접 죽여." 오샤가 대꾸했다. "난 저 괴물들 근처에도 가지 않을 거야."

스티브는 잠시 갈피를 못 잡았다. 그의 손이 떨리고, 브랜은 칼이 닿은 목에서 흐르는 가느다란 핏줄기를 느꼈다. 남자의 악취가 코를 메웠다. 공포의 냄새가 났다. "너." 그가 롭에게 외쳤다. "넌 이름이 뭐지?"

"난 윈터펠의 후계자 롭 스타크다."

"이 녀석이 네 동생이고?"

"그래."

"동생을 살리고 싶으면 내가 시키는 대로 해. 말에서 내려."

롭은 잠시 머뭇거리다가, 검을 든 채 신중하고 느리게 말에서 내려섰다.

"이제 늑대들을 죽여."

롭은 움직이지 않았다.

"하란 대로 해. 늑대들이냐 꼬마냐."

"안 돼!" 브랜이 소리를 질렀다. 롭이 시키는 대로 하면, 다이어울프들이 죽고 나면 스티브가 그들을 둘 다 죽일 터였다.

대머리 남자는 빈손으로 브랜의 머리카락을 쥐고, 브랜이 아파서 흐느낄 때까지 잔인하게 당겨 비틀었다. "입 닥쳐라, 불구 녀석아. 알아듣겠냐?" 그는 더 세게 비틀었다. "알아들어?"

뒤쪽 숲 속에서 낮게 핑 소리가 났다. 스티브가 숨 넘어가는 소리를 냈고 갑자기 날카로운 화살촉이 그의 가슴을 뚫고 한 뼘이나 빠져나왔다. 화살은 피로 칠한 것처럼 선명한 붉은색이었다.

브랜의 목에 댄 단검이 떨어졌다. 덩치 큰 남자는 기우뚱거리더니 쓰러져서 얼굴을 개울에 처박았다. 몸 아래로 화살이 부러졌다. 브랜은 남자의 생명이 물속에 소용돌이치며 떠나가는 것을 지켜보았다.

아버지의 위병들이 무기를 들고 나무 아래에서 나타나자 오샤는 주위를 둘러보더니 창을 던지고 롭에게 외쳤다. "자비를, 나리."

위병들은 도륙 장면을 보고 묘한 표정으로 창백해졌다. 그들은 불안한 눈으로 늑대들을 보았고, 서머가 할리의 시체를 먹으려고 돌아가자 조세스가 칼을 떨구고 구역질을 하며 덤불로 달려갔다. 루윈 학사마저도 나무 아래에서 걸어나왔을 때는 충격을 받은 얼굴이었지만, 잠깐뿐이었다. 그는 고개를 젓고는 개울을 건너서 브랜 옆으로 왔다. "다쳤습니까?"

"다리를 베였는데, 느껴지진 않았어요."

학사가 무릎을 꿇고 상처를 살피는 동안, 브랜은 고개를 돌렸다. 테온 그레이조이가 활을 들고 파수목 옆에 서 있었다. 그는 미소 짓고 있었다. 언제나처럼. 발치의 부드러운 땅에는 화살이 여섯 개 꽂혀 있었는데, 화살이 뽑힌 자리는 하나뿐이었다. "죽은 적이란 아름다운 거야." 테온이 외쳤다.

롭이 큰 소리로 말했다. "존은 늘 네가 얼간이라고 했지, 그레이조이. 아무래도 널 훈련장에 묶어놓고 브랜이 연습 삼아 활을 쏘게 해야겠다."

"네 동생의 목숨을 구해줬으니 고마워해야지."

"화살이 빗나갔으면? 상처만 입혔으면? 네 화살 때문에 그놈의 손이 튀었으면, 아니면 브랜을 맞혔다면? 넌 그놈의 망토 등만 볼 수 있었으니, 네가 아는 한 그놈은 흉갑을 차고 있을 수도 있었어. 그랬다면 내 동생은 어떻게 됐을까? 그런 생각을 해보긴 한 거야, 그레이조이?"

테온의 미소가 사라졌다. 그는 뚱하니 어깨를 으쓱이고는, 땅에 박힌 화살을 하나씩 뽑기 시작했다.

롭은 위병들을 노려보고 물었다. "어디 있었나? 바로 뒤에 있으리라 믿었는데."

병사들은 불만스러운 시선을 교환했다. "따라가고 있었습니다." 제일 나이가 어려서, 수염이 부드러운 갈색 솜털 같은 퀜트가 말했다. "다만 처음에는 루윈 학사님과 당나귀를 기다렸고, 그다음에는 음, 말하자면……." 퀜트는 테온을 쳐다보았다가 겸연쩍게 얼른 시선을 돌렸다.

테온이 질문에 짜증을 내며 말했다. "내가 칠면조를 봤거든. 네가 저 녀석만 혼자 둘 줄이야 어떻게 알았겠어?"

롭은 고개를 돌려 다시 한 번 테온을 노려보았다. 브랜은 롭이 그렇게 화난 모습을 본 적이 없었지만, 그래도 롭은 아무 말도 하지 않았다. 롭은 루윈 학사 곁에 무릎을 꿇었다. "동생의 상처가 얼마나 심합니까?"

"찰과상 정돕니다." 루윈은 상처를 씻으려고 개울물에 천을 적셨다. 그는 손을 움직이면서 롭에게 말했다. "저들 중 둘이 검은 옷을 입었군요."

롭은 개울물 속에 누운 스티브 쪽을 보았다. 흐르는 물에 끌려 너덜너덜한 검은 망토가 한 번씩 움직였다. 롭은 침울하게 말했다. "밤의 경비대 탈영병들이군요. 윈터펠에 이렇게 가까이 오다니 바보들이었나 봅니다."

"어리석음과 자포자기는 구분하기 어려울 때가 많지요." 루윈 학사가 말했다.

"묻어줄까요?" 퀜트가 물었다.

"놈들은 우릴 묻어주지 않았을 거야. 머리를 잘라서 장벽으로 보내지. 나머지 시체는 까마귀 밥이 되게 놓아두게." 롭이 말했다.

"그리고 이건요?" 퀜트가 엄지손가락으로 오샤를 가리켰다.

롭은 오샤 쪽으로 걸어갔다. 롭보다 머리 하나는 더 큰 여자가 그가 다가가자 무릎을 털썩 꿇었다. "스타크 나리, 제 목숨을 살려주시면 나리께 몸 바치겠습니다."

"내게? 내가 서약을 깬 자를 데리고 뭘 하겠나?"

"난 서약을 깬 적 없어요. 스티브와 월렌은 장벽에서 달아났지만 난 아니에요. 검은 까마귀들에겐 여자가 들어갈 자리가 없어요."

테온 그레이조이가 어슬렁어슬렁 다가왔다. "늑대들에게 줘버려." 그는 롭을 부추겼다. 오샤의 눈길이 할리의 남은 몸뚱이로 향했다가, 얼른 시선을 돌렸다. 그녀는 몸을 벌벌 떨었다. 병사들마저도 메스꺼운 표정이었다.

"여자잖아." 롭이 말했다.

"야인이야." 브랜이 말했다. "그 여자는 날 만스 레이더에게 데려갈 수 있게 살려둬야 한다고 말했어."

"이름이 뭐지?" 롭이 물었다.

"오샤라고 하옵나이다." 그녀는 씁쓸하게 중얼거렸다.

루윈 학사가 일어섰다. "심문을 해보는 편이 좋겠습니다."

브랜은 형의 얼굴에 드러난 안도감을 알아볼 수 있었다. "그 말씀대로 하지요. 웨인, 이 여자의 손을 묶어라. 같이 윈터펠로 돌아간다……. 살고 죽고는 어떤 진실을 털어놓느냐에 달렸지."

티리온

"먹고 싶나?" 모드가 눈을 부라리며 물었다. 그는 굵고 뭉툭한 손가락으로 삶은 콩 접시를 쥐고 있었다.

티리온 라니스터는 배가 고파 죽을 지경이었지만, 이 짐승 같은 놈에게 움츠러든 모습을 보일 생각은 없었다. 그는 감옥 구석에 쌓인 흙투성이 짚더미에서 말했다. "양 다리 한쪽이면 좋겠군. 완두콩과 양파 한 접시에, 갓 구운 빵과 버터, 그리고 멀드와인 한 병. 맥주가 더 편하다면 그것도 괜찮아. 너무 까다롭게 굴진 않으려고 하네."

"콩이야. 여기." 모드는 접시를 내밀었다.

티리온은 한숨을 쉬었다. 간수는 갈색으로 썩어가는 치아에 작은 까만 눈을 번득이는 역겨운 130킬로그램짜리 멍청이였다. 얼굴 왼쪽은 도끼에 귀와 함께 뺨 일부가 잘려 나간 흉터로 반들반들했다. 간수는 추한 얼굴만큼이나 속도 뻔한 인물이었지만, 티리온은 배가 고팠다. 그는 접시에 손을 뻗었다.

모드는 히죽 웃으면서 접시를 확 당겼다. "여기다." 그는 접시를 티리온의 손이 닿지 않는 곳에 들고 말했다.

티리온은 뻣뻣한 몸을 일으켜 세웠다. 온몸의 관절이 쑤셨다. "식사 때마다 똑같은 바보 놀이를 해야 하나?" 그는 다시 콩 접시를 잡으려 했다.

모드는 썩은 이를 드러내고 웃으며 어기적어기적 뒤로 물러났다. "여기야, 난쟁이." 그는 접시를 든 팔을 감방이 끝나고 하늘이 시작되는 가장자리로 쭉 뻗었다. "먹기 싫어? 자. 와서 받아."

티리온은 그 접시를 잡기엔 팔이 너무 짧았고, 감방 가장자리에 그렇게 가까이 갈 마음도 없었다. 모드가 무거운 허연 배로 한 번 밀기만 하면 티리온은 하늘성의 돌 위에 기분 나쁜 붉은 자국으로 남게 될 것이다. 수백 년 동안 이어리의 수많은 다른 죄수들이 그랬듯이. "생각해보니 배가 고프지 않군." 티리온은 그렇게 선언하고 감방 구석으로 돌아갔다.

모드는 툴툴거리더니 굵은 손가락을 폈다. 바람이 접시를 낚아챘고, 접시는 빙글 뒤집히면서 떨어졌다. 콩 한 줌이 그들 쪽으로 튀고 나머지는 보이지 않는 곳으로 사라졌다. 간수가 웃자 배가 푸딩처럼 흔들렸다.

티리온은 욱하는 마음에 뱉듯이 말했다. "이 매독쟁이의 자식. 이질이나 걸려서 뒈져라."

그 말에 모드는 티리온을 걷어찼다. 강철을 앞에 댄 장화가 티리온의 갈비뼈를 깊이 파고들었다. "취소하지!" 티리온은 짚 더미 위에서 몸을 반으로 접으며 헐떡였다. "내가 직접 죽이겠어. 맹세해!" 쇠테 두른 육중한 문이 쾅 소리를 내며 닫혔다. 열쇠 돌아가는 소리가 들렸다.

티리온은 아린 가문에서 어처구니없게도 '지하감옥'이라고 부르는 곳의 구석 자리로 기어 돌아가면서 자신이 작은 몸집으로 감당하기엔 위험한 입을 타고나는 저주를 받았다고 생각했다. 그는 유일한 침구인 얇은 담요 아래에 몸을 웅크리고, 눈부시게 빛나는 텅 빈 푸른 하늘과 끝없이 이어지는 것 같은 먼 산맥을 바라보았다. 마릴리언과 주사위 놀이를 해서 따낸 그림자 가죽 망토가 아직 있다면 좋았을 텐데. 마릴리언이 산적 두목의 시체에서 벗겨낸 그 가죽은 피와 곰팡이 냄새가 났지만, 그래도 따뜻하고 두꺼웠다. 모드는 그 망토를 보자마자 빼앗아 갔다.

짐승 발톱처럼 날카로운 돌풍이 그의 담요를 잡아당겼다. 그의 감방은 난쟁이에게도 비참할 정도로 작았다. 1.5미터도 떨어지지 않은 곳에서 벽이 있어야 할 자리, 제대로 된 지하감옥이라면 벽이 있었을 자리에 바닥이 끝나고 하늘이 시작되었다. 신선한 공기와 햇빛은 넘쳤고 밤이면 달과 별을 볼 수 있었지만, 티리온은 그 모든 것을 캐스털리록 안에서 제일 축축하고 어두운 구덩이와 당장이라도 맞바꿀 마음이 있었다.

모드는 티리온을 그 감방 안에 밀어 넣을 때 장담했다. "너 난다. 20일, 30일, 50일 걸릴지도 모르지. 그다음엔 날아."

아린 가문은 영지 내에 유일한 지하감옥을 죄수들이 탈출한다면 환영인 곳에 두었다. 첫날, 티리온은 몇 시간이나 용기를 끌어올린 후에 배를 대고 엎드려서 가장자리까지 기어간 다음, 고개를 내밀고 아래를 보았다. 하늘성은 200미터 가까이 아래에 있었고, 그 사이에는 텅 빈 허공뿐이었다. 목을 최대한 길게 빼면 오른쪽과 왼쪽과 위에 있는 다른 감방을 볼 수 있었다. 그는 돌로 만든 벌집에 든 벌, 그것도 누군가가 날개를 뜯어낸 벌이었다.

감방 안은 추웠고, 밤이고 낮이고 바람이 울부짖었으며, 그중에서도 최악은 바닥이 기울어져 있다는 점이었다. 아주 약간이었지만, 그것으로 충분했다. 티리온은 자다가 몸을 굴리는 바람에 가장자리로 미끄러져 떨어지면서 공포에 질려 깨어날까 봐 눈을 감기가 무서웠다. 하늘 감옥에 든 사람들이 미치는 것도 놀랍지 않았다.

'신들이시여 이 몸을 구하소서.' 예전 수감자 누군가가 피로 보이는 것으로 벽에 적어놓았다. '창공이 부르고 있습니다.' 처음에 티리온은 누가 적었을까, 그리고 어떻게 되었을까 궁금했다. 나중에는 모르는 편이 낫겠다 싫어졌다.

입만 다물고 있었더라도…….

끌이 형편없는 그 소년이 아린 가문의 달과 매 깃발 아래 놓인 영목 옥좌에서 그를 내려다보면서부터 벌어진 일이었다. 티리온 라니스터는 평생 내려다보는 시선을 받았지만, 어른 키만큼 올라가려면 뚱뚱한 쿠션을 엉덩이 아래에 받쳐야 하는 점액투성이 눈의 여섯 살짜리가 내려다보는 일은 드물었다. "저게 그 나쁜 사람이에요?" 소년은 인형을 꼭 붙잡고 물었다.

"그렇단다." 라이사 부인이 옆에 놓인 작은 옥좌에서 말했다. 온통 파란 옷차림에, 궁정을 채운 구혼자들을 위해 분을 바르고 향수를 뿌린 채였다.

"되게 작네요." 이어리의 영주가 키득거리며 말했다.

"이자가 라니스터 가문의 꼬마 악마 티리온, 네 아버지를 살해한 자란다." 라이사 부인은 모두가 들을 수 있도록, 이어리의 하늘 회랑 전체에 퍼져나가 우윳빛 벽과 가느다란 기둥들에 울려 퍼지도록 목소리를 높였다. "왕의 수관을 시해했지!"

"오, 내가 그 사람도 죽였나?" 티리온이 어리석은 답을 했다.

입을 다물고 고개를 숙였더라면 좋았을 순간이었다. 이제는 알 수 있었다. 일곱 지옥이여, 그때도 알고는 있었다. 아린 가문의 '하늘 회랑'은 길고 장중했으며, 푸른 무늬가 연하게 보이는 하얀 대리석 벽에는 소름 끼치는 한기가 깃들어 있었으나, 그를 둘러싼 얼굴들은 그보다 더 차가웠다. 캐스털리록의 힘은 멀리 떨어져 있었고, 아린 협곡에는 라니스터의 친구가 없었다. 굴복과 침묵이 가장 좋은 방어 수단이었으리라.

하지만 분별을 찾기에는 티리온의 기분이 너무 나빴다. 수치스럽게도 그는 온종일 이어지는 이어리행 오르막길 마지막 구간에서 비틀거렸고, 짧은 다리로는 더 올라갈 수가 없었다. 브론이 그를 짊어지고 남은 길을 올랐고, 그 굴욕감이 티리온의 타오르는 분노에 기름을 부었다. 그는 신랄하게 비꼬았다. "내가 아주 바쁜 난쟁이였나 보군. 내가 언제 그 사람들을 다 죽이고 살해할 시간을 냈나 궁금한데."

누구를 상대하고 있는지 기억했어야 했다. 라이사 아린과 그녀의 반쯤 미친 약골 아들은 궁정에 있을 때도 재담을 좋아하지 않았고, 특히 그 재담이 자기들을 향할 때는 더 그랬다.

라이사는 차갑게 말했다. "꼬마 악마, 그 비웃어대는 혀를 잘 간수하고 내 아들에게 정중하게 말하지 않으면 후회하게 해주겠다. 네가 어디에 있는지 명심해라. 여기는 이어리이고, 네 주위에 보이는 이들은 아린 협곡의 기사들, 존 아린을 사랑했던 진정한 사내들이다. 모두 나를 위해 목숨 바칠 사람들이지."

"아린 부인, 나에게 해를 끼친다면 우리 형님 제이미가 기꺼이 여기 기사들이 목숨 바치게 해줄 거요." 말을 뱉어내면서도 그게 어리석인 말인 줄은 알고 있었다.

"날 수 있으신가, 라니스터 공?" 라이사 부인이 물었다. "난쟁이에겐 날개가 달렸나? 그게 아니라면 다음에 떠오르는 위협은 삼키는 편이 더 현명할걸."

"난 위협을 한 게 아니오. 약속한 거지." 티리온이 말했다.

그러자 어린 로버트 공이 벌떡 일어섰다. 몹시 흥분해 인형까지 떨어뜨렸다. 아이는 소리를 질렀다. "넌 우릴 해칠 수 없어. 여기선 아무도 우릴 못 해쳐. 말해줘요, 어머니. 여기에선 우릴 해칠 수 없다고 말해줘요." 아이는 경련하기 시작했다.

"이어리는 난공불락이다." 라이사 아린은 침착하게 확언했다. 그녀는 아들을 가까이 끌어당겨, 포동포동한 하얀 팔 안에 안전히 붙들었다. "꼬마 악마가 우리에게 겁을 주려 하는구나, 아가. 라니스터는 다 거짓말쟁이야. 아무도 우리 사랑스러운 아가를 해치진 못해요."

견딜 수 없는 건, 라이사가 옳다는 점이었다. 티리온은 여기까지 오는 길을 겪었기에, 위에서 돌과 화살이 쏟아지는데 갑옷을 입은 기사가 한 계단 한 계단 적과 다투면서 헤쳐나간다는 게 어떤 모습일지 잘 상상할 수 있었다. 악몽 정도로는 표현이 되지도 않았다. 이어리가 점령당한 적 없는 것도 당연했다.

그래도 티리온은 입을 다물 수가 없었다. "난공불락은 아니야. 불편하달 뿐이지."

어린 로버트가 부들부들 떨리는 손으로 그를 가리켰다. "넌 거짓말쟁이야. 어머니, 저놈이 나는 모습을 보고 싶어요." 하늘색 망토를 두른 위병 두 명이 티리온의 팔을 잡고 바닥에서 들어 올렸다.

캐틀린 스타크가 아니었다면 그때 무슨 일이 일어났을지 신들만 아시리라. 캐틀린은 옥좌 뒤에 서 있다가 외쳤다. "동생아, 이자는 내 죄수라는 점을 기억해주기 바란다. 그에게 해를 입히지 않았으면 한다."

라이사 아린은 싸늘한 눈으로 언니를 잠시 보더니, 일어서서 긴 치맛자락을 끌고 티리온에게 내려왔다. 잠시 그녀가 때리지 않을까 두려웠지만, 그녀는 병사들에게 그를 내려놓으라고 명령했다. 병사들은 티리온을 바닥에 밀었고, 그는 다리가 풀리면서 쓰러졌다.

애써 무릎을 세우려다가 오른쪽 다리에 쥐가 나서 다시 납작하게 뻗어버리는 모습이 꽤나 볼 만했으리라. 웃음소리가 아린의 하늘 회랑을 쩌렁쩌렁 울렸다.

라이사 부인이 선언했다. "내 언니의 작은 손님이 일어서지도 못할 만큼 지치셨군. 바디스 경, 이자를 지하감옥으로 데려가시오. 우리의 하늘 감옥에서 쉬면 몸이 훨씬 좋아지겠지."

병사들이 그를 일으켜 세웠다. 티리온 라니스터는 두 병사 사이에 매달려서 힘없이 발을 걷어차며 수치심에 얼굴을 붉혔다. "이 일을 기억하겠다." 그는 들려 나가면서 그들 모두에게 말했다.

기억은 했다. 그렇다고 나아질 것도 없었지만.

처음에는 이런 수감 생활이 오래 갈 리 없다고 스스로를 달랬다. 라이사 아린은 의지를 꺾고 싶을 뿐이다, 곧 다시 부를 것이다, 라이사가 아니라면 캐틀린 스타크라도 심문하고 싶어 하겠지, 이번에는 혀를 더 잘 간수하리라, 감히 바로 죽이지는 못할 것이다……. 그는 여전히 캐스털리록의 라니스터였고, 그가 피를 흘린다면 곧 전쟁이었다. 어쨌든 티리온은 스스로에게 그렇게 말했다.

이제는 그렇게 확신할 수 없었다.

그를 포획한 이들은 그가 여기에서 썩게 놓아두기로 작정한 것 같은데, 그에게는 오래 썩을 힘도 없을지 몰랐다. 그는 하루하루 더 약해졌고, 간수 모드가 굶어 죽게끔 몰아가지 않는다 해도 놈의 발길질과 주먹질에 심각한 상처를 입는 것은 시간문제였다. 며칠만 더 추위와 굶주림에 시달리면 창공이 그를 부르기 시작할 터였다.

감방 벽 너머에서는 무슨 일이 일어나고 있을까 궁금했다. 타이윈 공은 소식을 듣고 기수들을 내보냈을 것이다. 바로 지금도 제이미가 군대를 이끌고 달의 산맥을 통과하고 있을지 몰랐다……. 북쪽 윈터펠로 말을 달리고 있지 않다면 말이다. 협곡 바깥에 누구라도 캐틀린 스타크가 그를 어디로 데려갔는지 의심할 사람이 있을까? 세르세이가 소식을 들으면 어떻게 할까도 궁금했다. 왕이 풀어주라고 명령할 수도 있겠지만, 로버트가 왕비의 말을 들을까 수관의 말을 들을까? 티리온은 왕이 누나에게 애정을 품고 있다고 착각하지 않았다.

세르세이에게 기지가 있다면 왕이 직접 심판해야 한다고 주장하리라. 네드 스타크라 해도 왕의 명예를 의심하지 않고는 그런 제안에 반대할 수 없었다. 그리고 티리온은 기꺼이 재판에 운을 걸 작정이었다. 그들이 그의 책임이라 주장하는 살인 사건이 무엇이든 간에, 스타크에게는 증거가 없었다. 철왕좌와 영주들 앞에서 입증해보라고 하자. 그걸로 끝날 것이다. 세르세이가 그 점을 이해할 만큼 영리하기만 하다면…….

티리온 라니스터는 한숨을 쉬었다. 그의 누나도 얕은 꾀나마 없는 사람은 아니었지만, 자존심에 눈이 멀었다. 세르세이라면 이 사건을 기회가 아니라 모욕으로 볼 터였다. 그리고 제이미는 더 나빠서, 무모하고 고집불통인 데다 쉽게 화를 냈다. 그의 형은 칼로 잘라버릴 수 있는 매듭을 찬찬히 푸는 법이 없었다.

티리온은 둘 중 어느 쪽이 스타크 소년의 입을 막으려고 강도를 보냈을까, 그리고 그들이 정말로 아린 공의 죽음을 공모했을까 궁금했다. 만약 늙은 수관이 살해당했다면, 교묘하고 교활한 수법이었다. 그 나이의 남자들은 언제나 급환으로 죽기 십상이니. 반면, 멍청이에게 훔친 칼을 들려주고 브랜던 스타크에게 보낸 건 믿을 수 없을 만큼 서툰 수법이었다. 생각해보니 기이하지 않은가…….

티리온은 몸서리를 쳤다. 이제는 고약한 의심이 들었다. 숲 속의 야수가 다이어울프와 사자만은 아닐지도 몰랐다. 만약 그렇다면 누군가가 그를 끄나풀로 이용하는 셈이었다. 티리온 라니스터는 이용당하는 게 싫었다.

여기에서 나가야 했다. 그것도 빨리. 티리온이 모드를 제압할 가능성은 없다고 봐야 했고, 누가 그에게 200미터짜리 밧줄을 몰래 넣어줄 리도 없으니, 말재간으로 벗어나야 했다. 입 때문에 이 감방에 들어왔으니, 입으로 나갈 수도 있으리라.

티리온은 발밑의 기울어진 바닥과 계속해서 가장자리로 끌어당기는 미묘한 힘을 무시하려고 최선을 다하며 몸을 일으켰다. 그는 소리쳤다. "모드! 간수! 모드, 자네 좀 보세!" 10분은 족히 소리를 지른 다음에야 발소리가 들렸다. 티리온은 요란한 소리를 내며 문이 열리기 직전에 뒤로 물러섰다.

"시끄럽게 구네." 모드가 눈에 핏발을 세우고 으르렁거렸다. 두툼한 손 한쪽에 넓고 두꺼운 가죽끈을 접어 쥐고 있었다.

'절대로 두려움을 드러내지 마.' 티리온은 스스로에게 상기시키고 물었다. "부자가 되고 싶지 않나?"

모드가 그를 때렸다. 대충 내두른 가죽끈은 티리온의 위팔을 맞혔다. 티리온은 그 서슬에 비틀거렸고, 통증 때문에 이를 악물어야 했다. "입 놀리지마, 난쟁이." 모드가 경고했다.

"금—" 티리온은 억지 미소를 지으며 말했다. "캐스털리록엔 금이 가득하…… 아아아악……." 이번에는 모드가 가죽끈을 내리쳤고, 팔을 더 세게 휘둘러서 가죽끈이 쩍 하며 반동해 올라왔다. 가죽끈은 티리온의 갈비뼈를 때리고 낑낑거리며 무릎을 꿇게 만들었다. 티리온은 애써 간수를 올려다보고 쌕쌕거리며 말했다. "라니스터만큼 부자라는 말도 있다네, 모드—"

모드는 툴툴거렸다. 가죽끈이 휘파람 소리를 내며 허공을 가르고 티리온의 얼굴을 정통으로 때렸다. 통증이 너무 심해서 쓰러진 기억도 나지 않았지만, 눈을 다시 떠보니 감방 바닥에 쓰려져 있었다. 귀가 울렸고, 입에는 피가 가득했다. 몸을 밀어 세우려고 잡을 것을 찾아 더듬었더니, 그의 손가락이…… 허공을 쓸었다. 티리온은 불에 덴 것처럼 후다닥 손을 거두고, 숨을 가다듬으려고 최선을 다했다. 그는 창공에서 얼마 떨어지지 않은 가장자리에 쓰러져 있었다.

"더 할 말 있나?" 모드가 두 주먹 사이에 끈을 쥐고 팽팽하게 잡아당겼다. 티리온은 움찔했다. 간수가 낄낄거리고 웃었다.

'날 밀어내진 않을 거야.' 티리온은 가장자리에서 기어들어가면서 절박하게 스스로를 타일렀다. '캐틀린 스타크가 날 살려두고 싶어 하니까, 감히 날 죽이진 못해.' 그는 손등으로 입술에 묻은 피를 닦고, 히죽 웃으며 말했다. "맹렬한 한 방이군, 모드." 간수는 조롱을 당하는 건지 판단하려는 듯 눈을 가늘게 뜨고 그를 보았다. "자네처럼 힘이 센 남자라면 잘 써먹을 수 있을 텐데." 가죽끈이 날아왔지만, 티리온도 이번에는 피할 수 있었다. 어깨에 비스듬히 맞기는 했지만, 그뿐이었다. "금이라니까." 티리온은 게처럼 재빨리 뒤로 빠지면서 되풀이했다. "자네가 여기에서 평생 볼 금보다 더 많아. 땅과 여자, 말을 사고…… 영주가 될 수 있어. 모드 영주라고." 티리온은 피와 가래 덩어리를 하늘에 뱉었다.

"금 없어." 모드가 말했다.

'듣고 있군!' 티리온은 생각했다. "날 잡을 때 지갑을 가져가긴 했지만, 금화는 여전히 내 거라네. 캐틀린 스타크는 사람을 포로로 잡을지는 몰라도 재산을 강탈할 리는 없거든. 그건 명예롭지 못한 짓이니까 말이야. 날 도와주면 그 금화가 다 자네 거야." 모드의 가죽끈이 날아왔지만 될 대로 되라는 듯 건성이었고 업신여기듯 느렸다. 티리온은 손으로 가죽끈을 잡아 쥐었다. "자네에겐 위험할 게 없어. 전언만 해주면 돼."

간수는 티리온이 쥔 가죽끈을 잡아당겨 뺐다. "전언." 그는 그런 말을 처음 듣는 듯이 말했다. 얼굴을 찌푸리자 이마에 주름이 깊게 패었다.

"내 말 들었잖소, 모드 영주. 마님에게 내 말만 전하면 된다니까. 이렇게 전해……." 뭐라고 하지? 어떻게 하면 라이사 아린이 수그러들까? 영감은 티리온 라니스터에게 갑자기 찾아왔다. "……내가 내 죄를 고백하고 싶어 한다고."

모드는 팔을 들어 올렸고 티리온은 또 한 번의 타격에 대비했지만, 간수는 망설였다. 의심과 탐욕이 그 눈동자 속에서 전쟁을 벌였다. 그는 금을 갖고 싶었지만, 속임수를 두려워했다. 자주 속아본 사람의 눈빛이었다. 모드는 험악하게 중얼거렸다. "거짓말이야. 난쟁이는 날 속여."

"내 약속을 글로 적어주지." 티리온이 맹세했다.

어떤 문맹자들은 글을 업신여겼다. 또 어떤 문맹자들은 글씨에 무슨 마법이라도 깃든 것처럼 미신적으로 숭배했다. 운 좋게도 모드는 후자였다. 간수는 가죽끈을 내렸다. "금을 적어놔. 많은 금."

"아, 많은 금을 주지." 티리온이 확언했다. "지갑은 맛보기에 불과하다네, 친구. 우리 형님은 순금으로 만든 갑옷을 입지." 사실 제이미의 갑옷은 도금한 강철이었지만, 이 멍청이가 차이를 알 리 없었다.

모드는 생각에 잠겨서 가죽끈을 만지작거렸지만, 결국 수그러들어서 종이와 잉크를 가지러 갔다. 편지를 다 쓰자 간수는 얼굴을 찌푸리고 그 종이를 의심스럽게 보았다. "이제 전언을 해주게." 티리온이 독촉했다.

밤늦게 그들이 찾아왔을 때 티리온은 벌벌 떨면서 자고 있었다. 모드가 문을 열었지만 말을 하지는 않았다. 바디스 이겐 경이 장화 끝으로 티리온을 깨웠다. "일어서게, 꼬마 악마. 마님께서 보고 싶어 하시네."

티리온은 졸린 눈을 비비고 거의 감각도 없는 얼굴로 우거지상을 지었다. "그야 그렇겠지만, 왜 나도 그 여자를 보고 싶어 한다고 생각하나?"

바디스 경은 얼굴을 찌푸렸다. 그가 킹스랜딩에서 수관의 위병대장으로 일한 세월이 있으니 티리온은 그를 잘 기억하고 있었다. 각지고 평범한 얼굴, 은빛 머리, 단단한 체격, 그리고 도무지 익살을 모르는 성격. "당신이 뭘 원하는지야 내 알 바 아니지. 일어서. 아니면 들고 갈 테니."

티리온은 불편하게 몸을 세우고는 가볍게 말했다. "추운 밤인데, '하늘 회랑'은 외풍이 심하지. 한기 들고 싶진 않군. 모드, 괜찮다면 내 망토 좀 가져다주게."

간수는 의심이 짙은 얼굴로 눈을 가늘게 뜨고 그를 보았다.

티리온은 다시 말했다. "내 망토. 보관해두려고 가져간 그림자 가죽 있잖나. 기억할 텐데."

"그 망할 망토를 가져다주게." 바디스 경이 말했다.

모드는 감히 투덜거리지 못했다. 그는 나중에 응징하겠다는 눈빛으로 티리온을 노려보면서도, 망토를 가지러 갔다. 모드가 망토를 둘러주자 티리온은 미소 지었다. "고맙군. 이걸 입을 때마다 자넬 생각하지." 티리온은 질질 끌리는 긴 모피 끝을 오른쪽 어깨 너머로 두르고, 며칠 만에 처음으로 따뜻함을 느꼈다. "앞장서시오, 바디스 경."

벽에 박힌 홰에서 타는 50개의 불길이 아린의 하늘 회랑을 밝히고 있었다. 라이사 부인은 가슴에 진주로 달과 매를 수놓은 검은 비단옷을 입었다. 그 여자가 밤의 경비대에 들어갔을 리도 없으니, 상복이 티리온의 고백에 어울리는 의상이라고 생각한 모양이었다. 긴 적갈색 머리채는 정성들여 땋아서 왼쪽 어깨에 늘어뜨렸다. 옆에 놓인 더 높은 옥좌는 비어 있었다. 이어리의 어린 영주는 벌벌 떨면서 지느라 빠졌으리라. 티리온은 그나마 그 아이가 없다는 데 감사했다.

그는 깊이 허리를 숙이고 잠시 방 안을 둘러보았다. 희망한 대로 아린 부인은 그의 고백을 듣기 위해 기사와 가신들을 소집했다. 브린덴 툴리 경의 엄한 얼굴도 보이고 네스토 로이스 공의 퉁명스러운 얼굴도 보였다. 네스토 옆에는 짧고 진한 검은색 구레나룻의 젊은 남자가 서 있었는데, 그의 후계자인 알바르 경이 틀림없었다. 아린 협곡의 주요 가문은 대부분 출석했다. 티리온은 검처럼 호리호리한 린 코브레이 경, 다리에 통풍이 걸린 헌터 공, 아들들에게 둘러싸인 웨인우드의 미망인을 보았다. 다른 사람들은 그가 알지 못하는 문장을 지니고 있었다. 부러진 창, 초록색 독사, 불타는 탑, 날개 달린 성배…….

협곡의 귀족들 사이에 하늘 가도를 함께 달려온 동행이 몇 명 보였다. 로드릭 카셀 경이 부상이 다 낫지 않아 창백한 낯빛으로 윌리스 워드 경과 나란히 서 있었다. 가수 마릴리언은 새로운 나무 하프를 찾아낸 모양이었다. 티리온은 미소 지었다. 오늘 밤 여기에서 무슨 일이 일어나든 비밀로 하고 싶지는 않았고, 이야기를 도처에 퍼트리기로는 가수만 한 이들이 없었다.

홀 뒤쪽에서는 브론이 기둥 뒤에 느긋하게 서 있었다. 그 자유기수의 검은 눈은 티리온을 똑바로 보았고, 손은 칼자루에 가볍게 얹혀 있었다. 티리온은 브론을 한참 바라보며 생각해보았다…….

캐틀린 스타크가 먼저 입을 열었다. "죄를 고백하고 싶어 한다 들었소."

"그렇소, 부인." 티리온이 대답했다.

라이사 아린이 언니를 보고 빙긋 웃었다. "하늘 감옥은 언제나 사람을 무너뜨리지. 신들이 내려다보시는데, 몸을 감출 어둠이라곤 없거든."

"무너진 사람처럼 보이진 않는구나." 캐틀린 부인이 말했다.

라이사 부인은 언니에게 신경 쓰지 않았다. "할 말을 하라." 그녀가 티리온에게 명령했다.

'이제 주사위를 굴려봐야지.' 그는 브론을 한 번 더 흘긋 보고 생각했다. "어디에서부터 시작할까? 고백건대 난 비열한 난쟁이요. 내가 저지른 범죄와 죄악은 헤아릴 수가 없소이다, 여러분. 난 창녀들과 한 번이 아니라 수백 번을 잤소. 내 고귀한 아버지의 죽음을 소원했고, 우리의 자애로운 왕비이신 누나의 죽음도 빌었지요." 뒤쪽에서 누군가가 킥킥거렸다. "내 하인들을 언제나 친절하게 다루진 않았소. 도박도 했지. 부끄럽지만 속임수를 쓰기도 했소. 나는 궁정의 고귀한 귀족 남녀에 대해 잔인하고 못된 말들을 많이 했소." 이제는 노골적인 웃음소리가 들렸다. "한번은 내가—"

"조용히!" 라이사 아린의 창백한 둥근 얼굴이 타는 듯한 분홍빛으로 변해 있었다. "대체 뭘 하는 건가, 난쟁이?"

티리온은 고개를 갸웃했다. "그야 제 범죄를 고백하고 있지요, 부인—"

캐틀린 스타크가 한 발 앞으로 나섰다. "귀공은 침실에 든 내 아들 브랜을 죽이기 위해 자객을 보내고, 왕의 수관이었던 존 아린 공의 살해를 공모한 혐의를 받고 있소."

티리온은 하릴없다는 듯 어깨를 으쓱였다. "안타깝지만 그런 범죄를 고백할 순 없군요. 살인에 대해서는 아는 바가 없어요."

라이사 부인이 영목 옥좌에서 일어섰다. "비웃음은 용납하지 않겠다. 형편없는 장난은 이제 됐겠지, 꼬마 악마. 즐거웠으리라 믿는다. 바디스 경, 지하감옥으로 데려가시오……. 이번에는 더 작은 방에, 바닥이 더 심하게 기운 곳으로."

"협곡에서는 정의가 이런 식으로 이루어지나?" 티리온은 바디스 경이 한순간 얼어붙을 만큼 큰 소리로 호령했다. "명예는 피의 관문에서 멈추는 건가? 내 범죄를 고발하면서, 내가 부인하면 얼어 죽거나 굶어 죽으라고 뻥 뚫린 감방에 던져 넣는군." 그는 고개를 들고 모두에게 모드가 얼굴에 남겨놓은 멍 자국을 보였다. "왕의 정의는 어디 있소? 이어리는 칠왕국이 아니란 말이오? 나를 고발한다면, 좋소. 재판을 요구하오! 내가 말을 하게 해주고, 신들과 인간들이 보는 앞에서 내 진실이든 거짓이든 공개적으로 판단받게 하시오."

낮은 웅성임이 하늘 회랑을 채웠다. 티리온은 라이사가 걸려들었음을 알았다. 그는 귀족이었고, 왕국에서 가장 강력한 영주의 아들이자 왕비의 동생이었다. 그가 재판을 거부받을 수는 없었다. 하늘색 망토를 입은 병사들이 티리온 쪽으로 다가오려 했지만, 바디스 경이 멈춰 세우고 라이사 부인을 쳐다보았다.

라이사의 작은 입이 비틀리며 심술궂은 미소를 지었다. "재판을 받고 고발된 범죄에 유죄임이 밝혀지면, 왕법에 따라 목숨으로 갚아야 하지. 이어리는 사형 집행인을 두지 않는다오, 라니스터 공. '달의 문'을 열라."

몰려 선 관중들이 갈라졌다. 두 개의 가느다란 대리석 기둥 사이에 영목의 하얀 바탕에 초승달이 새겨진 좁은 문이 있었다. 위병 두 명이 그쪽으로 헤쳐 나아가자 문 가까이 서 있던 사람들이 뒤로 물러섰다. 병사 하나가 무거운 청동 빗장을 치웠다. 두 번째 병사는 문을 당겼다. 두 병사의 하늘색 망토가 열린 문을 통해 불어 닥친 돌풍에 확 올라갔다. 문 너머는 차갑고 무정한 별들이 점점이 뿌려진 텅 빈 밤하늘이었다.

"왕의 정의를 보라." 라이사 아린이 말했다. 벽을 따라 횃불들이 작은 깃발처럼 펄럭이고, 여기저기 꺼지기도 했다.

"라이사, 이건 현명하지 않은 것 같구나." 검은 바람이 홀 안에 소용돌이치자 캐틀린 스타크가 말했다.

그녀의 동생은 그 말을 무시했다. "재판을 원하신다고, 라니스터 공. 좋소, 재판을 받게 될 거요. 그대가 무슨 말을 하는지 내 아들이 들을 것이고, 그대는 내 아들의 판결을 듣게 될 거요. 그다음에는 떠날 수 있겠지…… 이 문으로든, 저 문으로든."

티리온은 라이사가 아주 뿌듯해하는 얼굴이라고 생각했다. 그도 그럴 것이 자신의 약골 아들이 판결을 맡는데 재판이 그녀에게 무슨 위협이 되겠는가? 티리온은 달의 문을 흘긋 보았다. '어머니, 저놈이 나는 걸 보고 싶어요!' 아이는 그렇게 말했었다. 그 어린 코 찔찔이가 이미 저 문으로 얼마나 많은 사람을 내보낸 걸까?

"훌륭하신 부인, 고맙지만 로버트 공을 힘들게 할 필요는 없어 보이는군요." 티리온은 정중하게 말했다. "신들은 내가 결백하다는 진실을 아십니다. 나는 인간이 아니라 신들의 판결을 받겠소. 결투 재판을 요구하오."

폭풍처럼 터진 웃음소리가 아린 가문의 하늘 회랑을 채웠다. 네스토 로이스 공은 코웃음을 쳤고, 윌리스 경은 쿡쿡거렸으며, 린 코브레이 경은 껄껄 웃었고, 다른 이들은 고개를 젖히고 눈물을 흘리면서 폭소했다. 마릴리언은 다친 손가락을 서툴게 움직여서 새 나무 하프로 흥겨운 가락을 뜯었다. 새된 소리를 내며 달의 문으로 들어오는 바람마저도 조롱하는 휘파람 같았다.

라이사 아린의 연한 푸른색 눈에는 반신반의하는 빛이 보였다. 티리온이 그녀를 당혹시킨 것이다. "분명히 그럴 권리가 있기는 하지."

전포에 초록색 독사가 수놓인 젊은 기사 하나가 나서서 한쪽 무릎을 꿇었다. "부인, 제가 부인의 대의를 대변하는 대전사가 되기를 청합니다."

"그 영예는 나의 것이 되어야지." 늙은 헌터 공이 말했다. "부군에 대해 제가 품은 애정을 생각하여, 제가 그 죽음을 복수하게 해주십시오."

"제 아버지는 아린 협곡의 고위집사로서 존 공을 충실히 섬겼습니다." 알바르 로이스가 쩌렁쩌렁하게 외쳤다. "제가 그분의 아드님을 섬기게 해주십시오."

린 코브레이 경이 말했다. "신들은 정당한 명분이 있는 자를 아끼시나, 그 명분은 가장 확실한 검에 있을 때가 많지요. 우리 모두 누가 그런 검인지 압니다." 그는 겸손한 미소를 지었다.

다른 십여 명이 한꺼번에 말을 하는 바람에 시끄러워서 알아들을 수가 없었다. 그토록 많은 낯선 이들이 열성적으로 자신을 죽이려 하니 티리온은 기운이 빠졌다. 그다지 영리한 계획이 아니었는지도 몰랐다.

라이사 부인이 한 손을 들어 좌중을 조용히 시켰다. "고맙소, 여러분. 내 아들도 여기 있었다면 여러분에게 감사했을 거요. 칠왕국의 어떤 사내들도 아린 협곡의 기사들만큼 담대하고 진실하지 않소. 여러분 모두에게 이 영예를 부여할 수 있다면 좋겠지만, 한 명밖에 고를 수 없으니……." 그녀가 손짓했다. "바디스 이겐 경, 경은 언제나 내 남편의 훌륭한 오른팔이었소. 경이 우리의 대전사가 되어야겠소."

유달리 침묵을 지키고 있던 바디스 경이 한쪽 무릎을 꿇으며 진지하게 말했다. "부인, 부디 이 짐을 다른 사람에게 넘겨주십시오. 저는 하지 못하겠습니다. 이자는 전사가 아닙니다. 보십시오. 제 몸집의 반도 안 되고 다리까지 저는 난쟁이입니다. 저런 자를 도륙하고 그것을 정의라 부른다면 부끄러운 일일 것입니다."

'오, 끝내주는군.' 티리온은 생각했다. "동감이오."

라이사는 그를 노려보았다. "결투 재판을 요구한 건 그대요."

"그리고 이제는 대전사를 요구합니다. 부인도 대전사를 골랐으니까요. 제 형인 제이미가 기꺼이 제 역할을 대신해줄 겁니다."

"그대의 소중한 킹슬레이어는 여기에서 수천 리 떨어진 곳에 있소." 라이사 아린이 날카롭게 말했다.

"새를 보내어 부르시죠. 기꺼이 도착을 기다릴 테니."

"그대는 내일 바디스 경을 마주할 거요."

"가수!" 티리온은 마릴리언을 돌아보고 말했다. "이 일로 노래를 만들거든, 아린 부인이 어떻게 난쟁이에게 대전사를 내세울 권리를 불허하고, 멍들고 다리를 저는 몸으로 최고의 기사를 맞이하게 내몰았는지 확실히 쓰게나."

"그 어떤 불허도 없소!" 라이사 부인은 짜증이 나서 새된 소리로 말했다. "대전사의 이름을 대시오, 꼬마 악마……. 그대를 위해 죽을 사람을 찾을 수 있다면."

"어차피 같은 이야기라면, 날 위해 죽여줄 사람을 찾겠소." 티리온은 긴 홀을 훑어보았다. 아무도 움직이지 않았다. 이게 다 엄청난 실수였나 하는 생각이 길게 이어졌다.

그러다가 방 뒤편에서 누군가가 움직였다. "내가 난쟁이를 대신하리다." 브론이 외쳤다.

에다드

그는 오래된 꿈을 꾸었다. 하얀 망토를 두른 세 기사와 오래전에 무너진 탑, 그리고 피투성이 침대에 누운 리안나에 대한 꿈이었다.

꿈속에서도 실제 그랬듯 친구들이 함께 말을 달렸다. 조리의 아버지인 위풍당당한 마틴 카셀, 충성스러운 테오 월, 브랜던 형의 종자였던 에단 글로버, 말투가 부드럽고 마음이 다정했던 마크 리스웰 경, 호상민 하울랜드 리드, 그리고 거대한 붉은 종마를 탄 더스틴 공. 네드는 예전에 그들의 얼굴을 자신의 얼굴처럼 잘 알았지만, 결코 잊지 않겠다고 맹세했어도 세월은 기억을 고갈시켰다. 꿈속에서 그들은 그림자에 지나지 않았으며, 안개로 만든 말에 올라탄 회색 망령들이었다.

그들은 일곱이서 세 명을 대적했다. 꿈속에서도 생시와 같았다. 그러나 평범한 세 명이 아니었다. 그들은 붉은 도르네 산맥을 등지고, 둥근 탑 앞에서 바람에 하얀 망토를 휘날리며 기다렸다. 그리고 그들은 그림자가 아니었다. 지금도 그들의 얼굴은 선명하게 보였다. 아침의 검 아서 데인 경은 슬픈 미소를 머금고 있었다. 오른쪽 어깨 위로 대검 '여명(Dawn)'의 칼자루가 솟아올라 있었다. 오스웰 휀트 경은 한쪽 무릎을 꿇고 숫돌로 칼을 갈고 있었다. 하얗게 법랑을 입힌 투구에는 휀트 가문의 검은 박쥐가 날개를 폈다. 두 사람 사이에는 킹스가드의 단장이었던 사나운 노기사 '하얀 황소' 제럴드 하이타워 경이 서 있었다.

"트라이던트에서 경들을 찾았습니다." 네드가 그들에게 말했다.

"우린 거기 없었네." 제럴드 경이 대답했다.

"우리가 있었다면 찬탈자가 화를 당했으리니." 오스웰 경이 말했다.

"킹스랜딩이 함락되고, 제이미 경이 금빛 검으로 경들의 왕을 베었을 때 경들이 어디에 있을까 궁금했습니다."

"먼 곳에 있었네. 그렇지 않았다면 아에리스는 아직 철왕좌에 앉아 있고, 우리의 거짓 형제는 일곱 지옥에서 불탔겠지." 제럴드 경이 말했다.

"난 포위를 풀기 위해 스톰스엔드로 갔고, 티렐 공과 레드와인 공은 깃발을 내렸으며, 모든 기사들이 무릎을 꿇고 충성 서약을 했습니다. 분명히 경들도 그곳에 있을 줄 알았지요."

"우리는 무릎을 쉽게 굽히지 않는다네." 아서 데인 경이 말했다.

"윌렘 대리 경이 경들의 왕비와 비세리스 왕자와 함께 드래곤스톤으로 달아났습니다. 경들이 같이 배에 올랐을지도 모른다고 생각했지요."

"윌렘 경은 선하고 진실한 남자야." 오스웰 경이 말했다.

"하지만 킹스가드는 아니지." 제럴드 경이 지적했다. "킹스가드는 도망치지 않네."

"예나 지금이나." 아서 경이 말하며 투구를 썼다.

"우리는 맹세를 했으니." 늙은 제럴드 경이 설명했다.

네드의 망령 벗들이 그림자 검을 손에 들고 옆으로 다가섰다. 7대 3이었다.

"그리고 이제 시작이로군." 아침의 검 아서 데인 경이 말했다. 그는 '여명'을 검집에서 뽑아 두 손으로 들었다. 빛을 받아 살아난 칼날은 젖빛 유리처럼 희끄무레했다.

"아니." 네드는 슬픈 목소리로 말했다. "이제 끝입니다." 강철과 그림자가 맹렬히 맞부딪치는 와중에 네드는 리안나의 비명을 들을 수 있었다. "에다드!" 리안나가 외쳤다. 죽음의 눈처럼 핏줄기가 흩뿌려진 파란 하늘에 장미 꽃잎의 폭풍이 휘몰아쳤다.

"에다드 영주님." 리안나가 다시 불렀다.

"약속하마." 그는 속삭였다. "리아, 약속해……."

"에다드 영주님." 어둠 속에서 어떤 남자의 목소리가 울렸다.

에다드 스타크는 신음하며 눈을 떴다. 달빛이 수관의 탑에 난 긴 창문으로 흘러들어오고 있었다.

"에다드 영주님?" 그림자 하나가 침대 옆에 서 있었다.

"얼마나…… 얼마나 오래됐지?" 시트가 엉키고, 다리는 부목을 대어 석고로 굳힌 상태였다. 둔한 통증이 옆구리를 타고 올라왔다.

"여섯 낮, 일곱 밤입니다." 바욘 풀의 목소리였다. 집사는 네드의 입가에 잔을 댔다. "드세요."

"무슨……?"

"그냥 물입니다. 파이셀 학사님께서 목이 마르실 거라 했습니다."

네드는 마셨다. 입술이 바싹 말라 갈라져 있었다. 물이 꿀처럼 달았다.

"왕께서 명을 내리셨습니다." 바욘 풀은 잔이 비자 말했다. "바로 대화를 해야겠다고요."

"내일 하지. 좀 더 힘이 붙으면." 네드는 지금 로버트를 직면할 수가 없었다. 꿈 때문에 새끼 고양이처럼 약해진 상태였다.

"눈을 뜨시거든 바로 전하를 뵙게 하라고 명하셨습니다." 집사는 침대 옆에 촛불을 켜느라 바빴다.

네드는 나직이 욕을 했다. 로버트는 인내심이 없는 사람이었다. "내가 찾아가기엔 너무 약한 상태라고 아뢰게. 그래도 대화를 하고 싶다면 이 방에서 기쁘게 맞이하겠다고 말이야. 자네가 왕의 단잠도 깨웠으면 좋겠군. 그리고……." 그는 조리라고 말하려다가 기억을 돌이켰다. "내 위병대장을 부르게."

집사가 나가고 몇 분 후에 알린이 침실에 들어섰다. "영주님."

"풀이 엿새가 지났다고 하더군. 상황을 알아야겠네."

"킹슬레이어는 도시 밖으로 달아났습니다. 들리는 말에는 그 아비와 합세하기 위해 캐스털리록으로 돌아갔다고 합니다. 캐틀린 부인께서 꼬마 악마를 어떻게 잡았는가에 대한 이야기가 사방에 오르내립니다. 괜찮으실지 모르겠으나 제가 경호를 늘렸습니다."

"잘했네. 내 딸들은?"

"매일 영주님 곁에 있었습니다. 산사 아가씨는 조용히 기도하지만, 아리아는……." 알린은 머뭇거렸다. "영주님이 여기로 실려 오신 후부터 한 마디도 하지 않았습니다. 사나운 아가씨예요. 그런 분노를 품은 여자아이를 본 적이 없습니다."

"무슨 일이 일어나든 딸들은 안전하게 지키고 싶네. 이 일은 시작에 불과하다는 걱정이 드는군."

"아가씨들에게는 결코 해가 미치지 않을 겁니다, 영주님. 제 목숨을 걸겠습니다." 알린이 말했다.

"조리와 그 둘은……."

"윈터펠로 보내기 위해 침묵의 자매들에게 넘겨줬습니다. 조리는 조부님 곁에 눕고 싶어 할 테니까요."

조부 곁이 되는 까닭은 조리의 아버지가 남쪽 먼 곳에 묻혔기 때문이었다. 마틴 카셀은 나머지와 함께 전사했다. 네드는 그 후에 탑을 헐어, 그 피 묻은 돌로 산등성이에 여덟 개의 돌탑을 쌓았다. 라에가르는 '기쁨의 탑'

이라 이름 붙였다던 곳이지만, 네드에게는 쓰디쓴 기억이었다. 7대 3이었건만, 그곳을 떠난 이는 에다드 스타크 본인과 몸집 작은 호상민 하울랜드 리드 둘뿐이었다. 이토록 오랜 세월이 지나서 그 꿈을 다시 꾸다니 좋은 징조 같지 않았다.

"잘해줬네, 알린." 네드가 말하는데 바욘 풀 집사가 돌아오더니 허리를 깊이 숙였다. "전하께서 밖에 와 계시고, 왕비님도 함께 계십니다."

네드는 몸을 일으키면서 다리가 통증에 떨리자 얼굴을 찌푸렸다. 세르세이도 올 줄은 몰랐다. 조짐이 좋지 않았다. "두 분을 들여보내고 나가보게. 우리가 할 이야기는 이 방을 벗어나선 안 되네." 바욘 풀은 조용히 물러났다.

로버트는 시간을 들여 치장하고 왔다. 가슴에 금실로 바라테온 가문의 왕관 쓴 사슴을 수놓은 검은색 벨벳 더블릿을 입고, 느슨한 금색 겉옷을 걸치고 그 위에 금색과 검은색 사각형 무늬의 망토를 입있다. 손에는 와인병이 들렸고, 얼굴은 이미 술기운에 붉었다. 보석 관을 쓴 세르세이 라니스터가 뒤따라 들어왔다.

"죄송합니다, 전하. 일어설 수가 없군요." 네드가 말했다.

"상관 없네." 왕은 퉁명스럽게 말했다. "와인 들겠나? 아버에서 온 술이야. 최고급이지."

"조금만 주시지요. 아직 양귀비즙 때문에 머리가 무겁군요."

"귀공 같은 입장이라면 어깨 위에 머리가 붙어 있는 것만으로도 행운으로 여겨야지요." 왕비가 단언했다.

"조용히 하게, 여자여." 로버트가 날카롭게 말했다. 그는 네드에게 와인을 한 잔 가져다주었다. "다리가 아직도 아픈가?"

"좀 그렇군요." 네드가 말했다. 머리가 빙빙 돌았지만, 왕비 앞에서 약한 모습을 보일 수는 없었다.

"파이셀은 깨끗하게 나을 거라 장담하더군." 로버트가 얼굴을 찌푸렸다. "캐틀린이 무슨 짓을 했는지는 알고 있겠지?"

"압니다." 네드가 와인을 조금 마셨다. "제 아내에겐 죄가 없습니다, 전하. 모두 제 명령대로 한 일입니다."

"듣기 좋은 소리는 아니로군, 네드." 로버트가 투덜거렸다.

"귀공이 감히 무슨 권리로 내 핏줄에게 손을 대는 거지?" 세르세이가 힐문했다. "귀공이 누구길래?"

"왕의 수관이지요." 네드는 얼음장 같은 예의를 갖춰 대답했다. "왕비의 남편께서 왕의 평화를 지키고 왕의 정의를 집행하라고 임명한."

"전에는 수관이었지만, 지금은—"

"조용히!" 왕이 호통을 쳤다. "당신은 질문을 했고 이 사람은 대답했소." 세르세이는 분노를 차갑게 가라앉혔고, 로버트는 네드를 돌아보았다. "왕의 평화를 지킨다고 했지. 이게 나의 평화를 지키는 방법인가, 네드? 일곱 명이 죽었고……."

"여덟입니다." 왕비가 바로잡았다. "트레가는 스타크 공에게 받은 공격 때문에 오늘 아침에 죽었어요."

"왕의 가도에서 사람을 납치하고 내 길거리에서 술 취한 살육전이라니, 난 용납하지 않겠네, 네드." 왕이 말했다.

"캐틀린에게는 꼬마 악마를 잡을 이유가 있었고—"

"용납하지 않겠다 했네! 이유야 아무래도 좋아. 부인에게 즉시 그 난쟁이 녀석을 풀어주라 명하고, 제이미와는 화해하게."

"제 부하 세 명이 눈앞에서 살해당했습니다, 제이미 라니스터가 제게 경각심을 주고 싶어 한 덕분에요. 그걸 잊으라는 겁니까?"

"싸움의 원인은 제 동생이 아니었어요." 세르세이가 왕에게 말했다. "스타크 공은 매음굴에서 취해서 돌아오고 있었습니다. 공의 부하들이 제이미와 병사들을 공격한 거예요. 스타크 부인이 왕의 가도에서 티리온을 공격한 그 순간에요."

"그보다는 날 잘 알 텐데요, 로버트. 의심이 들거든 베일리시 공에게 물어보시지요. 그 자리에 있었으니."

"리틀핑거와는 이야기를 해봤네. 싸움이 시작되기 전에 경비대를 데리러 달려갔다고 주장하고 있네만, 자네가 어떤 매음굴에서 돌아오는 길이었다는 점은 시인하더군."

"어떤 매음굴요? 빌어먹을, 로버트, 난 당신 딸을 보러 갔던 겁니다! 그 어미는 딸에게 배라라는 이름을 붙였습니다. 우리가 협곡에서 함께 지내던 어린 시절에 만든 첫 번째 딸과 비슷하게 생겼더군요." 네드는 말하면서 왕비를 살폈다. 그녀의 얼굴은 고요하고 창백한 가면 같아서 아무것도 내비치지 않았다.

로버트는 얼굴을 붉히며 투덜거렸다. "배라라니, 그러면 내가 기뻐할 줄 알았나? 망할 계집 같으니라고. 그보다는 분별이 있을 줄 알았는데."

"열다섯 살도 안 된 창녀인데 분별이 있을 줄 알았다고요?" 네드는 못 믿겠다는 듯 말했다. 다리가 다시 심하게 아파왔다. 화를 참기가 어려웠다. "그 불쌍한 아이는 당신을 연모하고 있습니다, 로버트."

왕은 세르세이를 슬쩍 보았다. "이건 왕비가 듣기 적절한 화제가 아니로군."

"왕비께서야 제가 해야 하는 말은 아무것도 마음에 들지 않을 테지요." 네드는 대꾸했다. "킹슬레이어가 도시를 떠났다고 들었습니다. 정의를 위해 다시 데려오도록 해주십시오."

왕은 와인 잔을 빙글빙글 돌리면서 생각에 잠기더니, 한 모금을 삼키고 말했다. "아니. 더는 안 돼. 제이미는 자네 부하 셋을 죽였고, 자네는 제이미의 병사 다섯을 죽였네. 이걸로 끝내."

"그게 전하가 생각하는 정의입니까?" 네드는 버럭 소리쳤다. "그렇다면 제가 더는 당신의 수관이 아니라서 다행이군요."

왕비가 남편을 보았다. "어떤 남자든 지금 이자가 당신에게 말한 것처럼 타르가르옌에게 말했다면—"

"내가 아에리스로 보이나?" 로버트가 말을 끊었다.

"왕으로 보이지요. 제이미와 티리온은 혼인법과 우리가 나눈 유대에 의하여 당신의 형제들이기도 해요. 스타크가 한 명은 내쫓고 한 명은 잡았습니다. 이자는 숨을 쉴 때마다 당신을 모욕하는데, 그런데도 당신은 거기 나약하게 서서 다리는 아프지 않은지 와인을 마시겠는지 묻고 있군요."

로버트의 얼굴이 분노로 어두워졌다. "그 입 좀 간수하라고 몇 번을 말해야 하나?"

세르세이의 얼굴은 경멸의 완벽한 예였다. "신들이 우리 둘을 만들 때 무슨 장난을 치셨나 모르겠군요. 어느 모로 보나 당신이 치마를 두르고 내가 갑옷을 입었어야 하는데."

격분해서 자줏빛이 된 왕은 손등으로 왕비의 옆머리를 호되게 후려갈겼다. 세르세이 라니스터는 탁자에 걸려 비틀거리다가 세게 넘어졌지만, 소리 한 번 내지 않았다. 가느다란 손가락이 벌써 붉어지고 있는 창백하고 매끄러운 뺨을 어루만졌다. 내일이면 멍 자국이 얼굴의 반을 덮을 터였다. "이 자국은 명예 훈장으로 삼아야겠네요."

"조용히 그러시게. 아니면 한 번 더 명예를 내리지." 로버트가 엄포를 놓더니 경호를 외쳐 불렀다. 하얀 갑옷을 입은 키 크고 음산한 메린 트랜트 경이 방에 들어섰다. "왕비가 피곤하다니 침실까지 모셔다드리게." 기사는 말없이 세르세이를 부축해 일으킨 다음 데리고 나갔다.

로버트는 병에 손을 뻗어 잔을 다시 채웠다. "저 여자가 나한테 무슨 짓을 하는지 알겠지, 네드." 왕은 와인 잔을 쥐고 앉았다. "내 사랑하는 아내.

내 자식들의 어머니라." 이제는 분노도 사라지고, 그 눈에 슬프고 두려운 기색이 보였다. "때리지 말았어야 했어. 그건…… 그건 왕답지 않았어." 로버트는 마치 정체를 잘 모르겠다는 듯한 눈으로 자기 손을 내려다보았다. "난 언제나 강했네…… 아무도 내게 맞서지 못했지. 아무도. 하나 때릴 수 없는 상대와는 어떻게 싸우겠나?" 왕은 혼란에 빠져 고개를 저었다. "라에가르…… 라에가르가 이겼어. 저주받을 놈. 네드, 내가 그놈을 죽였네. 그 검은 갑옷을 뚫고 검은 심장에 창을 박았고, 그놈은 내 발치에 죽어 쓰러졌네. 사람들이 그 일로 노래도 지었지. 그런데도 여전히 그놈이 이겼어. 그놈은 지금도 리안나를 가졌는데, 난 저 여자를 뒀으니." 왕은 잔을 비웠다.

네드 스타크가 말했다. "전하, 저와 대화를……."

로버트는 손끝으로 관자놀이를 눌렀다. "대화는 지겨워 죽을 지경이야. 내일 난 왕의 숲으로 사냥을 갈 거야. 무슨 말을 하려든 간에 내가 돌아올 때까지 기다릴 수 있겠지."

"신들이 도우신다면, 전하가 돌아왔을 때 저는 여기에 없을 겁니다. 윈터펠로 돌아가라 명한 건 기억하십니까?"

로버트는 침대 기둥을 잡고 몸을 일으켜 세웠다. "신들이 도우실 때는 별로 없다네, 네드. 여기, 자네 거야." 그는 망토 안감에 달린 주머니에서 손 모양의 묵직한 은제 휘장을 꺼내어 침대 위에 던졌다. "좋든 싫든 자네는 내 수관이야. 빌어먹을. 떠나는 건 금지야."

네드는 은제 휘장을 집었다. 아무 선택권이 없어 보였다. 다리가 욱신거렸고, 어린아이처럼 무력한 기분이었다. "타르가르옌 아이는—"

왕은 끙 소리를 냈다. "일곱 지옥이여, 그 얘기는 다시 시작하지 말게. 됐어. 더 듣지 않겠네."

"제 조언을 듣기를 거부하신다면 왜 절 수관으로 두시려는 겁니까?"

"왜냐고?" 로버트는 소리 내어 웃었다. "안 될 건 뭔가? 누군가는 이 저주받을 왕국을 다스려야 해. 그 휘장을 달게, 네드. 자네에게 어울려. 그리고 한 번만 더 휘장을 내 얼굴에 집어 던졌다간 그걸 제이미 라니스터에게 달아버릴 줄 알아."

캐틀린

아린 협곡 위로 해가 뜨면서 동쪽 하늘이 장밋빛과 금빛으로 물들었다. 캐틀린 스타크는 섬세하게 조각된 창밖 석제 난간에 두 손을 올린 채 빛이 퍼져가는 풍경을 보았다. 여명이 들판과 숲을 슬금슬금 기어가면서 아래 세상은 검은색에서 남색으로, 다시 녹색으로 변했다. '알리사의 눈물'에서 희부연 안개가 피어올랐다. 환영 같은 물길이 산 어깨를 넘어 '거인의 창'의 얼굴을 따라 떨어지는 긴 여정이 그곳에서 시작되었다. 캐틀린은 얼굴에 닿는 물보라를 희미하게 감지할 수 있었다.

알리사 아린은 남편과 형제들, 그리고 자식들 모두가 죽는 모습을 보았으나 생전에는 단 한 방울의 눈물도 흘리지 않았다. 그래서 알리사가 죽자, 신들은 그녀에게 사랑했던 이들이 묻힌 협곡의 검은 흙을 눈물로 적실 때까지 휴식을 알지 못하리라 명했다. 알리사가 죽은 지 이제 6000년이 흘렀으나, 급류의 물은 한 방울도 저 아래 협곡 바닥에 도달하지 못했다. 캐틀린은 자신이 죽으면 그 눈물이 이룰 폭포는 얼마나 클까 궁금했다. "마저 이야기하세요." 캐틀린이 말했다.

"킹슬레이어는 캐스털리록에서 군대를 모으고 있습니다." 방 뒤쪽에서 로드릭 카셀 경이 대답했다. "동생 되시는 에드무어 경은 캐스털리록에 기수들을 보내어 타이윈 공에게 그 목적을 밝히라고 요구했으나, 답은 받지 못했다고 적었습니다. 에드무어 경은 밴스 공과 파이퍼 공에게 골든투스 아래 통행로를 지키라고 명령했습니다. 부인께 맹세코 라니스터가 피를 흘리지 않고서는 툴리의 땅에 한 걸음도 들이지 못할 거라 합니다."

캐틀린은 해돋이로부터 몸을 돌렸다. 일출의 아름다움도 기분을 밝혀주지는 못했다. 이렇게 맑게 시작된 하루가 어둡게 끝나야 하다니 잔인하게만 느껴졌다. "에드무어가 기수들을 보내고 맹세를 했다니, 에드무어는 리버런의 영주가 아니에요. 아버지가 어찌 계시기에?"

"편지에 호스터 공에 대한 언급은 없었습니다." 로드릭 경은 구레나룻을 잡아당겼다. 그가 부상에서 회복되는 동안 구레나룻도 눈처럼 하얗고 가시덤불처럼 빳빳하게 자랐고, 이제는 거의 예전처럼 보였다.

"내 아버지가 많이 편찮으시지 않고서야 에드무어에게 리버런의 방어를 맡기지 않았을 거예요. 새가 도착하자마자 날 깨웠어야지요." 캐틀린은 걱정하며 말했다.

"동생분께서 부인은 주무시게 놓아두는 편이 좋다고 생각하셨다고…… 콜먼 학사가 말하더군요."

"깨웠어야지요." 캐틀린은 굽히지 않았다.

"콜먼은 동생분께서 결투 후에 말씀하실 계획이었다고 합니다." 로드릭 경이 말했다.

"그렇다면 아직도 이 익살극을 계속할 계획이란 말인가요?" 캐틀린은 얼굴을 찌푸렸다. "그 난쟁이가 라이사를 피리처럼 가지고 놀았는데, 귀가 먹었는지 그 곡조를 듣지도 못하는군요. 로드릭 경, 오늘 오전에 무슨 일이 일어나든 간에, 우리는 떠날 때가 지났어요. 내가 있을 자리는 아들들이 있는 윈터펠입니다. 경이 여행을 할 만큼 회복했다면, 라이사에게 걸타운까지 호위를 붙여달라고 하겠어요. 걸타운에서부터는 배를 탈 수 있겠지요."

"또 배를 탑니까?" 로드릭 경은 얼굴이 사색이 되었지만, 간신히 몸서리는 참았다. "분부대로 하겠습니다, 마님."

캐틀린이 라이사가 보내준 하인들을 부르자 노기사는 문밖에서 기다렸다. 캐틀린은 하인들이 옷을 입혀주는 동안, 혹시 결투 전에 동생과 이야기를 하면 마음을 바꿀 수 있을지도 모른다고 생각했다. 라이사의 방침은 기분에 따라 변했고, 기분은 시시각각 달라졌다. 캐틀린이 리버런에서 알았던 수줍은 소녀는 자부심이 강했다가, 겁에 질렸다가, 잔인했다가, 백일몽에 잠겼다가, 무모했다가, 소심했다가, 고집스러웠다가, 자만했다가 하는…… 무엇보다도 변덕스러운 여자로 성장했다.

그 불쾌한 간수가 기어와서 티리온 라니스터가 자백을 하고 싶어 한다고 말했을 때, 캐틀린은 라이사에게 난쟁이를 은밀히 데려오자고 했지만, 그녀의 동생은 기어코 그를 협곡 사람들 절반이 보는 곳에 내놓으려 했다. 그리고 이제는…….

"라니스터는 내 죄수예요." 캐틀린은 탑의 계단을 내려가서 이어리의 차갑고 하얀 복도를 통과하면서 로드릭 경에게 말했다. 캐틀린은 단순한 회색 모직 옷에 은색 허리띠를 맸다. "내 동생에게 그 점을 상기시켜야 해요."

라이사의 거처 문 앞에서 그들은 뛰쳐나오는 캐틀린의 숙부와 마주쳤다. 브린덴 경은 매섭게 말했다. "광대극에 가느냐? 혹시 소용이 있겠다 싶으면 네가 동생을 때려서라도 정신 차리게 만들라고 하겠다만, 그래봐야 네 손에 멍만 들 게다."

"리버런에서 새가 왔어요. 에드무어의 편지가……." 캐틀린이 입을 열었다.

"나도 안다." 유일한 장식품인 검은 물고기가 그의 망토를 고정하고 있었다. "콜먼 학사에게 들어야 했지. 네 동생에게 숙련된 병사 천 명을 이끌고 화급히 리버런으로 달려가게 해달라 요청했더니 그 애가 뭐랬는지 아느냐? '협곡은 천 명은커녕 한 명도 내어줄 여력이 없어요, 숙부님. 숙부님은 관문의 기사세요. 여기 계셔야죠'란다." 열린 문틈으로 어린아이의 웃음소리가 흘러나왔고, 브린덴은 험악하게 어깨 너머를 돌아보았다. "흠, 새로운 관문의 기사를 잘 찾아보라고 했다. 검은 물고기든 아니든 간에 나는 여전히 툴리다. 저녁 때까지는 리버런으로 떠날 거야."

캐틀린은 놀라는 척 하지 못했다. "혼자서요? 숙부님도 혼자서는 하늘가도에서 살아남을 수 없다는 걸 잘 아시잖아요. 로드릭 경과 저는 윈터펠로 돌아가요. 저희와 같이 가세요, 숙부님. 제가 천 명을 내어드리지요. 리버런은 홀로 싸우지 않을 거예요."

브린덴은 잠시 생각하더니 무뚝뚝하게 고개를 끄덕였다. "네가 그리 말한다면. 집까지 먼 길 돌아가는 셈이다만, 그래도 가는 게 낫지. 아래에서 기다리마." 그는 망토를 펄럭이며 성큼성큼 걸어갔다.

캐틀린은 로드릭 경과 눈빛을 교환했다. 그들은 높고 신경질적인 어린아이 웃음소리가 들리는 문 안으로 들어섰다.

라이사의 널따란 거처에는 원형의 흙밭에 풀과 파란 꽃들을 심고 사방을 키 큰 하얀 탑으로 둘러싼 작은 정원이 있었다. 건설자들은 신의 숲을 만들고자 했지만, 이어리는 단단한 암석 위에 서 있었고 협곡에서 흙을 아무리 실어 올라와도 영목이 뿌리를 내리게 만들 수는 없었다. 그래서 이어리의 영주들은 풀을 심고, 꽃을 피우는 낮은 관목들 사이에 조각상을 배치했다. 그곳이 두 대전사가 자신들의 생명과 더불어 티리온 라니스터의 목숨을 신들의 손에 맡길 장소였다.

막 씻고 크림색 벨벳을 입고 우윳빛 목에 사파이어와 문스톤 목걸이를 건 라이사는 전투 현장을 내려다보는 테라스에 조정을 열고, 기사와 가신과 대소 영주들에게 둘러싸여 있었다. 그들은 대부분 아직도 라이사와 혼인하여 잠자리를 같이하고, 그 옆에서 아린 협곡을 통치할 희망을 품고 있었다. 캐틀린이 이어리에 머무는 동안 본 바로는 헛된 희망이었다.

나무 받침대를 설치해서 로버트의 의자를 높여두었는데, 그 자리에 앉은 이어리의 주인은 파란색과 흰색 광대 옷을 입은 곱사등이 인형사가 나무로 만든 기사 둘을 조종하여 서로 때리고 베자 깔깔거리며 손뼉을 치고 있었다. 진한 크림 주전자와 블랙베리 바구니가 차려졌고, 내빈들은 조각을 새긴 은잔에 달콤한 오렌지 향 와인을 마시고 있었다. 브린덴이 광대극이라고 부른 것도 당연했다.

테라스 저편에서는 라이사가 헌터 공의 농담에 쾌활하게 웃으며 린 코브레이 경의 단검 끝에 찍힌 블랙베리를 베어 물었다. 그들이 라이사가 가장 총애하는 구혼자들이었다. 적어도 오늘은 그랬다. 캐틀린은 어느 쪽이 더 어울리지 않는 구혼자인지 가리기 힘들었다. 이언 헌터는 존 아린보다 더 나이가 많았고 통풍으로 반쯤 다리를 못 썼으며, 싸우기 좋아하며 아래로 갈수록 더 욕심이 많은 세 아들이라는 저주를 받았다. 린 경은 종류가 다른 바보였다. 호리호리하고 잘생겼으며, 유서 깊지만 가난해진 가문의 후계자인데 허영심이 강하고 무모하며 성질이 급했다. 그리고 여성들의 성적 매력에는 관심이 없다는 악명이 자자했다.

라이사는 캐틀린을 보자 자매답게 포옹하고 뺨에 입을 맞췄다. "아름다운 아침이잖아? 신들이 우리에게 미소를 보내고 계셔. 와인 한 잔 마셔봐, 사랑하는 언니. 헌터 공이 친절하게 보내준 술이야."

"고맙지만 됐구나. 라이사, 우린 의논을 해야 해."

"나중에." 라이사는 이미 몸을 돌리면서 약속했다.

"당장." 캐틀린은 생각보다 더 크게 말해버렸다. 남자들이 고개를 돌리고 쳐다보았다. "라이사, 이런 어리석은 짓을 밀어붙일 순 없어. 꼬마 악마는 산 채로는 가치가 있지만, 죽으면 까마귀 밥일 뿐이야. 그리고 꼬마 악마의 대전사가 이기기라도 하면—"

"그럴 가능성은 희박합니다." 헌터 공이 검버섯 핀 손으로 캐틀린의 어깨를 토닥이며 장담했다. "바디스 경은 용맹한 투사예요. 용병쯤이야 순식간에 해치울 겁니다."

"과연 그럴까요?" 캐틀린은 냉랭하게 말했다. 그녀는 하늘 가도에서 브론이 싸우는 모습을 보았다. 다른 남자들이 다 죽은 여행에서 브론이 살아남은 것은 우연이 아니었다. 그는 흑표범처럼 움직였고, 그의 못난 칼은 마치 팔의 일부분 같았다.

라이사의 구혼자들은 꽃에 꼬이는 벌처럼 모여들었다. 모튼 웨인우드 경이 말했다. "여자들은 이런 일에 대해 이해를 별로 못하는데 말입니다. 바디스 경은 기사랍니다, 다정하신 부인. 반면 그 상대는, 저런 족속은 다 본심은 겁쟁이예요. 비슷한 친구들 수천 명에게 둘러싸인 전장에서라면 쓸모가 있겠으나, 혼자 세워두면 남자다움을 잃지요."

"그 말이 맞다고 치더라도……." 캐틀린은 예의를 지키려니 입이 아플 지경이었다. "우리가 저 난쟁이의 죽음으로 얻는 게 뭔가요? 우리가 자기 동생을 산에서 던져버리기 전에 재판을 치르게 해줬다고 제이미가 신경이나 쓸까요?"

린 코브레이 경이 제안했다. "목을 칩시다. 킹슬레이어가 꼬마 악마의 머리통을 받는다면 경고가 될 테지요."

라이사는 조바심치며 허리까지 기른 적갈색 머리채를 흔들었다. "로버트 공은 저자가 나는 모습을 보고 싶어 해요." 라이사는 마치 그것으로 정리가 된다는 듯이 말했다. "그리고 꼬마 악마 본인을 탓해야죠. 결투 재판을 요구한 건 본인인걸요."

"라이사 부인께서 달리 원했다 해도, 명예를 지키자면 그 요구를 거부할 수가 없었습니다." 헌터 공이 무게를 잡고 읊조렸다.

캐틀린은 그들 모두를 무시하고 동생에게 온 힘을 쏟았다. "다시 말하는데, 티리온 라니스터는 내 죄수야."

"그리고 다시 말하는데, 저 난쟁이는 내 남편을 살해했어!" 라이사의 목소리가 커졌다. "왕의 수관을 독살하고 내 사랑스러운 아기를 아비 없는 자식으로 만들었으니, 이제 그 대가를 치르게 해야겠어!" 라이사는 치맛자락을 빙그르르 돌리며 몸을 돌려 테라스 저편으로 걸어갔다. 린 경과 모튼 경과 다른 구혼자들은 캐틀린에게 냉담한 목례를 남기고 그 뒤를 따라갔다.

다시 둘만 남자 로드릭 경이 조용히 물었다. "정말로 저자가 범인일까요? 존 공의 살해 말입니다. 꼬마 악마는 여전히 부인하고 있고, 더없이 맹렬히……."

"난 라니스터가 아린 공을 살해했다고 믿어요. 하지만 그게 티리온인지, 제이미 경인지, 왕비인지, 아니면 모두 함께인지는 전혀 모르겠군요." 라이사는 윈터펠로 보낸 편지에서 세르세이를 지목했지만, 지금은 티리온이 살인자라고 확신하는 것 같았다. 어쩌면 난쟁이는 여기에 있고, 왕비는 수천 리 남쪽에서 레드킵의 벽 안에 안전하게 있기 때문일지도 몰랐다. 캐틀린은 동생의 편지를 읽기 전에 태워버릴 걸 그랬다는 생각마저 들었다.

로드릭 경은 구레나룻을 잡아당겼다. "독이라면, 흠…… 독이었다면 난쟁이가 한 짓일 수도 있지요. 세르세이일 수도 있고요. 부인께는 실례지만 독은 여인의 무기라고 하지 않습니까. 킹슬레이어는…… 그자에게 호감은 없습니다만, 독을 쓸 부류는 아닙니다. 그 금빛 검에 피를 묻히기를 너무 좋아하거든요. 독살이었습니까, 마님?"

캐틀린은 약간 마음이 상해서 얼굴을 찌푸렸다. "달리 무슨 수로 자연사처럼 보이게 만들 수 있었겠어요?" 등 뒤에서는 인형 기사가 상대를 반으로 갈라 테라스에 붉은 톱밥을 쏟아내자 로버트 공이 즐거운 비명을 질렀다. 캐틀린은 조카를 흘긋 돌아보고 한숨을 쉬었다. "저 아이는 버릇이 전혀 잡히지 않았어요. 제 어미에게서 한동안 떼어놓지 않고는 통치할 만큼 강해지지 못할 거예요."

"로버트 공의 선친께서도 같은 생각이셨습니다." 옆에서 누군가가 말했다. 고개를 돌린 캐틀린은 와인 잔을 쥐고 선 콜먼 학사를 보았다. "아드님을 드래곤스톤에 대자로 보낼 계획이셨지요……. 아, 제가 분별없이 말하고 있군요." 느슨하게 걸린 학사의 사슬 목걸이 아래에서 목울대가 불안하게 움직였다. "헌터 공의 훌륭한 와인을 너무 많이 마셨나 봅니다. 유혈 사태를 볼 생각을 하면 신경이 날카로워져서……."

"잘못 알았어요, 학사. 드래곤스톤이 아니라 캐스털리록이었고, 수관의 죽음 이후에, 내 동생의 동의 없이 이루어진 주선이었지요." 캐틀린이 말했다.

터무니없이 긴 목 끝에서 학사의 고개가 세차게 흔들려 반쯤은 인형처럼 보였다. "아닙니다, 외람된 말씀이지만 존 공이—"

아래에서 종소리가 크게 울렸다. 귀족, 하녀 할 것 없이 하던 일을 멈추고 난간으로 이동했다. 밑에서는 하늘색 망토를 두른 병사 두 명이 티리온 라니스터를 끌고 나왔다. 이어리의 통통한 성사가 티리온을 정원 중앙에 놓인 조각상까지 데려갔다. 돌결이 보이는 하얀 대리석으로 만든 우는 여자로, 분명 알리사를 뜻했다.

로버트 공이 깔깔거리며 말했다. "나쁜 난쟁이다. 어머니, 난쟁이를 날게 할 수 있어요? 나는 걸 보고 싶어요."

"나중에, 우리 사랑스러운 아가." 라이사가 약속했다.

"재판이 먼저고……." 린 코브레이 경이 느릿느릿 말했다. "처형은 그다음이지요."

잠시 후에 대전사 두 명이 정원 양쪽 끝에서 나왔다. 기사는 어린 종자 두 명과 함께 나왔고, 용병은 이어리의 훈련대장이 함께였다.

바디스 이겐 경은 머리끝부터 발끝까지 강철로 무장하여, 사슬 셔츠와 두꺼운 전포 위에 무거운 판금 갑옷을 입었다. 크림색과 파란색으로 아린 가문의 달과 매 문장을 칠한 커다란 원형 금속판이 취약한 팔과 가슴의 연결부를 보호했다. 허리부터 허벅지까지는 가재갑(lobstered metal, 가재 껍질 모양으로 철판을 겹쳐 이어서 신축성을 확보하고 창이나 칼 끝이 미끄러지게 만드는 기법이다.)으로 이루어진 금속 치마를 덮고, 목에는 단단한 가리개를 둘렀다. 투구 관자놀이 부분에는 매의 날개가 돋아났고, 면갑에는 좁은 눈구멍과 뾰족한 금속 부리가 달렸다.

브론은 그런 기사 옆에 서니 벌거벗은 사람처럼 보일 정도로 가볍게 입었다. 가죽 방호구 위에 기름을 먹인 검은색 고리 갑옷 셔츠를 걸치고, 코 보호대가 달린 둥근 강철 빈투구를 쓰고, 사슬 두건을 쓴 게 다였다. 다리는 강철 정강이받이가 달린 높은 가죽 장화로 보호했고, 장갑 손가락 부분에는 검은색 철 원반이 달려 있었다. 캐틀린은 용병이 상대보다 반 뼘은 더 크고, 그만큼 공격 범위가 넓다는 데 주목했다……. 그리고 캐틀린의 판단대로라면 브론이 열다섯 살은 젊었다.

그들은 라니스터를 사이에 두고, 우는 여자 조각상 아래 풀밭에서 마주 보고 무릎을 꿇었다. 성사가 허리춤에 찬 부드러운 천 주머니에서 다면으로 깎은 수정구를 꺼냈다. 구체를 머리 위로 높이 들어 올리자 빛이 부서졌다. 꼬마 악마의 얼굴에 무지개가 춤을 추었다. 성사는 높고 엄숙하며 노래하는 듯한 목소리로 신들에게 이곳을 내려다보시어 이 남자의 진실을 찾고, 결백하다면 그에게 목숨과 자유를 주되 죄가 있다면 죽음을 내리는 증인이 되어달라고 청했다.

마지막 메아리가 사그라들자 성사는 수정구를 내리고 황급히 자리를 떴다. 티리온은 병사들에게 끌려가기 전에 몸을 내밀고 브론의 귀에 무슨 말인가를 속삭였다. 용병은 껄껄 웃으면서 일어나서 무릎에 묻은 풀을 털어냈다.

이어리의 영주이자 협곡의 방어자인 로버트 아린은 높여놓은 의자에서 안달을 내며 꼼지락거리고 있었다. "언제 싸우는 거야?" 소년은 애처롭게 물었다.

바디스 경은 종자 하나의 도움을 받아서 일어섰다. 다른 종자가 무거운 참나무에 철 징이 점점이 박힌 1미터가 넘는 삼각 방패를 가져왔다. 두 종자는 그 방패를 바디스 경의 왼팔에 묶었다. 라이사의 훈련대장이 브론에게 비슷한 방패를 내밀자, 용병은 침을 뱉고 손을 내저었다. 사흘 동안 자란 거친 검은색 수염이 턱과 뺨을 덮었지만, 면도할 날이 없어서 깎지 않았을 리는 없었다. 그의 검날에는 매일 몇 시간씩 갈아서 손을 댈 수 없을 정도로 날카로워진 강철의 위험한 빛이 감돌았다.

바디스 경이 쇠 장갑을 낀 손을 내밀자, 종자가 아름다운 양날 장검을 쥐여주었다. 검날에는 은으로 섬세하게 산 하늘을 새겼고, 칼자루 끝에는 매의 머리가 달렸으며 날밑은 펼친 날개 모양이었다. "내가 킹스랜딩에서 존을 위해 주문한 검이죠." 라이사는 바디스 경이 시험 삼아 칼을 휘두르는 모습을 지켜보는 내빈들에게 자랑스럽게 말했다. "그이는 로버트 왕 대신 철왕좌에 앉을 때마다 저 검을 찼어요. 아름답지 않나요? 우리의 대전사가 존의 칼로 복수해야 어울린다 생각했습니다."

은을 새겨 넣은 날은 의심의 여지없이 아름다웠으나, 캐틀린은 바디스 경이 자기 칼을 쥐어야 편했으리라 생각했다. 하지만 캐틀린은 아무 말도 하지 않았다. 동생과 무익한 말다툼을 벌이는 데 지쳤다.

"싸우게 해!" 로버트 공이 외쳤다.

바디스 경은 이어리의 영주를 바라보고 경례로 검을 들어 올렸다. "이

어리와 협곡을 위하여!"

티리온 라니스터는 두 감시병에게 둘러싸여 정원 저편에 있는 발코니에 앉아 있었다. 브론은 그에게 몸을 돌리고 대충 인사했다.

"네 명령을 기다리는 거란다." 라이사 부인이 영주인 아들에게 말했다.

"싸워!" 소년은 의자를 움켜쥔 팔을 덜덜 떨면서 빽 소리를 질렀다.

바디스 경이 무거운 방패를 들어 올리며 회전했다. 브론이 몸을 돌려 마주했다. 두 사람의 검이 시험 삼아 한 번, 두 번 부딪쳤다. 용병은 한 걸음 물러섰다. 기사는 방패를 앞에 들고 뒤쫓았다. 바디스 경이 검을 그었지만, 브론은 아슬아슬하게 간격을 벌렸고 은검은 허공만 베었다. 브론은 오른쪽으로 돌았다. 바디스 경은 둘 사이에 방패를 끼운 채로 뒤따라 몸을 돌렸다. 기사는 울퉁불퉁한 땅 위로 조심스럽게 걸음을 디디며 앞으로 밀고 나갔다. 용병은 희미한 미소를 입가에 머금은 채 물러섰다. 바디스 경이 칼을 그으며 공격했지만, 브론은 이끼 덮인 낮은 돌을 폴짝 뛰어넘으며 물러섰다. 이제 용병은 방패를 피해 왼쪽으로 돌아서 기사가 방비하지 않은 쪽으로 향했다. 바디스 경은 그의 다리를 자르려 했지만, 닿지 않았다. 브론은 춤을 추듯 더 왼쪽으로 움직였다. 바디스 경은 제자리에서 몸을 돌렸다.

헌터 공이 말했다. "저런 비겁자를 봤나. 멈춰 서서 싸워라, 겁쟁이!" 다른 목소리들이 같은 감상을 울렸다.

캐틀린은 로드릭 경을 보았다. 그녀의 훈련대장은 고개를 짧게 저었다. "바디스 경이 따라다니게 만들려는 겁니다. 갑옷과 방패의 무게에는 아무리 강한 사람이라도 지치지요."

캐틀린은 평생 거의 매일같이 남자들이 검술을 연습하는 모습을 보았고, 마상 시합을 50번은 관람했지만, 이 싸움은 뭔가 달랐다. 더 치명적이었다. 아주 작은 실수만으로도 죽음에 이르는 춤이었다. 그리고 그 싸움을 지켜보려니 다른 때에 있었던 다른 결투의 기억이 어제 일처럼 선명하게 되살아났다.

그들은 리버런의 외벽 안뜰에서 대결했다. 피터가 투구와 흉갑과 사슬셔츠만 입은 것을 본 브랜던은 갖춰 입은 갑옷을 거의 다 벗었다. 피터는 캐틀린에게 몸에 지닐 수 있는 징표를 달라고 청했지만, 그녀는 거절했다. 아버지가 캐틀린과의 혼인을 약속한 사람은 브랜던 스타크였기에, 그녀가 징표로 리버런의 뛰어오르는 송어를 수놓은 연한 푸른색 손수건을 준 사람도 그였다. 손수건을 쥐여주면서 그녀는 간청했다. "어리석은 소년에 불과하지만, 형제처럼 사랑했어요. 피터가 죽는 모습을 보면 슬플 거예요." 그러자 약혼자는 스타크 특유의 서늘한 회색 눈으로 캐틀린을 보며, 그녀를 사랑한 소년을 살려주겠노라 약속했다.

그 싸움은 거의 시작하자마자 끝났다. 브랜던은 성인이었고, 걸음걸음마다 소나기처럼 칼을 쏟아부으며 리틀핑거를 몰아붙여 안뜰을 다 가로지르고 수중계단을 내려갔다. 소년은 비틀거리며 십여 군데 상처에서 피를 흘렸다. "항복해!" 브랜던은 여러 차례 외쳤지만, 피터는 고개만 젓고 비장하게 싸움을 계속했다. 강물이 발목까지 올라오자 브랜던은 결국 인정사정없이 팔을 내리쳐서 피터의 사슬과 가죽옷을 베고 갈비뼈 아래 부드러운 살을 베어 싸움을 끝냈다. 캐틀린이 치명상이라고 확신할 만큼 깊이 베었다. 피터는 쓰러지면서 그녀를 쳐다보았고 배를 움켜쥔 손가락 사이로 선명한 피를 쏟아내면서 "캣"이라고 중얼거렸다. 캐틀린은 지금까지 그 순간을 잊은 줄 알았다.

피터의 얼굴을 본 건 그게 마지막이었다……. 킹스랜딩에서 피터에게 끌려가기 전까지는.

리틀핑거가 리버런을 떠날 만큼 회복하기까지 2주가 흘렀지만, 아버지는 캐틀린이 피터가 누운 탑을 찾지 못하게 했다. 라이사가 학사를 도와서 그를 간호했다. 그 시절 라이사는 더 마음이 여렸고 더 수줍음이 많았다. 에드무어도 병실에 찾아갔지만, 피터는 그를 쫓아 보냈다. 에드무어는 결투에서 브랜던의 종자 노릇을 했고, 피터는 그 점을 용서하지 않았다. 피터 베일리시가 움직일 만큼 기력을 회복하자 호스터 툴리 공은 그를 가마에 태워 보냈고, 그가 태어난 비바람 심한 바위 곶 핑거스에서 치료를 마치게 했다.

캐틀린은 강철이 맞부딪치는 소리에 놀라 현재로 돌아왔다. 바디스 경이 방패와 검으로 브론을 거세게 몰아붙이고 있었다. 용병은 모든 공격을 막고, 유연하게 돌과 나무뿌리를 넘어 다니면서 한순간도 상대에게서 눈을 떼지 않고 뒤로 물러났다. 용병이 더 잽쌌다. 기사의 은빛 검은 용병 근처에도 가지 못했지만, 용병의 못난 회색 검은 바디스 경의 견갑에 칼자국을 냈다.

브론이 옆으로 걸음을 옮겨 우는 여자 조각상 뒤로 미끄러져 들어가자 잠시 몰아치던 싸움은 시작했을 때만큼이나 빨리 소강 상태에 접어들었다. 바디스 경은 브론이 있는 자리로 돌진하여 알리사의 창백한 대리석 허벅지를 때리고 불똥을 튀겼다.

이어리의 영주가 불평했다. "둘이 잘 싸우지 않잖아요, 어머니. 둘이 싸웠으면 좋겠어요."

영주의 어머니가 아들을 달랬다. "싸울 거란다, 아가. 저 용병도 하루 종일 도망칠 순 없어."

라이사의 테라스에 모인 귀족들은 와인 잔을 다시 채우면서 비꼬는 농담을 던졌지만, 정원 저편에서는 티리온 라니스터의 짝짝이 눈이 세상에 다른 것은 존재하지 않는다는 듯이 대전사들의 춤을 주시했다.

브론이 빠르고 힘차게 조각상 뒤에서 빠져나오더니, 계속 왼쪽으로 이동하면서 양손으로 검을 잡고 기사의 방패 없는 오른쪽 몸을 베었다. 바디스 경은 그 공격을 막기는 했지만 몸놀림이 재지 못했고, 용병의 칼날은 번득이며 그의 머리를 노리고 올라갔다. 쇳소리가 울리고, 절거덕 하며 매의 날개가 하나 떨어졌다. 바디스 경은 반 걸음 물러서서 몸을 버티고 방패를 들어 올렸다. 브론의 검이 나무 방패를 자르자 참나무 조각이 튀었다. 용병은 다시 방패를 피해서 왼쪽으로 움직였고, 바디스 경의 배를 그었다. 날카로운 검날에 기사의 갑옷이 패여 선명한 흠집이 남았다.

바디스 경은 한 발을 뒤로 뺀 방어 자세에서 몸을 앞으로 밀어내며 은검을 사납게 내리찍었다. 브론은 그 검을 힘껏 밀어내고 춤추듯 몸을 피했다. 기사는 우는 여자 조각상에 충돌했다. 받침대에 놓인 조각상이 기우뚱거렸다. 기사는 상대를 찾아 고개를 이리저리 돌리며 비틀비틀 물러섰다. 투구의 눈 구멍으로 보이는 시야가 좁았다.

"뒤를!" 헌터 공이 소리를 쳤지만, 너무 늦었다. 브론이 양손으로 검을 내리쳐 바디스 경이 검을 쥔 쪽 팔꿈치를 때렸다. 팔꿈치 관절을 보호하던 얇은 가재갑이 부서졌다. 기사는 앓는 소리를 내며 무기를 홱 들어 올리고 몸을 돌렸다. 이번에는 브론도 그 자리에서 버텼다. 검과 검이 서로를 향해 날았고, 강철의 노래가 정원을 채우고 이어리의 하얀 탑들 위로 울려 퍼졌다.

"바디스 경이 다쳤군요." 로드릭 경이 심각한 목소리로 말했다.

굳이 그 말을 들을 필요도 없었다. 캐틀린에게도 눈이 있었고, 기사의 팔꿈치 안쪽을 적시고 팔뚝을 따라 흘러내리는 선명한 핏줄기를 볼 수 있었다. 방어 동작이 조금씩 느려지고 낮아졌다. 바디스 경은 상대에게 비스듬히 몸을 틀고 칼 대신 방패로 몸을 막으려 했지만, 브론은 고양이처럼 빠르게 따라붙었다. 그 용병은 갈수록 강해지는 것 같았다. 그의 공격이 흔적을 남기고 있었다. 기사의 갑옷 여기저기에 깊고 반짝이는 흠이 생겼다. 오른쪽 허벅지에도, 부리가 달린 면갑에도, 흉갑에도 흠집이 났고 목가리개 앞도 길게 패였다. 바디스 경의 오른팔에 달린 달과 매 문양의 원판은 완전히 반쪽으로 갈라져서 끈에 매달려 있었다. 면갑에 난 숨 구멍으로 거칠게 새어 나오는 가쁜 숨소리를 들을 수 있었다.

오만함으로 눈이 멀었던 협곡의 기사들과 영주들도 지금 아래에서 무슨 일이 일어나는지 볼 수 있었건만, 캐틀린의 동생은 아직도 이해하지 못했다. "이제 됐소, 바디스 경!" 라이사 부인이 소리쳤다. "이제 끝내요. 내 아들이 지겨워하니."

바디스 이겐은 마지막 순간까지도 주인의 명에 충실했노라 말해야 하리라. 그는 한순간 비틀거리며 뒤로 물러서더니, 상처투성이 방패 뒤에 반쯤 몸을 웅크렸다. 그리고 다음 순간 돌진했다. 이 갑작스러운 맹공은 브론의 허를 찔렀다. 바디스 경은 몸으로 부딪쳐서 방패 가장자리로 용병의 얼굴을 찍었다. 브론은 거의, 정말 거의 쓰러질 뻔했다. 그는 비틀거리며 뒷걸음질 치다가 돌멩이에 걸렸고, 우는 여자 소각상을 잡고 균형을 회복했다. 바디스 경은 방패를 던져버리고, 두 손으로 검을 치켜들고 그에게 달려들었다. 오른팔은 이제 팔꿈치부터 손가락까지 피투성이였으나, 그의 필사적인 마지막 일격은 브론을 목에서 배꼽까지 갈라버릴 터였다……. 브론이 그 자리에 서서 공격을 받았다면.

그러나 브론은 튕기듯이 뒤로 물러났다. 존 아린의 아름다운 은세공 검은 우는 여자의 대리석 팔꿈치를 잘못 치고 날이 3분의 1이 나갔다. 브론은 조각상의 등에 어깨를 대고 밀었다. 비바람에 시달린 알리사 아린의 조각상은 비틀거리다가 요란한 소리를 내며 쓰러졌고, 바디스 이겐 경은 그 밑에 깔렸다.

브론은 심장이 한 번 뛸 시간 만에 바디스 경 위에 섰고, 부서진 원판을 걷어차서 팔과 흉갑 사이의 약한 부분을 드러냈다. 바디스 경은 옆으로 누운 채 우는 여자의 부서진 상반신에 깔려 있었다. 캐틀린은 용병이 양손으로 들어 올렸다가 온 힘을 다해서 내리찍은 검이 팔 아래 갈비뼈를 관통하는 순간 기사가 내는 신음을 들었다. 바디스 이겐 경은 몸을 부르르 떨더니 잠잠해졌다.

이어리에 정적이 깔렸다. 브론은 반투구를 홱 잡아당겨서 풀밭에 떨어뜨렸다. 방패에 찍힌 입술이 으깨져 피투성이였고, 석탄처럼 새카만 머리카락은 땀에 젖어 있었다. 그는 부러진 이를 뱉었다.

"끝난 거예요, 어머니?" 이어리의 영주가 물었다.

캐틀린은 말해주고 싶었다. '아니, 이제 겨우 시작이란다.'

"그래." 라이사는 침울하게 말했다. 그녀의 위병대장만큼이나 차갑게 식은 목소리였다.

"이제 저 난쟁이를 날려 보낼 수 있어요?"

정원 저편에서 티리온 라니스터가 일어섰다. "이 난쟁이는 안 된다오. 고맙게도 이 난쟁이는 순무 바구니를 타고 아래로 내려갈 거라서 말이지."

"뻔뻔스럽게도—" 라이사가 입을 열었다.

"뻔뻔스럽게도 이 몸은 아린 가문이 가언을 기억하리라 생각하고 있지요. '명예처럼 드높게.'"

"날려 보낼 수 있다고 약속했잖아요." 이어리의 영주는 어머니에게 빽 소리를 지르고는 몸을 떨기 시작했다.

라이사 부인은 분노로 얼굴을 붉혔다. "신들께서 저자가 결백하다고 선언하셨구나, 얘야. 풀어주는 수밖에 없어." 라이사는 목소리를 높였다. "병사들. 라니스터 공과 그의…… 짐승을 내 눈앞에서 치워라. 피의 관문까지 안내하고 풀어줘. 말과 트라이던트까지 가기에 충분한 물자를 챙겨주고, 모든 소지품과 무기를 돌려주도록 해라. 하늘 가도에서는 그게 필요할 테니까."

"하늘 가도라." 티리온 라니스터가 말했다. 라이사는 희미하게 만족스러운 미소를 비쳤다. 캐틀린은 그것이 다른 종류의 사형 선고임을 깨달았다. 티리온 라니스터 역시 알 터였다. 그러나 난쟁이는 조롱하듯 아린 부인에게 허리를 굽혔다. "분부 받들지요, 부인. 우리도 그 길은 압니다."

존

"너희는 내가 훈련시킨 녀석들 중에서도 제일 가망 없는 놈들이다." 모두가 훈련장에 모이자 알리서 쏜 경이 외쳤다. "너희 손은 검이 아니라 거름 삽에 어울리고, 나에게 결정을 맡긴다면 네놈들은 돼지치기나 시킬 게다. 하지만 어젯밤에 구에렌이 새로 다섯 놈을 데리고 왕의 가도를 올라오고 있다고 들었다. 그중에 한두 놈은 쓸모가 있을지도 모르지. 그놈들 자리를 만들기 위해 여덟 명을 사령관님의 처분에 맡기기로 했다." 그는 이름을 하나씩 외쳤다. "두꺼비. 돌머리. 들소. 사랑꾼. 여드름. 원숭이. 얼간이 경." 그는 마지막으로 존을 쳐다보았다. "그리고 서자."

핍은 함성을 날리고 검으로 허공을 찔렀다. 알리서 경은 뱀처럼 핍에게 시선을 꽂았다. "사람들은 이제 너희를 밤의 경비대라고 부를 테지만, 그걸 믿는다면 너희는 여기 유랑극단 원숭이보다 더한 바보들이다. 너희는 여전히 여름 냄새 풍기는 풋내기 어린애들이고, 겨울이 오면 파리 떼처럼 죽어나갈 거다." 알리서 쏜 경은 그 말을 끝으로 자리를 떠났다.

다른 소년들은 호명된 여덟 명 주위에 모여서 웃고 욕을 하고 축하 인사를 건넸다. 할더는 칼등으로 토드의 엉덩이를 때리고 외쳤다. "밤의 경비대 토드!" 핍은 검은 형제에게는 말이 필요하다고 외치며 그렌의 어깨 위로 뛰어올랐고, 둘은 엉겨 붙어서 서로를 때리고 야유하며 바닥을 굴렀다. 대리언은 무기고 안으로 달려 들어가더니 시큼한 레드와인이 담긴 가죽 부대를 들고 돌아왔다. 다들 바보처럼 히죽거리며 와인을 돌리는데, 존은 샘웰 탈리 혼자 훈련장 구석의 죽은 나무 옆에 서 있음을 알아차렸다. 존은 샘에게 가죽 부대를 내밀었다. "와인 마실래?"

샘은 고개를 저었다. "고맙지만 됐어, 존."

"너 괜찮아?"

"괜찮고말고." 뚱뚱한 소년은 거짓말을 했다. "너희 모두 정말 잘됐어." 억지 미소를 짓느라 둥근 얼굴이 떨렸다. "넌 언젠가 제1순찰자가 될 거야. 네 숙부님이 그랬듯이."

"지금도야." 존은 표현을 바로잡았다. 그는 벤젠 스타크가 죽었다고 인정하지 않았다. 존이 무슨 말을 더 하기 전에 할더가 외쳤다. "이봐, 너 혼자 다 마실 생각이야?" 핍이 존의 손에서 가죽 부대를 낚아채더니 낄낄거리며 춤추듯 물러났다. 그렌이 존의 팔을 잡자, 핍이 가죽 부대를 꾹 눌렀고 가느다란 붉은 물줄기가 존의 얼굴을 때렸다. 할더가 맛있는 와인을 낭비한다고 볼멘 소리를 질렀다. 존은 뱉어대고 몸부림을 쳤다. 매타와 제렌이 벽을 기어오르더니 모두에게 눈덩이를 던지기 시작했다.

존이 머리카락은 눈투성이에 전포에는 와인 얼룩이 져서 겨우 풀려났을 때, 샘웰 탈리는 사라지고 없었다.

그날 밤, 세 손가락 홉은 기념으로 아이들에게 특별식을 만들어줬다. 존이 휴게실에 도착하자 집사장이 직접 불가 자리로 안내했다. 나이 많은 남자들은 지나가면서 존의 팔을 두드렸다. 곧 형제가 될 여덟 명은 마늘과 향초를 얹어 바삭하게 구운 양 갈비에 박하 가지로 장식하고 버터를 흠뻑 머금은 으깬 노란 순무를 두른 요리를 포식했다. "사령관님 식탁에서 온 거다." 보웬 마시가 말했다. 시금치와 병아리콩과 순무 잎으로 만든 샐러드도 있었고, 후식으로는 차가운 블루베리와 달콤한 크림이 나왔다.

"우릴 다 같이 배치할까?" 행복하게 먹다 말고 핍이 물었다.

토드는 얼굴을 찌푸렸다. "아니었으면 좋겠다. 네 귀를 보는 것도 지겨워."

"호. 까마귀가 큰까마귀보고 까맣다고 하네. 넌 확실히 순찰자일 거야, 토드. 널 성에서 최대한 멀리 두고 싶을 테니까 말이야. 만스 레이더가 공격하거든 면갑을 올리고 얼굴만 보여줘. 그러면 그놈도 비명을 지르며 달아날 테니까."

그렌만 빼고 모두가 웃음을 터뜨렸다. "난 순찰자가 되고 싶어."

"너만이 아니라 다들 그래." 매타가 말했다. 검은 옷을 입은 남자들은 누구나 장벽을 걸었고, 모두가 방어를 위해 무기를 쓸 줄 알아야 했지만, 순찰자들이야말로 밤의 경비대 전투의 진정한 핵심이었다. 장벽 너머로 말을 달리고, 귀신 들린 숲과 섀도타워 서쪽의 얼음산을 휩쓸며, 야인과 거인과 괴물 같은 눈곰들과 싸우는 건 순찰자들이었다.

"다는 아니야." 할더가 말했다. "나에겐 건설자가 맞아. 장벽이 무너진다면 순찰자가 무슨 소용이 있겠어?"

건설부는 성과 탑을 수리하는 석공과 목수들, 터널을 파고 도로와 보도에 깔 돌을 부수는 광부들, 숲이 장벽에 너무 가까이 다가올 때마다 새로 자란 식물을 쳐내는 숲지기들이었다. 옛날에는 그들이 귀신 들린 숲 깊이 자리한 얼어붙은 호수에서 거대한 얼음 덩어리를 잘라내어 썰매에 싣고 남쪽으로 끌고 와서 장벽을 더 높였다고 했다. 하지만 그 시절은 수백 년 전이었고, 지금 할 수 있는 일은 이스트워치부터 섀도타워까지 장벽을 달리면서 금이 가거나 녹아내린 곳을 살피고 수리할 수 있는 곳을 수리하는 게 다였다.

대리언이 추측을 내놓았다. "늙은 곰은 바보가 아니야. 넌 확실히 건설자가 될 거고, 존은 분명히 순찰자가 될 거야. 우리 중에서 검도 제일 잘 쓰고 말도 제일 잘 타는 데다가, 삼촌이 제1순찰자였으니까…….” 그는 무슨 말을 해버렸는지 깨닫고 어색하게 말끝을 흐렸다.

“벤젠 스타크는 여전히 제1순찰자야.” 존 스노우는 블루베리 그릇을 만지작거리며 말했다. 나머지는 존의 삼촌이 안전하게 돌아오리라는 희망을 버렸을지 몰라도, 존은 아니었다. 그는 거의 손대지 않은 블루베리를 밀어내고 일어섰다.

“그거 안 먹을 거야?” 토드가 물었다.

“네가 먹어.” 존은 홉이 차려 낸 만찬을 거의 맛보지 않았다. “난 한 입도 더 못 먹겠다.” 그는 문 근처에 걸린 망토를 집어 들고 어깨로 문을 밀고 나갔다.

핍이 따라 나왔다. “존, 왜 그래?”

“샘 때문에. 오늘 밤 식탁에 없었어.”

“끼니를 거르다니 샘답지 않긴 한데.” 핍은 생각에 잠겼다. “아픈 걸까?”

“겁먹은 거야. 우리가 샘을 두고 떠나니까.” 존은 윈터펠을 떠나던 날을, 그날의 모든 달고도 쓴 작별 인사를 돌이켰다. 망가진 채로 누워 있던 브랜, 머리에 눈을 맞고 있던 롭, ‘바늘’을 받고 그에게 입맞춤을 퍼붓던 아리아. “서약을 하고 나면 우리 모두 의무가 주어지겠지. 몇 명은 이스트워치나 섀도타워로 떠날지도 몰라. 샘은 래스트와 쿠거 같은 녀석들과 왕의 가도를 따라 올라온다는 새로운 놈들과 같이 훈련장에 남겠지. 걔네가 어떤 녀석들일지야 신들만 알겠지만, 알리서 경은 기회가 오자마자 녀석들을 샘과 싸우게 할 게 뻔해.”

핍은 얼굴을 찡그렸다. “넌 할 만큼 했어.”

“할 만큼 하는 정도로는 충분하지 않았어.” 존이 말했다.

고스트를 데리러 하딘의 탑으로 돌아가는 내내 마음이 뒤숭숭했다. 다이어울프는 존과 나란히 걸어서 마구간으로 갔다. 그들이 들어서자 겁이 많은 말들이 칸막이를 걷어차고 귀를 뒤로 눕혔다. 존은 원래 타는 암말에 안장을 얹고 캐슬블랙을 떠나 달빛 비치는 밤길을 남쪽으로 달렸다. 고스트가 앞으로 달려가더니, 눈 깜박할 사이에 땅 위를 날듯이 사라졌다. 존은 그대로 두었다. 늑대는 사냥을 해야 했다.

마음에 둔 목적지는 없었다. 그저 말을 달리고 싶었다. 존은 한동안 개울을 따라 달리면서 돌 위로 흐르는 차가운 물소리에 귀를 기울이다가, 들판을 가로질러 왕의 가도로 향했다. 앞에 펼쳐진 길은 돌과 잡초에 뒤덮인 좁은 도로였으며 이렇다 할 전망도 없었지만, 그 길에서 존 스노우는 엄청난 갈망에 사로잡혔다. 그 길을 따라가면 윈터펠이 나오고, 그 너머에는 리버런과 킹스랜딩과 이어리와 수많은 다른 곳들이 있었다. 캐스털리록, 얼굴 섬, 도르네의 붉은 산맥, 바다에 흩어진 브라보스의 백여 개 섬들, 옛 발리리아의 타버린 폐허…… 존이 영영 보지 못할 모든 곳들. 세상이 저 길 너머에 있었고…… 존은 여기에 있었다.

일단 서약을 하고 나면, 아에몬 학사만큼 늙을 때까지 장벽이 그의 집이 될 것이다. "난 아직 서약을 하지 않았어." 존은 중얼거렸다. 그는 범죄의 대가로 검은 옷을 입어야만 하는 범법자가 아니었다. 자유로이 이곳에 왔고, 자유로이 떠날 수 있었다. 서약을 하기 전까지는. 그저 말을 타고 계속 달리기만 하면 모두 뒤로 할 수 있었다. 다시 보름달이 뜰 때쯤이면 형제들이 있는 윈터펠에 돌아가게 되리라.

'이복형제들이지.' 내면의 목소리가 상기시켰다. '그리고 널 환영하지 않을 스타크 부인도 있어.' 윈터펠에도, 킹스랜딩에도 존이 있을 곳은 없었다. 친어머니에게도 존이 있을 자리는 없었다. 어머니를 생각하면 슬퍼졌다. 어머니가 누구였으며, 어떻게 생겼고, 왜 아버지는 그녀를 버렸는지 궁금했다. '창녀 아니면 간통녀였으니까 그랬겠지, 바보야. 뭔가 어둡고

불명예스러운 이유가 아니고서야 왜 에다드 공이 말도 못 꺼낼 만큼 부끄러워했겠어?'

존 스노우는 왕의 가도에서 몸을 돌려 뒤를 돌아보았다. 캐슬블랙의 불빛은 언덕에 가려졌지만, 장벽은 보였다. 지평선 이쪽 끝부터 저쪽 끝까지, 거대하고 차가운 모습으로 달빛 아래 창백히 빛나고 있었다.

존은 말을 돌려 집으로 돌아가기 시작했다.

고스트는 존이 언덕 꼭대기에 올라서서 멀리 사령관의 탑에서 새어 나오는 등불 빛을 볼 때쯤 돌아왔다. 말 옆을 종종거리며 걷는 다이어울프의 코는 피에 물들어 붉었다. 존은 돌아가는 길에 다시 한 번 샘웰 탈리를 생각했고, 마구간에 도착했을 무렵에는 어떻게 해야 할지 알았다.

아에몬 학사의 거처는 튼튼한 나무성 안, 까마귀 방 아래였다. 나이 들고 약해진 학사는 시중을 들고 직무를 돕는 어린 집사 두 명과 거처를 함께 썼다. 검은 형제들은 학사가 밤의 경비대에서 제일 추한 남자 둘을 배정받았다고 농담하곤 했다. 눈이 멀어서 그들을 볼 필요가 없으니 말이다. 클라이다스는 키가 작고, 대머리에, 무턱이었으며 작은 분홍색 눈은 점 같았다. 체트는 목에 비둘기 알만 한 혹이 달렸고, 얼굴은 종기와 여드름으로 붉었다. 그래서 언제나 그렇게 화가 나 보이는지도 몰랐다.

존이 문을 두드리자 나온 사람은 체트였다. "아에몬 학사님께 말씀드릴 게 있어요." 존이 말했다.

"학사님은 주무신다. 너도 잘 시간 아니냐. 내일 다시 오면 만나실지도 모르지." 체트는 문을 닫으려 했다.

존은 신발을 문틈에 밀어 넣었다. "지금 얘기해야 합니다. 아침이면 너무 늦어요."

체트는 그를 노려보았다. "학사님은 밤중에 깨우는 데 익숙하지 않으시다. 그분이 얼마나 나이가 많은지는 아느냐?"

"당신보다 예의 바르게 방문객을 다룰 만큼은 나이 드셨겠죠. 죄송하다고 전해주세요. 중요한 일이 아니면 학사님의 휴식을 방해하진 않았을 겁니다."

"내가 거절한다면?"

존은 신발을 문 안에 단단히 끼웠다. "필요하다면 밤새도록 여기 서 있을 수 있습니다."

체트는 넌더리를 내며 문을 열어 존을 안으로 들였다. "서재에서 기다려. 나무가 있으니 불 피우고. 학사님이 너 때문에 한기 드시면 안 돼."

체트가 아에몬 학사와 함께 왔을 때 존은 기분 좋은 탁탁 소리가 나게 장작을 태우고 있었다. 노인은 잠옷 차림이었지만, 목에는 교단의 사슬 목걸이가 걸려 있었다. 학사는 잘 때조차 그 목걸이를 벗지 않았다. "불 옆자리가 좋겠구나." 학사는 얼굴에 온기를 느끼고 말했다. 학사가 편안하게 자리에 앉자 체트는 그의 다리에 모피를 덮어주고 문가에 섰다.

"깨워서 죄송합니다, 학사님." 존 스노우가 말했다.

"깨우지 않았다. 나이가 들수록 잠이 적어지는데, 난 아주 나이가 많거든. 밤의 절반은 50년 전 과거를 어제처럼 기억하면서 유령들과 함께 보낼 때가 많지. 한밤중에 들이닥친 수수께끼 손님이 주의를 돌려준다면 반가운 일이야. 그러니 말해보거라, 존 스노우. 왜 이런 별난 시간에 찾아왔느냐?"

"샘웰 탈리를 훈련에서 빼내어 밤의 경비대 형제로 받아달라고 부탁드리려고 합니다."

"그건 학사님이 상관하실 일이 아니야." 체트가 불평했다.

아에몬은 온화하게 말했다. "우리 사령관은 신병들의 훈련을 알리서 쏜 경에게 맡겼지. 너도 잘 알 테지만 그 아이가 서약을 할 준비가 되었는지 말할 수 있는 사람은 알리서 경뿐이야. 그런데 왜 나에게 왔지?"

"사령관은 학사님 말씀에 귀를 기울이시고, 밤의 경비대에서 다치고 병든 자들은 학사님 책임이지요."

"그래서 네 친구 샘웰이 다치거나 병들었나?"

"도와주시지 않으면 그렇게 될 겁니다." 존은 단언했다.

존은 고스트로 래스트를 위협한 부분까지 빠뜨리지 않고 모조리 이야기했다. 아에몬 학사는 보이지 않는 눈으로 불을 바라보며 조용히 귀를 기울였지만, 체트는 들으면서 점점 얼굴이 시커메졌다. 존은 이야기를 끝맺었다. "안전하게 지켜줄 저희가 없으면 샘에게는 가망이 없습니다. 샘의 검술은 절망적이에요. 열 살도 안 된 제 여동생 아리아라도 갈가리 찢어놓을 수 있을 정도죠. 알리서 경이 싸움을 붙인다면, 샘이 다치거나 죽는 건 시간문제일 뿐입니다."

체트가 더 참지 못하고 끼어들었다. "그 뚱뚱한 녀석이라면 휴게실에서 봤지. 돼지인 데다가, 네 말대로라면 가망 없는 겁쟁이이기까지 하구먼."

아에몬이 말했다. "그럴지도 모르지. 체트, 자네는 그런 아이를 어떻게 해야 한다고 보나?"

"그 자리에 둬야지요. 장벽에 약한 놈이 있을 자리는 없습니다. 아무리 시간이 오래 걸리더라도 준비가 될 때까지 훈련을 시켜야지요. 신들의 뜻에 따라 알리서 경이 그 녀석을 사내로 만들든가, 죽이든가 하겠죠."

"그건 어리석은 짓입니다." 존은 숨을 깊이 들이마시고 생각을 정리했다. "언젠가 루윈 학사님에게 왜 목에 사슬을 걸고 다니시느냐고 물었던 기억이 납니다."

아에몬 학사는 자기 목걸이에 가볍게 손을 올리고, 앙상하고 주름진 손가락으로 무거운 금속 고리를 쓸었다. "그래서."

"학사의 목걸이는 봉사를 맹세한 몸이라는 사실을 돌이키기 위해 사슬로 만든다고 하시더군요. 저는 왜 사슬마다 다른 금속인지 물었습니다. 은 사슬이 회색 로브에 훨씬 더 잘 어울릴 거라고 말했지요. 루윈 학사님은 웃었습니다. 학사는 학업으로 사슬을 연마한다고 했습니다. 각기 다른 금속은 각기 다른 배움이라고, 금은 돈과 회계 공부를, 은은 치료를, 쇠는 전술을 뜻한다고요. 그리고 거기엔 다른 의미도 있다고 했습니다. 그 목걸이는 학사가 자신이 봉사하는 이 왕국을 상기하게 하죠. 그렇지 않나요? 영주들은 금이고 기사들은 강철이지만, 두 개의 고리로는 사슬이 되지 못합니다. 은과 무쇠와 납, 주석과 구리와 청동과 다른 금속도 필요하고 그게 곧 농부이고 대장장이이고 상인 같은 이들이지요. 사슬에는 온갖 금속이 필요하고, 땅에는 온갖 종류의 사람이 필요합니다."

아에몬은 미소 지었다. "그래서?"

"밤의 경비대에도 온갖 사람이 다 필요합니다. 그렇지 않다면 왜 순찰자와 집사와 건설자들이 따로 있겠습니까? 랜딜 공은 샘을 전사로 만들지 못했고, 알리서 경도 그럴 수 없을 겁니다. 주석을 아무리 두드려도 쇠로 바꿀 순 없지만, 그렇다고 주석이 쓸모 없다는 의미는 아닙니다. 왜 샘이 집사가 되면 안 됩니까?"

체트가 화가 나서 존을 노려보았다. "내가 집사다. 그게 겁쟁이들에게 어울리는 쉬운 일이라고 생각하느냐? 집사 조직이 경비대를 살리는 거야. 우리가 사냥을 하고 농사를 짓고 말을 돌보고 우유를 짜고 장작을 모으고 음식을 하지. 네 옷은 누가 만든다고 생각하느냐? 누가 남부에서 물자를 조달해 오고? 집사들이야."

아에몬은 좀 더 온화했다. "네 친구가 사냥꾼인가?"

"사냥은 싫어합니다." 존은 인정해야 했다.

"그러면 밭을 갈 줄 아는가? 마차나 배를 몰 줄 아는가? 소를 잡을 줄 아는가?"

"아닙니다."

체트가 심술궂게 웃었다. “난 물렁한 귀족 자식에게 일을 시키면 무슨 일이 일어나는지 많이 봤지. 버터만 저으라고 시켜도 손에 물집이 잡히고 피가 흘러. 장작을 패라고 도끼를 주면 자기 발등을 찍고.”

“샘이 누구보다 잘할 수 있는 일을 하나 압니다.”

“그래?” 아에몬이 다음 말을 재촉했다.

존은 화가 나서 부스럼이 붉어진 채 문 옆에 선 체트를 살피며 재빨리 말했다. “학사님을 도울 수 있습니다. 샘은 계산을 할 수 있고, 읽고 쓰는 법을 압니다. 체트는 글을 읽을 수 없고, 클라이다스는 눈이 약하다고 알고 있습니다. 샘은 자기 아버지의 서재에 있는 책을 모조리 읽었습니다. 까마귀도 잘 다룹니다. 동물들은 샘을 좋아하는 것 같아요. 고스트가 바로 받아들인 걸 보면요. 싸움만 아니라면 샘이 할 수 있는 일이 많습니다. 밤의 경비대에는 사람이 하나라도 더 필요하지요. 뭐하러 헛되이 죽입니까? 그러지 말고 샘을 써먹으세요.”

아에몬 학사는 눈을 감았고, 잠시나마 존은 학사가 잠든 게 아닌가 불안했다. 그가 한참 만에 말했다. “루윈 학사가 잘 가르쳤구나, 존 스노우. 네 머리는 네 칼만큼이나 빠른 모양이야.”

“그 말씀은…….”

“네가 한 말을 생각해보겠다는 뜻이지.” 아에몬은 확고하게 말했다. “그리고 이제는 나도 잘 준비가 됐구나. 체트, 어린 형제를 배웅해주게.”

티리온

그들은 하늘 가도에서 조금 벗어난 작은 사시나무 숲 아래로 피신했다. 두 사람의 말이 개울에서 물을 마시는 동안 티리온은 죽은 나무를 모았다. 그는 허리를 굽혀 쪼개진 나뭇가지를 하나 주워서 자세히 살폈다. "이걸로 될까? 난 불을 붙여본 적이 없어서 말이야. 불은 모렉이 피워줬지."

"불?" 브론이 침을 뱉으며 대꾸했다. "그렇게 죽고 싶어 못 참겠소, 난쟁이? 아니면 정신이 나갔소? 불을 피우면 몇 킬로미터 밖에서부터 산악민들을 부를 텐데. 난 이 여행에서 살아남고 싶소, 라니스터."

"그리고 어떻게 살아남을 생각인가?" 티리온이 물었다. 그는 나뭇가지를 옆구리에 끼고 더 찾으려고 듬성듬성한 덤불 속을 쑤셨다. 계속 허리를 굽혔더니 등이 아팠다. 그들은 동 틀 녘에 돌 같은 얼굴의 린 코브레이 경이 피의 관문 밖으로 내몰면서 다시는 돌아오지 말라고 한 순간부터 계속 말을 달렸다.

"싸우면서 길을 뚫기란 어림도 없지만, 두 사람이면 열 사람보다 더 많이 이동할 수 있고 주의는 덜 끌지. 이 산에서 시간을 덜 보낼수록 강역에 도착할 가능성도 높소. 빠르고 거세게 말을 달려야지. 밤에 이동하고 낮에는 몸을 숨기고, 가능하면 도로는 피하고, 소리를 내지 말고 불을 피우지 말고."

티리온 라니스터는 한숨을 쉬었다. "훌륭한 계획이야, 브론. 원한다면 시도해보게나……. 그리고 내가 묻어주느라 시간을 지체하지 않더라도 용서하길 바라네."

"댁이 나보다 오래 살 것 같소, 난쟁이?" 용병은 씩 웃었다. 바디스 이겐 경의 방패에 맞아서 반으로 부러진 이 때문에 웃음에 어두운 틈이 생겼다.

티리온은 어깨를 으쓱였다. "밤에 빠르고 거세게 말을 달리다간 산에서 굴러 떨어져 머리가 깨지기 십상이지. 난 편하게 천천히 지나가겠네. 브론, 자네가 말고기 맛을 좋아하는 줄은 알지만, 이번에는 말이 죽어버리면 그림자삵에게 안장을 채워야 할 판이야……. 그리고 솔직히 말해서 산악민들은 우리가 무슨 짓을 하든 우릴 찾아낼 거라 봐. 사방에 놈들의 눈이 있기든." 그는 바람에 깎인 높고 험준한 주위 바위들을 향해 장갑 낀 손을 내저었다.

브론은 얼굴을 찌푸렸다. "그렇다면 우린 죽은 목숨이오, 라니스터."

티리온이 대꾸했다. "그렇다면 기왕이면 편안하게 죽고 싶군. 불을 피워야 해. 이 위는 밤에 추우니, 뜨거운 걸 먹으면 배 속도 따뜻해지고 기운도 날 거야. 혹시 잡을 만한 사냥감이 있을까? 라이사 부인이 친절하게도 소금에 절인 소고기와 굳은 치즈, 오래된 빵이라는 향연을 베푸셨네만, 학사를 찾기도 힘든 곳에서 이런 걸 씹다가 이를 부러뜨리긴 싫군."

"고기는 찾을 수 있지." 흘러내린 검은 머리 아래로 브론의 검은 눈이 의심을 품고 티리온을 바라보았다. "당신은 그 멍청한 모닥불과 함께 여기 두고 가야겠어. 당신 말까지 데려가면 무사히 빠져나갈 가능성이 두 배가 되겠지. 그러면 당신은 어쩔 거요, 난쟁이?"

"아무래도 죽겠지." 티리온은 허리를 숙이고 나뭇가지를 하나 더 주웠다.

"내가 그럴 거라 생각하지 않는 거요?"

"자네 목숨이 달려 있다면야 순식간에 그러고도 남겠지. 자네 친구 치겐이 배에 화살을 맞았을 때도 신속하게 조용히 시키지 않았나." 브론은 그 남자의 머리카락을 잡아 뒤로 젖히고 귀 아래에 비수를 꽂더니, 나중에 캐틀린 스타크에게는 치겐이 부상 때문에 죽었다고 말했다.

"치겐은 죽은 거나 다름없었고, 그놈의 신음 소리가 놈들을 불러오고 있었소. 치겐도 나한테 똑같이 했을 거요……. 그리고 그놈은 친구가 아니라 같이 말을 달리는 자일 뿐이었소. 착각 마시오, 난쟁이. 난 당신을 위해 싸웠지만, 당신을 사랑하진 않아."

"나에게 필요한 건 자네의 칼이었지, 사랑이 아니었어." 티리온은 한 아름 모은 나무를 땅에 쏟았다.

브론은 히죽 웃었다. "어지간한 용병보다 대담하다는 건 인정하리다. 내가 대신 나갈 줄은 어떻게 알았소?"

"알기는?" 티리온은 불을 피우기 위해 짧은 다리로 엉거주춤하게 쪼그려 앉았다. "주사위를 던져봤지. 그때 여관에서 자네와 치겐은 나를 붙잡는 일을 도왔어. 왜? 다른 자들은 그걸 의무로 여기고, 자기들이 섬기는 영주의 명예를 위해 거들었지만, 자네 둘은 아니었어. 자네들에겐 주인도, 의무도 없고, 소중한 명예도 없었는데, 그렇다면 뭣 때문에 수고롭게 끼어들었을까?" 티리온은 단검을 뽑아 들고 불쏘시개로 쓸 나무껍질을 슥슥 깎았다. "그야, 용병이 무슨 일을 할 때 이유가 뭐겠나? 금이지. 자네들은 캐틀린 부인이 도움에 대한 보상을 할 테고, 어쩌면 병사로 받아들일지도 모른다고 생각했어. 자, 이제 됐으면 좋겠는데. 부싯돌 있나?"

브론은 두 손가락을 허리띠 주머니에 넣더니 부싯돌을 던졌다. 티리온은 공중에서 부싯돌을 잡아챘다.

"고맙네. 자, 다만 자네들은 스타크를 몰랐어. 에다드 공은 자긍심 강하고 고결하고 정직한 남자고, 그 부인은 더 심하지. 아, 이 일이 다 끝나면 동전 한두 푼쯤은 찾아서 정중한 공치사와 경멸 어린 눈빛과 함께 자네 손에 쥐여주기야 했겠지만, 바랄 수 있는 건 그 정도가 최대였을 거야. 스타크는 자기들을 섬길 사람에게 용기와 충성심과 도의를 원하는데, 솔직히 자네와 치겐은 비천한 쓰레기였어." 티리온은 단검에 부싯돌을 쳐서 불꽃을 일으키려 했다. 아무 일도 일어나지 않았다.

브론은 코웃음을 쳤다. "혀는 대담하게도 놀리는군. 언젠가 누군가가 그 혀를 잘라서 당신에게 먹이지 싶소."

"다들 그런 말을 하지." 티리온은 용병을 흘긋 보았다. "나 때문에 기분 상했나? 미안하군……. 하지만 자넨 쓰레기 맞아, 브론. 착각하지 말라고. 의무, 명예, 우정, 그런 게 자네에게 뭐란 말인가? 아니, 애쓸 것 없네. 우리 둘 다 답을 알잖나. 그래도 자넨 멍청하지 않지. 일단 협곡에 도착하자 스타크 부인에겐 자네가 필요 없어졌어……. 하지만 나에겐 필요했고, 라니스터에게 부족하지 않은 게 하나 있다면 바로 금이야. 주사위를 던질 순간이 왔을 때, 난 자네가 최대 이익이 어디에 있는지 알 만큼 똑똑하다는 데 걸었네. 나에겐 다행스럽게도, 자네는 실제로 그랬지." 티리온은 다시 한 번 돌과 철을 맞부딪쳤고, 소용없었다.

브론이 쪼그려 앉으며 말했다. "어디. 내가 하리다." 브론은 티리온의 손에서 단검과 부싯돌을 받아 가더니 한 번 만에 불꽃을 일으켰다. 둥글게 말린 나무껍질에 연기가 나기 시작했다.

"잘했네. 쓰레기일지는 몰라도 자넨 부인할 수 없이 유용한 인물이고, 손에 검을 쥐면 내 형인 제이미에 버금가게 훌륭해. 뭘 원하나, 브론? 금? 땅? 여자? 날 살려두면 갖게 될 걸세."

브론이 불을 후후 불자 불길이 더 높아졌다. "당신이 죽으면?"

"그때는 나에게도 죽음을 진심으로 슬퍼할 사람이 하나 생기겠지." 티리온은 씩 웃었다. "내가 끝나면 금도 끝이야."

불이 잘 타올랐다. 브론은 일어서서 부싯돌을 주머니에 다시 밀어 넣고, 티리온에게 단검을 던졌다. "좋수다. 내 검은 당신 거요. 하지만…… 댁이 똥을 눌 때마다 무릎 꿇고 주인님이라고 외치는 건 기대하지 마쇼. 난 누구의 아첨꾼도 못 돼."

"누구의 친구도 아니고 말이지. 이득이 확실하다면 스타크 부인에게 그랬듯이 나도 순식간에 배신하리라 의심치 않네. 자네가 날 팔아넘길 유혹을 받는 날이 오거든, 이 점을 기억하게, 브론. 대가가 뭐든 간에 난 그 이상을 쳐줄 수 있어. 난 살고 싶거든. 그럼 이제, 우리가 먹을 저녁 식사를 찾아올 수 있을 것 같나?"

"말들을 보살피고 있으쇼." 브론은 엉덩이에 차고 있던 가느다란 비수를 뽑으며 말하더니, 성큼성큼 숲 속으로 걸어 들어갔다.

한 시간 후, 말들은 빗질을 받고 먹이를 먹은 후였고 불은 기분 좋게 타올랐으며, 불 위에서는 어린 염소 뒷다리가 지글거리며 빙글빙글 돌아가고 있었다. "이제 부족한 건 염소구이를 넘길 맛있는 와인뿐이로군." 티리온이 말했다.

"그것과 여자, 그리고 다른 검 열 개쯤." 브론이 말했다. 그는 불가에 다리를 접고 앉아서 기름숫돌로 장검을 갈고 있었다. 브론이 기름숫돌로 강철을 내리 그을 때마다 나는 귀에 거슬리는 소리에는 묘하게 안심되는 구석이 있었다. 용병이 지적했다. "곧 깜깜해질 거요. 내가 먼저 불침번을 서지요……. 무슨 소용이 있을지는 모르겠지만 말이오. 어쩌면 우리가 잘 때 죽이는 편이 더 친절할 수도 있는데."

"아, 난 놈들이 우리가 잠들기 한참 전에 올 거라 생각하네." 구운 고기 냄새를 맡자 티리온의 입안에 침이 돌았다.

브론은 불길 너머로 그를 보았다. "계획이 있으시군." 그는 강철을 돌에 갈면서 덤덤하게 말했다.

"계획이라기보다는 희망이지. 또 한 번의 주사위 던지기랄까."

"우리 목숨을 걸고?"

티리온은 어깨를 으쓱였다. "우리에게 무슨 선택지가 있나?" 그는 불 쪽으로 몸을 내밀고 염소 고기를 얇게 한 조각 잘라냈다. "아아아아." 그는 고기를 씹으면서 행복한 한숨을 내쉬었다. 육즙이 턱을 따라 흘러내렸다. "내 취향에는 조금 질기고, 향신료가 있었으면 좋겠지만, 너무 큰 소리로 불평하진 않겠네. 이어리에 있었다면 삶은 콩이라도 먹자고 벼랑 위에서 춤을 췄을 테니."

"그런데도 그 간수에게 금화 지갑을 줬군요." 브론이 말했다.

"라니스터는 언제나 빚을 갚거든."

티리온이 가죽 지갑을 던져줬을 때는 모드조차도 경악했다. 끈을 당겨 풀고 황금의 광채를 보면서 간수의 눈은 삶은 달걀처럼 커졌다. 티리온은 비딱하게 웃으며 말했다. "은화는 내가 챙겼지만, 자네에게 금을 약속했으니 그걸 주지." 모드 같은 남자가 죄수들을 괴롭히면서 평생을 보내도 그렇게 벌 수는 없었다. "그리고 이건 맛보기에 불과하다는 내 말을 기억하게. 아린 부인을 섬기는 데 질리면 캐스털리록에 와. 그러면 내가 빚진 나머지를 갚아주지." 모드는 두 손에 넘치는 금화를 쥐고 무릎을 꿇으며 그렇게 하겠다고 약속했다.

브론은 비수를 뽑아 들고 불 위의 고기를 당겼다. 브론이 시커멓게 구워진 두꺼운 고깃덩어리를 뼈에서 발라내는 동안 티리온은 쟁반을 대신하려고 퀴퀴한 빵 두 덩이의 속을 파냈다. "강에 도착하면 뭘 할 거요?" 용병이 칼질을 하면서 물었다.

"아, 우선은 창녀와 깃털 침대와 와인 한 병을 즐겨야지." 티리온이 쟁반을 내밀자 브론이 고기를 채워줬다. "그다음엔 캐스털리록 아니면 킹스랜딩으로 가야지. 어떤 단검에 관한 몇 가지 의문에 답을 구해야 하거든."

용병은 고기를 씹어 삼켰다. "그럼 정말이었던 거요? 댁의 칼이 아니었어요?"

티리온은 희미하게 웃었다. "내가 거짓말쟁이로 보이나?"

배가 다 찰 무렵에는 별이 뜨고 반달이 산맥 위로 솟아오르고 있었다. 티리온은 그림자 가죽 망토를 땅바닥에 펼치고 안장을 베개 삼아 누웠다. "우리 친구들이 어지간히 미적거리는군."

"내가 놈들이라면 함정을 걱정할 거요. 꾀어 들이려는 게 아니고서야 왜 이렇게 노골적으로 굴겠소?"

티리온이 키득거렸다. "그렇다면 노래로 놈들에게 겁을 줘서 달아나게 만들어야겠군." 그는 휘파람을 한 곡조 불기 시작했다.

"당신은 미쳤어요, 난쟁이." 브론은 비수로 손톱에 낀 기름때를 빼며 말했다.

"음악에 대한 사랑은 어디 갔나, 브론?"

"원하는 게 음악이었다면 그 가수에게 대전사를 맡겼어야지요."

티리온이 히죽 웃었다. "그거 재미있었겠군. 그 친구가 나무 하프로 바디스 경을 막는 모습이 눈에 선해." 그는 다시 휘파람을 불었다. "이 노래를 아나?"

"여기저기, 여관과 매음굴에서 듣는 노래죠."

"미르의 노래지. '내 사랑의 계절'. 가사를 이해한다면 달콤하고 슬픈 노래라네. 내가 잠자리를 한 첫 번째 여자가 이 노래를 부르곤 했는데, 도무지 머릿속에서 몰아낼 수가 없었어." 티리온은 하늘을 올려다보았다. 맑고 차가운 밤이었고 별들은 산맥 위로 진실처럼 밝고 무자비하게 빛났다. 티리온은 저도 모르게 말하고 있었다. "그 여자를 만난 것도 이런 밤이었지. 제이미와 내가 라니스포트에서 말을 달려 돌아가는데 비명이 들리더니,

그 여자가 위협하고 소리를 지르는 두 남자를 달고 도로로 뛰쳐나왔어. 형이 검을 뽑아 들고 놈들을 뒤쫓는 사이 난 그 여자를 보호하려고 말에서 내렸지. 나보다 한 살이 많을까 말까 했고, 검은 머리에 날씬한 데다가 심장을 찢을 만한 얼굴이었다네. 확실히 내 심장은 찢어놨지. 반쯤은 굶어 죽다시피 했고 씻지도 못한 천민이었지만…… 사랑스러웠어. 놈들이 그 여자가 걸친 누더기 등쪽을 반쯤 찢어놓은 터라, 제이미가 놈들을 쫓아 숲속으로 들어가는 동안 난 그녀에게 내 망토를 둘러줬다네. 제이미가 돌아올 무렵에는 그 여자의 이름과 사연을 들은 후였지. 소농의 딸이었는데, 아버지가 열병으로 죽자 고아가 되어 갈 곳일랑…… 글쎄, 없었지, 정말.

제이미는 그놈들을 잡으러 가고 싶어 안달이 나 있었어. 무법자들이 이렇게 캐스털리록 가까운 곳에서 여행자를 노리는 일은 잘 없었고, 제이미는 그걸 모욕으로 받아들였지. 하지만 그 여자는 혼자 보내기엔 너무 겁에 질려 있었기에, 형이 원군을 구하러 캐스털리록으로 달려가는 동안 난 그 여자를 가까운 여관에 데려가서 밥을 사주겠다고 제안했네.

내 생각보다 더 굶주렸더군. 우린 닭 두 마리를 먹어치우고 세 마리째까지 조금 먹은 데다가, 와인 한 병을 마시면서 이야기를 나눴네. 난 열세 살에 불과했고, 와인에 취했을 거야. 정신을 차리고 보니 그 여자와 같은 침대더군. 그 여자가 수줍어했다면 나는 더 심했지. 어디서 그런 용기를 찾았는지 알 수가 없어. 내가 처녀성을 앗아 갔을 때 그 여자는 울었지만, 그 후에는 나에게 입을 맞추고 그 귀여운 노래를 불렀고, 아침이 되자 난 사랑에 빠져 있었네."

"댁이?" 브론은 재미있어하는 목소리였다.

"터무니없지?" 티리온은 다시 휘파람을 불다가 한참 만에 실토했다. "난 그 여자와 결혼했다네."

"캐스털리록의 라니스터가 소농의 딸과 결혼하다니. 어떻게 그럴 수가 있었소?"

"아, 몇 마디 거짓말과 은화 50닢, 그리고 술취한 성사로 소년이 무슨 일을 할 수 있는지 알면 놀랄걸. 감히 내 신부를 캐스털리록으로 데리고 돌아갈 순 없었기에, 난 그 여자를 위해 작은 집을 한 채 마련했고, 2주 동안 우린 남편과 아내 노릇을 했네. 그 후에 성사가 정신을 차리고 모든 일을 내 아버지에게 고했지." 티리온은 그 이야기를 꺼내자 마음이 한없이 황량해진다는 사실에 놀랐다. 이렇게 오랜 시간이 지났는데……. 어쩌면 그저 피곤해서일지도 몰랐다. "그걸로 내 결혼은 끝이었어." 티리온은 일어나 앉아서 사그라드는 불을 바라보며 눈을 깜박였다.

"아버지가 여자를 보내버렸소?"

"그보다 더한 일을 했지. 우선 내 형이 진실을 털어놓게 만들었어. 그 여자는 창녀였다네. 제이미가 모든 일을 다 꾸민 거였어. 그 길, 무법자들, 전부 다. 내가 여자를 안을 때가 됐다고 생각하고는, 나한테도 처음일 테니까 두 배 값을 치르고 처녀를 구했던 거야.

제이미가 고백을 하고 나자, 타이윈 공은 사무치는 교훈을 주려고 내 아내를 불러들여 위병들에게 던져줬지. 다들 괜찮은 값을 치르긴 했어. 한 명당 은화 한 닢이었으니, 그렇게 높은 값을 받는 창녀가 얼마나 되겠나? 타이윈 공은 날 막사 구석에 앉혀놓고 지켜보게 했고, 끝에 가서는 은화가 넘치다 못해 그 여자의 손가락 사이로 동전이 흘러내려 바닥에 구를 정도가 됐고……." 연기가 눈을 찔렀다. 티리온은 헛기침을 하고 불에서 고개를 돌려 어둠 속을 응시했다. 그는 조용히 말을 이었다. "타이윈 공은 날 마지막으로 보내면서, 대금으로 치를 금화 한 닢을 줬지. 나는 라니스터고, 그만큼 더 값을 쳐준 거지."

잠시 시간이 지나고 나서야 브론이 숫돌에 칼을 가는 소리가 다시 들렸다. "열세 살이건 서른 살이건 세 살이건, 나라면 그런 짓을 한 놈을 죽였을 거요."

티리온은 몸을 돌려 브론을 마주했다. "언젠가는 그럴 기회가 올지도 모르지. 내가 한 말을 기억하게나. 라니스터는 언제나 빚을 갚는다네." 그는 하품을 했다. "난 잠을 청해야겠군. 우리가 죽기 직전이 되면 깨우게."

티리온은 그림자 가죽에 몸을 말고 눈을 감았다. 땅바닥은 돌투성이였고 차가웠지만, 티리온 라니스터는 잠시 후에 잠에 빠져들었다. 그는 하늘 감옥에 대한 꿈을 꿨다. 이번에는 그가 죄수가 아니라 손에 가죽끈을 쥔 덩치 큰 간수였고, 그 끈으로 아버지를 때려서 뒤로, 심연을 향해 몰아가고 있었다…….

"티리온." 브론의 경고는 낮고 다급했다.

티리온은 눈 깜박할 사이에 깨어났다. 불은 사그라들어서 잉걸불만 남았는데, 사방에서 그림자들이 다가오고 있었다. 브론은 한쪽 무릎을 꿇고 몸을 일으켰는데 한 손에는 장검을, 반대쪽 손에는 비수를 쥐고 있었다. 티리온이 한 손을 들어 올렸다. '가만히 있게.' 그는 다가오는 그림자들을 향해 외쳤다. "와서 불이나 같이 쬐지. 밤이 춥지 않나. 내어줄 와인이 없어서 안타깝지만, 우리 염소 고기는 얼마든지 같이 먹어도 돼."

모든 움직임이 멈췄다. 티리온은 금속에 번득이는 달빛을 보았다. "우리 산이다." 숲 속에서 깊고 거칠고 비우호적인 목소리가 외쳤다. "우리 염소고."

"자네들 염소지." 티리온이 수긍했다. "자네들은 누군가?"

다른 목소리가 대답했다. "너희 신들을 만나거든, 너를 보낸 게 돌까마귀 씨족 군의 아들 군터라고 해라." 나뭇가지를 밟는 소리와 함께 목소리의 주인이 불빛 속으로 나섰다. 뿔 달린 투구를 쓰고 긴 칼로 무장한 여윈 남자였다.

"그리고 돌프의 아들 샤가." 첫 번째로 들렸던 깊고 위험한 목소리가 말했다. 돌덩어리가 그들 왼쪽으로 움직이더니 우뚝 서서 남자로 변했다. 엄청난 덩치에 느리고 강해 보였으며, 온통 짐승 가죽 차림이었고, 오른손에는 곤봉을 들고 왼손에는 도끼를 잡았다. 그는 느릿느릿 다가오면서 곤봉과 도끼를 거세게 맞부딪쳤다.

다른 목소리들이 다른 이름들을 외쳤다. 콘과 토렉과 자고트, 그리고 티리온이 듣자마자 잊어버린 이름까지 적어도 열은 되었다. 도검을 쥔 사람은 몇 명 없었다. 나머지는 쇠스랑과 낫과 나무창을 휘둘렀다. 티리온은 모두가 이름을 다 외칠 때까지 기다려서 대답했다. "나는 바위 사자 라니스터 씨족 타이윈의 아들 티리온이다. 우리가 먹은 염소 값은 기꺼이 치르겠다."

"우리에게 뭘 줄 건가, 타이윈의 아들 티리온?" 두목인 듯, 군터라고 했던 남자가 물었다.

"내 지갑에 은화가 있네. 내가 입은 사슬 갑옷은 나에게 너무 큰데, 콘에게는 잘 맞겠군. 그리고 내가 든 전투 도끼는 샤가의 거대한 손에 지금 든 나무 도끼보다 잘 어울리겠어."

"반쪽이가 우리 돈으로 우리에게 값을 치르겠다는군." 콘이 말했다.

군터가 말을 받았다. "콘의 말대로다. 네 은화는 우리 것이다. 너희 말들은 우리 것이다. 네 갑옷과 전투 도끼와 허리띠에 찬 단검 역시 우리 것이다. 너에겐 목숨 말고 우리에게 줄 것이 없다. 어떻게 죽고 싶은가, 타이윈의 아들 티리온?"

"내 침대에서, 와인을 실컷 마시고 처녀의 입에 거시기를 물리고 여든 살에 죽고 싶군." 티리온이 대꾸했다.

몸집 큰 샤가가 제일 먼저, 제일 큰 소리로 웃었다. 나머지는 그렇게 즐거워하는 것 같지 않았다. "콘, 저놈들의 말을 데려와라." 군터가 명령했다. "다른 놈은 죽이고 반쪽이는 붙잡아라. 염소젖을 짜고 어머니들을 웃길 수 있겠지."

브론이 튕겨 일어섰다. "누가 먼저 죽겠나?"

"안 돼!" 티리온은 날카롭게 말했다. "군의 아들 군터, 내 말을 듣게. 내 가문은 부유하고 강력하지. 돌까마귀 씨족이 우리가 안전하게 이 산을 빠져나가게 해주면, 내 아버지가 금을 쏟아부을 거야."

"저지대 영주의 금은 반쪽이의 약속만큼이나 값어치가 없다." 군터가 말했다.

"내가 반쪽짜리 인간일지는 몰라도, 적을 정면으로 마주할 용기는 있지. 돌까마귀 씨족은 협곡의 기사들이 달려 지날 때 바위 뒤에 숨어서 떨기만 할 뿐, 하는 게 뭔가?"

샤가가 노성을 지르고 곤봉과 도끼를 맞부딪쳤다. 자고트는 단련된 긴 나무창 촉을 티리온의 얼굴 앞에 찔렀다. 티리온은 움찔하지 않으려고 최선을 다했다. "이게 자네들이 훔칠 수 있는 제일 좋은 무기인가? 양을 죽이기에는 충분하겠지만…… 그것도 양이 맞서 싸우지 않을 때 얘기지. 내 아버지의 대장장이들이 버리는 무기도 이것보다는 좋아."

샤가가 노호했다. "작은 인간, 내가 네놈의 남성을 잘라내어 염소에게 먹인 후에도 내 도끼를 비웃겠나?"

하지만 군터는 한 손을 들어 올렸다. "아니. 들어봐야겠다. 어머니들이 굶고 있고, 강철은 금보다 많은 입을 먹여 살리지. 목숨의 대가로 우리에게 뭘 줄 건가, 타이윈의 아들 티리온? 검? 창? 갑옷?"

"전부 다, 그리고 그게 다가 아니야, 군의 아들 군터." 티리온 라니스터는 미소 지으며 대꾸했다. "아린 협곡을 주지."

에다드

레드킵의 동굴 같은 알현실, 높이 달린 좁은 창문들을 통과한 일몰 햇살이 바닥에 떨어지며 벽에 검붉은 줄무늬를 그렸다. 한때는 드래곤 머리통들이 걸려 있던 그 돌벽에는 이제 녹색과 갈색과 파란색이 선명한 사냥 태피스트리들이 걸렸으나, 네드 스타크는 아직도 알현실에 존재하는 색깔이 핏빛 붉은색뿐이라고 느꼈다.

그는 정복자 아에곤이 오래전에 만든 거대한 권좌에 높이 앉았다. 쇠못과 이리저리 뻗은 칼날과 기괴하게 뒤틀린 금속으로 이루어진 그 철제 흉물은 로버트가 경고한 대로 지독히도 불편한 의자였고, 부러진 다리가 갈수록 더 심하게 쑤시는 지금은 더욱 그랬다. 엉덩이 아래 금속은 시간이 갈수록 더 딱딱해졌고, 강철 송곳니 때문에 등을 기댈 수가 없었다. '왕은 결코 편하게 앉아선 안 된다.' 정복자 아에곤은 무기제조인들에게 적들이 내려놓은 검으로 거대한 의자를 주조하라 명하면서 그렇게 말했다. 네드는 침울하게 생각했다. '아에곤의 오만함에 저주를. 로버트와 그놈의 사냥에도 저주를.'

"그냥 도적 떼 짓이 아니라는 점은 확실한가요?" 왕좌 아래에 놓인 협의회석에서 바리스가 부드럽게 물었다. 대학사 파이셀이 그 옆에서 불편한 듯 몸을 움직였고, 리틀핑거는 펜으로 장난을 치고 있었다. 참석한 협의회원은 그게 다였다. 왕의 숲에서 하얀 수사슴이 목격되었다 하여, 렌리 공과 바리스탄 경은 물론이고 조프리 왕자, 산도르 클리게인, 발론 스완, 그리고 궁정의 절반이 왕과 함께 사냥에 참여했다. 그래서 네드가 왕의 부재중에 철왕좌에 앉아야 했다.

그나마 그는 앉을 수라도 있었다. 협의회를 제외한 나머지는 공손히 서거나 무릎을 꿇고 있어야 했다. 길게 솟은 문 근처에 모인 청원자들, 태피스트리 아래에 모인 기사들과 귀족 남녀, 관람석의 평민들, 갑옷을 입고 금색이나 회색 망토를 두른 병사들 모두 서 있었다.

그 마을 사람들은 무릎을 꿇고 있었다. 남자, 여자, 어린아이 할 것 없이 남루하고 피투성이였으며 얼굴에는 두려움이 역력했다. 증언을 위해 그들을 이리로 데려온 세 기사는 마을 사람들 뒤에 서 있었다.

"도적 떼 말입니까, 바리스 공?" 레이먼 대리 경의 목소리에서 경멸이 뚝뚝 떨어졌다. "아, 도적 떼라는 점에는 의심의 여지가 없지요. 라니스터 도적 떼요."

네드는 알현실 안의 불안한 공기를 느낄 수 있었다. 귀족이고 하인이고 할 것 없이 긴장해서 귀를 기울이고 있었다. 그는 놀란 척도 못했다. 서부는 캐틀린이 티리온 라니스터를 붙잡은 이후 계속 일촉즉발의 상태였다. 리버런과 캐스털리록 양쪽 다 휘하를 소집했고, 골든투스 아래 통행로에는 군대가 모여들고 있었다. 피가 흐르는 것은 시간 문제였다. 남은 문제라곤 상처를 어떻게 지혈하는 것이 최선이냐뿐이었다.

얼굴을 변색시킨 검붉은 모반만 아니었다면 잘생긴 얼굴이었을 슬픈 눈의 캐릴 밴스 경이 무릎 꿇은 마을 사람들 쪽을 가리켰다. "셰어 성채에서 남은 사람은 이게 다입니다, 에다드 공. 나머지는 웬디시타운과 머머스포드(Mummer's Ford, 유랑극단 여울) 사람들과 함께 죽었습니다."

"일어서라." 네드는 마을 사람들에게 명했다. 그는 누가 무릎을 꿇고 하는 말을 믿지 않았다. "그대들 모두, 일어서도록."

셰어 성채 사람들이 하나둘씩 힘겹게 일어났다. 노인 하나는 도움을 받아야 했고, 피 묻은 옷을 입은 어린 소녀 하나는 계속 무릎을 꿇은 채, 킹스가드의 하얀 갑옷을 입고 왕을…… 혹은 왕의 수관인 네드를 지키고 보호할 태세로 왕좌 발치에 서 있는 아리스 오크하트 경을 멍하니 바라보기만 했다.

"조스." 레이먼 대리 경이 맥주 양조인의 앞치마를 두른 통통한 대머리 사내에게 말했다. "수관께 셰어에 일어난 일을 고하게."

조스는 고개를 끄덕였다. "전하께서 괜찮으시다면……."

"전하께서는 블랙워터 강 너머에서 사냥 중이시다." 네드는 어떻게 레드킵에서 며칠만 말을 달리면 가는 곳에서 평생을 산 사람이 아직도 왕이 어떻게 생겼는지 모르는 걸까 생각하며 말했다. 네드는 가슴에 스타크의 다이어울프가 들어간 하얀 리넨 더블릿을 입고 있었다. 검은색 모직 망토 옷깃에는 그의 관직을 나타내는 은손이 달렸다. 검은색과 흰색과 회색, 진실이 가진 모든 빛깔이었다. "나는 왕의 수관인 에다드 스타크다. 그대가 누구이며 그 약탈자들에 대해 무엇을 아는지 고하라."

"소인은 맥줏집을 하나 가지고…… 가지고 있었습죠, 나리. 셰어의 돌다리 옆에요. 송구하지만 넥 지역 남쪽에서는 제일가는 맥주라고 다들 그랬습니다요, 나리. 그것도 이젠 다른 것들과 같이 없어졌습니다, 나리. 그놈들이 와서 실컷 마시고 나머지는 뿌리더니 지붕에 불을 놓았습죠. 절 잡았다면 제 피도 뿌렸을 겁니다요, 나리."

옆에 있던 농부가 말했다. "그놈들이 다 태워버렸습니다요. 어두울 때 남쪽에서 말을 타고 오더니만, 밭이고 집이고 다 태워버리고, 막으려고 들면 죽여버렸어요. 하지만 약탈자들이 아니었어요. 가축을 훔쳐 갈 마음도 없는지, 제 젖소를 그 자리에서 죽여버리곤 파리와 까마귀들이 먹게 내버려두고 갔어요."

"놈들은 말을 타고 제 도제 놈을 뒤쫓았습니다." 대장장이의 근육을 드러내고 머리에는 붕대를 감은 땅딸막한 사내가 말했다. 궁정에 오려고 제일 좋은 옷을 입은 모양이었지만, 반바지에는 기운 자국이 보였고, 망토는 여행으로 얼룩이 지고 때가 꼈다. "말을 타고 밭에서 이리저리 몰아대면서 사냥감처럼 창으로 찔러댔지요. 제 도제는 비틀거리면서 비명을 지르는데 놈들은 웃어대더니, 결국 거한이 창으로 꿰어서 죽였습니다."

무릎을 꿇은 소녀가 고개를 길게 빼고 높은 왕좌에 앉은 네드를 쳐다보았다. "그놈들이 제 어머니도 죽였어요, 전하. 그리고 놈들이…… 그놈들이……." 무슨 말을 하려고 했는지 잊은 것처럼 목소리가 흐려지더니 그녀는 흐느끼기 시작했다.

레이먼 대리 경이 이야기를 이었다. "웬디시타운에서는 사람들이 성채로 피난했습니다만, 벽이 목재였습니다. 약탈자들은 나무 벽 앞에 짚을 쌓고 산 채로 사람들을 다 태워버렸습니다. 웬디시 사람들이 불에서 도망치려고 성문을 열자, 뛰어나오는 족족 화살을 쏘아 죽였더군요. 젖먹이를 안은 여자들까지요."

"아아, 끔찍한지고. 사람이란 얼마나 잔인해질 수 있는지?" 바리스가 중얼거렸다.

조스가 다시 말했다. "저희한테도 똑같이 하고도 남았을 텐데, 셰어의 성채는 돌이었습죠. 연기로 질식시키고 싶어 하는 놈들도 있었지만, 거한이 상류 쪽에 더 무르익은 과일이 있다고 하자 다들 머머스포드로 몰려갔습니다요."

네드는 몸을 앞으로 기울이면서 손가락에 닿는 차가운 강철을 느낄 수 있었다. 손가락 사이마다 칼날이었다. 비틀린 검 끝이 왕좌 팔걸이에 돋아난 발톱처럼 부채꼴을 그렸다. 300년이 지났는데도 몇 개는 아직 손을 벨 만큼 날카로웠다. 철왕좌에는 부주의한 자를 위한 함정이 가득했다. 노래에서는 천 개의 칼을 '검은 공포' 발레리온의 용광로 같은 입김에 하얗게 달궈서 철왕좌를 만들었다고 했다. 이어서 망치질을 하는 데 59일이 걸렸다. 그 결과가 이 칼날과 가시와 날카로운 금속 띠로 이루어진 등이 굽은 검은 짐승이었다. 사람을 죽일 수 있고, 전해지는 이야기를 믿는다면 실제로 죽이기도 한 의자였다.

에다드 스타크는 자신이 이 의자에 앉아서 무엇을 하고 있는지 도무지 알 수 없었지만, 그래도 그는 그 자리에 앉았고, 이 사람들은 그에게 정의를 구했다. 그는 분노를 억제하려고 애쓰며 물었다. "그자들이 라니스터였다는 어떤 증거가 있는가? 진홍색 망토를 입었거나 사자 깃발을 휘날리던가?"

"아무리 라니스터라도 그런 짓을 할 만큼 멍청하진 않지요." 마크 파이퍼 경이 날카롭게 말했다. 그는 으스대며 걸어 다니는 젊은 싸움닭으로, 네드의 취향에는 너무 젊고 너무 피가 끓었으나, 캐틀린의 동생인 에드무어 툴리의 친한 친구였다.

캐릴 경이 차분하게 대답했다. "놈들은 전원 말을 타고 사슬 갑옷을 입고 있었습니다. 강철촉이 달린 창과 장검으로 무장하고, 도살을 위한 전투도끼까지 갖췄습니다." 그는 남루한 생존자 한 명을 가리켰다. "자네. 그래, 자네 말이야. 아무도 자네를 해치지 않을 걸세. 수관께 나에게 했던 이야기를 다시 해보게."

지목받은 노인은 연신 고개를 조아렸다. "그놈들 말이요, 그놈들이 타는 게 군마였습니다. 전 노(老) 윌럼 경의 마구간에서 오래 일해서 차이를 압니다요. 그놈들 중에 쟁기를 끌어본 말은 없었습니다. 제가 틀렸다면 신들께서 증거하실 겁니다."

리틀핑거가 말했다. "좋은 말을 탄 도적 떼라. 그 전에 약탈한 곳에서 군마를 훔쳤을지도 모르지."

"습격 부대의 숫자는 어떻게 되던가?" 네드가 물었다.

"적어도 백 명은 됐습죠." 조스가 대답하는 것과 동시에 붕대를 감은 대장장이가 "50명"이라고 했고 그 뒤에 있던 노파는 이렇게 말했다. "수백 명이 넘었습니다, 나리. 군대였어요."

"군대라. 선량한 여인이여, 그대가 생각한 것보다 더 정확한 말이군그래." 에다드 공이 노파에게 말했다. "놈들은 깃발을 휘날리지 않았다고 했지. 갑옷은 어떤 것을 입었나? 그대들 중 누구든 방패나 투구에서 어떤 장식이나 문장을 보았나?"

맥주 양조인 조스가 고개를 저었다. "안타깝게도 놈들이 보여준 갑옷은 평범했습니다, 나리. 다만…… 놈들을 이끌던 자도 나머지와 비슷한 갑옷을 입었지만, 다른 놈들과 혼동할 수가 없었습니다. 그 몸집이 말입니다, 나리. 거인족이 다 죽었다는 사람들은 그놈을 못 본 겁니다. 맹세합니다요. 몸이 황소처럼 크고, 목소리는 돌이 깨지는 것 같았습죠."

"산더미입니다!" 마크 경이 큰 소리로 말했다. "누가 의심할 수 있겠습니까? 이건 그레고르 클리게인이 한 짓입니다."

네드는 창문 아래며 알현실 저편에서 웅성거리는 소리를 들었다. 관람석에서도 불안한 속삭임이 오가고 있었다. 마크 경의 말이 맞다면 대귀족이나 평민들이나 그게 어떤 의미인지 알고 있었다. 그레고르 클리게인은 타이윈 라니스터 공의 휘하에 있었다.

네드는 마을 사람들의 겁에 질린 얼굴을 찬찬히 뜯어보았다. 그들이 그렇게 두려움에 질린 것도 당연했다. 그들은 여기에 끌려와 왕 앞에서 장인인 타이윈 공이 손에 피를 묻힌 도살자라고 지목해야 한다고 생각했으리

라. 기사들이 그들에게 선택권을 주기는 했을까 궁금했다.

협의회석에서 대학사 파이셀이 직위를 나타내는 사슬을 절그럭거리며 무겁게 몸을 일으켰다. "마크 경, 대단히 유감이지만, 경은 그 무법자가 그레고르 경인지 알 수 없습니다. 왕국에 거한은 많아요."

캐릴 경이 대꾸했다. "달리는 산더미처럼 큰 사람도 말입니까? 그런 거한은 만난 적이 없습니다만."

레이먼 경이 열렬히 말을 보탰다. "여기에 그런 거한을 또 아는 사람은 없을 겁니다. 산더미 옆에 있으면 그 동생도 강아지에 불과하지요. 여러분, 눈을 뜨십시오. 시체에 그자의 인장이라도 찍혀 있어야 합니까? 그건 그레고르였습니다."

파이셀이 물었다. "그레고르 경이 왜 도적 떼로 변한단 말입니까? 그 주군의 은혜로 튼튼한 성과 자기 영지를 갖고 있는데요. 그 남자는 축성을 받은 기사입니다."

"거짓 기사지요! 타이윈 공의 미친 개입니다." 마크 경이 말했다.

파이셀은 굳은 목소리로 말했다. "수관님, 이 선한 기사에게 타이윈 라니스터 공은 우리 경애하는 왕비님의 부친이라는 사실을 상기시켜주시기를 촉구합니다."

"고맙습니다, 대학사 파이셀. 학사께서 지적해주시지 않았다면 잊어버릴 뻔했군요." 네드가 말했다.

높은 왕좌에 앉은 네드는 알현실 끝에서 문밖으로 빠져나가는 자들을 볼 수 있었다. 숨으러 가는 산토끼들…… 아니면 왕비의 치즈를 갉아 먹으러 가는 쥐들이리라. 관람석에 그의 딸 산사와 모르데인 성사의 모습이 보였다. 네드는 울컥 화가 치밀었다. 어린 여자애가 올 곳이 아니었다. 하지만 성사는 오늘의 법정에서 경쟁하는 성채들 사이의 분쟁을 해결하고 경계석을 세울 자리를 판정하는 평소의 지루한 청원과 다른 것을 듣게 되리라고는 생각지 못했을 것이다.

아래에 놓인 협의회석에서 피터 베일리시가 깃펜에 대한 관심을 버리고 몸을 앞으로 내밀었다. "마크 경, 캐릴 경, 레이먼 경…… 한 가지 질문을 해도 되겠습니까? 이 성채들은 여러분의 보호 아래 있었지요. 이 모든 살육과 방화가 일어나는 동안 여러분은 어디에 있었습니까?"

캐릴 밴스 경이 대답했다. "제 아버지를 수행하여 골든투스 아래 통행로에 가 있었고, 마크 경도 마찬가지였습니다. 에드무어 툴리 경은 이 잔학 행위에 대한 소식을 접하고, 적은 병력을 이끌고 가서 찾을 수 있는 생존자를 찾아 왕께 데려가라 하셨습니다."

레이먼 대리 경이 발언했다. "에드무어 경은 제 전 병력을 리버런으로 소환했습니다. 저는 리버런 강 건너에 진을 치고 명을 기다리다가 전언을 받았습니다. 제가 영지로 돌아왔을 때쯤 클리게인과 그 해충들은 레드포크를 다시 건너 라니스터의 언덕 지대로 달려가고 있었습니다."

리틀핑거는 생각에 잠겨서 수염 끝을 쓸었다. "그리고 놈들이 다시 온다면요?"

"다시 온다면 놈들이 태운 밭에 그놈들의 피를 뿌려야지요." 마크 파이퍼 경이 흥분해서 선언했다.

캐릴 경이 설명했다. "에드무어 경은 경계선에서 말을 달려 하루 거리에 있는 모든 마을과 성채에 병사들을 보냈습니다. 다음에 오는 약탈자들에게는 그렇게 쉽지 않을 겁니다."

'그게 정확히 타이윈 공이 원하는 바일지 모르지. 리버런에서 조금씩 힘을 빼고, 에드무어를 자극해서 병력을 흩어놓게 만드는 것.' 네드는 혼자 생각했다. 그의 처남은 젊었고, 현명하기보다는 용맹했다. 그는 영토 구석구석을 수호하고, 자신을 주인이라고 부르는 모든 남자와 여자와 아이들을 지키려 들 것이며 타이윈 라니스터는 그 점을 파악하고도 남을 만큼 예리했다.

피터 공이 말을 이었다. "그대들의 밭과 성채가 안전하다면, 왕좌에 무엇을 요청하려는 겁니까?"

레이먼 대리 경이 대답했다. "트라이던트의 영주들은 왕의 평화를 지키고 있습니다. 라니스터가 그 평화를 깼습니다. 저희가 그들에게 강철에는 강철로 대응하기를 허락받고자 합니다. 셰어와 웬디시타운과 머머스포드의 평민들에 대한 정의를 요청합니다."

마크 경이 선언했다. "에드무어는 우리가 그레고르 클리게인에게 피로 되갚아줘야 한다는 데 동의합니다만, 호스터 공께서 공격하기 전에 여기로 와서 왕의 허락을 구하라 명하셨습니다."

'그렇다면 노(老) 호스터 공에게 감사할 일이로군.' 타이윈 라니스터는 사자일 뿐 아니라 여우이기도 했다. 네드는 이미 기정사실로 받아들이고 있었지만, 그레고르 경을 보내어 불 지르고 약탈하게 한 사람이 타이윈이라면, 그레고르가 깃발 없이 평범한 도적 떼로 가장하고 밤을 틈타 움직이도록 조심하긴 했을 것이다. 리버런이 반격하면 세르세이와 그 아버지는 왕의 평화를 깬 쪽은 라니스터가 아니라 툴리였다고 주장했으리라. 로버트가 무슨 말을 믿었을지야 신들만 아실 일이었다.

대학사 파이셀이 다시 일어섰다. "수관님, 이 선량한 이들이 정말로 그레고르 경이 성스러운 서약을 깨고 약탈과 강간을 행했다고 믿는다면, 그 주군에게 가서 불평하게 하시지요. 이런 범죄는 왕좌에서 관여할 바가 아닙니다. 이들이 타이윈 공에게 정의를 구하게 하십시다."

네드는 말했다. "모두 왕의 정의입니다. 북부든 남부든 동부든 서부든, 우리 모두가 하는 일은 로버트 왕의 이름으로 하는 일입니다."

대학사 파이셀이 말했다. "왕의 정의란 그 이름대로이니, 우리는 이 문제를 전하가 돌아오실 때까지—"

"전하는 강 건너에서 사냥 중이시니 며칠 동안 돌아오지 않으실지 모릅니다. 로버트는 내가 이 자리에 앉아 왕을 대신하여 듣고, 왕의 목소리를 대변하라 명했습니다. 그러니 그럴 작정입니다……. 하나 왕께서 알아야 한다는 데에는 동의합니다." 네드는 태피스트리 아래에서 친숙한 얼굴을 보았다. "로바르 경."

로바르 로이스 경이 앞으로 나와서 허리를 굽혔다. "예."

"경의 부친은 왕과 사냥 중이시지. 그리로 가서 오늘 나온 이야기와 행한 일을 전해주겠소?"

"즉시 전하겠습니다."

"그렇다면 그레고르 경에 대한 복수를 허락하신다는 뜻입니까?" 마크 파이퍼가 왕좌를 향해 물었다.

"복수? 우리는 정의에 대해 말하는 줄 알았소만. 클리게인의 밭을 불태우고 그 영지민들을 죽인다고 왕의 평화가 복구되지는 않소. 경의 상처 입은 자존심만 되찾을 뿐." 네드는 젊은 기사가 분개하여 항의하기 전에 시선을 돌리고 마을 사람들에게 말했다. "셰어의 주민들이여, 그대들에게 집이나 곡식을 돌려줄 수는 없고, 죽은 이들을 되살릴 수도 없네. 하나 어쩌면 우리 왕 로버트의 이름으로 그대들에게 작게나마 정의를 베풀 수는 있겠지."

알현실 안의 모든 눈이 네드를 바라보며 기다렸다. 네드는 서서히 힘겹게 몸을 일으켰다. 두 팔의 힘으로 왕좌에서 몸을 밀어 올리자, 부러진 다리가 석고 틀 안에서 비명을 질렀다. 그는 통증을 무시하려고 최선을 다했다. 지금은 사람들에게 약한 모습을 보일 때가 아니었다. "최초인들은 죽음을 판결한 자가 직접 검을 휘둘러야 한다고 믿었고, 북부에서는 아직도 그 믿음을 지키고 있소. 내가 아닌 다른 사람을 보내어 죽음을 선고하기는 싫지만…… 별다른 방법이 없는 듯 하구려." 그는 부러진 다리를 가리켰다.

"에다드 공!" 알현실 서쪽 면에서 고함이 들리더니 잘생긴 풋내기 하나가 대담하게 앞으로 나섰다. 갑옷을 벗은 로라스 티렐 경은 열여섯 살의 나이보다 더 어려 보였다. 그는 하늘색 비단옷에 가문의 상징인 황금 장미를 잇댄 사슬 허리띠 차림이었다. "제게 공의 자리를 대신하는 명예를 청합니다. 제게 이 임무를 맡기신다면 결코 실망시키지 않겠습니다."

리틀핑거가 키득거렸다. "로라스 경, 경을 혼자 보낸다면 그레고르 경이 그 예쁜 입에 자두를 채워 머리통만 돌려보낼 겁니다. 산더미는 누구의 정의에든 고개를 숙이는 부류가 아니에요."

"난 그레고르 클리게인이 두렵지 않아요." 로라스 경이 오만하게 말했다.

네드는 아에곤이 만든 흉물스러운 왕좌의 딱딱한 철 좌석에 다시 천천히 앉았다. 그의 눈길이 벽을 따라 얼굴들을 살폈다. 그는 소리쳤다. "베릭 공. 미르의 토로스. 글래든 경. 로타르 공." 호명된 사람들이 하나씩 나섰다. "각각 스무 명씩 모아 내 말을 그레고르의 성에 전하시오. 내 병사 스무 명이 같이 갈 거요. 지위에 맞게 베릭 돈다리온 공이 지휘를 맡으시오."

적금색 머리의 젊은 귀족이 허리를 숙였다. "분부 받들겠습니다, 에다드 공."

네드는 알현실 끝까지 전해지도록 목소리를 높였다. "안달인과 로인인과 최초인의 왕이시며 칠왕국의 주인이자 이 나라의 수호자이신 로버트 바라테온 1세의 이름 아래, 그 수관인 스타크 가문의 에다드의 명으로, 그대들에게 화급히 서부로 말을 달려 왕의 깃발 아래 트라이던트의 레드포크를 건너고, 거짓 기사 그레고르 클리게인과 그의 범죄를 함께한 모두에게 왕의 정의를 내릴 임무를 맡기노라. 나는 그레고르 클리게인을 고발하고, 그 개인의 권리를 박탈하며, 모든 직위와 작위, 영지와 수입과 자산을 빼앗고 죽음을 선고하노라. 신들께서 그의 영혼을 가엾이 여기시기를."

네드가 외친 말의 반향이 사그라들자, 꽃의 기사는 당혹스러워하는 것 같았다. "에다드 공, 저는 어떻게 된 겁니까?"

네드는 그를 내려다보았다. 높은 곳에서 보니 로라스 티렐은 거의 롭만큼 어려 보였다. "로라스 경의 용맹은 의심하지 않으나, 우리가 행하려는 것은 정의이고, 경이 구하는 것은 복수요." 네드는 베릭 공에게 다시 시선을 돌렸다. "해가 뜨자마자 말을 달리시오. 이런 일은 빨리 처리함이 최선이니." 그는 한 손을 들어 올렸다. "오늘은 청원을 더 받지 않겠소."

알린과 포터가 네드를 부축해서 내려가기 위해 가파른 철 계단을 올랐다. 네드는 내려가면서 로라스 티렐의 뚱한 시선을 느낄 수 있었지만, 로라스는 그가 알현실 바닥에 이르기 전에 밖으로 걸음을 옮겼다.

철왕좌 밑에서는 바리스가 협의회 탁자에 놓인 서류를 모으고 있었다. 리틀핑거와 대학사 파이셀은 이미 떠난 후였다. "귀공은 저보다 대담하시군요." 내시는 조용히 말했다.

"어째서 그렇소, 바리스 공?" 네드는 퉁명스럽게 물었다. 다리가 쑤셨고, 말장난을 할 기분이 아니었다.

"제가 저 위에 있었다면 로라스 경을 보냈을 겁니다. 정말 가고 싶어 했고…… 라니스터를 적으로 둔 사람이라면 티렐을 친구로 삼아야 마땅하니까요."

"로라스 경은 젊소. 실망에서 곧 벗어나게 될 거요."

"그러면 일린 경은요?" 내시는 분을 바른 포동포동한 뺨을 쓸었다. "뭐라 해도 일린 경은 왕의 집행관입니다. 자기 직무에 다른 사람을 보낸다는 건…… 사람에 따라서는 심각한 모욕으로 받아들일 수도 있답니다."

"모욕할 의도는 전혀 없었소." 사실 네드는 그 벙어리 기사를 신뢰하지 않았지만, 그건 단지 그가 처형인을 싫어하기 때문인지도 몰랐다. "상기시켜주자면, 페인 가문은 라니스터 가문의 휘하에 있지요. 타이윈 공에게 충성 서약을 하지 않은 사람들을 고르는 게 최선이라 생각했소."

"대단히 신중한 판단임에 틀림없습니다만. 그래도 전 알현실 뒤쪽에서 색이 옅은 눈으로 우리를 빤히 바라보던 일린 경을 보았고, 분명히 기분이 좋아 보이지는 않았습니다. 우리의 말없는 기사를 두고 기분을 가늠하기란 어려운 일이지만 말입니다. 일린 경도 실망감을 잘 떨쳐냈으면 좋겠군요. 자기 직무를 정말 좋아하는 사람이니……."

산사

"로라스 경을 보내진 않으셨어." 산사는 그날 밤 등불 빛에 의지하여 차가운 저녁 식사를 먹으면서 제인 풀에게 말했다. "다리 때문인가 봐."

에다드 공은 부러진 다리를 쉬이기 위해 알린, 하원, 바욘 풀과 함께 침실에서 저녁 식사를 했고, 모르데인 성사는 하루 종일 관람석에 서 있느라 발이 아프다고 불평했다. 아리아는 함께 저녁을 먹을 예정이었으나 춤 교습 시간이 길어지고 있었다.

"다리?" 제인은 머뭇거리며 말했다. 제인은 산사와 같은 나이에 머리 색이 어두운 예쁜 소녀였다. "로라스 경이 다리를 다쳤어요?"

"그분 다리가 아니야." 산사는 닭 다리를 우아하게 먹으며 말했다. "아버지의 다리 말이야, 바보야. 다리가 너무 아파서 짜증이 나시는 거야. 그렇지만 않았어도 분명히 로라스 경을 보내셨을걸."

산사는 아직도 아버지의 결정이 당황스러웠다. 꽃의 기사가 발언했을 때 산사는 낸 할멈의 옛날이야기가 살아 움직이는 모습을 보게 될 줄 믿었다. 그레고르 경은 괴물이었고 로라스 경은 괴물을 처단할 진정한 영웅이었다. 날씬하고 아름다운 데다 호리호리한 허리에 두른 황금 장미며 눈

위로 흘러내린 짙은 갈색 머리카락까지 진정한 영웅다운 외모였다. 그런데 아버지가 그 제안을 거절했다! 산사는 이루 말할 수 없을 만큼 속이 상했다. 관람석 계단을 내려오면서 모르데인 성사에게도 그렇게 말했지만, 그녀는 그저 아버님의 결정에 이의를 다는 것은 산사의 몫이 아니라고만 했다.

그 순간 베일리시 공이 말했다. "아, 난 잘 모르겠군요, 성사. 이 아이의 아버님이 내린 결정 중에는 이의를 달 만한 것도 있어요. 어린 아가씨가 아름다운 만큼 현명하기도 하군요." 그는 산사에게 정식으로 절을 했는데, 너무 깊이 허리를 숙이니 산사로서는 그게 칭찬인지 조롱인지 알 수가 없었다.

모르데인 성사는 베일리시 공이 둘의 대화를 듣고 있었다는 사실에 크게 당황했다. "아가씨가 그냥 하는 얘기였습니다. 실없는 수다죠. 아무 의미도 없었어요."

베일리시 공은 작은 뾰족 수염을 어루만지고 말했다. "아무 의미도? 말해보렴, 얘야. 너라면 왜 로라스 경을 보냈을까?"

산사는 영웅과 괴물들에 대해 설명할 수밖에 없었다. 왕의 협의회원은 미소 지었다. "흠, 내가 댔을 만한 이유는 아니다만……." 그는 산사의 뺨에 손을 뻗어 엄지손가락으로 살짝 광대뼈를 쓸었다. "인생은 노래가 아니란다, 사랑스러운 아가씨. 언젠가 슬픈 방식으로 배울지도 모르지."

하지만 산사는 그것까지 제인에게 말하고 싶지 않았다. 돌이켜 생각하기만 해도 마음이 불편해졌다.

제인이 말했다. "왕의 집행관은 일린 경이지, 로라스 경이 아니잖아요. 에다드 공은 일린 경을 보내셨어야 해요."

산사는 몸서리를 쳤다. 산사는 일린 페인 경을 볼 때마다 몸이 떨렸다. 그자를 보면 맨살에 죽은 동물이 스르르 미끄러지는 듯한 느낌이 들었다.

"일린 경은 두 번째 괴물이나 다름없어. 아버지가 그 사람을 고르지 않으셔서 기뻐."

"베릭 공도 로라스 경 못지않은 영웅이에요. 정말 용감하고 씩씩하죠."

"그렇겠지." 산사는 미심쩍은 기분으로 말했다. 베릭 돈다리온도 잘생기기는 했지만, 너무 나이가 많았다. 거의 스물두 살이라니. 꽃의 기사가 훨씬 좋았다. 물론 제인은 마상 시합장에서 처음 본 순간부터 베릭 경에게 푹 빠져 있었다. 산사는 제인이 멍청하다고 생각했다. 제인은 집사의 딸에 불과했고, 아무리 제인이 애타게 생각한다 해도 베릭 공은 그렇게 신분이 낮은 사람을 쳐다보지 않을 터였다. 설령 제인이 나이가 그의 반밖에 안 되는 아이가 아니라 해도 말이다.

하지만 그런 말은 고약할 테니, 산사는 우유를 한 모금 마시고 화제를 바꿨다. "조프리가 하얀 수사슴을 잡는 꿈을 꿨어." 사실은 소원에 더 가까웠지만, 꿈이라고 부르는 편이 더 듣기 좋았다. 다들 꿈은 예언적이라는 사실을 알았다. 하얀 수사슴은 대단히 희귀하고 마법적인 동물이었고, 산사는 그녀의 용맹한 왕자가 주정뱅이 아버지보다 낫다는 사실을 내심 알고 있었다.

"꿈이라니, 정말요? 조프리 왕자님이 다가가서 맨손으로 사슴을 어루만지고 아무 해도 끼치지 않으셨나요?"

"아니. 황금 화살로 쏘아 맞혀서 나에게 가지고 돌아오셨지." 노래 속의 기사들은 절대로 마법 짐승을 죽이지 않았고, 다가가서 만지기만 할 뿐 해를 끼치지 않았지만, 산사는 조프리가 사냥을 좋아하고 특히 죽이는 부분을 좋아한다는 사실을 알고 있었다. 그렇지만 짐승만이었다. 산사는 왕자님이 조리와 다른 가엾은 사람들을 살해하는 데 아무 역할도 하지 않았다고 확신했다. 왕자의 나쁜 외숙부, 킹슬레이어가 한 짓이었다. 아버지가 그 일로 아직 화가 나 있다는 사실은 알았지만, 조프리를 탓하는 건 부당했다. 그건 아리아가 한 짓을 두고 산사를 탓하는 것이나 다름없었다.

산사의 생각을 읽기라도 했는지 제인이 불쑥 말했다. "오후에 아리아를 봤는데, 손으로 마구간을 걷고 있던데요. 왜 그런 짓을 하는 거죠?"

"아리아가 무슨 일을 하는지 어떻게 알겠니." 산사는 마구간을 싫어했다. 거름과 파리가 가득한 냄새나는 곳이었다. 말을 타고 나갈 때도 기왕이면 말구종이 말에 안장을 얹어서 마당으로 데리고 나오는 게 좋았다. "법정 얘길 듣고 싶은 거야, 아닌 거야?"

"듣고 싶어요." 제인이 말했다.

"장벽에 인원이 더 필요하다고 간청하러 온 검은 형제가 한 명 있었는데, 늙고 냄새나는 사람이었어." 산사는 그 점이 마음에 들지 않았다. 언제나 밤의 경비대는 벤젠 숙부 같은 사람들이 있는 곳이라고 상상했다. 노래 속에서 밤의 경비대는 장벽의 검은 기사들이라고 불렸다. 하지만 그 남자는 등이 굽고 흉물스러웠으며, 이가 들끓을지도 모른다 싶은 몰골이었다. 밤의 경비대의 실제 모습이 이런 거라면, 이복형제인 존이 불쌍했다. "아버지는 알현실 안에 혹시 검은 옷을 입어서 가문의 명예를 드높일 기사가 있는지 물었지만, 아무도 나서지 않으니까 이 요렌이란 사람에게 왕의 지하감옥에서 사람을 고르라고 하고 보내셨어. 그다음엔 도르네 변경 지역에서 온 자유기수 형제 둘이 나와서 왕을 섬기고 싶다고 검을 바쳤지. 아버지는 그 사람들의 서약을 받아들였고……."

제인은 하품을 했다. "레몬 케이크가 있을까요?"

산사는 말이 끊기는 게 싫었지만, 알현실에서 일어난 일 대부분보다는 레몬 케이크가 더 흥미롭다는 데 동의할 수밖에 없었다. "찾아보자."

주방에는 레몬 케이크가 없었지만, 그들은 차가운 딸기 파이 반쪽을 찾아냈고, 그것도 레몬 케이크 못지않게 좋았다. 그들은 탑 계단에서 키득거리고 수다를 떨고 비밀을 공유하면서 딸기 파이를 먹었고, 산사는 그날 밤에 아리아만큼 못된 아이가 된 기분으로 잠자리에 들었다.

다음 날 아침 산사는 해가 뜨기 전에 일어났고 졸린 눈으로 창가에 가서 베릭 공이 부하들을 정렬하는 모습을 지켜보았다. 그들은 도시 위로 날이 새는 동안 세 개의 깃발을 앞세우고 말을 달려 나갔다. 높은 장대에는 왕가의 왕관을 쓴 사슴이 펄럭였고, 그보다 짧은 깃대에 스타크의 다이어울프와 베릭 공의 갈래 진 번개 깃발이 휘날렸다. 노래가 살아 움직이는 모습은 정말이지 신이 났다. 검이 절그렁거리고, 횃불 빛이 깜박거리고, 깃발은 바람에 춤을 추고, 말들은 히힝거리고, 일출의 금빛 광채는 위로 올라가는 쇠창살문의 철창을 뚫고 비스듬히 떨어졌다. 은빛 사슬 갑옷을 입고 긴 회색 망토를 두른 윈터펠 병사들이 특히 멋있었다.

알린이 스타크의 깃발을 들었다. 산사는 알린이 베릭 공 옆에서 고삐를 당기고 이야기를 나누는 모습을 보자 그렇게 뿌듯할 수가 없었다. 알린은 조리보다 잘생겼고, 언젠가는 기사가 될 몸이었다.

그들이 떠나자 수관의 탑이 어찌나 텅 빈 느낌인지, 아침을 먹으러 내려갔을 때 아리아를 보고 기쁠 정도였다. "다들 어디 갔어?" 산사의 동생은 블러드오렌지의 껍질을 벗기면서 궁금해했다. "아버지가 제이미 라니스터를 잡으러 보낸 거야?"

산사는 한숨을 쉬었다. "베릭 공과 함께 그레고르 클리게인 경의 목을 치러 갔어." 산사는 나무 숟가락으로 포리지를 뜨고 있던 모르데인 성사를 돌아보았다. "베릭 공이 그레고르 경의 머리통을 창에 꽂아서 자기 성문에 걸까요, 아니면 왕에게 가지고 돌아올까요?" 산사와 제인 풀은 지난밤 내내 그 문제로 토론을 했다.

모르데인은 경악했다. "숙녀는 포리지를 먹으면서 그런 문제를 논하는 게 아니에요. 예의는 어떻게 된 건가요, 산사? 정말이지 요새는 거의 동생만큼이나 나빠졌군요."

"그레고르가 무슨 짓을 했는데?" 아리아가 물었다.

"성채를 태우고 사람들을 많이 죽였어. 여자와 아이들까지."

아리아는 얼굴을 찌푸려 험상궂은 표정을 지었다. "제이미 라니스터는 조리와 휴어드와 윌을 살해했고, 사냥개는 미카를 살해했어. 누군가가 그자들의 목도 베어야 해."

"그건 같지 않아. 사냥개는 조프리에게 서약한 방패야. 네 푸주한 아들이 왕자를 공격했잖아."

"거짓말쟁이." 아리아가 말했다. 아리아의 손이 블러드오렌지를 꽉 쥐는 바람에 붉은 즙이 손가락 사이로 새어 나왔다.

산사는 대수롭지 않다는 듯 말했다. "얼마든지 부르고 싶은 대로 부르렴. 내가 조프리와 결혼하면 감히 그러지 못할걸. 나에게 절을 하고 전하라고 불러야 할 테니까." 아리아가 식탁 너머로 오렌지를 내던지자 산사가 비명을 질렀다. 오렌지는 철퍽 소리를 내면서 산사의 이마 한가운데를 때리고 무릎으로 떨어졌다.

"얼굴에 과즙이 묻었네요, 전하." 아리아가 말했다.

과즙이 코를 타고 흘러내렸고 눈이 따가웠다. 산사는 냅킨으로 닦아냈다. 무릎에 떨어진 오렌지가 아름다운 상앗빛 비단 드레스를 망쳐놓은 꼴을 보자 산사는 다시 비명을 질렀다. "넌 끔찍해." 산사는 동생에게 소리쳤다. "레이디 대신에 널 죽였어야 했어!"

모르데인 성사가 벌떡 일어섰다. "아버님께 이 일을 고해야겠군요! 당장 방으로 돌아가요. 당장!"

"저도요?" 산사의 눈에 눈물이 고였다. "그건 불공평해요."

"논의할 문제가 아니에요. 썩 들어가요!"

산사는 고개를 들고 도도하게 걸어갔다. 그녀는 왕비가 될 몸이었고, 왕비는 울지 않았다. 적어도 사람들이 볼 수 있는 곳에서는 울지 않았다. 산사는 침실에 도착하자 문에 빗장을 지르고 드레스를 벗었다. 블러드오렌지가 비단에 붉은 얼룩을 남겨놓았다. "아리아가 미워!" 산사는 소리를 지르고 드레스를 뭉쳐서 차가운 벽난로 안, 어젯밤에 남은 재 위에 던져 넣었다. 얼룩이 속치마까지 번진 것을 보자 저도 모르게 울음이 터졌다. 산사는 나머지 옷을 거칠게 찢어내고 침대에 몸을 던진 후, 울다가 잠이 들었다.

한낮에 모르데인 성사가 문을 두드렸다. "산사. 아버님이 지금 보시겠다는군요."

산사는 일어나 앉아서 읊조렸다. "레이디." 잠깐이지만 그녀의 다이어울프가 방 안에 있고, 다 안다는 듯 슬픈 금빛 눈으로 그녀를 보고 있는 것만 같았다. 산사는 꿈을 꾸고 있었음을 깨달았다. 레이디가 있었고, 같이 뛰어다녔고…… 그리고…… 기억하려고 해도 손으로 빗물을 잡으려는 것 같았다. 꿈은 사라졌고, 레이디는 다시 죽었다.

"산사." 문 두드리는 소리가 날카롭게 들렸다. "듣고 있나요?"

"네." 산사는 밖을 향해 외쳤다. "잠시만 옷을 입을 시간을 주시겠어요?" 울어서 눈이 충혈되긴 했지만, 산사는 최선을 다해 아름답게 차려입었다.

성사가 산사를 데리고 개인 방으로 들어갔을 때 에다드 공은 석고로 감싼 다리를 탁자 아래에 뻣뻣하게 두고, 커다란 가죽장정 책 위로 몸을 굽히고 있었다. "이리 오너라, 산사. 내 옆에 앉아라." 성사가 아리아를 데리러 가자 아버지는 엄하지 않게 말하며 책을 덮었다.

모르데인 성사는 꼼지락대는 아리아를 붙잡고 돌아왔다. 산사는 아름다운 연녹색 다마스크 가운을 입고 후회하는 표정을 짓고 있었지만, 동생은 여전히 아침 식사 때 그대로 초라한 가죽과 조악한 직물 옷차림이었다. "여기 데려왔습니다."

"고맙소, 모르데인 성사. 괜찮다면 딸들과 따로 이야기하고 싶군요." 성사는 절을 하고 나갔다.

"아리아가 시작했어요." 산사는 먼저 말하려고 안달이 나서 얼른 말했다. "저보고 거짓말쟁이라고 하고 오렌지를 던져서 제 드레스를 다 망쳤어요. 세르세이 왕비님께서 제가 조프리 왕자와 약혼했을 때 주신 상아색 비단 드레스를요. 제가 왕자와 결혼하는 게 싫은 거예요. 아리아는 다 망치려고 해요, 아버지. 아리아는 뭐든 아름답거나 훌륭하거나 멋진 건 참지를 못해요."

"그만 됐다, 산사." 에다드 공의 목소리는 짜증으로 날카로워졌다.

아리아가 눈을 들었다. "죄송해요, 아버지. 제가 잘못했어요. 상냥한 언니에게 용서를 빌게요."

산사는 너무 놀라서 잠시 동안 아무 말도 하지 못했다. 산사는 겨우 목소리를 찾고 말했다. "내 드레스는 어쩌고?"

"어쩌면…… 내가 빨 수 있을지도 몰라." 아리아는 자신 없이 말했다.

"빨아봐야 소용없어. 하루 종일 북북 문지른대도. 그 비단옷은 망쳤다고."

"그러면…… 새 옷을 만들어줄게." 아리아가 말했다.

산사는 경멸 어린 표정으로 고개를 젖혔다. "네가? 넌 돼지우리 치우는데 맞는 옷도 짓지 못할걸."

아버지는 한숨을 쉬었다. "드레스 이야기를 하자고 너희를 부른 게 아니야. 너희 둘을 윈터펠로 돌려보내려고 한다."

산사는 다시 한 번 할 말을 찾지 못할 정도로 놀랐다. 눈이 다시 젖어 들었다.

"그럴 순 없어요." 아리아가 말했다.

"제발, 아버지." 산사는 겨우 말문을 열었다. "제발 그러지 마세요."

에다드 스타크는 딸들에게 지친 미소를 보였다. "마침내 너희 둘이 같은 의견일 때가 생겼구나."

산사는 아버지에게 애원했다. "전 아무것도 잘못하지 않았어요. 돌아가고 싶지 않아요." 산사는 킹스랜딩이 좋았다. 화려한 궁정, 벨벳과 비단옷을 입고 보석을 단 귀족 남녀, 온갖 사람들이 모인 대도시가 좋았다. 마상시합은 산사의 평생에 가장 마법 같은 일이었고, 수확제며 가면무도회며 가면극이며 아직 보지 못한 게 너무나 많았다. 그 모든 기회를 잃는다고 생각하니 견딜 수가 없었다. "아리아를 보내세요. 아리아가 시작했어요. 아버지, 맹세해요. 착하게 지낼게요. 두고 보세요. 여기 있게만 해주시면 왕비님처럼 멋지고 고귀하고 예의 바르게 지내겠다고 약속해요."

아버지의 입매가 묘하게 일그러졌다. "산사야, 너희 둘의 다툼에 질리기는 했다만 싸웠다고 보내려는 게 아니다. 너희의 안전을 위해 윈터펠로 돌아갔으면 하는 거야. 이 자리에서 얼마 떨어지지도 않은 곳에서 내 병사 세 명이 개처럼 죽었는데, 로버트가 어떻게 하더냐? 사냥을 갔지."

아리아는 늘 보던 넌더리 나는 습관대로 입술을 씹고 있었다. "시리오도 같이 돌아갈 수 있나요?"

"네 멍청한 춤 선생을 누가 신경 쓴다니?" 산사는 격분했다. "아버지, 이제 겨우 기억났는데 전 떠날 수 없어요. 전 조프리 왕자와 결혼하잖아요." 산사는 용감하게 웃어 보이려 했다. "전 왕자를 사랑해요, 아버지. 정말 정말로 사랑해요. 나에리스 왕비가 드래곤 기사 아에몬 왕자를 사랑했던 것처럼, 종퀼이 플로리안 경을 사랑했던 것처럼 그분을 사랑해요. 그분의 왕비가 되어 그분의 아기를 낳고 싶어요."

아버지는 부드럽게 말했다. "아가야, 내 말을 들어보렴. 네가 나이가 차면 네게 걸맞은 대귀족과 짝을 지어주마. 용감하고 다정하고 강한 사람으로. 조프리와 짝을 지어준 것은 끔찍한 실수였어. 그 아이는 아에몬 왕자가 아니다. 내 말을 믿어야 해."

산사는 고집을 부렸다. "아니에요! 전 용감하고 다정한 누군가를 원하지 않아요. 조프리를 원해요. 우린 노래 속에서처럼 영원토록 행복할 거예요. 두고 보세요. 전 조프리에게 금발의 아들을 낳아줄 테고, 언젠가는 우리 아들이 왕국 전체의 왕이 될 거예요. 역사상 제일 위대한 왕, 늑대처럼 용감하고 사자처럼 위풍당당한 왕이요."

아리아는 얼굴을 찌푸렸다. "조프리가 아이 아버지라면 그렇게는 안 될걸. 조프리는 거짓말쟁이에 겁쟁이인 데다가, 사자가 아니라 사슴이잖아."

산사는 눈에 눈물이 차올랐다. "그렇지 않아! 조프리는 늙은 주정뱅이 왕과는 조금도 닮지 않았어." 그녀는 슬픔도 잊고 동생에게 소리를 질렀다.

아버지는 묘한 눈으로 산사를 보았다. 그는 조용히 읊조렸다. "신들이시여. 아이들의 입에서 나오는 말이란……." 그는 모르데인 성사를 외쳐 부르고, 딸들에게 말했다. "너희를 집으로 데려갈 빠른 무역선을 찾고 있다. 요새는 왕의 가도보다 바다가 더 안전하단다. 너희는 내가 적절한 배를 찾는 대로 모르데인 성사와 위병들과 함께 떠나는 거야……. 그래, 시리오 포렐도, 내게 봉직하기로 하면 같이 갈 수 있다. 하지만 이 계획을 말해선 안 된다. 아무도 우리 계획을 모르는 편이 좋아. 내일 다시 이야기하자."

산사는 모르데인 성사에게 이끌려 계단을 내려가면서 울었다. 모두 빼앗길 터였다. 마상 시합도 궁정도 왕자님도, 전부 다. 윈터펠의 황량한 회색 벽 속으로 돌려보내어 영원히 가두리라. 그녀의 인생은 시작하기도 전에 끝나버렸다.

모르데인 성사가 엄하게 말했다. "그만 울어요, 아가씨. 아버님께서 어련히 아가씨에게 제일 좋은 일을 아시려고요."

아리아가 말했다. "그렇게 나쁘진 않을 거야, 산사 언니. 우린 갤리선을 타고 항해할 거야. 모험이 될 거라고. 그러고 나면 브랜과 롭, 낸 할멈과 호도와 다른 사람들과 다시 함께 있게 될 거고." 아리아가 산사의 팔을 살짝 잡았다.

"호도라니!" 산사는 고함을 질렀다. "넌 호도하고나 결혼하면 딱이겠다. 꼭 닮았잖아. 멍청하고 못생긴 털북숭이야!" 산사는 동생의 손을 떨쳐내고 침실로 뛰쳐 들어가서 문에 빗장을 질렀다.

에다드

"고통은 신들의 선물이랍니다, 에다드 공." 대학사 파이셀이 말했다. "고통은 뼈가 붙고, 살이 아물고 있다는 뜻이지요. 고마워하십시오."

"다리가 그만 아프면 고맙겠습니다."

파이셀은 침대 옆 탁자에 마개를 꽂은 병을 하나 내려놓았다. "고통이 너무 심할 때에 대비한 양귀비즙입니다."

"이미 잠은 너무 많이 자고 있어요."

"수면은 뛰어난 치유자랍니다."

"대학사께서 뛰어난 치유자인 줄 알았는데요."

파이셀은 힘없이 웃었다. "그런 농담을 하시는 모습을 보니 좋군요." 그는 몸을 가까이 기울이고 목소리를 낮췄다. "오늘 아침에 까마귀가 왔습니다. 왕비에게 부친이 보낸 서한이었지요. 아셔야겠다 싶었습니다."

"어두운 날개에 어두운 소식이라지요." 네드는 음울하게 말했다. "어떤 내용입니까?"

대학사는 터놓고 말했다. "타이윈 공은 에다드 공께서 그레고르 클리게인에게 보낸 자들에 대해 노발대발하고 있습니다. 그럴까 두려웠지요. 제가 협의회에서 말한 것을 기억하실 겁니다."

"격노하라지요." 네드가 말했다. 그는 다리가 쑤실 때마다 제이미 라니스터의 미소를, 자신의 품에 안겨서 죽은 조리를 기억했다. "왕비에게 실컷 편지를 쓰라고 하십시오. 베릭 공은 왕의 깃발 아래 움직입니다. 타이윈 공이 왕의 정의를 방해하려 한다면, 로버트 왕의 응답이 있겠지요. 전하께서 사냥보다 더 즐기는 게 하나 있다면 거역하는 영주와의 전쟁입니다."

파이셀은 학사의 사슬 목걸이를 쟁그랑거리며 물러났다. "그리 말씀하신다면야. 내일 다시 찾아오겠습니다." 노인은 서둘러 물건을 챙겨 나갔다. 네드는 그가 곧장 왕가의 거처로 가서 왕비에게 속삭이리라는 사실을 의심하지 않았다. '실은, 아셔야겠다 싶어서 말입니다…….' 타이윈 공의 위협을 네드에게 전하라고 지시한 사람이 세르세이가 아니라는 듯이 말이다. 네드는 자신의 반응을 듣고 세르세이가 그 완벽한 치아를 덜그럭거릴 정도로 불안해하길 빌었다. 장담한 것만큼 로버트에 대해서 자신 있지 않았지만, 세르세이가 그걸 알 필요는 없었다.

파이셀이 나가자 네드는 꿀을 탄 와인 한 잔을 시켰다. 와인을 마셔도 머릿속이 흐려지긴 했지만, 양귀비즙만큼 심하진 않았다. 그는 생각을 할 수 있어야 했다. 그는 존 아린이 알게 된 사실을 토대로 행동을 할 만큼 오래 살았다면 어떻게 했을지 수없이 생각했다. 어쩌면 행동을 취했고 그래서 죽었을지도 모르지만.

때로는 어린아이의 순수한 눈이 어른들이 보지 못하는 것들을 볼 수 있다는 사실이 묘했다. 언젠가, 산사가 다 크고 나면 어떻게 산사 덕분에 모든 것이 분명해졌는지 말해줘야 하리라. '조프리는 늙은 주정뱅이 왕과는 조금도 닮지 않았어.' 산사는 화가 나서, 알지도 못하는 채로 그렇게 선언했고, 그 단순한 진실은 죽음처럼 차갑게 네드의 머릿속을 파고들었다. 그 순간 네드는 생각했다. '이게 존 아린을 죽인 칼이고, 더 느릴지는 몰라도 확실히 로버트까지 죽이리라.' 부서진 다리야 시간이 지나면 낫겠지만, 어떤 배신은 영혼을 썩히고 독살한다.

대학사가 나가고 1시간쯤 후에 리틀핑거가 방문했다. 그는 가슴에 검은색 실로 흉내지빠귀를 수놓은 자두색 더블릿을 입고 검은색과 흰색 줄무늬 망토를 걸치고 있었다. "오래 머물 순 없습니다. 탠다 부인과 점심을 먹어야 하거든요. 분명히 살찐 송아지를 구워주시겠지요. 탠다 부인의 딸만큼 뚱뚱한 송아지라면 배가 터져 죽을 텐데 말입니다. 다리는 좀 어떻습니까?"

"염증이 생겼고 아픈 데다가 간지러워서 미치겠소."

리틀핑거는 한쪽 눈썹을 올렸다. "앞으로는 쓰러지는 말에 깔리지 않도록 해보시죠. 그리고 빨리 낫길 권고합니다. 왕국이 들썩입니다. 바리스가 서쪽에서 불길한 속삭임을 들었답니다. 자유기수와 용병들이 캐스털리록에 모여들었는데, 타이윈 공과 한담을 나누기 위해서는 아니라지요."

"왕에 대한 소식도 있소? 로버트는 대체 얼마나 오래 사냥을 하려는 거요?" 네드가 물었다.

"마음 같아서야 당신과 왕비가 다 늙어 죽을 때까지 숲에 있고 싶겠지요." 피터 경은 엷은 미소를 지으며 대답했다. "그 선택지를 빼고 나면, 뭔가 죽이면 바로 돌아올 겁니다. 하얀 수사슴을 찾아내긴 한 모양인데…… 아니, 그 잔해라고 해야 할까요. 늑대들이 먼저 찾아내어 전하에게는 발굽과 뿔 하나씩만 남겨뒀으니까요. 로버트는 격분하다가 숲 속 더 깊은 곳에 있다는 괴물 같은 멧돼지 이야기를 들으셨답니다. 그랬으니 그놈을 꼭 잡으셔야겠지요. 조프리 왕자는 오늘 아침에 로이스 부자와 발론 스완 경 외에 스무 명 정도와 함께 돌아왔습니다. 나머지는 아직 왕과 함께 있습니다."

"사냥개는?" 네드는 얼굴을 찌푸리고 물었다. 제이미 경이 도시 밖으로 달아나서 아버지에게 간 지금, 남아 있는 라니스터 무리 중에서 가장 걱정스러운 인물이 산도르 클리게인이었다.

"아, 조프리와 함께 돌아와서 곧장 왕비에게 갔지요." 리틀핑거는 미소 지었다. "베릭 공이 자기 형의 목을 치러 갔다는 사실을 알았을 때 반응을 엿볼 수 있다면 은화 백 닢이라도 냈을 텐데 말입니다."

"장님이라도 사냥개가 자기 형을 싫어한다는 사실은 알 수 있소."

"하지만 싫어한다고 당신이 죽여도 좋다는 건 아니지요. 돈다리온이 우리 산더미의 꼭대기 부분을 잘라내고 나면 클리게인의 영지와 수입은 산도르에게 넘어갈 테지만, 나라면 그 일로 감사 인사 받겠다고 기다리진 않겠습니다. 이제 그만 실례해야겠군요. 탠다 부인이 그녀의 살찐 송아지들과 같이 기다리시니."

피터 공은 문으로 가다 말고 탁자에 놓인 대학사 말레온의 거대한 책을 보더니 멈춰 서서 한가롭게 표지를 열었다. "'칠왕국 대가문들의 혈통과 역사, 많은 대영주와 귀부인과 그 자손들에 대한 설명을 붙여'…… 지루한 독서가 되겠군요. 수면제 대신입니까?"

네드는 짧은 순간 그에게 모든 이야기를 할까 생각했지만, 리틀핑거의 농담에는 어딘가 짜증 나는 구석이 있었다. 그는 지나치게 영악했고, 조롱의 미소가 입술을 떠나지 않았다. "존 아린이 병들었을 때 이 책을 연구하고 있었소." 네드는 리틀핑거가 어떻게 반응하는지 보려고 조심스럽게 말했다.

그는 언제나처럼 재담으로 반응했다. "그렇다면 죽음이 축복이었겠군요." 피터 베일리시 공은 허리를 굽혀 인사하고 나갔다.

에다드 스타크는 혼자 욕을 했다. 자신의 가신들을 제외하면 이 도시에는 그가 믿을 사람이 없었다. 리틀핑거는 캐틀린을 숨겨주고 네드의 조사를 도왔으나, 제이미와 그 병사들이 빗속에 나타났을 때 혼자 살자고 황급히 떠났다. 마음에 사무치는 일이었다. 바리스는 더 나빴다. 충성심에 대한 모든 웅변을 감안해도 그 내시는 너무 많이 알고 너무 적게 행동했다. 대학사 파이셀은 갈수록 세르세이의 심복으로 보였고, 바리스탄 경은 나이가 많고 고지식하니 네드에게 의무를 다하라고 할 터였다.

위험할 정도로 시간이 없었다. 왕은 곧 사냥에서 돌아올 텐데, 신의를 생각하자면 네드가 알게 된 내용을 다 고해야 했다. 바욘 풀은 산사와 아리아가 사흘 후에 브라보스에서 오는 '바람 마녀' 호를 타고 가도록 준비해두었다. 딸들은 추수 전에 윈터펠로 돌아갈 것이다. 네드는 이제 딸들의 안전에 대한 걱정을 변명 삼아 행동을 늦출 수 없었다.

그러나 그는 어젯밤에 라에가르의 아이들에 대한 꿈을 꾸었다. 타이윈 공은 시신을 자기 집안 위병들이 입는 진홍빛 망토에 싸서 철왕좌 아래에 뉘어놓았다. 영리한 행동이었다. 붉은 천 덕분에 피가 참혹하게 보이지 않았다. 어린 공주는 맨발에 아직 잠옷 차림이었고, 아기 왕자는…… 왕자는…….

네드는 두 번 다시 그런 일이 일어나게 할 수 없었다. 왕국은 두 번째 미친 왕을, 다시 한 번 일어나는 피와 복수의 춤을 견딜 수 없으리라. 아이들을 구할 방법을 찾아야 했다.

로버트는 자비로울 수 있었다. 로버트가 사면한 사람은 바리스탄 경만이 아니었다. 대학사 파이셀, 거미 바리스, 발론 그레이조이 공, 모두 한때는 로버트의 적이었고, 모두 충성 서약을 통해 관계를 회복하고 명예와 지위를 유지할 수 있었다. 누구든 용감하고 정직하기만 하다면, 로버트는 그 상대를 용맹한 적으로서 명예롭게 대우하고 존중했다.

이번 일은 다른 문제였다. 어둠 속의 독이요, 영혼에 박힌 칼이었다. 라에가르를 용서하지 못하듯, 이 일도 결코 용서할 수 없으리라. 로버트가 모두 죽여버릴 것임을 네드는 절감했다.

그렇다 해도 네드는 침묵을 지킬 수 없었다. 그는 로버트에게, 왕국에, 존 아린의 그림자에…… 그리고 브랜에게 지켜야 할 의무가 있었다. 브랜은 분명 진실의 일부분과 맞닥뜨렸다. 그렇지 않고서야 왜 브랜을 죽이려 했겠는가?

네드는 그날 오후 늦게 토마드를 불렀다. 토마드는 생강색 구레나룻을 기른 뚱뚱한 병사로, 네드의 자식들은 그를 뚱보 톰이라고 불렀다. 조리가 죽고 알린이 떠난 후에는 뚱보 톰이 위병대를 지휘했다. 그 점을 생각하자 네드는 막연한 불안을 느꼈다. 토마드는 견실한 사람이었다. 상냥하고, 충성스럽고, 근면했으며, 한정된 방식이지만 유능했다. 그러나 토마드는 쉰이 다 되었고, 젊은 시절에도 결코 정력적이지는 않았다. 어쩌면 그렇게 급하게 위병의 절반을, 그것도 제일 뛰어난 부하들을 끼워서 보내지 말아야 했는지도 몰랐다.

"자네 도움이 필요하네." 네드는 토마드가 주군 앞에 불려 올 때면 늘 그러했듯이 살짝 불안한 얼굴로 나타나자 말했다. "날 신의 숲으로 데려가주게."

"그래도 괜찮을까요, 영주님? 다리도 그렇고……."

"괜찮지 않을지도 모르지만, 필요한 일이라네."

토마드는 발리를 불렀다. 네드는 두 사람의 어깨에 한 팔씩 걸치고 겨우 가파른 탑 계단을 내려가서 절뚝거리며 안뜰을 가로질렀다. 그는 뚱보 톰에게 말했다. "경호를 두 배로 늘렸으면 하네. 내 허락 없이는 아무도 수관의 탑에 들어오거나 나가지 못하게 하게."

톰은 눈을 껌벅였다. "영주님, 알린과 다른 병사들이 떠나고 나서 이미 곤란한—"

"잠시 동안만이야. 파수 시간을 늘리게."

"분부대로 하겠습니다. 혹시 이유를 여쭤봐도—"

"묻지 않는 게 좋겠네." 네드는 딱딱하게 말했다.

남부 신들이 지배하는 성에서 흔히 그렇듯이, 신의 숲은 텅 비어 있었다. 두 사람이 네드를 심장 나무 옆 풀밭까지 부축해 왔을 때쯤에는 다리가 비명을 지르고 있었다. "고맙네." 네드는 소매에서 가문의 문장이 찍힌 편지를 하나 꺼냈다. "즉시 이 편지를 전해주겠나."

토마드는 네드가 적어놓은 이름을 보고 불안하게 입술을 핥았다. "영주님……."

"내 명령대로 하게, 톰." 네드가 말했다.

고요한 신의 숲에서 얼마나 오래 기다렸는지 알 수 없었다. 이곳은 평화로웠다. 두꺼운 벽이 시끄러운 소리를 막았고, 새들의 노랫소리, 귀뚜라미 울음소리, 잎사귀가 산들바람에 바스락거리는 소리를 들을 수 있었다. 이곳의 심장 나무는 얼굴이 없는 갈색 참나무였지만, 그래도 네드 스타크는 자신이 섬기는 신의 존재를 느꼈다. 다리도 덜 아픈 느낌이었다.

그녀는 해 질 녘, 성벽과 탑 위 구름이 붉어질 때쯤에 왔다. 네드의 말대로 혼자서 왔다. 이번만은 가죽 장화와 녹색 사냥복으로 소박하게 차려입었다. 그녀가 갈색 망토의 두건을 젖히자, 왕이 때렸을 때 남은 멍 자국이 보였다. 벌겋게 달아올랐던 색깔은 노란색으로 옅어졌고, 부기도 빠졌지만 그래도 맞은 자국이라는 사실을 모를 수는 없었다.

"왜 여기지요?" 세르세이 라니스터는 네드 앞에 서서 물었다.

"신들이 보실 수 있도록."

그녀는 풀밭 위 네드 옆에 앉았다. 모든 움직임이 우아했다. 곱슬거리는 금발이 바람에 흔들렸고, 눈동자는 여름 나뭇잎 같은 초록색이었다. 네드 스타크의 눈에 그녀의 아름다움이 보이지 않은지 오래였지만, 지금은 그 미모가 보였다. "난 존 아린을 죽인 진실을 압니다." 그가 말했다.

"그래요?" 왕비는 고양이처럼 경계하며 그의 얼굴을 보았다. "그래서 여기로 부른 건가요, 스타크 공? 수수께끼를 내려고? 아니면 날 잡으려는 건가요? 당신 부인이 내 동생을 잡은 것처럼?"

"정말로 그렇게 믿었다면 오지 않았을 텐데요." 네드의 손이 그녀의 뺨에 살짝 닿았다. "전에도 이런 적이 있습니까?"

"한두 번쯤." 그녀는 그의 손을 피했다. "얼굴을 때린 적은 없었어요. 그랬다면 제이미가 죽였겠지. 자기 목숨을 잃는다 해도." 세르세이는 도전적으로 그를 쳐다보았다. "내 동생에겐 당신 친구 백 명의 가치가 있어요."

"동생이오, 아니면 연인이오?" 네드가 말했다.

"둘 다." 그녀는 진실 앞에서 움찔하지도 않았다. "어린아이였을 때부터. 왜 안 되나요? 타르가르옌은 300년 동안 남매끼리 결혼해서 순수한 혈통을 지켰어요. 그리고 제이미와 난 보통의 남매 이상이에요. 우린 두 몸에 나뉜 한 사람이죠. 우린 자궁을 공유했어요. 우리 집안의 옛 학사는 제이미가 내 발을 잡고 세상에 나왔다고 했지요. 제이미가 내 안에 있으면…… 완전해진 느낌이 들어요." 미소의 흔적 같은 것이 그녀의 입술 위를 떠돌았다.

"내 아들 브랜은……."

가상하게도 세르세이는 시선을 피하지 않았다. "우리를 봤지요. 당신은 자식들을 사랑하지요?"

로버트도 난전이 있던 날 아침에 같은 질문을 했었다. 그는 그때와 같은 답을 했다. "온 마음으로."

"나도 당신 못지않게 내 자식들을 사랑해요."

네드는 생각했다. '내가 알지 못하는 어떤 아이의 목숨을 롭과 산사와 아리아와 브랜과 리콘과 맞바꿔야 한다면, 나라면 어떻게 했을까? 그보다도, 만약 자식들의 목숨 대 존의 목숨이라면 캐틀린은 어떻게 할까?' 그는 알지 못했다. 영영 알지 못하기를 빌었다.

"셋 다 제이미의 자식이지요." 그의 말은 질문이 아니었다.

"신들 덕분에."

존 아린은 병상에서 '씨가 강하다'고 외쳤고, 그 말대로였다. 로버트의 사생아들 모두가 밤처럼 새까만 머리였다. 대학사 말레온은 90여 년 전에 마지막으로 이루어진 사슴과 사자 간의 결합을 기록해두었는데, 티아 라니스터가 당시 바라테온 공의 셋째 아들이었던 고웬과 결혼했을 때였다. 그들의 유일한 소생이었던 이름 없는 사내아이는 말레온의 책에 새까맣고 풍성한 머리숱을 타고났으며 크고 튼튼했는데 아기 때 죽었다고 기록되어 있었다. 그보다 30년 전에는 라니스터 남자 하나가 바라테온의 처녀를 아내로 맞이한 일이 있었다. 그 여자는 딸 셋과 아들 하나를 낳았는데, 모두 검은 머리였다. 바스락거리는 노란 책장을 아무리 오래 거슬러 올라가도 언제나 금이 석탄에게 꺾였다.

네드가 말했다. "10년이 넘도록 어떻게 왕에게 자식을 하나도 두지 않은 겁니까?"

세르세이는 도전적으로 고개를 들어 올렸다. "당신의 로버트가 나를 임신시킨 일이 한 번 있었죠." 경멸로 탁해진 목소리였다. "내 동생이 내 몸을 깨끗하게 할 여자를 찾아냈어요. 그 사람은 전혀 몰랐지요. 솔직히 난 그 사람이 내 몸을 만지는 것도 참을 수가 없고, 몇 년 동안은 내 안에 들어오지도 못하게 했어요. 그 사람이 창녀들을 찾지 않고 비틀거리며 내 침실에 올라올 때면 즐겁게 해줄 다른 방법들이 있어요. 우리가 뭘 하든 간에 왕은 대개 술에 취해서 다음 날 아침이면 깡그리 잊어버렸지요."

어떻게 모두가 그렇게 눈이 멀 수가 있었을까? 진실은 내내 그들 앞에 있었다. 아이들의 얼굴에 쓰여 있었다. 네드는 속이 메스꺼웠다. 그는 조용히 말했다. "난 로버트가 왕좌에 앉은 날을 기억해요. 어느 모로 보나 왕이었지. 다른 여자들이라면 온 마음으로 로버트를 사랑했을 거요. 로버트가 무슨 짓을 했기에 그렇게 증오하게 된 겁니까?"

세르세이의 눈은 어스름 속에서 녹색 불덩이처럼 타올랐다. 자기 가문의 문장인 암사자 같았다. "결혼식 날 밤에, 처음으로 한 침대를 쓰던 순간에 로버트는 날 당신 동생 이름으로 불렀어. 내 위에서, 내 안에서 와인 냄새를 풍기면서 리안나라고 속삭였지."

네드 스타크는 연한 파란색 장미를 생각했고, 잠시 울고 싶어졌다. "어느 쪽이 더 불쌍한지 모르겠군요."

왕비는 재미있어하는 것 같았다. "동정심은 아껴둬요, 스타크 공. 난 원치 않으니."

"내가 어떻게 해야 하는지 알 겁니다."

"해야 하는지?" 그녀는 네드의 성한 다리에, 무릎 바로 위에 손을 올렸다. "진정한 사내라면 해야 할 일이 아니라 하고자 하는 일을 하지요." 그녀의 손가락이 더없이 나긋한 약속을 담아 그의 허벅지를 쓸었다. "왕국에는 강력한 수관이 필요해요. 조프리가 나이가 차려면 몇 년은 있어야 하죠. 아무도 전쟁을 다시 원하진 않고, 그중에서도 나는 더욱 원하지 않아요." 그녀의 손이 네드의 얼굴을, 머리카락을 만졌다. "친구가 적이 될 수 있다면, 적도 친구가 될 수 있지요. 당신의 아내는 만 리 밖에 있고, 내 동생은 달아났어요. 나에게 친절을 베풀어요, 네드. 장담하는데 후회하지 않을 거예요."

"존 아린에게도 같은 제안을 했습니까?"

세르세이가 네드의 뺨을 때렸다.

"이건 명예 훈장으로 삼아야겠군요." 네드는 건조하게 말했다.

"명예라. 감히 나에게 고결한 귀족 노릇을 하다니! 날 뭘로 보는 거지? 당신도 사생아를 뒀지. 내가 직접 봤어. 그 어미는 누구였을까? 당신이 성채를 태우고 강간한 도르네의 어느 농민? 창녀? 아니면 슬픔에 잠긴 아샤

라였나? 그 여자는 바다에 몸을 던졌다던데. 왜 그랬을까? 당신이 죽인 오빠 때문이었을까, 아니면 당신이 훔쳐 간 아이 때문이었을까? 말해봐, 명예로운 에다드 공. 당신이 로버트나 나나 제이미와 어떻게 다르지?"

"일단 아이들을 죽이지는 않지요. 잘 듣는 게 좋을 겁니다. 한 번만 말할 테니까. 왕이 사냥에서 돌아오면 난 진실을 알릴 거요. 당신은 그때까지 사라져야 해. 당신과 당신 자식들 셋 모두, 그리고 캐스털리록은 안 돼. 나라면 배를 타고 자유도시로 가거나, 아니면 더 멀리 여름 군도나 이벤 항구로 가겠소. 바람이 부는 한 멀리."

"망명이라니, 마시기엔 쓴 잔이군요."

"당신 아버지가 라에가르의 자식들에게 준 것보다는 단 잔이오. 당신이 받을 자격이 없을 만큼 친절한 잔이기도 하고. 당신 아버지와 동생들도 같이 가는 게 현명하겠지. 타이윈 공의 금이라면 안락함을 사고 안전하게 지켜줄 병사들을 고용할 수 있을 거요. 그게 필요하기도 할 테고. 장담하는데 당신이 어디로 달아나든 로버트의 분노가 따라갈 거요. 필요하다면 어디까지라도."

왕비는 일어섰다. "내 분노는 어떻게 할까요, 스타크 공?" 그녀는 조용히 물었다. 그녀의 눈이 그의 얼굴을 살폈다. "당신이 왕국을 차지했어야 해. 손만 뻗으면 됐을 거야. 제이미는 킹스랜딩이 함락된 날 당신이 철왕좌에 앉아 있던 자기를 발견하고 내려오게 만들었다고 했지. 그때가 당신의 기회였어. 그 계단을 올라가서 앉기만 하면 됐을 거야. 정말이지 슬픈 실수지."

"난 당신이 상상도 못할 만큼 많은 실수를 했지만, 그건 실수가 아니었소." 네드가 말했다.

"오, 아뇨, 실수였답니다. 왕좌의 게임을 할 때는, 이기거나 죽을 뿐이죠. 중간은 없어요."

세르세이는 두건을 올려 부은 얼굴을 가리고서 흑청색 하늘 아래, 고요한 신의 숲 한가운데, 참나무 아래 어둠 속에 그를 두고 떠났다. 별이 뜨고 있었다.

대너리스

칼 드로고가 대니 앞에 피투성이 날것 그대로 내놓은 심장에서 서늘한 저녁 공기 속으로 모락모락 김이 올랐다. 드로고의 두 팔은 팔꿈치까지 시뻘겠다. 그 뒤로 그의 혈맹기수들이 모래밭에 무릎을 꿇고 있는데, 옆에는 야생마의 시체가 누웠고 손에는 돌칼이 쥐어져 있었다. 구덩이의 높고 흰 석회암벽을 빙 두르고 깜박거리는 오렌지색 횃불 빛 속에서 말 피가 검게 보였다.

대니는 완만하게 부푼 배를 더듬었다. 땀이 송골송골 맺히고 이마에 흘렀다. 늙은 여인들의 시선을 느낄 수 있었다. 바에스 도트락의 노파들이 주름진 얼굴에 윤이 나는 부싯돌처럼 빛나는 검은 눈으로 대니를 지켜보고 있었다. 주춤거리지도, 두려운 기색을 비치지도 말아야 했다. '나는 드래곤의 핏줄이야.' 대니는 스스로를 타이르면서 양손으로 야생마의 심장을 쥐고 입가에 들어 올린 다음, 그 질기고 씹기 힘든 살덩이를 콱 물었다.

따뜻한 피가 입안을 채우고 턱을 따라 떨어졌다. 그 맛에 구역질이 나려고 했지만, 대니는 억지로 씹어 삼켰다. 종마의 심장을 먹으면 아들이 강하고 빠르고 두려움이 없어진다고, 적어도 도트락인들은 그렇게 믿었지만, 그것도 어미가 다 먹어치울 수 있을 때만 그랬다. 피에 목이 메거나 살을 게워낸다면 좋지 않은 징조였다. 아이가 사산될 수도 있었고, 약하거나 기형이거나 여자애일 수도 있었다.

시녀들이 의식을 대비하게 도왔다. 대니는 지난 두 달 동안 속을 괴롭힌 약한 입덧 속에서도 심장의 맛에 익숙해지기 위해 반쯤 엉긴 피로 식사를 했고, 이리는 대니가 턱이 아플 때까지 말린 말고기 조각을 씹게 했다. 허기가 지면 날고기를 먹는 데 도움이 되리라는 기대로 의식이 있기 전 하루 밤낮을 굶기도 했다.

야생마의 심장은 온통 근육이었고, 대니는 끈질기게 물어뜯어 한 입 한 입 오랫동안 씹어야 했다. 어머니 산의 그림자 아래, 성스러운 바에스 도트락에서는 강철 날붙이가 허락되지 않았다. 대니는 이와 손톱으로 심장을 뜯어 먹어야 했다. 배 속이 울렁이고 뒤틀렸지만, 그녀는 계속 먹었다. 대니의 얼굴은 심장의 피로 얼룩졌고 피가 입에서 터져 나온 것처럼 보이기도 했다.

대니가 먹는 동안 칼 드로고는 청동 방패처럼 단단한 얼굴로 지켜보았다. 길게 땋은 검은 머리가 기름기로 반들거렸다. 콧수염에는 황금 고리를, 땋은 머리에는 황금 종을 여러 개 달았고 허리에는 순금 메달을 이어 만든 무거운 허리띠를 찼지만, 상체는 벌거벗은 가슴을 드러낸 채였다. 대니는 힘이 모자라는 기분이 들 때마다 그를 바라보았다. 그를 바라보고, 씹어 삼키고, 씹어 삼키고, 씹어 삼켰다. 끝에 다다르자 대니는 드로고의 까만 아몬드형 눈에서 강렬한 자부심을 보았다고 생각했지만, 확신할 수는 없었다. 칼의 얼굴은 속내를 비출 때가 별로 없었다.

그리고 마침내 끝이 났다. 마지막 살점을 삼키는 대니의 뺨과 손가락이 끈적거렸다. 대니는 그제야 겨우 도시 칼린의 노파들에게 시선을 돌렸다.

"칼라카 도트라에 므란하!" 대니는 애써 배운 도트락어로 선언했다. '왕자가 내 안에서 말을 달린다!' 시녀 지키와 함께 며칠 동안 연습한 말이었다.

노파들 중에서 제일 늙은, 등이 굽고 쪼글쪼글한 막대기 같은 몸에 검은 눈은 애꾸인 늙은 여인이 두 팔을 높이 들어 올렸다. "칼라카 도트라에!" 노파가 새된 소리를 질렀다. 왕자가 말을 달린다!

"달린다!" 다른 여인들이 화답했다. "라크! 라크! 라크 하즈!" 그들은 선언했다. 사내아이, 사내아이, 힘센 사내아이.

갑자기 청동 새들이 뎅그렁거리며, 종을 울렸다. 소리가 굵은 전쟁 나팔이 길고 낮은 음을 울렸다. 노파들은 영창을 시작했다. 색칠한 가죽조끼 아래로 기름과 땀에 번들거리는 시든 젖무덤이 흔들거렸다. 노파들을 모시는 내시들이 거대한 청동 화로에 마른 풀 더미를 던져 넣자, 향기로운 연기 구름이 달과 별을 향해 피어올랐다. 도트락인들은 별들이 불로 만들어진 말이며, 밤이면 엄청난 말 떼가 하늘을 가로질러 질주한다고 믿었다.

연기가 올라가자 영창이 사그라들고 가장 늙은 노파가 미래를 더 잘 보기 위해 애꾸눈을 감았다. 완벽한 정적이 내려앉았다. 대니는 멀리서 우는 밤 새들 소리, 횃불이 치직거리는 소리, 호수 물이 부드럽게 철썩이는 소리를 들을 수 있었다. 도트락인들은 밤과 같은 눈동자로 그녀를 응시하며, 기다렸다.

칼 드로고가 대니의 팔에 손을 얹었다. 손가락에서 긴장감이 느껴졌다. 드로고처럼 강력한 칼이라 해도 도시 칼린이 미래의 연기 속을 들여다볼 때는 두려워할 수 있었다. 대니의 등 뒤에서는 시녀들이 불안하게 떨었다.

마침내 노파가 눈을 뜨고 두 팔을 들어 올렸다. "내가 그 얼굴을 보고, 그 천둥 같은 발굽 소리를 들었노라." 노파는 가늘고 흔들리는 목소리로 선언했다.

"천둥 같은 발굽 소리!" 다른 노파들이 일제히 외쳤다.

"왕자는 바람처럼 빨리 달렸고, 그 뒤로 그의 칼라사르가 땅을 뒤덮었으니, 셀 수 없이 많은 남자들이 손에 풀잎 날처럼 반짝이는 아라크를 들었도다. 왕자는 폭풍처럼 사나우리니. 그 적들은 그 앞에서 몸을 떨고, 적의 아내들은 슬픔에 피눈물을 쏟고 살을 찢으리라. 머리카락에 달린 종이 왕자가 다다름을 노래하니, 돌 천막에 사는 우윳빛 남자들은 그 이름을 두려워하리라." 노파는 몸을 떨며 두렵다는 듯한 얼굴로 대니를 보았다. "왕자가 말을 달리니, 그는 세상에 올라탄 종마이리라."

"세상에 올라탄 종마!" 구경꾼들의 외침이 메아리쳤고, 밤 전체에 그들의 목소리가 쩌렁쩌렁 울렸다.

애꾸눈 노파가 대니를 들여다보았다. "세상에 올라탄 종마는 어떻게 불리겠는가?"

대니는 일어서서 지키가 가르쳐준 말로 대답했다. "라에고라 불릴 것입니다." 도트락인들이 포효를 올리자 대니의 두 손은 가슴 아래에 부푼 배를 보호하듯 쓰다듬었다. "라에고." 사람들이 소리쳤다. "라에고, 라에고, 라에고!"

그 이름은 칼 드로고가 그녀를 이끌고 구덩이에서 나가는 동안에도 귀에 쟁쟁하게 울렸다. 칼 드로고의 혈맹기수들이 뒤따랐다. 행렬이 그들을 따라 '신의 길'로 나왔다. 말의 관문부터 산들의 어머니에 이르기까지 바에스 도트락의 심장부를 관통하는 널찍하고 풀 덮인 길이었다. 도시 칼린의 노파들이 내시와 노예들과 함께 먼저 나섰다. 어떤 노파들은 긴 조각 지팡이를 짚고 늙어서 흔들리는 다리로 힘겹게 걸었고, 어떤 노파들은 기마전사 못지않게 당당하게 걸었다. 이 늙은 여인들 모두가 한때는 칼리시였다. 그들의 남편이 죽고, 새로운 칼이 새로운 칼리시를 옆에 두고 기마인들 앞에 서자 그들은 여기로 와서 광활한 도트락 국가를 다스리게 되었다. 가장 강력한 칼이라 해도 도시 칼린의 지혜와 권위에는 허리를 숙였다. 그렇지만 대니는 언젠가는 자신도 의지와 상관없이 이들에게 보내질 지 모른다는 생각을 하면 오싹했다.

현명한 여인들 뒤로 칼 오고와 그 아들인 칼라카 포고, 칼 조모와 그의 아내들, 드로고의 칼라사르에 속한 주요 인물들, 대니의 시녀들, 칼의 하인과 노예들을 비롯한 무리가 따랐다. 그들은 종이 울리고 북소리가 장엄하게 울려 퍼지는 가운데 신의 길을 행진했다. 길 너머 어둠 속에서는 훔쳐 온 영웅들과 죽어버린 백성의 신들이 생각에 잠겨 있었다. 행렬 옆에서는 노예들이 손에 횃불을 들고 풀밭을 가볍게 뛰었고, 나부끼는 불길 때문에 거대한 조각상들이 살아 있는 것처럼 보였다.

"라에고라는 이름, 뜻이 뭐지?" 걸어가며 칼 드로고가 칠왕국의 공용어로 물었다. 대니가 가능할 때마다 몇 마디씩 가르쳐준 말이었다. 드로고는 마음만 먹으면 빨리 배웠지만, 특유의 억양이 심하고 거칠어서 조라 경이나 비세리스는 한 마디도 알아듣지 못했다.

"나의 태양이자 별이여, 내 오라버니인 라에가르는 사나운 전사였어요. 내가 태어나기 전에 죽었지요. 조라 경은 오라버니가 마지막 드래곤이었다고 해요."

칼 드로고는 그녀를 내려다보았다. 구릿빛 가면 같은 얼굴이었지만, 대니는 황금 고리의 무게에 축 처진 긴 검은색 콧수염 아래로 스친 미소의 그림자를 본 것 같았다. "좋은 이름이다. 내 삶의 달, 내 아내 다나레스여."

그들은 도트락인들이 '세상의 자궁'이라고 부르는 호수로 갔다. 갈대밭에 둘러싸인 호수는 잔잔하고 고요했다. 지키가 말하길, 수천수만 년 전에 그 물속에서 최초의 인간이 나타나서 최초의 말 등에 올라탔다고 했다.

행렬이 풀에 덮인 호숫가에서 기다리는 동안 대니는 옷을 벗고 흙 묻은 옷을 땅바닥에 떨궜다. 대니는 벌거벗은 채로 조심스럽게 물속에 발을 디뎠다. 이리는 그 호수에 바닥이 없다고 했지만, 대니는 키 큰 갈대를 헤치고 나아가면서 발가락 사이로 밀려드는 부드러운 진흙을 느꼈다. 잔잔한 검은 수면에 뜬 달이 대니가 일으킨 잔물결에 부서졌다가 다시 모양을 갖췄다. 차가운 물이 허벅지를 타고 올라서 몸 아래 입술을 건드리자 하얀 피부에 소름이 돋았다. 야생마의 피가 두 손과 입가에 말라붙어 있었다. 대니는 손가락을 오므려 성스러운 물을 머리 위로 퍼 올리고, 칼과 다른 사람들이 지켜보는 가운데 스스로와 배 속의 아이를 정화했다. 그녀는 도시 칼린의 노파들이 지켜보며 서로에게 중얼거리는 소리를 들었고, 무슨 말을 하는지 궁금했다.

대니가 물을 떨어뜨리며 벌벌 떨리는 몸으로 호수에서 나오자 시녀인 도리아가 서둘러 화려한 모래 비단 로브를 들고 왔지만, 칼 드로고가 손짓으로 시녀를 물렸다. 그는 대니의 부푼 가슴과 둥근 배를 만족스러운 눈으로 보고 있었고, 대니는 묵직한 황금 메달 허리띠 아래에서 말가죽 바지를 뚫고 나오려 드는 그의 남성을 볼 수 있었다. 대니는 드로고에게 가서 바지를 풀게 도왔다. 그런 다음에는 몸집 큰 칼이 그녀의 엉덩이를 감싸 안고 어린아이 들듯이 허공에 들어 올렸다. 그의 머리카락에 달린 종이 부드럽게 울렸다.

대니는 칼이 그녀 안으로 밀고 들어오는 동안 그의 어깨를 두 팔로 감싸고 그의 목에 얼굴을 묻었다. 세 번 빠르게 쳐올리자 끝났다. "세상에 올라탄 종마." 드로고가 쉰 목소리로 속삭였다. 그의 손에서는 아직도 말 피 냄새가 났다. 그는 절정의 순간에 그녀의 목을 세게 깨물었고, 그가 대니를 들어 올려 내려놓자 그녀의 안을 채운 그의 씨앗이 허벅지 안쪽을 따라 흘러내렸다. 그제야 도리아는 대니에게 향기로운 비단을 걸쳐줄 수 있었고, 이리는 대니의 발에 부드러운 슬리퍼를 신겼다.

칼 드로고가 바지를 여미고 명령하자 호숫가로 말들이 끌려왔다. 코홀로가 칼리시를 은마에 태우는 영광을 얻었다. 드로고는 말에 박차를 가하고, 달과 별들 아래 신의 길을 달리기 시작했다. 은마에 오른 대니가 쉽게 보조를 맞췄다.

오늘 밤에는 칼 드로고의 연회장 지붕을 대신하던 비단 천막을 걷어내어, 달이 실내까지 따라왔다. 돌을 두른 세 개의 거대한 불구덩이에서 허공으로 3미터씩 불길이 치솟았다. 구운 고기와 발효 응고한 말 젖 냄새가 진동했다. 그들이 들어섰을 때 연회장은 붐비고 시끄러웠다. 지위와 이름이 모자라 의식에 참여하지 못한 이들이 자리를 가득 채우고 있었다. 대니가 아치 입구 아래로 말을 몰아 중앙 통로를 오르자 모두의 눈길이 그녀에게 꽂혔다. 도트락인들은 그녀의 배와 가슴에 대해 한마디씩 외치고, 그녀의 안에 깃든 생명에 환호했다. 그들이 외치는 소리를 다 이해할 수는 없었지만, 하나만은 뚜렷하게 들렸다. "세상에 올라탄 종마." 그녀는 천 명의 목소리로 그 말을 들었다.

북과 나팔 소리가 밤하늘에 소용돌이쳤다. 낮은 탁자 위, 고깃덩이와 높이 쌓인 자두와 대추야자와 석류 접시들 사이에서 반쯤 벗은 여자들이 빙빙 돌며 춤을 췄다. 많은 남자들이 마유주에 취했지만, 오늘 밤에는, 날붙이와 피 흘림이 금지된 이 성스러운 도시에서는 아라크를 부딪치는 일이 일어나지 않을 터였다.

칼 드로고가 말에서 내려서 상석에 앉았다. 먼저 각자의 칼라사르를 이끌고 바에스 도트락에 와 있었던 칼 조모와 칼 오고에게 드로고의 오른쪽과 왼쪽이라는 영예로운 자리가 주어졌다. 세 칼의 혈맹기수들이 그 밑에 앉았고, 더 아래에 칼 조모의 아내 네 명이 앉았다.

대니는 은마에서 내려서 노예에게 고삐를 건넸다. 도리아와 이리가 그녀가 앉을 방석을 정리하는 동안, 대니는 오빠를 찾아보았다. 사람이 가득한 긴 연회장 끝에서라 해도 하얀 피부에 은빛 머리로 누더기를 걸친 비세리스는 눈에 잘 띌 터였으나, 지금은 어디에도 보이지 않았다.

대니의 시선은 땋은 머리 길이가 제 성기보다 더 짧은 남자들이 낮은 탁자들 주위로 너덜너덜한 깔개와 납작한 방석에 앉아 있는 벽 근처 자리들을 훑었지만, 보이는 얼굴이라곤 하나같이 검은 눈에 구릿빛 피부였다. 대니는 연회장 중앙, 가운데 불구덩이 근처에 있는 조라 모르몬트 경을 보았다. 높은 명예는 아니더라도 예우를 받는 자리였다. 도트락인들은 이 기사의 검술 기량을 높이 평가했다. 대니는 지키를 보내어 그를 데려오게 했다. 모르몬트는 즉시 와서 대니 앞에 한쪽 무릎을 꿇었다. "칼리시, 분부만 하십시오."

대니는 옆에 놓인 두툼한 말가죽 방석을 두드렸다. "나와 같이 앉읍시다."

"영광입니다." 기사는 방석에 다리를 접고 앉았다. 노예 하나가 앞에 무릎을 꿇고 잘 익은 무화과가 가득 담긴 나무 쟁반을 내밀었다. 조라 경은 무화과를 하나 집어서 반을 베어 물었다.

"내 오라버니는 어디 있소? 지금쯤이면 잔치에 왔어야 하는데."

"오늘 아침에 전하를 보았습니다. 와인을 찾으러 서부시장으로 가신다더군요."

"와인?" 대니는 미심쩍은 기분으로 말했다. 비세리스는 도트락인들이 마시는 마유주 맛을 질색했고, 최근에 자주 시장에 가서 동쪽과 서쪽에서 온 카라반 상인들과 술을 마셨다. 그런 상인들이 그녀보다 더 마음이 통하는 모양이었다.

"와인을요." 조라 경은 확실하게 말했다. "그리고 카라반을 호위하는 용병들에게서 군대를 모집하겠다는 생각도 하시더군요." 하녀 하나가 그의 앞에 선지 파이를 놓았고, 그는 두 손 들고 파이에 달려들었다.

"그게 현명할까? 비세리스에게는 병사에게 지불할 금이 없는데. 혹시 배신당하면 어쩌려고?" 카라반 호위대는 명예를 두고 고민하는 일이 없었고, 킹스랜딩에 있는 찬탈자는 오빠의 머리통에 좋은 값을 치를 터였다. “경이 같이 가서 안전하게 지켰어야지요. 경은 오라버니의 맹약검사인데.”

조라 경이 환기시켰다. “우리는 바에스 도트락에 있습니다. 여기에서는 아무도 검을 들고 다니거나 피를 흘리게 할 수 없습니다.”

“그래도 사람들이 죽기는 하지. 조고가 말해줬어요. 내시들을 데리고 다니는 무역상들이 있는데, 그런 덩치 큰 내시들은 비단 자락으로 도둑의 목을 졸라 죽인다고. 그렇게 하면 피를 흘리지도 않고 신들이 노여워할 일이 없다고 말이오.”

“그렇다면 오라버님이 아무것도 훔치지 않을 만큼 현명하기를 빌어야겠군요.” 조라 경은 손등으로 입가에 묻은 기름을 닦고 탁자 너머로 몸을 기울였다. “공주님의 드래곤 알을 가져가려고 했습니다만, 제가 건드리기만 해도 손을 잘라버리겠다고 경고했습니다.”

대니는 놀란 나머지 잠시 동안 할 말을 찾지 못했다. “내 알…… 하지만 그건 내 것이오. 마지스터 일리리오가 신부 선물로 준 물건인데, 어째서 비세리스가…… 그건 돌에 불과한데…….”

“루비와 다이아몬드와 파이어오팔도 돌에 불과하다고 말할 수 있습니다, 공주님……. 그리고 드래곤의 알이 훨씬 더 귀하지요. 비세리스와 같이 술을 마시는 무역상들은 그 돌 하나만 준다 해도 남성을 팔 정도입니다. 세 개가 다 있다면 비세리스는 필요한 용병을 얼마든지 살 수 있을 겁니다.”

대니는 알지 못했다. 짐작조차 하지 못했다. “그렇다면…… 비세리스가 가져야지. 훔칠 필요가 없어. 부탁만 하면 되는 일이지. 비세리스는 내 오빠이고…… 내 진정한 왕이오.”

“오라버님이기는 하지요.” 조라 경은 그렇게 인정했다.

“경은 이해 못 해. 내 어머니는 나를 낳다가 돌아가셨고, 아버지와 라에

가르 오빠는 그보다 더 먼저 돌아가셨소. 비세리스가 있어 말해주지 않았다면 난 그분들의 이름조차 몰랐을 거요. 내게 남은 가족은 비세리스뿐이오. 유일한 가족. 내가 가진 전부."

"예전에는 그랬지요. 이제는 아닙니다, 칼리시. 이제는 도트락인이십니다. 칼리시의 자궁 속에는 세상에 올라탈 종마가 달리고 있습니다." 조라 경이 잔을 들어 올리자 노예 하나가 시큼한 냄새가 나는 걸쭉한 마유주를 채웠다.

대니는 손을 저어 노예를 물렸다. 마유주 냄새만 맡아도 속이 울렁거렸고, 억지로 먹어치운 말의 심장을 게워낼 위험은 감수하지 않을 작정이었다. "그게 무슨 의미지? 그 종마라는 말? 다들 나를 보고 그 말을 외쳐대는데, 이해가 가지 않아요."

"종마는 오래전 예언에서 약속한 칼 중의 칼이랍니다. 그 종마는 도트락인들을 하나의 칼라사르로 합치고 세상 끝까지 달려갈 거라고 하지요. 온 세상 사람들이 다 그의 백성이 될 거라고요."

"아." 대니는 작은 목소리로 말했다. 그녀의 손이 부푼 배를 가린 로브 자락을 매만졌다. "아이를 라에고라 이름 지었소."

"찬탈자의 피를 식힐 이름이군요."

갑자기 도리아가 대니의 팔꿈치를 잡아당겼다. "주인님." 시녀는 다급하게 속삭였다. "오라버님께서……."

대니가 지붕이 없는 긴 연회장을 내려다보니, 과연 비세리스가 그녀를 향해 걸어오고 있었다. 비틀거리는 걸음걸이를 보자마자 비세리스가 와인을 찾아냈음을 알 수 있었다……. 그와 더불어 용기라면 용기랄 수 있는 무엇인가도.

비세리스는 여행으로 얼룩지고 지저분해진 진홍색 비단옷을 입고 있었다. 검은색 벨벳 망토와 장갑은 햇빛에 색이 바랬다. 장화는 말라서 갈라졌고, 은발은 엉겨 붙고 헝클어졌다. 가죽 칼집에 든 장검이 허리춤에 흔들렸다. 비세리스가 지나가자 도트락인들은 그 검에 눈길을 두었다. 대니는 사방에서 파도처럼 밀려드는 욕설과 위협과 성난 불평을 들었다. 북소리가 불안하게 뚝뚝 끊기며 음악이 잦아들었다.

두려움이 대니의 심장을 조였다. 그녀는 조라 경에게 명령했다. "가봐요. 오빠를 막아. 이리로 데려와요. 원한다면 드래곤의 알을 가질 수 있다고 해요." 기사는 잽싸게 일어섰다.

"내 동생은 어디 있나?" 비세리스가 술기운이 짙은 목소리로 외쳤다. "내가 동생의 잔치에 왔다. 어찌 감히 나 없이 먼저 먹을 수가 있지? 아무도 왕보다 먼저 먹진 못해. 내 동생은 어디 있나? 그 창녀는 드래곤에게서 숨을 수 없어."

비세리스는 셋 중에 제일 큰 불구덩이 옆에 멈춰 서더니 도트락인들의 얼굴을 둘러보았다. 연회장 안에는 5000명이 있었지만, 공용어를 아는 사람은 몇 없었다. 그러나 말의 내용을 이해할 수 없다 해도 비세리스가 취했음을 바로 알 수 있었다.

조라 경이 재빨리 비세리스에게 가서 귓가에 무슨 말을 속삭이며 팔을 잡았지만, 비세리스는 팔을 비틀어 떼어냈다. "손 떼라! 아무도 허락 없이 드래곤을 만지진 못한다."

대니는 불안한 마음으로 상석을 올려다보았다. 칼 드로고가 옆에 앉은 다른 칼들에게 뭔가 말하고 있었다. 칼 조모는 히죽 웃었고, 칼 오고는 큰 소리로 웃음을 터뜨렸다.

비세리스는 웃음소리를 듣고 시선을 올렸다. "칼 드로고." 그는 푹 잠겨서 정중하기까지 한 목소리로 말했다. "내가 잔치에 왔네." 그는 비틀거리며 조라 경 옆을 벗어나서, 세 명의 칼이 앉은 높은 자리로 올라가려 했다.

칼 드로고가 일어서더니, 도트락어로 대니가 이해할 수 없을 만큼 빠르게 십여 마디를 뱉고 손가락질을 했다. 조라 경이 비세리스에게 통역을 했다. "칼 드로고는 전하가 있을 곳은 높은 자리가 아니라고 합니다. 전하가 있을 곳은 저기라고요."

비세리스는 칼이 가리키는 곳을 쳐다보았다. 긴 연회장 뒤쪽, 벽 근처 구석 자리에, 낮은 이들 중에서도 가장 낮은 이들이 더 나은 이들의 눈에 띄지 않게 그림자 속 깊숙이 앉아 있었다. 피를 본 적 없는 애송이들, 눈이 흐려지고 관절이 뻣뻣해진 노인들, 머리가 모자란 이들과 신체 장애자들. 고기와도 멀고, 명예와는 더 먼 자리였다. "저건 왕이 앉을 자리가 아니야." 비세리스가 말했다.

칼 드로고는 대니에게 배운 공용어로 대꾸했다. "발 덧난 왕에게 맞는 자리다." 그는 손뼉을 쳤다. "수레를! 칼 라가트에게 수레를 가져와라!"

도트락인 5000명이 웃고 고함을 질러댔다. 조라 경은 비세리스 옆에 서서 귀에 대고 소리를 치고 있었지만, 연회장 안의 요란한 아우성 때문에 대니에게는 무슨 말을 하는지 들리지 않았다. 대니의 오빠가 바주 소리를 지르더니 두 남자가 엉겨 붙었고, 모르몬트가 비세리스를 그대로 바닥에 쓰러뜨렸다.

대니의 오빠가 검을 뽑았다.

드러난 칼날은 불구덩이의 조명을 받아 무시무시한 붉은색으로 빛났다. "가까이 오지 마!" 비세리스가 낮은 소리로 말했다. 조라 경은 한 걸음 물러섰고, 비세리스는 기우뚱하며 일어섰다. 그는 마지스터 일리리오가 좀 더 왕처럼 보이라고 빌려준 검을 머리 위로 흔들었다. 도트락인들이 사방에서 날카로운 소리를 지르고, 끔찍한 저주를 퍼부었다.

대니는 두려움에 비명을 지르고 말았다. 오빠는 모를지라도 그녀는 이곳에서 검을 뽑았다는 게 무슨 의미인지 알고 있었다.

대니의 목소리를 들은 비세리스가 고개를 돌렸고, 처음으로 그녀를 보왔다. "저기 있군." 그는 미소 지으며 말했다. 막으려는 사람도 없건만, 비세리스는 마치 적군의 벽을 헤치고 걷는 사람처럼 허공을 베며 대니에게 걸어왔다.

대니는 간청했다. "검은…… 안 돼. 제발, 비세리스. 검은 금지되어 있어. 검을 내려놓고 내 자리에 같이 앉아. 먹고 마실 게 있어……. 드래곤의 알을 원해? 가져도 돼. 그 검만 버려."

조라 경이 외쳤다. "당신 때문에 우리가 다 죽기 전에 그 말대로 해요, 멍청이."

비세리스는 소리 내어 웃었다. "놈들은 우릴 못 죽여. 놈들은 이 성스러운 도시에서 피를 흘릴 수 없거든……. 하지만 난 할 수 있지." 그는 검 끝을 대너리스의 가슴골에 대고 부푼 배를 따라 미끄러뜨렸다. "난 여기 온 이유를 원한다. 저놈이 나에게 약속한 왕관을 원해. 저놈은 널 사놓고서 값을 치르지 않았어. 저놈에게 내가 거래한 대가를 원한다고, 대가를 내놓지 않으면 널 되찾아간다고 말해. 너와 드래곤 알 다 가져가겠다. 핏덩이는 저놈이 가질 수 있겠지. 내가 배를 가르고 그 잡종을 꺼내어 두고 갈 테니까." 검 끝이 대니의 비단옷을 뚫고 배꼽을 찔렀다. 비세리스는 울고 있었다. 한때 그녀의 오빠였던 남자는 울면서 웃고 있었다.

대니는 아주 먼 곳에서처럼 아득하게 시녀인 지키가 두려움에 흐느끼는 소리를 들었다. 지키는 감히 통역할 수 없다고, 그랬다간 칼이 그녀를 말 뒤에 묶어서 산들의 어머니까지 질질 끌고 갈 거라고 애걸했다. 대니는 지키를 끌어안았다. "두려워 말거라. 내가 직접 말하마."

대니가 아는 단어로 충분할지 알 수 없었지만, 말을 마치자 칼 드로고가 도트락어로 퉁명스럽게 몇 마디를 했기에 이해했음을 알 수 있었다. 대니의 태양이 높은 자리에서 걸어 내려왔다. "뭐라고 한 거냐?" 한때 대니의 오빠였던 자가 주춤거리며 물었다.

연회장 안이 어찌나 조용한지, 칼 드로고가 걸음을 디딜 때마다 머리채에서 부드럽게 울리는 종소리를 들을 수 있을 정도였다. 그의 혈맹기수들이 세 개의 구릿빛 그림자처럼 따라왔다. 대너리스는 온몸이 차가워졌다.
"사람들이 바라보기만 해도 떨 만한 눈부신 황금 왕관을 받을 거래."

비세리스는 미소 지으며 검을 내렸다. 그게 제일 슬펐다. 나중에 대니의 마음을 갈기갈기 찢은 미소였다. "내가 원한 건 그것뿐이야. 약속한 대가."

그녀의 태양이 가까이 이르자 대니는 그의 허리에 팔을 감았다. 칼이 한마디 하자 혈맹기수들이 앞으로 뛰쳐나갔다. 쿼토는 대니의 오빠였던 남자의 두 팔을 잡았다. 하고는 거대한 두 손으로 한 번 꺾어서 남자의 손목을 박살 냈다. 코홀로는 늘어진 손가락에서 검을 빼앗았다. 비세리스는 아직도 이해하지 못하고 외쳤다. "아니야. 너희는 날 건드릴 수 없어. 난 드래곤이야. 드래곤이라고. 난 왕관을 쓸 거야!"

칼 드로고가 허리띠를 풀었다. 메달 하나하나가 남자 손바닥만 한 크고 화려한 순금 덩어리였다. 그가 명령을 내리자 요리 노예들이 불구덩이에 놓인 무거운 쇠솥을 내려서 담겨 있던 스튜를 바닥에 쏟고, 솥만 불 위에 다시 올렸다. 드로고는 솥 안에 허리띠를 던져 넣고 메달이 붉게 달아오르며 형태를 잃어가는 모습을 무표정한 얼굴로 바라보았다. 대니는 그의 마노 같은 눈동자에서 춤추는 불길을 볼 수 있었다. 노예 하나가 두꺼운 말털 장갑을 바치자, 칼 드로고는 그 노예에게 눈길도 주지 않고 장갑을 받아 꼈다.

비세리스는 겁쟁이가 죽음에 직면했을 때 내는, 뜻이 없는 높은 소리를 지르기 시작했다. 그는 발버둥을 치고 몸을 비틀고, 개처럼 끙끙거리고 어린아이처럼 울었지만, 도트락인들은 그를 단단히 붙잡고 있었다. 조라 경은 대니 옆으로 와서 그녀의 어깨에 손을 얹었다. "보지 마십시오, 공주님. 보지 마세요."

"아니오." 대니는 보호하듯이 부푼 배 위로 팔짱을 꼈다.

마지막 순간에 비세리스는 그녀를 보았다. "누이야, 제발…… 대니, 말해다오…… 이자들에게…… 사랑하는 누이야……."

금이 반쯤 녹아내리자 드로고는 불구덩이에 손을 뻗어 솥을 잡았다. "왕관! 여기, 수레 왕에게 어울리는 왕관이다!" 그는 포효하더니, 한때 대니의 오빠였던 남자의 머리 위로 솥을 뒤집었다.

그 끔찍한 쇠 투구가 얼굴을 덮었을 때 비세리스 타르가르옌이 낸 소리는 인간의 소리가 아니었다. 그의 발은 흙바닥을 미친 듯이 두드리다가, 점점 느려지다가, 멈췄다. 걸쭉하게 녹아내린 금이 가슴팍에 뚝뚝 떨어져서 진홍색 비단을 그을렸지만…… 피는 한 방울도 흐르지 않았다.

대니는 신기할 정도로 차분하게 생각했다. '비세리스는 드래곤이 아니었어. 불은 드래곤을 죽일 수 없어.'

에다드

그는 이전에도 수없이 걸었던 윈터펠의 지하묘지를 걷고 있었다. 겨울의 왕들은 얼음 눈동자로 지나가는 그를 지켜보았고, 그들의 발치에 엎드린 다이어울프들은 거대한 석조 머리통을 돌리고 으르렁거렸다. 마지막으로 그는 아버지가 브랜던과 리안나를 옆에 거느리고 잠든 무덤에 이르렀다. "약속해줘, 네드." 리안나의 석상이 속삭였다. 리안나는 연한 푸른색 장미 화환을 걸고 있었고, 눈에서는 피눈물이 흘러내렸다.

에다드 스타크는 소스라쳐 일어나 앉았다. 심장이 쿵쾅거렸고, 주위에는 담요가 엉켜 있었다. 방 안은 깜깜했는데, 누군가가 요란하게 문을 두드리고 있었다. 어떤 목소리가 그의 이름을 크게 외쳤다.

"잠시만." 그는 벌거벗은 몸을 제대로 가누지 못한 채 비틀거리며 깜깜한 방을 가로질렀다. 문을 열자 문을 두드리려고 주먹을 치켜든 토마드와, 손에 양초를 든 케인이 보였다. 두 사람 사이에 왕실 집사가 서 있었다.

집사의 얼굴은 돌을 깎아 만든 것처럼 아무 감정도 비추지 않았다. 그가 읊조렸다. "수관님, 전하께서 찾으십니다. 즉시요."

그러니까 로버트가 사냥에서 돌아온 모양이었다. 진작 왔어야 했다. "잠시 옷을 입어야겠네." 네드는 왕실 집사를 밖에 두었다. 케인이 옷 시중을 들었다. 하얀 리넨 튜닉과 회색 망토, 석고 반죽으로 감싼 다리 부분을 잘라낸 바지를 입고 수관의 휘장을 단 후, 마지막으로 묵직한 은고리 허리띠를 찼다. 그리고 허리에 발리리아 강철 단검이 든 칼집을 달았다.

그는 케인과 토마드의 호위를 받으며 어둡고 고요한 레드킵 안뜰을 가로질렀다. 보름달 가까이 차오른 달이 성벽 위에 낮게 걸렸다. 금빛 망토를 걸친 위병 한 명이 성곽 위를 걷고 있었다.

왕가의 거처는 '마에고르 성채' 안에 있었다. 레드킵 심장부에 둥지를 튼 거대한 정사각형의 요새로, 두께가 3.5미터가 넘는 벽과 강철 못을 두른 메마른 해자 안에 자리 잡은 '성 안의 성'이었다. 보로스 블런트 경이 다리 끝에서 달빛에 하얀 강철 갑옷을 유령처럼 빛내며 경비를 서고 있었다. 성채 안으로 들어간 네드는 다른 킹스가드 두 명을 지나쳤다. 프레스턴 그린필드 경은 계단 밑에 서 있었고, 바리스탄 셀미 경은 왕의 침실 문 앞에서 기다리고 있었다. '하얀 망토를 두른 기사가 셋.' 옛 기억이 떠오르며 이상한 오한이 몸속을 훑었다. 바리스탄 경의 얼굴은 갑옷만큼이나 창백했다. 그 얼굴을 보기만 해도 뭔가가 끔찍하게 잘못되었음을 알 수 있었다. 왕실 집사가 문을 열며 말했다. "왕의 수관이신 에다드 스타크 공이십니다."

"안으로 들여라." 외치는 로버트의 목소리가 이상하게 탁했다.

침실 양쪽 끝에 자리 잡은 쌍둥이 벽난로에서 타오르는 불길이 방 안을 음침한 붉은 빛으로 채웠다. 숨 막히게 더웠다. 로버트는 덮개를 친 침대에 누워 있었다. 침대 옆에는 대학사 파이셀이 맴돌았고, 덧문을 내린 창 앞을 렌리 공이 초조하게 서성거렸다. 하인들이 오가며 장작을 넣고 와인을 끓였다. 세르세이 라니스터는 남편이 누운 침대 가장자리에 앉아 있었다. 머리카락은 자다 일어난 것처럼 헝클어졌지만, 눈에는 졸음기가 없었다. 그 눈동자는 토마드와 케인의 도움을 받아 방 안을 가로지르는 네드를 따라왔다. 네드는 아직도 꿈속에 있는 듯 아주 천천히 움직이는 것처럼 보였다.

왕은 아직 장화를 신은 채였다. 네드는 몸을 덮은 담요 아래로 빠져나온 로버트의 신발 가죽에 들러붙은 마른 진흙과 풀잎을 볼 수 있었다. 바닥에는 적갈색 얼룩이 말라붙은 녹색 더블릿이 칼에 잘려 나뒹굴고 있었다. 방 안에서 연기와 피와 죽음의 냄새가 났다.

"네드." 왕이 그를 보고 속삭였다. 안색이 우유처럼 희었다. "더 가까이…… 와."

네드는 부하들의 부축을 받아 다가갔다. 네드는 한 손으로 침대 기둥을 잡고 몸을 지탱했다. 로버트를 보기만 해도 얼마나 심각한 상태인지 알 수 있었다. "무슨……?" 입을 열었지만, 목이 꽉 잠겼다.

"멧돼지였습니다." 렌리 공은 아직도 녹색 사냥복을 입은 채였고, 망토에는 피가 튀어 있었다.

"악마였어." 왕은 쉰 목소리로 말했다. "내 잘못이야. 와인을 너무 마셨지. 지옥에 떨어져야 마땅해. 창을 헛찔렀어."

"나머지는 어디 있었소?" 네드는 렌리 공을 추궁했다. "바리스탄 경과 킹스가드는 어디 있었고?"

렌리는 입매를 비틀었다. "형님께서 멧돼지를 혼자 잡게 우리는 비켜서 있으라고 명하셨어요."

에다드 스타크는 담요를 들어 올렸다.

그들은 최선을 다해서 상처를 닫았지만, 턱없이 부족했다. 그 멧돼지는 무시무시한 놈이었을 게 분명했다. 엄니로 왕의 사타구니부터 젖꼭지까지 찢어놓았다. 대학사가 와인에 적셔 감아놓은 붕대는 이미 시커멓게 피에 젖었고, 상처에서 나는 냄새는 끔찍했다. 네드의 배 속이 뒤틀렸다. 그는 담요를 떨궜다.

"냄새 지독하지. 죽음의 냄새야. 내가 못 맡을 거라 생각지 말게. 그 새끼가 나한테 잘도 해놨지, 응? 하지만 내가…… 나도 갚아줬어, 네드." 붉게 물든 이를 드러낸 왕의 미소는 상처만큼이나 끔찍했다. "그놈 눈알에 칼을 박아줬지. 내가 안 그랬나 물어보라고. 물어봐."

"사실입니다." 렌리 공이 중얼거렸다. "형님의 명에 따라 시체를 가지고 돌아왔지요."

"잔치용이지." 로버트가 속삭였다. "이제 나가봐. 다들. 난 네드와 이야기를 해야겠다."

"로버트, 여보……." 세르세이가 입을 열었다.

"나가라고 했소." 로버트는 예전의 사나움을 약간이나마 드러내며 고집했다. "그 말의 어느 부분을 이해 못하겠나, 여자여?"

세르세이는 치맛자락과 위엄을 그러모아 문으로 향했다. 렌리 공과 다른 이들이 그 뒤를 따랐다. 대학사 파이셀은 뒤에 남아 손을 덜덜 떨면서 왕에게 걸쭉한 흰 액체가 담긴 잔을 내밀었다. "양귀비즙입니다, 전하. 통증을 덜게 드시지요."

로버트는 손등으로 잔을 쳐냈다. "나가게. 잠이야 금방 들 텐데 뭘 그러나, 어리석은 노인네. 물러가."

대학사 파이셀은 네드에게 고통스러운 눈빛을 던지며 느릿느릿 나갔다.

"망할, 로버트." 네드는 둘만 남게 되자 말했다. 다리가 너무 쑤셔서 통증에 눈이 멀 지경이었다. 아니면 비통함 때문에 눈이 흐려진 것일까. 그는 침대에, 친구 옆에 앉았다. "왜 늘 그렇게 고집불통이어야 하나?"

왕이 쉰 목소리로 말했다. "아, 집어치워, 네드. 내가 그 새끼를 죽였잖아. 안 그래?" 왕이 네드를 올려다보는데 엉겨 붙은 검은 머리카락이 눈위로 흘러내렸다. "자네한테도 똑같이 해줘야 하는데. 사람이 평화롭게 사냥을 하게 놔두질 못하고 말이야. 로바르 경이 날 찾았더군. 그레고르의 머리라. 생각만 해도 불쾌해. 사냥개 놈에게는 말하지 않았네. 그놈을 놀래는 건 세르세이에게 맡겨야지." 로버트의 웃음소리는 발작하는 통증 때문에 끙끙거리는 소리로 변했다. 로버트는 아픔을 삼키며 중얼거렸다. "신들이여 자비를 베푸소서. 그 여자애. 대너리스. 어린아이에 불과하다고, 자네가 옳았어……. 그래서, 그 여자애 때문에…… 신들이 멧돼지를 보내신 거야…… 날 벌하려고……." 왕은 기침을 하며 피를 토했다. "잘못이었어. 그건 잘못된 일이었어. 난…… 계집애에 불과한데…… 바리스도, 리틀핑거도, 내 동생도…… 쓸모가 없어…… 자네 말곤 아무도 말해주지 않았어, 네드…… 자네만……." 로버트는 손을 들어 올렸다. 고통에 차서 허약한 몸짓이었다. "종이와 잉크. 거기, 탁자 위에. 내가 말하는 대로 써."

네드는 종이를 무릎 위에 펴고 펜을 잡았다. "분부대로 하지요, 전하."

"이것이 바라테온 가문의 로버트 1세, 안달인의 왕이고 어쩌고 저쩌고…… 나머지 칭호는 자네가 알 테니 집어넣고. 로버트 1세가 남기는 유언이다. 스타크 가문의 에다드, 윈터펠의 영주이자 왕의 수관에게 명하노니 내…… 내가 죽으면 섭정이자 호국공이 되어 나…… 나 대신 통치하라. 내 아들 조프리가 적절한 나이에 이를 때까지……."

"로버트……." 조프리는 자네 아들이 아니야. 그렇게 말하고 싶었지만, 말이 나오지 않았다. 로버트의 얼굴에는 너무나 뚜렷하게 고통이 드러나 있었다. 그를 더 아프게 할 수는 없었다. 그래서 네드는 고개를 숙이고 그대로 적었지만, 왕이 "내 아들 조프리"라고 말한 대목에서는 "내 후계자"라고 대신 적었다. 그런 속임수를 쓰려니 더럽혀진 기분이 들었다. '우리가 사랑을 위해 하는 거짓말이란. 신들이여 용서하소서.' "또 뭐라고 적으리까?"

"뭐든…… 필요한 걸 적어. 보호하고 지키고, 옛 신들과 새로운 신들, 그런 말들 있잖나. 적어. 내가 서명하지. 내가 죽으면 그걸 협의회에 주게."

"로버트." 네드는 슬픔에 잠긴 목소리로 말했다. "이래선 안 돼요. 날 두고 죽지 말아요. 왕국엔 당신이 필요합니다."

로버트는 그의 손을 잡고, 손가락에 힘을 줬다. "자넨…… 정말이지 거짓말이 서툴러, 네드 스타크." 그는 고통 속에서 말했다. "왕국은…… 왕국은 내가 얼마나 형편없는 왕이었는지 알아. 맙소사, 아에리스만큼이나 형편없었지."

"아니. 아에리스만큼 나쁘진 않았습니다, 전하. 아에리스와는 비교도 안 되지요." 네드는 죽어가는 친구에게 말했다.

로버트는 약하게나마 애써 웃음을 지었다. "최소한 이것만은…… 마지막에 한 일만은…… 내가 제대로 했다고 하겠지. 자넨 날 실망시키지 않을 거야. 이젠 자네가 통치해. 나보다 더 싫어하겠지만…… 그래도 자넨 잘할 거야. 유언장 다 썼나?"

"예, 전하." 네드는 로버트에게 종이를 내밀었다. 왕은 편지 위에 핏자국을 남기며, 보지도 않고 서명을 휘갈겼다. "봉인에는 증인이 입회해야 합니다."

로버트는 갈라지는 목소리로 말했다. "그 멧돼지는 내 장례식에 내. 입에는 사과를 물리고, 껍질은 바삭하게 구워서 말이야. 그 잡놈을 먹어치워. 목구멍까지 차도 상관 말고. 약속해, 네드."

"약속하지." '약속해, 네드.' 리안나의 목소리가 메아리쳤다.

"그 여자애. 대너리스. 살려둬. 자네가 할 수 있다면…… 너무 늦지 않았다면…… 바리스, 리틀핑거…… 그자들에게 말해서…… 죽이게 놔두지 마. 그리고 내 아들을 도와줘, 네드. 녀석이…… 나보다 나아지게 해줘." 왕은 얼굴을 찡그렸다. "신들이여 자비를 베푸소서."

"베푸실 거야, 친구. 그리 될 거야." 네드가 말했다.

왕은 눈을 감고 긴장을 푸는 것 같더니 중얼거렸다. "돼지에게 죽다니, 웃어야 하는데 너무 아프군."

네드는 웃지 않았다. "다들 다시 불러들일까?"

로버트는 힘없이 고개를 끄덕였다. "마음대로 해. 맙소사, 여긴 왜 이렇게 춥지?"

하인들이 쏟아져 들어와서 서둘러 장작을 더 넣었다. 왕비는 사라지고 없었다. 그나마 마음이 놓이는 일이었다. 네드는 세르세이에게 조금이라도 분별이 있다면 아이들을 데리고 아침이 오기 전에 달아나리라 생각했다. 이미 너무 오래 머물러 있었다.

로버트 왕은 왕비를 보고 싶어 하는 것 같지 않았다. 그는 동생인 렌리와 대학사 파이셀을 증인으로 세우고 네드가 편지에 떨어뜨린 뜨거운 노란 밀랍에 인장을 찍었다. "이제 통증을 다스릴 약을 주고 죽게 놔두게."

대학사 파이셀은 서둘러 양귀비즙 약을 다시 만들었다. 이번에는 왕도 순순히 마셨다. 왕이 빈 잔을 내팽개치자 수염에 걸쭉한 하얀 물방울이 맺혔다. "내가 꿈을 꿀까?"

답한 사람은 네드였다. "그럴 겁니다, 주군."

"좋아." 왕은 미소 지으며 말했다. "리안나에게 안부 전해줌세, 네드. 내 자식들을 잘 돌봐줘."

그 말은 칼날처럼 네드의 배 속을 헤집었다. 그는 잠시 할 말을 잃었다. 도저히 거짓말을 할 수가 없었다. 그러다가 왕의 사생아들이 떠올랐다. 제 어미 가슴팍에 매달린 어린 배라, 아린 협곡의 미아, 대장간에 있는 겐드리, 그 밖의 모든 아이들. 그는 천천히 말했다. "전하의 자식들을 내 자식처럼 지키겠습니다."

로버트는 고개를 끄덕이고 눈을 감았다. 네드는 오랜 친구가 부드럽게 베개 속으로 가라앉고 양귀비즙이 그 얼굴에서 고통을 씻어내는 모습을 지켜보았다. 로버트는 잠들었다.

무거운 사슬이 조용히 쟁그랑거렸고 대학사 파이셀이 네드에게 다가왔다. "온 힘을 다하겠습니다만, 상처 부위에 괴사가 있습니다. 전하를 모시고 돌아오는 데 이틀이 걸렸어요. 제가 뵈었을 때는 너무 늦었습니다. 전하의 고통을 덜어드릴 수는 있지만, 이제 전하를 치료할 수 있는 건 신들뿐입니다."

"얼마나 걸리겠소?" 네드가 물었다.

"원래대로라면 이미 돌아가셨어야 합니다. 이렇게 맹렬하게 삶에 매달리는 분은 본 적이 없습니다."

"형님은 언제나 강했지요." 렌리 공이 말했다. "현명하진 않을지 몰라도, 강했어요." 침실의 찌는 듯한 더위 속에서 렌리 공의 이마는 땀에 젖어 있었다. 그렇게 서 있으니 젊고 가무잡잡하고 잘생겼던 로버트의 유령 같았다. "형님은 그 멧돼지를 죽였습니다. 배 속에서 내장이 쏟아지는데도 멧돼지를 죽였어요." 경이에 찬 목소리였다.

"로버트는 적이 서 있는 한 전장을 떠나지 않는 사내였지." 네드가 말했다.

문밖에서는 바리스탄 셀미 경이 여전히 탑 계단을 지키고 있었다. 네드가 그에게 말했다. "파이셀 학사가 양귀비즙을 드렸습니다. 내 허락 없이는 아무도 전하의 휴식을 방해하지 않도록 하십시오."

"명대로 하겠습니다." 바리스탄 경은 나이보다 더 늙어 보였다. "저는 성스러운 신뢰를 저버렸습니다."

"아무리 진정한 기사라도 왕을 스스로에게서 지킬 수는 없습니다. 로버트는 멧돼지 사냥을 좋아했지요. 로버트가 멧돼지 잡는 모습을 천 번은 봤을 겁니다." 네드가 말했다. 로버트는 다리를 단단히 버티고, 거대한 창을 들고서 꼼짝도 하지 않고 제자리를 지켰을 터였다. 그는 돌진하는 멧돼지에게 욕설을 퍼붓고, 마지막 순간까지, 거의 그를 들이받을 때까지 기다렸다가 단 한 번 확실하고 맹렬하게 찔러서 죽이곤 했다. "이번 사냥이 로버트의 죽음이 될 줄이야 누가 알았겠습니까."

"그렇게 말씀해주시다니 친절하시군요, 에다드 공."

"전하도 그렇게 말했습니다. 와인 탓을 하더군요."

백발의 기사는 지친 얼굴로 고개를 끄덕였다. "멧돼지를 굴에서 끌어냈을 때 전하께선 안장 위에서 비틀거리고 계셨건만, 그런데도 저희에게 물러나 있으라 명하셨지요."

"궁금합니다만, 바리스탄 경, 그 와인은 누가 드렸습니까?" 바리스가 너무나 조용히 물었다.

네드는 내시가 다가오는 소리를 듣지 못했지만, 돌아보니 서 있었다. 바닥에 끌리는 검은색 벨벳 로브를 입고, 얼굴에는 새로 분칠을 한 모습이었다.

"전하의 술 부대에 담긴 와인이었어요." 바리스탄 경이 대답했다.

"한 부대뿐이었습니까? 사냥은 목마른 작업일 텐데요."

"세어보지는 않았습니다. 분명히 한 부대는 넘었지요. 전하께서 요구할 때마다 전하의 종자가 새 술 부대를 가져다 드렸어요."

"참으로 충직한 아이로군요. 전하께 음료가 부족하지 않게 챙기다니요."

네드의 입안에 쓴맛이 감돌았다. 그는 로버트가 흉갑 늘리개를 쫓아 이리저리 뛰게 만들었던 금발의 두 소년을 떠올렸다. 왕은 그날 밤 잔치에서 모두에게 그 이야기를 하며 몸이 흔들리도록 웃어댔다. "어느 종자였습니까?"

"나이 많은 쪽입니다. 란셀요." 바리스탄 경이 대답했다.

바리스가 말했다. "그 아이라면 잘 알지요. 충직한 아입니다. 케반 라니스터 경의 아들이자, 타이윈 공의 조카이며 왕비의 사촌이지요. 그 다정한 아이가 자기 탓을 하지 않았으면 좋겠군요. 순진한 어린 시절의 아이들이란 어찌나 상처받기 쉬운지, 저도 잘 기억하고 있답니다."

분명히 바리스에게도 어린 시절은 있었겠지만, 네드는 그가 과연 순진했던 적이 있을지 의심스러웠다. "아이들 하니 말인데, 로버트가 대너리스 타르가르옌에 대해 마음을 바꿨소. 무슨 일을 주선했는지는 몰라도 취소하길 바라오. 즉시."

"저런. 즉시도 너무 늦었을지 모르겠는데요. 새들이 날아갔을까 두렵군요. 하지만 할 수 있는 일은 하겠습니다. 그럼 이만 실례하지요." 바리스는 허리 굽혀 절하고 계단 아래로 사라졌다. 그가 내려가는 길을 따라 부드러운 슬리퍼가 돌을 스치는 속삭임이 이어졌다.

케인과 토마드가 네드를 부축하여 다리를 건너는데 렌리 공이 마에고르 성채에서 나와서 말했다. "에다드 공. 괜찮으시다면 잠시 이야기를 좀 하지요."

네드는 걸음을 멈췄다. "그러지."

렌리는 네드 옆으로 걸어왔다. "부하들을 물리시죠." 그들은 메마른 해자를 발아래 두고, 다리 중앙에서 만났다. 달빛에 해자 바닥을 두른 대못의 무자비한 끄트머리가 은빛으로 빛났다.

네드가 손짓하자 토마드와 케인은 고개를 숙이고 공손히 물러났다. 렌리 공은 다리 끝에 선 보로스 경과, 등 뒤 입구에 선 프레스턴 경에게 조심스러운 눈길을 던지더니 몸을 가까이 기울였다. "그 편지, 섭정에 대한 거였습니까? 형님이 공을 호국공으로 지명한 건가요?" 렌리는 답을 기다리지 않았다. "제 개인 위병이 서른 명 있고, 측근으로 둔 기사와 영주들이 있습니다. 한 시간만 주시면 검사 백 명을 공에게 넘겨드릴 수 있습니다."

"내가 검사 백 명으로 뭘 해야 한다는 건가?"

"공격해야지요! 지금, 성이 잠들어 있을 때요." 렌리는 보로스 경을 한 번 더 돌아보고 목소리를 낮춰 다급하게 속삭였다. "조프리를 모친에게서 떼어내어 손에 넣어야 합니다. 호국공이든 아니든 간에 왕을 쥔 자가 왕국을 손에 쥡니다. 미르셀라와 토멘도 잡아야 합니다. 일단 아이들만 손에 넣으면 세르세이도 감히 우리에게 대적하지 못할 겁니다. 협의회는 공을 호국공으로 확정하고 조프리를 공의 대자로 삼겠지요."

네드는 렌리를 차갑게 바라보았다. "로버트는 아직 죽지 않았네. 신들이 구해주실지도 몰라. 그렇지 않을 경우에는 협의회를 소집하여 로버트의 유언을 전하고 승계 문제를 다루겠네만, 로버트의 성에 피를 흘리고 겁먹은 아이들을 침대에서 끌어내어 로버트의 마지막 시간을 더럽히지는 않겠네."

렌리 공은 활시위처럼 팽팽하게 긴장해서 한 걸음 물러섰다. "공이 지체하면 할수록 세르세이에겐 준비할 시간이 더 주어집니다. 로버트 형이 죽을 때쯤엔 너무 늦었을지도 몰라요……. 우리 둘 다에게."

"그렇다면 로버트가 죽지 않기를 기도해야겠군."

"그럴 가능성은 별로 없지요." 렌리가 말했다.

"신들이 자비를 베풀 때도 있지."

"라니스터에겐 자비가 없습니다." 렌리 공은 몸을 돌리고 다시 해자를 건너, 형이 죽어가고 있는 탑으로 돌아갔다.

방으로 돌아왔을 때쯤 네드는 상심하고 피곤한 상태였지만, 그렇다고 다시 잘 수는 없었다. 그럴 때가 아니었다. '왕좌의 게임을 할 때는, 이기거나 죽을 뿐이죠.' 세르세이 라니스터는 신의 숲에서 그렇게 말했다. 네드는 저도 모르게 렌리 공의 제안을 거절한 게 옳은 일인가 의구심이 들었다. 그는 이런 음모와 거리가 멀었고, 아이들을 위협하는 것은 명예롭지 않은 일이었지만, 그래도…… 만약 세르세이가 달아나지 않고 싸우기를 선택한다면, 렌리의 검사 백 명은 물론이고 그 이상이 필요할지 몰랐다.

그는 케인에게 말했다. "리틀핑거를 만나고 싶네. 리틀핑거가 거처에 없으면 필요한 만큼 데리고 나가서 킹스랜딩의 모든 싸구려 술집과 매음굴을 뒤져 찾아내게. 날이 밝기 전에 데려와." 케인이 허리를 굽히고 떠나자,

네드는 토마드를 돌아보았다. "바람 마녀호는 저녁에 떠나네. 호위병은 골랐나?"

"열 명으로, 지휘는 포터가 합니다."

"스무 명으로 하고 자네가 지휘하게." 네드가 말했다. 포터는 용감한 남자였지만, 자기 고집이 있었다. 그는 좀 더 견실하고 분별 있는 사람이 딸들을 보살피기를 원했다.

"분부대로 하겠습니다. 제가 여길 떠나서 슬프다고는 못 하겠네요. 아내를 보고 싶습니다."

"자네는 드래곤스톤 근처를 지나서 북쪽으로 방향을 틀 거야. 내 대신 편지를 한 통 전해줘야겠네."

토마드는 불안한 얼굴이었다. "드래곤스톤에 말입니까?" 타르가르옌 가문이 거했던 그 섬 요새는 불길한 평판이 자자했다.

"쿼스 선장에게 드래곤스톤이 보이면 즉시 내 깃발을 걸라고 하게. 그쪽에서 예기치 않은 방문자를 경계하고 있을지도 몰라. 선장이 가기를 꺼리면 필요한 대로 뭐든 제의하게. 내가 스타니스 바라테온 공의 손에 들어가야 할 편지를 한 통 주겠네. 다른 사람에게 넘겨선 안 돼. 집사도, 위병대장도, 부인도 안 되고 스타니스 공 본인에게만 줘야 하네."

"명 받들겠습니다."

토마드가 나가고 나자, 에다드 스타크 공은 앉아서 옆 탁자에서 타고 있는 촛불 빛을 가만히 응시했다. 잠시 동안 비탄이 그를 압도했다. 신의 숲으로 가서 심장 나무 앞에 무릎을 꿇고 형제 이상으로 사랑하는 로버트 바라테온을 살려달라고 기도하고 싶은 마음만 가득했다. 사람들은 이제 에다드 스타크가 왕의 우정을 배신하고 그 아들들의 상속권을 빼앗았다고 수군거릴 터였다. 그는 신들은 알고 계시기를, 로버트도 무덤 너머 땅에서 진실을 알게 되기를 빌 뿐이었다.

네드는 왕의 마지막 편지를 꺼냈다. 돌돌 말아서 금빛 밀랍으로 봉한 빳빳한 하얀 양피지 조각, 짧은 말 몇 마디와 핏자국. 승리와 패배, 삶과 죽음의 차이란 얼마나 작은지.

그는 새 종이를 꺼내고 깃펜을 잉크에 담갔다. '바라테온 가문의 스타니스 전하께. 이 편지를 받을 때쯤이면 형님이시며 지난 15년간 우리의 왕이었던 로버트는 죽은 후일 것입니다. 로버트는 왕의 숲에서 사냥을 하던 중 멧돼지에게 받혀…….'

손이 멈추자 종이에 적힌 글씨가 비틀리고 일그러지는 것 같았다. 타이윈 공과 제이미 경은 순순히 망신을 당할 자들이 아니었다. 달아나기보다는 싸울 것이다. 스타니스 공은 존 아린이 살해당한 후부터 경계하고 있었겠지만, 라니스터가 진군하기 전에 그가 모든 병력을 끌고 킹스랜딩으로 향해해 와야만 했다.

네드는 모든 단어를 조심스럽게 골랐다. 다 쓰고 나서는 편지에 '에다드 스타크, 윈터펠의 영주, 왕의 수관이자 왕국의 호국공'이라고 서명하고 번지지 않게 잉크를 찍어낸 후, 두 번 접고, 촛불 빛에 봉랍을 녹였다.

봉랍이 녹는 동안 그는 자신의 섭정 기간이 짧으리라 생각했다. 새로운 왕은 자신의 수관을 따로 택할 것이고, 네드는 자유를 얻어 집으로 돌아가리라. 윈터펠을 생각하자 힘없이 미소가 떠올랐다. 브랜의 웃음소리를 다시 듣고, 롭과 함께 매 사냥을 나가고, 리콘이 노는 모습을 지켜보고 싶었다. 아내인 캐틀린을 품에 단단히 안고 침대에 누워 꿈도 없는 잠에 빠져들고 싶었다.

네드가 말랑말랑해진 흰 밀랍에 다이어울프 인장을 찍고 있을 때 케인이 돌아왔다. 데스몬드가 함께였고, 두 사람 사이에 리틀핑거가 있었다. 네드는 위병들에게 고마움을 전하고 물러가게 했다.

피터 공은 소매를 부풀린 파란색 벨벳 튜닉을 입고, 흉내지빠귀 무늬가 들어간 은색 케이프를 걸쳤다. 그는 알아서 앉으면서 말했다. "축하를 드려야겠지요."

네드는 얼굴을 찌푸렸다. "왕이 부상을 입고 죽어가고 있소."

"압니다. 그리고 로버트가 공을 왕국의 호국공으로 지명했다는 사실도 알지요."

네드의 눈길이 봉인된 채 옆에 놓인 왕의 편지로 향했다. "그걸 어떻게 아시오?"

"바리스가 암시를 주더군요. 방금 공이 확인해줬고 말이죠."

네드는 분노로 입매를 일그러뜨렸다. "대체 바리스와 그자의 작은 새들이란. 캐틀린이 맞는 말을 했군. 바리스에겐 흑마술이 있어. 난 그자를 믿지 않소."

"훌륭합니다. 배우고 있군요." 리틀핑거가 몸을 앞으로 기울였다. "하지만 한밤중에 날 이리로 끌고 온 게 내시에 대해 의논하기 위해서는 아니겠지요."

"그렇소." 네드는 인정했다. "난 놈들이 존 아린을 살해하면서 지키려고 한 비밀을 알아요. 로버트는 적통 아들을 남기지 않았소. 조프리와 토멘은 제이미 라니스터의 사생아이며, 왕비와의 근친상간으로 태어난 아이들이오."

리틀핑거가 한쪽 눈썹을 올렸다. "충격적이군요." 전혀 충격받지 않은 말투였다. "공주도 마찬가지인가요? 당연하겠지요. 그렇다면 왕이 죽으면……."

"왕좌는 당연히 로버트의 두 동생 중 손위인 스타니스 공에게 넘어가지."

피터 공은 뾰족한 수염을 쓰다듬으며 생각했다. "그래 보이는군요. 다만……."

"다만이라고 했소? 여기에 그래 보이는 건 없소. 스타니스가 계승자요. 아무것도 그 점을 바꿀 순 없어."

"스타니스는 공의 도움 없이는 왕좌를 차지할 수 없지요. 공이 현명하다면, 조프리의 계승을 확실히 할 텐데요."

네드는 돌같이 단단한 눈빛으로 피터를 보았다. "공에게는 명예라곤 조금도 없소?"

"아, 그야 조금은 있지요." 리틀핑거는 태연히 대꾸했다. "들어보세요. 스타니스는 공의 친구가 아니고, 내 친구도 아닙니다. 심지어 친형제들도 참아내기 힘들어하는 사람이지요. 스타니스는 구부러지지 않는 딱딱한 철이에요. 보나 마나 새 수관을 임명하고 협의회도 새로 꾸릴 테지요. 왕관을 넘겨줬다는 사실에 대해 감사해하기야 하겠지만, 그렇다고 공을 사랑하진 않을 겁니다. 그리고 스타니스의 즉위는 전쟁을 의미합니다. 스타니스는 세르세이와 그 사생아들이 죽기 전에는 왕좌에 편히 앉을 수 없어요. 타이윈 공이 자기 딸의 머리통이 창에 꽂힐 지경인데 가만히 앉아 있겠습니까? 캐스털리록이 들고 일어날 테고, 혼자도 아닐 겁니다. 로버트는 아에리스 왕을 섬겼던 자들이라도 충성 서약만 하면 사면해줬지요. 스타니스는 그렇게 너그럽지 않아요. 스타니스는 스톰스엔드 포위전을 잊지 않았을 테고, 티렐 공과 레드와인 공도 감히 잊지 못했을 겁니다. 드래곤 깃발 아래에서 싸웠거나 발론 그레이조이와 함께 반란에 나섰던 자들 모두도 당연히 두려워하겠지요. 장담하는데, 스타니스를 철왕좌에 앉힌다면 왕국은 피를 흘리게 됩니다.

이제 동전의 뒷면을 보지요. 조프리는 열두 살에 불과하고, 로버트는 귀공에게 섭정권을 줬습니다. 공은 왕의 수관이자 왕국의 호국공이에요. 권력은 당신 겁니다, 스타크 공. 손을 뻗어서 잡기만 하면 됩니다. 라니스터 가문과 화해해요. 꼬마 악마를 풀어주고. 조프리를 산사와 결혼시켜요. 작은딸은 토멘 왕자와, 후계자는 미르셀라와 결혼시켜요. 조프리가 직접 통치할 나이가 되려면 4년이 걸립니다. 그쯤 되면 조프리는 당신을 두 번째 아버지로 우러러볼 테고, 그렇지 않다면, 흠…… 4년은 긴 시간이지요. 스타니스 공을 처리하기에 충분한 시간이에요. 그때까지도 조프리가 말썽이라면, 우리가 조프리의 작은 비밀을 밝히고 렌리 공을 왕좌에 앉힐 수 있을 겁니다."

"우리?"

리틀핑거는 어깨를 으쓱였다. "짐을 나눌 사람이 필요하지 않겠습니까. 확실히 말해두는데 제 몸값은 비싸지 않답니다."

"몸값이라." 네드의 음성은 얼음장 같았다. "베일리시 공, 그대가 제안하는 것은 반역이오."

"질 때만 그렇지요."

"공이 잊었나 보오. 존 아린도, 조리 카셀도, 그리고 이것도." 네드는 단검을 꺼내어 탁자 위에 내려놓았다. 드래곤 뼈와 발리리아 강철로 만든, 옳고 그름의 차이만큼, 진실과 거짓의 차이만큼, 삶과 죽음의 차이만큼 뚜렷이 날이 선 단검. "놈들은 내 아들의 목을 찌르라고 자객을 보냈소, 베일리시 공."

리틀핑거는 한숨을 내쉬었다. "정말로 잊었던가 봅니다. 부디 용서하시지요. 잠시 내가 스타크와 이야기하고 있다는 사실을 기억하지 못했어요." 리틀핑거는 입매를 비틀었다. "그러면 스타니스, 그리고 전쟁인가요?"

"선택의 문제가 아니오. 스타니스가 후계자요."

"호국공께 이의를 제기할 생각은 추호도 없나이다. 그렇다면 날 왜 부른 겁니까? 내 지혜를 구하는 건 분명히 아닌데."

"귀공의…… 지혜는 최선을 다해 잊겠소." 네드는 애써 말했다. "귀공을 부른 것은 그대가 캐틀린에게 약속했던 도움을 요청하기 위해서요. 지금은 우리 모두에게 위험한 시간이오. 로버트는 분명 나를 호국공으로 지명했지만, 세상 사람들이 보기에는 여전히 조프리가 그의 아들이자 후계자요. 왕비에게는 시키는 대로 무슨 짓이든 할 기사 십여 명과 백 명의 중장병이 있소……. 내게 남은 위병들을 압도하기엔 충분한 규모지. 그리고 아마 왕비의 형제인 제이미가 지금도 라니스터군을 이끌고 킹스랜딩으로 달려오고 있을 거요."

"그리고 당신에겐 군대가 없지요." 리틀핑거는 탁자에 놓인 단검을 만지작거리며 한 손가락으로 천천히 돌렸다. "렌리 공과 라니스터 사이에는 애정이 별로 없어요. 청동 욘 로이스, 발론 스완 경, 로라스 경, 탠다 부인, 레드와인 쌍둥이…… 모두 이 궁정에 기사와 맹약검사들로 이루어진 수행단을 두고 있습니다."

"렌리의 위병은 서른 명이고, 나머지는 그보다 더 적소. 모두가 나에게 충성을 바치는 쪽을 선택한다는 확신이 있다 해도 부족한 숫자요. 금빛 망토들을 손에 넣어야겠소. 도시 경비대는 2000명 병력으로, 성과 도시와 왕의 평화를 지키겠노라 맹세한 이들이오."

"아, 하지만 왕비와 수관이 서로 나른 왕을 신포한다면, 그들이 누구의 평화를 지킬까요?" 피터 공이 손가락으로 툭 건드리자 단검이 빙글빙글 돌았다. 단검은 흔들거리며 돌고 또 돌았다. 마침내 속도가 줄어 멈춰 섰을 때, 단검 끝은 리틀핑거를 가리켰다. 그는 미소 지으며 말했다. "자, 답이 나왔군요. 그들은 돈을 치르는 사람을 따르지요." 그는 몸을 뒤로 젖히고, 조소를 담은 회녹색 눈동자로 네드를 똑바로 바라보았다. "당신은 명예를 갑옷처럼 두르지요, 스타크. 그게 당신을 안전하게 지켜주리라 생각하겠지만, 그건 몸을 짓누르고 움직이기 힘들게 만들 뿐입니다. 지금 당신 모습을 봐요. 당신은 왜 날 불렀는지 압니다. 나에게 뭘 해달라고 하고 싶은지 알아요. 해야만 하는 일인 줄도 알고……. 하지만 명예로운 일이 아니니까, 말이 목구멍에 달라붙어서 나오질 않지."

네드의 목이 긴장으로 뻣뻣해졌다. 그는 잠시 동안 너무 화가 난 나머지 말을 할 수가 없었다.

리틀핑거는 웃음을 터뜨렸다. "그 말을 꼭 하게 만든다면 잔인한 짓일 테지……. 그러니 두려워 마시지요, 훌륭하신 수관님. 캐틀린에게 품은 사랑을 위해, 당장 자노스 슬린트에게 가서 도시 경비대가 당신 편을 들게 만들리다. 금화 6000닢이면 될 거예요. 3분의 1은 경비대장에게, 3분의 1은 장교들에게, 3분의 1은 대원들에게. 그 돈의 절반으로도 살 수 있을지 모르지만, 위험을 감수하지 않는 편이 좋지요." 그는 미소를 지으며 단검을 집어 들고, 칼자루 쪽을 네드에게 내밀었다.

존

존이 사과 케이크와 피소시지로 아침을 먹고 있을 때 샘웰 탈리가 장의자 끝에 털썩 주저앉았다. 샘은 흥분해서 속삭였다. "성소에 불려 갔다 왔어. 날 훈련 통과시킨대. 너희들과 같이 형제가 되는 거야. 믿을 수 있어?"

"아니, 정말이야?"

"정말이야. 아에몬 학사님을 도와서 도서관과 새들을 담당하래. 글을 읽고 편지를 쓸 수 있는 조수가 필요하시다고."

"그거라면 네가 잘하겠네." 존이 미소 지으며 말했다.

샘은 초조하게 주위를 둘러보았다. "갈 시간 됐나? 늦으면 안 돼. 윗분들이 마음을 바꿀지도 몰라." 잡초가 듬성듬성한 안마당을 가로질러 가면서 샘은 통통 튀다시피 걸었다. 따뜻하고 화창한 날이었다. 벽을 따라 물줄기가 흘러내려서 얼음이 눈부시게 반짝였다.

일곱 신의 성소 안에서는 거대한 수정구가 남쪽 창을 통해 흘러드는 아침 햇살을 받아서 제단 위에 무지개를 깔았다. 핍은 샘의 모습을 보고 입을 딱 벌렸고, 토드는 그렌의 옆구리를 찔렀지만, 감히 아무도 무슨 말을 하지는 못했다. 셀라다르 성사는 향로를 흔들어 사방에 향 냄새를 채웠는

데, 그 냄새를 맡자 존은 윈터펠에 있는 스타크 부인의 작은 성소가 떠올랐다. 이번만은 셀라다르도 술에 취하지 않은 모습이었다.

고위직들이 한꺼번에 도착했다. 클라이다스에게 몸을 기댄 아에몬 학사, 차가운 눈에 엄숙한 표정의 알리서 경, 은으로 만든 곰 발 모양 여밈을 단 검은색 모직 더블릿을 차려입은 모르몬트 사령관. 그렇게 세 사람 뒤에 세 명의 상급자가 왔다. 집사장인 붉은 얼굴의 보웬 마시, 건설부를 이끄는 오델 야윅, 그리고 벤젠 스타크 부재중에 순찰부를 지휘하는 제레미 라이커 경이었다.

모르몬트는 넓게 벗어진 머리에 무지갯빛을 반짝이며 제단 앞에 섰다. "너희는 범법자로, 밀렵꾼으로, 강간범으로, 빚쟁이로, 살인자로, 도둑으로 우리에게 왔다. 너희는 어린아이로 우리에게 왔다. 혼자서, 사슬에 묶여, 친구도 명예도 없이 왔다. 부자로 오기도 했고, 가난하게 오기도 했다. 너희들 중 몇 명은 자랑스러운 가문의 성을 지고 왔고, 또 몇 명은 서자의 성밖에 지니지 못했거나, 아예 성씨가 없기도 했다. 그 모든 것이 이제는 지난 일이다. 장벽에서 우리는 모두 한 가문이다.

너희는 저녁이 되어 해가 지고 밤을 마주하게 될 때 서약을 할 것이다. 그 순간부터 너희는 밤의 경비대에 몸 바친 형제가 된다. 너희의 범죄는 면제받고, 빚은 탕감받는다. 또한 너희가 이전에 바치던 충성심도 씻어내고, 원한을 버리며, 예전의 잘못과 예전의 애정을 모두 잊어야 한다. 이곳에서 너희는 새로 시작하는 거다.

밤의 경비대원은 나라를 위해 산다. 왕을 위해서도, 영주를 위해서도, 이런저런 가문의 명예를 위해서도, 황금이나 영광이나 여인의 사랑을 위해서도 아니고 오직 이 나라와 이 나라에 사는 모든 사람들을 위해서. 밤의 경비대원은 아내를 맞이하지 않으며 자식을 두지 않는다. 우리의 아내는 의무요, 정부(情婦)는 명예다. 그리고 우리가 알 자식들은 오직 너희들

뿐이다.

너희는 서약의 말을 익혔다. 그 말을 하기 전에 신중하게 생각해라. 일단 검은 옷을 입으면, 돌아갈 길은 없다. 탈영에 대한 처벌은 죽음이다." 늙은 곰은 잠시 멈췄다가 말했다. "너희들 중에 우리를 떠나고 싶은 이가 있는가? 있다면 지금 떠나라. 그런다고 너희를 경멸할 사람은 없다."

아무도 움직이지 않았다.

"좋다. 너희는 저녁 때 여기에서, 셀라다르 성사와 소속 상급자 앞에서 서약을 하게 된다. 혹시 옛 신들을 섬기는 자가 있나?"

존이 일어섰다. "제가 그렇습니다, 사령관님."

"그렇다면 네 숙부가 그랬듯 심장 나무 앞에서 서약을 하고 싶겠군." 모르몬트가 말했다.

"그렇습니다." 존이 말했다. 성소에서 섬기는 신들은 존과 아무 관계가 없었다. 스타크의 핏줄에는 최초인의 피가 흘렀다.

뒤에서 그렌이 소곤거리는 소리가 들렸다. "여긴 신의 숲이 없잖아. 혹시 있나? 난 못 봤는데."

"넌 들소 떼가 눈밭에서 널 짓밟을 때까지 들소도 못 볼 텐데 뭘." 핍이 마주 소곤거렸다.

"그렇지 않아. 멀리서부터 볼 거야." 그렌이 우겼다.

모르몬트가 직접 그렌의 의혹을 확인해줬다. "캐슬블랙은 신의 숲을 따로 둘 필요가 없다. 장벽 너머에 있는 귀신 들린 숲은 안달인들이 일곱 신과 함께 협해를 건너오기 오래전인 여명 시대 그대로의 모습이다. 여기에서 2킬로미터만 가면 영목 숲을 찾을 수 있고, 어쩌면 너의 신들도 찾을 수 있을 것이다."

"사령관님." 존은 그 목소리에 놀라서 뒤를 돌아보았다. 샘웰 탈리가 서 있었다. 뚱뚱한 소년은 땀에 젖은 손바닥을 튜닉에 문지르며 말했다.

"저…… 저도 가도 될까요? 심장 나무 앞에서 서약을 하러?"

"탈리 가문도 옛 신들을 믿느냐?" 모르몬트가 물었다.

"아닙니다, 사령관님." 샘은 불안감이 느껴지는 가느다란 목소리로 대답했다. 존은 샘이 고위직들을 무서워하고, 그중에서도 늙은 곰을 제일 무서워한다는 사실을 알고 있었다. "저는 제 아버지가 그랬고 그 아버지가 그랬으며 천 년 동안 모든 탈리 집안 사람이 그랬듯이 혼힐에 있는 성소에서 일곱 신의 빛 속에서 이름을 받았습니다."

"그렇다면 왜 네 아버지와 가문의 신들을 저버리려는 건가?" 제레미 라이커 경이 물었다.

"이제는 밤의 경비대가 제 가문입니다. 일곱 신은 제 기도에 응한 적이 없었습니다. 옛 신들은 응하실지도 모르지요."

"원하는 대로 하거라." 모르몬트가 말했다. 샘은 자리에 앉았고, 존도 다시 앉았다. "우리는 너희들 각각을 우리의 필요와 너희의 강점과 기술에 맞추어 배정했다." 보웬 마시가 앞으로 나서서 모르몬트에게 두루마리를 건넸다. 밤의 경비대 사령관은 종이를 펴고 읽기 시작했다. "할더, 건설부로." 할더는 딱딱하게 고개를 끄덕였다. "그렌은 순찰부. 알벳은 건설부. 피파는 순찰부." 핍은 존을 건너다보고 귀를 쫑긋거렸다. "샘웰은 집사부." 샘은 안도감에 축 늘어지며 비단 손수건으로 이마를 닦았다. "매타, 순찰부. 대리언, 집사부. 토더, 순찰부. 존, 집사부."

집사부? 존은 잠시 동안 귀를 의심했다. 모르몬트가 잘못 읽은 게 분명했다. 존은 일어서려고, 일어서서 입을 열고 실수가 있었다고 말하려고 했다……. 그러다가 두 개의 흑요석 조각처럼 눈을 빛내며 그를 살피고 있던 알리서 경을 보고, 알아차렸다.

늙은 곰은 종이를 돌돌 말았다. "상급자들이 각자의 임무를 가르쳐줄 것이다. 모든 신들이 너희를 지켜주기를 빈다, 형제들이여." 사령관은 반쯤 고개를 숙여 인사하고 떠났다. 알리서 경은 엷은 미소를 띤 채 사령관과 함께 나갔다. 존은 그렇게 행복한 얼굴을 한 훈련대장을 본 적이 없었다.

"순찰자들은 나를 따르라." 두 사람이 나가고 나자 제레미 라이커 경이 외쳤다. 핍은 존을 바라보며 천천히 일어섰다. 귀가 빨갛게 물들어 있었다. 활짝 웃고 있는 그렌은 뭐가 잘못되었는지 깨닫지 못하는 눈치였다. 매타와 토드가 두 사람 옆에 섰고, 그들은 제레미 경을 따라 성소를 나섰다.

"건설부." 주걱턱의 오델 야윅이 외쳤다. 할더와 알벳이 그 뒤를 따라갔다.

존은 믿기지 않고 토할 것 같은 기분으로 주위를 둘러보았다. 아에몬 학사는 볼 수 없는 눈을 빛 쪽으로 향하고 있었다. 성사는 제단에 수정구를 정렬하고 있었다. 장의자에는 샘과 대리언밖에 없었다. 뚱뚱한 소년과 가수…… 그리고 존만 남아 있었다.

집사장인 보웬 마시가 통통한 두 손을 마주 비볐다. "샘웰, 자네는 아에몬 학사님을 도와 까마귀 방과 도서관을 살피게. 체트는 견사로 옮겨서 사냥개들을 맡을 거야. 자네는 낮이고 밤이고 학사님 가까이 있을 수 있게 체트의 방으로 가게 되네. 학사님을 잘 모시리라 믿겠네. 그분은 나이가 정말 많고 우리에게 정말 귀중한 분이시거든.

대리언, 자네는 대귀족의 식탁에서 노래를 부르고 고기와 술을 함께 즐긴 경험이 많다고 들었네. 우린 자네를 이스트워치로 보낼 거야. 자네의 감식력이라면 상인들의 갤리선이 거래하러 올 때 코터 파이크에게 도움이 될지 몰라. 우린 절인 소고기와 생선에 값을 너무 잘 쳐주고 있는 데다가, 우리가 공급받는 올리브 기름의 질은 이제까지 형편없었다네. 도착하거든 보카스에게 가보게. 자네가 배들 사이에서 바쁘게 일하게 해줄 테니까."

마시는 웃는 낯으로 존을 돌아보았다. "모르몬트 사령관께서 자네를 개인 집사로 요청하셨다네, 존. 자네는 사령관 탑에서, 사령관님의 거처 아래에 딸린 방에서 자게 될 거야."

"그래서 제 임무는 뭡니까?" 존이 날카롭게 물었다. "사령관님의 식사를 차리고, 옷 시중을 들고, 목욕하실 뜨거운 물을 가져다드리는 건가요?"

"물론이지." 마시는 존의 말투에 얼굴을 찌푸렸다. "그리고 사령관님의 말씀을 전하고, 거처에 불이 꺼지지 않게 지피고, 매일 시트와 담요를 갈고, 그밖에 사령관님이 요구하시는 모든 일을 하게 되네."

"절 하인으로 들이신 겁니까?"

"아니야." 아에몬 학사가 성소 뒤쪽에서 말했다. 클라이다스가 학사를 부축해 일으켰다. "우린 자네를 밤의 경비대원으로 받아들였지……. 하지만 그건 실수였는지도 모르겠군."

존은 확 나가버리지 않는 데만도 온 힘을 다해야 했다. 남은 평생 버터를 젓고 여자애들처럼 더블릿을 기우면서 지내야 한단 말인가? "나가봐도 됩니까?" 존은 딱딱하게 물었다.

"원하는 대로 하게." 보웬 마시가 대답했다.

대리언과 샘이 같이 성소를 나섰다. 그들은 말없이 안뜰로 내려갔다. 밖으로 나간 존은 햇빛을 받아 빛나는 장벽을 올려다보았다. 얼음에서 녹아내린 물이 수백 개의 가느다란 손가락처럼 벽을 타고 내려오고 있었다. 어찌나 화가 나는지 단숨에 그 벽을 때려 부수고 세상을 망하게 할 수도 있을 것만 같았다.

"존." 샘웰 탈리가 흥분해서 말했다. "기다려봐. 이게 무슨 일인지 안 보여?"

존은 격분해서 샘을 돌아보았다. "내 눈엔 알리서 경의 끝내주는 수작만 보여. 경은 나에게 수치를 주고 싶어 했고, 실제로 그렇게 한 거야."

대리언은 존을 노려보았다. "샘, 집사 일은 너나 나 같은 족속에겐 괜찮지만 스노우 나리에겐 아니랍신다."

존은 마주 불을 뿜었다. "난 검을 다루는 데에도 말을 타는 데에도 누구보다 더 뛰어나. 이건 불공평해!"

"불공평?" 대리언이 코웃음을 쳤다. "날 강간범으로 만든 여자는 알몸으로 날 기다렸어. 창문 안으로 날 끌어당겼지. 그런데 나더러 공평이 뭔지 얘기해?" 대리언이 자리를 떴다.

"집사가 되는 건 수치스러운 일이 아니야." 샘이 말했다.

"내가 남은 평생 노친네 속옷이나 빨면서 보내고 싶을 것 같아?"

"그 노친네는 밤의 경비대 총사령관이야." 샘은 존에게 상기시켰다. "넌 낮이고 밤이고 그분과 함께 있겠지. 그래, 와인을 따라드리고 침구가 깨끗한지 살피기도 하겠지만, 사령관의 편지를 받아쓰고 회의에 같이 참석하고 전투에서는 종자 노릇을 할 거야. 넌 사령관의 그림자처럼 가깝게 지낼 거야. 모든 것을 알고, 모든 일에 참여하겠지……. 게다가 집사장님은 모르몬트 사령관님이 직접 널 지명하셨다고 했어!

내가 어렸을 때, 아버지는 재판이 있을 때면 알현실에 나도 있어야 한다고 주장하시곤 했어. 티렐 공을 알현하러 하이가든에 갈 때도 날 데리고 가셨지. 하지만 나중에는 디콘을 데려가고 나는 집에 두기 시작했고, 판결을 내릴 때도 디콘만 있으면 내가 앉아 있든 말든 신경 쓰지 않게 됐지. 모르겠어? 아버지는 후계자를 옆에 두고 싶으셨던 거야. 지켜보고 잘 듣고 모든 일에서 배우도록 말이야. 모르몬트 공이 널 요구하신 이유도 그거라고 장담해, 존. 달리 무슨 이유가 있겠어? 널 지휘관으로 키우고 싶으신 거야!"

존은 화들짝 놀랐다. 그 말대로였다. 에다드 공도 윈터펠에서 협의회와 정사를 논할 때면 롭을 참석시키곤 했다. 샘의 생각대로일 수도 있을까? 다들 아무리 사생아라도 밤의 경비대에서는 높이 올라갈 수 있다고들 했다. "그래달라고 청한 적도 없어." 존은 완고하게 말했다.

"여기에 청해서 온 사람은 없어." 샘이 다시 상기시켰다.

그리고 존 스노우는 갑자기 부끄러워졌다.

겁쟁이든 아니든, 샘웰 탈리는 남자답게 자기 운명을 받아들일 용기를 찾아냈다. 벤젠 스타크는 존이 마지막으로 본 밤에 이렇게 말했다. '장벽에서는 누구나 자기가 한 만큼 얻는다. 존, 너는 순찰자가 아니라 아직 여름 냄새가 남은 풋내기 어린아이에 지나지 않아.' 존은 서자들이 더 빨리 성장한다는 말을 듣곤 했다. 장벽에서는, 성장하거나 죽거나였다.

존은 깊은 한숨을 내쉬었다. "네 말이 맞아. 내가 애처럼 굴었다."

"그럼 남아서 나랑 같이 서약을 할 거지?"

"옛 신들이 우릴 기다리실 거야." 존은 애써 웃음 지었다.

그들은 오후 늦게 출발했다. 장벽에는 성문 같은 게 없었다. 여기 캐슬 블랙만이 아니라 500킬로미터에 달하는 장벽 어디나 마찬가지였다. 그들은 얼음 속에 뚫린 좁은 터널로 말을 끌고 갔다. 통로가 휘어지고 비틀리는 곳마다 사방에서 차갑고 어두운 벽이 조여들었다. 길은 세 번이나 철창에 막혔고, 그들은 보웬 마시가 열쇠 꾸러미를 꺼내어 무거운 사슬을 푸는 동안 멈춰서 기다려야 했다. 존은 집사장 뒤에서 기다리면서 머리 위를 내리누르는 엄청난 무게를 느낄 수 있었다. 공기는 무덤보다 더 차갑고 고요했다. 오후 햇빛이 비추는 장벽 북면으로 나왔을 때 존은 이상한 안도감을 느꼈다.

샘은 갑작스러운 햇빛에 눈을 껌벅이며 불안하게 주위를 둘러보았다. "야인들…… 그놈들이 설마…… 감히 장벽에 이렇게 가까이 오진 않겠지. 그렇지?"

"여기까지 온 적은 없어." 존은 안장 위로 올라갔다. 보웬 마시와 그들을 호위하는 순찰자들이 말에 오르자, 존은 손가락 두 개를 입에 넣고 휘파람을 불었다. 터널에서 고스트가 뛰어나왔다.

집사장의 조랑말이 낮은 소리로 울면서 다이어울프에게서 물러섰다. "그 짐승을 데려가려는 건가?"

"예, 그렇습니다." 존이 대답했다. 고스트는 머리를 들어 올렸다. 공기 냄새를 맡는 것 같았다. 그리고 눈 깜박할 사이에 잡초가 무성한 넓은 들판을 질주해서 나무 사이로 사라졌다.

숲 속으로 들어서자 다른 세상이었다. 존은 아버지와 조리와 롭과 함께 사냥을 자주 하곤 했다. 그는 윈터펠을 둘러싼 늑대 숲을 누구보다 잘 알았다. 귀신 들린 숲은 늑대 숲과 거의 비슷했지만, 느낌은 완전히 달랐다.

어쩌면 다 앎의 차이일지도 몰랐다. 그들은 세상 끝을 지나 말을 달려왔고, 어쩐지 그 점이 모든 것을 바꿔놓았다. 모든 그림자가 더 어두워 보이고, 모든 소리가 더 음산하게 들렸다. 빽빽하게 우거진 나무가 지는 햇빛을 차단했다. 얇게 얼어붙은 눈이 말발굽 아래에서 뼈가 부러지는 듯한 소리를 냈다. 바람이 잎사귀들을 흔들 때면 싸늘한 손가락이 존의 등뼈를 따라 올라오는 것 같았다. 장벽은 그들의 등 뒤에 있었고, 앞에 무엇이 있는지는 신들만이 알았다.

목적지에 도착했을 때는 해가 나무들 아래로 가라앉고 있었다. 목적지는 숲 속 깊숙한 곳에 아홉 그루의 영목이 이지러진 원을 그리고 선 작은 공터였다. 존이 숨을 들이쉬면서 보니 샘 탈리가 그 나무들을 응시하고 있었다. 늑대 숲에서도 하얀 나무가 두세 그루 이상 같이 자란 경우는 없었다. 아홉 그루라니 들어보지 못한 일이었다. 바닥에는 떨어진 잎사귀가 두껍게 쌓였는데, 맨 위는 피처럼 붉었고, 아래쪽은 검게 썩었다. 폭이 넓고 매끄러운 나무둥치는 새하얗고, 아홉 개의 얼굴은 모두 원 안쪽을 향했다. 눈에 말라붙은 수액이 루비처럼 붉고 단단했다. 보웬 마시는 그 원 밖에 말을 놓아두라고 명령했다. "여기는 성스러운 장소야. 더럽혀선 안 돼."

그 작은 영목 숲에 들어서자, 샘웰 탈리는 천천히 아홉 개의 얼굴을 모두 돌아보았다. 비슷한 얼굴이 하나도 없었다. 샘이 속삭였다. "우릴 지켜보고 있어. 옛 신들이."

"그래." 존은 무릎을 꿇었고, 샘도 그 옆에 무릎 꿇었다.

그들은 마지막 햇빛이 서쪽으로 스러져가고 회색 낮이 검은 밤으로 변하는 동안 함께 서약의 말을 읊었다.

"내 말을 듣고, 내 서약의 증인이 되어주소서." 두 사람의 목소리가 어스름 깔린 숲 속을 채웠다. "밤이 오고 이제 나의 감시가 시작되니, 죽을 때까지 끝나지 않으리라. 나는 아내를 두지 않고, 땅을 갖지 않으며, 아이를 만들지 않으리라. 어떤 왕관도 쓰지 않고 어떤 영광도 취하지 않으리라. 내가 맡은 자리에서 살고 죽으리라. 나는 어둠 속의 검이요, 장벽 위의 감시자로다. 나는 추위에 맞서 타는 불이요, 새벽을 가져오는 빛, 잠자는 이들을 깨우는 나팔이자, 인간의 나라를 지키는 방패로다. 내 목숨과 명예를 밤의 경비대에 바치노라. 이 밤은 물론이고 앞으로 올 모든 밤에."

숲이 고요해졌다. 보웬 마시가 엄숙하게 말했다. "너희는 소년으로 무릎을 꿇었다. 이제 밤의 경비대에 속한 남자로 일어서라."

존은 샘에게 한 손을 내밀고 당겨 일으켰다. 순찰자들이 모여서 웃으며 축하 인사를 하는데, 주름이 진 늙은 숲지기 디웬만 예외였다. 그는 보웬 마시에게 말했다. "바로 돌아가는 게 좋겠습니다. 어둠이 내리는데, 밤 냄새에 뭔가 싫은 기운이 있어요."

그리고 느닷없이 고스트가 돌아와서 영목 두 그루 사이로 조용히 걸어 들어왔다. 존은 문득 깨달은 사실에 동요했다. 하얀 털과 붉은 눈이 영목을 닮았다…….

늑대는 입에 무엇인가를 물고 있었다. 검은 색이었다. "뭘 물고 있지?" 보웬 마시가 얼굴을 찌푸리며 물었다.

"이리 와, 고스트." 존은 무릎을 꿇었다. "이리 가져와."

다이어울프가 총총걸음으로 다가왔다. 샘웰 탈리가 날카롭게 숨을 들이켜는 소리가 들렸다.

디웬이 중얼거렸다. "신들이시여…… 저건 손이야."

에다드

천둥 같은 말발굽 소리에 에다드 스타크가 짧고 피곤한 잠에서 깨어났을 때는 회색 새벽빛이 창문으로 흘러들고 있었다. 그는 탁자에서 고개를 들고 훈련장을 내려다보았다. 아래에서는 사슬 갑옷과 가죽옷을 갖춰 입고 진홍색 망토를 두른 사내들이 칼 부딪치는 소리로 아침을 알리고, 말을 달려 짚을 채워넣은 허수아비 전사들을 공격하고 있었다. 네드는 산도르 클리게인이 단단하게 다진 땅 위로 말을 빠르게 몰아 철촉이 달린 창으로 허수아비의 머리통을 꿰는 모습을 지켜보았다. 천이 찢기고 짚이 날리자 라니스터 위병들이 농담을 던지고 욕을 했다.

'나에게 시위하는 건가?' 그는 생각했다. 그렇다면 세르세이는 생각보다 더 지독한 바보였다. '망할. 그 여자는 왜 도망치지 않지? 몇 번이나 기회를 줬건만…….'

구름이 껴 흐린 아침이었다. 네드는 딸들과 모르데인 성사와 함께 아침을 먹었다. 아직도 비탄에 잠긴 산사는 뚱하니 음식을 노려보기만 하고 먹으려 들지 않았지만, 아리아는 앞에 놓인 음식을 기세 좋게 먹어치웠다.

"시리오가 오늘 저녁에 배를 타기 전에 마지막 수업을 할 시간이 있대요.

수업을 받아도 될까요, 아버지? 짐은 다 쌌어요."

"수업은 짧게 하고, 목욕하고 옷을 갈아입을 시간을 남겨놓아라. 정오까지는 떠날 준비를 마쳤으면 한다. 알겠느냐?"

"네, 정오까지." 아리아가 대답했다.

산사가 식탁에서 시선을 들었다. "아리아가 춤 수업을 받을 수 있다면, 왜 전 조프리 왕자에게 작별 인사를 할 수 없죠?"

"제가 기꺼이 같이 가겠습니다, 영주님. 산사 아가씨가 배를 놓칠 일은 없을 겁니다." 모르데인 성사가 말했다.

"지금 조프리에게 가는 건 현명하지 못한 일이다, 산사. 미안하구나."

산사의 눈에 눈물이 차올랐다. "그렇지만 왜요?"

모르데인 성사가 말했다. "산사, 아버님이 가장 잘 아십니다. 아버님의 결정에 의문을 표해선 안 돼요."

"불공평해요!" 산사는 탁자를 밀고 일어서면서 의자를 넘어뜨리고는, 울면서 밖으로 뛰쳐나갔다.

모르데인 성사가 일어섰지만, 네드가 손짓해서 다시 앉혔다. "놔두세요, 성사. 안전하게 윈터펠에 돌아가면 이해시켜 보리다." 성사는 고개를 숙여 보이고는 앉아서 아침 식사를 마쳤다.

한 시간 후에 대학사 파이셀이 에다드 스타크의 개인 방으로 찾아왔다. 목에 걸린 거대한 사슬 목걸이의 무게가 견디기 어려워졌다는 듯 어깨가 축 처져 있었다. "로버트 왕이 서거하셨습니다. 신들께서 안식을 주시길."

네드가 답했다. "아니, 로버트는 휴식을 싫어했어요. 신들께서 사랑과 웃음, 그리고 정당한 전투의 기쁨을 베푸시기를." 이상할 정도로 텅 빈 기분이었다. 파이셀의 방문을 예상하고 있었건만, 정작 그 말을 듣자 네드의 안에서 무엇인가가 죽었다. 울 수 있는 자유를 위해서라면 모든 직함을 내놓을 수도 있었다……. 하지만 그는 로버트의 수관이었고, 이제 두려워하던 시간이 왔다. "아무쪼록 협의회원들을 이 방으로 불러주시지요." 그는 파이셀에게 말했다. 네드는 토마드와 함께 수관의 탑을 최대한 안전하게 확보해두었다. 그러나 협의회원들에 대해서는 같은 말을 할 수가 없었다.

파이셀은 눈을 껌벅였다. "왕국의 대소사는 슬픔이 조금이라도 가신 내일까지 미뤄야 하지 않겠습니까."

네드는 차분하면서도 확고했다. "유감이지만 즉시 소집해야 합니다."

파이셀은 허리를 굽혔다. "수관의 명대로 하지요." 그는 하인들을 불러 심부름을 보낸 후, 네드가 권하는 의자와 달콤한 맥주 한 잔을 고맙게 받아들였다.

순백의 망토와 법랑을 입힌 미늘 갑옷을 눈부시게 차려입은 바리스탄 셀미 경이 제일 먼저 소집에 응했다. "여러분, 제가 있을 곳은 이제 어린 왕 곁입니다. 그분 곁으로 가도록 허락해주십시오."

"경이 있을 곳은 여깁니다, 바리스탄 경." 네드가 말했다.

리틀핑거가 다음으로 왔는데, 아직도 전날 밤에 입었던 파란 벨벳 옷과 은색 흉내지빠귀 케이프 차림 그대로에, 장화는 말을 달리느라 지저분해져 있었다. "여러분." 그는 특별히 누구에게랄 것 없이 미소 지으며 인사한 후에 네드를 돌아보았다. "귀공이 맡긴 작은 일을 마쳤습니다, 에다드 공."

바리스는 목욕으로 분홍빛이 된 몸에 라벤더 향을 풍기며 들어왔다. 통통한 얼굴은 깨끗이 씻은 후에 새로 분을 뿌렸고, 부드러운 슬리퍼에서는 소리가 나지 않았다. 그는 앉으면서 말했다. "오늘은 작은 새들이 슬픈 노래를 부르는군요. 온 나라가 울고 있습니다. 시작할까요?"

"렌리 공이 도착하면 합시다." 네드가 말했다.

바리스는 서글픈 눈빛을 던졌다. "유감스럽게도 렌리 공은 도시를 떠났습니다."

"도시를 떠나다니?" 네드는 렌리의 지원을 기대하고 있었다.

"동이 트기 한 시간 전에, 로라스 티렐 경과 50여 명의 가신들과 더불어 뒷문으로 빠져나가셨지요. 마지막으로 목격되었을 때는 다급히 남쪽으로 말을 달리고 있었답니다. 분명히 스톰스엔드 아니면 하이가든으로 갔겠지요."

'렌리와 그의 검사 백 명은 물 건너갔군.' 낌새가 좋지 않았지만, 어찌할 도리가 없었다. 네드는 로버트의 마지막 편지를 꺼냈다. "왕께서 지난 밤에 나를 불러 유언을 기록하라 명하셨습니다. 렌리 공과 대학사 파이셀이 증인으로 지켜보는 가운데 로버트가 편지를 봉했고, 사망 후에 협의회가 열어보도록 했지요. 바리스탄 경, 읽어주시겠소?"

킹스가드의 단장은 편지를 살펴보았다. "로버트 왕의 인장이고, 깨어지지 않았습니다." 그는 봉인을 깨고 편지를 읽었다. "에다드 스타크 공을 왕국의 호국공으로 지명하노니, 왕위 계승자가 성년이 될 때까지 섭정으로 통치하라."

'마침 그 계승자는 성년이 넘었지.' 네드는 생각했지만, 그 생각을 소리 내어 말하지는 않았다. 그는 파이셀도 바리스도 믿지 않았고, 바리스탄 경은 명예를 걸고 자신의 새 왕이라 생각하는 소년을 지키고 보호해야 할 터였다. 이 노기사는 조프리를 쉽게 버리지 않으리라. 속임수를 써야 했다는 사실에 입이 썼지만, 네드는 지금 조심스럽게 발을 디뎌야 하고, 섭정의 자리를 확고히 할 때까지 의도를 알리지 않고 행동해야 한다는 사실을 알고 있었다. 아리아와 산사가 안전하게 윈터펠에 돌아가고, 스타니스 공이 전력을 이끌고 킹스랜딩으로 돌아오면 계승 문제를 다룰 시간이 충분히 생기리라.

"이 협의회에 로버트가 바란 대로 나를 호국공으로 확정해주길 요청합니다." 네드는 그들의 얼굴을 보며 파이셀의 게슴츠레한 눈, 리틀핑거의 느긋한 미소, 바리스의 불안하게 움직이는 손가락 뒤에 어떤 생각이 숨어 있을까 생각했다.

문이 열렸다. 뚱보 톰이 방 안으로 들어왔다. "실례합니다만, 왕실 집사가……."

왕실 집사가 들어와서 허리를 굽혔다. "존경하는 여러분, 왕께서 소협의회가 즉시 알현실에 출두할 것을 명하십니다."

네드도 세르세이가 빨리 공격해오리라 예상하기는 했다. 그러니 이 소집도 놀랍지는 않았다. "왕은 서거하셨네만, 그래도 같이 가기는 하지. 톰, 호위병을 모으게."

리틀핑거가 팔을 내밀어 네드를 부축하고 계단을 내려갔다. 바리스, 파이셀, 바리스탄 경이 바싹 따라왔다. 탑을 나서자 사슬 갑옷을 입고 강철 투구를 쓴 건장한 중장병 여덟 명이 두 줄로 서 있었다. 위병들이 훈련장을 가로질러 행군하자 회색 망토가 바람에 펄럭였다. 라니스터의 진홍색 망토는 눈에 띄지 않았지만, 네드는 방벽 위나 출입구들 앞에 보이는 황금색 망토의 숫자를 보고 안심했다.

자노스 슬린트는 화려한 검은색과 금색의 판금 갑옷을 차려입고, 장식을 높이 세운 투구를 겨드랑이에 낀 채 알현실 문 앞에서 일행을 맞이했다. 도시 경비대장은 뻣뻣하게 고개를 숙였다. 그 부하들이 청동을 두른 6미터 높이의 거대한 참나무 문을 밀어 열었다.

왕실 집사가 일행을 안으로 들이며 노래하듯 외쳤다. "바라테온과 라니스터 가문의 조프리 1세, 안달인과 로인인과 최초인의 왕이자 칠왕국의 주인이며 이 땅의 수호자이신 전하 만세."

철왕좌에 올라앉은 조프리가 기다리는 홀 끝까지 걸어가는 길은 멀었다. 네드 스타크는 리틀핑거의 부축을 받아 절뚝거리면서 천천히 자칭 왕이라는 소년을 향해 걸어갔다. 다른 이들이 따라왔다. 네드가 이 방에 처음 왔을 때는 손에 검을 들고 말 등에 오른 채였고, 제이미 라니스터를 왕좌에서 끌어 내리는 동안 벽에서는 타르가르옌의 드래곤들이 지켜보고 있었다. 과연 조프리도 쉽게 내려올까.

제이미 경과 바리스탄 경을 제외한 킹스가드 다섯 명이 왕좌 밑에 초승달 모양으로 서 있었다. 모두 머리끝부터 발끝까지 법랑을 칠한 강철 갑옷을 갖춰 입고, 긴 흰색 망토를 어깨 너머로 젖히고, 반짝이는 하얀 방패를 왼팔에 묶었다. 세르세이 라니스터와 그녀의 더 어린 자식 둘은 보로스 경과 메린 경 뒤에 서 있었다. 왕비는 초록 바다빛의 비단으로 만들어 거품처럼 하얀 미르의 레이스를 두른 가운을 입었고, 손가락에는 비둘기알만 한 에메랄드가 박힌 금반지를 끼고, 머리에는 그에 어울리는 보석관을 얹었다.

그 위로 금색 천으로 만든 더블릿을 입고 붉은색 새틴 케이프를 두른 조프리 왕자가 철가시와 대못 사이에 앉아 있었다. 산도르 클리게인은 좁고 가파른 왕좌 계단 발치에 버텨 섰다. 사슬 갑옷 위에 흑회색 판금 갑옷을 입고 이빨을 드러낸 개 머리 모양의 투구를 쓴 모습이었다.

왕좌 뒤에는 라니스터 위병 스무 명이 허리띠에 장검을 건 채 대기하고 있었다. 어깨에는 진홍색 망토를 둘렀고 투구에는 강철 사자가 올라앉았다. 하지만 리틀핑거가 약속을 지켜, 로버트가 벽에 걸어둔 사냥과 전투 태피스트리 앞마다 금색 망토를 두른 도시 경비대원들이 검은 철촉을 단 2.5미터짜리 장창을 움켜쥐고 차려 자세로 서 있었다. 도시 경비대원이 라니스터 위병의 다섯 배쯤 많았다.

걸음을 멈췄을 때는 다리가 불타는 듯 아팠다. 네드는 리틀핑거의 어깨에 한 손을 얹고 몸무게를 지탱했다.

조프리가 일어섰다. 조프리가 걸친 붉은 새틴 케이프에는 금실로 수를 놓았는데, 한쪽에는 포효하는 사자 50마리가, 반대쪽에는 질주하는 수사슴 50마리가 들어갔다. 소년은 선언했다. "협의회에 내 대관식을 위해 필요한 모든 준비를 명하노라. 2주 안에 대관식을 하고자 한다. 오늘은 충직한 협의회원들에게 충성 맹세를 받겠노라."

네드는 로버트의 편지를 꺼냈다. "바리스 공, 부디 이 편지를 라니스터 부인께 보여드리시지요."

내시는 그 편지를 세르세이에게 가져갔다. 왕비는 편지에 적힌 말을 흘끗 보았다. "왕국의 호국공이라. 이게 귀공의 방패막이요? 종잇조각 하나가?" 그녀는 편지를 반으로 찢고, 다시 반으로 찢은 후에 그 조각을 바닥에 뿌렸다.

"그건 전하의 유언이었습니다." 바리스탄 경이 놀라서 말했다.

"우리에겐 이제 새로운 왕이 계시지요." 세르세이 라니스터가 대꾸했다. "에다드 공, 지난번에 이야기를 나눴을 때 나에게 해준 조언이 있었지요. 답례로 말하리다. 무릎을 꿇어요. 무릎을 꿇고 내 아들에게 충성을 맹세하면, 귀공이 수관 자리에서 내려와서 집이라고 부르는 회색 황야에서 여생을 보내게 해주리다."

"그럴 수만 있다면 좋겠군요." 네드는 음울하게 말했다. 세르세이가 지금 이 자리에서 이 문제를 강경하게 밀어붙이려 한다면, 선택지가 달리 없었다. "그대의 아들은 지금 앉은 왕좌를 요구할 자격이 없소. 스타니스 공이 로버트의 진정한 후계자요."

"거짓말!" 조프리가 시뻘게진 얼굴로 소리쳤다.

"어머니, 저게 무슨 말이에요?" 미르셀라 공주가 애처롭게 물었다. "이제 조프리가 왕 아닌가요?"

세르세이 라니스터가 말했다. "본인 입으로 스스로에게 사형 선고를 내리는군, 스타크 공. 바리스탄 경, 반역자를 잡으시오."

킹스가드 단장은 멈칫했다. 눈 깜박할 사이에 그는 사슬 장갑을 낀 손에 시퍼런 칼날을 쥔 스타크 위병들에게 둘러싸였다.

세르세이가 말했다. "그리고 이제 반역이 말에서 행동으로 이어졌군. 바리스탄 경이 혼자라고 생각하나?" 금속이 스치는 불길한 소리와 함께 사냥개가 장검을 뽑아들었다. 킹스가드 기사들과 진홍색 망토를 걸친 스무 명의 라니스터 위병들이 뒤를 받쳤다.

"죽여!" 소년 왕이 철왕좌에서 빽빽거렸다. "다 죽여버려. 명령이다!"

"선택의 여지를 남기지 않는군." 네드는 세르세이 라니스터에게 말하고 자노스 슬린트에게 외쳤다. "경비대장, 왕비와 그 아이들을 구속하게. 해는 끼치지 말되, 왕가의 거처로 모시고 가서 감시하도록."

"경비대원들!" 자노스 슬린트가 투구를 쓰며 외쳤다. 백 명의 황금 망토들이 창을 겨누고 접근해왔다.

네드는 왕비에게 말했다. "난 피를 흘리고 싶지 않소. 부하들에게 검을 내려놓으라고 하면 아무도—"

단 한 번의 날카로운 찌르기로, 제일 가까운 곳에 선 금색 망토가 토마드의 등에 창을 꽂았다. 붉게 젖은 창끝이 가죽과 사슬을 뚫고 갈비뼈 사이로 튀어나오자 뚱보 톰의 생명 잃은 손가락에서 검이 떨어졌다. 그는 칼자루가 바닥에 닿기 전에 죽었다.

네드의 고함은 너무 늦게 터져 나왔다. 자노스 슬린트가 직접 발리의 목을 그었다. 케인은 강철을 번득이며 몸을 돌리고 질풍 같은 공격으로 가까이 선 창병을 몰아세웠다. 잠시 동안은 케인이 길을 뚫을지도 모른다 싶었지만, 사냥개가 케인을 덮쳤다. 산도르 클리게인의 일격에 검을 쥔 케인의 손이 손목에서 떨어져 나갔다. 두 번째 공격은 케인을 무릎 꿇리고 어깨부터 가슴뼈까지 벌려놨다.

주위에서 네드의 부하들이 죽어가는 동안, 리틀핑거는 네드의 단검을 뽑아서 턱 밑에 들이댔다. 그는 미안하다는 듯이 미소 지었다. "분명히 날 믿지 말라고 경고했을 텐데요."

아리아

"위." 시리오 포렐이 아리아의 머리에 칼을 휘두르며 외쳤다. 목검 부딪치는 소리와 함께 아리아가 공격을 막았다.

"왼쪽." 시리오가 외쳤고, 그의 검이 휘파람 소리를 내며 들이닥쳤다. 아리아의 검이 재빨리 막았다. 목검이 부딪치자 시리오도 이를 딱 부딪쳤다.

"오른쪽." 시리오는 말했고, 전진하면서 점점 더 빨리 "아래", "왼쪽", 그리고 다시 "왼쪽"이라고 외쳤다. 아리아는 공격을 매번 막아내면서 후퇴했다.

"돌진." 시리오가 경고했고, 시리오가 칼을 찌르자 아리아는 한 발짝 비켜 공격을 피하고 시리오의 어깨로 칼을 휘둘렀다. 거의 그의 몸에 닿을 뻔했다. 웃음이 나올 정도로 가까웠다. 땀에 젖은 머리카락이 눈 위로 흘러내렸다. 아리아는 손등으로 머리카락을 걷어냈다.

"왼쪽." 시리오가 외쳤다. "아래." 시리오의 검은 흐릿할 정도로 빨랐고, 소연회장에는 딱, 딱 소리가 울려 퍼졌다. "왼쪽. 왼쪽. 위. 왼쪽. 오른쪽. 왼쪽. 아래. 왼쪽!"

나무 칼날이 아리아의 가슴 위쪽을 때렸고, 갑작스러운 타격은 무엇보다 엉뚱한 방향에서 왔다는 사실 때문에 더 아프게 느껴졌다. "아야." 아리아는 소리를 질렀다. 바다 어딘가에서 잠들 때쯤에는 새로 멍 자국이 생기리라. 아리아는 스스로에게 말했다. '멍은 교훈이고, 교훈을 얻을수록 발전하는 거야.'

시리오가 물러섰다. "이제 너는 죽었다."

아리아는 험상궂은 얼굴로 맹렬히 말했다. "속였잖아요. 왼쪽이라고 해놓고 오른쪽을 공격했어."

"바로 그러하도다. 그래서 너는 이제 죽은 소녀로다."

"하지만 거짓말을 했어요!"

"내 말은 거짓을 고했다. 내 눈과 팔은 진실을 외쳤으나, 너는 보고 있지 않았다."

"보고 있었어요. 매 순간 주시했다고요!"

"주시했다고 제대로 보는 것이 아니다, 죽은 소녀여. 물의 춤꾼은 본다. 검을 내려놓고 따라오거라. 이제 귀를 기울일 시간이다."

아리아는 시리오를 따라 벽 쪽으로 걸어갔고, 시리오는 장의자에 앉았다. "시리오 포렐은 브라보스 바다 군주의 제일검이었나니, 어떻게 제일검이 되었는지 아느냐?"

"도시에서 제일 뛰어난 검객이었겠죠."

"그러하도다, 하나 어째서일까? 다른 사내들이 더 힘세고, 더 빠르고, 더 젊은데, 왜 시리오 포렐이 최고였을까? 이제 말해주마." 시리오는 새끼손가락 끝으로 자신의 눈꺼풀을 살짝 두드렸다. "봄, 그것도 진정한 봄이 핵심이로다.

듣거라. 브라보스의 배들은 바람이 부는 한 멀리 낯설고 놀라운 땅까지 항해하며, 돌아올 때면 선장들이 바다 군주의 동물원에 넣을 괴이한 짐승들을 가져온다. 줄무늬 말, 기둥처럼 긴 목에 점박이 무늬가 들어간 거대한 동물, 암소만큼 커다란 몸집의 털투성이 쥐-돼지, 침을 찌르는 만티코어, 새끼들을 주머니 속에 넣어 다니는 범, 발톱 대신 낫을 달고 걸어다니는 끔찍한 도마뱀같이 본 적도 없는 짐승들이지. 시리오 포렐은 이러한 것들을 보았도다.

내가 말하려는 그날, 제일검이 막 죽었고 바다 군주는 나를 불렀다. 많은 자객들이 바다 군주에게 갔고, 그만큼 많은 이들이 빈손으로 물러났으나, 아무도 이유를 알지 못했도다. 내가 들어갔을 때 바다 군주는 자리에 앉아 있었고, 그 무릎에는 뚱뚱한 노란 고양이가 앉아 있었다. 바다 군주는 어떤 선장이 해 뜨는 곳 너머에 있는 섬에서 웬 암컷 짐승을 가져왔노라 말했다. '이런 짐승을 본 적이 있는가?' 바다 군주가 내게 물었도다.

나는 대답했도다. '매일 밤 브라보스의 골목길에서 그런 수고양이를 천 마리는 보지요.' 그러자 바다 군주는 웃음을 터뜨렸고, 그날 나는 제일검이 되었다."

아리아는 얼굴을 찌푸렸다. "이해가 안 가요."

시리오는 이를 딱 부딪쳤다. "그 고양이는 평범한 고양이에 불과했다. 다른 이들은 기막힌 짐승을 기대했기에, 그런 짐승을 보았다. 그들은 정말 큰 짐승이라고 말했다. 실제로는 여느 고양이보다 크지 않았거니와, 바다 군주의 식탁에서 음식을 얻어먹었기에 게을러 살이 쪘을 뿐이었도다. 그들은 작은 귀가 신기하다고 말했다. 그놈의 귀는 새끼 때 싸움으로 씹혀 떨어졌거늘. 그리고 그놈은 누가 봐도 수고양이였건만, 바다 군주가 암컷이라고 했기에 다들 암컷으로 보았도다. 알겠느냐?"

아리아는 생각해보고 말했다. "시리오는 있는 그대로를 봤군요."

"그러하도다. 눈을 뜨기만 하면 된다. 심장은 거짓을 고하고 머리는 장난을 치지만, 눈은 진실을 보는도다. 네 눈으로 보거라. 네 귀로 듣거라. 네 입으로 맛보거라. 네 코로 냄새 맡거라. 네 피부로 느끼거라. 그런 후에 생각을 하고, 그렇게 진실을 아는 것이다."

"그러하도다." 아리아는 씩 웃으면서 말했다.

시리오 포렐도 슬쩍 웃었다. "윈터펠이라는 곳에 도착하면 네 손에 바늘을 쥐여줄 때가 되리라 생각하고 있다."

"됐다!" 아리아는 열렬히 말했다. "두고 봐요. 존에게 보여줄 때까지—"

아리아 뒤에서 요란한 쾅 소리를 울리며 소연회장의 거대한 나무 문이 열렸다. 아리아는 뒤를 홱 돌아보았다.

아치 입구 아래에 킹스가드 한 명이 라니스터 위병 다섯 명을 거느리고 서 있었다. 완전 무장을 했지만 면갑은 올린 채였다. 아리아는 기사의 처진 눈과 녹빛 구레나룻을 보고 왕과 함께 윈터펠에 왔던 메린 트랜트 경임을 기억해냈다. 붉은 망토들은 가죽 방호복 위에 사슬 셔츠를 입고 사자 장식을 얹은 강철 모자를 썼다. 기사가 말했다. "아리아 스타크, 우리와 같이 가야겠다."

아리아는 자신 없이 입술을 씹었다. "왜요?"

"네 아버지가 보자신다."

아리아는 한 걸음 내디뎠지만, 시리오 포렐이 팔을 잡았다. "한데 어이하여 에다드 공이 부하들 대신 라니스터 위병들을 보내셨을꼬? 궁금하도다."

"주제를 알아라, 춤 선생. 네가 끼어들 일이 아니다." 메린 경이 말했다.

"아버지라면 당신을 보내진 않았을 거야." 아리아는 목검을 잡아챘다. 라니스터 위병들이 웃음을 터뜨렸다.

메린 경이 말했다. "그 막대기 내려놓거라. 나는 킹스가드로 서약한 하얀 기사다."

"옛 왕을 죽이기 전에 킹슬레이어도 마찬가지였지. 내가 원하지 않으면 당신과 같이 가지 않아도 돼." 아리아가 말했다.

메린 트랜트 경은 인내심을 잃었다. "잡아라." 그는 위병들에게 말하고 면갑을 내렸다.

위병 세 명이 앞으로 나섰고, 걸음마다 사슬 옷이 조용히 찰랑거렸다. 아리아는 갑자기 겁에 질렸다. 그녀는 쿵쾅거리는 심장을 가라앉히려고 되뇌었다. '공포가 칼보다 더 위험해.'

시리오 포렐이 목검으로 장화를 톡톡 두드리면서 끼어들었다. "거기 멈출지고. 어린아이를 위협하다니 사람인가 개인가?"

"비켜, 늙은이." 붉은 망토 한 명이 말했다.

시리오의 나무 막대기가 휙 소리를 내며 올라가서 그자의 투구를 때렸다. "나는 시리오 포렐이니, 이제 더 정중하게 말하는 게 좋겠도다."

"대머리 잡놈이." 그 남자가 장검을 뽑아 들었다. 막대기가 다시, 눈에 보이지 않을 정도로 빠르게 움직였다. 아리아는 장검이 돌바닥에 철컹하고 떨어지는 소리를 들었다. "내 손!" 위병은 부러진 손가락을 붙잡고 악을 썼다.

"춤 선생치고는 빠르군." 메린 경이 말했다.

"기사치고는 느리군." 시리오가 대꾸했다.

"저 브라보스 놈을 죽이고 여자애를 데려와라." 하얀 갑옷의 기사가 명령했다.

라니스터 위병 네 명이 검을 뽑았다. 손가락이 부러진 다섯 번째 위병은 침을 뱉고 왼손으로 단검을 뽑아들었다.

시리오 포렐은 이를 딱 부딪치더니, 적에게 몸의 옆면만 드러내는 물의 춤꾼다운 자세를 취했다. "아리아." 그는 라니스터 위병들에게서 눈을 떼지 않고, 아리아를 쳐다보지 않은 채로 외쳤다. "오늘 춤 연습은 끝났다. 이제 가보는 게 좋겠구나. 아버님께 달려가거라."

아리아는 그를 두고 가고 싶지 않았지만, 시리오는 그녀에게 시키는 대로 하라고 가르쳤다. "사슴처럼 날래게요." 아리아는 속삭였다.

“그러하도다.” 답하는 시리오 포렐 앞으로 라니스터 위병들이 다가왔다.

아리아는 목검을 꽉 쥐고 물러섰다. 지금 시리오의 모습을 보며 아리아는 이제까지 둘의 시합에서는 시리오가 장난을 쳤을 뿐임을 깨달았다. 붉은 망토들은 손에 철검을 들고 삼면에서 시리오를 공격했다. 그들은 가슴과 팔을 사슬 갑옷으로 덮었고, 강철로 만든 샅주머니를 바지에 달았지만, 다리는 가죽으로만 보호했다. 손에는 장갑이 없었고, 쓰고 있는 철모에는 코 보호대가 달렸지만, 눈을 보호하는 면갑은 없었다.

시리오는 그들이 다다르기를 기다리지 않고 몸을 왼쪽으로 돌렸다. 아리아는 그렇게 빠르게 움직이는 사람을 본 적이 없었다. 시리오는 막대기로 검 하나를 막고 몸을 빙그르르 돌려 두 번째 검을 피했다. 균형을 잃은 두 번째 위병이 첫 번째 위병에게 돌진했다. 시리오가 장화 발로 그 등을 밀자 붉은 망토 두 명이 한꺼번에 넘어졌다. 세 번째 위병은 그들을 뛰어넘어서 시리오의 머리에 칼을 휘둘렀다. 시리오는 칼 아래로 몸을 숙이고 위쪽으로 목검을 찔렀다. 위병은 왼쪽 눈이 붉은 구멍이 되어 피를 뿜자 비명을 지르며 쓰러졌다.

넘어졌던 두 명이 일어나고 있었다. 시리오는 한 명의 얼굴을 걷어차고 다른 한 명의 철모를 낚아챘다. 단검을 쥔 위병이 시리오를 찔렀다. 시리오는 철모로 단검을 받아내고 목검으로 그자의 슬개골을 박살 냈다. 마지막으로 남은 붉은 망토는 욕설을 뱉으며 달려들어서 두 손으로 장검을 내리쳤다. 시리오는 오른쪽으로 몸을 굴렸고, 마구잡이 공격은 투구를 잃고 힘겹게 무릎을 세워 일어서려던 남자의 목과 어깨 사이를 찍었다. 장검은 으스러지는 소리를 내며 사슬과 가죽과 살을 파고들었다. 무릎 꿇은 남자가 새된 비명을 질렀다. 그자를 죽인 위병이 칼날을 뽑아내기 전에, 시리오가 목울대를 때렸다. 위병은 숨 막힌 소리를 내며 목을 부여잡고 시커메진 얼굴로 비틀비틀 물러섰다.

아리아가 주방으로 통하는 뒷문에 도착할 무렵에는 다섯 명이 쓰러졌거나, 죽었거나, 죽어가고 있었다. 메린 트랜트 경이 욕하는 소리가 들렸다. "미련한 놈들." 메린 경이 칼집에서 장검을 뽑았다.

시리오 포렐은 자세를 바로잡고 이를 딱 부딪쳤다. 그는 결코 시선을 돌리지 않고 외쳤다. "아리아, 이제 가거라."

'네 눈으로 보거라.' 시리오는 그렇게 말했고, 아리아는 보았다. 기사는 머리부터 발, 다리, 목까지 하얀 갑옷으로 보호하고 두 손은 금속으로 감쌌으며, 두 눈은 높은 흰 투구 뒤에 숨겼고, 손에는 잔혹한 강철검을 들었다. 그에 맞서는 시리오는 가죽조끼를 입고, 손에는 목검을 들었다. "시리오, 도망쳐요." 아리아는 소리쳤다.

"브라보스 제일검은 도망치지 않노니." 시리오는 메린 경이 검을 휘두르는데도 노래하듯이 말했다. 시리오는 춤추듯이 공격을 피하고 막대기를 보이지 않을 정도로 빠르게 움직였다. 그는 심장이 한 번 뛸 시간에 기사의 관자놀이, 팔꿈치, 목을 때렸고 나무가 투구, 장갑, 목가리개의 금속을 치는 소리가 울렸다. 아리아는 얼어붙은 듯 서 있었다. 메린 경이 전진했다. 시리오는 후퇴했다. 시리오는 다시 날아오는 칼을 간파하며, 두 번째 공격은 몸을 돌려 흘리고 세 번째 공격은 피했다.

네 번째 공격에는 시리오의 막대기가 둘로 갈라졌고, 쪼개진 나무 속에 든 납까지 부러졌다.

아리아는 흐느끼며 몸을 돌려 달아났다.

주방과 저장고에 뛰어든 아리아는 공포에 질려 앞도 제대로 보지 않고 요리사와 잡일꾼들 사이를 누비고 지나갔다. 제빵사 보조 한 명이 나무 쟁반을 들고 아리아 앞에 나타났다. 아리아는 그 여자를 넘어뜨리면서 갓 구운 향긋한 빵 덩어리를 바닥에 죄 흩어놓았다. 뒤에서 난 고함 소리에 몸을 돌리자 손에 식칼을 든 뚱뚱한 푸주한이 입을 쩍 벌리고 아리아를 보고 있었다. 팔꿈치부터 손까지 시뻘겠다.

시리오 포렐이 가르친 모든 말이 머릿속을 질주했다. '사슴처럼 날래게. 그림자처럼 조용히. 공포가 칼보다 더 위험하다. 뱀처럼 빠르게. 잔잔한 물처럼 침착하게. 공포가 칼보다 더 위험하다. 곰처럼 강하게. 큰족제비처럼 사납게. 공포가 칼보다 더 위험하다. 지는 것을 두려워하는 자는 이미 졌다. 공포가 칼보다 더 위험하다. 공포가 칼보다 더 위험하다. 공포가 칼보다 더 위험하다.' 목검 손잡이가 땀으로 끈적거렸고, 아리아는 거칠게 숨을 몰아쉬면서 작은 탑 계단에 도착했다. 아리아는 잠시 얼어붙었다. 위로, 아니면 아래로? 위로 올라가면 작은 마당을 건너 수관의 탑으로 이어지는 지붕 다리로 갈 수 있지만, 분명히 놈들은 아리아가 그리로 가리라 예상할 터였다. '절대 예상대로 하지 말아라.' 시리오가 예전에 한 말이었다. 아리아는 아래로 향했고, 한 번에 두세 개씩 좁은 돌계단을 건너뛰며 계단을 돌아 내려갔다. 길은 맥주 통을 6미터 높이로 쌓아 올린 동굴 같은 둥근 천장의 지하실로 통했다. 조명이라고는 벽 높이 난 좁고 비스듬한 창으로 새어 드는 햇빛뿐이었다.

그 지하실은 막다른 곳이었다. 들어온 길 외에는 나갈 길이 없었다. 도저히 그 계단을 다시 올라갈 순 없었지만, 이 지하실에 머물 수도 없었다. 아버지를 찾아서 무슨 일이 있었는지 말해야 했다. 아버지라면 아리아를 지켜줄 테니까.

아리아는 목검을 허리띠에 찔러 넣고 기어오르기 시작했다. 술통에서 술통으로 기어올라 창문까지 손을 뻗었다. 두 손으로 돌을 잡고 몸을 끌어올렸다. 벽은 두께가 1미터에 달했고, 터널 같은 창은 비스듬히 위로 뻗어 밖으로 통했다. 아리아는 꿈틀꿈틀 햇빛을 향해 움직였다. 겨우 머리가 땅바닥과 같은 높이에 닿자, 아리아는 안뜰 너머 수관의 탑을 살펴보았다.

튼튼한 나무 문이 도끼에 찍힌 것처럼 쪼개지고 부서져 있었다. 계단 위에 죽은 남자가 엎드려 있었는데, 망토는 몸 아래에 구겨져 깔렸고, 사슬 셔츠 등 부분은 붉게 젖어 있었다. 시신의 망토가 하얀 새틴을 두른 회색 모직물이라는 사실을 깨닫자 갑자기 소름이 끼쳤다. 누구인지는 알아볼 수 없었다.

"안 돼." 아리아는 속삭였다. 무슨 일이 일어난 걸까? 아버지는 어디 있을까? 왜 붉은 망토들이 아리아를 잡으러 왔을까? 아리아는 괴물들을 찾았던 날, 노란 수염을 기른 남자가 했던 말을 기억했다. '수관 하나가 죽을 수 있다면, 두 번째는 왜 안 되겠나?' 눈에 눈물이 고였다. 아리아는 숨을 참고 귀를 기울였다. 수관의 탑 창문으로 싸우는 소리, 고함 소리, 비명 소리, 강철이 부딪치는 소리가 흘러나왔다.

돌아갈 수 없었다. 아버지가…….

아리아는 눈을 감았다. 잠시 동안은 움직일 수도 없을 만큼 무서웠다. 그들은 조리와 윌과 휴어드를 죽였고, 누군지는 몰라도 계단에 쓰러진 위병도 죽였다. 아버지도 죽였을지 모르고, 아리아를 잡는다면 아리아도 죽이리라. "공포가 칼보다 더 위험하다." 큰 소리로 말했지만, 물의 춤꾼인 척 해봐야 소용없었다. 시리오는 물의 춤꾼이었는데도 아마 하얀 기사에게 죽었을 테고, 아리아는 나무 막대기를 쥔 어린 소녀에 불과했다. 홀로, 겁에 질린.

아리아는 꿈틀꿈틀 마당으로 몸을 내밀고, 조심스럽게 주위를 살피며 일어섰다. 성안에는 사람이 없어 보였다. 레드킵에는 사람이 없을 때가 없었다. 모두가 안에 숨어서 문에 빗장을 지르고 있을 것이다. 아리아는 애타는 눈으로 자신의 침실을 올려다보고는, 벽에 바싹 붙어서 그림자 속으로만 움직이며 수관의 탑에서 멀어졌다. 아리아는 고양이를 쫓을 때처럼 행동했다……. 지금은 아리아가 고양이이고, 놈들에게 잡히면 죽을 테지만 말이다.

아리아는 누구에게도 기습당하는 일이 없도록 돌에 등을 대고 벽을 따라 건물에서 건물로 이동해서 별 탈 없이 마구간에 도착했다. 안뜰을 살금살금 가로지르다 갑옷을 입은 금색 망토 십여 명이 달려가는 모습을 보았지만, 그들이 누구 편인지 알지 못했기에 그림자 속에 웅크리고 지나가기를 기다렸다.

아리아가 기억하는 한 언제나 윈터펠의 거마장이었던 헐렌이 마구간 문 옆에 쓰러져 있었다. 얼마나 많이 찔렸는지 튜닉에 진홍색 꽃무늬를 수놓은 것처럼 보였다. 죽은 줄만 알았는데, 가까이 가자 눈을 떴다. "발밑의 아리아." 헐렌이 속삭였다. "반드시…… 아버님에게 경고를……." 입에서 붉은 피거품이 났다. 거마장은 다시 눈을 감았고, 더는 아무 말도 하지 않았다.

마구간 안에는 시체가 더 있었다. 같이 놀곤 했던 마부 한 명, 그리고 아버지의 위병 세 명이었다. 상자와 궤짝이 실린 짐마차 하나가 마구간 문 근처에 버려져 있었다. 죽은 사람들은 부두로 가기 위해 짐을 싣다가 공격을 받은 게 분명했다. 아리아는 가까이 다가갔다. 시체 하나는 데스몬드였다. 아리아에게 장검을 보여주며 아버지를 지키겠노라 장담했던 데스몬드는 파리가 눈가를 기어 다니는데도 멍하니 천장을 바라보고 누워 있었다. 근처에 붉은 망토를 두르고 사자 장식을 얹은 라니스터의 투구를 쓴 시체가 하나 있었다. 하지만 하나뿐이었다. '북부인 한 명이 여기 남부 검사 열 명 몫은 하니까요.' 그렇게 말했으면서. "거짓말쟁이!" 아리아는 갑자기 치솟은 분노에 데스몬드의 몸을 찼다.

칸막이 안에 든 말들은 피 냄새에 나지막이 울고 콧김을 뿜으며 안절부절못하고 있었다. 아리아는 말에 안장을 얹고 이 성과 도시에서 달아나자는 생각만 했다. 왕의 가도로만 달리면 윈터펠로 돌아갈 수 있다. 아리아는 벽에 걸린 굴레와 마구를 내렸다.

짐마차 뒤편을 지나치는데 떨어진 궤짝 하나가 눈길을 끌었다. 분명히 싸움 중에 부딪쳐 떨어졌거나, 마차에 싣다가 엎어졌으리라. 나무가 쪼개지고, 뚜껑이 열려서 내용물이 바닥에 쏟아져 있었다. 아리아는 절대 안 입는 비단과 새틴과 벨벳 옷들을 알아보았다. 그래도 왕의 가도에서는 따뜻한 옷이 필요할지 몰랐고…… 게다가…….

아리아는 흩어진 옷가지 사이에 무릎을 꿇었다. 무거운 모직 망토와 벨벳 스커트, 비단 튜닉과 속옷 몇 개, 그리고 어머니가 수놓아준 드레스 한 벌, 팔아치울 수 있을지도 모르는 작은 은제 팔찌를 찾아냈다. 아리아는 망가진 뚜껑을 치우고 궤짝 안을 더듬으며 '바늘'을 찾았다. 원래는 짐 가장 아래 바닥에 숨겨두었는데, 궤짝이 떨어지면서 짐이 다 흩어진 상태였다. 잠시 동안 아리아는 누군가가 그 검을 찾아내고 훔쳐 가지 않았을까 두려웠다. 그러다가 상자 안을 헤집던 손가락이 새틴 가운 아래에서 단단한 금속의 감촉을 느꼈다.

"아가씨가 저기 있네." 바로 뒤에서 기분 나쁜 목소리가 들렸다.

아리아는 화들짝 놀라서 몸을 돌렸다. 뒤에 마구간지기 소년이 히죽거리며 서 있었다. 흙투성이 조끼 아래로 지저분해진 하얀 속 튜닉이 삐져나왔고, 장화는 거름투성이였으며, 손에는 쇠스랑을 들었다. "넌 누구야?" 아리아가 물었다.

"아가씨는 날 모르지만 나는 아가씨를 알지. 아, 그럼. 늑대 아가씨."

"말에 안장을 얹게 도와줘." 아리아는 다시 궤짝 안에 손을 뻗어 바늘을 더듬어 찾으며 호소했다. "내 아버지는 왕의 수관이야. 보상금을 주실 거야."

"그 아버지는 죽었어." 소년은 발을 끌며 아리아에게 다가갔다. "보상은 왕비가 줄 거야. 이리 와."

"다가오지 마!" 아리아의 손가락이 바늘의 손잡이를 감아쥐었다.

"이리 오라니까." 소년이 아리아의 팔을 세게 잡았다.

시리오 포렐이 가르쳐준 모든 내용은 심장이 한 번 뛰는 사이에 날아가 버렸다. 그 갑작스러운 공포의 순간에, 아리아가 기억할 수 있는 유일한 수업은 맨 처음 존 스노우에게 받은 것이었다.

아리아는 뾰족한 끝으로 소년을 찌르고, 사납고 발작적인 힘으로 칼날을 위로 밀어 올렸다.

바늘은 소년의 가죽조끼와 하얀 뱃살을 뚫고 어깨뼈 사이로 튀어 나갔다. 그는 쇠스랑을 떨구고 한숨과 헐떡임 사이쯤의 약한 소리를 냈다. 소년의 두 손이 칼날을 감쌌다. "신들이시여." 조끼 안의 튜닉이 붉게 물들고 소년은 신음했다. "빼줘."

아리아가 칼을 빼내자, 소년은 죽었다.

말들이 소리를 지르고 있었다. 죽음 앞에서 겁먹은 아리아는 가만히 시체를 내려다보며 서 있었다. 쓰러지는 소년의 입에서 피가 쏟아져 나왔고, 배에 난 칼자국에서는 더 많은 피가 흘러내려서 몸 아래에 웅덩이를 이루었다. 칼날을 잡았던 손바닥에도 베인 자국이 남았다. 아리아는 붉게 물든 바늘을 손에 들고 천천히 뒷걸음질 쳤다. 달아나야 했다. 여기에서 멀리 떨어진 곳으로, 마구간지기 소년의 비난하는 눈빛으로부터 안전한 곳으로.

아리아는 굴레와 마구를 다시 낚아채어 그녀의 암말에게 달려갔지만, 말 등에 안장을 얹으면서 문득 성문이 닫혀 있으리라는 점을 깨달았다. 두려움에 속이 울렁거렸다. 샛문도 위병들이 지키고 있을 터였다. 어쩌면 위병들이 아리아를 알아보지 못할지도 몰랐다. 아리아를 남자애로 본다면 보내줄지도…… 아니다, 아무도 내보내지 말라는 명령을 받았을 테니, 알아보든 말든 차이가 없었다.

하지만 성 밖으로 나가는 길이 하나 더 있었다…….

아리아의 손에서 미끄러진 안장이 쿵 소리를 내며 흙 속에 떨어져 먼지를 일으켰다. 괴물들이 있던 방을 다시 찾을 수 있을까? 확신은 없었지만, 시도해볼 수밖에 없었다.

아리아는 모아둔 옷가지를 찾아서 망토를 걸치고, 바늘을 망토 자락 속에 숨겼다. 나머지 물건은 둘둘 말아서 묶었다. 아리아는 그 꾸러미를 겨드랑이에 끼고 마구간 반대편으로 살금살금 다가갔다. 뒷문 빗장을 풀고, 불안하게 밖을 내다보았다. 멀리서 검 부딪는 소리를 들을 수 있었고, 안뜰 너머에서 고통에 찬 남자가 몸서리쳐지도록 울부짖는 소리도 들렸다. 구불구불한 계단을 내려가서 작은 주방과 돼지우리를 지나야 했다. 지난번에 검은색 수고양이를 뒤쫓아서 간 길이 그랬다. 다만 그 길로 가면 금색 망토들의 막사 바로 옆을 지나가야 했다. 그리로 갈 수는 없었다. 아리아는 다른 길을 생각해보려고 했다. 성 반대편까지 간다면, 강 벽을 따라 살금살금 움직여서 작은 신의 숲을 통과하고…… 하지만 그러려면 우선 성벽에 선 위병들에게 훤히 보이는 마당을 가로질러야 했다.

성벽에 그렇게 많은 사람이 서 있는 모습을 본 적이 없었다. 대부분은 창으로 무장한 금색 망토들이었다. 몇 사람은 아리아의 얼굴을 알았다. 그녀가 마당을 뛰어가는 모습을 보면 그들이 어떻게 할까? 그 위에서 보면 정말 작을 텐데, 누구인지 알아볼 수 있을까? 신경을 쓸까?

스스로에게 지금 떠나야 한다고 말했지만, 정작 움직일 순간이 오자 무서워서 움직일 수가 없었다.

'잔잔한 물처럼 침착하게.' 작은 목소리가 귓가에 속삭였다. 아리아는 너무 놀라서 짐을 떨어뜨릴 뻔했다. 세차게 주위를 둘러보았지만, 마구간에는 아리아와 말들, 그리고 죽은 자들밖에 없었다.

'그림자처럼 조용히.' 다시 들렸다. 아리아 자신의 목소리일까, 아니면 시리오의 목소리일까? 알 수 없었지만, 그래도 그 목소리는 아리아의 공포를 가라앉혔다.

아리아는 마구간 밖으로 걸어나갔다.

아리아가 해본 일 중에 가장 무서운 일이었다. 뛰어가서 숨고 싶었지만, 아리아는 애써 천천히 마당을 가로질렀다. 세상에 넘치는 게 시간이고, 아무도 두려워할 이유가 없다는 듯이 한 발 또 한 발을 옮겼다. 위병들의 시선이 느껴진다고 생각했다. 옷 아래 살갗에 벌레가 기어가는 느낌이었다. 아리아는 한 번도 위쪽을 보지 않았다. 위병들이 지켜보는 모습을 본다면 용기가 다 말라버리고, 옷 꾸러미를 떨구고 아기처럼 울면서 뛰어가다가 위병들에게 잡히게 될 게 뻔했다. 아리아는 내내 땅만 보며 걸었다. 겨우 마당을 다 건너서 왕실 성소의 그림자에 다다랐을 때는 온몸이 땀에 젖어 축축했지만, 고함을 지르는 사람은 아무도 없었다.

성소는 텅 빈 채로 열려 있었다. 안으로 들어가자 향 냄새 풍기는 정적 속에서 50여 개의 촛불이 타고 있었다. 아리아는 초가 두 개쯤 없어져도 신들은 아쉽지 않으리라 생각하며 소매에 초를 밀어 넣고 뒤쪽 창문으로 나갔다. 다시 짝귀 수고양이를 몰아넣었던 골목길까지 돌아가기는 쉬웠지만, 그 후에는 길을 잃었다. 아리아는 이 창문, 저 창문으로 들어갔다 나오고 벽을 타 넘고, 어두운 지하실을 더듬더듬 통과했다. 그림자처럼 조용히. 한 번은 어떤 여자의 울음소리를 듣기도 했다. 아리아는 한 시간이 넘게 걸려서 겨우 괴물들이 기다리는 지하감옥으로 비스듬히 내려가는 낮고 좁은 창문을 찾아냈다.

아리아는 옷 꾸러미를 던져놓고 촛불을 붙이려고 되돌아갔다. 위험한 짓이었다. 아리아가 보았다고 기억하는 불은 잉걸불이 됐고, 석탄을 불다 보니 사람 목소리가 들렸다. 아리아는 깜박거리는 촛불을 손으로 감싸고, 문으로 들어오는 사람들이 누구인지 한 번 돌아보지도 않고 창문으로 빠져나갔다.

이번에는 괴물들도 무섭지 않았다. 심지어 오랜 친구처럼 보일 지경이었다. 아리아는 촛불을 머리 위로 들어 올렸다. 한 걸음 내디딜 때마다 벽에 그림자가 일렁이는 모습이, 마치 아리아가 지나가는 모습을 보려고 고개를 돌리는 것 같았다. "드래곤." 아리아는 속삭이며 망토 아래에서 바늘을 빼냈다. 가느다란 칼은 몹시 작았고 드래곤들은 몹시 컸지만, 그래도 손에 무기를 쥐니 기분이 나아졌다.

문 너머에 자리 잡은 창문 없는 긴 복도는 기억대로 깜깜했다. 아리아는 검을 쥐는 손인 왼손에 바늘을 쥐고, 오른손에 초를 들었다. 뜨거운 촛농이 손마디에 흘러내렸다. 구덩이로 통하는 입구가 왼쪽이었으므로, 아리아는 오른쪽으로 갔다. 뛰고 싶은 마음도 있었지만, 촛불이 꺼질까 봐 두려웠다. 희미하게 쥐들이 찍찍거리는 소리가 들렸고 불빛 가장자리에서 반짝이는 작은 눈동자도 보았지만, 쥐는 무섭지 않았다. 다른 것들이 무서웠다. 여기에는 무엇인가 숨어 있기 쉬웠다. 아리아가 마법사와 갈래 수염 남자로부터 숨어 있었듯이……. 벽에 선 마구간지기 소년을 볼 수 있을 것만 같았다. 두 손이 갈고리처럼 말리고, 바늘에 베인 손바닥의 깊은 상처에서 아직도 피를 떨구고 있는 모습을……. 그 소년이 지나가는 아리아를 잡으려고 기다릴지도 몰랐다. 멀리서부터 아리아의 촛불 빛을 보겠지. 어쩌면 불을 켜지 않고 움직이는 편이 좋을지도 몰랐다.

'공포가 칼보다 더 위험하다.' 마음속에서 조용한 목소리가 속삭였다. 아리아는 문득 윈터펠의 지하묘지를 떠올렸다. 그곳이 여기보다 훨씬 더 무서웠다. 지하묘지를 처음 보았을 때 아리아는 어린아이에 불과했다. 오빠 롭이 아리아와 산사, 그리고 지금의 리콘보다 더 작았던 아기 브랜을 데리고 내려갔었다. 촛불은 하나밖에 없었고, 브랜은 발치에 늑대를 두고 무릎에 철검을 얹은 겨울 왕들의 돌 얼굴을 보고 눈을 휘둥그레 떴었다.

롭은 동생들을 데리고 끝까지 갔고, 할아버지와 브랜던과 리안나를 지나서 그들의 무덤 자리를 보여주었다. 산사는 혹시나 꺼질까 봐 짧은 양초만 쳐다보았다. 낸 할멈이 산사에게 지하묘지에는 거미가 있고, 개만큼 큰 쥐도 있다고 말해준 탓이었다. 산사가 그런 말을 하자 롭은 미소 지으며 속삭였다. "거미와 쥐보다 더 지독한 것들이 있지. 여긴 죽은 자들이 걷는 곳이야." 그 순간 낮고 깊고 소름 끼치는 소리가 들렸다. 아기 브랜은 아리아의 손을 꽉 붙잡았다.

열린 무덤에서 새하얀 유령이 걸어 나와서 구슬픈 소리로 피를 구하자 산사는 빽 소리를 지르며 계단을 찾아 달려갔고, 브랜은 울면서 롭의 다리에 매달렸다. 아리아는 그 자리에 서서 유령에게 주먹을 날렸다. 알고 보니 밀가루를 뒤집어쓴 존이었다. "바보같이, 아기에게 겁을 줬잖아." 아리아가 말했지만, 존과 롭은 웃고 또 웃기만 했고, 곧 브랜과 아리아도 웃고 말았다.

그 일을 기억하자 웃음이 났고, 그 후부터는 어둠도 그렇게 무섭지 않았다. 마구간지기 소년은 죽었다. 그녀 자신이 죽였다. 그리고 여기에서 뛰쳐나온다면 또 죽일 것이다. 그녀는 집에 갈 것이다. 집에 다시 가면, 윈터펠의 회색 화강암 벽 안에 안전하게 돌아가면 모든 것이 나아지리라.

어둠 속으로 깊이 들어가자, 아리아의 발소리가 저만치 앞서서 잔잔한 메아리를 울렸다.

산사

그들은 사흘째에 산사를 데리러 왔다.

산사는 소박하게 재단했지만 옷깃과 소매에는 화려하게 수를 놓은 단순한 진회색 모직 드레스를 골랐다. 하인들의 도움 없이 은제 여밈과 씨름하려니 손짓이 둔하고 어설펐다. 제인 풀이 같이 있었지만, 쓸모가 없었다. 제인은 계속 울어서 얼굴이 퉁퉁 부었는데도 눈물을 그치지 못하고 자기 아버지를 걱정했다.

"너희 아버지는 괜찮을 거야." 산사는 마침내 드레스를 제대로 여미고 말했다. "왕비님께 네가 아버지를 보게 해달라고 부탁할게." 산사는 이 작은 친절이 제인의 기운을 북돋아줄지 모른다고 생각했지만, 제인은 그저 퉁퉁 부어 충혈된 눈으로 산사를 바라보더니 더 심하게 울기만 했다. 정말이지 어린아이였다.

산사도 첫날에는 울었다. 마에고르 성채의 두꺼운 벽 안에서, 문을 닫고 빗장을 질러놓았다 해도 살인이 시작되자 겁에 질리지 않기가 힘들었다. 산사는 훈련장의 쇳소리를 들으면서 컸고, 검과 검이 부딪는 소리를 듣지 않고 지나간 날은 평생 하루도 없었지만, 그래도 싸움이 진짜라는 사실을 아니 세상이 다 달라졌다. 칼 부딪는 소리가 전과는 전혀 다르게 들렸고, 고통스러워하고, 성을 내고 욕하고, 도와달라고 외치고, 상처 입고 죽어가며 신음하는 소리가 더해졌다. 노래 속에 나오는 기사들은 결코 비명을 지르지도 자비를 빌지도 않았건만.

그래서 산사는 울었고, 문 너머에 있는 사람들에게 무슨 일이 일어나는지 말해달라고 애원하고, 아버지를 부르고, 모르데인 성사를 부르고, 왕을 부르고, 늠름한 왕자님을 불렀다. 산사를 지키는 남자들은 그 호소를 들었다 해도 대답하지 않았다. 문이 겨우 열렸을 때는 그날 밤 늦게였고, 그들은 멍투성이로 몸을 벌벌 떠는 제인 풀을 밀어 넣었다. "모두를 죽이고 있어요." 집사의 딸은 새된 목소리로 외쳤다. 제인은 계속 말하고 또 말했다. 그녀는 사냥개가 전투 망치로 자신의 방문을 부쉈다고 말했다. 수관의 탑 계단에는 시체들이 있었고, 계단은 피로 미끌거렸다고. 산사는 친구를 위로하려고 애쓰면서 눈물을 멈출 수 있었다. 그들은 자매처럼 서로를 끌어안고 한 침대에서 잤다.

둘째 날은 더 지독했다. 산사가 갇힌 방은 마에고르 성채에서 가장 높은 탑 꼭대기였다. 창밖으로 문루의 무거운 쇠창살문이 내려져 있고, 이 '요새 안의 요새'와 주위를 둘러싼 성을 분리하는 마른 해자 위로 도개교가 올라가 있음을 볼 수 있었다. 라니스터 위병들이 창과 석궁을 들고 성벽을 돌아다녔다. 싸움은 끝났고, 무덤 같은 정적이 레드킵에 내려앉았다. 들리는 소리라곤 제인 풀의 끝없는 훌쩍임과 흐느낌뿐이었다.

식사는 주어졌다. 아침에는 단단한 치즈와 갓 구운 빵과 우유, 점심에는 구운 닭과 채소, 그리고 늦은 저녁 식사로는 소고기와 보리 스튜였다. 하지만 식사를 가져온 하인들은 산사의 질문에 대답하지 않았다. 그날 저녁에는 여자들이 수관의 탑에서 산사의 옷과 제인의 소지품 일부를 가져왔지만, 그들은 제인 못지않게 겁에 질린 얼굴이었고, 산사가 말을 걸어보려고 하자 역병 걸린 사람이라도 본 것처럼 달아났다. 문밖에 선 위병들은 여전히 산사와 제인이 방을 떠나지 못하게 했다.

"제발요. 다시 왕비님과 이야기를 해야 해요." 산사는 그날 본 사람 모두에게 그랬듯이 위병들에게도 말했다. "저랑 얘기하고 싶어 하실 거예요. 분명해요. 제가 뵙고 싶어 한다고 전해주세요. 왕비님이 안 된다면, 친절을 베풀어 조프리 왕자님에게 말해줘요. 우린 나이가 들면 결혼할 사이예요."

둘째 날 해 질 녘에 큰 종이 울리기 시작했다. 깊고 낭랑한 소리였고, 그 길고 느린 종소리를 듣자 산사의 마음속에 두려움이 가득찼다. 종소리는 울리고 또 울렸고, 나중에는 비세니야 언덕에 있는 바엘로르 대성소에서 다른 종들이 화답하는 소리가 들렸다. 종소리는 천둥처럼 도시를 흔들며 다가오는 폭풍을 경고했다.

"뭐죠?" 제인이 귀를 막으며 물었다. "왜 종을 울리는 거예요?"

"왕이 서거하셨어." 산사 자신도 어떻게 알았는지 모르지만, 알 수 있었다. 느리고 끝없는 종소리는 장송곡처럼 애절하게 방 안을 채웠다. 적이라도 쳐들어와서 로버트 왕을 살해한 걸까? 들려온 전투 소리는 그런 것이었을까?

산사는 궁금해하면서 불안과 두려움 속에서 잠들었다. 이제는 그녀의 아름다운 조프리가 왕이 된 걸까? 아니면 놈들이 조프리도 죽였을까? 조프리가 걱정이었고, 아버지도 걱정이었다. 무슨 일이 벌어지는지 말해주기만 한다면…….

그날 밤 꿈에서 산사는 왕좌에 앉은 조프리와, 그 옆에 금실을 자아 만든 가운을 입고 앉은 스스로를 보았다. 산사는 머리에 왕관을 쓰고 있었고, 아는 사람 모두가 다가와서 무릎을 꿇고 예의를 갖추었다.

다음 날 아침, 그러니까 셋째 날 아침에 킹스가드 보로스 블런트 경이 산사를 왕비에게 데려가려고 왔다.

보로스 경은 가슴팍이 벌어지고, 짧은 다리는 휜 추남이었다. 코는 납작했고, 양 볼에는 살이 늘어졌고, 머리털은 회색으로 뻣뻣했다. 오늘 그는 하얀 벨벳 옷을 입었고, 눈처럼 흰 망토를 사자 브로치로 고정했다. 황금의 광택이 흐르고, 눈에는 작은 루비가 박힌 사자였다. "오늘 아침에도 무척 멋지고 훌륭한 모습이시네요, 보로스 경." 산사가 말했다. 귀부인이라면 예의를 잊지 않는 법이고, 산사는 무슨 일이 있어도 귀부인처럼 행동하기로 결심하고 있었다.

"아가씨에게도 같은 말씀을 드려야겠군요." 보로스 경은 덤덤한 목소리로 말했다. "왕비님께서 기다리십니다. 같이 가시지요."

진홍색 망토를 두르고 사자 장식 투구를 쓴 라니스터 중장병들이 문밖을 지키고 있었다. 산사는 그들에게 상냥하게 미소 짓고 아침 인사를 하면서 지나쳤다. 이 방을 나가는 것은 이틀 전에 아리스 오크하트 경에게 이끌려온 후 처음이었다. "너를 안전하게 지키기 위해서란다, 귀여운 아가. 소중한 사람에게 무슨 일이라도 일어난다면 조프리가 날 용서하지 않을 테니 말이야." 세르세이 왕비는 그렇게 말했었다.

산사는 보로스 경이 왕가의 거처로 데려갈 줄 알았지만, 그는 앞장서서 마에고르 성채를 나섰다. 도개교가 다시 내려와 있었다. 일꾼들이 사람 하나를 밧줄에 묶어 메마른 해자 깊숙이 내려보내고 있었다. 다리 아래를 본 산사는 해자 바닥에 깔린 거대한 철못에 꿰인 시신을 보았다. 산사는 재빨리 눈을 피했다. 물어보기도 무섭고, 오래 보기도 무서웠으며, 아는 사람일까 봐 무서웠다.

세르세이 왕비는 회의실에, 서류와 양초와 봉랍 덩어리가 흩어진 긴 탁자 상석에 앉아 있었다. 산사는 그렇게 화려한 방은 처음 보았다. 산사는 조각이 들어간 나무 병풍과 문 옆에 놓인 쌍둥이 스핑크스를 경외의 눈으로 바라보았다.

기묘하게 생기 없는 얼굴을 한 킹스가드 맨던 경이 그들을 안으로 들이자 보로스 경이 말했다. "전하, 아이를 데려왔습니다."

산사는 조프리가 같이 있어주기를 바랐다. 산사의 왕자님은 그 자리에 없었지만, 왕의 협의회원 세 명이 있었다. 피터 베일리시 공이 왕비 왼쪽에, 대학사 파이셀이 탁자 끝에 앉아 있었고 바리스 공은 꽃향기를 풍기며 돌아다니고 있었다. 산사는 모두가 검은 옷을 입었음을 깨닫고 두려움에 사로잡혔다. 상복이었다…….

왕비는 옷깃을 높이 세운 검은 비단 가운을 입었는데, 보디스에 단 백 개의 암적색 루비가 목부터 가슴팍까지 덮었다. 눈물방울 모양으로 세공한 루비여서, 왕비가 피눈물을 흘리는 것처럼 보였다. 세르세이는 산사를 보고 미소 지었다. 산사는 그렇게 상냥하고 슬픈 미소를 본 적이 없다고 생각했다. "우리 귀여운 산사, 계속 날 보게 해달라고 한 줄 안다. 더 빨리 불러오지 못해 미안하구나. 사태가 무척 불안해서, 한시도 짬이 없었단다. 내 사람들이 널 잘 돌봐줬으리라 믿는다만?"

"모두가 무척 친절하고 상냥했습니다, 전하. 물어봐주셔서 고맙습니다." 산사는 정중하게 답했다. "다만, 아무도 저희에게 말을 걸거나 무슨 일이 일어났는지 말해주지 않아서……."

"저희?" 세르세이는 어리둥절한 얼굴이었다.

보로스 경이 말했다. "집사의 딸을 같이 집어넣었습니다. 달리 어떻게 해야 할지 몰라서요."

왕비는 얼굴을 찌푸리더니 날카로운 목소리로 말했다. "다음에는 내게 묻고 행동하시오. 그 아이가 산사의 머릿속에 어떤 이야기를 불어넣었을지 누가 알겠소."

산사가 말했다. "제인은 겁에 질렸어요. 울음을 멈추질 않아요. 제가 제인이 아버지를 볼 수 있을지 물어보겠다고 약속했어요."

늙은 대학사 파이셀이 시선을 내리깔았다.

"제인의 아버지는 괜찮겠죠. 아닌가요?" 산사는 불안하게 물었다. 싸움이 있었다는 사실은 알지만, 설마 누가 집사를 해치겠는가. 바욘 풀은 검은 들지도 않는데.

세르세이 왕비는 협의회원들을 차례로 쳐다보았다. "산사가 불필요하게 애태울 것 없지. 산사의 어린 친구를 어떻게 하면 좋겠소, 공들?"

피터 공이 몸을 앞으로 내밀었다. "제가 있을 곳을 찾아보지요."

"도시 안은 안 돼요." 왕비가 말했다.

"저를 바보로 아십니까?"

왕비는 그 말을 무시했다. "보로스 경, 그 아이를 피터 공의 거처로 데려가서 피터 공이 찾아갈 때까지 데리고 있으라 이르시오. 리틀핑거가 아버지를 보게 해줄 거라고 말하면 진정하겠지. 산사가 돌아가기 전에 내보냈으면 하는데."

"분부대로 하겠습니다, 전하." 보로스 경이 말했다. 그는 허리를 깊이 숙이고, 발꿈치를 대고 몸을 빙글 돌리더니 길고 하얀 망토를 펄럭이며 나갔다.

산사는 혼란에 빠졌다. "이해가 안 가는데요. 제인의 아버지는 어디 있죠? 왜 보로스 경이 제인을 아버지에게 데려가지 못하고 피터 공이 관여하셔야 하죠?" 산사는 숙녀답게 굴겠노라고, 왕비처럼 온화하고 어머니인 캐틀린 부인처럼 강인하겠노라고 다짐했지만, 갑자기 다시 겁을 먹고 말았다. 잠시 동안이지만 울어버릴지도 모른다고 생각했다. "왜 제인을 보내버리는 거죠? 제인은 아무 짓도 하지 않았어요. 착한 아이예요."

왕비는 온화하게 말했다. "그 아이 때문에 네가 속상하잖니. 그렇게 둘 수야 없지. 이제 더 말하지 말거라. 베일리시 공이 제인을 잘 돌봐줄 거야. 약속하마." 왕비는 옆에 놓인 의자를 두드렸다. "앉거라, 산사. 너와 이야기를 나누고 싶구나."

산사는 왕비 옆에 앉았다. 세르세이가 다시 미소 지었지만, 그래도 산사의 불안감은 가시지 않았다. 바리스는 부드러운 두 손을 쥐어짜고 있었고, 대학사 파이셀은 거슴츠레한 눈으로 앞에 놓인 서류만 보았지만, 리틀핑거가 쳐다보는 눈길은 느낄 수 있었다. 그 키 작은 남자의 눈빛을 받으면 어쩐지 알몸이 된 기분이 들었다. 소름이 돋았다.

"귀여운 산사." 세르세이 왕비가 산사의 손목에 부드러운 손을 올리며 말했다. "정말이지 아름다운 아이로구나. 조프리와 내가 널 얼마나 사랑하는지 알았으면 한다."

"정말요?" 산사는 숨이 가빠졌다. 리틀핑거는 잊혔다. 그녀의 왕자님이 그녀를 사랑한다니, 다른 건 중요하지 않았다.

왕비는 미소 지었다. "난 너를 내 딸처럼 생각한단다. 그리고 난 네가 조프리에게 품은 사랑을 알지." 왕비는 피곤한 듯 고개를 저었다. "안타깝게도 네 아버지에 대해 심각한 소식이 있구나. 얘야, 용감해져야 한다."

왕비의 조용한 말을 듣자 오싹해졌다. "무슨 일인데요?"

"아가씨 아버님은 반역자랍니다." 바리스 공이 말했다.

대학사 파이셀이 늙은 손을 들어 올렸다. "내 귀로 에다드 공이 우리의 사랑하는 로버트 왕에게 어린 왕자님들을 아들처럼 보호하겠다고 맹세하는 소리를 들었지요. 그런데도 왕이 서거하자 에다드 공은 소협의회를 불러놓고 조프리 왕자님의 정당한 왕좌를 탈취하려 했습니다."

"아니에요. 그럴 리가 없어요. 그럴 리가!" 산사는 불쑥 말해버렸다.

왕비는 편지 한 통을 집어 들었다. 종이가 찢기고 피가 말라붙어 있었지만, 깨어진 인장은 하얀 봉랍에 찍힌 다이어울프였다. "너희 집안 위병대장에게서 이 편지를 찾았단다, 산사. 고인이 된 내 남편의 동생 스타니스에게 왕관을 찾으러 오라고 쓴 편지야."

"제발, 전하, 실수가 있었을 거예요." 갑자기 치솟아 오른 공포에 머리가 어지러웠다. "제발, 아버지를 부르세요. 아버지가 말씀하실 거예요. 그런 편지를 쓰실 리가 없어요. 로버트 왕은 아버지의 친구였는걸요."

"로버트는 그렇게 생각했지. 이 배신을 겪었다면 심장이 부서졌을 거야. 로버트가 살아서 이 일을 보지 못했으니 신들도 친절하시지." 왕비는 한숨을 내쉬었다. "귀여운 산사야, 이 편지 때문에 우리가 얼마나 끔찍한 처지에 놓였는지 이해해야 해. 네가 아무 잘못도 없다는 건 우리 모두 알지만, 그래도 넌 반역자의 딸이야. 내가 어떻게 너를 내 아들과 결혼시킬 수 있겠니?"

"하지만 전 조프리를 사랑해요." 산사는 혼란과 두려움에 빠져서 울부짖었다. 이들이 어떻게 하려는 걸까? 아버지에게는 어떻게 했을까? 이런 식으로 돌아갈 일이 아니었다. 산사는 조프리와 결혼해야 했고, 약혼도 했고, 약속된 사이였다. 결혼에 대한 꿈도 꿨다. 아버지가 무슨 짓을 했든 그 이유 때문에 조프리를 빼앗아가다니 불공평했다.

"내가 그걸 왜 모르겠니." 세르세이는 정말 다정하고 상냥한 목소리로 말했다. "사랑 때문이 아니라면 나에게 찾아와서 너를 멀리 보내버리려는 네 아버지의 계획을 고했을 리가 없지."

산사는 허겁지겁 말했다. "사랑 때문이고말고요. 아버지는 저에게 작별 인사를 할 기회도 주지 않았어요." 산사는 착한 아이, 순종적인 아이였지만 그날 아침 아버지를 거역하고 모르데인 성사 몰래 빠져나왔을 때는 아리아만큼 못된 아이가 된 기분이었다. 그 전까지는 그렇게 제멋대로 행동을 한 적이 없었고, 조프리를 정말 사랑하지 않았다면 결코 그런 짓을 하지 않았을 것이다. "절 윈터펠로 다시 데려가서 어느 방랑기사와 결혼시키셨을 거예요. 제가 원하는 건 조프리인데도요. 제가 그렇게 말했는데도 듣질 않으셨어요." 왕이 산사의 마지막 희망이었다. 왕이라면 아버지에게 산사를 킹스랜딩에 두고 조프리 왕자와 결혼시키라고 명령할 수 있었다. 그럴 수 있었다. 하지만 산사는 언제나 왕이 무서웠다. 왕은 목소리가 크고 거칠었으며 취해 있을 때가 많았고, 설령 산사를 만나준다 해도 그냥 에다드 공에게 돌려보낼지도 몰랐다. 그래서 산사는 왕비에게 가서 마음을 털어놓았고, 세르세이는 귀 기울여 듣더니 다정하게 고맙다고 했다……. 그러더니 아리스 경이 마에고르 성채 높은 곳에 있는 방으로 산사를 데려가서 감시병을 세웠고, 몇 시간 후에는 밖에서 싸움이 벌어졌다. 산사는 마저 말했다. "제발, 제가 조프리와 결혼하게 해주셔야 해요. 전 정말 좋은 아내가 될 거예요. 보시면 알아요. 전 왕비님 같은 왕비가 될 거예요. 약속해요."

세르세이 왕비는 다른 이들을 둘러보았다. "협의회원들, 이 청원에 어떻게 답하시겠소?"

바리스가 중얼거렸다. "가엾은지고. 정녕 진실하고 순수한 사랑입니다, 전하. 이런 사랑을 부인한다면 잔인한 일이겠지요……. 하나 저희가 어쩌겠습니까? 이 아이의 아버지에게는 죄가 있는 것을요." 바리스는 어찌할 도리가 없는 고통을 표현하며 부드러운 손을 마주 비볐다.

대학사 파이셀이 말했다. "반역자의 씨를 이은 아이에게는 배신이 자연스럽기 마련입니다. 지금은 귀여운 아이지만, 10년이 지나면 어떤 반역을 꾀할지 누가 알겠습니까?"

산사는 겁에 질려 말했다. "아니에요. 전 아니에요. 절대…… 전 조프리를 배신하지 않아요. 사랑하는걸요. 맹세해요. 정말이에요."

"아, 이렇게 가슴 아플 수가." 바리스가 말했다. "그렇다 해도 핏줄이 맹세보다 더 진실하다는 말이 있지요."

피터 베일리시 공이 조용히 말했다. "그 아이를 보면 아버지보다는 어머니가 생각나는군요. 보세요. 머리카락이며, 눈이며. 저 나이 때 캣과 꼭 닮았습니다."

왕비는 난처한 얼굴로 산사를 보았지만, 산사는 왕비의 투명한 녹색 눈동자에서 친절을 알아볼 수 있었다. "얘야, 정말로 네가 네 아버지와 같지 않다고 믿을 수만 있다면, 너를 내 아들 조프리와 결혼시키는 것보다 더 기쁜 일이 어디 있겠니. 조프리가 온 마음으로 널 사랑한다는 걸 안단다." 왕비는 한숨을 내쉬었다. "하나 안타깝게도 바리스 공과 대학사의 말에 일리가 있으니. 피는 못 속인다지. 네 동생이 내 아들에게 늑대를 풀었을 때 일을 되새길 수밖에 없구나."

"전 아리아와 달라요. 아리아에겐 반역자의 피가 흐르지만 전 아니에요. 전 착해요. 모르데인 성사에게 물어보세요. 말해줄 거예요. 전 그저 조프리의 충실하고 성실한 아내가 되고 싶을 뿐이에요."

산사는 자신의 얼굴을 찬찬히 살피는 왕비의 무거운 시선을 느낄 수 있었다. "진심이라 믿는다, 얘야." 왕비는 다른 이들을 돌아보았다. "공들, 내 생각에 이 끔찍한 시기에 산사의 나머지 혈족들이 충성을 다한다면, 우리의 두려움을 가라앉히는 데 큰 도움이 될 것 같군요."

대학사 파이셀이 부드럽고 덥수룩한 수염을 쓸며 넓은 이마를 찌푸리고 생각에 잠겼다. "에다드 공에게는 세 아들이 있지요."

피터 공이 한쪽 어깨를 으쓱였다. "아이들에 불과합니다. 저라면 캐틀린 부인과 툴리 가문에 더 신경 쓰겠습니다."

왕비는 두 손으로 산사의 손을 잡았다. "얘야, 글자를 아느냐?"

산사는 불안하게 고개를 끄덕였다. 산사는 오빠들보다 더 읽고 쓰기를 잘했지만, 셈에는 형편없었다.

"그 말을 들으니 기쁘구나. 어쩌면 너와 조프리에게 아직 희망이 있을 수도……."

"제가 어떻게 하면 좋을까요?"

"네 어머니에게 편지를 써야 한다. 그리고 네 오빠…… 이름이 뭐지?"

"롭이에요."

"네 아버님의 반역에 대한 소식이 곧 이를 텐데, 기왕이면 네가 전하는 게 좋겠지. 네가 에다드 공이 어떻게 왕을 배신했는지 전해야 해."

산사는 조프리를 간절히 원했지만, 왕비가 요구하는 대로 할 용기는 나지 않았다. "하지만 아버지는…… 저는…… 전하, 전 뭐라고 말해야 할지 모르고……."

왕비는 산사의 손을 토닥였다. "뭐라고 쓸지는 우리가 알려주마. 네가 캐틀린 부인과 네 오빠에게 왕의 평화를 지키라고 설득하는 게 중요해."

대학사 파이셀이 말했다. "평화를 지키지 않는다면 그분들이 힘들어질 겁니다. 가족에게 품은 사랑으로 현명한 길을 걷도록 충고해야지요."

왕비가 말했다. "네 어머니는 너를 끔찍이 걱정하실 테지. 어머니에게 너는 잘 있고 우리의 보호 아래 있으며, 우리가 너를 친절하게 대하고 원하는 대로 해주고 있다고 말해야 해. 킹스랜딩으로 와서 조프리가 왕좌에 앉을 때 충성 맹세를 하라고 쓰려무나. 그렇게만 한다면…… 그렇다면 우리도 네 핏줄에 흠이 없음을 알 테고, 네가 여성으로 만개하면 바엘로르 대성소에서 신들과 인간들의 눈앞에서 왕과 결혼하게 되겠지."

……왕과 결혼……. 그 말을 듣자 숨이 가빠졌지만, 그래도 산사는 머뭇거렸다. "어쩌면…… 혹시 제가 아버지를 만나서 이야기를 해보면……."

"반역에 대해서요?" 바리스가 넌지시 말했다.

"날 실망시키는구나, 산사." 왕비가 돌처럼 냉정해진 눈으로 말했다. "우리가 네 아버지의 범죄를 이야기해줬잖니. 네가 정말 네 말대로 충성스럽다면, 왜 굳이 아버지를 보고 싶어 하지?"

"저…… 전 다만……" 산사는 눈이 젖어 들었다. "아버지가…… 제발, 아버지가 혹시…… 다치거나…… 혹시…… 혹시……."

"에다드 공은 무사하단다." 왕비가 말했다.

"하지만…… 아버지는 어떻게 되나요?"

"그건 왕이 결정하실 문제지요." 대학사 파이셀이 무겁게 말했다.

왕! 산사는 눈을 깜박여 눈물을 밀어 넣었다. 이제는 조프리가 왕이었다. 그녀의 멋진 왕자님이 아버지를 해칠 리가 없었다. 아버지가 무슨 짓을 했다 해도……. 가서 자비를 청하면 조프리는 분명히 들어줄 거라고 산사는 확신했다. 들어주고말고. 그는 그녀를 사랑했다. 왕비도 그렇게 말하지 않았는가. 아버지를 벌하기는 해야겠지. 귀족들이 그러길 기대할 테니까. 하지만 윈터펠로 돌려보내거나, 협해 건너 자유도시로 추방할 수도 있을 것이다. 몇 년만 있으면 되리라. 몇 년만 있으면 조프리와 결혼할 테니까. 일단 왕비가 되고 나면 조프리를 설득해서 아버지를 모셔 오고 사면할 수 있으리라.

다만…… 만약 어머니나 롭이 반역에 해당하는 일을 한다면, 휘하를 소집하거나 충성 맹세를 거부하거나 한다면 다 그르칠 것이다. 산사는 그녀의 조프리가 선량하고 친절하다는 사실을 마음으로 알고 있었지만, 왕은 반역자들에게 엄해야 했다. 그러니 그 점을 이해시켜야 했다. 그래야만 했다!

"제가…… 제가 편지를 쓸게요." 산사는 말했다.

세르세이 라니스터는 해돋이처럼 따스한 미소를 지으며 몸을 기울여 산사의 뺨에 부드럽게 입을 맞췄다. "그럴 줄 알았다. 네가 오늘 여기에서 보여준 용기와 분별력을 이야기하면 조프리가 정말 자랑스러워할 거야."

결국 산사는 편지를 네 통 썼다. 어머니 캐틀린 스타크 부인에게, 그리고 윈터펠에 있는 형제들에게, 그리고 이모인 이어리의 라이사 아린 부인과 외할아버지인 리버런의 호스터 툴리 공에게도. 다 썼을 때쯤에는 손가락이 아프고 뻣뻣한 데다 잉크투성이가 되었다. 바리스가 산사의 아버지가 쓰는 인장을 가져왔다. 산사는 하얀 밀랍을 촛불에 데워 조심스럽게 붓고, 바리스가 편지마다 스타크 가문의 다이어울프 인장을 찍는 모습을 지켜보았다.

맨던 무어 경이 산사를 마에고르 성채의 높은 탑으로 데리고 돌아갔을 때에는 제인 풀과 그녀의 물건이 다 사라지고 없었다. 울음소리는 더 듣지 않아도 되겠구나. 산사는 고맙게 생각했다. 하지만 제인이 가고 나니 불을 지펴도 전보다 더 춥게 느껴졌다. 산사는 의자를 불가에 끌어다 놓고 제일 좋아하는 책을 한 권 가져다가 플로리안과 종컬, 셀라 부인과 무지개 기사, 용감한 아에몬 왕자와 그의 불운한 사랑이었던 형의 왕비에 대한 이야기들에 빠져들었다.

산사는 그날 밤 늦게 잠에 빠져들 무렵에야 겨우 동생에 대해 물어볼 생각을 못 했음을 깨달았다.

존

"오서가 확실합니다. 그리고 이쪽은 제이퍼 플라워스입니다." 제레미 라이커 경이 말하고서 발로 시신을 뒤집자, 시체의 하얀 얼굴이 새파란 눈으로 머리 위 하늘을 올려다보았다. "둘 다 벤 스타크의 부하였습니다."

'숙부님의 사람들.' 존은 멍하니 생각했다. 그들과 같이 가게 해달라고 매달리던 일을 기억했다. '신들이시여, 나는 얼마나 풋내기였는가. 숙부님이 날 데려갔다면 여기 누워 있는 사람은 나일 수도 있었어…….'

제이퍼의 오른팔은 고스트의 이빨에 끊긴 뼈와 찢긴 살로 끝났다. 그 오른손은 아에몬 학사의 탑에 있는 식초병 속에 떠 있었다. 아직 팔 끝에 붙은 왼손은 그의 망토처럼 검었다.

"신들이여, 자비를 베푸소서." 늙은 곰이 중얼거리더니, 말에서 훌쩍 뛰어내려 말고삐를 존에게 건넸다. 그날 아침은 이상하게 따뜻했다. 사령관의 이마에는 멜론에 맺힌 아침 이슬처럼 땀방울이 송글송글 맺혔다. 사령관의 말은 불안하게 눈을 굴리며 고삐가 허용하는 한 시체에서 멀어지려고 했다. 존은 그 암말이 달아나지 못하게 씨름하며 몇 발자국을 따라갔다. 말들은 이 장소가 주는 느낌을 싫어했다. 그 점은 존도 마찬가지였다.

개들이 가장 심했다. 여기까지 일행을 이끈 것은 고스트였다. 사냥개 무리는 쓸모가 없었다. 견사장인 배스가 끊어진 손에서 냄새를 맡게 하려고 했더니 개들은 미쳐 날뛰며 울부짖고 짖어대고 달아나려고 했었다. 지금도 사냥개들은 돌아가면서 이를 드러내고 낑낑거리고 목줄을 잡아당기고 있었다. 체트가 똥개들이라고 욕을 했다.

존은 스스로에게 말했다. '그냥 숲이고, 그냥 시체에 불과해.' 죽은 사람이라면 예전에도 보았다…….

전날 밤에 존은 윈터펠 꿈을 또 꾸었다. 그는 텅 빈 성안을 돌아다니며 아버지를 찾다가 지하묘지로 내려갔다. 다만 이번에는 꿈이 전보다 더 이어졌다. 어둠 속에서 존은 돌과 돌이 스치는 소리를 들었다. 고개를 돌리자 묘지가 하나씩 열리고 있었다. 죽은 왕들이 차가운 검은 무덤 속에서 비틀거리며 걸어 나오는 순간, 존은 캄캄한 어둠 속에서 깨어났다. 심장이 쿵쾅거렸다. 고스트가 침대 위로 뛰어올라 그의 얼굴에 코를 비비는데도 깊은 공포를 떨쳐낼 수가 없었다. 감히 다시 잠을 청하지도 못했다. 존은 자는 대신 장벽 위로 올라갔고, 새벽빛이 드리울 때까지 벽 위를 서성였다. '꿈이었을 뿐이야. 난 이제 겁에 질린 소년이 아니라 밤의 경비대 형제야.'

샘웰 탈리는 나무들 아래, 말들 뒤에 반쯤 숨어 몸을 웅송그리고 있었다. 살이 찐 둥근 얼굴은 응고된 우유 빛깔이었다. 아직까지 토하려고 숲으로 뛰어들지는 않았지만, 시체를 제대로 보지도 않았다. "못 보겠어." 샘이 불쌍하게 소곤거렸다.

"봐야 해." 존도 다른 사람들에게 들리지 않도록 목소리를 낮추고 말했다. "아에몬 학사님이 그분의 눈을 대신해달라고 보내셨잖아. 그런데 눈을 감고 있으면 무슨 쓸모가 있겠어?"

"알아. 하지만…… 난 정말 겁쟁이야, 존."

존은 샘의 어깨에 한 손을 올렸다. "여기엔 순찰자만 십여 명이 같이 있고, 개들도 있고, 고스트도 있어. 아무도 널 해치지 못할 거야, 샘. 가서 봐. 처음이 제일 힘든 법이야."

샘은 눈에 띄게 용기를 끌어 올리며 부들부들 고개를 끄덕였다. 그리고 천천히 고개를 돌렸다. 샘은 눈이 커졌지만, 존이 팔을 잡고 있었기에 몸을 돌리지 못했다.

"제레미 경, 벤 스타크는 장벽에서 달려 나갔을 때 여섯 명을 데리고 있었네. 나머지는 어디 있나?" 늙은 곰이 무뚝뚝하게 물었다.

제레미 경은 고개를 저었다. "저도 알고 싶습니다."

척 봐도 모르몬트는 그 대답이 마뜩잖은 기색이 역력했다. "우리 형제 두 명이 장벽이 보일 정도로 가까운 곳에서 살해당했는데, 자네 순찰자들은 아무 소리도 듣지 못하고, 아무것도 보지 못했어. 밤의 경비대가 이렇게까지 추락했나? 아직까지 이 숲을 훑고 있긴 한가?"

"하고 있습니다만—"

"아직 말을 타고 감시를 나가긴 해?"

"합니다. 하지만—"

"이 형제는 사냥 나팔을 갖고 있군." 모르몬트가 오서를 가리켰다. "나팔도 불지 않고 죽었다고 생각해야 하나? 아니면 자네 순찰자들이 다 눈멀고 귀먹었던 건가?"

제레미 경은 분노에 날이 선 얼굴로 반박했다. "나팔 부는 소리는 없었습니다. 나팔을 불었다면 제 부하들이 들었을 겁니다. 기마 순찰을 시킬 숫자가 충분하지 않습니다……. 게다가 벤젠이 사라진 후에는 전보다 더 장벽 가까이에 머물러 있었지요. 바로 사령관님의 명에 따라서요."

늙은 곰은 불만스레 말했다. "그래. 그랬지. 그건 그렇다고 치고……." 그는 조급하게 손짓했다. "어떻게 죽었는지 말해보게."

제레미 경은 제이퍼 플라워스라는 자의 시체 옆에 쪼그려 앉아서 머리

가죽을 잡았다. 그의 손가락 사이로 빠져나온 머리털은 지푸라기처럼 바삭거렸다. 기사는 욕을 하며 손날로 시체의 얼굴을 밀었다. 시체의 목 옆에 커다란 상처가 입을 벌리고 있었는데, 마른 피가 딱딱하게 덮였고, 허연 힘줄 몇 가닥만이 머리통과 목을 붙여놓았다. "이쪽은 도끼에 당했군요."

늙은 숲지기 디웬이 중얼거렸다. "그렇지. 아무래도 오서가 갖고 다니던 도끼 같습니다요."

존은 배 속에서 아침 식사가 울렁거리는 느낌을 받았지만, 입술을 꾹 물고 애써 두 번째 시신을 보았다. 오서는 크고 못생긴 사내였고, 크고 못생긴 시체가 되었다. 도끼는 보이지 않았다. 존은 오서를 기억했다. 순찰대가 달려 나갈 때 음탕한 노래를 부르던 남자였다. 오서가 노래 부르던 나날은 끝났다. 온몸의 살갗이 우유처럼 희게 바랬는데, 두 손만 예외였다. 손은 제이퍼와 마찬가지로 시커멨다. 가슴과 사타구니와 목을 덮은 치명상 위를 장식한 딱딱한 피딱지가 발진처럼 만개해 있었다. 그런데도 눈은 아직 뜨여 있었다. 사파이어처럼 새파란 눈이 하늘을 올려다보고 있었다.

제레미 경이 일어섰다. "야인들에게도 도끼는 있지요."

모르몬트는 버럭 호통을 쳤다. "그러니까 자네는 이게 만스 레이더 짓이라고 믿는 건가? 이렇게 장벽 가까이에서?"

"달리 누구겠습니까?"

존은 대답할 수 있었다. 존도 알고, 모두가 알았지만 아무도 그 말을 꺼내지 않았다. '"다른자'들은 아이들을 겁줄 때나 하는 옛날이야기일 뿐이야. 다른자들이 정말 있었다 해도 8000년 전에 사라졌다고.' 존은 그런 생각을 하는 것만으로도 바보가 된 기분이었다. 그는 이제 성인이었고, 밤의 경비대에 속한 검은 형제였다. 브랜과 롭과 아리아와 함께 낸 할멈의 발치에 둘러앉던 소년이 아니었다.

모르몬트 사령관은 콧방귀를 뀌었다. "벤 스타크가 캐슬블랙에서 반나

절만 말을 달리면 되는 거리에서 야인의 습격을 받았다면, 돌아와서 부하를 더 데리고 나간 후에 일곱 지옥 너머까지라도 살인자들을 뒤쫓아서 머리통을 들고 왔을 걸세."

"벤도 당하지 않았다면 그랬겠지요." 제레미 경이 주장했다.

그 말만 들어도 아팠다. 아직도 그랬다. 오랜 시간이 지났고 벤 스타크가 아직 살아 있다는 희망을 붙들고 있는 게 어리석어 보일지라도, 존 스노우는 고집 빼면 시체였다.

제레미 경은 말을 이었다. "벤젠이 떠난 지 반년이 다 됐습니다, 사령관님. 숲은 넓어요. 야인들은 어디에서든 벤젠을 덮칠 수 있었을 겁니다. 장담하는데 이 둘이 마지막으로 살아남아서 돌아오던 중이었을 겁니다……. 하지만 안전한 장벽에 도달하기 전에 적들이 따라잡은 거죠. 시신이 아직 상하지 않은 것이, 죽은 지 하루도 지나지 않았을……."

"아니에요." 샘웰 탈리가 빽 소리쳤다.

존은 깜짝 놀랐다. 샘웰의 불안해서 높아진 목소리를 들을 줄은 상상도 하지 못했다. 그 뚱뚱한 소년은 고위직들을 무서워했고, 제레미 경은 참을성이 좋다고 알려진 사람이 아니었다.

"네 의견을 묻지 않았다." 제레미 라이커가 차갑게 말했다.

"말하게 해주십시오, 경." 존이 불쑥 말했다.

모르몬트의 시선이 샘과 존 사이를 오갔다. "저 아이에게 할 말이 있다면, 듣겠네. 더 가까이 오너라. 말 뒤에 있어서 볼 수가 없구나."

샘은 땀을 뻘뻘 흘리며 주춤주춤 존과 조랑말들 사이를 지나갔다. "사령관님, 하루일 수가 없…… 없어요…… 보세요…… 피가……."

"그래서?" 모르몬트는 성난 목소리로 조바심쳤다. "피가 어쨌다는 거냐?"

"저 녀석은 피만 봐도 속옷을 더럽힌답니다." 체트가 외치자 순찰자들이 웃음을 터뜨렸다.

샘은 이마에 맺힌 땀을 닦았다. "보이실 텐데요……. 고스트가…… 존의 다이어울프가…… 저 사람 손을 뜯어낸 자리 말이에요. 그런데…… 피가 안 났어요. 보세요……." 샘은 한 손을 휘저었다. "제 아버지…… 래, 랜딜 공이, 가, 가끔 짐승을 손질할 때 저도 봐야 했는데, 그게, 막……." 샘은 턱을 떨며 고개를 이쪽저쪽으로 내저었다. "갓 죽인 짐승은…… 피가 아직 흐릅니다. 나중에…… 나중에는 마치…… 어, 젤리처럼 탁하게 굳고…… 그리고……." 샘은 토할 것 같은 얼굴이었다. "이 사람은…… 저 손목을 보세요. 완전히 굳어서…… 딱지가 앉았죠…… 마치……."

존은 샘이 무슨 말을 하는지 바로 알아보았다. 죽은 남자의 손목 안으로 찢어진 핏줄을 볼 수 있었다. 하얀 살 안에 강철빛 벌레가 든 것 같았다. 피는 검은 흙이었다. 그래도 제레미 라이커는 받아들이지 않았다. "죽은 지 하루가 넘었다면 지금쯤 썩었을 거다. 지금 냄새도 안 나잖나."

눈이 오는 냄새도 맡을 수 있다고 큰소리치곤 하던 쭈글쭈글한 늙은 숲지기 디웬이 시체에 다가가서 킁킁거렸다. "꽃향기가 나는 건 아니지만…… 나리께서 제대로 말씀하셨습니다. 시체 썩는 냄새가 안 나네요."

"썩지…… 썩지 않고 있으니까요." 샘이 통통한 손가락을 살짝 떨면서 시체를 가리켰다. "보세요. 구더기나 다른…… 다른 벌레도 없고…… 이런 숲 속에 누워 있었는데도…… 짐승에게 뜯기거나 먹히지도 않았어요. 고스트만…… 고스트 말고는 전혀……."

"건드리지 않았지." 존이 조용히 말했다. "그리고 고스트는 달라요. 개와 말들은 시체 근처에 가지 않으려 합니다."

순찰자들은 서로 눈빛을 교환했다. 모두가 그 말이 사실임을 알아볼 수 있었다. 모르몬트는 얼굴을 찌푸리며 시신들에게서 개들 쪽으로 시선을 돌렸다. "체트, 사냥개들을 더 가까이 끌고 오게."

체트는 그러려고 했다. 욕을 하고, 목줄을 잡아당기고, 사냥개 한 마리에게는 장화 맛을 보여줬다. 개들은 대부분 낑낑거리기만 하고 발을 버텨 섰다. 체트가 한 마리를 끌고 오려고 했다. 그 암캐는 으르렁거리고 목줄을 벗어버리려는 것처럼 몸을 비틀며 저항했다. 급기야 체트에게 덤벼들기까지 했다. 체트는 목줄을 놓치고 뒷걸음질 쳤다. 개는 체트를 뛰어넘어 숲 속으로 달려가버렸다.

"이건…… 이건 완전히 잘못됐어요." 샘 탈리가 진지하게 말했다. "피가…… 옷에는 핏자국이 있고, 또 살에도…… 딱딱하게 말라붙은 핏자국이 있는데, 그런데…… 땅에도…… 아무 데도 피가 없어요. 저런…… 저런……." 샘은 침을 꿀떡 삼키고 심호흡을 했다. "저런…… 끔찍한 상처라면 피가 사방에 튈 텐데요. 그렇지 않나요?"

디웬이 나무로 만든 의치를 습 빨았다. "여기에서 죽지 않았을지도 모르지. 누군가가 우리 보라고 끌어다 놔뒀을지도 몰라. 경고처럼." 늙은 숲지기는 수상쩍다는 눈으로 아래를 보았다. "그리고 내가 기억력이 나쁜가 모르겠는데, 오서가 파란 눈이었던가."

제레미 경이 흠칫 놀랐다. "플라워스도 아니지 않나." 그는 죽은 사람을 돌아보고 불쑥 말했다.

숲에 정적이 내려앉았다. 잠시 동안 모두가 샘의 거친 숨소리와 디웬이 의치를 빠는 소리를 들을 수 있었다. 존은 고스트 옆에 쪼그리고 앉았다.

"태워야 해." 누군가가 속삭였다. 순찰자 중 하나였는데, 누구인지는 알 수 없었다. "그래, 태우자." 두 번째 목소리가 동조했다.

늙은 곰은 완고하게 고개를 저었다. "아직은 안 돼. 아에몬 학사가 살펴봤으면 좋겠군. 장벽으로 싣고 돌아간다."

어떤 명령은 내리기는 쉬워도 따르기는 어렵다. 그들은 시신을 망토로 쌌지만, 헤이크와 디웬이 시신 하나를 말에 묶으려 하자 말이 미쳐 날뛰며 소리를 지르고 뒷걸음질을 치고 발굽으로 후려갈기려 들었고, 도우려고 달려간 케터를 물려고도 했다. 다른 조랑말들에 묶어보려던 순찰자들도 나을 게 없었다. 아무리 얌전한 말이라도 이 짐은 결코 감당하려 하지 않았다. 결국 그들은 나뭇가지를 쳐내어 어설픈 들것을 만들어서 싣고 걸어야 했다. 출발했을 때는 이미 정오가 훌쩍 넘었다.

"이 숲을 수색하도록 하게." 모르몬트는 출발하면서 제레미 경에게 명령했다. "여기에서 50킬로미터 안에 있는 모든 나무와 바위와 덤불과 진흙땅을 샅샅이 뒤져. 자네 부하를 모두 동원하고, 그거로도 부족하면 집사부에서 사냥꾼과 숲지기들을 빌리게. 죽었든 살았든 간에 벤과 다른 형제들이 여기에 있다면 찾아내고 말겠네. 그리고 이 숲에 다른 누군가가 있다면 그것도 알아야겠어. 자네는 그자들을 추적해서, 가능하면 산 채로 잡아야 하네. 알아듣겠나?"

"알겠습니다, 사령관님. 그렇게 될 겁니다." 제레미 경이 말했다.

그 후에 모르몬트는 생각에 잠겨서 말없이 말을 달렸다. 존이 바싹 뒤따랐다. 사령관의 개인 집사로서 그래야 했다. 습기 차고 우중충한 회색 낮, 차라리 비가 왔으면 하게 되는 그런 날이었다. 나무를 흔드는 바람 한 점 없었다. 공기는 눅눅하고 무거웠고, 존의 옷은 피부에 자꾸 달라붙었다. 따뜻했다. 지나치게 따뜻했다. 장벽은 며칠째 눈물을 흘리고 있었고, 가끔은 줄어들고 있다는 생각마저 들었다.

노인들은 이런 날씨를 '허깨비 여름'이라고 불렀고, 계절이 마침내 그 넋을 포기한다는 의미라고 했다. 그들은 이 날씨가 끝나면 추위가 오리라 경고했고, 긴 여름은 언제나 긴 겨울을 의미했다. 이번 여름은 10년 동안 이어졌다. 이 여름이 시작되었을 때 존은 품에 안긴 아이였다.

고스트는 한동안 일행과 같이 달리다가 숲 속으로 사라졌다. 존은 다이어울프와 떨어지자 벌거벗은 느낌마저 들었다. 그림자만 보여도 불안하게 흘끔거렸다. 저도 모르게 윈터펠에서 어렸을 때 낸 할멈에게 듣곤 하던 이야기들이 다시 생각났다. 낸 할멈의 목소리와 달각 달각 달각 하던 바느질 소리까지 다시 들리는 것 같았다. 할멈은 목소리를 점점 낮추면서 말하곤 했다. '어둠 속에서 다른자들이 말을 타고 왔다오. 다른자들은 차갑게 죽은 몸이었고, 철과 불과 태양 빛, 그리고 뜨거운 피가 흐르는 모든 생물을 싫어했지. 창백히 죽은 말을 타고, 죽은 자들의 군대를 이끌고 남쪽으로 향하는 다른자들 앞에서 인간의 성채와 도시와 왕국 모두가 무너졌다오. 다른자들은 죽은 하인들에게 사람의 아이를 먹였고…….'

옹이 많은 늙은 참나무 위로 솟아오른 장벽이 언뜻 보이자, 존은 크게 안도했다. 모르몬트가 갑자기 말고삐를 당기더니 안장 위에서 몸을 돌리고 짖듯이 말했다. "탈리, 이리 와봐라."

존은 암말을 타고 비척비척 다가오는 샘의 얼굴에 떠오른 공포의 빛을 보았다. 나쁜 일이 생겼다고 생각하는 게 분명했다. 늙은 곰은 무뚝뚝하게 말했다. "넌 뚱뚱하지만 멍청하지는 않구나. 아까는 잘해줬다. 스노우, 너도."

샘은 새빨갛게 상기되어 더듬더듬 예의를 차려 답하려다가 혀가 꼬였다. 존은 웃을 수밖에 없었다.

나무 아래에서 벗어나자 모르몬트는 작고 튼튼한 조랑말에 박차를 가해 달렸다. 고스트가 숲 속에서 휙 튀어나오더니, 사냥감으로 붉게 물든 주둥이를 핥으며 합류했다. 머리 위 높이 솟은 장벽에 선 남자들이 다가가는 일행을 보았다. 존은 몇 킬로미터씩 울려 퍼지는 파수꾼의 큰 나팔이 깊게 으르렁거리는 소리를 들었다. 한 번의 긴 나팔 소리가 나무들 사이를 흔들고 얼음에 메아리쳤다.

~~우우우우우우우우우우우우우우우우우우우우우우우우우우우우우우우우~~.

그 소리는 천천히 사그라들었다. 나팔 소리 한 번은 순찰자들의 귀환을 의미했고, 존은 생각했다. '오늘만은 나도 순찰자였어. 무슨 일이 일어나

든 그걸 빼앗아가진 못해.'

일행이 조랑말을 끌고 얼음 터널로 들어갔는데 첫 번째 문 앞에서 보웬 마시가 기다리고 있었다. 집사장은 붉어진 얼굴로 안절부절못하다가, 철창을 열면서 모르몬트에게 말했다. "사령관님, 새가 와 있습니다. 바로 가 보셔야겠습니다."

"무슨 일인가?" 모르몬트는 무뚝뚝하게 물었다.

이상하게도 보웬 마시는 존을 한 번 보고 대답했다. "아에몬 학사님이 편지를 가지고 사령관님 개인 방에서 기다리십니다."

"알겠네. 존, 내 말을 맡고, 제레미 경에게 시신은 학사가 보러 갈 때까지 창고에 넣어두라고 전해라." 모르몬트는 못마땅해하며 걸음을 재촉했다.

말을 마구간으로 데려가면서 존은 자신을 쳐다보는 사람들의 눈길에 꺼림칙해졌다. 알리서 쏜 경은 훈련장에서 소년들을 훈련시키던 중이었건만, 존을 쳐다보려고 잠시 훈련을 중단하기까지 했다. 입가에는 희미한 미소가 걸려 있었다. 외팔이 도날 노이는 무기고 문 앞에 서 있다가 외쳤다. "신들이 함께하시길 빈다, 스노우."

'뭔가 잘못됐어. 뭔가가 아주 잘못됐어.' 존은 생각했다.

시신 두 구는 장벽 기단부를 따라 만들어진 창고 방 하나에 들어갔다. 얼음을 잘라내어 만든 어둡고 차가운 방으로, 고기와 곡물, 때로는 맥주를 보관하는 곳이었다. 존은 모르몬트의 말에게 먹이와 물을 주고 털을 손질한 후에 자기 말을 돌봤다. 그런 다음에 친구들을 찾아 나섰다. 그렌과 토드는 파수를 서고 있었지만, 핍은 휴게실에 있었다. "무슨 일이 난 거야?" 존이 물었다.

핍이 목소리를 낮췄다. "왕이 죽었어."

존은 놀랐다. 윈터펠을 방문했을 때 로버트 바라테온은 나이 들고 뚱뚱했지만 그래도 정정해 보였고, 병이 있다는 말도 없었다. "그걸 네가 어떻게 알아?"

"보초 한 명이 클라이다스가 아에몬 학사님에게 편지를 읽어주는 걸 어쩌다 들었대." 핍은 몸을 가까이 기울였다. "존, 유감이야. 왕은 너희 아버지의 친구였잖아?"

"형제처럼 친했지. 예전엔." 존은 조프리가 아버지를 계속 왕의 수관으로 둘지 궁금했다. 그럴 것 같지 않았다. 그렇다면 에다드 공이 윈터펠로 돌아오고, 누이들도 돌아올지 몰랐다. 어쩌면 존이 모르몬트 공의 허락을 받아서 찾아가볼 수도 있으리라. 아리아의 웃는 얼굴을 다시 보고 아버지와 이야기를 할 수 있다면 좋을 텐데. 존은 결심을 굳혔다. '어머니에 대해 물어봐야지. 난 이제 어른이야. 그 이야기를 들을 때가 지났어. 어머니가 매춘부래도 상관없어. 난 알고 싶어.'

"헤이크가 그러는데 죽은 사람이 너희 숙부님 부하들이라며." 핍이 말했다.

"그래. 숙부님이 데려갔던 여섯 중에 둘이야. 죽은 지 오래됐는데…… 시체가 희한해."

"희한하다니?" 핍은 호기심이 가득했다. "어떻게 희한하다는 거야?"

"샘이 말해줄 거야." 존은 그 이야기를 하고 싶지 않았다. "늙은 곰에게 내가 필요한지 가봐야겠다."

존은 기묘한 불안감을 느끼며 홀로 사령관의 탑으로 걸어갔다. 존이 다가가자 보초를 서던 형제들이 침통한 시선을 보냈다. 보초 한 명이 말했다. "늙은 곰은 개인 방에 계신다. 널 찾으시더라."

존은 고개를 끄덕였다. 마구간에서 곧장 이리로 왔어야 했다. 존은 씩씩하게 탑 계단을 올랐다. '와인 아니면 불 때문이겠지. 그게 다야.' 그는 스스로를 타일렀다.

개인 방에 들어서자, 모르몬트의 까마귀가 소리를 높였다. "옥수수!" 까마귀는 새된 소리를 질러댔다. "옥수수! 옥수수! 옥수수!"

"저런 놈이 있나. 내가 방금 먹이를 줬는데." 늙은 곰이 투덜거렸다. 그는 창가에 앉아서 편지를 읽고 있었다. "와인을 한 잔 가져오고, 네 몫도 한 잔 따르거라."

"제 잔을 말입니까?"

모르몬트는 편지에서 시선을 들어 존을 바라보았다. 연민이 깃든 표정이었다. 존은 느낄 수 있었다. "들었을 텐데."

존은 주의를 기울여 와인을 따르면서 자신이 시간을 끌고 있다는 사실을 어렴풋이 의식했다. 잔이 가득 차면 그 편지에 담긴 내용에 직면할 수밖에 없었다. 그래도 잔은 순식간에 찼다. "앉아서 마셔라." 모르몬트가 명령했다.

존은 그대로 서 있었다. "제 아버지 일이군요. 그런 거죠?"

늙은 곰은 한 손가락으로 편지를 두드리며 낮은 목소리로 말했다. "네 아버지와 왕의 일이다. 거짓말을 하진 않겠다. 비통한 소식이다. 이 나이에 또 새로운 왕을 보게 될 줄은 생각도 못 했구나. 로버트는 내 나이의 절반밖에 안 되는 데다 황소처럼 튼튼했는데." 그는 와인을 한 모금 마셨다. "왕은 사냥을 사랑했다더구나. 언제나 우리가 사랑하는 것이 우리를 파괴하지. 내 아들은 젊은 아내를 사랑했다. 허영심 강한 여자였어. 그 여자가 아니었다면 내 아들은 밀렵꾼들을 팔 생각을 하지 않았을 게다."

존은 사령관의 말을 거의 따라갈 수 없었다. "사령관님, 이해가 안 가는데요. 제 아버지에게 무슨 일이 생긴 겁니까?"

"앉으라고 했다." 모르몬트는 불만스럽다는 듯 말했다. "앉아." 까마귀가 소리쳤다. "그리고 마셔라. 망할. 명령이다, 스노우."

존은 앉아서 와인을 한 모금 마셨다.

“에다드 공은 감옥에 갇혔다. 반역죄로 고발당했어. 조프리 왕자의 왕위를 부인하고 로버트의 동생들과 공모했다는구나.”

존은 바로 말했다. “아니, 그럴 리가 없어요. 제 아버지는 절대 왕을 배신하지 않아요!”

“그렇다 해도, 내가 판단할 입장은 아니다. 너도 그렇고.”

“하지만 그건 거짓말이에요.” 존은 굽히지 않았다. 어떻게 아버지가 배신자라고 생각할 수가 있지, 다들 미쳤나? 에다드 스타크 공은 결코 그런 사람이 아니었다. 불명예스러운 일을 할 사람……일 수 있을까?

존의 내면에서 작은 목소리가 속삭였다. ‘서자를 뒀잖아. 거기 무슨 명예가 있어? 그리고 네 어머니는 어떻게 된 건데? 네 어머니의 이름조차 말하지 않잖아.’

“사령관님, 아버지는 어떻게 됩니까? 그자들이 죽일까요?”

“그 점에 대해서는 무어라 말할 수가 없구나. 내가 편지를 보내려고 한다. 왕의 협의회원 중에 젊은 시절에 알던 이들이 있지. 파이셀, 스타니스 공, 바리스탄 경…… 네 아버지가 무슨 짓을 했든, 하지 않았든, 에다드 공은 대영주다. 검은 옷을 입고 여기 우리에게 합류해도 좋다는 허락을 받아야 마땅해. 신들도 아시겠지만 우리에겐 에다드 공 같은 능력을 지닌 사람들이 필요하다.”

존은 과거에 반역죄로 고발당한 다른 이들이 장벽에서 명예를 건질 수 있었다는 사실을 알고 있었다. 에다드 공은 안 될 이유가 있겠는가? 아버지가 여기에 오다니. 생각하면 이상했고, 이상하게 불편하기도 했다. 에다드 공에게서 윈터펠을 빼앗고 검은 옷을 입게 한다면 끔찍하게 부당한 일일 테지만, 그래도 그렇게 해서 목숨을 구한다면…….

그런데 조프리가 허락할까? 존은 윈터펠에서 본 조프리 왕자를, 그가 훈련장에서 롭과 로드릭 경을 모욕하던 모습을 기억했다. 존 자신은 주목의 대상이 되지도 못했다. 서자들은 조프리의 경멸조차 받을 수 없었다.
"왕이 사령관님 말씀을 들을까요?"

늙은 곰이 어깨를 으쓱였다. "소년 왕이라…… 제 어미 말을 듣겠지. 난쟁이가 같이 있지 않아 안타깝구나. 그 아이의 외삼촌이고, 여기에 찾아왔을 때 우리의 어려움도 봤으니 말이다. 네 어머니가 그 친구를 잡은 건 나쁜 일이었어……."

"스타크 부인은 제 어머니가 아닙니다." 존은 날카롭게 그 사실을 상기시켰다. 티리온 라니스터는 존에게 친구였다. 에다드 공이 살해당한다면, 왕비 못지않게 스타크 부인 탓이기도 했다. "사령관님, 제 동생들은 어떻게 됐습니까? 아리아와 산사라고, 제 아버지와 같이 있었는데 혹시—"

"파이셀은 아무 언급도 하지 않았다만, 아이들이야 부드럽게 대하겠지. 내가 편지를 쓸 때 물어보마." 모르몬트는 고개를 내저었다. "하필이면 이런 때 이런 일이 일어나다니. 그 어느 때보다도 강력한 왕이 필요한데……. 어두운 낮과 차가운 밤의 나날이 다가오는 걸 뼛속 깊이 느낄 수 있건만……." 그는 예리한 눈빛으로 존을 한참 보더니 말했다. "멍청한 짓을 하려 들진 않길 바란다."

'내 아버지예요.' 존은 그렇게 말하고 싶었지만, 모르몬트가 그런 말을 듣고 싶어 하지 않을 줄 알았다. 목이 말랐다. 존은 와인을 한 모금 더 들이켰다.

사령관이 상기시켰다. "네 의무는 지금 여기에 있다. 예전 삶은 검은 옷을 입었을 때 끝난 거야." 사령관의 까마귀 소리가 요란하게 메아리쳤다. "검은 옷." 모르몬트는 무시했다. "킹스랜딩에서 무슨 짓을 하든 우리가 상관할 바는 아니야." 존이 대답하지 않자 노인은 와인을 마저 마시고 말했다. "가봐도 좋다. 오늘은 네가 더 필요하지 않겠구나. 내일은 편지 쓰는 일을 도울 수 있겠지."

존은 일어선 기억도, 그 방을 나선 기억도 나지 않았다. 정신을 차렸을 때 존은 탑 계단을 내려가면서 생각하고 있었다. '내 아버지고, 내 동생들인데, 어떻게 그게 내 알 바가 아닐 수 있지?'

밖으로 나가자 보초 한 명이 존을 보고 말했다. "힘내라. 신들은 잔인하시지."

'아는구나.' 존은 깨달았다. "아버지는 반역자가 아닙니다." 존은 잠긴 목소리로 말했다. 그 말조차 목에 걸려서 잘 나오지 않았다. 바람이 심해지고 있었고, 들어갔을 때보다 더 추워진 느낌이었다. 허깨비 여름이 끝나가고 있었다.

나머지 오후 시간은 꿈처럼 지나갔다. 존은 어디를 걸었는지, 무슨 일을 했는지, 누구와 대화했는지 말할 수 없었다. 고스트가 함께 있다는 정도는 알았다. 다이어울프의 고요한 존재감이 그나마 위안이었다. '동생들에겐 그나마도 없어. 늑대가 같이 있었다면 안전하게 지켜줬을지 모르는데, 레이디는 죽었고 니메리아는 없어졌지. 둘 다 혼자야.'

해가 지기 전에 북풍이 불기 시작했다. 존은 저녁 식사를 위해 휴게실로 가면서 북풍이 장벽을 때리고 얼음 덮인 성가퀴를 스치는 날카로운 소리를 들을 수 있었다. 저녁으로 홉이 보리와 양파, 당근이 들어간 걸쭉한 사슴 고기 스튜를 만들어놓았다. 홉이 존의 접시에 스튜를 한 국자 더 떠 주고 껍질이 바삭한 빵 끝부분을 줬을 때, 존은 그 의미를 알았다. '아는구나.' 휴게실 안을 둘러보자 재빨리 돌아가는 머리통들, 예의 바르게 피하는 눈들이 보였다. '다들 아는구나.'

친구들은 존의 기운을 북돋았다. "성사님에게 너희 아버지를 위해 초를 켜달라고 부탁했어." 매타가 말했다. "거짓말이야. 우리 모두 거짓말인 줄 알아. 심지어 그렌도 그게 거짓말인 줄은 알아." 핍이 끼어들었다. 그렌은 고개를 끄덕였고, 샘은 존의 손을 꼭 잡았다. "넌 이제 내 형제니까, 그분은 내 아버지이기도 해. 혹시 영목 숲에 가서 옛 신들에게 기도드리고 싶다면 나도 같이 갈게."

영목 숲은 장벽 너머에 있는데도, 샘은 진심이었다. 존은 생각했다. '이들이 내 형제야. 롭과 브랜과 리콘 못지않게…….'

그 순간 채찍처럼 날카롭고 잔인한 웃음소리와 알리서 쏜 경의 목소리가 들렸다. "그냥 서자도 아니고 반역자의 서자라니." 쏜 경이 주위 사람들에게 말하고 있었다.

존은 눈 깜박할 사이에 단검을 쥐고 탁자 위로 뛰어올랐다. 핍이 잡으려고 했지만, 존은 다리를 비틀어 떨쳐내고 탁자를 질주해서 알리서 경의 손에 잡힌 그릇을 걷어찼다. 스튜가 사방으로 날고 형제들에게 튀었다. 쏜은 움찔했다. 사람들이 고함을 쳤지만, 존 스노우는 아무 말도 듣지 못했다. 그는 단검을 쥐고 알리서 경의 얼굴에 달려들어서 그 차가운 마노석 같은 눈에 칼을 휘둘렀다. 하지만 샘이 두 사람 사이로 몸을 던졌고, 존이 샘을 피하기 전에 핍이 원숭이처럼 등에 매달리고 그렌이 존의 팔을 잡고 토드가 손에 잡힌 단검을 빼앗았다.

나중에, 한참 후에, 모두가 존을 끌고 가서 침실에 넣은 후에 모르몬트가 까마귀를 어깨에 얹고 내려왔다. 늙은 곰은 말했다. "멍청한 짓 하지 말라고 했지, 이 녀석아." "녀석아." 까마귀가 후렴을 넣었다. 모르몬트는 진저리를 내며 고개를 저었다. "너에게 큰 기대를 걸었건만."

그들은 존의 단검과 장검을 압수하고, 고위직들이 어떻게 할지 결정할 때까지 방을 떠나지 말라고 말했다. 그런 후에 확실히 복종하게끔 문밖에 감시인을 세웠다. 친구들은 만나러 올 수 없었지만, 늙은 곰이 마음을 누그러뜨리고 고스트를 남겨두었기에 존도 외롭지만은 않았다.

"아버지는 반역자가 아니야." 다른 사람들이 사라지자 존은 다이어울프에게 말했다. 고스트는 조용히 존을 바라보았다. 존은 무릎을 감싸 안고 벽에 기대어 앉아서 좁은 침대 옆 탁자에 놓인 촛불을 응시했다. 촛불이 흔들리며 나부끼고, 사방에 그림자가 일렁이고, 방은 점점 더 어둡고 추워지는 것 같았다. '난 오늘 밤에 잠을 자지 않을 거야.'

그렇게 생각했지만, 졸았던 게 분명했다. 퍼뜩 깨어났을 때는 다리가 뻣뻣하고 쥐가 났으며 촛불은 꺼진 지 오래였다. 고스트는 뒷다리로 일어서서 문을 긁고 있었다. 존은 고스트가 얼마나 커졌는지 보고 소스라쳤다. "고스트, 왜 그래?" 조용히 묻자 다이어울프는 고개를 돌리고 존을 내려다보더니, 송곳니를 드러내고 소리 없이 으르렁거렸다. 고스트가 미친 걸까? "나야, 고스트." 존은 무서워하는 티를 내지 않으려고 애쓰며 중얼거렸다. 그렇지만 존은 벌벌 떨고 있었다. 언제 이렇게 추워진 거지?

고스트가 문에서 물러났다. 나무에 고스트가 긁어놓은 자국이 깊이 패었다. 존은 점점 더 커져가는 불안감 속에서 고스트를 지켜보았다. "밖에 누가 있구나. 그렇지?" 존은 속삭였다. 다이어울프는 목덜미에 하얀 털을 곤두세우고 몸을 숙인 채로 슬금슬금 뒷걸음질 쳤다. '감시인이야. 문밖에 감시인을 한 명 세워놨어. 고스트가 문밖에 있는 그 사람 냄새를 맡은 거야. 그것뿐이야.'

존은 천천히 몸을 일으켜 세웠다. 주체할 수 없이 몸이 떨렸다. 검이라도 갖고 있었으면 좋았으련만. 빠르게 세 발자국을 옮기자 문이었다. 존은 손잡이를 잡고 안으로 당겼다. 경첩이 삐걱이는 소리에 펄쩍 뛸 뻔했다.

감시인은 좁은 계단에 뼈가 없는 사람처럼 늘어져서 존을 올려다보고 있었다. 배를 깔고 엎드린 자세인데도, 존을 보고 있었다. 머리통이 완전히 뒤로 돌아갔다.

'말도 안 돼. 여긴 사령관의 탑이야. 낮이고 밤이고 보초를 선다고. 이런 일이 일어날 수가 없어. 이건 꿈이야. 악몽을 꾸고 있는 거야.'

고스트가 존 옆을 스치고 밖으로 나갔다. 늑대는 계단을 오르다가 멈춰 서서 존을 돌아보았다. 그때 그 소리가 들렸다. 돌에 장화가 부드럽게 스치는 소리, 걸쇠가 돌아가는 소리. 그 소리는 위에서 들렸다. 사령관의 거처였다.

악몽이면서도 꿈이 아니었다.

감시인의 검은 검집에 들어 있었다. 존은 무릎을 꿇고 검을 빼냈다. 손에 쥔 철검의 무게에 좀 더 대담해질 수 있었다. 존은 계단을 올랐다. 고스트가 앞에서 소리 없이 움직였다. 계단 굽이마다 그림자가 도사리고 있었다. 존은 수상한 그림자가 보이면 칼끝으로 찔러보며 조심스럽게 계단을 올랐다.

갑자기 모르몬트의 까마귀가 내지르는 소리가 들렸다. "옥수수." 까마귀는 소리치고 있었다. "옥수수, 옥수수, 옥수수, 옥수수, 옥수수, 옥수수." 고스트가 앞서 뛰어갔고, 존은 재빨리 뒤따라갔다. 모르몬트의 개인 방 문이 활짝 열려 있었다. 다이어울프가 뛰어들었다. 존은 칼을 손에 쥐고 문가에 멈춰 서서 잠시 눈이 적응할 시간을 두었다. 창문에는 두꺼운 천이 드리워졌고, 방 안을 채운 어둠은 잉크처럼 검었다. "거기 누구냐?" 존이 외쳤다.

다음 순간, 그림자 속의 그림자가 보였다. 모르몬트의 침실로 통하는 안쪽 문을 향해 미끄러져 가는, 온통 검은 옷에 망토를 두르고 두건을 뒤집어쓴 남자의 형상이……. 하지만 그 두건 아래 눈동자는 얼음장 같은 파란 광채를 빛냈고…….

고스트가 뛰어올랐다. 남자와 늑대는 비명도 으르렁거림도 없이 엉켜 뒹굴면서 의자에 부딪치고, 서류가 잔뜩 쌓인 탁자를 쓰러뜨렸다. 모르몬트의 까마귀가 머리 위에서 퍼덕거리며 소리 질렀다. "옥수수, 옥수수, 옥수수, 옥수수." 존은 아에몬 학사 같은 장님이 된 기분이었다. 존은 벽에 등을 대고 창문 쪽으로 슬금슬금 움직여서 커튼을 찢어버렸다. 방에 달빛이 쏟아져 들어왔다. 하얀 털에 파묻힌 검은 손, 다이어울프의 목을 조르는 퉁퉁 부은 검은 손가락이 언뜻 보였다. 고스트는 몸을 비틀고 이를 딱딱거리며 허공에 다리를 휘둘렀지만, 그 손을 풀지 못했다.

무서워할 때가 아니었다. 존은 고함을 지르며 몸을 던졌고, 온몸의 무게를 실어서 장검을 내리쳤다. 강철이 소매와 피부와 뼈를 갈랐지만, 그 소리는 어딘가 이상했다. 온몸을 에워싸는 냄새가 너무나 기묘하고 차가워서 구역질이 났다. 존은 바닥에 떨어진 팔과 손, 달빛 속에서 꿈틀거리는 검은 손가락들을 보았다. 고스트가 나머지 한쪽 손에서 몸을 비틀어 빼내더니 빨간 혀를 내밀고 슬금슬금 물러났다.

두건을 쓴 남자가 달처럼 창백한 얼굴을 들어 올렸고, 존은 주저 없이 그 얼굴을 베었다. 장검은 침입자의 뼈를 가르고, 코를 절반 베어내고, 눈 아래 뺨에서 뺨까지 깊은 상처를 냈다. 그 눈동자, 불타는 파란 별 같은 눈동자 아래로……. 존은 그 얼굴을 알고 있었다. '오서.' 존은 휘청거리며 생각했다. '신들이시여, 오서는 죽었어. 죽었다고. 시체를 봤어.'

무엇인가가 발목을 긁었다. 검은 손가락들이 그의 종아리를 할퀴고 있었다. 잘린 팔이 그의 다리를 타고 오르며 모직물과 살을 잡아 뜯고 있었다. 존은 혐오감에 소리를 지르며 검 끝으로 다리에 달라붙은 손가락을 떼어내어 그 팔을 내동댕이쳤다. 바닥에 떨어진 팔은 손가락을 벌렸다 오므렸다 하면서 꿈틀거렸다.

시체가 다시 덤벼들었다. 피는 없었다. 팔이 하나 떨어지고, 얼굴이 거의 반으로 갈라졌어도 시체는 아무것도 느끼지 못하는 듯했다. 존은 장검을 앞에 들었다. "물러서라!" 존은 새된 소리로 명령했다. 까마귀가 소리를 질렀다. "옥수수, 옥수수, 옥수수." 잘린 팔은 찢긴 소매 속에서 꿈틀꿈틀 빠져나오고 있었다. 시커먼 다섯 손가락을 머리로 둔 하얀 뱀 같았다. 고스트가 덮쳐서 물어뜯었다. 손가락뼈들이 으드득거리며 부서졌다. 존은 시체의 목을 내리찍었다. 강철 칼날이 깊고 강하게 파고들었다.

죽은 오서는 존에게 몸을 부딪쳐, 바닥에 쓰러뜨렸다.

넘어진 탁자에 어깨뼈 사이가 받치는 바람에 숨이 멈췄다. 검, 검은 어디 있지? 저주받을 검을 놓쳐버렸다! 비명을 지르려고 입을 벌리자, 시귀(屍鬼, wight)가 시커멓게 죽은 손가락을 존의 입에 쑤셔 넣었다. 존은 컥컥거리며 그 손을 밀어내려 했지만, 죽은 남자는 너무 무거웠다. 얼음처럼 차가운 시체의 손이 목구멍에 더 밀고 들어와 숨이 막혔다. 시체의 얼굴이 존에게 바싹 다가와서 세상을 가득 채웠다. 성에가 덮인 눈은 눈부시게 파랬다. 존은 손톱으로 차가운 살을 할퀴고 시체의 다리를 걷어찼다. 물어뜯고, 때리고, 숨을 쉬려고 해보았다…….

그러다가 갑자기 시체의 무게가 사라지고, 손가락이 존의 목에서 빠져나갔다. 존은 몸을 굴려 구역질을 하며 몸을 떨 뿐이었다. 고스트가 다시 공격하고 있었다. 존은 다이어울프가 죽은 남자의 배에 이빨을 묻고 살을 뜯어내는 모습을 지켜보았다. 반밖에 정신이 돌아오지 않은 채로 지켜보다가, 한참이 지나서야 겨우 검을 찾아야 한다는 사실을 떠올리는데……

……벌거벗고 잠에 취한 채로 기름등을 손에 들고 문가에 선 모르몬트 공이 보였다. 물어뜯기고 손가락을 잃어버린 잘린 팔이 바닥을 허우적거리며 그쪽으로 나아가고 있었다.

존은 소리를 지르려고 했지만, 목소리가 나오지 않았다. 존은 비틀거리며 일어서서 잘린 팔을 걷어차고, 늙은 곰의 손에 잡힌 등잔을 낚아챘다. 불길이 깜박거리며 사그라들고 있었다. "태워!" 까마귀가 소리를 질렀다. "태워, 태워, 태워!"

존은 몸을 홱 돌리고, 아까 창에서 뜯어낸 천을 보았다. 그는 두 손으로 천 무더기에 등잔을 내팽개쳤다. 금속이 부서지는 소리가 나고, 유리가 박살이 나고, 기름이 쏟아지고, 천 자락은 거대한 불덩이가 되어 타올랐다.

얼굴에 느껴지는 열기가 존이 알았던 어떤 입맞춤보다 더 달콤했다. "고스트!" 존은 소리쳤다.

다이어울프는 몸을 빼내어 존에게 달려왔고, 죽은 자는 배에 생긴 거대한 상처에서 시커먼 뱀을 쏟아내며 일어서려고 버둥거렸다. 존은 불길 속에 손을 집어넣어 불타는 천을 한 주먹 움켜쥐고, 그 천으로 죽은 남자를 때렸다. '타게 해주세요.' 존은 천이 시체를 뒤덮자 기도했다. '신들이시여, 제발, 제발 타게 해주세요.'

브랜

차갑고 바람 부는 아침, 카스타크군이 카홀드 성에서부터 300명의 기마병과 2000명에 달하는 보병을 이끌고 들어왔다. 병사들의 대열이 다가오자 그들의 강철 창끝에 흐릿한 햇빛이 명멸했다. 대열 앞에서는 한 남자가 제 몸집보다 더 큰 북으로 느리고 깊게 행군의 박자를 두드렸다. 둥, 둥, 둥.

브랜은 외벽 위 경비탑에서 호도의 어깨에 걸터앉아, 루윈 학사의 청동 망원경으로 그들을 보았다. 리카드 공이 직접 이끌었고, 카스타크 가문의 하얀 햇살 문장이 들어간 밤처럼 검은 깃발 아래 그의 아들인 해리온과 에다드와 토르헨이 나란히 말을 달렸다. 낸 할멈은 카스타크 가문은 수백 년을 거슬러 올라가면 스타크의 피가 섞여 있다고 했지만, 브랜의 눈에는 스타크처럼 보이지 않았다. 그들은 덩치가 크고 사나웠으며, 얼굴은 텁수룩한 수염에 덮였고, 풀어 헤친 머리는 어깨 아래로 흘러내렸다. 망토는 가죽으로, 곰과 물개와 늑대 가죽을 썼다.

그들이 마지막이었다. 다른 영주들은 이미 군을 이끌고 와 있었다. 브랜은 그들 사이로 말을 달리며 터져 나가도록 들어찬 겨울 마을의 집들과 매일 아침 시장터에서 서로를 밀치는 인파, 바큇자국과 말발굽 자국으로 엉망이 된 길거리를 보고 싶었다. 하지만 롭은 브랜이 성을 떠나지 못하게 했다. "우리에겐 널 지킬 사람이 남아 있질 않아." 형은 그렇게 설명했다.

"서머를 데려갈게." 브랜은 항변했다.

"나한테 애처럼 굴지 마, 브랜. 너도 그 정도는 알잖아. 이틀 전만 해도 볼턴 공의 병사 하나가 '연기 통나무'에서 세르윈 공의 병사를 칼로 찔렀어. 네가 위험에 처하게 놔뒀다간 어머니께서 내 가죽을 벗겨버릴 거다." 롭은 그 말을 할 때 '영주 롭'의 목소리를 썼다. 브랜은 그게 호소해봐야 소용없다는 뜻임을 알았다.

늑대 숲에서 있었던 일 때문이라는 사실도 알았다. 그때 기억은 아직도 악몽을 선사했다. 브랜은 그때 갓난아기처럼 무력했고, 리콘만큼이나 스스로를 방어할 수 없었다. 아니, 리콘보다 못했다……. 리콘이었다면 걷어차기는 했겠지. 수치스러웠다. 브랜은 롭과 몇 살 차이가 나지 않았다. 롭 형이 거의 어른이라면, 브랜도 마찬가지였다. 제 몸은 지킬 수 있어야 했다.

1년 전이었다면, 이렇게 되기 전이었다면 직접 벽을 타 넘어서라도 마을에 가봤으리라. 그때 브랜은 계단을 달려 내려가고, 혼자 조랑말에 타고 내리고, 나무칼을 휘둘러서 토멘 왕자를 흙바닥에 처박을 수 있었다. 지금 브랜은 루윈 학사의 렌즈 통으로 쳐다보는 것밖에 하지 못했다. 학사는 브랜에게 모든 깃발을 다 가르쳐줬다. 진홍색 바탕에 은색으로 새겨진 글로버 가문의 사슬 장갑을 낀 주먹. 모르몬트 여(女)영주의 검은 곰. 드레드포트의 루스 볼턴 앞에 휘날리는 끔찍하게 살가죽이 벗겨진 남자. 혼우드의 큰뿔사슴. 세르윈의 전투 도끼. 톨하트의 세 그루 파수목. 그리고 엄버 가문의 무시무시한 상징인, 사슬을 끊고 노호하는 거인.

그리고 곧 영주와 그 아들들과 기사 가신들이 연회에 참석하러 윈터펠에 오면서 브랜은 그들의 얼굴도 익히게 되었다. 대연회장이라 해도 한꺼번에 그들 모두를 수용할 만큼 크지는 않았기에, 롭은 중요한 휘하 영주들을 차례차례 대접했다. 브랜은 언제나 형의 오른쪽 상좌에 앉았다. 브랜이 그 자리에 앉으면 묘하고 날카로운 시선을 보내는 사람들도 있었다. 마치 무슨 권리로 새파란 애송이가, 그것도 불구자가 자기들보다 윗자리에 앉는지 의아해하는 것처럼 말이다.

"이제 수가 얼마죠?" 카스타크 공과 그 아들들이 외벽 성문을 통과해 들어오자 브랜은 루윈 학사에게 물었다.

"1만 2000명 정도겠군요."

"기사는 몇 명이에요?"

"기사는 적지요." 루윈은 언짢은 기색을 드러내며 말했다. "기사가 되려면 일곱 신의 성소에서 철야 기도를 드리고, 일곱 성유로 축성받아 서약의 성스러움을 인정받아야 합니다. 북부에서는 몇몇 대가문만이 일곱 신을 섬기지요. 나머지는 옛 신들을 공경하며, 기사를 임명하지 않습니다……. 하지만 그런 영주와 그 아들과 맹약검사들이 덜 사납거나 덜 충성스럽거나 덜 명예로운 것은 아닙니다. 사람의 가치는 이름에 '경'이 붙고 안 붙고로 정해지는 게 아니에요. 이전에도 백번은 말했지만."

"그래도, 기사가 몇 명인데요?"

루윈 학사는 한숨을 내쉬었다. "300, 어쩌면 400일 겁니다……. 기사가 아닌 3000명의 기마 창수 사이에서요."

브랜은 생각에 잠겨서 말했다. "카스타크 공이 마지막이죠. 롭 형이 오늘 밤 카스타크 공에게 연회를 베풀겠네요."

"그럴 테지요."

"얼마나 남았죠…… 떠나기 전까지?"

"곧 행군하거나, 아니면 아예 가지 못할 겁니다. 겨울 마을은 터지기 직전이고, 군대가 여기에 더 오래 머물다간 이 지역을 깨끗하게 벗겨먹을 테니까요. 고분 지대 기사들과 호상민들, 맨덜리 공과 플린트 공 같은 이들은 왕의 가도에서 합류를 기다리고 있어요. 전투가 강역에서 시작되었으니, 형님은 먼 길을 가셔야 하지요."

"알아요." 브랜은 목소리만큼이나 기분도 비참했다. 청동 원통을 돌려주려니 루윈의 머리 꼭대기가 얼마나 비어 있는지 보였다. 머리털 사이로 분홍빛 두피를 볼 수 있었다. 평생 올려다보기만 하다가 이런 식으로 내려다보니 기분이 이상했지만, 호도의 등에 올라타면 모두를 내려다볼 수 있었다. "더 보고 싶지 않아요. 호도, 다시 성으로 데려다줘."

"호도." 호도가 대답했다.

루윈 학사는 청동 원통을 소매 속에 밀어 넣었다. "브랜, 형님은 지금 내줄 시간이 없을 겁니다. 카스타크 공과 그 아들들을 맞이하고 대접해야 해요."

"형을 귀찮게 하진 않을 거예요. 신의 숲에 가고 싶어요." 브랜은 호도의 어깨에 손을 올렸다. "호도."

경비탑 안쪽 벽에 화강암을 끌로 깎아내어 만든 손잡이들이 사다리로 쓰였다. 호도는 한 칸 한 칸 내려가면서 엇나간 음정으로 흥얼거렸고, 브랜은 루윈 학사가 만들어서 그의 등에 매어준 고리버들 의자에 앉아서 퉁퉁 튕겼다. 루윈은 여자들이 등에 장작을 질 때 쓰는 바구니를 보고 영감을 받았고, 그 바구니에 다리 구멍을 내고 끈을 몇 개 달아서 브랜의 몸무게를 고르게 분배하는 문제를 간단히 해결했다. 댄서를 탈 때처럼 좋지는 않았지만, 그래도 댄서가 갈 수 없는 곳이 있었고, 이렇게 하면 호도의 팔에 안길 때 느끼는 수치스러움은 없었다. 호도도 이 방식을 좋아하는 것 같았지만, 호도에 대해서는 분명히 말하기 힘들었다. 곤란한 경우는 문을 통과할 때 정도였다. 가끔 호도는 브랜을 등에 지고 있다는 사실을 잊었고, 그 상태로 문을 통과하면 고통스러울 수 있었다.

2주 가까이 워낙 많은 사람이 오갔기 때문에, 롭은 한밤중에도 쇠창살문을 둘 다 올려놓고 그 사이 도개교도 내려놓도록 지시했다. 브랜이 탑을 빠져나왔을 때 기마 창수의 긴 대열이 외벽과 내벽 사이 해자를 건너고 있었다. 영주를 따라 성안으로 들어오는 카스타크 병사들이었다. 그들은 검은 철로 만든 반투구를 쓰고, 하얀 햇살 문양이 들어간 검은색 모직 망토를 걸쳤다. 호도는 혼자 싱글거리며 기수들 옆으로 빠르게 걸었다. 호도의 장화가 도개교의 나무 판을 쿵쿵 두드렸다. 기수들은 지나가는 그들에게 이상하다는 눈빛을 던졌고, 한번은 브랜의 귀에 시끄러운 웃음소리가 들리기도 했다. 브랜은 신경 쓰지 않기로 했다. 처음 호도의 가슴팍에 고리버들 바구니를 묶으면서 루윈 학사가 경고했었다. "사람들이 쳐다볼 겁니다. 쳐다보고, 떠들어대고, 비웃기도 할 거예요." 비웃으라지. 침실에 있으면 아무도 브랜을 비웃지 않겠지만, 침대에서 평생을 살 생각은 없었다.

문루의 쇠창살문 아래를 지나면서 브랜은 입가에 두 손가락을 대고 휘파람을 불었다. 서머가 마당을 가로질러 뛰어왔다. 갑자기 말들이 눈을 굴리고 경악하여 우는 통에, 카스타크의 기수들은 말을 통제하느라 애를 먹었다. 한 마리가 비명을 올리며 뒷발로 서는 바람에 타고 있던 기수가 욕을 하며 절박하게 매달리기도 했다. 다이어울프의 냄새에 익숙하지 않은 말들은 공포에 휩싸였지만, 서머가 사라지고 나면 곧 차분해질 터였다. "신의 숲으로." 브랜은 호도에게 다시 말했다.

윈터펠 자체도 북적거렸다. 마당마다 병장기 소리와 덜컹거리는 마차 바퀴 소리, 개 짖는 소리가 울렸다. 무기고 문은 열려 있었고, 브랜은 대장간에서 벗은 가슴에 땀을 뚝뚝 흘리며 망치질을 하는 미켄을 언뜻 보았다. 이렇게 많은 이방인을 보기는 평생 처음이었다. 로버트 왕이 아버지를 보러 왔을 때도 이렇지는 않았다.

브랜은 호도가 허리를 숙이고 낮은 문을 지나갈 때 움찔하지 않으려고 노력했다. 그들은 길고 어두운 복도를 걸었고, 서머가 옆에 가뿐히 따라붙었다. 늑대는 가끔 고개를 들고, 녹인 금처럼 반짝이는 눈으로 브랜을 보았다. 브랜은 만져주고 싶었지만, 손을 내밀기에는 너무 높은 곳에 있었다.

신의 숲은 혼돈의 바다가 되어버린 윈터펠 속 평화로운 섬이었다. 호도는 빽빽한 참나무와 철나무와 파수목을 헤치고 심장 나무 옆에 있는 고요한 연못을 향해 갔다. 호도는 흥얼거리면서 울퉁불퉁한 영목 가지 아래에 발을 멈췄다. 브랜은 머리 위로 팔을 뻗어 가지를 쥐고, 몸을 잡아당겨서 죽어버린 다리를 고리버들 바구니의 구멍에서 빼냈다. 브랜이 잠시 동안 검붉은 잎사귀에 얼굴을 쓸리며 매달려 있자, 호도가 브랜을 잡아서 물가의 매끈매끈한 돌 위에 내려놓았다. "잠시 혼자 있고 싶어. 넌 가서 몸을 적셔. 웅덩이에 들어가."

"호도." 호도는 쿵쿵거리며 나무 사이로 사라졌다. 신의 숲을 가로질러, 영빈관 창문 아래로 가면 지하 온천이 흘러드는 작은 웅덩이가 세 개 있었다. 그 물에서는 낮이고 밤이고 수증기가 피어올랐고, 그 위로 솟은 벽에는 이끼가 짙었다. 호도는 찬물을 싫어했고, 비누칠을 하려고 하면 궁지에 몰린 살쾡이처럼 싸웠지만, 뜨겁기 짝이 없는 웅덩이에는 기쁘게 몸을 담그고 몇 시간이라도 앉아 있곤 했고, 탁한 녹색 물속에서 솟아오른 물거품이 수면에서 터질 때마다 커다란 트림 소리를 울렸다.

서머가 물가를 돌아서 브랜 옆에 자리를 잡았다. 브랜은 늑대의 턱 밑을 긁어줬고, 잠시 동안 소년과 짐승은 평화를 느꼈다. 브랜은 사고를 겪기 전에도 언제나 신의 숲을 좋아했지만, 최근에는 점점 더 이곳에 이끌렸다. 심장 나무도 이제는 예전처럼 무섭지 않았다. 하얀 줄기에 새겨진 깊고 붉은 눈은 여전히 브랜을 바라보았지만, 어째서인지 이제는 그 눈빛에서 위안을 받았다. 브랜은 신들이 그를 굽어보고 있다고 생각했다. 옛 신들, 스타크와 최초인과 숲의 아이들이 섬기는 신들, 브랜의 아버지가 섬기는 신들이었다. 브랜은 그들의 시야에서 안전하다고 느꼈고, 나무들의 깊은 침묵은 생각하는 데 도움이 되었다. 브랜은 추락 이후로 생각을 많이 했다.

생각하고, 꿈꾸고, 신들과 대화했다.

"부디 롭이 떠나지 않게 해주세요." 브랜은 조용히 기도하며 손으로 차가운 물을 휘저어 연못에 잔물결을 일으켰다. "제발 여기 있게 해주세요. 꼭 가야 한다면 안전하게 집에 데려와주세요. 어머니와 아버지와 누나들과 같이요. 그리고…… 그리고 리콘이 이해하게 해주세요."

브랜의 어린 동생은 롭이 전쟁을 하러 떠난다는 사실을 안 이후부터 겨울 폭풍처럼 거칠어졌고, 울다가 화내기를 반복했다. 리콘은 먹기를 거부했고, 거의 하룻밤 내내 울고 소리를 질렀으며, 자장가를 불러주려는 낸 할멈을 때리기까지 하더니, 다음 날에는 사라졌다. 롭은 성 사람 절반을 풀어서 리콘을 찾아 나섰고, 마침내 지하묘지에서 찾아냈을 때 리콘은 죽은 왕의 손에서 빼앗은 녹슨 철검을 휘둘렀으며 섀기독은 녹색 눈의 악마처럼 어둠 속에서 침을 흘리며 나타났다. 늑대도 리콘 못지않게 사나웠다. 섀기독은 게이지의 팔을 물었고 미켄의 허벅지에서 살을 한 움큼 뜯어냈다. 결국 롭과 그레이윈드가 직접 리콘을 잡아야 했다. 팔렌은 검은 늑대를 견사에 쇠사슬로 묶어두었고, 리콘은 늑대마저 잃자 더 울어댔다.

루윈 학사는 롭에게 윈터펠에 남으라고 조언했고, 브랜은 자신만이 아니라 리콘을 위해서도 남아달라고 애원했지만, 그의 형은 고집스레 고개만 저으며 말했다. "가고 싶어서 가는 게 아니야. 가야 해."

다 거짓말은 아니었다. 누군가는 가서 넥 지역을 사수하고, 라니스터와 싸우는 툴리를 지원해야 했다. 브랜도 그 점은 이해할 수 있었지만, 꼭 롭이어야 할 이유는 없었다. 롭 형은 할 몰렌이나 테온 그레이조이에게 명령을 내리거나, 휘하 영주 누군가를 보낼 수도 있었다. 루윈 학사는 그렇게 하라고 설득했지만, 롭은 들으려 하지 않았다. "아버지라면 결코 윈터펠 성벽 뒤에 겁쟁이처럼 숨어서 다른 사람들만 죽을 자리로 보내진 않았을 겁니다." 그는 온전히 '영주 롭'으로서 말했다.

롭은 아직 열여섯 번째 명명일도 맞지 못했건만, 이제는 브랜에게 반쯤은 낯선 사람으로, 진짜 영주로 변해버린 것 같았다. 아버지 휘하의 봉신들도 그렇게 느끼는 것 같았다. 많은 이들이 나름의 방식으로 롭을 시험하려 했다. 루스 볼턴과 로벳 글로버는 둘 다 명예로운 전투 지휘권을 요구했는데, 볼턴은 무뚝뚝했고 글로버는 미소와 농담으로 말했다. 튼튼한 몸에 남자처럼 사슬 갑옷을 차려입은 회색 머리의 매기 모르몬트는 직설적으로 롭에게 손자뻘 되게 어리다고, 그녀에게 명령을 내릴 주제가 못 된다고 말했다……. 그러면서도 그녀는 자기 손녀딸을 롭과 결혼시키고 싶어 했다. 말씨가 부드러운 세르윈 공은 실제로 딸을 데리고 왔는데, 통통하고 못생긴 서른 살 처녀로 아버지 왼쪽에 앉아서 접시에서 눈을 들지 않았다. 명랑한 혼우드 공에게는 데리고 온 딸은 없었지만, 그 대신 선물로 하루는 말, 다음 날에는 사슴 뒷다리, 그다음 날에는 은상감을 한 사냥 나팔을 가져오면서도 대가를 요구하지 않았다……. 괜찮다면 조부 대에 빼앗긴 어느 성채, 어느 산등성이 북쪽 땅에 대한 사냥권, 화이트나이프 강 댐 건설 허가를 얻고 싶다는 것 말고는 아무것도.

롭은 아버지가 그랬을 법하게 냉정한 예의를 보이며 각각의 요구에 대답했고, 여하튼 그의 뜻에 따르게 했다.

그리고 부하들에게 '그레이트존'이라고 불리며 키는 호도만큼 크고 몸집은 두 배인 엄버 공이 행군 순서상으로 혼우드나 세르윈 뒤에 세운다면 군대를 되돌려 가겠다고 위협하자, 롭은 얼마든지 그러라고 대답했다. 롭은 그레이윈드의 귀 뒤를 긁으며 장담했다. "그리고 라니스터를 해치우고 나면 북으로 다시 행군해서 귀공의 성을 뿌리째 뽑아버리고 '맹세를 깬 자'로서 그대를 매달겠소." 그레이트존은 욕설을 퍼부으며 맥주병을 불 속에 집어 던지고 롭 같은 풋내기는 오줌도 폴 오줌을 쌀 거라고 고함쳤다. 할리스 몰렌이 저지하려 하자 그레이트존은 몰렌을 바닥에 패대기치고, 탁자를 뒤엎고, 브랜이 이제까지 본 중에 가장 크고 못생긴 대검을 뽑아 들었다. 엄버 공의 아들과 형제와 맹약검사들이 무기를 잡아채며 일제히 장의자에서 뛰어 일어났다.

그러나 롭이 조용히 한마디만 하자, 으르렁거리는 소리가 들리고 눈 한 번 깜박할 사이에 엄버 공은 바닥에 누워 있었다. 그의 대검은 1미터쯤 떨어진 바닥에서 빙빙 돌고 있었고, 손에서는 피가 뚝뚝 떨어졌다. 그레이윈드가 손가락 두 개를 물어뜯은 후였다. 롭이 말했다. "아버님께서는 주군에게 칼을 들이대는 것은 죽음이라 가르치셨지만, 귀공은 내 고기를 자르려 했을 뿐이겠지요." 그레이트존이 피가 흐르는 손가락 밑동을 빨면서 힘겹게 일어서자 브랜은 배 속이 울렁거렸다. 그러나 다음 순간, 놀랍게도 그 거인은 웃음을 터뜨리며 외쳤다. "그 고기 한번 지독히도 질기구먼."

어째서인지 그 후부터 그레이트존은 롭의 오른팔이자 가장 충실한 대전사가 되었고, 큰 소리로 모두에게 이 소년 영주는 과연 스타크라고, 다들 물어뜯기기 싫으면 무릎을 꿇는 게 좋을 거라고 말하고 다녔다.

하지만 그날 밤, 브랜의 형은 대연회장의 불이 꺼진 후에 창백한 얼굴로 휘청휘청 브랜의 침실을 찾았다. "그자가 날 죽일 줄 알았어." 롭은 그렇게 고백했다. "그레이트존이 할을 집어던지는 거 봤어? 할이 리콘처럼 보이더라. 맙소사, 정말 무서웠어. 그런데 최악은 그레이트존이 아니야, 목소리가 제일 크다 뿐이지. 루스 볼턴 공이 한 마디도 하지 않고 날 쳐다보기만 하는데, 드레드포트에 있다는 그 방 생각밖에 안나더라. 볼턴이 적의 가죽을 걸어놓는 방 말이야."

"그건 낸 할멈의 이야기일 뿐이잖아……." 브랜의 목소리에 의심이 스며들었다. "아니야?"

"모르겠어." 롭은 지친 듯 고개를 흔들었다. "세르윈 공은 딸을 우리와 같이 남쪽으로 데려갈 작정이야. 자기 식사를 요리하기 위해서라나. 테온은 내가 어느 날 밤에 침대에서 그 여자를 보게 될 거래. 난 정말…… 아버지가 여기 계셨으면 좋겠어…….”

그것만은 브랜과 리콘과 영주 롭이 한마음이었다. 다들 아버지가 여기 있기를 빌었다. 하지만 에다드 공은 만 리 떨어진 곳 어느 지하감옥에 포로가 되어 있거나, 목숨을 걸고 쫓기는 도망자이거나, 아니면 죽었다. 아무도 확실히 알지 못했다. 여행자마다 다른 이야기를 했고, 갈수록 이야기가 더 끔찍해졌다. 아버지의 위병들 머리통이 창에 꽂혀 레드킵의 성벽 위에서 썩어가고 있다더라, 로버트 왕이 아버지 손에 죽었다더라, 바라테온 가문이 킹스랜딩을 포위했다더라, 에다드 공은 왕의 못된 동생 렌리와 같이 남쪽으로 달아났다더라, 아리아와 산사는 사냥개 손에 죽었다더라, 어머니가 꼬마 악마 티리온을 죽여서 리버런 성벽에 걸었다더라, 타이윈 라니스터 공이 이어리로 행군하면서 가는 곳마다 불태우고 도살하고 있다더라……. 와인에 흠뻑 취한 이야기꾼 하나는 심지어 라에가르 타르가르옌이 되살아나서 제 아버지의 왕좌를 되찾기 위해 드래곤스톤에 어마어마한 옛 영웅들의 군단을 모으고 있다고 주장하기까지 했다.

까마귀가 아버지의 인장이 찍히고 산사의 필체로 적힌 편지를 가져왔을 때 드러난 잔인한 진실도 믿기 힘들기는 마찬가지였다. 브랜은 누이의 편지를 바라보던 롭의 표정을 결코 잊을 수 없을 것 같았다. “아버지가 왕의 동생들과 같이 반역을 공모했다는구나. 로버트 왕은 죽었고, 어머니와 나는 레드킵에 와서 조프리에게 충성을 맹세하라는 소환을 받았어. 산사는 우리가 충성을 다해야 한다면서 자기가 조프리와 결혼하면 아버지의 목숨을 구해달라 청원하겠대.” 롭의 손이 주먹을 쥐면서 산사의 편지를 구겼다. “그리고 아리아에 대해서는 아무 말도 없어. 한 마디도. 저주받을! 앤 대체 왜 이 모양이야?”

브랜은 속이 차가워지는 기분이었다. “누나는 늑대를 잃었잖아.” 브랜은 아버지의 위병 넷이 남쪽에서 레이디의 뼈를 들고 돌아오던 날을 기억하며 힘없이 말했다. 서머와 그레이윈드와 섀기독은 위병들이 도개교를 건너기 전부터 울부짖기 시작했다. 쓸쓸하고 황막한 울음소리였다. 최초의 아성 그늘 밑에, 묘비마다 색이 옅은 이끼가 붙은 오래된 묘지가 있었다. 옛 겨울의 왕들이 충직한 하인들을 묻어주던 장소였다. 그들이 그곳에 레이디를 묻는 동안, 레이디의 형제들은 잠들지 못하는 그림자들처럼 무덤 사이를 배회했다. 레이디는 남쪽으로 갔고, 뼈만 돌아왔다.

그들의 조부인 옛 영주 리카드 공도 큰아버지 브랜던과 최정예 병사 200명과 함께 남쪽으로 갔었다. 아무도 돌아오지 않았다. 그리고 아버지가 아리아와 산사, 조리와 헐렌과 뚱보 톰을 데리고 남쪽으로 갔고, 그 후에는 어머니와 로드릭 경이 갔으며, 그들도 돌아오지 않았다. 그리고 이제는 롭이 가려고 했다. 킹스랜딩에 가는 것도, 충성 맹세를 하러 가는 것도 아니고 검을 쥐고 리버런으로 갈 작정이었다. 그리고 아버지가 정말로 죄수가 되었다면, 롭의 움직임은 아버지의 죽음을 의미할 수 있었다. 그 생각에 브랜은 말도 못 하게 무서웠다.

"롭 형이 꼭 가야 한다면, 형을 지켜주세요." 브랜은 심장 나무의 붉은 눈으로 지켜보는 옛 신들에게 간청했다. "그리고 형의 부하들, 할과 퀜트와 다른 사람들, 그리고 엄버 공과 모르몬트 여영주와 다른 영주들도 지켜주세요. 테온도요. 제발 다들 지키고 보살펴주세요, 신들이여. 그 사람들이 라니스터를 이기고 아버지를 구해서 집에 돌아오게 도와주세요."

희미한 바람이 한숨처럼 신의 숲을 쓸자 붉은 잎사귀가 흔들리며 속삭였다. 서머가 이를 드러냈다. "신들의 소리가 들려?" 어떤 목소리가 물었다.

브랜은 고개를 들었다. 오샤가 연못 건너편의 오래된 참나무 밑에서 잎사귀들에 얼굴을 가리고 서 있었다. 그 야인은 족쇄를 차고도 고양이처럼 조용히 움직였다. 서머가 연못 주위를 돌아가서 킁킁거렸다. 키 큰 야인 여자는 움찔했다.

"서머, 이리 와." 브랜이 외쳤다. 다이어울프는 마지막으로 한 번 냄새를 맡더니 몸을 돌려 뛰어왔다. 브랜은 서머를 끌어안았다. "여기에서 뭘 하는 거지?" 오샤가 부엌일을 하게 되었다는 사실은 알았지만, 늑대 숲에서 포로로 잡은 후에 다시 본 적은 없었다.

"그들은 내 신이기도 해. 장벽 너머에서는 그들만이 신이지." 갈색 머리털이 덥수룩하게 자란 오샤는 예전보다 여성스러워 보였다. 사슬과 가죽 갑옷을 빼앗기고 대신 입은 단순한 갈색 드레스 덕분이기도 했다. "가끔, 내가 필요를 느낄 때 게이지가 기도하게 보내줘. 그러면 난 게이지가 필요를 느낄 때 내 치마 밑을 좋을 대로 하게 해주지. 별것 아니야. 난 게이지의 손에서 나는 밀가루 냄새가 좋고, 게이지는 스티브보다 순해." 오샤는 어정쩡하게 절을 했다. "난 가볼게. 문질러 닦아야 할 냄비도 있고."

"아니, 여기 있어." 브랜이 명령했다. "신들의 소리를 듣는다는 게 무슨 뜻인지 말해줘."

오샤가 브랜을 살폈다. "넌 신들에게 부탁했고 신들은 답했어. 귀를 열고 잘 들어봐. 들릴 거야."

브랜은 귀를 기울이다가 잠시 후에 자신 없이 말했다. "바람 소리뿐인데. 잎사귀가 바스락거려."

"그 바람을 누가 보낸다고 생각해, 신들이 아니라면?" 오샤가 연못을 사이에 두고 마주 앉자, 희미하게 절그렁거리는 소리가 났다. 미켄이 두 발목에 철 족쇄를 채우고, 그 사이에 무거운 사슬을 단 탓이었다. 보폭을 작게 하면 걸을 수 있었지만, 뛰거나 기어오르거나 말에 탈 수는 없었다. "신들은 널 봐. 네 말을 듣지. 저 바스락거리는 소리, 그게 답하는 소리야."

"신들이 뭐라고 하는데?"

"신들은 슬퍼해. 네 영주 형님이 지금 가는 곳, 거기선 신들이 도움이 되지 않을 거야. 옛 신들은 남쪽에선 아무 힘이 없어. 그곳은 몇천 년 전에 영목을 다 잘라버렸거든. 눈이 없는데 신들이 네 형님을 어떻게 지켜보겠어?"

브랜은 해보지 못한 생각이었다. 겁이 더럭 났다. 신들조차 형을 도울 수 없다면, 무슨 희망이 있을까? 오샤가 제대로 듣지 못했을지도 몰랐다. 브랜은 고개를 기울이고 다시 귀 기울여보았다. 이제는 슬픔을 들을 수 있다고 생각했지만, 그 이상은 없었다.

바스락거리는 소리가 더 커졌다. 약한 발소리와 낮게 흥얼거리는 소리가 들리더니, 호도가 벌거벗고 웃는 얼굴로 나무 사이에서 튀어나왔다.

"호도!"

"우리 목소리를 들었나 봐." 브랜이 말했다. "호도, 옷을 잊었잖아."

"호도." 호도는 맞장구를 쳤다. 그는 싸늘한 공기에 김을 올리며 목 아래로 물을 뚝뚝 흘리고 있었다. 온몸에 갈색 털이 털가죽처럼 빽빽하게 뒤덮였다. 다리 사이에는 길고 묵직한 남성이 흔들렸다.

오샤는 짓궂은 미소를 지으며 호도를 쳐다보았다. "이것 참 큰 남자네. 저 몸에 거인의 피가 흐르지 않는다면 내가 여왕이겠어."

"루윈 학사님이 거인은 없다고 했어. 숲의 아이들과 마찬가지로 거인도 다 죽었대. 남아 있는 건 가끔 사람들이 땅에 쟁기질을 하다가 파내는 오래된 뼈밖에 없어."

"루윈 학사님보고 장벽 너머를 달려보라고 해. 그러면 거인들을 찾아내든가, 아니면 거인들이 그 사람을 찾아낼걸. 내 형제가 거인을 하나 죽였지. 그 여자 거인은 키가 3미터였고, 그것도 발육이 안 좋은 거였어. 거인들은 3.5미터 넘게 자란다고 알려져 있거든. 사납기도 하고, 털투성이에 이빨만 보이고, 아내도 남편처럼 수염이 나 있어서 구분을 할 수가 없지. 거인 여자들은 인간 남자를 연인 삼아서 잡종을 낳기도 해. 여자가 놈들에게 잡히면 더 힘들어지지. 남자 거인은 너무 커서, 아이를 배기 전에 처녀를 갈가리 찢어버리거든." 오샤는 히죽 웃었다. "하지만 꼬마는 내가 무슨 소릴 하는지 모르겠지?"

"무슨 말인지 알아." 브랜은 우겼다. 짝짓기에 대해서라면 알고 있었다. 마당에서 흘레붙는 개들을 보기도 하고 암말에게 올라타는 종마를 보기도 했다. 하지만 그런 이야기를 하니 불편했다. 브랜은 호도를 쳐다보았다. "돌아가서 옷을 가져와, 호도. 옷 입어."

"호도." 호도는 낮게 늘어진 나뭇가지를 피하느라 허리를 굽히고, 왔던 길로 다시 걸어갔다.

브랜은 그 모습을 보면서 호도가 터무니없이 크긴 하다고 생각했다. "장벽 너머엔 정말로 거인이 있어?" 브랜은 오샤에게 자신 없이 물었다.

"거인도 있고 거인보다 더 나쁜 것들도 있지, 도련님. 네 형님이 질문을 했을 때 말하려고 했어. 네 형님과 학사님과 그 빙글거리는 그레이조이한테 말이야. 찬 바람이 일고 있고, 사람들이 불가를 떠나서 다시는 돌아오지 않는다고……. 혹시 돌아온다 해도 더는 사람이 아니고, 파란 눈에 차갑고 검은 손을 지닌 시귀일 뿐이라고. 내가 왜 스티브와 할리와 나머지 바보들과 같이 남쪽으로 도망쳤겠어? 만스는, 그 용감하고 애달픈 고집불통은 싸우겠다고, 백귀가 순찰자들이나 다름없다고 생각하지만, 만스가 뭘 알아? 좋을 대로 장벽 너머의 왕이라고 자칭할 순 있지만, 그래봐야 만스도 섀도타워에서 달아난 옛 검은 까마귀에 불과하지. 겨울의 맛을 본 적이 없어. 난 내 어머니와 어머니의 어머니와 그 어머니들처럼 그곳에서 자유민으로 태어났어. 우린 기억해." 오샤는 사슬을 절그렁거리며 일어섰다. "네 귀족 형님에게 말하려고 해봤지. 겨우 어제야, 훈련장에서 봤을 때 말이야. '스타크 나리.' 아주 공손하게 외쳤는데, 날 제대로 보지도 않더라. 그리고 그 땀투성이 멍청이 그레이트존 엄버가 날 밀어내고 지나갔어. 그렇다면 할 수 없지. 나야 족쇄를 차고 입을 다무는 수밖에. 듣지 않는 사람은 들을 수 없어."

"나한테 말해. 롭 형도 내 말은 들을 거야. 내가 알아."

"그럴까? 두고 보면 알겠지. 이렇게 말해, 도련님. 엉뚱한 방향으로 행군하고 있다고 말해. 검을 들고 가야 할 곳은 북쪽이야. 남쪽이 아니라, 북쪽이라고. 알겠어?"

브랜은 고개를 끄덕였다. "그렇게 말할게."

하지만 그날 밤, 대연회장에서 만찬을 베풀 때 롭은 그 자리에 없었다. 롭은 앞으로의 긴 행군에 대비한 마지막 작전을 짜기 위해 리카드 공과 그레이트존과 다른 휘하 영주들과 같이 개인 방에서 식사를 했다. 롭 대신 식탁 상석에 앉아서 카스타크가의 아들들과 명예로운 친구들에게 주인 역할을 하는 일은 브랜에게 맡겨졌다. 호도가 브랜을 등에 지고 대연회장으로 들어가서 상석 옆에 무릎을 꿇었을 때, 손님들은 이미 자리에 앉아 있었다. 하인 두 명이 브랜을 바구니에서 들어 올렸다. 브랜은 대연회장에 모인 모든 낯선 이들의 시선을 느낄 수 있었다. 연회장이 조용해졌다. 할리스 몰렌이 선언했다. "여러분, 윈터펠의 브랜던 스타크십니다."

브랜은 딱딱하게 말했다. "여러분을 우리의 불가에 맞이하고, 우리의 우정에 경의를 표하며 고기와 술을 권합니다."

리카드 공의 아들 중에 제일 나이가 많은 해리온 카스타크가 절을 했고, 그 동생들도 뒤따랐지만, 다들 자리에 다시 앉을 때 브랜은 와인 잔 부딪치는 소리 사이로 그 동생 둘이 소곤거리는 소리를 들었다. "……저렇게 사느니 죽고 말지." 브랜의 아버지와 같은 이름인 에다드가 그렇게 중얼거렸고, 그 형제인 토르헨은 저 아이는 겉만이 아니라 속도 망가졌다고, 자기 목숨을 끝내지도 못하는 겁쟁이라고 대꾸했다.

망가졌다니, 브랜은 나이프를 꽉 움켜쥐며 씁쓸하게 생각했다. 이제는 그렇게 된 걸까? '망가진 브랜'이 된 걸까? "난 망가진 사람이 되고 싶지 않아요." 브랜은 오른쪽에 앉아 있던 루윈 학사에게 사납게 속삭였다. "난 기사가 되고 싶어요."

"교단을 정신의 기사들이라고 부르기도 하지요. 도련님은 작정만 하면 놀랍도록 총명해요. 학사의 사슬 목걸이를 걸 수도 있다는 생각은 해봤습니까? 배울 수 있는 내용에 한계가 없을 텐데요."

"난 마법을 배우고 싶어요. 까마귀는 나에게 날 수 있다고 약속했어요."

루윈 학사가 한숨을 내쉬었다. "나는 도련님께 역사, 치료술, 약초학을 가르쳐줄 수 있습니다. 까마귀들의 말, 성을 짓는 방법, 뱃사람이 별에 의지하여 배를 조종하는 방법도 가르쳐줄 수 있지요. 날짜를 가늠하고 계절을 구분하는 방법도 가르쳐줄 수 있고, 또 올드타운의 시타델에는 다른 수많은 것들을 가르쳐줄 이들이 있지요. 하지만 그 누구도 마법을 가르칠 순 없습니다."

"아이들은, 숲의 아이들은 할 수 있어요." 브랜은 말하면서 신의 숲에서 오샤에게 한 약속을 떠올리고, 루윈에게 오샤의 말을 전했다.

루윈은 정중하게 귀를 기울이더니, 브랜이 이야기를 끝내자 말했다. "그 야인 여자는 낸 할멈에게 한 수 가르쳐줄 정도의 이야기꾼이로군요. 원한다면 내가 그 여자와 다시 말해보겠지만, 이런 바보 같은 이야기로 형님을 귀찮게 하지는 않는 편이 좋겠습니다. 거인들과 숲 속의 죽은 자들에 대해 걱정하지 않아도 신경 쓸 일이 넘치니까요. 브랜, 아버님을 잡고 있는 자들은 숲의 아이들이 아니라 라니스터예요." 루윈은 브랜의 팔에 가만히 손을 얹었다. "내가 한 말에 대해 생각해봐요."

그리고 이틀 후, 바람이 몰아치는 하늘에 붉은 여명이 밝아오는 가운데, 브랜은 문루 아래 마당에서 댄서 위에 몸을 비끄러맨 채 형에게 작별 인사를 하고 있었다.

"이제 네가 윈터펠의 영주야." 롭이 말했다. 롭은 덥수룩한 회색 종마에 올라탔는데, 말 옆에 건 방패는 나무에 쇠테를 둘러 흰색과 회색으로 칠했고 그 위로 이를 드러낸 다이어울프의 얼굴이 그려져 있었다. 형은 표백한 가죽 방호복 위에 회색 사슬 갑옷을 입고, 허리에는 장검과 단검을 차고, 어깨에는 가장자리에 모피를 단 망토를 걸쳤다. "우리가 집에 올 때까지는 네가 내 자리를 대신해야 해. 내가 아버지의 자리를 대신했듯이."

"알아." 브랜은 처량하게 대꾸했다. 이렇게 작게 느껴진 적도, 이렇게 외롭거나 무서웠던 적도 없었다. 브랜은 어떻게 영주가 될지 알지 못했다.

"루윈 학사의 조언에 귀 기울이고, 리콘을 돌봐줘. 리콘에게 내가 싸움이 끝나는 대로 바로 돌아올 거라고 말해줘."

리콘은 내려오기를 거부했다. 빨갛게 충혈된 눈으로 반항하며 자기 방에 올라가버렸다. "안 해!" 브랜이 내려가서 롭에게 작별 인사를 하고 싶지 않냐고 묻자 리콘은 빽 소리를 질렀다. "작별 인사 안 해!"

브랜은 말했다. "벌써 말했어. 리콘이 아무도 돌아오지 않는대."

"리콘도 언제까지나 아기일 순 없어. 리콘은 스타크고, 네 살이 다 됐어." 롭이 한숨을 쉬었다. "뭐, 어머니는 곧 집에 오실 거야. 그리고 내가 아버지를 모시고 돌아올게. 약속해."

롭이 말을 돌려 달려갔다. 군살 하나 없이 날렵한 그레이윈드가 군마 옆을 달렸다. 할리스 몰렌은 회색 물푸레나무로 만든 높은 깃대 꼭대기에 스타크 가문의 하얀 군기를 펄럭이며 앞서서 성문을 통과했다. 테온 그레이조이와 그레이트존이 롭의 양쪽에 섰고, 그들의 기사들이 2열로 뒤따르며 햇빛 아래 강철촉이 달린 기마 창을 빛냈다.

브랜은 마음 불편하게도 오샤의 말을 기억했다. '형은 엉뚱한 방향으로 행군하고 있어.' 잠시 브랜은 말을 달려 따라가서 경고의 말을 외치고 싶었지만, 롭이 창살문 아래로 사라지자 그 충동도 사라졌다.

성벽 너머에서 엄청난 함성 소리가 올랐다. 브랜은 보병들과 마을 사람들이 달려가는 롭에게 환호하고 있음을 알았다. 망토를 펄럭이며 그레이윈드를 옆에 두고 달리는 스타크 공을, 거대한 준마를 탄 윈터펠의 영주를 응원하는 소리였다. 브랜은 그들이 자신을 그런 식으로 응원할 일은 영영 없다는 사실을 깨달으며 둔한 아픔을 느꼈다. 형과 아버지가 없는 동안 윈터펠의 영주 대리가 될 수는 있겠지만, 그래봐야 여전히 '망가진 브랜'이었다. 떨어지지 않고는 말에서 직접 내릴 수도 없는.

먼 환호성이 잦아들고 마당이 텅 비자, 윈터펠은 버림받고 죽은 성 같았다. 브랜은 남아 있는 사람들의 얼굴을 둘러보았다. 여자와 아이와 노인들…… 그리고 호도. 거대한 마구간지기 소년은 어쩔 줄 모르고 겁에 질린 표정을 짓고 슬프게 말했다. "호도?"

"호도." 브랜은 그게 무슨 의미일까 생각하며 응답했다.

대너리스

즐거움을 한껏 누린 칼 드로고는 잠자리에서 일어나서 대너리스를 내려다보고 섰다. 화로에서 나오는 불그레한 빛을 받아 피부가 어둡게 빛나고, 넓은 가슴팍에 새겨진 오래된 상흔들이 희미한 선을 드러냈다. 잉크처럼 검은 머리는 묶지 않고 풀어 헤쳐 어깨 아래로 쏟아져 내리고 등을 지나 허리까지 내려왔다. 그의 남성은 젖어서 번들거렸다. 길게 늘어진 콧수염 아래로 보이는 칼의 입이 일그러졌다. "세상에 올라탄 종마에게 철의 자는 필요 없다."

대니는 팔꿈치를 괴고 그를 올려다보았다. 정말 크고 당당한 모습이었다. 대니는 특히 그의 머리채가 좋았다. 칼 드로고는 패배를 몰랐기에, 머리채를 자른 적이 없었다. "종마는 땅끝까지 말을 달리리라 예언받았어요."

"땅은 검은 소금 바다에서 끝난다." 드로고가 즉시 대답했다. 그는 몸에서 땀과 기름기를 닦아내기 위해 따뜻한 물 그릇에 천을 적셨다. "어떤 말도 독물을 건너갈 순 없다."

"자유도시들엔 배가 수천 척씩 있어요." 대니는 전에 이야기했던 내용을 다시 말했다. "수백 개의 다리가 달린 나무 말이죠. 날개에 바람을 가득

받고 바다 건너 날아가는."

칼 드로고는 듣고 싶어 하지 않았다. "나무 말과 철의자에 대해서는 더 말하지 않겠다." 그는 천을 떨구고 옷을 입기 시작했다. "오늘 나는 초원에 가서 사냥을 한다, 아내여." 그는 색칠 조끼를 입고 무거운 은과 금과 청동 메달로 이루어진 넓은 허리띠를 매면서 알렸다.

"알겠어요, 내 태양이자 별이여." 대니가 말했다. 드로고는 혈맹기수들을 거느리고 평원에 사는 거대한 흰 사자인 '흐라카'를 찾아 말을 달릴 것이다. 성공해서 돌아온다면 남편의 기쁨은 격렬할 테고, 그러면 대니의 말을 들어줄지도 몰랐다.

그는 야생 짐승을 두려워하지 않았고, 세상에 태어나 숨을 쉬는 어떤 사람도 두려워하지 않았으나, 바다는 다른 문제였다. 도트락인에게 말이 마실 수 없는 물이란 부정한 것이었다. 그들은 출렁거리는 회녹색 평원 같은 큰 바다에 미신적인 혐오감을 품었다. 드로고는 수많은 면에서 다른 기마 전사들보다 더 대담한 사내였지만…… 이 문제만은 달랐다. 그를 배에 태울 수만 있다면…….

칼과 그의 혈맹기수들이 활을 들고 말을 달려 간 후, 대니는 시녀들을 불렀다. 예전에는 그들이 자신을 두고 법석을 떠는 방식이 불편할 때도 많았지만, 이제는 몸이 워낙 뚱뚱해지고 우스꽝스러워진 느낌이라 시녀들의 튼튼한 팔과 날랜 손이 반가웠다. 시녀들은 대니의 몸을 문질러 닦고 느슨하게 흘러내리는 모래 비단 옷을 입혔다. 도리아가 머리를 빗겨주는 동안, 대니는 지키를 보내어 조라 모르몬트 경을 찾았다.

기사는 바로 왔다. 그는 기마인처럼 말 털로 짠 레깅스와 색칠 조끼를 입고 있었다. 굵고 검은 털이 두꺼운 가슴과 근육질의 팔을 뒤덮었다. "공주님. 무슨 일입니까?"

"경이 내 남편과 이야기를 해봐야겠소. 드로고는 세상에 올라탄 종마는 세상 모든 땅을 지배할 테니, 독물을 건널 필요가 없다고 해. 라에고가 태어난 후에 칼라사르를 이끌고 동쪽으로 가서 비취해 주위 땅을 약탈하겠다고."

기사는 생각에 잠긴 얼굴이었다. "칼은 칠왕국을 본 적이 없습니다. 칼에게는 칠왕국이 아무것도 아니에요. 생각한다고 해봐야 섬들, 로라스나리스처럼 사나운 바다에 둘러싸여 바위에 붙은 작은 도시 몇 개를 떠올릴 테지요. 동쪽의 부유함이 더 매력적으로 보일 겁니다."

"하지만 칼은 서쪽으로 말을 달려야 해." 대니는 절망하여 말했다. "제발 그이를 이해시키도록 도와주시오." 대니도 칠왕국을 본 적이 없었지만, 오빠가 해준 모든 이야기 덕분에 칠왕국을 아는 것처럼 느꼈다. 비세리스는 언젠가 그곳으로 대니를 데리고 돌아가겠노라 수없이 약속했지만, 이제 비세리스는 죽었고 그 약속도 함께 죽었다.

기사가 답했다. "도트락인들은 모든 것을 자기 나름의 때에, 자기 나름의 이유로 행합니다. 인내심을 가지세요, 공주님. 오라버님과 같은 실수를 저지르지 마십시오. 우린 집에 갈 겁니다. 제가 약속드립니다."

집? 집이라는 말을 듣자 그녀는 슬퍼졌다. 조라 경에게는 곰 섬이 있었지만, 대니의 집은 어디일까? 몇 가지 이야기, 기도문처럼 엄숙하게 읊조리는 이름들, 희미해져가는 붉은 문의 기억……. 바에스 도트락이 영원히 대니의 집이 될까? 도시 칼린의 노파들을 볼 때마다 그녀는 자신의 미래를 보는 것일까?

조라 경도 대니의 얼굴에서 슬픔을 본 모양이었다. "밤사이에 대규모 카라반이 도착했습니다, 칼리시. 400필의 말을 끌고, 상인 대장인 바이안 보티리스가 지휘하여 펜토스에서부터 노보스와 코호르를 거쳐 왔답니다. 일리리오가 편지를 보냈을지도 모릅니다. 서부시장에 가보시겠습니까?"

대니의 마음이 움직였다. "그래. 그러고 싶군." 카라반이 들어오면 시장이 살아났다. 상인들이 이번에는 어떤 보물을 가져올지 알 수 없었고, 자유도시들에서처럼 발리리아어를 다시 듣는 것도 좋았다. "이리, 가마를 준비시키련."

"제가 공주님의 카스에 전하겠습니다." 조라 경이 그렇게 말하며 물러났다.

칼 드로고가 같이 있었다면 대니도 은마를 탔을 것이다. 도트락의 어머니들은 출산 직전까지 말 등에 머물렀고, 대니도 남편의 눈에 약해 보이고 싶지 않았다. 하지만 칼이 사냥을 떠났으니, 부드러운 쿠션에 기대어 붉은 비단 장막으로 태양 빛을 가리고 바에스 도트락을 다니는 편이 좋았다. 조라 경이 말에 안장을 얹어 곁을 달렸고, 대니의 카스인 네 청년과 시녀들이 따랐다.

따뜻하고 하늘은 구름 한 점 없이 짙푸른 날이었다. 바람이 불자 진한 풀과 흙 냄새를 맡을 수 있었다. 가마가 돌 조각상들 사이를 지나는 동안 대니는 햇볕에서 그늘로 들어갔다 나오기를 반복했다. 대니는 가마에 실려 흔들리면서 죽은 영웅들과 잊힌 왕들의 얼굴을 살펴보았다. 타버린 도시의 신들도 아직 기도에 응답할 수 있을지 궁금했다.

'내가 드래곤의 핏줄만 아니었더라도 여기가 내 집이 될 수 있었을 텐데.' 대니는 애석한 마음으로 생각했다. 그녀는 칼리시였고, 그녀에게는 강한 남자와 날랜 말, 시중을 들어줄 시녀들, 안전하게 지켜줄 전사들, 늙어서 가게 될 도시 칼린의 명예로운 자리가 있었다. 그리고 그녀의 자궁 속에는 언젠가 세상에 올라탈 아들이 자랐다. 그만하면 어떤 여자에게든 충분하겠지만…… 드래곤에게는 아니었다. 비세리스가 죽은 지금은 대너리스가 마지막 드래곤이었다. 그녀는 왕과 정복자들의 씨앗이었으며, 배 속의 아이도 마찬가지였다. 잊지 말아야 했다.

서부시장은 흙이 단단히 다져진 거대한 광장으로, 토끼굴 같은 진흙 벽

돌 건물과 짐승 우리, 하얗게 칠한 주점들에 둘러싸여 있었다. 지표면을 부수고 나온 거대한 짐승의 등처럼 솟아오른 언덕들에는 쩍 벌린 검은 입이 있어 서늘한 지하 동굴 창고로 이어졌다. 광장 안은 풀을 엮어 만든 차양에 그늘진 매대와 구불구불한 통로들로 이루어진 미로였다.

그들이 도착했을 때는 백여 명의 장사꾼과 무역상들이 상품을 내려 진열하고 있었지만, 대니가 기억하는 펜토스와 다른 자유도시의 와글와글한 바자르에 비하면 이 큰 시장도 조용하고 텅 빈 느낌이었다. 조라 경은 카라반들이 동쪽과 서쪽에서 바에스 도트락에 오는 것은 도트락인들에게 물건을 팔기 위해서라기보다는 서로 교역하기 위해서라고 설명했었다. 기마인들은 그들이 성스러운 도시의 평화를 지키고, 산들의 어머니나 세상의 자궁을 더럽히지 않으며, 전통적인 선물인 소금과 은과 씨앗으로 도시 칼린의 노파들에게 존경을 표하는 한 아무 방해 없이 오가게 놓아두었다. 도트락인들은 사고 판다는 개념을 제대로 이해하지 못했다.

대니는 기묘한 풍경과 소리와 냄새가 넘쳐흐르는 동부시장의 낯선 분위기도 좋아했다. 그녀는 그곳에서 나무 알과 메뚜기 파이와 초록색 국수를 야금거리고, 주술사들의 높게 우짖는 목소리에 귀를 기울이고, 은으로 만든 우리에 갇힌 만티코어와 거대한 회색 코끼리와 조고스 나이 사람들의 흑백 줄무늬 말들을 바라보며 오전을 보내곤 했다. 온갖 사람들을 보는 것도 즐거웠다. 피부색이 어둡고 엄숙한 아사이인과 키가 크고 창백한 콰스인, 원숭이 꼬리 모자를 쓰고 눈을 반짝이는 이-티 사람들, 젖꼭지에 철고리를 달고 뺨에는 루비를 넣은 바야사바드와 샤미리아나와 카야카야나야 출신의 전사 처녀들, 심지어는 팔과 다리와 가슴을 문신으로 뒤덮고 가면 아래 얼굴을 숨긴 음침하고 무서운 그림자 땅 사람들도 보았다. 동부시장은 대니에게 놀라움과 마법의 장소였다.

하지만 서부시장에서는 '집' 냄새가 났다.

이리와 지키의 부축을 받으며 가마에서 내린 대니는 그 냄새부터 들이마셨고, 오래전 티로시와 미르의 골목길에서 지냈던 시간이 떠오르는 톡 쏘는 마늘과 후추 냄새에 기분 좋게 미소 지었다. 그 아래로 자극적이면서 달콤한 리스의 향수 냄새가 났다. 대니는 미르의 복잡한 레이스 직물과 십여 가지 풍성한 빛깔로 물들인 질 좋은 모직물을 들고 가는 노예들을 보았다. 카라반 호위들은 구리 투구를 쓰고 무릎까지 내려오는 노란색 누빔면 옷을 입고 가죽을 엮어 만든 허리띠에 빈 칼집을 덜렁거리며 통로 사이를 돌아다녔다. 어떤 매대에는 무기제조인이 금과 은으로 장식 문양을 넣은 강철 흉갑과 상상 속 짐승들의 모양을 따서 만든 투구를 진열해놓았다. 그 옆에서는 예쁘장한 젊은 여자가 라니스포트의 금세공 반지와 브로치와 토크 목걸이(단단한 금속 고리 형태로 만든 목걸이), 허리띠에 쓰기 적당한 정교한 세공 메달을 팔고 있었다. 덩치 큰 내시 하나가 그 매대를 지켰는데, 털도 없고 말도 없었으며 땀에 얼룩진 벨벳 옷을 입고 서서 가까이 가는 사람마다 험상궂게 노려보았다. 통로 건너편에서는 이-티에서 온 뚱뚱한 옷감 장사가 펜토스 사람 하나와 초록색으로 염색한 직물 가격을 두고 흥정하고 있었는데, 장사꾼이 고개를 저을 때마다 모자에 달린 원숭이 꼬리가 이리저리 흔들렸다.

"어렸을 때 나는 바자르에서 놀기를 좋아했지." 대니는 매대들 사이로 이어지는 그늘진 통로를 걸으며 조라 경에게 말했다. "정말이지 생기 넘치는 장소였으니까. 온통 소리치고 웃음을 터뜨려대는 사람들에, 놀라운 볼거리는 어찌나 많은지……. 그래봐야 뭔가를 살 돈이 있었던 적은 별로 없었지만……. 가끔씩 소시지 하나, 아니면 허니핑거 정도였을까……. 칠왕국에도 티로시에서 굽는 것 같은 허니핑거가 있소?"

"케이크 같은 건가요? 저는 잘 모르겠습니다, 공주님." 기사는 허리를 굽혔다. "잠시만 실례해도 괜찮다면, 제가 대장을 찾아서 우리에게 가져온 편지가 있는지 알아보겠습니다."

"좋아요. 나도 같이 찾지요."

"공주님이 일부러 나서실 필요는 없습니다." 조라 경은 초조하게 시선을 회피했다. "시장을 즐기십시오. 제 일이 끝나면 복귀하겠습니다."

'이상하군.' 대니는 조라 경이 군중 사이를 헤치고 걸어가는 모습을 보며 생각했다. 왜 대니가 같이 가선 안 되는지 이해할 수 없었다. 어쩌면 조라 경은 상인 대장을 만난 후에 여자를 찾으려는지도 몰랐다. 매춘부들이 카라반과 함께 여행하는 일은 자주 있었고, 어떤 사내들은 성교 문제에 대해 이상하게 부끄러워했다. 대니는 어깨를 으쓱이고 다른 일행에게 말했다. "가자."

대니가 다시 시장 안을 거닐자 시녀들이 뒤따랐다. 대니는 도리아를 보고 외쳤다. "아, 저걸 보렴. 내가 말한 게 저런 소시지야." 대니는 주름진 자그마한 여인이 뜨겁게 달군 돌 위에 고기와 양파를 굽고 있는 매대를 가리켰다. "마늘과 고추를 잔뜩 넣어서 만들지." 이 발견에 기뻐진 대니는 다들 같이 소시지를 먹자고 나섰다. 시녀들은 키득거리고 웃으면서 소시지에 달려들었지만, 그녀의 카스 청년들은 구운 고기를 의심스레 킁킁거렸다. "내 기억과는 맛이 다르구나." 대니는 처음 몇 입을 먹고 나서 말했다.

늙은 여인이 말했다. "펜토스에서는 돼지고기로 만드는데, 도트락의 바다를 건너다가 돼지가 다 죽어버렸지 뭡니까. 이건 말고기로 만들었답니다, 칼리시. 그래도 향신료는 똑같지요."

"아." 대니는 실망했지만, 쿠아로는 그 소시지를 아주 좋아하면서 하나 더 먹겠다고 했고, 라카로는 쿠아로에게 질 수 없다는 이유로 세 개를 더 먹고 큰 소리로 트림을 했다. 대니는 깔깔거리고 웃었다.

이리가 말했다. "드로고가 오라버님인 칼 라가트에게 왕관을 씌우신 이후로 웃질 않으셨어요. 웃으시니 좋네요, 칼리시."

대니는 수줍게 미소 지었다. 소리 내어 웃으니 상쾌했다. 반쯤은 다시 소녀가 된 기분이었다.

그들은 오전 시간 절반을 돌아다녔다. 대니는 여름 군도에서 온 아름다운 깃털 망토를 봤고, 선물로 받았다. 그 대가로 상인에게는 허리띠에 달린 은메달을 하나 줬다. 도트락인들은 그런 식으로 거래했다. 새 장수 하나가 초록색과 빨간색을 띤 앵무새 한 마리에게 대니의 이름을 말하도록 가르쳤고, 대니는 다시 한 번 웃음을 터뜨렸지만, 그 새를 사지는 않았다. 칼라사르에서 붉고 푸른 앵무새로 무엇을 하겠는가? 향유가 담긴 병 십여 개는 받았다. 어린 시절에 맡던 향내였다. 눈을 감고 그 냄새를 맡기만 하면 다시 한 번 붉은 문이 달린 저택을 볼 수 있었다. 도리아가 어느 마술사의 매대에 놓인 다산 부적을 간절한 눈으로 바라보자, 대니는 그것도 받아서 도리아에게 줬다. 그리고 이제 이리와 지키에게 줄 선물도 찾아야겠다고 생각했다.

모퉁이를 돈 일행은 지나가는 사람들에게 골무만 한 잔에 담긴 술을 권하는 와인 장수와 마주쳤다. 그는 유창한 도트락어로 외쳤다. "달콤한 레드와인이오. 리스와 볼란티스와 아버에서 온 달콤한 레드와인 있어요. 리스에서 온 화이트와인, 티로시의 페어브랜디와 파이어와인, 페퍼와인, 미르에서 온 연녹색 넥타르가 있어요. 갈색 스모크베리 술과 안달의 시큼한 술 있어요. 다 있어요." 날씬하고 잘생겼으며, 담황색 머리는 곱슬거렸고 리스식으로 향수를 뿌린 몸집 작은 남자였다. 대니가 매대 앞에 멈춰 서자 그는 깊이 허리를 숙였다. "칼리시께 한 잔 드릴깝쇼? 도르네에서 온 달콤한 레드와인이 있습니다. 자두와 버찌와 풍성하고 짙은 참나무 향이 진동을 합죠. 한 통, 한 잔, 한 입? 한번 맛만 보시라죠, 자식에게 제 이름을 붙이실걸요."

대니는 미소 지었다. "내 아들에겐 이름이 있지만, 내 그대의 여름 와인을 마셔보지." 대니는 자유도시에서 쓰는 발리리아어로 말했다. 이렇게 오랜만에 쓰려니 말이 이상하게 느껴졌다. "괜찮다면 맛만 보겠네."

상인은 옷차림과 기름 바른 머리와 햇볕에 탄 갈색 피부 때문에 대니를 도트락인으로 생각한 모양이었다. 대니가 말을 하자 그는 깜짝 놀라서 그녀를 응시했다. "마님, 혹시…… 티로시 사람이십니까? 그럴 수도 있나요?"

"내가 하는 말은 티로시의 것이고, 내 옷은 도트락의 것일지 모르나 나는 웨스테로스, 해넘이 왕국 출신이네." 대니가 말했다.

도리아가 옆에 나섰다. "그대는 타르가르옌 가문의 대너리스, 폭풍의 딸 대너리스, 기마인들의 칼리시이자 칠왕국의 공주님께 말을 거는 영광을 얻었다."

와인 장수는 무릎을 꿇고 고개를 조아리며 말했다. "공주님."

"일어나게." 대니가 명했다. "난 여전히 자네가 말한 여름 와인을 맛보고 싶군."

상인은 벌떡 일어섰다. "그걸 말입니까? 도르네의 싸구려 술이라니, 공주님에게 어울리지 않습니다. 제게 정말 깔끔하고 맛있고 달지 않은 아버산 레드와인이 있으니 한 통 드리겠습니다."

칼 드로고는 자유도시에 드나들면서 좋은 와인에 취미를 붙였으니, 그런 훌륭한 술이라면 기뻐할 터였다. "영광이오, 경." 대니는 작고 상냥한 목소리로 말했다.

"제가 영광이지요." 상인은 매대 뒤편을 뒤지더니 작은 참나무 통을 하나 꺼냈다. 나무에 포도송이가 새겨져 있었다. 상인은 포도송이를 가리키며 말했다. "아버를 통치하는 레드와인의 문장입니다. 이보다 더 좋은 술은 없지요."

"칼 드로고와 함께 먹겠네. 아고, 이 통을 내 가마에 가져다 둬라." 도트락인이 통을 들어 올리자 와인 장수는 활짝 웃었다.

대니는 목소리를 듣고 나서야 조라 경이 돌아왔음을 깨달았다. "아니." 그의 목소리는 이상하게 퉁명스러웠다. "아고, 그 통 내려놓게."

아고가 대니를 쳐다보았다. 대니는 머뭇거리며 고개를 끄덕였다. "조라 경, 뭔가 잘못됐소?"

"제가 목이 마릅니다. 통을 열라, 와인 장수."

상인이 얼굴을 찌푸렸다. "저 와인은 칼리시를 위한 것이지, 경 같은 사람을 위한 게 아닙니다."

조라 경은 매대에 더 다가섰다. "그 통을 열지 않는다면 네놈의 머리로 깨주지." 이곳 성스러운 도시에서 그는 두 손 외에 다른 무기를 들고 다니지 않았다. 그러나 손만으로도 충분했다. 그의 손은 크고, 단단하고, 위험했으며 마디마다 검고 굵은 털이 뒤덮여 있었다. 와인 장수는 잠시 머뭇거리더니 망치를 꺼내어 통의 마개를 두드렸다.

"따르게." 조라 경이 명했다. 대니의 카스인 네 청년은 찌푸린 얼굴로 조라 경 뒤에 늘어서서 아몬드 모양의 검은 눈으로 상황을 지켜보았다.

"이렇게 농후한 와인을 공기도 쐬이지 않고 마시는 건 범죄요." 와인 장수는 망치를 내려놓지 않았다.

조고가 허리띠에 감긴 채찍에 손을 뻗었지만, 대니가 팔을 살짝 잡아 막았다. "조라 경이 하라는 대로 하게." 대니가 말했다. 사람들이 무슨 일인가 멈춰 서서 보고 있었다.

와인 장수는 대니에게 슬쩍 부루퉁한 시선을 던졌다. "공주님 분부대로 하지요." 그는 통의 뚜껑을 들어 올리기 위해 망치를 내려놓아야 했다. 그는 술을 한 방울도 흘리지 않고 골무만 한 맛보기 잔 두 개에 채웠다.

조라 경이 잔을 하나 들어 올리고 와인 향을 맡으며 얼굴을 찌푸렸다.

"달콤하지 않습니까?" 와인 장수가 미소 지으며 말했다. "과일 향을 맡을 수 있지요, 경? 아버의 향입니다. 마셔보고 어디 그 술이 기사님 혀에 닿은 가장 맛있고 농후한 와인이 아니라고 말해보시지요."

조라 경은 상인에게 잔을 내밀었다. "먼저 마셔보게."

"제가요?" 상인은 웃음을 터뜨렸다. "저는 이런 명품을 마실 자격이 없습니다요. 그리고 자기 상품을 마셔버린다면 형편없는 와인상이죠." 상인의 미소는 온화했으나, 대니는 상인의 이마에 맺힌 땀방울을 볼 수 있었다.

"마셔라." 대니가 얼음처럼 차갑게 말했다. "잔을 비우지 않으면 너를 붙잡게 하고 조라 경에게 한 통을 다 목구멍에 부으라 시키겠다."

와인 장수는 어깨를 으쓱이고 잔에 손을 뻗더니…… 잔 대신 통을 잡고 양손으로 대니에게 내던졌다. 조라 경이 달려들어 대니를 밀어냈다. 술통은 조라 경의 어깨에 튕기고는 바닥에 떨어져 부서졌다. 대니는 비틀거리며 중심을 잃었다. "안 돼!" 대니는 비명을 지르며 넘어지지 않으려고 두 팔을 뻗었고…… 도리아가 그 팔을 잡아 당겨준 덕분에 배가 아니라 다리가 먼저 땅에 닿았다.

와인 장수는 매대를 뛰어넘어, 아고와 라카로 사이로 도망쳤다. 금발의 상인은 쿠아로가 있지도 않은 아라크에 손을 뻗는 사이에 밀치고 지나가서 통로를 내달렸다. 대니는 조고의 채찍 소리를 들었고, 가죽 채찍이 뻗어나가 와인 장수의 다리를 휘감는 모습을 보았다. 와인 장수는 얼굴을 흙에 처박았다.

카라반 호위병 십여 명이 달려왔다. 그들과 함께 상인 대장 바이안 보티리스도 나타났다. 오래된 가죽 같은 피부에 파란 콧수염을 귀까지 치켜세운 몸집 작은 노보스인이었다. 그는 아무 말 없이도 무슨 일이 일어났는지 아는 것 같았다. "이자는 끌고 가서 칼의 뜻을 기다리도록 하게." 그는 바닥에 쓰러진 남자를 가리키며 지시했다. 호위병 두 명이 와인 장수를 잡아 일으켰다. 상인 대장은 말을 이었다. "이자의 상품은 모두 공주님께 선물

하겠습니다. 제 아래에 있는 자가 이런 짓을 한 데에 대한 약소한 유감의 표시입니다."

도리아와 지키가 대니를 부축해 일으켰다. 부서진 통에서 독이 든 와인이 새어 나오고 있었다. 대니는 떨면서 조라 경에게 물었다. "어떻게 알았소? 어떻게?"

"저도 그자가 마시기를 거부할 때까지는 몰랐습니다, 칼리시. 하지만 마지스터 일리리오의 편지를 읽고 나니 두려웠지요." 조라 경의 어두운 시선이 시장에 모여든 낯선 이들의 얼굴을 쓸었다. "가시지요. 여기에서는 이야기하지 않는 게 좋겠습니다."

가마에 실려 돌아가면서 대니는 눈물이 날 것 같았다. 입안에 예전에 알던 맛이 감돌았다. 공포의 맛이었다. 대니는 몇 년 동안 비세리스를 무서워하고, 드래곤을 깨울까 두려워하며 살았다. 이건 더 나빴다. 지금은 대니 자신만이 아니라 아이 때문에 더 무서웠다. 아이도 그녀의 두려움을 감지했는지 안에서 불안하게 움직여댔다. 대니는 부푼 배를 부드럽게 쓸면서 아들에게 손을 뻗어 만져주고 달래줄 수 있었으면 했다. "넌 드래곤의 핏줄이야, 아가." 대니는 장막을 단단히 친 가마가 흔들리는 가운데 속삭였다. "너는 드래곤의 핏줄이고, 드래곤은 무서워하지 않아."

바에스 도트락에서 집으로 쓰는 언덕 구덩이 속에 들어간 대니는 조라 경만 빼고 모두 물렸다. "말해봐요." 대니는 쿠션에 앉으며 명했다. "찬탈자였소?"

"그렇습니다." 기사는 접힌 양피지를 꺼냈다. "마지스터 일리리오가 비세리스에게 보낸 편지입니다. 로버트 바라테온이 공주님이나 오라버님의 목숨에 영지와 작위를 걸었답니다."

"오라버니?" 대니의 흐느낌에 웃음이 반쯤 섞였다. "그자는 아직 모르는군. 그렇지 않소? 찬탈자는 드로고에게 작위를 빚졌군." 이번에는 웃음에 흐느낌이 반쯤 섞였다. 대니는 방어하듯 제 몸을 끌어안았다. "나도 마찬가지라고 했는데, 나만인가?"

"공주님과 아이입니다." 조라 경이 음울하게 답했다.

"아니. 그놈이 내 아들을 가질 순 없어." 대니는 울지 않겠노라 결심했다. 두려움에 떨지도 않겠다고. '찬탈자는 지금 드래곤을 깨운 거야…….' 대니는 자신에게 말하며 검은 벨벳 둥지에 놓인 드래곤 알로 시선을 옮겼다. 일렁이는 등불 빛이 돌 비늘을 비추고, 신하들이 왕을 둘러싸듯 그 주변으로 희미한 비취빛과 진홍빛과 금빛 티끌이 소용돌이치고 있었다.

그때 그녀를 사로잡은 것이 공포에서 태어난 광기였을까? 아니면 그녀의 핏줄에 흐르는 기묘한 지혜였을까? 대니는 알 수 없었다. 다만 자신의 목소리가 하는 말을 들었다. "조라 경, 화로에 불을 붙여요."

"칼리시?" 기사는 그녀를 이상하게 쳐다보았다. "이렇게 더운데, 진심이십니까?"

그렇게 진심이었던 적이 없었다. "그래요. 오한이 드는군. 화로에 불을 지펴요."

조라 경은 고개를 숙였다. "분부대로 하겠습니다."

석탄에 불이 붙자 대니는 조라 경을 내보냈다. 지금 하려는 일을 위해서는 혼자 있어야 했다. '이건 미친 짓이야.' 대니는 벨벳에 놓인 검은색과 진홍색의 알을 들어 올리며 생각했다. '깨어져서 타버리기만 할 거야. 이렇게 아름다운데. 이 알을 망가뜨리면 조라 경이 날 바보라고 부르겠지. 하지만, 하지만…….'

대니는 두 손으로 알을 감싸 쥐고 화로에 가서 타오르는 석탄 사이에 내려놓았다. 검은 비늘이 열기를 들이마시며 빛나는 것 같았다. 불길이 작고 붉은 혓바닥으로 돌을 핥았다. 대니는 다른 두 알을 검은 알 옆에 놓았다. 화로에서 물러서는 대니의 호흡이 떨렸다.

대니는 석탄이 재로 변할 때까지 지켜보았다. 불티가 화구를 향해 날아올랐고, 열기가 드래곤의 알을 감싸고 파도치듯 일렁였다. 그게 다였다.

'오라버님이신 라에가르가 마지막 드래곤이었지요.' 조라 경은 그렇게 말했었다. 대니는 서글픈 눈으로 알을 보았다. 무엇을 기대했을까? 수천 수만 년 전에는 생명이 담겨 있었겠지만, 지금은 예쁜 돌덩이에 불과했다. 드래곤을 내놓을 수 없었다. 드래곤은 공기와 불이었다. 살아 있는 몸뚱이였지, 죽은 돌이 아니었다.

칼 드로고가 돌아왔을 때는 화로가 다시 식어 있었다. 칼 드로고 뒤에서 코홀로가 하얀 사자의 거대한 시체를 젊어진 짐말을 끌고 왔다. 하늘에는 별들이 나와 있었다. 칼은 종마에서 훌쩍 뛰어내리더니 흐라카가 다리의 레깅스를 뚫고 남긴 자국을 보여주며 소리 내어 웃었다. "내 삶의 달이여, 흐라카의 가죽으로 망토를 만들어주지." 칼이 장담했다.

대니가 시장에서 일어난 일을 이야기하자 웃음소리가 멎고, 칼 드로고는 아주 조용해졌다.

조라 모르몬트 경이 경고했다. "이번 독살 시도가 처음이기는 하지만, 마지막은 아닐 겁니다. 사내들이 귀족 작위를 위해 큰 위험을 감수할 테니까요."

드로고는 한동안 침묵하다가, 마침내 말했다. "그 독술 장수는 내 삶의 달에게서 달아났다. 그보다는 따라 달렸어야 하리라. 그러니 그렇게 될 것이다. 조고, 그리고 안달인 조라, 각각 내 말 떼에서 어떤 말이든 고르라. 너희의 것이다. 나의 적마와 내가 내 삶의 달에게 신부 선물로 준 은마를 제외하면 어떤 말이든 좋다. 너희가 한 일에 대한 선물이다.

그리고 드로고의 아들 라에고, 세상을 탈 종마에게도 선물을 하나 약속하마. 라에고에게 그 어머니의 아버지가 앉았던 철의자를 주겠다. 칠왕국을 주겠다. 나, 칼인 드로고가 그리하겠다." 그는 목소리를 높이며 하늘에 주먹을 치켜들었다. “내가 서쪽으로 세상이 끝나는 곳까지 칼라사르를 데려가, 나무 말을 타고 어떤 칼도 건너지 못한 검은 소금물을 건너겠다. 철옷을 입은 사내들을 죽이고 놈들의 돌집을 무너뜨리겠다. 놈들의 여자들을 범하고, 놈들의 아이들을 노예로 삼고, 놈들의 부서진 신을 바에스 도트락으로 가져와 산들의 어머니 밑에서 고개를 조아리게 하겠다. 바르보의 아들 드로고가 맹세한다. 산들의 어머니 앞에서, 별들이 증인으로 굽어보는 가운데 맹세한다.”

드로고의 칼라사르는 이틀 후에 바에스 도트락을 떠나, 남서쪽으로 평원을 가로질렀다. 칼 드로고가 거대한 붉은 종마를 타고 앞장섰으며, 대너리스가 은마를 타고 그 옆에 섰다. 와인 장수는 벌거벗은 몸으로 서둘러 그들을 따라 뛰었다. 그의 목과 손목에는 사슬이 걸렸고, 그 사슬은 대니의 은마 고삐에 묶여 있었다. 대니가 말을 달리자 그 남자도 맨발로 비틀거리며 따라 뛰었다. 그에게는 어떤 해도 없을 터였다……. 보조를 맞추기만 한다면.

캐틀린

깃발을 명확히 알아보기에는 먼 거리였지만, 부유하는 안개 속에서도 바탕이 희고 중앙에는 검은 얼룩이 있음을 알아볼 수 있었다. 얼어붙은 들판을 달리는 스타크의 회색 다이어울프일 수밖에 없었다. 캐틀린은 그 깃발을 직접 본 순간 말고삐를 당기고 감사함에 고개를 숙였다. 신들이시여, 고맙습니다. 아직 늦지 않았다.

윌리스 맨덜리 경이 말했다. "제 아버지가 장담하신 대로 다들 우리의 도착을 기다리고 있습니다."

"더 기다리게 하지 마세, 경." 브린덴 툴리 경이 말에 박차를 가하여 깃발을 향해 달려갔다. 캐틀린이 그 옆에서 말을 달렸다.

윌리스 경과 그 동생인 웬델 경이 1500명에 달하는 병사들을 이끌고 뒤따랐다. 20명 남짓한 기사들과 같은 수의 종자들, 200명의 기마 창수, 검사, 자유기수들이 있었고 나머지는 창과 장창, 삼지창 등으로 무장한 보병이었다. 와이먼 공은 화이트하버의 방어를 위해 뒤에 남았다. 60세에 가까운 와이먼 맨덜리는 말에 앉기도 힘들 만큼 살이 쪘다. "죽기 전에 전쟁을 다시 겪을 줄 알았다면 장어를 몇 마리 덜 먹는 건데 그랬습니다." 그는 캐틀린이 탄 배를 맞이하자 양손으로 육중한 배를 때리며 그렇게 말했다. 그 손가락도 소시지처럼 통통했다. "하나 제 아이들이 부인을 아드님께 안전하게 모셔 갈 테니 걱정 마십시오."

그 '아이들'은 둘 다 캐틀린보다 나이가 많았고, 캐틀린은 속으로 둘 다 부친을 그렇게까지 닮지 않았어도 좋았겠다고 생각했다. 윌리스 경은 간신히 말에 오를 수 있을 만큼만 장어를 덜 먹은 모양새였고, 캐틀린은 그 운 없는 짐승이 가여웠다. 손아래인 웬델 경은 그 아버지와 형을 제외하면 캐틀린이 본 가장 뚱뚱한 남자였다. 윌리스는 조용하고 격식을 차렸고, 웬델은 목소리가 크고 떠들썩했다. 둘 다 코 밑에 과시하는 듯한 팔자수염을 길렀고 머리는 아기 엉덩이처럼 매끈했다. 둘 다 음식 얼룩이 튀지 않은 옷은 한 벌도 없는 모양이었다. 그래도 캐틀린은 기꺼이 그들을 좋아할 수 있었다. 그들은 부친의 맹세대로 캐틀린을 롭에게 데려왔다. 그것 말고는 아무것도 중요하지 않았다.

아들이 동쪽에도 정찰을 내보내둔 모습을 보니 기뻤다. 라니스터가 올 때는 남쪽에서 오겠지만, 롭이 주의 깊게 행동한다는 건 좋은 일이었다. '내 아들이 군대를 이끌고 전쟁에 나섰어.' 캐틀린은 아직도 반쯤 믿기지 않는 기분으로 생각했다. 롭과 윈터펠이 몹시도 걱정이었지만, 자부심도 느낀다는 사실을 부인할 수 없었다. 1년 전만 해도 롭은 어린아이였다. 지금은 어떨까? 캐틀린은 궁금했다.

정찰을 맡은 별동대가 손에 삼지창을 들고 청록색 바다에서 솟아오르는 하얀 남자 인어를 그려 넣은 맨덜리의 깃발을 알아보고 그들을 따뜻하게 환영했다. 그들은 야영을 할 만큼 마른 고지대로 안내받았다. 윌리스 경은 그곳에서 행군을 멈췄고, 불을 피우고 말들을 살피기 위해 병사들과 뒤에 남았다. 그의 동생 웬델은 부친 대신 주군에게 경의를 표하기 위해 캐틀린과 브린덴 경과 함께 말을 달렸다.

말굽 아래 닿는 땅은 부드럽고 축축했다. 그들은 완만한 내리막길을 따라 말을 달리며 연기가 피어오르는 토탄 불들, 몇 줄로 늘어선 말들, 딱딱한 빵과 소금에 절인 소고기를 무겁게 실은 짐마차들을 지나쳤다. 주변 땅보다 약간 높은 암석 노두 위에 무거운 돛천으로 벽을 두른 어떤 영주의 대형 천막도 지나쳤다. 캐틀린은 어두운 오렌지색 깃발에 갈색으로 그려진 혼우드의 큰뿔사슴을 알아보았다.

바로 그 너머에서 안개 사이로 모트 카일린의 벽과 탑이 보였다……. 혹은 모트 카일린의 잔해라고 해야 할까. 소농의 오두막집만큼 커다란 검은 현무암 덩어리들이 장난감 나무 블록처럼 무너지고 쓰러져 습지 특유의 부드러운 흙 속에 반쯤 파묻힌 채, 여기저기 흩어져 있었다. 한때 윈터펠만큼 높았던 성벽이 그것밖에 남지 않았다. 나무 요새는 완전히 사라졌다. 그 자리에 서 있었다는 사실을 알릴 기둥 하나 남지 않고 천 년 전에 썩어 없어졌다. 최초인들의 거대한 성채에서 남은 것은 탑 세 개뿐이었다……. 이야기꾼들의 말을 믿는다면 스무 개였던 탑 중에 단 세 개.

'문루 탑'은 튼튼해 보였고, 양쪽으로 1미터 가까이 선 벽을 자랑하기까지 했다. 한때 남쪽 벽과 서쪽 벽이 만나는 자리였던 습지에 선 '술고래 탑'은 배수로에 속을 게워내기 직전인 주정뱅이처럼 기울어졌다. 그리고 전설에 따르면, 숲의 아이들이 과거 그들의 이름 없는 신들에게 물의 망치를 보내달라 외쳤다는 높고 늘씬한 '아이들의 탑'은 윗부분 절반을 잃었다. 마치 거대한 짐승이 탑 꼭대기에 붙은 성가퀴를 한 입 물어뜯어서 습지에 그 잔해를 뱉어놓은 듯한 모양새였다. 세 탑 모두 초록색 이끼가 꼈다. 문루 탑 북쪽 면으로는 돌 사이에 나무가 한 그루 자라났는데, 울퉁불퉁한 나뭇가지에 유령허물(ghostskin)이라 불리는 하얀 식물이 두껍게 들러붙어 있었다.

브린덴 경은 앞에 놓인 폐허를 보고 외쳤다. "신들이여, 자비를 베푸소서. 이게 모트 카일린이냐? 이건 아무리 봐도—"

"—죽음의 덫이죠." 캐틀린이 대신 말을 맺었다. "어떻게 보이는지 알아요, 숙부님. 저도 처음 봤을 때 똑같이 생각했지만, 네드는 이 폐허가 보기보다 만만찮다고 장담했지요. 살아남은 세 개의 탑은 사방의 둑길을 통제할 수 있는 위치에 있고, 어떤 적이든 세 탑 사이를 통과해야 해요. 이곳 습지는 유사와 구덩이가 가득하고 뱀이 우글거려 들어갈 수 없어요. 탑을 하나라도 공격하려면 군대가 허리까지 오는 검은 흙탕물을 건너고, 도마뱀사자가 우글거리는 해자를 지나고, 이끼로 미끌거리는 벽을 기어올라야 해요. 그것도 다른 탑에 위치한 궁수들의 화살에 몸을 드러낸 채로요." 캐틀린은 숙부에게 음울한 미소를 지었다. "그리고 밤이 오면 유령이 나온다고도 하지요. 남부인의 피에 굶주린 차갑고 복수심 넘치는 북부의 망령들이요."

브린덴 경은 클클거리며 웃었다. "여기에서 꾸물거리지 말아야겠군. 마지막으로 확인해봤을 때까지 난 남부 놈이었으니 말이다."

탑 세 개에 모두 군기가 올라가 있었다. 술고래 탑에는 다이어울프 아래에 카스타크의 햇살 깃발이 걸렸다. 아이들의 탑에는 그레이트존의 사슬을 부순 거인 깃발이 같이 있었다. 하지만 문루 탑에는 스타크 깃발만 휘날렸다. 롭이 자리 잡은 곳이었다. 캐틀린은 브린덴 경과 웬델 경을 거느리고 그리로 향했다. 세 필의 말은 초록색과 검은색이 뒤섞인 진흙밭에 통나무와 판자를 놓아 만든 길을 천천히 걸었다.

캐틀린의 아들은 검은 난로에서 토탄 불이 연기를 피워 올리는 외풍 심한 방에서, 제 아버지의 휘하 영주들에게 둘러싸여 있었다. 육중한 돌 탁자에, 지도와 서류 더미를 앞에 두고 앉아서 루스 볼턴과 그레이트존과 열심히 이야기를 나누고 있었다. 아들은 처음에 그녀를 알아차리지 못했지만…… 아들의 늑대는 알아차렸다. 거대한 회색 늑대는 불가에 엎드려 있다가, 캐틀린이 들어서자 고개를 들고 금빛 눈동자를 마주쳤다. 영주들이 하나씩 입을 다물었고, 롭은 갑작스러운 정적에 고개를 들었다가 그녀를 보았다. "어머니?" 아들의 목소리가 감정으로 꽉 메었다.

캐틀린은 아들에게 달려가서 그 사랑스러운 이마에 입 맞추고, 아들이 결코 다치지 않게 꽉 끌어안고 지켜주고 싶었다……. 하지만 휘하 영주들 앞에서 그럴 수는 없었다. 롭은 지금 사나이의 역할을 수행하고 있었고, 그녀가 그 역할을 빼앗을 수는 없었다. 그래서 캐틀린은 그들이 탁자로 쓰는 현무암 판 반대쪽 끝에 멈춰 섰다. 다이어울프가 일어나더니 캐틀린이 선 자리로 조용히 걸어왔다. 이제는 보통 늑대보다 더 컸다. "수염이 길었구나." 캐틀린이 아들에게 말하는 동안 그레이윈드가 그녀의 손을 킁킁거렸다.

롭은 갑자기 어색해하며 까칠한 턱을 문질렀다. "네." 턱에 난 털은 머리털보다 더 붉었다.

"마음에 드는구나." 캐틀린은 늑대의 머리를 부드럽게 쓰다듬었다. "내 동생인 에드무어와 닮아 보이는걸." 그레이윈드는 장난스럽게 그녀의 손가락을 물었다 놓고 총총히 불가로 돌아갔다.

제일 먼저 다이어울프를 따라 경의를 표하러 온 사람은 헬만 톨하트 경이었다. 그는 캐틀린 앞에 무릎을 꿇고 그 손에 이마를 댔다. "캐틀린 부인, 변함없이 아름다우시군요. 심란한 시기에 뵈니 반갑습니다." 글로버 가문의 갤버트와 로벳 형제, 그레이트존 엄버가 뒤따랐고 나머지도 하나씩 나섰다. 테온 그레이조이가 마지막이었다. 그는 무릎을 꿇고 말했다. "여기에서 뵙게 될 줄은 기대하지 못했습니다."

"화이트하버에 상륙해서 와이먼 공에게 롭이 휘하를 소집했다는 말을 듣기 전까지는 나도 여기에 올 생각은 못 했지. 와이먼 공의 아들, 웬델 경은 알 테지." 웬델 맨덜리가 나서서 튀어나온 배가 허용하는 한 깊숙이 절을 했다. "그리고 나를 위해 내 동생 밑을 떠난 숙부님, 브린덴 툴리 경이시다."

"검은 물고기가 오셨군요." 롭이 말했다. "함께해주셔서 고맙습니다, 경. 경과 같이 용기 있는 분들이 필요합니다. 그리고 웬델 경, 여기 와주니 기쁘군요. 로드릭 경도 같이 왔나요, 어머니? 그동안 로드릭 경이 그리웠습니다."

"로드릭 경은 화이트하버에서 북쪽으로 가고 있단다. 로드릭 경을 수호성주로 임명하고 우리가 돌아갈 때까지 윈터펠을 지키라 일렀다. 루윈 학사는 현명한 조언자이지만, 전쟁 기술에는 미숙하지."

"그 점은 염려 마시지요, 스타크 부인." 그레이트존이 우렁우렁한 저음으로 말했다. "윈터펠은 안전합니다. 상스러운 표현을 써 죄송합니다만 우리가 곧 타이윈 라니스터의 항문에 검을 찔러 넣을 테고, 그다음에는 레드킵으로 달려가서 네드를 풀어줄 테니까요."

"부인, 괜찮다면 질문 하나 하겠습니다." 드레드포트의 영주인 루스 볼턴은 목소리가 작았지만, 그가 말을 하면 더 큰 남자들도 조용히 귀를 기울였다. 그의 눈동자는 기묘하게도 색깔이 없어 보일 만큼 엷었고, 그 시선은 마음을 어지럽혔다. "부인께서 타이윈 공의 난쟁이 아들을 포로로 잡으셨다더군요. 그자를 데려오셨습니까? 그런 인질이라면 분명히 유용하게 쓰일 텐데요."

"티리온 라니스터를 잡기는 했지만, 지금은 아닙니다." 캐틀린은 인정할 수밖에 없었다. 실망의 합창이 그 소식을 맞이했다. "나도 공들만큼이나 달갑지 않아요. 신들께서 그자를 풀어줌이 합당하다 보셨습니다. 내 어리석은 여동생의 도움을 받아서요." 동생에 대한 경멸을 이렇게 공공연히 드러내선 안 되겠지만, 이어리를 떠나는 길은 기분 좋지 않았다. 캐틀린은 로버트 공을 데려가서 윈터펠에서 몇 년 동안 대자로 삼겠다고 제안했다.

다른 사내아이들과 함께 지내면 좋을 거라는 의견까지 과감히 말했다. 라이사는 보기 무서울 정도로 격분했다. "언니든 뭐든 간에 내 아들을 훔쳐 가려 한다면 달의 문 밖으로 날아가게 될 거야." 그 후에는 더 할 말이 없었다.

영주들은 더 묻고 싶어 안달했지만, 캐틀린은 한 손을 들어 올렸다. "나중에 이 모든 이야기를 할 시간이 있겠지요. 여행으로 몹시 지쳤어요. 내 아들과 둘만 이야기해야겠어요. 공들이 양해할 줄 압니다." 캐틀린은 그들에게 선택권을 주지 않았다. 휘하 영주들은 언제나 친절한 혼우드 공에게 이끌려 절을 하고 나갔다. "테온, 너도." 캐틀린은 그레이조이가 꾸물거리자 덧붙여 말했다. 그는 미소를 짓고 밖으로 나갔다.

탁자에 에일 맥주와 치즈가 있었다. 캐틀린은 뿔잔을 하나 채우고, 앉아서 한 모금 마시며 아들을 찬찬히 뜯어보았다. 떠나왔을 때보다 키가 큰 것 같았고, 턱수염 덕분에 더 나이 들어 보였다. "에드무어가 처음 구레나룻을 길렀을 때가 열여섯 살이었지."

"저도 곧 열여섯이에요." 롭이 말했다.

"그리고 지금은 열다섯이지. 열다섯 살에 군대를 이끌고 전투에 나섰어. 왜 내가 두려워하는지 이해할 수 있겠니, 롭?"

롭의 표정이 완고해졌다. "달리 사람이 없었어요."

"아무도 없었다고? 조금 전에 여기에서 본 사람들은 누구였기에? 루스 볼턴, 리카드 카스타크, 갤버트와 로벳 글로버, 그레이트존, 헬만 톨하트……. 넌 누구에게든 명령을 내릴 수 있었어. 신들이시여, 하다못해 테온을 보낼 수도 있었지. 나라면 고르지 않았겠지만 말이다."

"그 사람들은 스타크가 아니에요."

"다들 전투 경험이 많은 남자들이야. 너는 겨우 1년 전까지만 해도 나무칼로 싸웠지."

그 말에 롭의 눈에 분노가 떠올랐지만, 성난 기운은 순식간에 사라지고 갑자기 그는 다시 소년이 되었다. 롭은 겸연쩍게 말했다. "알아요. 어머니…… 절 윈터펠로 돌려보내실 건가요?"

캐틀린은 한숨을 내쉬었다. "그래야 마땅하겠지. 넌 아예 윈터펠을 떠나지 말았어야 했어. 하지만 감히 그러지는 못하겠구나. 지금은 안 돼. 넌 너무 멀리 와버렸어. 언젠가는 이 영주들이 너를 주군으로 보게 될 거야. 지금 내가 널 저녁도 먹지 못하고 잠자리에 쫓겨 가는 아이처럼 보내버리면 다들 기억하고 술자리에서 비웃을 테지. 이자들이 너를 존경하고, 약간은 두려워하기까지 해야 할 날이 올 게다. 웃음은 두려움에는 독이지. 널 안전하게 지키고 싶은 마음은 간절하다만, 네게 그런 짓을 하진 않겠다."

"감사드립니다, 어머니." 격식을 갖춘 말 속에 안도감이 뻔히 드러났다.

캐틀린은 탁자 너머로 손을 뻗어 롭의 머리를 만졌다. "넌 내 첫아이야, 롭. 널 보면 네가 빨간 얼굴로 울어대면서 처음 세상에 나온 날을 기억할 수밖에 없단다."

롭은 그 손길에 불편한 기색을 보이며 일어서더니 난롯가로 걸어갔다. 그레이윈드가 롭의 다리에 머리를 비볐다. "아버지에 대해선…… 아세요?"

"그래." 로버트의 갑작스러운 죽음과 네드의 몰락에 대한 소식에 캐틀린은 말도 못 하게 겁을 먹었지만, 아들에게 그 두려움을 보이지 않으려 했다. "화이트하버에 내렸더니 맨덜리 공이 말해주더구나. 네 동생들에 대해선 무슨 말이라도 들었니?"

"편지가 한 통 왔어요." 롭은 다이어울프의 턱 밑을 긁으며 말했다. "어머니에게 보내는 편지도 있었지만, 제 것과 함께 윈터펠로 왔죠." 롭은 탁자로 가서 지도와 서류들을 뒤지더니 구겨진 양피지를 들고 돌아왔다. "이게 산사가 저에게 쓴 편지예요. 어머니 편지를 가져올 생각은 못 했어요."

롭의 말투가 어쩐지 신경이 쓰였다. 캐틀린은 종이를 펴서 읽었다. 걱정은 불신에 자리를 내주었다가, 분노로 변했다가, 마지막에는 두려움이 되었다. "이건 네 동생이 아니라 세르세이의 편지야." 캐틀린은 다 읽고 나서 말했다. "진짜 메시지는 산사가 말하지 않는 내용에 있어. 온통 라니스터가 산사를 얼마나 친절하고 다정하게 대하는지에 대해서만 적다니……. 아무리 조용히 말해도 협박은 협박. 놈들은 산사를 인질로 잡았고, 계속 잡고 있을 생각이야."

"아리아에 대해서는 한 마디도 없어요." 롭은 참담하게 지적했다.

"그렇구나." 캐틀린은 그게 무슨 의미인지 생각하고 싶지 않았다. 여기에서는, 지금은 안 된다.

"전 혹시…… 어머니가 아직 꼬마 악마를 잡고 있다면, 인질 교환을 희망했어요……." 롭은 산사의 편지를 구겨 쥐었고, 캐틀린은 그 모습을 보고 롭이 그 편지를 구기는 게 처음이 아니라는 사실을 알았다. "이어리에서는 소식이 있나요? 라이사 이모에게 도움을 청하는 편지를 썼어요. 혹시 이모가 아린 공의 휘하를 소집했는지 아세요? 협곡의 기사들이 합류하러 올까요?"

"한 명뿐이다. 아린 협곡 최고의 기사인 내 숙부님……. 하지만 검은 물고기 브린덴도 애초에는 툴리지. 내 동생은 피의 관문 너머로는 얼씬도 하지 않을 작정이야."

롭은 그 소식을 괴롭게 받아들였다. "어머니, 이제 어떻게 하죠? 제가 1만 8000명에 달하는 이 군대를 다 데려왔는데, 도무지…… 확신이 서지 않아요……." 롭은 눈물을 비치며 캐틀린을 바라보았다. 당당한 젊은 영주가 한순간 녹아서 사라지고, 순식간에 다시 어린아이가 된 것 같은 열다섯 살 소년이 어머니를 보며 답을 구했다.

안 될 일이었다.

"뭘 그렇게 두려워하는 거냐, 롭?" 캐틀린은 부드럽게 물었다.

"전……." 롭은 고개를 돌리고 눈물을 감췄다. "우리가 행군한다면…… 설령 이긴다 해도…… 라니스터는 산사와 아버지를 잡고 있어요. 놈들이 죽이겠죠. 안 그런가요?"

"놈들은 우리가 그렇게 생각하길 원해."

"놈들이 거짓말을 한다는 건가요?"

"나도 모르겠구나, 롭. 다만 네게 선택권이 없다는 사실은 안다. 네가 킹스랜딩으로 가서 충성 맹세를 한다면, 넌 절대로 돌아오지 못할 거야. 네가 꼬리를 말고 윈터펠로 퇴각한다면, 네 휘하 영주들은 너에 대한 존경심을 잃을 거야. 라니스터에게 넘어가는 자도 나올지 모르지. 그렇게 되면 두려워할 게 더 줄어든 왕비는 포로들을 자기 좋을 대로 할 수 있겠지. 우리의 가장 큰 희망이자 유일한 희망은 네가 전장에서 적을 이기는 거야. 네가 타이윈 공이나 킹슬레이어를 포로로 잡는다면 인질 교환도 가능하겠지만, 핵심은 그게 아니야. 네가 저들이 두려워해야 마땅한 힘을 갖고 있는 한은 네드와 네 동생도 안전할 거야. 세르세이에게도 불리해졌을 때 화친을 맺으려면 두 사람이 필요하다는 사실을 알 정도의 지혜는 있으니까."

"전쟁이 왕비에게 불리하게 돌아가지 않는다면요? 우리에게 불리해지면요?"

캐틀린은 롭의 손을 잡았다. "롭, 너에게 진실을 에두르진 않으마. 네가 진다면, 우리 중 누구에게도 희망이 없어. 캐스털리록의 심장에는 돌밖에 없다는 말이 있지. 라에가르의 자식들이 맞이한 운명을 기억하거라."

캐틀린은 아들의 젊은 눈에서 두려움을 보았지만, 그 눈에는 강인함도 있었다. "그렇다면 전 지지 않겠어요." 롭이 맹세했다.

"강역에서 일어난 전투에 대해 아는 바를 말해다오." 캐틀린은 롭이 정말 준비가 되었는지 알아야 했다.

"2주쯤 전에 골든투스 아래 구릉 지대에서 전투가 있었어요. 에드무어 삼촌은 밴스 공과 파이퍼 공을 보내어 통행로를 지키게 했는데, 킹슬레이어의 습격을 받아 도망치게 되었죠. 밴스 공은 살해당했어요. 마지막으로 들은 소식으로는 파이퍼 공이 외삼촌과 다른 리버런 휘하 영주들과 합류하기 위해 제이미 라니스터를 뒤에 달고 후퇴하고 있다고 했어요. 하지만 최악은 그게 아니었어요. 그들이 그곳 통행로에서 싸우는 동안 타이윈 공이 두 번째 라니스터군을 데리고 남쪽에서 올라오고 있었죠. 제이미의 군대보다 더 큰 규모라더군요.

아버지는 그걸 알고 계셨는지, 왕의 기치 아래 맞설 사람들을 보내셨어요. 에릭 공인지 데릭 공인지 하는 남부 귀족에게 지휘권을 줬지만, 레이먼 대리 경이 함께 있었고, 편지에 따르면 다른 기사들과 아버지의 위병들도 있었다고 해요. 다만 그건 함정이었죠. 데릭 공이 레드포크를 건너자마자 라니스터가 왕의 깃발을 무시하고 그들을 덮쳤고, 머머스포드를 가로질러 후퇴하려고 하자 그레고르 클리게인이 후방에서 공격했어요. 데릭 공인가 하는 인물과 다른 몇 명은 탈출했을지도 모르지만, 레이먼 경과 윈터펠 위병 대부분은 죽었어요. 타이윈 공은 왕의 가도를 차단했고, 지금은 가는 곳마다 불태우면서 하렌홀을 향해 북상하고 있다고 해요."

'갈수록 암울하구나.' 캐틀린이 생각했던 것보다 더 나빴다. "여기에서 타이윈 공을 맞이할 생각이냐?"

"여기까지 온다면 그러겠지만, 아무도 타이윈 공이 오리라 생각하지 않아요. 전 이미 하울랜드 리드에게 전언을 보냈어요. 그레이워터 워치에 있는 아버지의 옛 친구분요. 라니스터가 넥 지역까지 올라온다면 호상민들이 걸음걸음 피를 흘리게 할 테지만, 갤버트 글로버는 타이윈 공이 그러기엔 너무 영리하다고 말하고, 루스 볼턴도 같은 생각이에요. 다들 타이윈 공은 트라이던트 강 가까이 머물면서 리버런이 홀로 남을 때까지 강역 영주들의 성을 하나씩 접수하리라 봐요. 그러니 남쪽으로 내려가서 만나야 해요."

생각만 해도 캐틀린은 뼈가 시렸다. 열다섯 살짜리 소년이 제이미와 타이윈 라니스터같이 노련한 전투 지휘관에게 맞서서 무슨 승산이 있겠는가? "그게 현명할까? 넌 여기에 견고하게 자리를 잡았어. 옛 북부의 왕들은 모트 카일린에서 열 배가 넘는 군대를 패퇴시킬 수 있었다고 하지."

"그래요. 하지만 식량과 보급품은 고갈되어가고, 여긴 쉽게 살아갈 수 있는 땅이 아니에요. 지금까지는 맨덜리 공을 기다렸지만, 이제 공의 두 아들이 합류했으니 행군해야 해요."

캐틀린은 휘하 영주들이 아들의 목소리를 빌려 이야기하고 있음을 깨달았다. 그녀는 지난 세월 동안 윈터펠에서 많은 영주들을 대접했고, 네드와 더불어 그들의 난로와 식탁가에서 환대를 받았다. 그녀는 그들 하나하나가 어떤 인물인지 알았다. 롭도 알고 있을지 궁금했다.

그렇다 해도 그들이 말한 내용에는 일리가 있었다. 아들이 모아들인 이 군대는 자유도시들이 늘 유지하는 상비군이 아니었고, 돈을 받는 위병 부대도 아니었다. 대부분 평민들이었다. 소작농, 농장 노동자, 어부, 양치기, 그리고 여인숙 주인과 상인과 무두장이의 아들들에 약탈에 굶주린 소수의 용병과 자유기수들이 가세한 조직이었다. 영주가 소환하면 오기는 해도…… 영원하지는 않았다. 캐틀린은 아들에게 말했다. "행군은 좋다. 하지만 어디로, 그리고 무엇을 목적으로 할 테냐? 어떻게 할 셈이야?"

롭은 머뭇거렸다. "그레이트존은 우리가 타이윈 공과 싸워서 놀라게 해야 한다고 생각하지만, 글로버 형제와 카스타크가 사람들은 타이윈 공의 군대를 우회해서 에드무어 경과 합류, 킹슬레이어에게 맞서는 편이 현명하다고 생각해요." 롭은 덥수룩한 갈기 같은 적갈색 머리털을 손가락으로 넘기며 불만스러운 표정을 지었다. "하지만 우리가 리버런에 도착할 때쯤엔…… 확신이 안 서요……."

"확신하든가, 아니면 집에 가서 다시 나무칼을 쥐거라. 루스 볼턴이나 리카드 카스타크 같은 사내들 앞에서 우유부단한 모습을 보일 순 없어. 명심해라, 롭. 이들은 네 휘하 봉신들이지, 네 친구들이 아니다. 너는 스스로 전투 지휘관을 자청하지 않았느냐. 지휘해라."

아들은 마치 지금 들은 말을 믿을 수 없다는 듯이 놀라서 그녀를 보았다. "말씀대로 하겠습니다, 어머니."

"다시 묻겠다. 너는 어떻게 할 작정이냐?"

롭은 탁자 위에 지도를 한 장 펼쳤다. 빛바랜 선으로 뒤덮인 낡은 가죽이었다. 계속 말아두었기에 한쪽 끝이 둥글게 말려 올라갔다. 롭은 단검으로 그 부분을 눌렀다. "두 작전 모두 장점이 있지만…… 보세요, 타이윈 공의 군대를 우회하려다간 타이윈 공과 킹슬레이어 사이에 낄 위험이 있습니다. 그리고 타이윈 공을 공격한다면…… 모든 보고에 따르면 그쪽에는 저보다 병력이 많고, 중장기병은 훨씬 많아요. 그레이트존은 방심했을 때를 노린다면 상관없다고 말하지만, 제 생각에 타이윈 라니스터처럼 수많은 전투에서 싸워본 남자가 그리 쉽게 놀랄 것 같진 않습니다."

"좋아." 캐틀린은 자리에 앉아서 지도를 두고 생각하는 롭의 목소리에서 네드의 울림을 들을 수 있었다. "더 말해보거라."

"저는 모트 카일린을 지킬 병력을 궁수 위주로 소수 남겨두고, 나머지는 둑길로 행군시키고 싶습니다. 하지만 일단 넥 지역 아래로 내려가면 군대를 둘로 나누겠어요. 보병은 왕의 가도로 계속 내려가고, 그동안 기병들은 트윈스에서 그린포크를 건너는 거죠." 롭은 그 위치를 가리켰다. "타이윈 공은 우리가 남쪽으로 갔다는 말을 들으면 우리 주력 부대를 맞이하기 위해 북으로 행군할 테고, 그러면 우리 기병들은 서둘러 서쪽 강둑을 따라 리버런으로 갈 수 있습니다." 롭은 감히 웃지는 못했지만, 스스로에게 만족하고 어머니의 칭찬을 갈망하며 물러섰다.

캐틀린은 지도를 내려다보며 얼굴을 찌푸렸다. "두 부대 사이에 강을 두려고 하는구나."

"제이미와 타이윈 공 사이에도요." 롭은 열심히 말했다. 결국 그 얼굴에 미소가 떠오르고 말았다. "그린포크에는 로버트가 왕관을 획득했던 루비 여울 위로 건널 곳이 없어요. 여기 한참 위에 있는 트윈스까지 와야 하는데, 그 다리는 프레이 공이 통제하죠. 프레이 공은 외할아버지의 휘하 영주 맞죠?"

'늦장 프레이 공.' 캐틀린은 그렇게 생각하며 확인해주었다. "맞다. 하지만 내 아버지는 결코 프레이 공을 믿지 않았지. 너도 그래야 해."

"믿지 않을 거예요." 롭은 장담했다. "어떻게 생각하세요?"

캐틀린은 본의 아니게 감탄했다. '롭의 외모는 툴리일지 모르지만 그래도 그 아버지의 아들이고, 네드가 잘 가르쳤구나.' "너는 어느 쪽 부대를 지휘하지?"

"기병 부대요." 롭이 즉시 대답했다. 역시 제 아버지와 같았다. 네드는 언제나 가장 위험한 임무를 직접 맡았다.

"그리고 다른 쪽은?"

"그레이트존은 언제나 우리가 타이윈 공을 박살 내야 한다고 말하죠. 그에게 그 명예로운 일을 맡기는 게 좋겠어요."

그것은 롭의 첫 실수였지만, 어떻게 하면 롭의 막 활개 편 자신감에 상처를 주지 않고 그 점을 알아보게 할까? "네 아버지는 언젠가 그레이트존은 자기가 아는 어떤 사람보다 더 두려움을 모른다고 말했지."

롭이 씩 웃었다. "그레이윈드가 손가락 두 개를 먹어버렸는데도 웃더라고요. 그럼 어머니도 동의하시는 건가요?"

캐틀린이 지적했다. "네 아버지는 두려움을 모르지 않아. 용감하지만,

그건 전혀 다르지."

롭은 그 말을 잠시 생각해보더니 사려 깊게 말했다. "타이윈 공과 윈터펠 사이에는 동쪽 부대만 놓이게 될 거예요. 흠, 동쪽 부대와 제가 모트 카일린에 남겨둘 궁수 정도겠죠. 그러니 두려움을 모르는 사람은 곤란하겠네요. 그렇죠?"

"그래. 용기가 아니라 냉정한 간계가 필요하겠지."

"루스 볼턴." 롭은 즉시 말했다. "그자는 저도 겁나요."

"그렇다면 그자가 타이윈 라니스터에게도 두려움을 주길 빌자꾸나."

롭은 고개를 끄덕이고 지도를 말았다. "명을 내려야겠네요, 그런 다음 어머니를 윈터펠까지 모셔 갈 호위대를 모을게요."

캐틀린은 그동안 네드를 위해, 그리고 이 고집 세고 용감한 아들을 위해 강하게 버티려고 애썼다. 절망과 두려움을 마치 입지 않기로 한 의복처럼 밀어두었다……. 그러나 결국 어느새 그 옷을 입고 있었다.

"난 윈터펠로 가지 않는다." 캐틀린은 자신의 목소리를 듣고, 갑자기 솟아올라 눈앞을 흐린 눈물에 놀랐다. "내 아버지가 리버런 성벽 안에서 죽어가고 계실지도 몰라. 내 동생은 적들에게 포위당했고. 난 그리로 가야 해."

티리온

검은 귀 씨족 체워의 딸 첼라가 앞서 정찰을 나갔다가 교차로에 군대가 있다는 소식을 가지고 돌아왔다. "불을 봐서는 2만 군대다. 깃발은 붉은색에 금빛 사자."

"댁의 아버지인가?" 브론이 물었다.

"아니면 제이미 형이겠지. 곧 알게 될 거야." 티리온은 말하고서 남루한 산적 떼를 돌아보았다. 돌까마귀, 달 형제, 검은 귀, 그리고 불탄 남자 씨족이 300명 남짓했고 그것도 티리온이 키우려고 희망하는 군대의 씨앗에 불과했다. 군의 아들 군터가 지금도 다른 씨족들을 일으키고 있었다. 티리온은 아버지가 가죽옷을 걸치고 훔친 무기 쪼가리를 든 이들을 어떻게 볼까 궁금했다. 사실대로 말하면 티리온 자신도 그들을 무엇으로 여겨야 할지 알지 못했다. 그는 그들의 지휘관일까, 아니면 포로일까? 대체로 양쪽 모두 조금씩 맞는 것 같았다. "나 혼자 말을 달려 가는 편이 좋을지도 몰라." 그가 제안했다.

"타이윈의 아들 티리온에게 좋겠지." 달 형제 씨족을 대변하는 울프가 말했다.

샤가는 눈을 부라렸다. 보기 무서운 광경이었다. "돌프의 아들 샤가는 좋아하지 않는다. 샤가가 꼬마 사람과 같이 가겠다. 그리고 꼬마 사람이 거짓말을 하면 샤가가 거시기를 잘라서—"

"염소에게 먹인단 말이지, 알았어." 티리온은 넌더리를 내며 말했다. "샤가, 라니스터로서 맹세하는데 난 돌아올 거야."

"왜 우리가 네 말을 믿어야 하지?" 첼라는 몸집이 작고 단단한 여자였고, 소년처럼 가슴이 납작했으며, 어리석지 않았다. "저지대 영주들은 전에도 씨족들에게 거짓말을 했다."

"상처가 되는 말이로군, 첼라. 우리가 정말 좋은 친구가 됐다고 생각했는데 말이야. 하지만 원하는 대로 해. 너도 나와 같이 가고, 돌까마귀를 대표해서 샤가와 콘, 달 형제를 대표해서 울프, 불탄 남자 대표로 티멧의 아들 티멧이 같이 간다." 티리온이 호명하자 산악민들은 경계하는 눈빛을 교환했다. "나머지는 내가 부를 때까지 여기에서 기다려. 내가 없는 동안 서로 죽이고 불구로 만들지 않도록 노력해보고."

티리온은 말에 박차를 가해서 속보로 달렸다. 그들에게는 따라오거나 뒤에 남는 선택지만 남겨주었다. 그야 어느 쪽이든 상관없었다. 그들이 주저앉아서 하루 낮밤을 꼬박 대화하지만 않는다면. 산악민들은 그게 문제였다. 그들은 회의에서 모든 사람의 목소리가 들려야 한다는 어처구니없는 생각을 갖고 있었고, 그래서 모든 일에 대해 끝도 없이 다퉜다. 심지어 여자들도 발언을 할 수 있었다. 그들이 아린 협곡에 간헐적 습격을 넘어서는 위협을 가한 지 수백 년이 지난 것도 당연했다. 티리온은 그 상황을 바꿀 작정이었다.

브론이 티리온과 같이 달렸다. 잠시 불평을 늘어놓은 후에 다섯 산악민들이 말을 타고 따라왔다. 조랑말처럼 생겨서 염소처럼 절벽을 오르는 자그마한 말이었다.

돌까마귀 두 명이 같이 말을 달렸고, 달 형제와 검은 귀 사이에는 강한 유대가 있었기에 첼라와 울프도 가까이 붙어 움직였다. 티멧의 아들 티멧은 혼자 달렸다. 달의 산맥에 사는 모든 씨족이 불탄 남자 씨족을 두려워했는데, 그들은 용기를 증명하기 위해 불로 제 살을 지졌고 (다른 이들 말로는) 잔치에서 아기를 구웠다. 그런 불탄 남자 씨족의 사람들도 티멧을 두려워했는데, 티멧이 성인이 되었을 때 하얗게 달군 칼로 제 왼쪽 눈을 도려낸 탓이었다. 티리온은 불탄 남자 씨족에서는 소년이 젖꼭지 한쪽이나 손가락 하나, 아니면 (정말 용감하거나 정말로 미쳤을 경우엔) 귀를 하나 태우는 게 관례라고 들었다. 다른 불탄 남자들은 눈을 고른 티멧의 선택에 경외심을 품은 나머지 그를 '붉은 손'으로 지명했는데, 일종의 전쟁 지도자 같은 것이었다.

"왕은 뭘 태웠으려나 궁금하구먼." 티리온은 그 이야기를 듣고 브론에게 말했다. 용병은 씩 웃으면서 사타구니를 잡아당겼다……. 하지만 브론도 티멧이 가까이 있을 때는 입을 조심했다. 자기 눈을 도려낼 만큼 미쳤다면, 적에게 관대할 리가 없었다.

일행은 모르타르를 바르지 않은 돌탑에서 내려다보는 파수꾼들의 눈길을 받으며 언덕을 내려갔고, 티리온은 까마귀 한 마리가 날아가는 모습을 보았다. 그들은 하늘 가도가 두 개의 노두 사이로 구부러지는 지점에 위치한 첫 번째 진지에 도착했다. 흙을 낮게 쌓은 1미터가 좀 넘는 벽이 길을 차단하고, 석궁 사수 십여 명이 지키고 있었다. 티리온은 따라오던 일행을 사정거리 밖에 멈춰 세우고 혼자 그 벽으로 말을 몰아서 외쳤다. "누가 여기 지휘관인가?"

대장은 잽싸게 나타났고, 주군의 아들을 알아보자 그보다 더 잽싸게 안으로 인도했다. 그들은 새카만 들판과 불탄 성채들을 지나 강역으로, 트라이던트 강 그린포크 지류로 내려갔다. 티리온은 시체를 보지 못했지만, 하늘에 크고 작은 까마귀들이 가득하다는 것이 여기에서, 그것도 최근에 전투가 벌어졌다는 증거였다.

교차로에서 2킬로미터쯤 되는 거리에 날카로운 말뚝을 세우고 장창수와 궁수들이 지키는 방어벽이 나타났다. 그 방어선 뒤로 진영이 멀리까지 뻗어나갔다. 수백 개의 요리 불에서 가느다란 연기가 오르고, 사슬 갑옷을 걸친 남자들이 나무 아래 앉아서 칼을 갈았으며, 진흙밭에 꽂힌 장대마다 눈에 익은 깃발들이 나부꼈다.

방책에 다가가자 말 탄 기병 한 무리가 맞이하러 달려 나왔다. 그들을 이끄는 기사는 자수정을 아로새긴 은빛 갑옷을 입고 자주색과 은색 줄무늬 망토를 걸쳤다. 방패에는 유니콘 문장이 들어갔고, 말 머리에 씌운 투구 이마에는 60센티미터나 되는 나선 뿔이 솟아 있었다. 티리온은 고삐를 당기고 기사를 맞이했다. "플레멘트 경."

플레멘트 브락스 경은 면갑을 올리고 놀라서 외쳤다. "티리온! 우리 모두 귀공이 죽었거나 그런 줄만……." 그는 주저하는 눈으로 산악민들을 쳐다보았다. "이…… 동행들은……."

"절친한 친구이자 충성스러운 가신들이지. 내 아버님은 어디에서 찾으면 되겠소?"

"교차로 여관을 거처로 삼으셨습니다."

티리온은 웃음을 터뜨렸다. 교차로 여관이라니! 신들에게 정의로운 구석도 있나 보다. "즉시 보러 가겠소."

"분부대로 하지요." 플레멘트 공은 말을 돌리고 명령을 내렸다. 그들은 말뚝 세 줄을 땅에서 뽑아 방어선에 길을 텄다. 티리온은 일행을 이끌고 말뚝 사이를 통과했다.

타이윈 공의 진영은 몇 킬로미터에 걸쳐 뻗어나갔다. 첼라가 어림잡은 2만이라는 숫자가 크게 틀리지는 않았다. 평민들은 야외에 진을 쳤지만,

기사들은 천막을 쳤고, 대영주들은 집채만 한 가설물을 세우기도 했다. 티리온은 프레스터 가문의 붉은 황소, 크레이크홀 공의 얼룩 멧돼지, 마브랜드의 불타는 나무, 리든의 오소리 문장을 보았다. 티리온이 구보로 말을 달리자 기사들이 그의 이름을 외쳤고, 병사들은 놀라움을 공공연히 드러내며 입을 벌리고 산악민들을 바라보았다.

샤가도 입을 헤벌리고 그들을 보았다. 샤가가 평생 그렇게 많은 사람과 말과 무기를 본 적이 없다는 점은 분명했다. 나머지 산적들은 표정 관리를 좀 더 잘했지만, 티리온은 다들 경외감에 사로잡혔으리라 확신했다. 더욱 좋은 일이었다. 그들이 라니스터의 힘에 감탄하면 할수록 통솔하기도 쉬워질 테니.

여관과 그에 딸린 마구간은 티리온의 기억대로였지만, 나머지 마을이 있던 자리에는 무너진 돌과 시커멓게 탄 토대 정도밖에 남지 않았다. 마당에는 교수대가 하나 섰고, 까마귀 떼에 덮인 시체가 매달려 있었다. 티리온이 접근하자 까마귀들은 요란하게 까악거리고 검은 날개를 퍼덕이며 날아올랐다. 티리온은 말에서 내려서 시체의 잔해를 올려다보았다. 새들이 입술과 눈과 뺨 대부분을 뜯어내어 붉게 얼룩진 이빨만 무시무시한 웃음을 짓고 있었다. "난 방과 식사, 그리고 와인 한 병을 청했을 뿐이야." 티리온은 나무라듯 한숨을 내쉬며 죽은 여관 주인에게 말했다.

마구간에서 사내아이들이 머뭇머뭇 튀어나와서 말을 돌보려 했다. 샤가는 말을 내어주려 하지 않았다. 티리온이 장담했다. "저 녀석이 자네 암말을 훔쳐 가진 않을 거야. 말에게 귀리와 물을 주고 털을 빗겨주려는 것뿐이라고." 샤가의 털가죽도 빗으면 좋을 상태였지만, 그런 말을 한다면 영 눈치가 없는 셈이었다. "내가 약속하는데, 자네 말은 아무 해도 입지 않아."

샤가는 눈을 부라리며 고삐를 내어주었다. "이건 돌프의 아들 샤가의 말이다." 그는 마구간지기 소년에게 으르렁거렸다.

티리온은 약속했다. "저 녀석이 말을 돌려주지 않는다면 거시기를 잘라서 염소에게 먹여. 찾을 수 있다면 말이지만."

진홍색 망토를 걸치고 사자 장식이 달린 투구를 쓴 위병 두 명이 여관 간판 아래, 문 양쪽에 나뉘어 서 있었다. 티리온은 위병대장을 알아보았다. "아버지는?"

"휴게실에 계십니다."

"내 사람들이 고기와 술을 원할 거야. 조치해주게." 여관에 들어서자, 아버지가 거기 있었다.

캐스털리록의 영주이자 서부의 관리자인 타이윈 라니스터는 50대 중반이었지만, 20대 못지않게 건장했다. 앉아 있어도 큰 키에 다리가 길었고, 어깨는 떡 벌어졌으며, 배도 나오지 않았다. 굵지 않은 팔에는 근육이 불거졌다. 한때 숱이 많았던 금발이 벗어지기 시작하자 그는 이발사에게 머리를 싹 밀라고 명했다. 타이윈 공은 어중간한 미봉책을 믿지 않는 사람이었다. 그는 코 밑과 턱에 난 털도 싹 밀었지만 구레나룻은 남겨두어, 철사 같은 금빛 털이 귀에서 턱에 이르기까지 뺨의 대부분을 덮었다. 눈동자는 금빛이 섞인 연녹색이었다. 대부분의 광대보다 더 멍청한 광대 하나가 타이윈 공은 똥에도 금이 섞였다는 농담을 한 적이 있었다. 누군가는 그 남자가 아직도 캐스털리록 가장 깊은 곳에 살아 있다고 하기도 했다.

티리온이 휴게실에 들어섰을 때는 아버지의 형제 중에 유일하게 살아 있는 동생인 케반 라니스터 경이 타이윈 공과 에일 맥주 한 병을 나눠 마시고 있었다. 티리온의 숙부는 살찌고 머리가 벗어졌으며, 거대한 턱선을 따라 자란 노란 수염을 짧게 다듬었다. 케반 경이 먼저 보고 놀라서 말했다. "티리온."

"숙부님." 티리온은 머리를 숙이며 말했다. "그리고 아버님. 여기에서 뵙게 되니 얼마나 기쁜지 모르겠습니다."

타이윈 공은 의자에서 일어나지 않고 난쟁이 아들에게 오랫동안 탐색하는 시선을 던졌다. "네가 죽었다는 소문은 사실무근이었구나."

"실망시켜서 죄송합니다. 굳이 몸을 숙여 끌어안으실 필요는 없습니다. 무리하시는 모습을 보고 싶진 않으니까요." 티리온은 성장이 덜 된 다리 때문에 걸음마다 뒤뚱거리게 된다는 사실을 통감하며 방을 가로질러 그들의 탁자로 다가갔다. 아버지의 시선을 받을 때면 모든 결핍과 기형을 불편하게 의식할 수밖에 없었다. "절 위해 전쟁을 벌이다니 친절하시네요." 티리온은 의자에 기어올라서 아버지의 에일을 한 잔 따랐다.

타이윈 공이 대꾸했다. "내가 보기에 이 전쟁을 시작한 사람은 너였다. 네 형 제이미였다면 순순히 여자 손에 포로로 떨어지진 않았을 게다."

"제이미와 저의 차이점이죠. 혹시 눈치채셨나 모르겠는데 형이 저보다 키도 크답니다."

아버지는 그 농담을 무시했다. "우리 가문의 명예가 위태로웠다. 말을 달려 올 수밖에 없었지. 아무도 라니스터의 피를 흘리고 무사할 순 없어."

"내 포효를 들으라." 티리온이 씩 웃으며 말했다. 라니스터의 가언이었다. "사실 제 피는 한 방울도 흐르지 않았지만, 한 번인가 두 번쯤 그럴 뻔하긴 했네요. 모렉과 지크는 죽었습니다."

"새로 사람이 필요하겠구나."

"신경 쓰실 것 없습니다, 아버지. 제가 직접 사람들을 좀 구했으니까요." 티리온은 에일을 한 모금 삼켰다. 거품이 이는 갈색 맥주였고, 거의 씹을 수 있을 만큼 걸쭉했다. 솔직히 아주 훌륭했다. 아버지가 여관 주인을 목매달다니 안타까운 일이었다. "전쟁은 어떻게 되어갑니까?"

숙부가 대답했다. "당장은 잘 돌아가고 있다. 에드무어 경이 우리의 기습을 막으려고 경계선을 따라 소규모 부대를 흩어놓은 상태였는데, 재정비하기 전에 네 아버님과 내가 차근차근 대부분을 무너뜨릴 수 있었지."

아버지가 말했다. "네 형은 영광을 한 몸에 누리고 있다. 골든투스에서 밴스 공과 파이퍼 공을 박살 내고, 리버런의 성벽 아래에 밀집한 툴리 군세와 만났지. 트라이던트의 영주들은 완패했다. 에드무어 툴리 경을 수많은 기사와 휘하 영주들과 함께 포로로 잡았지. 블랙우드 공이 몇 안 되는 생존자를 이끌고 리버런으로 돌아갔다만, 제이미가 포위하고 있다. 나머지는 각자의 성채로 도망쳤고."

케반 경이 말했다. "그 성채들에는 네 아버지와 내가 차례로 진군하고 있지. 블랙우드 공이 없는 레이븐트리는 바로 함락했고, 휀트 부인은 수비 병력 부족으로 하렌홀을 넘겼어. 그레고르 경이 파이퍼와 브라켄의 성을 불태웠고……."

"이렇다 할 저항이 없는 건가요?" 티리온이 물었다.

"완전히 없지는 않지." 케반 경이 대답했다. "말리스터는 아직 시가드를 지키고 있고, 왈더 프레이는 트윈스에 병사들을 집결하고 있어."

타이윈 공이 말을 받았다. "상관없다. 프레이는 승리의 향기가 떠돌 때만 출전하는데, 지금은 파멸의 냄새밖에 나지 않을 테니. 그리고 제이슨 말리스터에게는 홀로 싸울 힘이 부족하다. 일단 제이미가 리버런을 접수하면, 둘 다 빠르게 무릎을 굽힐 거야. 스타크와 아린이 대적하러 나서지 않는 한, 이 전쟁은 이긴 것과 다름없다."

"저라면 아린에 대해서는 별로 걱정하지 않겠습니다." 티리온이 말했다. "스타크는 다른 문제죠. 에다드 공은—"

"—우리의 인질이다." 아버지가 말했다. "레드킵의 지하감옥에서 썩고 있는 동안에는 군대를 이끌지 못하지."

"그렇지요." 케반 경이 동의했다. "하지만 그 아들이 휘하를 소집해서 강력한 군대를 거느리고 모트 카일린에 진을 쳤다."

"어떤 검도 단련되기 전부터 강하진 않지." 타이윈 공이 단언했다. "스타크 꼬마는 어린아이야. 전투 나팔 소리와 바람에 깃발이 휘날리는 모습이야 좋아하겠지만, 전쟁은 결국 도살 작업이야. 그 녀석에게 그만한 담력은 없을 게다."

티리온은 자리를 비운 사이에 상황이 흥미로워졌다고 생각했다. "그런데 이 모든 '도살 작업'이 이루어지는 동안 우리의 두려움 없는 군주께선 뭘 하고 계십니까? 제 사랑스럽고 설득력 넘치는 누나가 어떻게 로버트가 친애하는 친구 네드를 감옥에 가두는 데 동의하게 만든 거죠?"

아버지가 대답했다. "로버트 바라테온은 죽었다. 네 조카가 킹스랜딩을 다스린다."

여기에는 티리온도 놀랐다. "누나가 다스린단 말이군요." 티리온은 에일을 한 모금 더 마셨다. 세르세이가 남편을 대신해 통치한다면 칠왕국은 아주 다른 곳이 될 터였다.

아버지가 말했다. "네가 쓸모 있게 굴 마음이 있다면 명을 내리마. 마크 파이퍼와 캐릴 밴스가 후미로 빠져서 레드포크 건너 우리 땅을 약탈하고 있다."

티리온은 쯧쯧 혀를 찼다. "반격을 하다니, 뻔뻔스럽기도 하군요. 보통 때라면 저도 기꺼이 그런 무례함에 벌을 내리겠습니다만, 솔직히 말하자면 다른 곳에 더 급한 볼일이 있습니다."

"그래?" 타이윈 공은 아랑곳하지 않았다. "네드 스타크의 명에 따라 내 징발대를 괴롭히는 놈들도 있다. 베릭 돈다리온이라고, 용맹에 대한 환상에 사로잡힌 젊은 귀족이지. 칼에 불붙이기를 좋아하는 그 장난 같은 뚱보 사제가 같이 있다. 네가 이리저리 뛰어다니면서 그놈들을 처리할 수 있겠느냐? 너무 크게 망치지 않는 선에서?"

티리온은 손등으로 입을 닦고는 미소 지었다. "아버지, 저를 믿고 무려…… 20명? 50명? 그 정도나 맡길 생각을 하시다니 마음이 따뜻해지네요. 그런데 그렇게 많이 떼어주실 수 있겠어요? 뭐, 상관없습니다. 토로스와 베릭 공과 마주친다면 제가 둘 다 엉덩이를 때려주죠." 티리온은 의자에서 내려가서 음식용 탁자로 뒤뚱뒤뚱 걸어갔다. 줄무늬가 들어간 하얀 치즈 덩어리를 과일이 에워싸고 있었다. 티리온은 치즈 한 귀퉁이를 잘라내면서 말했다. "하지만 우선 제가 지켜야 할 약속이 있어서요. 투구 3000개와 쇠사슬 갑옷 3000벌에 장검과 장창, 강철 창촉, 철퇴, 전투 도끼, 쇠 장갑, 목가리개, 정강이받이, 가슴받이, 그리고 그걸 다 실을 짐마차—"

뒤에서 요란한 소리가 나며 문이 열리는 바람에 티리온은 치즈를 떨어뜨릴 뻔했다. 케반 경이 욕을 하며 일어서는데 위병대장이 방을 가로질러 날아오더니 벽난로에 처박혔다. 사자 투구가 삐뚤어진 채로 위병대장이 차가운 재 속에 나뒹구는데, 샤가가 위병대장의 장검을 나무 몸통만큼 굵은 무릎에 대고 뚝 부러뜨리더니 부러진 조각을 내던지고 느릿느릿 휴게실 안으로 들어왔다. 체취가 먼저 다가왔다. 치즈보다 더 고약하고, 밀폐 공간이라 더 압도적인 냄새였다. 샤가가 으르렁거렸다. "쪼그만 빨간 망토, 다음에 돌프의 아들 샤가에게 칼날을 들이댄다면 네놈 거시기를 잘라서 불에 구워버리겠다."

"뭐야, 염소에게 안 먹이고?" 티리온이 치즈를 한 입 베어 물며 말했다.

다른 산악민들이 샤가를 따라 휴게실로 들어왔고, 브론도 따라왔다. 용병은 티리온을 보고 미안하다는 듯 어깨를 으쓱였다.

"누구신가?" 타이윈 공이 눈처럼 서늘하게 물었다.

"절 따라서 집까지 왔지 뭐예요, 아버지. 데리고 있어도 될까요? 많이 먹진 않는데요."

아무도 티리온의 농담에 웃지 않았다. "너희 야만인들이 무슨 권리로 우리 회의를 침범하느냐?" 케반 경이 따져 물었다.

"야만인이라고 했나, 저지대 인간?" 콘은 씻기기만 하면 잘생길 수도 있는 얼굴이었다. "우린 자유인이고, 자유인은 모든 군사회의에 앉는다."

"누가 사자 영주야?" 첼라가 물었다.

"둘 다 늙은이네." 아직 스무 살도 되지 않은 티멧의 아들 티멧이 말했다.

케반 경의 손이 칼자루로 향했지만, 타이윈 공이 손가락 두 개를 동생의 손목에 대고 막았다. 타이윈 공은 흐트러짐이 없었다. "티리온, 예의도 잊은 거냐? 우리…… 귀한 손님들을 소개해줘야지."

티리온은 손가락을 빨고 말했다. "기꺼이 그러죠. 저기 아름다운 처녀는 검은 귀 씨족 체윅의 딸 첼라입니다."

"난 처녀가 아니야." 첼라가 반발했다. "내 아들들만 해도 귀를 50개는 거뒀어."

"50개는 더 거두기를." 티리온은 뒤뚱거리며 이동했다. "이쪽은 코랏의 아들 콘입니다. 돌프의 아들 샤가는 캐스털리록에 머리털을 붙여놓은 것처럼 생겼죠. 둘 다 돌까마귀 씨족입니다. 이쪽은 달 형제 씨족 우마의 아들 울프고, 이쪽은 불탄 남자 씨족의 붉은 손인 티멧의 아들 티멧이에요. 그리고 이 사람은 특별히 충성하는 대상이 없는 용병 브론입니다. 제가 알고 지낸 짧은 시간 동안에만 편을 두 번이나 바꿨죠. 아버지와 죽이 잘 맞을 것 같네요." 티리온은 이어서 브론과 산악민들을 향해 말했다. "라니스터 가문의 타이토스의 아들 타이윈, 캐스털리록의 영주이자 서부의 관리자이며 라니스포트의 방패, 과거와 미래의 수관이신 내 아버지를 소개하지."

타이윈 공은 기품과 예의를 갖추어 일어섰다. "서부에서도 달의 산맥에 사는 전사 씨족들의 용기는 알고 있지. 귀공들은 무엇 때문에 산채에서 내려왔나?"

"말[馬] 때문이지." 샤가가 말했다.

"비단과 강철을 약속받았거든." 티멧의 아들 티멧이 말했다.

티리온은 아버지에게 어떻게 아린 협곡을 연기가 피어오르는 황무지로 만들 계획인지 말하려고 했지만, 그럴 기회를 얻지 못했다. 쾅 소리가 나며 문이 다시 열렸다. 전령은 티리온의 산악민들에게 이상하다는 눈빛을 흘긋 보내더니 타이윈 공 앞에 한쪽 무릎을 꿇었다. "아담 경께서 스타크 군이 둑길로 내려오고 있다고 전하라십니다."

타이윈 라니스터 공은 미소 짓지 않았다. 타이윈 공은 절대 웃지 않았다. 하지만 티리온은 웃음에 해당하는 아버지의 즐거운 표정을 읽을 줄 알았고, 지금 그 표정을 보았다. 타이윈 공은 고요한 만족감이 담긴 목소리로 말했다. "그러니까 늑대 새끼가 사자들과 어울려 놀겠다고 굴을 떠나는군. 훌륭해. 아담 경에게 돌아가서 후퇴하라 일러라. 우리가 도착할 때까지는 북부 놈들과 교전하지 말되, 측면을 괴롭히면서 더 남쪽으로 끌고 내려오길 바란다."

"명하신 대로 전하겠습니다." 전령은 다시 떠났다.

케반 경이 말했다. "우린 위치를 잘 잡고 있습니다. 여울에 가깝고 구덩이와 창으로 주위를 두르고 있지요. 놈들이 남쪽으로 내려온다면, 얼마든지 오라지요. 우리에게 부딪쳐서 무너질 겁니다."

타이윈 공이 대꾸했다. "그 꼬마도 우리 숫자를 보면 망설이거나 용기를 잃을지도 몰라. 스타크를 빨리 무너뜨리면 그만큼 편하게 스타니스 바라테온을 처리할 수 있지. 고수(鼓手)들에게 집결 북을 치라 이르고, 제이미에게 내가 롭 스타크를 맞이하러 진군한다고 전하게."

"알겠습니다." 케반 경이 말했다.

티리온은 아버지가 다음으로 반쯤 야생 짐승 같은 산악민들을 돌아보는 모습을 지켜보며 섬뜩한 매력을 느꼈다. "산악 씨족의 남자들은 두려움을 모르는 전사라고 하더군."

"맞는 말이다." 돌까마귀 씨족의 콘이 대답했다.

"여자들도 그래." 첼라가 덧붙였다.

"나와 함께 말을 달려 내 적에게 맞선다면, 내 아들이 약속한 모든 것을 받고도 더 받을 것이다." 타이윈 공이 그들에게 말했다.

우마의 아들 울프가 말했다. "우리 돈으로 우릴 사게? 우리에겐 아들의 약속이 있는데 왜 아버지의 약속이 필요하지?"

타이윈 공이 대답했다. "필요하다는 말은 하지 않았네. 예의상 한 말일 뿐. 우리와 합세할 필요는 없어. 겨울 땅의 사내들은 강철과 얼음으로 만들어졌으니, 내 가장 용감한 기사들도 대면하기를 두려워하지."

'오, 솜씨 좋은데.' 티리온은 비딱한 미소를 지으며 생각했다.

"불탄 남자들은 아무것도 두려워하지 않는다. 티멧의 아들 티멧은 사자들과 같이 달리겠다."

"불탄 남자들이 가는 곳이면 어디나 돌까마귀들이 먼저 가지. 우리도 간다." 콘이 사납게 선언했다.

"돌프의 아들 샤가가 놈들의 거시기를 잘라서 까마귀들에게 먹여주겠다."

체윅의 딸 첼라도 동의했다. "우리는 사자 영주와 같이 말을 달리겠다. 하지만 당신의 반쪽짜리 아들이 같이 가야만 한다. 약속으로 목숨을 샀으니, 약속받은 무기를 줄 때까지 이자의 목숨은 우리 것이다."

타이윈 공은 금빛 반점이 떠도는 눈을 아들에게 돌렸다.

"이렇게 기쁠 데가." 티리온은 체념한 미소를 지으며 말했다.

산사

알현실 벽은 휑뎅그렁했고, 로버트 왕이 사랑했던 사냥 태피스트리는 모두 뜯겨 나가 한쪽 구석에 대충 쌓여 있었다.

맨던 무어 경은 왕좌 아래, 킹스가드의 두 동료 옆에 가서 자리 잡았다. 산사도 이번만은 감시 없이 문가를 서성였다. 왕비는 착하게 군 보상으로 산사에게 성안을 돌아다닐 자유를 줬지만, 자유라고는 해도 가는 곳마다 호위를 대동해야 했다. "장래 며느리를 위한 의장대." 왕비는 그렇게 말했지만, 산사는 예우를 받는 기분이 아니었다.

"성안을 돌아다닐 자유"란 산사가 성벽 너머로 가지 않겠다고 약속하면 레드킵 안에서는 어디든 갈 수 있다는 뜻이었고, 산사는 기꺼이 그러겠다고 약속했다. 어차피 성벽 너머로 나갈 수도 없었다. 낮이고 밤이고 모든 성문을 자노스 슬린트의 금빛 망토들이 지켰고, 라니스터 위병들도 늘 가까이 있었다. 게다가 성을 떠날 수 있다 한들, 어디로 가겠는가? 마당을 걷고, 미르셀라의 정원에서 꽃을 꺾고, 성소에 가서 아버지를 위해 기도할 수 있는 것만으로도 족했다. 스타크는 여전히 옛 신들을 믿었으므로, 가끔은 신의 숲에서도 기도했다.

이번이 조프리 치세에서 열리는 첫 법정이었기에, 산사는 초조하게 주위를 둘러보았다. 서쪽 창문들 아래에는 라니스터 위병들이 한 줄로 늘어섰고, 동쪽 창문들 아래에는 금빛 망토의 도시 경비대원이 한 줄로 섰다. 평민들은 보이지 않았으나, 관람석 아래에는 대소 영주들이 안절부절못하고 서성거렸다. 으레 로버트 왕을 기다리던 수는 백여 명이었는데, 지금은 스물도 되지 않았다.

산사는 귀족들 사이로 끼어들어서 인사말을 중얼거리며 앞줄로 나아갔다. 산사는 검은 피부의 잘라바르 쇼, 음울한 아론 산타가르 경, 레드와인의 쌍둥이 호러와 슬로버를 알아보았지만…… 아무도 산사를 알아보지는 못하는 것 같았다. 혹은 알아보았다 해도 전염병 환자 보듯 외면했다. 병약한 자일스 공은 산사가 다가가자 얼굴을 가리고 기침을 해댔고, 익살스러운 주정뱅이 돈토스 경은 산사를 부르려다가 발론 스완 경이 귓가에 뭐라고 속삭이자 고개를 돌렸다.

그리고 보이지 않는 사람이 정말 많았다. 나머지는 다 어디로 갔을까? 산사는 궁금했다. 헛되이 우호적인 얼굴을 찾아보려 했지만 단 한 명도 그녀와 눈을 마주치지 않았다. 마치 때 이른 죽음을 맞은 유령이 된 것 같았다.

협의회석에는 대학사 파이셀 혼자 앉아 있었는데, 수염 앞에 두 손을 모으고 잠든 것처럼 보였다. 산사는 서둘러 들어오는 바리스 공을 보았다. 그의 발은 아무 소리를 내지 않았다. 잠시 후에 알현실 뒤편의 높은 문에서 베일리시 공이 미소 지으며 들어왔다. 그는 발론 경과 돈토스 경과 쾌활하게 잡담을 나누며 앞으로 나왔다. 산사는 배 속에서 나비가 신경질적으로 파닥거리는 느낌이었다. '두려워하지 말자. 두려워할 것 없어. 다 잘될 거야. 조프리는 날 사랑하고 왕비님도 날 사랑해.' 산사는 스스로에게 그렇게 말했다.

의전관의 목소리가 울려 퍼졌다. "바라테온과 라니스터 가문의 조프리

1세, 안달인과 로인인과 최초인의 왕, 칠왕국의 군주이신 전하 만세. 그 모친으로 섭정대비이며 서쪽의 빛이자 이 나라의 수호자이신 라니스터 가문의 세르세이 왕대비 만세."

눈부시게 빛나는 하얀 갑옷 차림의 바리스탄 셀미 경이 앞장을 섰다. 아리스 오크하트 경이 대비를 호위했고, 보로스 블런트 경이 조프리 옆에서 걸었다. 지금 알현실에는 킹스가드가 여섯 명, 제이미 라니스터만 빼고 하얀 기사단이 모두 모인 셈이었다. 산사의 왕자님— 아니, 이제는 산사의 왕이 한 번에 두 계단씩 철왕좌를 향해 올라가는 동안 그 모친은 협의회석에 앉았다. 조프리는 진홍색 안감이 보이게 길게 튼 두툼한 검은 벨벳 옷을 입고, 옷깃이 높이 올라가는 아른아른한 금빛 천 케이프를 걸치고, 머리에는 루비와 검은 다이아몬드를 박아 넣은 금관을 썼다.

조프리는 몸을 돌려 알현실을 굽어보다가 산사와 눈을 마주쳤다. 그는 미소를 짓고는 자리에 앉아서 말했다. "불충한 자를 벌하고 진실한 자들에게 보상을 내림이 왕의 의무일지니. 대학사 파이셀 , 내 칙령을 읽으라."

파이셀이 몸을 일으켰다. 두꺼운 붉은 벨벳으로 만들어 흰담비 털을 옷깃에 두르고 반짝이는 황금으로 여민 화려한 로브 차림이었다. 그는 금박 소용돌이무늬로 묵직하게 늘어진 소매 속에서 양피지를 하나 꺼내어 편 다음, 긴 명단을 읽으면서 각각 조프리에게 충성을 맹세할 것을 왕과 협의회의 이름으로 명했다. 그러지 않을 경우에는 반역자로 판결, 영지와 작위를 왕좌가 몰수할 것이었다.

파이셀이 읽는 이름들을 듣고 산사는 숨을 멈췄다. 스타니스 바라테온 공과 그 부인과 딸. 렌리 바라테온 공. 두 명의 로이스 공 모두와 그 아들들. 로라스 티렐 경. 메이스 티렐 공과 그 형제, 숙부, 아들들. '붉은 사제' 미르의 토로스. 베릭 돈다리온 공. 라이사 아린 부인과 그 아들인 어린 로버트 공. 호스터 툴리 공, 동생인 브린덴 경, 아들인 에드무어 경. 제이슨 말리스터 공. 도르네 변경 지역의 브라이스 카론 공. 타이토스 블랙우드 공. 왈더 프레이 공과 그 후계자인 스테브론 경. 캐릴 밴스 공. 조노스 브라켄 공. 셸라 휀트 부인. 도르네의 대공 도란 마르텔과 그 아들들 모두. 파이셀이 읽고 또 읽어나가는 동안 산사는 생각했다. '너무 많아. 이 칙령을 다 내보내려면 까마귀 떼가 통째로 필요하겠어.'

그리고 거의 마지막이 되어서 산사가 두려워하며 기다리던 이름들이 나왔다. 캐틀린 스타크 부인. 롭 스타크. 브랜던 스타크, 리콘 스타크, 아리아 스타크. 산사는 헉 소리를 억눌렀다. 그들은 아리아가 나타나서 충성을 맹세하기를 원했다……. 그렇다면 아리아는 배를 타고 도망친 게 분명했다. 분명히 지금쯤은 안전하게 윈터펠에 있으리라.

대학사 파이셀은 명단을 말아서 왼쪽 소매에 찔러 넣고, 오른쪽 소매에서 다른 양피지 두루마리를 꺼냈다. 그는 목청을 가다듬고 다시 입을 열었다. "반역자 에다드 스타크를 대신하여, 전하께서는 캐스털리록의 영주이자 서부의 관리자인 타이윈 라니스터가 왕의 수관직을 맡아 왕의 목소리로 말하고 왕의 적에 대항하여 군대를 이끌며 왕의 의지를 이행하기를 바라십니다. 이에 왕이 칙령을 내리고, 소협의회가 동의합니다.

반역자 스타니스 바라테온을 대신하여, 전하께서는 왕의 모친이며 언제나 든든한 지지자였던 섭정대비 세르세이 라니스터가 소협의회의 자리를 맡아, 왕의 현명하고 정의로운 통치를 돕기를 바라십니다. 이에 왕이 칙령을 내리고, 소협의회가 동의합니다."

산사의 주위에서는 귀족들이 작게 중얼거리는 소리가 일었지만, 곧 잠잠해졌다. 파이셀이 계속해서 말했다.

"또한 전하께서는 킹스랜딩 도시 경비대의 지휘관이며 전하의 충성스러운 공복인 자노스 슬린트를 즉시 영주로 승격하고 오랜 역사를 자랑하는 하렌홀과 그에 딸린 영지와 수입을 수여하며, 그 아들과 손자들이 대대

손손 영원히 그 명예를 누리기를 바라십니다. 이에 더하여 슬린트 공은 즉시 왕의 소협의회에 앉아 통치를 도울 것을 명하십니다. 이에 왕이 칙령을 내리고, 소협의회가 동의합니다."

산사는 시야 가장자리로 자노스 플린트의 등장을 보았다. 이번에는 웅성거리는 소리가 더 크고 분노에 차 있었다. 수천 년 역사에 자부심이 강한 귀족들은 개구리 같은 얼굴을 한 대머리 평민에게 마지못해 길을 터주었다. 검은 벨벳 더블릿에 금미늘을 꿰매 넣어 걸음을 내디딜 때마다 부드럽게 잘랑거렸다. 망토는 검은색과 금색 격자무늬가 들어간 새틴 재질이었다. 그의 아들임이 분명한 못생긴 소년 두 명이 제 키만큼 큰 무거운 금속 방패의 무게에 애를 먹으며 앞장서서 걸었다. 자노스 플린트는 가문의 문장으로 밤처럼 새까만 바탕에 금색으로 피 묻은 창을 그려 넣었다. 그 문장을 보자 산사의 두 팔에 소름이 오스스 돋았다.

슬린트 공이 자리에 앉자, 대학사 파이셀이 다시 입을 열었다. "마지막으로, 사랑하는 로버트 왕이 죽음을 맞이한 지 얼마 안 된 이 반역과 혼란의 시기에, 조프리 왕의 생명과 안전이 다른 무엇보다 중요하다는 것이 협의회의 견해로……." 그는 대비를 바라보았다.

세르세이가 일어섰다. "바리스탄 셀미 경, 앞으로 나오시오."

바리스탄 경은 철왕좌 발치에 조각상처럼 서 있었는데, 호명을 받고 한쪽 무릎을 꿇으며 고개를 숙였다. "대비 전하, 명 받들겠습니다."

세르세이 라니스터가 말했다. "일어서시오, 바리스탄 경. 투구를 벗어도 좋소."

"왕대비님?" 노기사는 일어서서 높이 솟아오른 하얀 투구를 벗었지만, 그 이유는 이해하지 못하는 얼굴이었다.

"경은 이 나라에 오랫동안 충실히 봉직했고, 칠왕국의 모든 남자와 여자들이 경에게 감사해야 마땅하지요. 그러나 안타깝게도 이제는 그 봉직이 끝난 것 같구려. 왕과 협의회는 경이 그만 무거운 짐을 내려놓기를 바라오."

"제…… 짐이라니요? 저는…… 저는 전혀……."

막 귀족이 된 자노스 슬린트가 큰 소리로 직설했다. "대비께선 당신이 킹스가드 단장직에서 해임이라는 말을 하려고 하시는 거요."

키가 큰 백발의 기사는 그 자리에 선 채로 숨을 제대로 쉬지 못하고 쪼그라드는 것 같았다. 그는 겨우 말했다. "대비 전하, 킹스가드는 결의 형제입니다. 저희의 서약은 평생 이어집니다. 기사단장의 신성한 신임을 거두는 것은 죽음뿐입니다."

"누구의 죽음 말이오, 바리스탄 경?" 대비의 목소리는 비단결처럼 부드러웠지만, 그 내용은 알현실 전체에 전해졌다. "경의 죽음이오, 아니면 경이 섬기는 왕의 죽음이오?"

조프리가 철왕좌 위에서 힐난조로 말했다. "경은 내 아버지가 죽게 놔뒀지. 누굴 지키기엔 너무 늙었어."

산사는 노기사가 새로운 왕을 올려다보는 모습을 보았다. 지금까지는 그 기사가 제 나이로 보인 적이 없었으나, 지금은 그랬다. "전하, 저는 스물세 살에 하얀 기사로 선택받았습니다. 그것은 제가 손에 검을 쥔 순간부터 꿈꾸던 모든 것이었습니다. 저는 제 오래된 아성을 물려받을 권리를 포기했습니다. 제가 결혼하려던 처녀는 제 자리를 대신한 사촌과 혼인했습니다. 제게는 땅도 아들도 필요 없었으며, 제 인생은 왕국을 위해 살아갈 것이었으니까요. 제롤드 하이타워 경이 직접 제 서약을 들으셨습니다……. 왕을 지키기 위해 온 힘을 다하고…… 왕을 위해 피를 흘리며…… 저는 하얀 황소와 도르네의 르윈 마르텔 공자 옆에서 싸웠고…… 아침의 검 아서 데인 경 옆에서 싸웠습니다. 전하의 부왕을 섬기기 전에는 아에리스 왕을 지켰고, 그 전에는 그 부왕 재해리스 왕을 지켰습니다……. 세 왕을……."

"그리고 세 왕 모두 죽었지요." 리틀핑거가 지적했다.

세르세이 라니스터가 선언했다. "경의 시대는 끝났소. 조프리 주위에는 젊고 강한 사람들이 필요해. 협의회는 제이미 라니스터 경에게 하얀 기사로 서약한 형제들의 단장을 맡기기로 결정했소."

"킹슬레이어에게 말입니까." 바리스탄 경은 경멸이 가득한 목소리로 말했다. "지키겠노라 맹세한 왕의 피로 검을 더럽힌 거짓 기사에게 말입니까."

"말조심하시오, 경. 그대는 내 사랑하는 남동생이자 왕의 피붙이에 대해 말하고 있으니." 대비가 경고했다.

바리스 경이 다른 이들보다 부드럽게 말했다. "경의 공적을 마음에 두지 않는 것은 아닙니다. 타이윈 라니스터 공께서 관대하게도 라니스포트 북쪽에 바다를 면한 땅을 넉넉히 내리고, 튼튼한 아성을 짓기에 부족함 없는 금과 사람들, 그리고 경의 대소사를 보살필 하인들을 내어주시는 데 동의하셨습니다."

바리스탄 경은 날카롭게 쳐다보았다. "죽으러 들어갈 저택과 저를 묻을 사람들이겠지요. 감사드립니다만…… 귀공들의 동정에는 침을 뱉겠습니다." 바리스탄 경이 손을 뻗어 망토를 고정한 잠금쇠를 풀자 무거운 하얀 망토가 어깨에서 흘러내려 바닥에 쌓였다. 투구는 텅 소리를 내며 떨어졌다. "저는 기사입니다." 그는 말하면서 흉갑의 은제 잠금쇠를 풀어 흉갑 또한 떨궜다. "기사로 죽겠습니다."

"벌거벗은 기사겠군요." 리틀핑거가 빈정거렸다.

모두가 웃음을 터뜨렸다. 왕좌에 앉은 조프리, 참석한 귀족들, 자노스 슬린트와 세르세이 대비와 산도르 클리게인은 물론이고 조금 전까지만 해도 바리스탄 경의 형제였던 다섯 명의 킹스가드까지 웃었다. '그게 제일 아프겠지.' 산사는 생각했다. 산사의 마음은 치욕을 당하고 너무 화가 나서 입을 다문 채 시뻘건 얼굴로 선 용맹한 노기사에게 달려갔다. 마침내 노기사가 장검을 뽑았다.

산사는 누군가가 숨을 들이켜는 소리를 들었다. 보로스 경과 메린 경이 맞서려고 나섰지만, 바리스탄 경은 경멸이 뚝뚝 떨어지는 시선으로 그들을 멈춰 세웠다. "두려워할 것 없네, 경들의 왕은 안전해……. 자네들 덕분은 아니지. 지금도 난 단검으로 치즈를 자르듯 수월하게 자네들 다섯 명을 베고 지나갈 수 있네. 킹슬레이어 밑에서 봉직한다면 단 한 명도 하얀 옷을 입을 자격이 없지." 그는 검을 철왕좌 발치에 던졌다. "여기 있소이다. 녹여서 왕좌에 덧붙이려거든 그러시게. 그 편이 이 다섯 명의 손에 쥔 검보다 더 쓸모가 있을 테지. 혹시 스타니스 공이 그 왕좌를 빼앗는다면 내 칼 위에 앉을지도 모르겠군."

그가 나가는 길은 길었다. 발걸음 소리가 바닥에 크게 울리고 휑뎅그렁한 돌벽에 메아리쳤다. 귀족들은 그가 지나갈 수 있게 길을 내주었다. 바리스탄 경이 나가고 시동들이 거대한 참나무와 청동제 문을 닫을 때까지 산사는 아무 소리도 듣지 못했다. 숨죽인 목소리도, 불안한 웅성임도, 협의회석에서 종이 넘기는 소리도 없었다. "나한테 말을 함부로 했어." 조프리가 짜증을 내며 말하는 목소리가 제 나이보다 더 어리게 들렸다. "스타니스 숙부 얘기도 했고."

내시 바리스가 말했다. "객쩍은 소립니다. 의미 없는……."

"저놈이 내 숙부들과 모의했을 수도 있어. 잡아서 심문했으면 좋겠다." 아무도 움직이지 않았다. 조프리는 목청을 높였다. "잡으라고 했어!"

자노스 슬린트가 협의회석에서 일어났다. "제 황금 망토들이 처리할 겁니다, 전하."

"좋아." 조프리 왕이 말했다. 자노스 공은 큰 걸음으로 알현실을 나갔고, 그의 못생긴 아들들은 슬린트 가문의 문장이 들어간 거대한 금속 방패를 끌고 구보로 보조를 맞췄다.

리틀핑거가 왕에게 상기시켰다. "전하, 얘기를 계속하자면, 일곱 기사가 이제는 여섯 기사가 됐습니다. 킹스가드에 새로운 기사가 필요합니다."

조프리는 미소 지었다. "말해줘요, 어머니."

"왕과 협의회는 칠왕국의 어떤 남자도 전하를 지키고 수호하는 데 있어 전하에게 서약한 방패인 산도르 클리게인보다 적절하지 않다는 결론을 내렸소."

"마음에 드나, 개?" 조프리 왕이 물었다.

사냥개의 상처투성이 얼굴은 표정을 읽기 어려웠다. 그는 꽤 오래 뜸을 들였다. "안 될 거 있나? 나야 버릴 영지도 아내도 없겠다, 버렸다 한들 누가 신경 쓴다고?" 화상을 입은 쪽 입매가 비틀렸다. "하지만 경고하는데 기사 서약은 없소."

"킹스가드로 서약한 형제는 언제나 기사였습니다." 보로스 경이 단호하게 말했다.

"지금까진 그랬지." 사냥개가 거친 저음으로 말하자 보로스 경은 입을 다물었다.

왕의 의전관이 앞으로 나서자 산사는 때가 목전에 닥쳤음을 깨달았다. 산사는 치맛자락을 불안하게 매만졌다. 죽은 왕에게 경의를 표하는 뜻에서 상복을 입기는 했지만, 아름답게 보이려고 각별히 신경을 쓰기도 했다. 산사가 입은 가운은 왕대비에게 받았던 상아색 비단옷이었다. 아리아가 망쳐놓았지만, 산사가 다시 검은색으로 물들이게 해서 얼룩이 보이지 않았다. 장신구에 대해서는 몇 시간 동안 노심초사하다가 결국 무늬가 없는 우아하고 단순한 은사슬 목걸이를 골랐다.

의전관의 목소리가 우렁차게 울렸다. "알현실에 모인 이들 중에 누구라도 전하 앞에 내놓을 문제가 있다면, 지금 말하거나 앞으로 침묵을 지키도록 하라."

산사는 겁먹었다. '지금이야. 지금 해야 해. 신들이여, 용기를 주소서.' 산사는 한 발자국을 내딛고, 또 한 발자국을 내디뎠다. 영주와 기사들이 말없이 길을 터주었고, 산사는 내리꽂히는 시선의 무게를 느꼈다. '어머니처럼 강해져야 해.' 산사는 약하게 떨리는 목소리로 말했다. "전하."

철왕좌의 높이 덕분에 조프리는 알현실에 있는 다른 누구보다 시야가 넓었다. 산사를 처음 본 사람도 조프리였다. "앞으로 나서시오, 아가씨." 조프리는 미소 지으며 외쳤다.

그 미소를 보자 대담해졌고, 아름답고 강해진 느낌이 들었다. '조프리는 날 사랑해. 분명히 사랑해.' 산사는 고개를 들고, 너무 느리지도 않고 너무 빠르지도 않은 걸음으로 왕에게 다가갔다. 사람들에게 불안을 고스란히 드러낼 순 없었다.

"스타크 가문의 산사 아가씨입니다." 의전관이 외쳤다.

산사는 왕좌 아래, 바리스탄 경의 하얀 망토가 투구와 흉갑 옆에 쌓인 자리에 멈춰 섰다. "왕과 협의회에게 말할 일이 있느냐, 산사?" 협의회석에 앉은 왕대비가 물었다.

"있습니다." 산사는 옷을 더럽히지 않게 하얀 망토 위에 무릎을 꿇고서 무시무시한 검은 왕좌에 앉은 그녀의 왕자님을 올려다보았다. "전하께 아무쪼록 왕의 수관이었던 제 아버지 에다드 스타크 공에게 자비를 베푸시기를 청합니다." 백 번은 연습한 말이었다.

왕대비가 한숨을 내쉬었다. "산사, 실망이로구나. 내가 반역자의 핏줄에 대해 뭐라고 말했지?"

"아가씨 아버지는 중대하고 끔찍한 범죄를 저질렀어요." 대학사 파이셀이 읊조렸다.

"아, 가련하고 안타까운지고." 바리스는 한숨을 내쉬었다. "여러분, 이 아이는 갓난아기나 다름없습니다. 자기가 무슨 말을 하는지 모르고 있어요."
산사는 오직 조프리만 바라보았다. '분명히 내 말을 들어줄 거야. 틀림없어.' 왕은 앉은 자세를 바꾸고 명했다. "발언을 허하라. 무슨 말을 하는지 듣고 싶다."
"감사드립니다, 전하." 산사는 미소 지었다. 조프리만을 위한 수줍고 비밀스러운 미소였다. 그는 듣고 있었다. 들어줄 줄 알았다.
파이셀이 엄숙하게 선언했다. "반역이란 독초와 같으니, 길마다 새로운 반역자가 돋아나지 않도록 하려면 뿌리와 줄기와 씨를 가리지 않고 뽑아내야 합니다."
"아버지의 범죄를 부인하는 건가?" 베일리시 공이 물었다.
"아닙니다." 산사도 그 정도는 알았다. "아버지가 반드시 벌을 받아야 한다는 사실은 압니다. 제가 청하는 것은 오직 자비입니다. 저는 아버지가 행한 일을 후회할 게 분명하다는 사실을 압니다. 아버지는 로버트 왕의 친구였고 그분을 사랑했습니다. 여러분 모두 아버지가 로버트 왕을 사랑했음을 아십니다. 왕께서 청하시기 전까지는 수관이 되고 싶어 하신 적도 없습니다. 누군가 아버지에게 거짓말을 한 게 분명합니다. 렌리 공이든 스타니스 공이든…… 아니면 다른 사람이든 간에, 누군가 거짓말을 하지 않았다면 결코……."
조프리 왕이 왕좌 팔걸이를 움켜쥐고 몸을 앞으로 내밀었다. 손가락 사이사이로 부러진 검 끝이 펼쳐져 있었다. "나보고 왕이 아니라고 했어. 왜 그런 말을 했을까?"
산사는 열심히 대답했다. "아버지는 다리가 부러졌어요. 그게 너무 아팠고, 파이셀 학사님이 양귀비즙을 줬죠. 양귀비즙을 먹으면 머릿속이 자욱해진다고 해요. 그렇지 않았다면 절대로 그런 말을 하진 않았을 거예요."
바리스가 말했다. "어린아이의 믿음이란…… 참으로 사랑스러운 천진

함입니다……. 그렇다 해도, 때로는 아기의 입에서 지혜로운 말이 나오기도 한다지요."

"반역은 반역입니다." 파이셀이 즉시 대꾸했다.

조프리는 왕좌에서 가만있지 못하고 몸을 흔들었다. "어머니?"

세르세이 라니스터는 생각에 잠겨서 산사를 바라보더니 마침내 말했다. "에다드 공이 자신의 범죄를 자백한다면, 우리도 에다드 공이 뉘우치고 있음을 알겠지요."

조프리가 몸을 일으켰다. '제발, 제발, 제발, 제가 알듯 선량하고 친절하고 고결한 왕이 되어주세요, 제발.' 산사는 생각했다. "더 할 말이 있나?" 조프리가 물었다.

"그저…… 저를 사랑하시는 마음으로 친절을 베풀어주세요, 왕자님." 산사가 말했다.

조프리 왕은 산사를 위아래로 훑어보았다. "그대의 다정한 말이 내 마음을 움직였다." 그는 다 괜찮아질 거라는 듯이 고개를 끄덕이며 늠름하게 말했다. "그대의 청대로 하지……. 하지만 우선 그대의 아버지가 자백을 해야 해. 자백하고 내가 왕이라고 말하지 않으면 자비를 베풀 수 없다."

"그렇게 하실 겁니다." 산사는 부푼 가슴으로 말했다. "아, 그렇게 하시고말고요."

에다드

바닥에 깔린 짚에서 소변 지린내가 풍겼다. 창문도, 침대도, 오물통조차도 없었다. 그는 초석 조각들로 장식된 연한 붉은색 벽과, 쪼개진 나무로 만들어 징을 박은 10센티미터 두께의 회색 문을 기억했다. 놈들이 안에 밀어 넣을 때 짧게 본 기억이었다. 일단 문이 쾅 닫히고 나자 더는 아무것도 보지 못했다. 완벽한 어둠이었다. 눈이 먼 것이나 다를 바 없었다.

아니면 죽어서 왕과 함께 묻혔거나. "아, 로버트." 그는 움직일 때마다 욱신거리는 다리를 끌며 사방을 더듬다가 손이 차가운 돌벽에 닿자 중얼거렸다. 그는 로버트 왕이 겨울의 왕들이 차가운 돌 눈동자로 내려다보는 윈터펠 지하묘지에서 했던 농담을 기억했다. '왕이 먹으면 똥은 손이 받는다'고 했던가. 그 말을 하며 어떻게 웃었던가. 하지만 그는 잘못 알았다. '왕이 죽으면 손이 묻히는군.' 네드 스타크는 생각했다.

지하감옥은 레드킵 아래, 감히 상상할 수도 없을 만큼 깊은 곳에 있었다. 그는 아무도 비밀을 드러내지 못하게 성을 지을 때 일한 모든 석공을 죽였다는 '잔혹 왕 마에고르'에 대한 옛이야기들을 기억했다.

그는 모두를 저주했다. 리틀핑거, 자노스 슬린트, 슬린트의 황금 망토들, 왕비, 킹슬레이어, 파이셀과 바리스와 바리스탄 경. 가장 필요할 때 달아나버린 로버트의 동생 렌리 공도 저주했다. 하지만 결국에는 스스로를 탓했다. 그는 어둠에 대고 외쳤다. "멍청이, 세 배로 저주받을 눈먼 멍청이."

어둠 속에서 세르세이 라니스터의 얼굴이 눈앞을 떠다니는 것 같았다. 그녀의 머리카락에는 햇살이 가득했지만, 미소에는 비웃음이 담겼다. "왕좌의 게임을 할 때는, 이기거나 죽을 뿐이죠." 세르세이가 속삭였다. 네드는 게임에 뛰어들었다가 졌고, 그의 판단력 부족에 대한 대가는 부하들이 피로 치렀다.

딸들을 생각하자 울고도 남을 지경이었지만, 눈물은 나오지 않았다. 지금 이 순간조차도 그는 윈터펠의 스타크였고, 그의 비탄과 격노는 몸속에 단단하게 얼어붙었다.

가만히 있으면 다리가 덜 아팠기에 그는 움직이지 않고 누워 있으려고 최선을 다했다. 얼마나 오래 누워 있었는지는 알 수 없었다. 해도 달도 없었다. 벽에 표시를 할 만큼도 보이지 않았다. 네드는 눈을 감았다가 떴다. 아무 차이가 없었다. 그는 잠들었다가 깨었다가 다시 잠들었다. 깨는 게 더 고통스러운지, 자는 게 더 고통스러운지 알 수 없었다. 잠이 들면 꿈을 꾸었다. 피와 깨어진 약속들이 가득한 어둡고 심란한 꿈이었다. 깨어나면 생각 외에는 할 수 있는 게 없었고, 깨어 있을 때 드는 생각은 악몽보다 더 지독했다. 캐틀린을 생각하면 쐐기풀 침대에 누운 것처럼 괴로웠다. 그녀가 어디에 있고, 무엇을 하고 있을지 궁금했다. 다시 그녀를 보게 되기는 할까.

몇 시간은 며칠이 되었다. 혹은 그렇게 느껴졌다. 부서진 다리에 둔통을 느낄 수 있었다. 석고 틀 속이 가려웠다. 허벅지를 만져보았더니 손가락에 닿는 살이 뜨거웠다. 들리는 소리라고는 자신의 숨소리뿐이었다. 나중에는 큰 소리로 말하기 시작했다. 그저 목소리를 듣기 위해서였다. 그는 제정신을 유지하기 위해 계획을 세우고, 어둠 속에서 희망의 성을 지었다. 로버트의 형제들이 세상에 나가 드래곤스톤과 스톰스엔드에서 군대를 일으킨다, 알린과 하윈이 그레고르 경을 처리하고 나면 나머지 위병들을 데리고 킹스랜딩으로 돌아올 것이다, 캐틀린이 소식을 접하면 북부를 일으킬 테고, 강과 산과 협곡의 영주들이 합세할 것이다…….

그는 갈수록 로버트 생각을 더 많이 했다. 그는 한창 젊었을 때 키가 크고 잘생겼던 왕, 거대한 뿔이 달린 투구를 쓰고 전투 망치를 손에 들고서 뿔 달린 신처럼 말 위에 앉아 있던 왕의 모습을 보았다. 어둠 속에서 로버트의 웃음소리를 듣고, 산속 호수처럼 파랗고 투명한 로버트의 눈동자를 보았다. "우릴 좀 봐, 네드. 세상에, 어쩌다가 우리가 이렇게 됐지? 자네는 여기 있고, 난 돼지에게 죽고 말이야. 우린 함께 왕좌를 차지했는데……."

'난 자네를 저버렸어, 로버트.' 네드는 생각했다. 차마 말로 할 수가 없었다. '내가 거짓말을 하고, 진실을 숨겼어. 놈들이 자넬 죽이게 내버려뒀어.'

왕은 그 생각을 듣고 중얼거렸다. "이 목만 뻣뻣한 멍청이. 누구 말을 듣기엔 너무 자존심이 강하지. 자존심을 먹고 살 수 있나, 스타크? 명예가 자네 아이들을 지켜주겠나?" 로버트의 얼굴에 금이 쩍쩍 가고 살이 갈라졌고, 네드는 손을 뻗어 그 가면을 뜯어냈다. 로버트가 아니었다. 히죽거리며 그를 비웃는 리틀핑거였다. 그가 입을 열자 빠져나온 거짓말이 연회색 나방으로 변해서 날아갔다.

발소리가 복도를 따라 다가왔을 때 네드는 반쯤 잠들어 있었다. 처음에는 꿈을 꾸는 줄 알았다. 스스로의 목소리가 아닌 다른 소리를 들어본 지가 너무 오래된 탓이었다. 그때쯤 네드는 열에 들뜬 상태였고, 다리는 둔통 덩어리였으며, 입술은 바싹 말라 갈라져 있었다. 육중한 나무 문이 삐걱 소리를 내며 열리자 갑작스러운 빛에 눈이 아팠다.

간수가 손잡이가 달린 물병을 하나 떠안겼다. 점토 표면에 서늘하게 물기가 맺혀 있었다. 네드는 그 병을 두 손으로 잡고 걸신들린 듯 마셨다. 입가로 흘러내린 물이 수염을 타고 떨어졌다. 네드는 토하기 직전까지 물을 마셨다. "며칠이나……?" 그는 더 마실 수 없을 정도가 되자 힘없이 물었다.

간수는 쥐 같은 얼굴에 너덜너덜한 수염을 기른 허수아비 같은 사내로, 사슬 셔츠를 입고 가죽으로 만든 짧은 케이프를 걸치고 있었다. "대화 금지." 간수는 네드의 손에서 물병을 떼어내며 말했다.

"제발 부탁이네. 내 딸들은……." 문이 쾅 닫혔다. 네드는 빛이 사라지자 눈을 껌벅이다가 고개를 가슴팍에 묻고 짚더미 위에 몸을 말았다. 이제는 소변 냄새도 대변 냄새도 나지 않았다. 이제는 아무 냄새도 나지 않았다.

그는 이제 깨어 있는 시간과 잠든 시간의 차이를 알 수 없었다. 어둠 속에서 기어드는 기억들이 꿈처럼 선명했다. 거짓 봄이 왔던 그해였고, 그는 다시 열여덟 살이 되어 하렌홀에서 열리는 마상 시합에 가려고 이어리를 내려갔다. 짙푸른 풀밭을 보고, 바람에 실려 다니는 꽃가루 냄새를 맡을 수 있었다. 따뜻한 낮과 서늘한 밤과 달콤한 와인. 그는 브랜던 형의 웃음소리를, 그리고 난전에 참여한 로버트의 광포하기까지 한 무용과 왼쪽 오른쪽으로 말에 탄 사내들을 떨어뜨리며 로버트가 웃어대던 모습을 기억했다. 하얀 미늘 갑옷을 입고 왕의 대형 천막 앞 풀밭에 무릎을 꿇고서 아에리스 왕을 지키고 수호하겠노라 맹세하던 눈부신 젊은 날의 제이미 라니스터를 기억했다. 그 후에 오스웰 휀트 경이 제이미를 일으켰고, 하얀 황소 제롤드 하이타워 단장 본인이 제이미의 어깨에 눈처럼 하얀 킹스가드의 망토를 둘러주었다. 하얀 기사 여섯 명 모두가 그 자리에서 새로 맞이한 형제를 환영했다.

그러나 마상 시합이 시작되자 그날을 휩쓴 인물은 라에가르 타르가르옌이었다. 왕세자는 죽을 때 입은 바로 그 갑옷 차림이었다. 가슴팍에 루비로 타르가르옌 가문의 삼두룡을 아로새긴 번쩍이는 검은색 판금 갑옷이었다. 라에가르가 말을 달리면 그 뒤로 진홍색 비단 물결이 쳤고, 어떤 창도 그를 건드리지 못하는 것 같았다. 브랜던이 쓰러졌고, 청동 욘 로이스가 나가떨어졌고, 심지어는 아침의 검이라 불리는 빛나는 아서 데인 경마저 졌다.

왕자가 마지막 시합에서 바리스탄 경을 말에서 떨구고 우승자의 왕관을 차지한 후 경기장을 돌고 있을 때, 로버트는 존 아린과 노(老) 헌터 공과 농담을 나누고 있었다. 네드는 모든 웃음기가 사그라들던 순간을 기억했다. 라에가르 타르가르옌이 아내인 도르네 공녀 엘리아 마르텔을 지나쳐서 미의 여왕을 뜻하는 화관을 리안나 무릎에 내려놓았을 때였다. 아직도 그 화관을 볼 수 있었다. 서리처럼 푸른 겨울 장미로 엮은 화관이었다.

네드 스타크는 화관을 잡으려고 손을 뻗었지만, 연한 파란색 꽃잎 아래 가시가 숨겨져 있었다. 그는 가시가 날카롭고 가차 없이 피부를 할퀴는 느낌을 받고, 손가락을 따라 천천히 핏방울이 흐르는 것을 보다가 깨어났다. 어둠 속에서 몸이 떨려왔다.

'약속해줘, 네드.' 여동생이 피투성이 침대에서 속삭였다. 리안나는 겨울 장미의 향기를 사랑했다.

"신들이시여, 저를 구하소서. 제가 미쳐가나이다." 네드는 울었다.

신들은 답을 내리지 않았다.

그는 간수가 물을 가져올 때마다 하루가 또 지나갔다고 생각했다. 처음에는 간수에게 딸들과 감옥 바깥 세상에 대해 무슨 소식이라도 달라고 애걸했다. 답은 투덜거리는 소리와 발길질뿐이었다. 시간이 더 흘러 위가 경련을 일으키자 그는 소식 대신 먹을 것을 청했다. 소용없었다. 먹을 것은 주어지지 않았다. 라니스터는 그를 굶겨 죽일 심산인지도 몰랐다. "아니야." 그는 혼잣말을 했다. 세르세이가 죽이고 싶어 했다면, 그는 이미 부하들과 함께 알현실에서 칼을 맞았을 것이다. 세르세이는 그를 살려두고 싶어 했다. 약해지고 절망적인 상태일지언정 살아 있기를 원했다. 캐틀린이 그 동생을 잡아두고 있었으니, 꼬마 악마의 목숨을 잃지 않으려면 네드를 죽이지는 못할 터였다.

감방 바깥에서 쇠사슬 소리가 났다. 문이 삐걱 소리를 내며 열리자, 네드는 축축한 벽에 한 손을 짚고 빛 쪽으로 몸을 밀었다. 그는 횃불 빛을 보고 눈살을 찌푸리며 쉰 목소리로 말했다. "음식을."

"와인입니다." 어느 목소리가 답을 했다. 쥐 같은 얼굴의 사내가 아니었다. 이 간수는 똑같은 가죽 케이프를 걸치고 강철 모자를 썼지만 더 뚱뚱하고, 더 키가 작았다. "마셔요, 에다드 공." 그자는 네드의 손에 술 부대를 안겼다.

이상하게 귀에 익은 목소리였지만, 네드 스타크는 잠시 시간이 걸려서야 알아차렸다. "바리스?" 그는 겨우 생각이 나자 얼떨떨하게 말했다. 그는 그 남자의 얼굴을 만졌다. "이게…… 이게 꿈은 아닐 테지. 정말 여기 있군." 내시의 통통한 뺨은 거무스름한 수염에 덮여 있었다. 네드는 손가락으로 거친 털을 만졌다. 바리스는 땀과 시큼한 와인 냄새를 풍기는 반백의 간수로 변신해 있었다. "어떻게…… 당신은 대체 무슨 마법사요?"

"갈증의 마법사죠. 드세요, 공."

네드의 손이 술 부대를 더듬었다. "놈들이 로버트에게 준 것과 같은 독주요?"

"날 오해하시는군요." 바리스는 슬프게 말했다. "사실 내시를 사랑하는 사람은 아무도 없지요. 그 술 부대를 줘봐요." 바리스는 통통한 입가에 붉은 물방울을 한 줄기 흘리며 술을 마셨다. "마상 시합 날 밤에 공이 주신 명품만 한 술은 아니지만, 여느 술보다 독이 강한 술도 아니랍니다." 바리스는 입술을 닦으며 말을 맺었다. "여기요."

네드는 한 모금을 마셔보았다. "쓰레기로군." 와인을 다시 게워 올릴 것만 같았다.

"누구나 단맛을 보면 쓴맛도 삼켜야 하지요. 대영주나 내시나 마찬가집니다. 귀공도 그래야 할 때가 온 거예요."

"내 딸들은……."

"작은따님은 메린 경의 손아귀를 벗어나서 달아났습니다. 저는 찾을 수 없었고, 라니스터도 찾지 못했어요. 다행스러운 일이죠. 우리의 새 왕은 그 아가씨를 좋아하지 않으니까요. 큰따님은 아직 조프리와 약혼 상태입니다. 세르세이가 가까이 두고 있지요. 며칠 전에는 법정에 와서 귀공을 살려달라 청하더군요. 그 자리에 있을 수 없었다는 게 안타깝습니다. 그 모습을 보았다면 감동받았을 텐데요." 바리스는 몸을 앞으로 기울였다. "에다드 공은 죽은 목숨이라는 사실을 알고 계실 테지요?"

"왕비는 날 죽이지 않을 거요." 네드가 말했다. 머리가 빙빙 돌았다. 와인은 독했고, 뭔가를 먹은 지 너무 오래 지났다. "캣…… 캣이 그 동생을 잡고 있으니……."

"엉뚱한 동생이죠." 바리스는 한숨을 내쉬었다. "게다가 어차피 그 동생도 놓쳤습니다. 꼬마 악마를 손가락 사이로 흘려보냈어요. 지금쯤 티리온은 달의 산맥 어딘가에서 죽었지 싶군요."

"그렇다면 내 목을 긋고 끝내시게." 네드는 와인과 피곤과 상심으로 머리가 어지러웠다.

"귀공의 피는 제가 가장 원치 않는 것입니다."

네드는 얼굴을 찌푸렸다. "놈들이 내 위병들을 학살할 때 그대는 왕비 옆에 서서 지켜보기만 할 뿐 한 마디도 하지 않았지."

"다시 돌아간대도 그럴 겁니다. 제 기억대로라면 전 무기도, 갑옷도 없이 라니스터의 칼에 둘러싸여 있었죠." 내시는 고개를 옆으로 기울이고 묘한 얼굴로 그를 보았다. "어렸을 때, 남성이 잘리기 전에 전 유랑극단을 따라 자유도시들을 오가곤 했지요. 극단에서는 사람마다 해야 할 역할이 있다는 사실을 가르쳐줬습니다. 가면극에서만이 아니라 삶에서도요. 궁정에서도 마찬가지입니다. 왕의 집행관은 무시무시해야 하고, 재무관은 구두쇠여야 하고, 킹스가드 단장은 용맹해야 하고…… 첩보관은 음흉하고 비굴하며 양심이라곤 없어야 하지요. 용감한 정보원이란 비겁한 기사만큼이나 쓸모가 없어요." 바리스는 술 부대를 다시 받아서 마셨다.

네드는 내시의 얼굴을 찬찬히 살피며, 이 배우의 흉터와 가짜 수염 아래에서 진실을 찾아보려 했다. 그는 와인을 더 마셔보았다. 이번에는 한결 수월하게 넘어갔다. "날 이 구렁텅이에서 풀어줄 수 있소?"

"할 수야 있지요……. 하지만 제가 그렇게 할까요? 아니요. 질문이 쏟아질 테고, 그 답은 저에게 이어질 겁니다."

네드도 그 이상을 기대하지는 않았다. "직설적이군."

"내시에게는 명예가 없고, 거미는 양심 같은 사치를 즐기지 않는답니다."

"하다못해 날 위해 말을 전해줄 수는 없겠소?"

"그거야 전언이 무엇이냐에 달렸지요. 원하신다면 기꺼이 종이와 잉크를 대령하겠습니다. 그리고 원하는 내용을 적으시면, 제가 그 편지를 들고 나가서 읽어보고, 제 목적에 맞느냐에 따라 전달하거나 전달하지 않을 겁니다."

"그대의 목적이라. 그 목적이 뭐요, 바리스 공?"

"평화요." 바리스는 망설임 없이 대답했다. "킹스랜딩에 정말로 로버트 바라테온을 살려두고 싶은 마음이 간절했던 사람을 하나 꼽으라면, 저였을 겁니다." 바리스는 한숨을 내쉬었다. "저는 15년 동안 로버트 왕을 적들에게서 지켰지만, 왕의 친구들에게서 보호할 수는 없었지요. 대체 무슨 광기에 사로잡혀서 왕비에게 조프리가 어떻게 태어났는지 진실을 안다고 말한 겁니까?"

"자비라는 광기였지." 네드는 인정했다.

"아. 그랬을 테지요. 당신은 정직하고 명예로운 사람입니다, 에다드 공. 저는 자주 그 사실을 잊어버리지요. 살면서 그런 사람을 워낙 드물게 만나봤으니까요." 바리스는 감방 안을 둘러보았다. "정직과 명예가 당신에게 뭘 가져다줬는지 보니 그 이유를 알겠군요."

네드 스타크는 축축한 돌벽에 머리를 기대고 눈을 감았다. 다리가 쑤셨다. "왕이 마신 와인은…… 란셀에게 물어봤소?"

"아, 그럼요. 세르세이가 술 부대를 주면서 로버트가 제일 좋아하는 와인이라고 했다더군요." 내시는 어깨를 으쓱였다. "사냥꾼은 위험한 삶을 사는 법. 그 멧돼지가 로버트를 끝장내지 않았다면 낙마, 아니면 살무사의 공격, 빗나간 화살이었을 겁니다……. 숲은 신들의 도살장이지요. 왕을 죽인 건 그 와인이 아니었습니다. 당신의 자비였지요."

네드도 그렇지 않을까 싶었다. "신들이여, 용서하소서."

"신들이 있다면 그럴 겁니다. 왕비는 어차피 오래 기다리지 않았을 거예요. 로버트는 갈수록 다루기 힘들어졌고, 왕비는 그 동생들을 처리하기 위해 왕을 제거해야만 했습니다. 굉장한 한 쌍이지요, 스타니스와 렌리는. 강철 장갑과 비단 장갑이랄까." 바리스는 손등으로 입을 닦았다. "당신은 어리석었습니다. 리틀핑거가 조프리의 계승을 지지하라고 부추겼을 때 귀를 기울였어야지요."

"어떻게…… 어떻게 그걸 아는 거요?"

바리스는 미소 지었다. "제가 안다는 것, 당신은 그것만 신경 쓰면 됩니다. 저는 또한 왕비가 내일 당신을 찾아오리라는 사실도 알지요."

네드는 천천히 시선을 들었다. "왜?"

"세르세이는 공을 두려워합니다……. 하지만 더 두려운 적들이 또 있지요. 세르세이가 사랑하는 제이미는 지금도 강역 영주들과 싸우고 있습니다. 라이사 아린은 돌과 강철에 둘러싸여 이어리에 도사리고 있고, 라이사와 왕비 사이에는 아무런 애정도 없지요. 도르네에서는 마르텔 가문이 아직도 엘리아 공녀와 그 아이들이 살해당한 일을 곱씹고 있습니다. 그리고 이제는 당신 아들이 북부군을 등에 업고 넥 지역을 지나 진군하지요."

"롭은 어린아이에 불과한데." 네드가 기겁해서 말했다.

"군대를 거느린 아이지만, 말씀대로 아이에 불과하기는 합니다. 세르세이를 밤잠 설치게 만드는 건 왕의 동생들입니다……. 특히 스타니스 공이지요. 스타니스는 정당한 권리를 가졌고, 전투 지휘관으로서의 기량은 잘 알려져 있으며, 자비라고는 전혀 없습니다. 세상에 진실로 공정한 자보다 무서운 존재는 없습니다. 아무도 스타니스가 드래곤스톤에서 뭘 하고 있었는지 모르지만, 저보고 묻는다면 조개껍질보다 칼을 더 많이 모았으리라 장담하겠습니다. 그러니 세르세이의 악몽은 이렇습니다. 아버지와 남동생이 스타크와 툴리와 싸우느라 힘을 써버리는 동안, 스타니스 공이 상륙해서 스스로를 왕으로 선포하고, 아들의 곱슬곱슬한 금발 머리통을 잘라버리는 거죠……. 세르세이 본인의 목도 걸려 있기는 하지만, 본인보다는 아들에 대해 더 걱정한다고 믿습니다."

네드가 말했다. "스타니스 바라테온은 로버트의 진정한 후계자요. 왕좌는 마땅히 스타니스의 것이오. 나는 스타니스의 즉위를 환영할 거요."

바리스는 혀를 찼다. "장담하는데 세르세이는 그런 말을 듣고 싶어 하지 않을 겁니다. 스타니스가 왕좌를 차지할 수도 있겠지만, 그 혀를 잘 간수하지 않는다면 귀공의 썩어가는 머리통만 남아서 스타니스를 맞이하게 될 테지요. 산사가 그렇게 사랑스럽게 애걸했건만, 그걸 그렇게 던져버리는 건 부끄러운 짓입니다. 스스로 던져버리지만 않는다면 목숨은 되찾게 될 겁니다. 세르세이는 바보가 아니에요. 길들인 늑대가 죽은 늑대보다 더 쓸모 있다는 정도는 압니다."

"나더러 내 왕을 살해하고, 내 부하들을 도살하고, 내 아들을 불구로 만든 여자를 섬기라는 거요?" 네드의 목소리에는 불신이 가득했다.

"왕국을 섬기라는 겁니다. 왕대비에게 귀공의 악독한 반역을 자백하고, 아들에게 검을 내려놓으라 명하고, 조프리를 진정한 왕위 계승자로 선언하겠다고 말하십시오. 스타니스와 렌리를 불충한 찬탈자들로 고발하겠다고 하십시오. 우리 녹색 눈의 암사자는 당신이 명예로운 남자임을 압니다. 당신이 세르세이에게 필요한 평화와 스타니스를 처리할 시간을 주고, 세르세이의 비밀을 무덤까지 가져가겠노라 맹세한다면 분명히 당신이 검은 옷을 입고 여생을 장벽에서 동생과 천출 아들과 함께 보내게 해줄 겁니다."

존을 생각하자 네드의 마음에 수치심과 말로 할 수 없을 만큼 깊은 슬픔이 차올랐다. 그 아이를 다시 볼 수만 있다면, 앉아서 그 아이와 이야기를 할 수 있다면……. 지저분한 회색 석고에 감싸인 부서진 다리를 통증이 꿰뚫고 지나갔다. 네드는 얼굴을 찡그렸고, 어쩌지 못하고 손을 펼쳤다가 오므렸다. 그는 헐떡이며 바리스에게 말했다. "이건 혼자만의 계략이오, 아니면 리틀핑거와 손잡고 있는 거요?"

내시는 그 말에 재미있어하는 것 같았다. "차라리 코호르의 검은 염소와 결혼하겠습니다. 리틀핑거는 칠왕국에서 두 번째로 교활한 남자죠. 아, 물론 그자에게 저를 자기편으로 여길 만한 고급 첩보를 제공하고는 있지요……. 세르세이가 저를 자기편이라고 믿는 것과 마찬가지입니다."

"나에게도 내 편인 척 굴었지. 말해보시오, 바리스 공. 그대가 진정으로 섬기는 자가 누구요?"

바리스는 엷게 웃었다. "그야 왕국이지요. 어떻게 그 점을 의심하실 수 있습니까? 제 잃어버린 남성에 걸고 맹세합니다. 저는 이 나라를 섬기고,

이 나라에는 평화가 필요합니다." 바리스는 마지막 와인을 다 마시고 빈 술 부대를 던졌다. "그래서 뭐라고 답하시겠습니까, 에다드 공? 왕대비가 오면 그 여자가 듣고 싶어 하는 말을 해주겠다고 약속하시지요."

"그렇게 말한다면 내 약속은 빈 갑옷처럼 텅 빈 것이겠지. 내 목숨은 그럴 정도로 소중하진 않소."

"안타깝군요." 내시는 일어섰다. "그러면 따님의 목숨은 얼마나 소중합니까?"

한기가 네드의 심장을 꿰뚫었다. "내 딸은……."

"제가 귀공의 죄 없고 사랑스러운 딸을 잊었으리라 생각하진 않으셨겠지요? 왕대비야 절대 잊었을 리가 없지요."

"안 돼." 네드는 갈라지는 목소리로 애원했다. "바리스, 신들에게 자비를 청하노니, 나야 어떻게 해도 상관없지만 내 딸은 간계에 넣지 마시오. 산사는 어린아이에 불과해."

"라에니스도 어린아이였습니다. 라에가르 왕자의 딸 말입니다. 당신 딸들보다 더 어리고 귀여운 아이였지요. 라에니스에겐 발레리온이라고 이름 붙인 작은 검은 고양이가 있었다는 걸 아십니까? 전 언제나 그 새끼 고양이는 어떻게 되었을까 궁금했지요. 라에니스는 그 고양이가 그 옛날 '검은 공포'였던 진짜 발레리온인 척하기를 좋아했습니다만, 아마 라니스터가 그 아이의 문을 부수고 들어간 날 고양이와 드래곤의 차이를 바로 가르쳐줬을 겁니다." 바리스는 지친 한숨을 길게 내쉬었다. 세상의 모든 슬픔을 어깨에 짊어진 사람이 내쉴 법한 한숨이었다. "최고성사는 언젠가 제게 우리가 죄를 짓기에 고통받는다고 말했지요. 그게 사실이라면 말해보세요, 에다드 공……. 어째서 당신네 대귀족들이 왕좌의 게임을 할 때마다 가장 고통받는 건 언제나 죄 없는 이들인가요? 왕대비를 기다리는 동안 잘 생각해보십시오. 그리고 이 점도 생각해보세요. 다음에 찾아올 방문자는 빵과 치즈와 통증을 다스릴 양귀비즙을 가져올 수도 있고…… 산사의 머리통을 가져올 수도 있다는 것을요.

친애하는 수관님, 선택은 온전히 당신 몫입니다."

캐틀린

군대가 넥 지역의 검은 습지를 통과하는 둑길을 행군하여 강역으로 쏟아져 나가는 동안 캐틀린의 불안감은 점점 커졌다. 차분하고 엄격한 얼굴로 두려움을 감추기는 했지만, 그래도 두렵기는 마찬가지였고 군대가 습지를 건너가면 갈수록 더 심해졌다. 낮에는 근심했고 밤에는 불안해했으며, 머리 위로 날아가는 까마귀를 볼 때마다 이를 꽉 물었다.

캐틀린은 아버지가 걱정스러웠고, 아버지의 침묵이 불길하고 이상했다. 동생인 에드무어도 걱정이었고, 혹시 동생이 전투에서 킹슬레이어를 마주해야 한다면 신들께서 굽어살피시기를 기도했다. 네드와 딸들도 염려스러웠고, 윈터펠에 남겨둔 사랑스러운 아들들도 근심이었다. 그러나 그중 누구를 위해서도 할 수 있는 일이 없었기에 온 힘을 다해 그들에 대한 생각은 밀어두려 했다. 그녀는 스스로를 타일렀다. '롭을 위해 힘을 아껴야 해. 네가 도울 수 있는 사람은 롭뿐이야. 북부처럼 사납고 단단해져야 해, 캐틀린 툴리. 이제는 진짜 스타크가 되어야 해. 네 아들처럼.'

롭은 대열 맨 앞에서, 펄럭이는 윈터펠의 하얀 깃발 아래 말을 달렸다. 롭은 행군하면서 상의할 수 있도록 매일 다른 영주에게 옆자리를 청했다.

모든 휘하 영주를 차례로 예우했고, 편애를 드러내지 않고, 제 아버지처럼 귀를 기울여 듣고 이 사람의 말을 저 사람의 말과 비교 검토했다. 캐틀린은 롭을 지켜보며 생각했다. '네드에게 정말 많이 배웠어. 하지만 충분히 배웠을까?'

검은 물고기는 병사 100명을 엄선하고 100마리의 날랜 말을 추려 그들의 움직임을 가리고 앞길을 정찰하러 앞서 달렸다. 브린덴 경의 기수들이 가지고 돌아오는 보고 내용은 캐틀린을 별로 안심시키지 못했다. 타이윈 공의 군대는 아직 남쪽으로 며칠을 더 가야 있었다……. 하지만 크로싱의 영주 왈더 프레이는 그린포크에 있는 성에 4000명 가까운 병력을 집결시켰다.

"또 늦장이군." 캐틀린은 그 소식을 듣고 중얼거렸다. 트라이던트 전투의 재현이었다. 저주받을 늙은이. 캐틀린의 동생인 에드무어가 휘하를 소집했으니 프레이 공도 리버런의 툴리 군대에 합류했어야 마땅했건만, 아직도 거기에 웅크리고 있었다.

"4000명이라." 롭은 화를 내기보다는 당혹해하며 곱씹었다. "프레이 공이 혼자 라니스터와 싸울 꿈을 꾸진 못하겠죠. 분명히 우리와 군세를 합칠 거예요."

"그럴까?" 캐틀린은 앞으로 말을 달려가서 롭과 그날 롭의 동행인 로벳 글로버와 합류해 있었다. 그들 뒤편으로 뻗어나간 선봉군은 느리게 움직이는 기마 창과 깃발과 창의 숲이었다. "잘 모르겠구나. 왈더 프레이에 대해서는 아무것도 기대하지 말아야 놀라는 일이 없을 거야."

"외조부님의 휘하 영주잖아요."

"충성 맹세를 모두가 똑같이 심각하게 받아들이는 건 아니야, 롭. 그리고 왈더 공은 언제나 내 아버지가 못마땅해할 정도로 캐스털리록과 친했지. 아들 중 하나는 타이윈 라니스터의 여동생과 결혼하기도 했어. 물론 그 결혼 자체는 별 의미가 없지. 왈더 공은 지난 세월 수많은 자식을 두었고, 다들 누군가와는 결혼을 해야 할 테니까. 그렇다 해도……."

"왈더 공이 우리를 배신하고 라니스터에게 붙을 생각이라고 보십니까?" 로벳 글로버가 진지하게 물었다.

캐틀린은 한숨을 내쉬었다. "솔직히 말하면, 프레이 공이 어떻게 할 작정인지 프레이 공인들 알까 모르겠군요. 그자는 노인의 조심성과 젊은이의 야심을 가졌고, 교활함은 부족했던 적이 없어요."

롭이 열띤 어조로 말했다. "우리에겐 트윈스가 꼭 필요해요, 어머니. 강을 건널 다른 방법이 없어요. 어머니도 아시죠?"

"그래. 그러니 왈더 프레이도 분명히 알고 있겠지."

그날 밤 그들은 습지 남쪽 기슭, 왕의 가도와 강 사이에 진을 쳤다. 테온 그레이조이는 캐틀린의 숙부가 보낸 전언을 그리로 가져왔다. "브린덴 경이 라니스터 놈들과 칼을 맞댔다고 전하라 했습니다. 빠른 시일 안에 타이윈 공에게 보고하러 돌아가지 못할 정찰병이 십수 명이에요. 영영 못 갈 수도 있고." 테온은 씩 웃었다. "아담 마브랜드 경이 별동대를 지휘하고 있는데, 남쪽으로 후퇴하면서 가는 곳마다 불태우고 있습니다. 그자는 우리가 어디에 있는지 대충 알지만, 검은 물고기가 맹세하는데 우리가 언제 갈라지는지는 알지 못할 거랍니다."

"프레이 공이 말하지 않는다면 말이지." 캐틀린이 날카롭게 말했다. "테온, 숙부님께 돌아가거든 낮이고 밤이고 트윈스 주위에 가장 뛰어난 활잡이들을 배치하고, 성벽을 떠나는 까마귀가 보이면 무조건 쏘아 떨어뜨리라는 명을 내리시라 전해라. 어떤 새도 타이윈 공에게 내 아들의 움직임을 전하지 않길 바란다."

"브린덴 경이 벌써 그렇게 조치했습니다." 테온은 건방진 미소를 지었다. "검은 새를 몇 마리만 더 잡으면 파이를 구워도 될걸요. 모자를 만드시게 제가 깃털을 모아두죠."

검은 물고기 브린덴이라면 한참 앞서는 것이 당연했다. "프레이는 라니스터가 자기네 밭을 불태우고 성채를 약탈하는 동안 뭘 하고 있었지?"

"아담 경의 병사들과 왈더 공의 병사들 사이에 싸움이 있긴 했습니다. 여기에서 말을 달려 하루도 가지 않은 곳에서 프레이가 매달아둔 라니스터 정찰병 두 명이 까마귀들에게 뜯기고 있더군요. 하지만 왈더 공의 병력 대부분은 트윈스에 모여 있어요."

캐틀린은 씁쓸하게 그야말로 왈더 프레이답다고 생각했다. '물러서서 기다리고, 지켜봐라. 어쩔 수 없을 때가 아니면 어떤 위험도 감수하지 말아라.'

"라니스터와 싸우고 있다면, 충성 맹세를 지킬 작정이겠죠." 롭이 말했다.

캐틀린은 그렇게 자신하지 못했다. "자기 땅을 지키는 것과, 타이윈 공과 제대로 싸우는 건 다른 문제지."

롭은 테온 그레이조이를 돌아보았다. "검은 물고기가 그린포크를 건널 다른 방법은 찾았고?"

테온은 고개를 저었다. "강의 수위가 높고 물살이 빨라. 브린덴 경이 이렇게 북쪽에서는 걸어서 건널 수가 없다는데."

"반드시 그 건널목을 차지해야 해!" 롭은 흥분해서 선언했다. "아, 우리 말들이 강을 헤엄쳐 건널 수 있을지도 모르지만, 갑옷 입은 남자들을 등에 태우고는 불가능해. 투구와 갑옷과 기마 창들을 실어서 건너려면 뗏목을 만들어야 할 텐데, 그럴 나무가 없어. 시간도 없고. 타이윈 공은 북쪽으로 진군해오고 있고……." 롭은 주먹을 말아 쥐었다.

"우리 앞을 막으려 든다면 프레이 공이 바보지." 테온 그레이조이는 으레 그렇듯 여유로운 자신감을 보이며 말했다. "우리 숫자가 다섯 배는 될걸. 필요하다면 트윈스를 함락시킬 수 있어, 롭."

캐틀린은 그들에게 경고했다. "쉽지 않을 테고, 때를 맞추지도 못할 게다. 포위전에 들어간 사이에 타이윈 라니스터가 군대를 끌고 올라와서 후방을 칠 테니까."

롭은 답을 찾아 캐틀린을 보았다가 그레이조이를 보았고, 아무것도 찾지 못했다. 잠시 동안 롭은 사슬 갑옷과 장검과 뺨에 난 수염에도 불구하고 열다섯 살보다 더 어려 보였다. "아버지라면 어떻게 하셨을까요?" 롭이 그녀에게 물었다.

"건너갈 방법을 찾겠지. 어떻게든."

다음 날 아침에 말을 달려 돌아온 사람은 브린덴 툴리 경 본인이었다. 그는 '관문의 기사'로서 갖춰 입던 무거운 판금 갑옷과 투구를 치우고 별동대에 맞게 가벼운 가죽과 사슬 갑옷을 입었지만, 망토는 여전히 흑요석 물고기로 여몄다.

말에서 훌쩍 뛰어내리는 숙부의 얼굴은 심각했다. 그는 입매를 단호하게 굳히고 말했다. "리버런 성벽 아래에서 전투가 있었다. 포로로 잡은 라니스터 정찰병에게 들었지. 킹슬레이어가 에드무어의 군대를 박살 내고 트라이던트의 영주들을 패주시켰다는구나."

차가운 손이 캐틀린의 심장을 움켜쥐었다. "그래서 에드무어는요?"

"부상을 입고 포로로 잡혔다. 블랙우드 공과 다른 생존자들은 제이미의 군대에 포위당한 채로 리버런에서 버티고 있어."

롭은 조바심을 쳤다. "제때 그들을 구하려면 어떻게든 이 저주받은 강을 건너가야 해요."

"쉽지는 않을 거다." 캐틀린의 숙부가 경고했다. "프레이 공은 모든 병력을 성안으로 물리고, 성문을 닫아걸었어."

롭이 욕을 했다. "저주받을 늙은이. 그 늙은 바보가 우리를 건네주지 않는다면 그 성벽에 폭풍을 몰아칠 수밖에 없죠. 꼭 그래야 한다면 그 늙은 이의 머리 위로 쌍둥이 탑을 무너뜨리겠어요. 그때 가서 후회해보라죠!"

캐틀린이 날카롭게 말했다. "골난 아이처럼 말하는구나, 롭. 어린아이가 장애물을 보면 돌아서 가거나 무너뜨릴 생각을 먼저 하지. 영주라면 때로는 검으로 할 수 없는 일을 말로 할 수 있다는 사실을 익혀야 해."

힐책을 받은 롭의 목이 벌겋게 달아올랐다. "무슨 뜻인지 말해주세요, 어머니." 롭은 온순하게 말했다.

"프레이 가문은 600년 동안 그 건널목을 쥐고 있었고, 600년 동안 통행료를 받아내는 데 실패한 적이 없다."

"무슨 통행료요? 그자가 뭘 원하는데요?"

캐틀린은 미소 지었다. "그게 우리가 알아내야 할 부분이지."

"제가 그걸 지불하지 않기로 한다면요?"

"그렇다면 모트 카일린으로 퇴각해서 타이윈 공을 전투에서 만날 준비를 하거나…… 날개라도 키워야겠지. 다른 선택지는 보이지 않는구나." 캐틀린은 아들이 그 말을 곰곰이 생각해보게 두고 말에 박차를 가해서 달려갔다. 어머니가 자기 자리를 빼앗으려 한다고 느끼지 않게 하려 했다. 그녀는 알고 싶었다. '롭에게 용기만이 아니라 지혜도 가르쳤나요, 네드? 무릎을 굽히는 방법도 가르쳤나요?' 칠왕국의 묘지마다 결코 그 방법을 배우지 못한 용감한 자들이 가득했다.

선봉대의 눈에 크로싱의 주인들이 거하는 트윈스가 보였을 때는 정오가 가까웠다.

그린포크는 이곳에서 빠르고 깊게 흘렀지만, 프레이 가문은 몇 세기 전에 이곳에 다리를 놓고 그 다리를 건너는 사람들이 지불하는 돈으로 부자가 되었다. 그들의 다리는 매끈한 회색 돌덩이로 만들어진 육중한 아치로, 마차 두 대가 나란히 지나갈 만한 너비였다. 다리 한중간에 솟아오른 '물의 탑'이 화살구와 살인 구멍과 쇠창살문으로 길과 강 둘 다 장악했다. 프레이는 세 세대에 걸쳐서 그 다리를 완성했고, 완성하고 나서는 그들의 허락 없이는 아무도 지나가지 못하게 양쪽 강둑에 튼튼한 목재 요새를 하나씩 세웠다.

그 당시 목재였던 요새는 석재로 바뀐 지 오래였다. 트윈스, 아치형의 다리를 사이에 두고 모든 면에서 똑같이 생긴 두 개의 땅딸막하고 못생기고 위협적인 성이 몇 세기 동안 그 건널목을 지켰다. 높은 장벽과 깊은 해자, 그리고 참나무와 철로 만든 육중한 문이 진입로를 보호했고, 다리의 토대가 튼튼한 내성 안에서 솟았으며, 양쪽 강둑에 감시망루와 쇠창살문이 있었고, 다리 자체는 물의 탑이 지켰다.

캐틀린은 한눈에 그 성이 폭풍에 쓰러지지 않으리라는 사실을 알 수 있었다. 성가퀴에는 창과 검과 전갈 투석기가 빼곡했고, 화살 구멍마다 궁수가 섰으며, 도개교는 올리고, 쇠창살문은 내리고, 성문은 꽉 닫아서 빗장을 질러놓았다.

그레이트존은 앞에 무엇이 기다리는지 보자마자 욕을 퍼붓기 시작했다. 리카드 카스타크는 말없이 그 성을 노려보았다. "저건 강습할 수가 없습니다, 여러분." 루스 볼턴이 단언했다.

"반대쪽 강둑에서 다른 성을 감쌀 군대가 없으니 포위전으로 빼앗을 수도 없지." 헬만 톨하트가 음울하게 말했다. 깊게 흐르는 녹색 물 건너편에선 서쪽 쌍둥이는 동쪽 쌍둥이의 거울상 같았다. "시간이 있다 해도 말이야. 물론 그럴 시간은 없고."

북부의 영주들이 성을 관찰하는 사이에 출격용 비상문이 하나 열리고, 널빤지 다리가 해자 위에 놓이더니, 왈더 공의 수많은 아들 중에 네 명이 기사 십여 명을 이끌고 그들을 맞이하러 달려 나왔다. 그들의 깃발에는 옅은 은회색 바탕에 짙은 파란색으로 쌍둥이 탑이 그려져 있었다. 왈더 공의 후계자인 스테브론 프레이 경이 기사들을 대표하여 말했다. 프레이 사람들은 모두 족제비처럼 생겼고, 예순이 넘어서 스스로도 손자를 둔 스테브론 경은 특히 늙고 지친 족제비처럼 보였지만, 예의는 부족하지 않았다. "아버님께서 저를 보내어 여러분을 맞이하고, 이 엄청난 군대를 누가 이끄는지 물어보라 하십니다."

"나요." 롭이 말에 박차를 가하여 앞으로 나섰다. 롭은 윈터펠의 다이어울프 방패를 안장에 묶고 갑옷을 갖춰 입은 상태였고, 그레이윈드가 그 옆을 걸었다.

타고 있는 거세마는 다이어울프를 보고 불안하게 울며 옆걸음질을 쳤지만, 노기사는 물기 어린 회색 눈에 희미하게 즐거운 기색을 띠고 캐틀린의 아들을 바라보았다. "그대가 성안에서 고기와 술을 함께 나누고 여기 온 목적을 설명해준다면 아버지께서 지극한 영예로 여기실 겁니다."

그 말은 투석기에서 날아온 거대한 돌처럼 북부의 휘하 영주들을 뒤흔들었다. 아무도 찬성하지 않았다. 다들 욕을 하고 말다툼을 하고 서로에게 소리를 질러댔다.

갤버트 글로버는 롭에게 간곡히 말했다. "이건 안 됩니다. 왈더 공은 믿을 수 없어요."

루스 볼턴이 고개를 끄덕였다. "혼자 저 안으로 들어가면 왈더의 손아귀에 들어갑니다. 그자가 라니스터에게 팔아버리거나, 지하감옥에 처넣거나, 목을 그을 수도 있어요."

"우리와 대화를 하고 싶다면 성문을 열라고 해서 우리 모두 술과 고기를 함께 나눕시다." 웬델 맨덜리 경이 선언했다.

"아니면 저쪽이 나와서, 양쪽 군사들이 다 보는 이 자리에서 롭을 대접하게 하거나요." 그 형인 윌리스 경이 제안했다.

캐틀린 스타크도 의심하는 마음은 같았지만, 스테브론 경을 흘끗 보기만 해도 지금 들리는 말들에 기뻐하지 않는다는 사실을 알 수 있었다. 몇 마디만 더 나오면 기회를 잃을 상황이었다. 그녀는 행동해야 했다. 그것도 빠르게. "내가 가지요." 그녀가 큰 소리로 말했다.

"부인께서요?" 그레이트존이 이마에 주름을 잡았다.

"어머니, 무슨 확신으로 그러세요?" 롭이 확신이 없다는 점은 분명했다.

"확신하다마다." 캐틀린은 유창하게 거짓말을 늘어놓았다. "왈더 공은 내 아버지의 휘하 영주시다. 나는 어렸을 때부터 왈더 공을 알았어. 결코 나에게 해를 끼치지 않을 게다." '다른 이익이 없다면 말이지.' 캐틀린은 소리 없이 덧붙였지만, 어떤 진실은 말하지 않는 게 좋았고, 꼭 필요한 거짓말도 있었다.

스테브론 경이 말했다. "제 아버지도 분명 캐틀린 부인과 기쁘게 이야기를 나누실 겁니다. 우리의 좋은 의도를 보증하는 뜻에서 부인이 안전하게 돌아오실 때까지 제 동생 퍼윈 경이 여기 남지요."

"우리의 귀빈으로 모시겠소." 롭이 말했다. 밖으로 나온 네 명의 프레이 중에서 가장 나이가 어린 퍼윈 경이 말에서 내리더니 말고삐를 형에게 넘겼다. 롭은 말을 이었다. "어머니가 저녁때까지는 돌아오셔야 합니다, 스테브론 경. 여기에 오래 머물 생각은 없어요."

스테브론 프레이 경은 정중하게 고개를 끄덕였다. "말씀대로 하지요." 캐틀린은 말에 박차를 가하여 나아가면서 뒤돌아보지 않았다. 왈더 공의 아들들과 대표단이 그 주위로 정렬했다.

캐틀린의 아버지는 언젠가 왈더 프레이를 두고 칠왕국에서 유일하게 제 바지에서 꺼낸 것만으로 군대를 편성할 수 있는 영주라고 말한 적이 있었다. 크로싱의 영주가 동쪽 성의 거대한 홀에서 살아 있는 아들 (스물한 번째인 퍼윈 경을 빼고) 스무 명, 손자 서른여섯 명, 증손자 열아홉 명과 수많은 딸과 손녀와 서자와 서자의 자식들에게 둘러싸여 캐틀린을 맞이했을 때, 그녀는 아버지가 한 말을 제대로 이해했다.

왈더 공은 나이 아흔으로, 통풍이 심해서 부축을 받지 않고는 서지 못했고, 듬성듬성 벗어진 머리에 주름이 쪼글쪼글한 분홍색 족제비였다. 최근에 결혼한 아름답고 연약한 열여섯 살 여자가 가마에 실려오는 왈더 공 옆을 걸었다. 여덟 번째 프레이 부인이었다.

"이토록 오랜 시간이 지나서 다시 뵈니 참으로 기쁘군요." 캐틀린이 말했다.

노인은 눈을 가늘게 뜨고 의심스럽게 쳐다보았다. "그런가? 미심쩍군 그래. 달콤한 말은 관두시게, 캐틀린 부인. 그러기엔 내가 지나치게 늙었다네. 왜 자네가 온 건가? 자네 아들은 직접 찾아오지도 못할 만큼 오만한가? 나더러 자네와 뭘 하란 건가?"

캐틀린이 마지막으로 트윈스를 찾았을 때는 아직 어린 소녀였지만, 그 시절에도 왈더 공은 화를 잘 내고 예의 없이 독설을 날리는 노인이었다. 아무래도 세월이 가면서 더 심해진 모양이었다. 말을 잘 고르고, 왈더 공의 말에 발끈하지 않도록 최선을 다해야 했다.

스테브론 경이 책망하는 투로 말했다. "아버지, 체통을 잊으셨습니다. 스타크 부인은 아버지의 초대를 받고 왔는데요."

"내가 너한테 물어봤느냐? 넌 아직 프레이 공이 아니다. 나 죽기 전까진 아니지. 내가 죽은 사람으로 보이냐? 네게 지시받을 생각 없다."

"고귀한 손님 앞에서 이런 식으로 말하는 건 아니죠, 아버지." 다른 아들 중 하나가 말했다.

"이젠 서자들이 나한테 예절을 가르치려 드는구먼." 왈더 공은 불평했다. "난 나 좋을 대로 말할 거다, 망할 것들. 내 평생 세 왕을 손님으로 맞이했고 왕비들도 접대했는데 너 같은 놈에게 가르침을 받아야 한다고 생각하느냐, 라이거? 네놈 어미는 내 씨를 처음 받았을 때 염소젖을 짜고 있었어." 그는 손가락만 까딱여서 얼굴이 벌게진 젊은이를 물리고 다른 아들

둘에게 손짓했다. "댄웰, 휠렌, 내가 의자에 앉게 도와다오."

두 아들은 왈더 공을 가마에서 들어 올려 프레이 가문의 권좌로 옮겼다. 검은색 참나무로 만들어 뒷면을 다리로 연결된 두 개의 탑 모양으로 조각한 높은 의자였다. 젊은 아내가 소심하게 다가가서 노인의 다리에 담요를 덮었다. 노인은 앉은 자리를 정돈한 후 캐틀린에게 앞으로 오라고 손짓해서 그녀의 손에 종이처럼 메마른 입술을 찍었다. "자, 이제 예절을 지켰으니 내 아들놈들도 입을 닥치는 영광을 베풀겠지. 왜 여기 왔나?"

캐틀린은 정중하게 대답했다. "성문을 열어달라고 청하기 위해서입니다. 제 아들과 그 휘하 영주들이 강을 건너 길을 계속 가기를 간절히 바랍니다."

"리버런으로?" 노인은 킬킬 웃었다. "아, 말할 필요 없네. 필요 없어. 난 아직 눈이 멀지 않았거든. 노인이라도 지도는 읽을 수 있지."

"리버런으로요." 캐틀린은 확언했다. 부정할 이유가 없었다. "공을 보게 되리라 기대한 곳이기도 하지요. 공은 아직 제 아버지의 휘하에 계시지 않습니까?"

"흐." 왈더 공이 낸 소리는 웃음과 툴툴거림 중간쯤에 있었다. "나도 병력을 소집했네. 그랬고말고. 여기 와 있는 병사들이 성벽에서 보였을 텐데. 전 병력이 다 모이면 진군할 생각이었지. 뭐, 정확히는 아들들을 보내려고 했지만. 내가 직접 진군하기엔 나이가 많아서 말이오, 캐틀린 부인." 그는 확인해줄 사람을 찾아서 주위를 둘러보더니 50세쯤 된 키 크고 구부정한 남자를 가리켰다. "말해줘라, 제러드. 내가 그럴 작정이었다고 말해."

"그랬습니다, 부인." 왈더 공의 두 번째 아내가 낳은 아들 중 한 명인 제러드 프레이 경이 말했다. "제 명예를 걸고 말합니다."

"자네의 멍청한 동생이 우리가 진군하기도 전에 진 게 내 잘못인가?" 왈더 공은 쿠션에 몸을 기대고는, 마치 그의 시선으로 서술한 사건에 대해

이의를 제기해보라는 듯 캐틀린을 노려보았다. "킹슬레이어가 마치 잘 익은 치즈를 도끼로 쪼개는 것처럼 박살 냈다더군. 내 아들들이 뭐하러 남쪽으로 죽으러 가겠나? 남쪽으로 간 작자들은 다시 북쪽으로 도망치고 있는데."

캐틀린은 짜증 많은 이 노인에게 침을 뱉고 불에 구워버리고 싶은 마음이 굴뚝같았지만, 저녁이 오기 전에 다리를 열어야 했다. 그녀는 차분히 말했다. "그래서 더 우리가 리버런으로 가야 하는 거죠. 그것도 빨리요. 어디에 가서 이야기를 좀 할 수 있을까요?"

"지금 이야기하고 있잖나." 왈더 프레이 공이 투덜거렸다. 얼룩덜룩한 분홍색 머리통이 홱 돌아가더니, 피붙이들에게 소리를 질렀다. "다들 뭘 보고 섰나? 여기서 나가라. 스타크 부인이 나랑 따로 이야기하고 싶단다. 내 정절에 무슨 흑심이라도 품었을지 모르지, 흐. 나가라, 전부 다 나가. 뭐든 쓸모 있는 일을 찾아라. 그래, 너희 여자들도. 나가, 나가, 나가." 그의 아들과 손자와 딸과 서자와 조카들이 줄줄이 밖으로 나가는 동안, 왈더 공은 캐틀린 가까이 몸을 기울이고 고백했다. "저것들은 다 나 죽기만 기다리고 있지. 스테브론은 40년을 기다렸지만, 난 계속 그놈을 실망시켰어. 흐. 왜 그놈이 영주가 되게 내가 그냥 죽어줘야 하나? 그렇게는 못해주지."

"어느 모로 보나 공은 백 살까지 사실 겁니다."

"그러면 저놈들 속이 부글부글 끓겠지. 암, 그렇고말고. 자, 무슨 말을 하고 싶다고?"

"강을 건너고 싶습니다." 캐틀린이 말했다.

"아, 그래? 거 직설적이구먼. 내가 왜 건네줘야 하는데?"

잠시 분노에 불이 붙었다. "프레이 공이 성가퀴에 직접 올라가볼 힘이 있다면, 제 아들이 성벽 밖에 2만 군사를 두었음을 보실 텐데요."

노인도 쏘아붙였다. "타이윈 공이 여기 당도하면 신선한 시체 2만 구가 되겠지. 나에게 겁을 주려 하지 마시게. 자네 남편은 레드킵 아래 반역자의 감옥에 있고, 자네 아버지는 아픈 데다 죽어가고 있을지도 모르고, 자네 동생은 제이미 라니스터가 사슬에 묶어놨어. 내가 두려워할 게 뭐가 있나? 자네 아들? 아들 대 아들로 맞붙는다면 자네 아들들이 다 죽은 후에도 나에겐 열여덟 놈이 남네."

"귀공은 제 아버지에게 충성을 맹세했습니다." 캐틀린은 상기시켰다.

그는 웃는 얼굴로 이리저리 고개를 까닥거렸다. "아, 그래, 몇 마디 말을 하긴 했지. 하지만 아무래도 내가 왕관에도 충성 맹세를 한 것 같단 말이지. 조프리가 이제 왕이니, 자네와 자네 아들과 밖에 있는 저 온갖 머저리들은 반란군밖에 안 돼. 나에게 신이 주신 분별력이 조금이라도 있다면 라니스터가 자네들 모두를 삶아버리게 도울 테지."

"왜 안 그러십니까?" 캐틀린은 도전적으로 물었다.

왈더 공은 경멸을 담아 콧방귀를 뀌었다. "오만하고 훌륭하신 타이윈 공, 서부의 관리자, 왕의 '손', 아, 그 얼마나 대단한 남자인가. 타이윈 공과 공의 이러저러한 황금에 여기저기 깔린 사자들이라니. 내 장담하는데 그놈도 콩을 많이 먹으면 나처럼 방귀를 뀔 테지만, 절대 그걸 인정하진 않을 거야. 어림도 없지. 그런데 그렇게나 우쭐거릴 게 뭐가 있나? 기껏해야 아들 둘뿐이고, 그중 하나는 뒤틀린 꼬마 괴물이잖나. 아들 대 아들로 맞붙는다면 그놈 아들이 다 죽고 나도 나에겐 열아홉 반이 남지!" 그는 킬킬거렸다. "타이윈 공이 내 도움을 원한다면 빌어먹을 부탁을 할 수도 있겠지."

캐틀린에게 필요한 말은 그게 전부였다. 그녀는 짐짓 겸허하게 말했다. "저는 귀공에게 도움을 부탁드리고 있습니다. 그리고 제 아버지와 동생과 남편과 아들들이 제 입을 빌어 부탁드립니다."

왈더 공은 뼈만 앙상한 손가락으로 그녀의 얼굴에 손가락질을 했다. "달콤한 말은 아껴두게나. 달콤한 말이야 내 아내에게 듣지. 그 여자 봤나? 열여섯 살의 어린 꽃이고, 그 꿀은 오직 나만을 위한 것이지. 장담하는데 내년 이맘때쯤이면 아들을 하나 낳아줄 거야. 내가 그 녀석을 후계자로 만들지도 모르지. 그러면 나머지 놈들이 펄펄 뛰지 않겠나?"

"필시 많은 아들을 낳아줄 겁니다."

왈더 공의 고개가 위아래로 까닥거렸다. "자네 아버지는 결혼식에 오지 않았지. 내 보기엔 모욕이야. 아무리 죽어가고 있다 해도 말이지. 내 지난번 결혼식에도 안 왔거든. 알겠지만 자네 아버지는 날 '늦장 프레이 공'이라고 불러. 내가 죽은 줄 아나? 난 죽지 않았고, 장담하는데 자네 할아버지보다 오래 살았듯이 자네 아버지보다도 오래 살 거야. 자네 가족은 언제나 날 깔봤지. 부인하지 마, 거짓말하지 말라고. 자네도 사실을 알잖나. 몇 년 전에 내가 자네 아버지를 찾아가서 그 아들과 내 딸을 짝지어주자고 제안했네. 안 될 이유가 있나? 내가 마음에 둔 딸이 하나 있었어. 사랑스러운 아이고, 에드무어보다 몇 살밖에 많지 않았지. 하지만 자네 동생이 그 아이를 좋아하지 않는다면 다른 딸들도 있었다네. 어린 딸, 나이 든 딸, 숫처녀, 과부, 골라잡을 수 있었단 말이야. 그런데 호스터 공은 듣지 않더군. 달콤한 말이며 변명을 늘어놓긴 했지만, 내가 원한 건 딸을 하나 치우는 거였어.

그리고 자네 여동생, 그 아이도 못지않게 나빴지. 그게 어디 보자, 1년도 안 됐지. 존 아린이 아직 왕의 수관이었고, 난 아들놈들이 마상시합에서 달리는 꼴을 보러 도시에 갔단 말이야. 스테브론과 제러드는 이제 마상창시합을 하기엔 너무 늙었지만, 댄웰과 호스틴이 달렸고, 퍼윈도 있었고, 서자 놈들도 몇이 난전에 도전했지. 그놈들이 나에게 어떤 망신을 줄지 알았더라면 내 결코 수고롭게 여행을 하진 않았을 게야. 내가 왜 그 먼 길을 달려가서 호스틴이 티렐의 강아지에게 낙마하는 꼴을 봐야 하나? 그놈 나이 반도 안 되는 녀석인데, 다들 데이지 경이라고 부르던가 그 비슷하게 부르더군. 그리고 댄웰은 어느 방랑기사에게 낙마했어! 가끔은 그 두 놈이 진짜 내 아들인가 의심스럽다네. 내 세 번째 마누라는 크레이크홀 가문이었는데, 크레이크홀 여자들은 하나같이 난잡하거든. 뭐, 신경 쓰지 말게나. 그 여자는 자네가 태어나기도 전에 죽었는데 무슨 상관이겠나?

자네 동생 얘길 하고 있었지 참. 내가 아린 공 부부에게 내 손자 놈 둘을 궁정에서 맡아 기르라고, 대신 아린의 아들을 여기 트윈스에 대자로 들이겠다는 제안을 했단 말이야. 내 손자 놈들에게 왕의 궁정에서 자랄 자격이 없나? 귀엽고 말수도 적고 예의 바른 놈들인데. 왈더는 메렛의 아들인데 내 이름을 땄고, 또 한 놈은…… 흐, 기억이 안 나는데, 그 녀석도 왈더였을지 몰라. 다들 내가 총애하길 바라고 왈더라고 이름 붙이기 일쑤거든. 하지만 그 아비는…… 그놈 아비가 누구였더라?" 그의 얼굴에 주름이 잡혔다. "흠, 어느 녀석이었든 간에, 아린 공은 이놈도 저놈도 받으려 들지 않았고, 그건 자네 여동생 탓이었다고 봐. 꼭 내가 제 아들을 유랑극단에 팔아버리거나 내시로 만들겠다고 한 것처럼 차갑게 굴더니만, 아린 공이 자기 아들은 스타니스 바라테온의 대자로 드래곤스톤에 보내려 한다고 말하자마자 양해의 말 한마디 없이 뛰쳐나가지 뭔가. 아린 공이 나에게 해줄 수 있는 건 사과뿐이더군. 사과가 무슨 소용이 있나? 응?"

캐틀린은 동요하여 얼굴을 찌푸렸다. "저는 라이사의 아들이 캐스털리 록의 타이윈 공에게 가기로 되어 있었는 줄 알았습니다만."

"아니야, 스타니스 공이었네." 왈더 프레이는 짜증을 내며 말했다. "내가 스타니스 공과 타이윈 공도 구분 못할 줄 아나? 둘 다 자기가 똥도 못 쌀 만큼 고귀하다고 생각하는 똥구멍 같은 놈들이지만, 그렇다고 해도 차이는 안다네. 아니면 내가 기억을 제대로 못할 만큼 늙었다고 생각하나? 내 나이 아흔이고 기억력은 아주 좋다네. 여자를 어떻게 다룰지도 잘 기억하지. 내 마누라가 내년 이맘때까지는 아들을 하나 낳아줄 거라 장담해. 아니면 어쩔 수 없이 딸일 수도 있겠지. 아들이든 딸이든 빨갛고 주름진 얼굴로 악을 써댈 테고, 아내는 틀림없이 그 애 이름을 왈더 아니면 왈다라고 짓고 싶어 할 게야."

캐틀린은 프레이 부인이 아이 이름을 무엇으로 지을지에 관심이 없었다. "존 아린이 아들을 스타니스 공에게 보내려 했던 게 확실합니까?"

"그래, 그래, 그렇다니까. 어차피 아린 공은 죽었으니 무슨 상관인가? 자네는 강을 건너고 싶단 말이지?"

"그렇습니다."

"흠, 그럴 순 없네!" 왈더 공은 분명하게 선언했다. "내가 허락하기 전에는 못 가지. 그런데 내가 왜 허락해야 하나? 툴리와 스타크는 내 친구였던 적이 없어." 그는 의자에 다시 등을 기대고, 팔짱을 끼고 능글맞게 웃으며 캐틀린의 대답을 기다렸다.

남은 것은 흥정뿐이었다.

부풀어 오른 붉은 해가 서쪽 언덕 위에 낮게 걸릴 무렵에 성문이 열렸다. 도개교가 삐걱거리며 내려가고, 쇠창살문이 올라가고, 캐틀린 스타크 부인이 아들과 그 휘하 영주들과 다시 합류하기 위해 말을 달려 나왔다. 그 뒤로 제러드 프레이 경, 호스틴 프레이 경, 댄웰 프레이 경, 왈더 공의 서자인 로넬 리버스가 파란색 강철 고리 갑옷에 은회색 망토를 걸치고 느릿느릿 걷는 창병의 긴 대열을 이끌고 나왔다.

롭이 그레이윈드와 함께 말을 달려 캐틀린을 맞이했다. 캐틀린은 아들에게 말했다. "다 됐다. 왈더 공이 건널목을 열 거야. 트윈스를 지키기 위해 남겨둘 400명을 뺀 나머지 병력도 네 군대가 될 거다. 너도 궁수와 검사를 섞어서 400명을 남겨두는 편이 좋겠구나. 왈더 공도 수비대를 늘려주겠다는 제안에 반대할 리는 없으니……. 하지만 반드시 네가 믿을 수 있는 자에게 지휘권을 주거라. 왈더 공이 신의를 지키는 데 도움이 필요할 수도 있으니까."

"말씀대로 할게요, 어머니." 롭은 창병들의 대열을 눈여겨보며 대답했다. "어쩌면…… 헬만 톨하트 경은 어떨까요?"

"좋은 선택이다."

"왈더 공이 뭘…… 우리에게 뭘 원했나요?"

"네 병사를 몇 명 떼어줄 수 있다면, 프레이 공의 손자 둘을 윈터펠로 호위해 갈 사람이 필요하다. 그 아이들을 대자로 받는 데 동의했어. 여덟 살과 일곱 살의 어린아이들이다. 둘 다 왈더라는 이름인 듯 하더구나. 네 동생 브랜이 나이가 비슷한 친구를 환영할 거라고 생각해야겠지."

"그게 다예요? 대자 두 명? 그건 너무 작은 대가인데—"

캐틀린은 말을 이었다. "프레이 공의 아들 올리바가 우리와 함께 갈 거다. 너의 개인 종자로 들어갈 거야. 왈더 공은 그 아이가 때가 되면 기사 서임을 받기를 바란다."

"종자라." 롭은 어깨를 으쓱였다. "좋아요, 좋아요. 만약—"

"또한 네 동생 아리아가 안전하게 돌아온다면, 왈더 공의 막내아들인 엘마와 결혼하기로 동의했다. 둘 다 나이가 차면 말이지."

롭은 아연실색했다. "아리아는 굉장히 싫어할걸요."

"그리고 너도, 싸움이 끝나면 왈더 공의 딸 하나와 결혼해야 해." 캐틀린은 말을 맺었다. "고맙게도 왈더 공은 네가 마음에 드는 아가씨를 골라도 좋다고 동의했단다. 적당해 보이는 딸이 여러 명 있다는구나."

기특하게도 롭은 움찔하지 않았다. "그렇군요."

"동의하는 거냐?"

"제가 거부할 수 있나요?"

"강을 건너길 바란다면 그럴 수 없지."

"동의해요." 롭은 근엄하게 말했다. 그 순간만큼 캐틀린의 눈에 롭이 남자답게 보인 적이 없었다. 사내아이라면 칼을 갖고 놀 수는 있었지만, 영주만이 그 의미를 알면서 결혼 계약을 맺을 수 있었다.

그들은 초승달이 강물 위를 떠다니는 저녁 시간에 강을 건넜다. 2열 종대가 거대한 강철 뱀처럼 구불구불 동쪽 쌍둥이의 성문을 통과하여 그 안마당을 가로지르고, 아성 안으로 들어갔다가 다리를 건너서 다시 서쪽 강둑에 자리 잡은 두 번째 성을 빠져나갔다.

캐틀린은 아들과 숙부 브린덴 경과 스테브론 프레이 경과 함께 그 뱀의 머리에서 말을 달렸다. 그 뒤로 기병의 10분의 9가 따라왔다. 기사, 기마 창수, 자유기수, 기마궁수들이었다. 그들이 다 강을 건너는 데 몇 시간이 걸렸다. 나중에 캐틀린은 셀 수 없이 많은 말굽이 도개교를 두드리던 소리, 가마에 탄 채로 그들이 지나가는 모습을 지켜보던 왈더 프레이 공의 모습, 말을 달려 물의 탑을 통과할 때 천장에 난 살인 구멍의 널 사이로 그들을 내려다보던 반짝이는 눈동자들을 떠올리곤 했다.

북부군 중에서 더 규모가 큰 쪽, 창병과 궁병과 중장병으로 이루어진 보병 부대는 루스 볼턴의 지휘하에 동쪽 강둑에 남았다. 롭은 루스 볼턴에게 남쪽으로 계속 진군해서 타이윈 공의 지휘하에 북으로 오고 있는 거대한 라니스터군과 맞서라고 명령해두었다.

좋든 나쁘든, 캐틀린의 아들은 이미 주사위를 던졌다.

존

"괜찮으냐, 존?" 모르몬트 공이 인상 쓴 얼굴로 물었다.

"괜찬. 괜찬." 까마귀가 깍깍거렸다.

"괜찮습니다." 존은 거짓말을 했다……. 마치 크게 말하면 진실이 될 수 있다는 듯이, 큰 소리로 말했다. "사령관님은요?"

모르몬트는 얼굴을 찡그렸다. "죽은 놈이 날 죽이려고 했다. 내가 어떻게 괜찮을 수 있겠느냐?" 그는 턱 밑을 긁었다. 모르몬트는 텁수룩한 회색 수염이 불에 그을자 아예 쳐내버렸다. 희끗희끗하게 새로 난 짧은 구레나룻 때문에 모르몬트는 늙고 품위 없고 심술스러워 보였다. "너도 괜찮아 보이진 않는구나. 손은 어떠냐?"

"낫고 있습니다." 존은 붕대를 감은 손가락을 구부렸다 펴 보였다. 존은 불타는 천을 휘두를 때 생각보다 심하게 화상을 입었고, 오른팔이 팔꿈치 근처까지 붕대에 싸여 있었다. 당시에는 아무 느낌도 없었다. 아픔은 나중에 찾아왔다. 갈라진 붉은 피부에서 진물이 배어 나왔고, 손가락 사이마다 바퀴벌레만큼 크고 끔찍한 피 물집이 잡혔다. "학사님 말씀으로는 흉터가 남겠지만, 그걸 빼면 전처럼 멀쩡한 손이 될 거랍니다."

"흉터 난 손이야 아무것도 아니지. 장벽에서는 장갑을 낄 때가 더 많으니."

"사령관님 말씀대로입니다." 존을 괴롭히는 건 흉터 생각이 아니었다. 그 나머지 부분이었다. 아에몬 학사는 그에게 양귀비즙을 줬지만, 그래도 통증은 끔찍했다. 처음에는 손이 아직도 불길에 싸여 낮이고 밤이고 타는 것 같았다. 눈과 얼음 부스러기를 채운 수반에 찔러 넣어야 그나마 아픔을 덜 수 있었다. 존은 침대에서 몸부림치며 통증에 흐느끼는 그의 모습을 고스트밖에 보지 못했다는 사실에 신들에게 감사했다. 그리고 겨우 잠이 들면 꿈을 꾸었는데, 그건 더 나빴다. 꿈속에서 존이 맞서 싸운 시체는 파란 눈에 검은 손과 아버지의 얼굴을 지녔지만, 감히 그런 내용을 모르몬트에게 말할 수는 없었다.

늙은 곰이 말했다. "디웬과 헤이크가 어젯밤에 돌아왔다. 다른 이들과 마찬가지로 네 숙부의 흔적은 찾지 못했다."

"압니다." 존은 억지로 휴게실에 가서 친구들과 저녁을 먹었는데, 모두들 순찰자들의 수색 실패에 대해 떠들고 있었다.

"안단 말이지." 모르몬트는 투덜거렸다. "어떻게 여기선 모두가 뭐든지 다 아는 거냐?" 답을 기대하는 것 같지는 않았다. "보아하니 그…… 그 괴물은 둘밖에 없었던 모양이다. 뭔진 모르겠지만 사람이라고 부르진 않겠다. 어쨌든 신들에게 감사할 일이지. 더 있다간…… 생각도 못 하겠군. 하지만 더 있을 게다. 이 늙은 뼈마디로 느낄 수 있고, 아에몬 학사도 같은 생각이다. 차가운 바람이 일고 있어. 여름은 끝났고, 이 세상이 본 적도 없는 겨울이 오고 있다."

'겨울이 오고 있다.' 존에게는 스타크의 가언이 지금처럼 암울하거나 불길하게 들린 적이 없었다. 그는 주저하며 물었다. "사령관님, 어젯밤에 새가 왔다던데……."

"왔지. 그게 왜?"

"제 아버지에 대한 소식이라도 있을까 하고요."

"아버지." 늙은 까마귀가 모르몬트의 어깨 위를 걸어 다니며 고개를 까닥였다. "아버지."

사령관은 그 부리를 잡아 닫으려고 손을 뻗었지만, 까마귀는 그의 머리 위로 훌쩍 뛰어오르더니 날개를 퍼덕이며 창문 위로 날아올랐다. 모르몬트가 투덜거렸다. "까마귀들이란 슬픔과 소음만 불러오지. 내가 왜 저렇게 성가신 새를 키우나 모르겠다……. 에다드 공에 대한 소식이 있었다면 내가 널 불렀을 거라고 생각하지 않느냐? 서자든 아니든 너는 여전히 에다드 공의 핏줄이야. 어제 온 건 바리스탄 셀미 경에 대한 소식이었다. 셀미가 킹스가드에서 쫓겨난 모양이다. 셀미의 자리를 그 검은 개 클리게인에게 줬고, 이제 셀미를 반역죄로 찾는단다. 그 멍청이들이 도시 경비대를 보내어 잡으려고 들었지만, 셀미가 두 놈을 베고 달아났다." 모르몬트는 대담한 바리스탄처럼 유명한 기사를 잡겠다고 황금 망토들을 보낸 자들에 대한 견해를 숨기지 않고 드러내며 콧방귀를 뀌었다. "숲에는 하얀 그림자가 드리우고 복도에는 시체가 영면하지 못하고 돌아다니는 판국인데, 철왕좌에는 어린아이가 앉았구나." 그는 진저리 내며 말했다.

까마귀가 새된 소리로 웃었다. "아이, 아이, 아이, 아이."

존은 바리스탄 경이 늙은 곰의 가장 큰 희망이었음을 기억했다. 바리스탄 경도 몰락했다면, 모르몬트의 편지가 무시당할 가능성은 얼마나 높을까? 존은 주먹을 말아 쥐었다. 화상을 입은 손가락이 찌르르 아팠다. "제 여동생들에 대해서는요?"

"에다드 공에 대해서나 여자애들에 대해서나 아무 언급도 없었다." 모르몬트는 짜증스럽다는 듯 어깨를 으쓱였다. "내 편지를 받지 못했을지도 모르지. 아에몬이 제일 좋은 새를 골라 두 통을 보냈다만, 누가 알겠느냐? 그보다는 파이셀이 굳이 답을 하지 않는 것이긴 할 테지. 처음 있는 일도 아니고, 마지막도 아니야. 킹스랜딩에는 거의 의지할 수 없다고 봐야겠다. 그쪽에선 우리에게 알리고 싶은 것만 알리는데, 그걸로는 너무 적어."

'그리고 당신은 나에게 알리고 싶은 것만 말해주고, 그건 더 적지.' 존은 분개해서 생각했다. 존의 형제인 롭이 휘하를 소집하여 남쪽으로 전쟁을 하러 달려갔건만, 아무도 존에게 그런 소식을 귀띔해주지 않았다……. 아에몬 학사에게 도착한 편지를 읽고, 그날 밤 몰래 존에게 내용을 소곤거리며 내내 이러면 안 된다는 말을 하던 샘웰 탈리 빼고는 아무도. 다들 형제의 전쟁은 존이 신경 쓸 문제가 아니라고 생각하는 게 틀림없었다. 그 소식은 이루 말할 수 없이 존을 괴롭혔다. 롭이 진군하는데, 존은 아니었다. 자신이 있을 곳은 여기, 새로운 형제들이 있는 장벽이라고 아무리 계속 다짐해도 여전히 비겁자가 된 기분이었다.

"옥수수." 까마귀가 울어댔다. "옥수수, 옥수수."

"아, 조용히 좀 해라." 늙은 곰이 까마귀에게 말했다. "스노우, 아에몬 학사가 그 손을 얼마나 빨리 쓸 수 있게 된다고 하시더냐?"

"곧요." 존이 대답했다.

"잘됐군." 모르몬트 공은 둘 사이에 놓인 탁자에 은장식이 들어간 검은 금속 칼집에 담긴 커다란 장검을 올려놓았다. "자. 그때는 이 칼을 쓸 준비가 되겠구나."

까마귀가 퍼드덕 날아와서 탁자 위에 앉더니, 호기심에 차서 고개를 갸웃하고 장검 쪽으로 걸어갔다. 존은 머뭇거렸다. 이게 무슨 의미인지 짐작이 가지 않았다. "사령관님?"

"불 때문에 칼자루에서 은이 녹아 떨어졌고 날밑과 손잡이도 탔다. 뭐, 마른 가죽과 오래된 나무에 뭘 기대할 수 있겠느냐? 칼날은…… 이 칼날을 손상시키려면 백 배는 뜨거운 불이 필요하지." 모르몬트는 칼집을 거친 참나무 판 위로 밀었다. "나머지는 새로 만들게 했다. 받아라."

"받아." 까마귀가 부리로 몸단장을 하며 따라 했다. "받아, 받아."

존은 어색하게 장검을 잡았다. 왼손이었다. 붕대를 감은 오른손은 아직도 너무 쓰라리고 움직임이 어설펐다. 존은 조심스럽게 칼집에서 장검을 뽑아 눈높이로 들어 올렸다.

칼자루 끝은 긴 칼날의 균형을 잡기 위해 납을 단 흰 돌덩이였다. 으르렁거리는 늑대 머리를 꼭 닮게 조각해서 석류석 조각을 눈에 박았다. 손잡이는 아직까지 땀이나 피가 얼룩을 남기지 않은 부드러운 검은색 가죽이었다. 칼날은 존이 익숙하게 쓰던 장검보다 15센티미터는 족히 길었고, 베기만이 아니라 찌르기도 좋게 끝으로 갈수록 가늘었으며, 금속 날에 깊은 홈이 세 줄 나 있었다. '얼음'이 진정한 양손잡이 대검이라면 이것은 한 손 반잡이 검으로, 가끔은 잡종검(bastard sword, 존 스노우가 서자(bastard)라는 점에서 상징적 연관성이 있다.)이라고도 불리는 검이었다. 크기는 더 큰데도 이 늑대 검이 이전에 휘둘렀던 칼들보다 더 가볍게 느껴졌다. 칼을 옆으로 돌리자 금속을 접고 또 접어서 생긴 검은 강철 속의 물결무늬를 볼 수 있었다. "이건 발리리아 강철검이군요." 존은 경탄하여 말했다. 아버지가 '얼음'을 잡아보게 해준 적이 여러 번이었기에 그 생김새와 느낌을 알고 있었다.

"그래. 내 아버지의 검이었고, 그 아버지의 검이었다. 모르몬트 가문은 이 칼을 5세기 동안 잡았지. 나도 한창때 이 칼을 휘둘렀고 검은 옷을 입으면서 내 아들에게 물려줬다."

'나에게 자기 아들의 검을 주다니.' 존은 믿을 수가 없을 지경이었다. 칼날은 균형이 절묘하게 잡혔고, 불빛을 받은 가장자리가 희미하게 빛났다. "아드님은—"

"내 아들은 모르몬트 가문의 명예를 더럽혔다만, 그래도 도망칠 때 이 칼을 뒤에 남겨둘 예의는 있었다. 내 여동생이 나에게 돌려줬으나 이 칼을 보기만 해도 조라의 수치스러운 행위가 떠올라서 치워두었고, 내 침실의 잿더미 속에서 찾아내기 전까지는 생각도 하지 않았지. 원래 칼자루 끝은 은으로 만든 곰 머리였다만, 심하게 닳아서 모양을 알아볼 수가 없었다. 너에게는 하얀 늑대가 더 어울릴 것 같더구나. 우리 건설부에는 괜찮은 석공이 하나 있지."

소년들이 으레 그렇듯, 존도 브랜만 할 적에 위대한 공적에 대해 꿈꾸곤 했다. 어떤 위업인지는 꿈을 꿀 때마다 달라졌지만, 존은 아버지의 목숨을 구하는 상상을 할 때가 많았다. 그런 후에는 에다드 공이 존이 진정한 스타크임을 증명했다고 선언하고, 그의 손에 '얼음'을 들려주었다. 그 무렵에도 존은 그게 아이의 어리석은 꿈에 불과하다는 사실을 알았다. 어떤 서자도 아버지의 검을 이어받을 희망을 품을 수 없었다. 그 꿈을 기억하기만 해도 부끄러웠다. 대체 어떤 남자가 형제의 생득권을 훔친단 말인가? '나에겐 이 칼을 쥘 권리가 없어. 아버지의 얼음을 쥘 권리가 없었듯이.' 존은 화상을 입은 손가락을 떨며 피부 깊숙이 번지는 통증을 느꼈다. "사령관님, 정말 영광이지만—"

"사양은 아껴둬라." 모르몬트 공이 말을 끊었다. "너와 네 짐승이 아니었다면 난 여기 앉아 있지 못했다. 너는 용감하게 싸웠고…… 그보다 더 중요한 건 머리를 빨리 굴렸다는 점이지. 불이라니! 그래, 젠장. 우린 알았어야 했다. 기억했어야 했어. 긴 밤은 전에도 왔었다. 아, 8000년은 꽤 오랜 시간이긴 하지……. 그렇다 해도 밤의 경비대가 기억하지 않는다면 누가 하겠느냐?"

"누가, 누가." 수다스러운 까마귀가 노래했다.

신들은 그날 밤 존의 기도를 들어주셨다. 불은 죽은 자의 옷에 붙어, 살이 밀랍이고 뼈가 오래된 마른 장작인 것처럼 집어삼켰다. 존은 눈만 감으면 그것이 비틀거리며 방 안을 돌아다니다가 가구에 부딪치고 불길에 팔

다리를 흔드는 모습을 보았다. 존을 가장 괴롭히는 건 그 얼굴이었다. 불의 후광에 둘러싸여 머리털은 지푸라기처럼 타고, 죽은 살이 녹아내리고 해골에서 벗겨져 빛나는 뼈를 드러냈다.

오서를 움직인 악마적인 힘이 무엇인지는 몰라도 불에 쫓겨 빠져나갔다. 그들이 잿더미 속에서 찾아낸 것은 구워진 살덩이와 새까맣게 탄 뼈일 뿐이었다. 존은 악몽 속에서 그 일을 다시 마주했다……. 그리고 이번에는 그 불탄 시체가 에다드 공의 모습을 띠었다. 터지고 새까매진 피부는 아버지의 피부였고, 엉긴 눈물처럼 뺨을 따라 흘러내리는 눈알은 아버지의 눈이었다. 존은 꿈이 왜 그런지, 그게 무슨 의미인지 이해하지 못했지만, 어쨌든 그 광경은 이루 말할 수 없을 만큼 무서웠다.

모르몬트가 결론을 내렸다. "장검쯤이야 목숨에 대한 보상으로는 작지. 더 듣지 않겠으니 받아라. 알았느냐?"

"예, 알겠습니다." 부드러운 가죽은 손가락에 착 감겼다. 존의 손에 꼭 맞게 만들어진 것 같은 검이었다. 존은 영광으로 여겨야 한다는 사실을 알았고, 실제로 그랬지만…….

뜻밖의 생각이 튀어 올랐다. '이분은 내 아버지가 아니야. 에다드 공이 내 아버지야. 아무리 많은 검이 주어진다 해도 아버지를 잊진 않을 거야.' 그러나 존이 꿈꾸던 것은 다른 남자의 검이라는 말을 모르몬트 공에게 할 수는 없었다…….

"예의 차릴 필요도 없다. 그러니 나에게 고맙다는 말도 하지 말아라. 말이 아니라 행동으로 그 칼을 예우해라."

존은 고개를 끄덕였다. "이 검에 이름이 있습니까?"

"있었지, 예전에는 '긴 발톱(Longclaw)'이라고 불렀다."

"발톱, 톱." 까마귀가 울었다.

"'긴 발톱'이라니 적절한 이름이네요." 존은 시험 삼아 검을 그어보았다.

왼손으로 휘두르려니 어설프고 불편했지만, 그래도 그 칼은 제 의지를 가진 생물처럼 흐르듯이 허공을 그었다. "곰만이 아니라 늑대도 발톱이 있죠."

늙은 곰은 그 말에 즐거워하는 것 같았다. "그렇겠지. 넌 그 검을 등에 지는 게 좋을 게다. 좀 더 큰다면 모를까, 허리에 차기에는 너무 길 거야. 그리고 양손 공격을 연습할 필요가 있을 거다. 화상이 다 나으면 엔드류 경이 몇 수 가르쳐줄 수 있겠지."

"엔드류 경이요?" 존이 모르는 이름이었다.

"엔드류 타스 경이라고, 훌륭한 사람이다. 훈련대장직을 맡으러 섀도타워에서 오는 중이지. 알리서 쏜 경은 어제 아침에 바닷가 이스트워치로 떠났다."

존은 검을 내리고 멍청하게 물었다. "왜요?"

모르몬트는 코웃음을 쳤다. "그야 내가 보냈으니까지. 왜라고 생각하느냐? 쏜은 네 늑대 고스트가 제이퍼 플라워스의 손목에서 뜯어낸 손을 가지고 갔다. 내가 배를 타고 킹스랜딩에 가서 그 소년 왕 앞에 놓으라고 명했어. 그러면 어린 조프리의 관심을 끌겠지……. 또한 알리서 경은 귀족 태생에 성유를 바른 기사이고, 궁정에는 옛 친구들도 있으니까, 대수롭지 않은 까마귀보다는 무시하기 어려울 테고."

"까마귀." 존은 까마귀 소리가 어렴풋이 화난 것처럼 들린다고 생각했다.

사령관은 새의 항의를 무시하고 말을 이었다. "또한, 그렇게 하면 징계처럼 보이지 않으면서 쏜과 너 사이에 만 리 거리를 두게 되지." 사령관은 존의 얼굴을 손가락질했다. "그렇다고 네가 휴게실에서 벌인 짓을 용납한다고는 생각하지 말아라. 용맹함이 어느 정도 어리석음은 벌충해주지만, 나이가 몇이건 너는 이제 어린아이가 아니야. 네가 든 건 사나이의 검이고, 그 검을 휘두르려면 사나이여야 한다. 지금부터는 네가 그 역할을 하리라 기대하겠다."

"예, 알겠습니다." 존은 칼을 은테 두른 검집에 다시 집어넣었다. 존이 선택한 칼은 아니라 해도 그것은 훌륭한 선물이었고, 알리서 쏜의 악의로부터 자유롭게 해준 것은 그보다 더 훌륭한 선물이었다.

늙은 곰이 턱을 긁었다. "새로 수염을 기르는 게 얼마나 가려운지 잊고 있었어. 뭐, 어쩔 수 없지. 네 손이 직무를 다시 수행할 만큼은 나았느냐?"

"예, 사령관님."

"잘됐구나. 밤은 추울 텐데, 향신료를 넣은 뜨거운 와인을 준비했으면 한다. 너무 시지 않은 레드와인을 한 병 찾고, 향신료를 아끼지 말아라. 그리고 홉에게 또 삶은 양고기를 보내면 내가 그놈을 삶아버린다고 전해라. 지난번 뒷다리 살은 회색이었어. 까마귀도 그런 고기는 건드리지 않을 게다." 그가 엄지손가락으로 까마귀의 머리를 쓰다듬자 새가 만족스러운 소리를 냈다. "나가봐라. 난 할 일이 있다."

존이 성한 손에 검을 들고 구불구불한 탑의 계단을 내려가는데 자리를 지키고 선 보초병들이 미소를 지었다. "아름다운 칼이구먼." 한 명이 말했다. "넌 그만한 자격이 있다, 스노우." 다른 한 명이 말했다. 존도 그들에게 미소를 보였지만, 마음이 담기지가 않았다. 기뻐해야 한다는 사실은 아는데, 그런 기분이 들지 않았다. 손은 욱신거렸고, 입에는 분노의 맛이 감돌았다. 그러나 누구에게 화가 났는지, 왜인지도 알 수가 없었다.

모르몬트 사령관이 새로운 거처로 삼은 '왕의 탑'을 나서는데, 존의 친구들 대여섯 명이 바깥에서 염탐을 하고 있었다. 궁술을 연마하는 것처럼 보이려고 창고 문에 과녁을 걸어놓았지만, 존은 바로 알아보았다. 존이 탑을 나서자마자 핍이 외쳤다. "야, 와봐. 우리도 한번 보자."

"뭘 봐?" 존이 말했다.

토드가 슬금슬금 다가왔다. "네 장밋빛 엉덩짝이지, 달리 뭐겠어?"

"그 검 말이야. 그 검을 보고 싶어." 그렌이 대놓고 말했다.

존은 비난의 눈빛으로 친구들을 훑어보았다. "알고 있었구나."

핍이 히죽 웃었다. "우리 전부가 그렌처럼 멍청하진 않거든."

"더하지. 네가 더 멍청해." 그렌이 우겼다.

할더가 미안하다는 듯 어깨를 으쓱였다. "페이트가 칼자루에 달 돌을 조각하는 걸 내가 도왔거든. 그리고 네 친구 샘이 몰스타운에서 그 석류석을 샀지."

"하지만 그 전부터 알고 있었어. 루지가 대장간에서 도날 노이를 도왔잖아. 녀석이 거기 있을 때 늙은 곰이 불탄 검을 가져왔어."

"보여줘!" 매타가 나서고, 나머지도 입을 모아 외쳤다. "보여줘, 보여줘, 보여줘."

존은 '긴 발톱'을 검집에서 빼내어 다들 감탄할 수 있게 이리저리 돌렸다. 잡종검의 날은 흐린 햇빛을 받아 어둡고 위험하게 빛났다. "발리리아 강철이야." 존은 마땅히 느껴야 할 기쁨과 자부심을 실으려고 애쓰며 엄숙하게 선언했다.

토드가 말했다. "발리리아 강철로 만든 면도날을 가진 남자 얘길 들었는데 말이야. 면도하려다가 머리통을 잘라버렸다더라."

핍이 히죽 웃었다. "밤의 경비대가 수천 년은 있어왔지만, 내가 장담하는데 영예롭게도 사령관의 탑을 태워버린 형제는 스노우 나리가 처음일 거야."

다들 웃음을 터뜨렸고, 존도 미소를 지을 수밖에 없었다. 사실 존이 낸 불이 그 튼실한 돌탑을 태워버리지는 못했지만, 늙은 곰이 거처로 쓰던 꼭대기 두 층의 내부를 먹어치우기는 했다. 아무도 신경 쓰지 않는 것은 그 불이 사람 죽이는 오서의 시체도 처분해줬기 때문이었다.

또 하나의 시귀, 한때는 제이퍼 플라워스라는 순찰자였던 외팔이 시신도 십여 개의 칼에 갈가리 찢겨 사라졌지만…… 제레미 라이커 경과 다른

네 명을 죽인 후였다. 제레미 경은 시귀의 머리통을 베어내는 데 성공했으나, 머리 없는 시체가 경의 칼집에서 단검을 빼어 배에 박아 넣는 바람에 죽었다. 이미 죽었기에 쓰러지지 않는 적을 상대로는 힘과 용기도 쓸모가 없었다. 무기와 갑옷도 보호해주지 못했다.

그런 음울한 생각이 존의 위태로운 기분을 더 악화시켰다. "난 늙은 곰의 저녁 식사 문제로 홉을 보러 가야 해." 존은 긴 발톱을 검집에 다시 밀어 넣으며 무뚝뚝하게 말했다. 친구들의 뜻은 좋았지만, 그들은 이해하지 못했다. 사실 친구들의 잘못은 아니었다. 그들은 오서를 마주하지 않았고, 그 죽어버린 파란 눈의 희미한 광채를 보지 못했으며, 죽어버린 검은 손가락의 차가움을 느끼지 못했다. 또한 강역에서 벌어지는 전투도 알지 못했다. 어떻게 그들이 이해할 수 있겠는가? 존은 불쑥 몸을 돌리고 침울하게 걸어가버렸다. 핍이 불렀지만, 존은 신경 쓰지 않았다.

화재 이후에 존은 허물어져가는 '하딘의 탑'에서 쓰던 예전 방으로 옮겨야 했고, 지금 돌아온 곳도 그 방이었다. 문 옆에 몸을 말고 잠들어 있던 고스트가 존의 발소리를 듣고 고개를 들었다. 다이어울프의 붉은 눈은 석류석보다 어둡고 사람보다 현명했다. 존은 무릎을 꿇고 고스트의 귀를 긁어준 다음, 칼자루 끝을 보여줬다. "봐. 이게 너야."

고스트는 늑대를 닮은 돌조각을 킁킁거리더니 핥아보았다. 존은 미소지었다. "넌 예우를 받을 자격이 있어." 존은 늑대에게 말했고…… 문득 늦여름 눈이 내리던 날 고스트를 어떻게 찾아냈는지 떠올렸다. 다들 다른 늑대 새끼들을 데리고 말을 달리고 있었는데, 존만 무슨 소리를 듣고 돌아갔고, 그곳에 하얀 털색 때문에 눈 더미 속에서 잘 보이지 않는 새끼가 있었다. '고스트는 다른 새끼들과 떨어져서 혼자 있었어. 달랐기 때문에, 다른 형제들에게 쫓겨났던 거야.'

"존?" 존은 고개를 들었다. 샘웰 탈리가 불안하게 발을 움직이고 있었다. 뺨은 붉었고, 무거운 털 망토를 둘러서 동면 준비라도 하는 것처럼 보였다.

"샘." 존은 일어섰다. "무슨 일이야? 너도 검을 보고 싶어?" 다른 친구들이 알았다면 샘이 몰랐을 리 없었다.

뚱뚱한 소년은 고개를 젓고 구슬프게 말했다. "난 예전에 아버지의 검을 물려받을 후계자였어. '심장의 파멸'이라고 했지. 나에게도 몇 번 쥐게 해주셨는데, 난 언제나 무섭기만 했어. 발리리아 강철이라 아름답긴 했지만 너무 날카로워서, 여동생을 다치게 할까 봐 무서웠지. 이젠 디콘이 갖게 될 거야." 샘은 땀에 젖은 손을 망토에 닦았다. "난 어…… 아에몬 학사가 널 보고 싶어 하셔."

아직 붕대를 갈 때는 아니었다. 존은 의심스러운 마음으로 얼굴을 찌푸렸다. "왜?" 샘은 비참한 얼굴이었다. 답은 그 얼굴로 충분했다. 존은 화가 나서 말했다. "네가 말했구나. 그렇지? 네가 나한테 말했다고 말한 거야."

"난…… 학사님은…… 존, 난 말하고 싶지 않았어……. 학사님이 물어봤어…… 알고 계셨다고 생각해. 그분은 아무도 보지 못하는 것들을 보고……."

"학사님은 장님이야." 존은 넌더리를 내며 단호하게 지적했다. "내가 알아서 갈 수 있어." 존은 입을 벌린 채 떨고 있는 샘을 내버려두고 나왔다.

아에몬 학사는 위쪽 까마귀 방에서 먹이를 주고 있었다. 클라이다스가 곁에서 자른 고기 통을 들고 같이 새장에서 새장으로 이동했다. "샘이 절 보자고 하셨다던데요?"

학사는 고개를 끄덕였다. "그랬지. 클라이다스, 통을 존에게 넘기거라. 아마 존이 친절을 베풀어 날 도와줄 거야." 등이 굽고 눈이 충혈된 형제가 존에게 통을 넘기고 종종걸음 쳐서 사다리를 내려갔다. 아에몬이 지시했다. "고기를 새장 안으로 던지거라. 나머지는 새들이 알아서 할 테니."

존은 통을 오른손에 옮겨 들고 왼손을 피투성이 고기 사이로 집어넣었다. 큰까마귀들이 시끄럽게 소리를 지르며 창살로 날아와 밤처럼 검은 날개로 금속을 때렸다. 고기는 손가락 한 마디보다 크지 않게 잘려 있었다. 존이 시뻘건 날고기 조각을 한 주먹 가득 잡아서 새장 안으로 던지자 깍깍거리는 소리와 다툼이 치열해졌다. 가장 큰 까마귀 두 마리가 한 조각을 두고 다투자 깃털이 흩날렸다. 존은 얼른 다시 한 주먹을 집어서 던져 넣었다. "모르몬트 공의 까마귀는 과일과 옥수수를 좋아하는데요."

"그 녀석은 드문 경우지. 대개의 까마귀들이 곡물을 먹기는 한다만, 살점을 더 좋아한단다. 고기를 먹으면 강해지기도 하고, 피 맛을 좋아하는 게 아닌가 싶구나. 그 점에서는 사람과 비슷하지……. 그리고 사람과 마찬가지로, 모든 까마귀가 똑같지는 않아."

존에게는 할 말이 없었다. 존은 왜 불려 온 걸까 궁금해하며 고기를 던졌다. 적당한 때를 봐서 말할 게 분명했다. 아에몬 학사는 서두르는 사람이 아니었다.

학사는 말을 이었다. "비둘기와 멧비둘기도 편지를 달아서 보낼 수 있다만, 큰까마귀가 더 강한 새이고, 몸집도 크고, 더 대담한 데다가, 훨씬 더 영리해서 매에게 공격받았을 때 방어를 잘할 수 있지……. 하지만 검은색이고 시체를 먹기에, 신심이 깊은 이들은 혐오하기도 한단다. 성왕 바엘로르는 큰까마귀를 다 멧비둘기로 교체하려고 했던 것을 아느냐?" 학사는 희끄무레한 눈을 존에게 돌리고 미소 지었다. "밤의 경비대는 큰까마귀를 더 좋아하지."

존은 손목까지 피투성이가 되어 통에 손가락을 넣은 상태로, 자신 없이 말했다. "디웬이 그러는데 야인들은 우리를 까마귀(crow)라고 부른다면서요."

"까마귀는 이 큰까마귀(raven)의 가엾은 친척이지. 둘 다 누추하게 입고, 미움과 오해를 받아."

존은 이게 무엇에 대한 대화이며, 왜 이런 대화를 하고 있는지 이해하고 싶었다. 까마귀와 비둘기가 무슨 상관인가? 그에게 할 말이 있다면 왜 그냥 말할 수 없는 건가?

"존, 왜 밤의 경비대 대원들은 아내를 맞지 않고 자식을 두지 않는지 생각해본 적 있느냐?" 아에몬 학사가 물었다.

존은 어깨를 으쓱였다. "아니요." 존은 고깃덩이를 더 뿌렸다. 왼손 손가락은 피로 미끌거렸고, 오른손은 통의 무게 때문에 욱신거렸다.

노인이 대답했다. "그래야 사랑하지 않기 때문이야. 사랑은 명예의 파멸이며, 의무의 죽음이기 때문에."

그다지 수긍이 가지는 않았지만 존은 아무 말도 하지 않았다. 아에몬 학사는 백 살이나 먹었고, 밤의 경비대 고위직이었다. 그 말에 반박하는 건 존의 분수에 맞지 않았다.

노인은 존의 의혹을 감지한 것 같았다. "말해보거라, 존. 네 아버님이 명예와 사랑하는 사람들 사이에서 선택해야 하는 날이 온다면, 그분은 어떻게 하실 것 같으냐?"

존은 망설였다. 에다드 공은 결코, 사랑을 위해서라 해도 절대로 명예를 더럽히지 않는다고 말하고 싶었지만, 마음속에서 작고 교활한 목소리가 속삭였다. '서자를 뒀잖아. 거기에 무슨 명예가 있어? 그리고 네 어머니는, 네 어머니에 대한 의무는 어떻게 된 거야. 그분의 이름조차 말하지 않잖아.' 존은 망설임을 벌충하기 위해 더 강력하게 말했다. "아버지는 어떤 경우에도 옳은 일을 하실 겁니다."

"그렇다면 에다드 공은 만 명에 하나 있을 만한 사내로구나. 우리들 대부분은 그렇게 강하지 않아. 여인의 사랑에 비하면 명예가 뭐란 말이냐? 갓 태어난 아들을 품에 안은 느낌에 비하면…… 형제가 웃는 얼굴에 비하면 의무가 뭐란 말이냐? 헛된 말이지. 우리는 인간일 뿐이고, 신들은 우리가 사랑하게 빚어놓으셨다. 그게 우리의 크나큰 영광이자, 크나큰 비극이지.

밤의 경비대를 만든 분들은 북쪽 어둠으로부터 나라를 지킬 것은 오직 경비대의 용기뿐임을 알았지. 충성심이 나뉨으로써 그 결의를 약화시켜서는 안 된다는 것을 알았어. 그래서 아내도 자식도 두지 않겠노라 서약했지.

하나 그래도 형제들은 있었다. 낳아준 어머니와 이름을 준 아버지도 있었고. 경비대는 걸핏하면 싸우는 백여 개의 왕국에서 왔고, 시대가 바뀔지언정 사람들은 바뀌지 않는다는 사실을 알고 있었지. 그래서 또한 밤의 경비대는 경비대가 지키는 나라들의 싸움에 전혀 관여하지 않는다고 맹세했다.

경비대는 그 맹세를 지켰다. 아에곤이 검은 하렌을 베고 그 왕국을 차지했을 때, 하렌의 형제는 1만 명의 병사를 거느리고 장벽을 지키는 사령관이었지. 그분은 진군하지 않았어. 칠왕국이 일곱 개 왕국이었던 시절에는 서너 개 왕국이 전쟁을 하지 않고 지나가는 시절이 한 세대도 없었다. 경비대는 관여하지 않았다. 안달인이 협해를 건너 최초인들의 왕국을 쓸어버렸을 때, 쓰러진 왕의 아들들은 서약을 지켜 자신들의 자리에 남아 있었다. 헤아릴 수 없는 세월 동안 언제나 그랬다. 그것이 명예의 대가란다.

비겁자라도 두려울 게 없을 때는 누구 못지않게 용감할 수 있지. 그리고 치러야 할 대가가 없을 때는 우리 모두가 의무를 다하는 법이다. 그럴 때는 명예로운 길을 걷기가 얼마나 쉬워 보이는지. 하나 늦든 빠르든 모든 사람의 인생에서 쉽지 않은 날, 선택해야만 하는 날이 온다."

큰까마귀 몇 마리는 아직 부리에 기다란 고기 조각을 달랑거리면서 먹고 있었다. 나머지는 모두 존을 지켜보는 것 같았다. 그 모든 작고 까만 눈동자들의 무게를 느낄 수 있었다. "그리고 지금이 제가 그래야 하는 날이라고…… 그렇게 말씀하시는 건가요?"

아에몬 학사는 고개를 돌리고 보이지 않는 하얀 눈으로 존을 바라보았다. 마치 존의 심장까지 꿰뚫어 보는 것 같았다. 존은 벌거벗고 속을 드러낸 느낌이었다. 존은 양손으로 통을 잡고 남은 고깃덩이를 창살 안으로 던져 넣었다. 고기와 피가 사방에 날면서 까마귀들을 흩어놓았다. 까마귀들은 미친 듯이 소리를 지르며 날아올랐다. 더 잽싼 새들이 날면서 고기 조각을 낚아채어 탐욕스럽게 집어삼켰다. 존은 빈 통을 소리 나게 바닥에 떨어뜨렸다.

노인은 주름이 가득하고 검버섯이 핀 손을 존의 어깨에 올리며 부드럽게 말했다. "아프겠지. 아, 그래. 선택이란…… 언제나 아프고 언제나 아플 것이지. 나도 안다."

존은 비통하게 말했다. "학사님은 몰라요. 아무도 몰라요. 서자라곤 해도 여전히 제 아버지인데……."

아에몬 학사는 한숨을 내쉬었다. "내가 한 말을 전혀 듣지 않은 게냐, 존? 네가 처음이라고 생각하느냐?" 그는 말로 할 수 없을 만큼 지친 몸짓으로 늙은 머리통을 내저었다. "신들은 내 서약을 세 번 시험하는 게 적당하다 여기셨다. 한 번은 내가 어렸을 때, 한 번은 내가 장년이었을 때, 한 번은 내가 늙었을 때였지. 그 무렵에는 힘도 없어지고 눈이 침침해졌건만, 그래도 마지막 선택 역시 처음만큼이나 잔혹했어. 내 까마귀들이 남쪽에서 소식을 가져왔지. 그 날개보다 더 어두운 소식, 내 가문의 몰락과 내 혈족의 죽음, 불명예와 황폐에 대한 소식을. 늙고 눈멀고 쇠약한 내가 무엇을 할 수 있었겠느냐? 나는 젖먹이만큼이나 무력했지만, 그래도 놈들이 내 형제의 불쌍한 손자와 아들, 갓난아이까지 죽이는데 잊힌 채 앉아 있기란 비통한 일이었다……."

존은 노인의 눈에 반짝이는 눈물을 보고 충격을 받았다. "학사님은 누구십니까?" 존은 두려움마저 느끼며 조용히 물었다.

이도 없는 미소에 늙은 입술이 떨렸다. "그저 캐슬블랙과 밤의 경비대에 매인 시타델의 학사일 뿐이지. 교단에서는 서약을 하고 목걸이를 받을 때 가문의 이름을 떨구어낸단다." 노인은 살도 없이 가느다란 목에 느슨하게 걸린 학사의 사슬 목걸이를 어루만졌다. "내 아버지는 마에카르 1세요, 내 동생 아에곤은 나 대신 그 뒤를 이어 통치했지. 내 조부님은 어떤 이야기를 믿느냐에 따라 그분의 숙부일 수도 있고 아버지일 수도 있는 드래곤 기사 아에몬 왕자의 이름을 따서 내 이름을 지으셨다. 아에몬이라고……."

"아에몬…… 타르가르옌?" 존은 거의 믿을 수가 없었다.

"예전에 그랬지. 예전에. 그러니 존, 나는 안다……. 그리고 알기에, 너에게 남거나 가라고 하지 않겠다. 그 선택은 네가 직접 내려야 하고, 남은 평생 그 선택과 함께 살아야 해. 내가 그랬듯이." 노인의 목소리는 잦아들어 속삭임이 되었다. "내가 그랬듯이……."

대너리스

전투가 끝나자 대니는 은마를 타고 시체 밭을 달렸다. 시녀들과 대니의 카스 사내들이 웃는 얼굴로 농담을 주고받으며 뒤따라왔다.

도트락인들의 말발굽이 땅을 파헤치고 호밀과 편두를 짓밟았으며, 아라크와 화살이 끔찍한 새 작물의 씨를 뿌리고 핏물을 주었다. 대니가 말을 달려 지나가자 죽어가는 말들이 고개를 들고 그녀를 향해 비명을 올렸다. 상처 입은 남자들이 신음하며 기도했다. 무거운 도끼를 들고 자비를 베푸는 자, '자카 란'이 돌아다니며 죽은 자와 죽어가는 자들의 머리통을 같이 수확했다. 그 뒤로 어린 여자아이들 한 떼가 종종걸음으로 따라다니며 시체에 꽂힌 화살을 뽑아 바구니를 채웠다. 마지막으로 야위고 굶주린 개들이 킁킁거리며 나타났다. 칼라사르에서 멀리 뒤처지는 법이 없는 들개 떼였다.

죽은 지 제일 오래된 시체는 양들이었다. 파리 떼가 시커멓게 덮인 양이 수천 구는 되어 보였고, 하나같이 화살이 빽빽이 꽂혔다. 대니는 그것이 칼 오고의 기마인들이 한 짓임을 알았다. 드로고의 칼라사르에는 죽여야 할 양치기들이 있는데 양에 화살을 낭비할 바보가 없었다.

마을은 불타고 있었고, 검은 연기 기둥이 소용돌이치고 흔들리며 짙푸른 하늘로 올라갔다. 무너진 마른 진흙 벽 아래로 기마인들이 말을 이리저리 몰면서 긴 채찍을 휘둘러 연기 나는 잔해에서 생존자들을 몰아냈다. 오고의 칼라사르 여자와 아이들은 패배하여 결박당한 채로도 언짢다는 듯한 자부심을 보이며 걸었다. 그들은 이제 노예였지만, 그 사실을 두려워하는 것 같지 않았다. 마을 주민들과는 달랐다. 대니는 공포가 어떤 것인지 기억했기에, 그들을 동정했다. 어미들은 흐느끼는 아이들의 손을 잡고 감정 없이 텅 빈 얼굴로 비틀거리며 걸었다. 남자는 몇 명 없었다. 불구자와 겁쟁이와 노인들뿐이었다.

조라 경은 이 지역 사람들은 스스로를 '라자르인'이라고 부르지만, 도트락인들은 그들을 '하에시 라키'라고 부른다 했다. 어린 양족(族)이라는 뜻이었다. 예전의 대니라면 똑같은 구릿빛 피부에 아몬드 모양의 눈을 보고 그들을 도트락인으로 착각했을지도 몰랐다. 지금 대니에게 그들은 땅딸막한 몸에 넙데데한 얼굴로 검은 머리를 이상하게 짧게 자른 이질적인 자들로 보였다. 그들은 양을 치고 채소를 먹는 자들이었고, 칼 드로고는 그들이 강굽이 남쪽에 속한다고 말했다. 도트락의 바다에 자란 풀은 양들이 먹을 것이 아니었다.

대니는 사내아이 하나가 튀어 나가서 강으로 달아나는 모습을 보았다. 기마인 한 명이 그 앞을 가로막아 방향을 바꾸고, 다른 기마인들이 소년을 에워싼 후 채찍으로 얼굴을 때리며 이쪽저쪽으로 몰았다. 한 명은 소년의 뒤로 말을 달리더니 허벅지로 피가 흘러내릴 때까지 엉덩이에 채찍을 휘둘렀다. 또 한 명은 채찍을 한 번 휘둘러 소년의 발목을 감고 나자빠지게 만들었다. 마침내 소년이 기어 다니기도 힘들어하자 다들 놀이에 싫증을 내고 그 등에 화살을 박아 넣었다.

조라 경은 부서진 마을 문 밖에서 대니를 맞이했다. 그는 사슬 갑옷 위에 암녹색 전포를 걸쳤다. 장갑과 정강이받이와 대투구(greathelm, 머리 전체를 가리는 양동이 모양의 투구)는 어두운 회색 강철이었다. 조라 경이 갑옷을 입었을 때 도트락인들은 그를 겁쟁이라 비웃었지만, 격분한 기사는 그자들에게 곧바로 모욕을 되돌려줬다. 장검과 아라크가 부딪쳤고, 가장 큰 소리로 조롱하던 기마인은 피 흘리며 죽어가는 채로 뒤에 남겨졌다.

조라 경은 말을 달려 오며 윗면이 평평한 대투구의 면갑을 들어 올렸다.
"부군께서 마을 안에서 기다리십니다."

"드로고는 아무 데도 다치지 않았소?"

"몇 군데 베였지만, 심각한 상처는 없습니다. 부군은 오늘만 두 명의 칼을 베었습니다. 칼 오고를 먼저 베고, 오고가 쓰러지면서 칼이 된 그 아들 포고를 베었지요. 부군의 혈맹기수들이 오고와 포고의 머리채에 달린 종을 잘랐으니, 이제 칼 드로고는 걸을 때마다 전보다 더 큰 소리로 종을 울릴 겁니다."

오고와 그 아들은 비세리스가 왕관을 썼던 명명 잔치에서 대니의 남편과 같이 높은 자리에 앉았으나, 그것은 모든 기마인이 형제가 되고 모든 싸움을 제쳐두는 산들의 어머니 아래 바에스 도트락에서의 일이었다. 초원에서는 달랐다. 오고의 칼라사르는 칼 드로고가 따라잡았을 때 그 마을을 공격하고 있었다. 대니는 어린 양족이 갈라진 진흙 벽 위에서 드로고의 칼라사르가 일으키는 먼지구름을 처음 보았을 때 무슨 생각을 했을까 궁금했다. 어쩌면 아직 신들이 절박한 사람의 기도를 들어준다고 믿는 어리고 어리석은 이들 몇 명쯤은 그들을 구출대로 여겼을지도 몰랐다.

길 건너편에서 대니 또래의 여자가 가늘고 높은 목소리로 흐느끼고 있었다. 기마인 한 명이 그 여자를 시체 더미 위에 밀어 엎드리게 해놓고 뒤에서 몸을 밀어 넣었다. 다른 기마인들이 차례차례 여자를 취하려고 말에서 내렸다. 그것이 도트락인들이 어린 양족에게 가져온 구출이었다.

'나는 드래곤의 핏줄이야.' 대너리스 타르가르옌은 고개를 돌려 외면하며 스스로에게 일깨웠다. 그녀는 입술을 꾹 다물고 마음을 모질게 먹고 마을 문을 향해 말을 달렸다.

조라 경이 말했다. "오고의 기수들은 대부분 달아났습니다. 그래도 포로가 1만은 될 겁니다."

'노예들이겠지.' 대니가 생각했다. 칼 드로고는 그들을 하류에 있는 노예상 만(灣)에 위치한 마을 중 하나로 몰고 갈 것이다. 대니는 울고 싶었지만, 강해져야 한다고 스스로를 타일렀다. '이건 전쟁이야. 원래 이런 거야. 이게 철왕좌의 대가야.'

조라 경이 말했다. "칼에게 미르인들에게 파셔야 한다고 말했습니다. 그자들은 노예 카라반보다 좋은 값을 치를 겁니다. 일리리오가 편지에 쓰기를 작년에 미르에 전염병이 도는 바람에 매춘굴에서 건강한 어린 계집아이는 두 배를 쳐주고 열 살 이하 사내아이는 세 배를 쳐준다고 하는군요. 여정에서 살아남는 아이들만 충분하다면 그 돈으로 필요한 배를 다 사고 배를 몰 사람도 고용할 수 있을 겁니다."

뒤에서는 강간당하는 여자가 심장이 멎을 듯 비통한 소리를 냈다. 긴 통곡이 이어지고 이어지고 또 이어졌다. 대니는 고삐를 잡은 손에 힘을 주다가, 은마의 머리를 돌렸다. "저들을 막으시오." 그녀는 조라 경에게 명령했다.

"칼리시?" 기사는 당혹한 목소리였다.

"내 말을 들었을 텐데. 그만하게 해요." 대니는 사나운 억양의 도트락어로 그녀의 카스에게도 말했다. "조고, 쿠아로, 조라 경을 도와라. 난 강간을 원치 않는다."

전사들은 난처한 듯 시선을 주고받았다.

조라 모르몬트가 말을 몰아 대니에게 다가왔다. "공주님, 다정한 마음은 알지만 공주님은 이해 못 하십니다. 언제나 이런 식이었어요. 저 남자들은 칼을 위해 피를 흘렸고 지금은 그 보상을 차지한 겁니다."

길 건너편에서는 여자가 계속 울부짖고 있었다. 높고 단조로운 언어가 대니의 귀에 생경했다. 이제는 첫 번째 사내가 일을 끝내고, 두 번째 사내가 그 자리를 대신한 참이었다.

쿠아로가 도트락어로 말했다. "저건 어린 양 계집입니다. 아무것도 아닙니다, 칼리시. 기마인들이 명예로운 일을 해주는 겁니다. 어린 양 남자들은 양들과 자기로 유명합니다."

"유명해요." 시녀 이리가 같은 말을 반복했다.

"유명하지요." 조고가 드로고에게 받은 키 큰 회색 종마에 걸터앉아서 맞장구쳤다. "혹시 울부짖는 소리에 칼리시의 귀가 아프시다면, 조고가 혀를 잘라 갖다드리겠습니다." 그는 아라크를 빼 들었다.

"난 저 여자에게 해를 입히지 않겠다. 저 여자를 요구한다. 내가 시키는 대로 하지 않으면 칼 드로고께서 너희가 불복한 이유를 물으시겠지."

"예, 칼리시." 조고는 말을 걷어차며 대답했다. 쿠아로와 다른 이들이 머리카락에 달린 종을 울리며 그 뒤를 따랐다.

"같이 가시오." 대니는 조라 경에게 명했다.

"분부대로 하겠습니다." 기사는 대니에게 묘한 눈빛을 던졌다. "정녕 그 오빠에 그 동생이로군요."

"비세리스 말인가?" 대니는 이해하지 못했다.

"아니, 라에가르 말입니다." 조라는 그렇게 대답하고 말을 재촉했다.

대니는 조고의 고함 소리를 들었다. 강간자들이 조고를 비웃었다. 한 명이 마주 소리를 질렀다. 조고의 아라크가 번득이더니 그 사내의 머리통이 어깨에서 굴러떨어졌다. 웃음소리가 욕설로 변하며 기마인들이 무기에 손을 뻗었지만, 그 무렵에는 쿠아로와 아고와 라카로도 거기 있었다. 대니는 아고가 길 건너편에서 은마를 타고 앉은 자신을 가리키는 모습을 보았다. 기마인들은 차가운 검은 눈으로 그녀를 쳐다보았다. 한 명이 침을 뱉었다. 나머지는 중얼거리며 뿔뿔이 흩어져 말에 올랐다.

그동안에도 어린 양 계집에게 올라탄 사내는 그녀에게 들어갔다 나오기를 계속했다. 쾌락에 열중한 나머지 주위에서 무슨 일이 벌어지는지 알아차리지 못하는 것 같았다. 조라 경이 말에서 내려서 장갑 낀 손으로 사내를 떼어냈다. 도트락 사내는 진흙탕에 나동그라졌다가 손에 칼을 쥐고 뛰어 일어났고, 아고의 화살에 목을 꿰뚫려 죽었다. 모르몬트는 그 여자를 시체 더미에서 끌어 내려 자신의 피 묻은 망토를 둘러주었다. 그는 길을 건너 대니에게 여자를 데려왔다. "이 여자를 어떻게 하고 싶으십니까?"

여자는 눈을 크게 뜨고 멍한 얼굴로 몸을 떨고 있었다. 머리카락에는 피가 엉겨 붙었다. "도리아, 저 여자의 상처를 봐주거라. 너는 기마인처럼 생기지 않았으니 무서워하지 않겠지. 나머지는 나와 같이 가자." 대니는 은마를 재촉하여 부서진 나무 문을 통과했다.

마을 안은 더 지독했다. 많은 집이 불탔고, '자카 란'이 소름 끼치는 과업을 수행하고 있었다. 머리 없는 시체들이 좁고 구불구불한 길을 채웠다. 그들은 강간당하는 다른 여자들 옆을 지나갔다. 대니는 매번 고삐를 당기고 카스를 보내어 강간을 멈춘 후, 여자들을 노예로 요구했다. 몸이 굵고 코가 납작한 마흔 줄 여인 하나는 공용어로 머뭇거리며 대니에게 축복을 빌었지만, 다른 여자들은 그저 생기 없는 검은 시선을 던질 뿐이었다. 대니는 그들이 그녀를 의심한다는 사실을 서글프게 깨달았다. 그들은 그녀가 더 지독한 운명을 위해 자신들을 모았을까 두려워했다.

"전부 다 요구하실 순 없습니다, 아기씨." 네 번째로 말을 멈추고, 뒤에서 대니의 카스 전사들이 새로운 노예를 몰고 오는 사이 조라 경이 말했다.

"나는 칼리시이고, 칠왕국의 계승자이며, 드래곤의 핏줄이오. 내가 뭘 할 수 있고 없고는 경이 말할 일이 아니야." 대니는 그에게 상기시켰다. 도시 저편에서 건물 하나가 엄청난 불과 연기 속에서 무너져 내렸고, 멀리서 겁에 질린 아이들의 비명과 울음소리가 들렸다.

칼 드로고는 두꺼운 진흙 벽에 거대한 갈색 양파같이 생긴 불룩한 돔을 얹은 창문 없는 사각형 사원 앞에 앉아 있었다. 그 옆에 쌓인 머리통들이 드로고의 키보다 높았다. 드로고의 위팔에는 어린 양족의 짧은 화살이 하나 꽂혔고, 벌거벗은 상반신 왼쪽은 물감을 뿌린 듯 피 칠갑이었다. 세 명의 혈맹기수는 드로고와 함께 있었다.

지키가 말에서 내리는 대니를 부축했다. 대니는 배가 점점 커지고 무거워지면서 움직임이 서툴러졌다. 대니는 칼 앞에 무릎을 꿇었다. "내 태양이자 별이 상처를 입었군요." 아라크에 베인 상처는 크지만 얕았다. 왼쪽 젖꼭지가 없어졌고, 가슴팍에 피가 흥건한 살가죽이 젖은 넝마 조각처럼 매달려 있었다.

칼 드로고는 공용어로 대답했다. "내 삶의 달이여, 칼 오고의 혈맹기수 한 놈이 아라크로 긁었을 뿐이다. 내가 그놈을 죽이고, 오고도 죽였지." 드로고가 고개를 돌리자 땋은 머리에 달린 종들이 부드럽게 울렸다. "지금 듣는 것이 칼 오고, 그리고 내가 베었을 때 칼이었던 오고의 아들 포고의 종이다."

"내 삶의 태양, 세상을 탈 종마의 아버지 앞에 맞설 자는 없지요." 대니가 말했다.

말 탄 전사 하나가 달려오더니 안장에서 뛰어내렸다. 그가 하고에게 말을 했는데, 성난 도트락어의 흐름이 대니가 이해하기에는 너무 빨랐다. 몸집 큰 혈맹기수는 대니에게 무거운 시선을 던지고 칼을 돌아보았다. "이 자는 코 자코의 카스에서 말을 달리는 마고입니다. 칼리시가 자기 전리품을 빼앗았답니다. 자기가 올라탈 양의 딸을요."

칼 드로고의 얼굴은 차분하고 무정했지만, 대니를 보는 검은 눈동자는 호기심에 차 있었다. 그는 도트락어로 명령했다. "사실대로 고하라, 내 삶의 달이여."

대니는 칼이 더 잘 이해할 수 있게 도트락어로, 단순하고 직설적인 단어를 골라서 자기가 한 일을 이야기했다.

대니가 이야기를 마쳤을 때 드로고는 얼굴을 찌푸리고 있었다. "전쟁이란 이런 것. 이 여자들은 이제 우리의 노예이니, 우리 좋을 대로 할 수 있지."

대니는 너무 나간 걸까 생각하며 말했다. "그 노예들을 안전하게 두는 게 좋아요. 당신의 전사들이 이 여자들에게 올라탈 거라면, 부드럽게 취하고 아내로 맞이하게 해요. 이 여자들이 칼라사르에 자리 잡고 아들들을 낳게 해요."

쿼토는 혈맹기수들 중에서 가장 잔인한 자였다. 웃음을 터뜨린 것도 쿼토였다. "말이 양과 교배를 하나?"

쿼토의 말투에서 어딘가 비세리스가 생각났다. 대니는 화가 나서 그를 돌아보았다. "드래곤은 말이나 양이나 가리지 않고 먹지."

칼 드로고는 미소 지었다. "내 아내가 얼마나 사나워졌나 보라! 저 안에 내 아들, 세상에 올라탈 종마가 있어 어미를 제 불로 채우는구나. 조심해라, 쿼토……. 어미가 너를 앉은 자리에서 태워버리지 않는다면 아들이 진흙탕에 밟아 짓이길 테니. 그리고 너, 마고, 입조심하고 다른 양을 찾아서 올라타라. 이들은 내 칼리시의 것이다." 그는 대너리스에게 한 손을 뻗으려 했지만, 팔을 들어 올리다가 갑작스러운 통증에 얼굴을 찌푸리고 고개를 돌렸다.

대니는 그 고통을 같이 느낄 수 있을 지경이었다. 드로고의 부상은 조라 경이 말했던 것보다 심했다. "치료사들은 어디 있느냐?" 대니가 물었다. 칼라사르에는 두 종류의 치료사가 있었다. 불임인 여자들과 내시 노예들이었다. 약초사 여인들은 물약과 주문을 다루고, 내시들은 칼과 바늘과 불을 다루었다. "왜 치료사들이 칼을 돌보지 않느냐?"

"칼께서 털 없는 사내들을 쫓아 보내셨소, 칼리시." 늙은 코홀로가 확인해줬다. 대니는 코홀로도 부상을 입었음을 알아보았다. 왼쪽 어깨에 상처가 깊었다.

칼 드로고는 고집스럽게 말했다. "많은 기마인들이 다쳤다. 그들을 먼저 치료하게 하라. 이 화살은 파리가 문 정도에 지나지 않고, 이 작은 상처는 내 아들에게 자랑할 새로운 흉터에 불과하니."

대니는 피부가 잘려 나간 가슴팍의 근육을 볼 수 있었다. 팔에 꽂힌 화살에서는 핏방울이 흘렀다. 대니가 선언했다. "칼 드로고는 기다려야 할 분이 아니다. 조고, 그 내시들을 찾아 즉시 이리로 데려오거라."

뒤에서 어떤 여자 목소리가 말했다. "은색 마님, 제가 위대한 기수의 상처에 도움을 드릴 수 있습니다."

대니가 고개를 돌렸다. 말한 사람은 그녀가 거둬들인 노예 중 하나로, 그녀에게 축복을 내렸던 몸이 크고 코가 납작한 여자였다.

쿼토가 짖듯이 외쳤다. "칼은 양과 자는 여자들에게 도움받을 필요가 없다. 아고, 저년의 혀를 잘라라."

아고가 그 여자의 머리채를 잡고 목에 칼을 갖다 댔다.

대니가 한 손을 들었다. "아니. 그 여자는 내 것이다. 말하게 두어라."

아고는 대니를 보고 쿼토를 보더니 칼을 내렸다.

"나쁜 의도는 없었습니다, 사나운 기수들이여." 그 여자는 도트락어를 잘했다. 그녀가 걸친 로브는 한때 가장 가볍고 섬세한 양모로 짜서 화려하게 수를 놓은 옷이었지만, 지금은 진흙과 피투성이가 되어 찢겨 있었다. 그녀는 찢긴 보디스 조각을 무거운 가슴에 꽉 붙잡고 있었다. "제가 치료술에 조금 솜씨가 있어요."

"그대는 누구지?" 대니가 물었다.

"이름은 미리 마즈 두르라고 합니다. 이 신전의 신처(神妻)예요."

"마기로군." 하고가 아라크를 만지며 으르렁거렸다. 표정이 어두웠다. 대니는 어느 날 밤 불가에서 지키가 해준 무서운 이야기에 나온 그 단어를 기억했다. 마기란 악마들과 자고 가장 어두운 마술을 행하는 여자이며, 캄캄한 밤에 사내들을 찾아가서 그 몸에서 생명과 힘을 빨아내는 사악하고 영혼 없는 불쾌한 존재였다.

"난 치료사예요." 미리 마즈 두르가 말했다.

"양들의 치료사겠지." 쿼토가 코웃음을 쳤다. "내 피 중의 피여, 이 마기를 죽이고 털 없는 사내들을 기다립시다."

대니는 혈맹기수의 돌발적인 발언을 무시했다. 이 나이 들고 수수하고 뚱뚱한 여자가 마기처럼 보이지 않았다. "어디에서 치료를 배웠나, 미리 마즈 두르?"

"내 어머니도 신처였고, 나에게 '위대한 양치기'를 기쁘게 하는 모든 노래와 주문, 그리고 잎사귀와 뿌리와 열매로 성스러운 연기와 연고를 만드는 방법을 가르쳐주셨지요. 지금보다 더 젊고 아름다웠던 시절에 카라반을 따라 그림자 땅 아사이로 가서 그곳 현자들에게 배우기도 했습니다. 수많은 땅에서 아사이로 배가 왔기에, 오래 머물며 먼 곳의 사람들이 쓰는 치료법을 배웠지요. 조고스 나이의 달 노래꾼 하나는 제게 출산의 노래를 선물했고, 여러분과 같은 기마족 여인 하나는 풀과 곡식과 말의 마법을 가르쳐줬고, 해넘이 땅에서 온 학사 하나는 시체를 열어 살갗 아래 숨은 온갖 비밀을 보여줬답니다."

조라 모르몬트 경이 입을 열었다. "학사라고?"

"마르윈이라고 했지요." 여자는 공용어로 대답했다. "바다에서 왔어요. 바다 너머에서. 일곱 개의 땅에서 왔다고 했어요. 해넘이 땅. 사람들이 강철이고 드래곤이 통치하는 곳. 나에게 이 언어를 가르쳐줬지요."

조라 경이 생각에 잠겨서 말했다. "아사이에 학사라. 말해보라, 신처여. 그 마르윈이란 자가 목에 무엇을 걸고 있었나?"

"수많은 금속 고리로 만들어서 목을 조를 것처럼 꽉 조인 사슬 목걸이였답니다, 강철 나리."

기사는 대니를 보고 말했다. "올드타운의 시타델에서 수련한 사람만이 그런 목걸이를 겁니다. 그리고 그런 이들은 치료에 대해 많이 알지요."

"그대가 왜 나의 칼을 돕고 싶어 하지?"

"사람은 모두 하나에 속하지요. 우리는 그렇게 배웁니다. '위대한 양치기'께서는 어디에서 찾든 관계없이 그분의 어린 양을 치료하라고 저를 지상에 보내셨습니다."

쿼토가 미리 마즈 두르를 한 대 쳤다. "우리는 양이 아니다, 마기."

"그만둬. 그 여자는 내 것이다. 해를 끼쳐선 안 된다." 대니는 화가 나서 말했다.

칼 드로고가 그르렁거렸다. "화살은 뽑아야 한다, 쿼토."

"맞습니다, 위대한 기수여." 미리 마즈 두르는 다친 얼굴을 만지며 대꾸했다. "그리고 가슴 상처도 곪지 않도록 씻어내고 꿰매야 합니다."

"그렇다면 그리하라." 칼 드로고가 명했다.

"위대한 기수여, 내 도구와 약은 신의 집 안에 있습니다. 치료의 힘이 가장 강한 곳이기도 하지요."

"제가 부축하겠습니다, 내 피 중의 피여." 하고가 나섰다.

칼 드로고는 손을 내저어 하고를 물렸다. "어떤 남자의 도움도 필요 없다." 그는 자부심 강하고 강경한 목소리로 말하더니 도움 없이 일어서서 모두의 위에 우뚝 섰다. 오고의 아라크가 젖꼭지를 잘라낸 가슴팍 상처에서 피가 다시 흘러내렸다. 대니가 얼른 그 옆으로 가서 속삭였다. "저는 남자가 아니니, 제게는 기대셔도 됩니다." 드로고는 커다란 손을 대니의 어깨에 얹었다. 대니는 드로고의 무게를 일부 짊어지고 함께 거대한 진흙 신전으로 걸어갔다. 혈맹기수 세 명이 그 뒤를 따랐다. 대니는 조라 경과 그녀의 카스 전사들에게 입구를 지키고, 그들이 안에 있는 동안 건물에 불을 지르는 자가 없게 하라고 지시했다.

그들은 곁간을 연이어 통과해서 양파 같은 돔 아래 위치한 천장이 높은 중앙실로 들어갔다. 보이지 않는 위쪽 창문들로 희미한 햇빛이 새어 들었다. 벽에 고정된 몇 개의 횃불이 연기를 피우며 타올랐다. 진흙 바닥에는 양가죽이 흩어져 있었다. "저기로." 미리 마즈 두르는 양치기와 양 떼들의 모습이 새겨진 거대한 푸른 줄무늬 돌 제단을 가리켰다. 칼 드로고는 그 위에 누웠다. 나이 많은 여인은 화로에 마른 잎사귀 한 줌을 던져 넣어, 방 안을 향기로운 연기로 채우고 나머지 사람들에게 말했다. "당신들은 밖에서 기다리는 게 좋겠어요."

코훌로가 답했다. "우리는 칼의 피 중의 피. 우리는 여기에서 기다린다."

쿼토는 미리 마즈 두르에게 다가섰다. "알아두어라, 양 신의 아내여. 칼을 해치면 너도 똑같이 고통받는다." 그는 가죽 벗기는 칼을 뽑아서 칼날을 보였다.

"이 사람은 해를 끼치지 않을 거야." 대니는 코가 납작하고 얼굴이 못생긴 이 나이 든 여자를 믿을 수 있다고 느꼈다. 어쨌든 대니가 강간범들의 모진 손에서 구해주지 않았는가.

미리 마즈 두르는 혈맹기수들에게 말했다. "꼭 있어야겠다면 도와줘요. 위대한 기수는 내가 감당하기엔 힘이 너무 세요. 내가 살에서 화살을 뽑는 동안 가만히 있게 잡아줘요." 그녀는 너덜너덜해진 가운을 허리까지 흘러내리게 두고 조각이 새겨진 궤짝을 하나 열더니, 병과 상자와 칼과 바늘을 가지고 분주하게 움직였다. 준비가 다 되자 그녀는 라자르어로 단조로운 노래를 부르며 갈고리 화살촉을 부러뜨려 빼냈다. 그녀는 와인 한 병을 화로에 데워서 상처 위에 부었다. 칼 드로고는 욕설을 뱉었지만, 움직이지는 않았다. 그녀는 화살 상처에 젖은 잎사귀 반죽을 붙이고 가슴 상처로 관심을 돌리더니, 늘어진 피부를 제자리에 끌어다 붙이기 전에 연녹색 풀 같은 것을 발랐다. 칼은 이를 갈며 비명을 삼켰다. 신처는 은바늘과 비단실패를 꺼내어 살을 꿰매기 시작했다. 바느질이 끝나자 그녀는 피부에 붉은 연고를 칠하고, 그 위에 다시 잎사귀를 붙이고, 너덜너덜한 양가죽 조각으로 가슴을 싸맸다. "열흘 낮, 열흘 밤 동안은 제가 드리는 기도문을 외고 양가죽을 붙여두어야 합니다. 열이 나고 가려울 테고, 치료가 끝나면 큰 흉터가 남을 겁니다."

칼 드로고는 머리채의 종을 울리며 일어나 앉았다. "나는 흉터를 찬미한다, 양의 여자여." 그는 팔을 굽혔다 펴보고 얼굴을 찡그렸다.

그녀는 칼에게 주의를 주었다. "와인도 양귀비즙도 마시지 마세요. 통증은 있겠지만, 독의 정령과 싸우려면 몸을 강하게 유지해야 합니다."

"나는 칼이다. 나는 통증에 침을 뱉고 내가 마시고 싶은 대로 마신다. 코홀로, 내 조끼를 가져와라." 나이 든 혈맹기수는 서둘러 밖으로 나갔다.

대니는 못생긴 라자르 여인에게 말했다. "아까 출산의 노래에 대해 말했는데……."

"저는 피 흐르는 침대의 모든 비밀을 압니다, 은빛 마님. 한 번도 아기를 잃은 적이 없지요." 미리 마즈 두르가 대답했다.

"내 출산이 가깝네. 괜찮다면 내 아들이 나올 때 시중을 들어줬으면 좋겠군."

칼 드로고가 소리 내어 웃었다. "내 삶의 달이여, 노예에게는 부탁하는 게 아니라, 시키는 것이야. 노예는 명하는 대로 할 테니." 그는 제단에서 펄쩍 뛰어 내려섰다. "가자, 내 피여. 종마들이 부르고, 이곳은 잿더미가 되었으니. 말을 달릴 때다."

하고는 칼을 따라 신전을 나섰지만, 쿼토는 뒤에 남아서 미리 마즈 두르를 노려보았다. "기억해라, 마기. 칼이 잘못되면 너도 마찬가지다."

"여부가 있겠습니까." 여자는 단지와 병들을 모으며 대답했다. "위대한 양치기는 양 떼를 지키시지요."

티리온

왕의 가도를 내려다보는 언덕 위 느릅나무 밑에 소나무를 대충 잘라서 만든 긴 가대 탁자가 서고 금빛 천이 덮였다. 그곳, 자신의 거처인 대형 천막 옆에서 타이윈 공은 주요 기사들과 휘하 영주들과 함께 저녁 식사를 하고 있었다. 장창에 내건 거대한 진홍색과 금색의 군기가 높이 펄럭였다.

티리온은 늦게 도착했다. 안장에 쓸려 몸이 아팠고, 뒤뚱거리며 언덕길을 올라가는 모습이 아버지에게 얼마나 재미있어 보일지 너무나 선명하게 의식되어 기분이 뚱했다. 그날의 행군은 길고 피곤했다. 티리온은 오늘 밤에 꽤 취할 수도 있겠다고 생각했다. 황혼이었고, 공기 중에 떠도는 반딧불이가 가득했다.

요리사들이 고기 요리를 내고 있었다. 껍질을 바삭바삭하게 굽고 입에 각기 다른 과일을 물린 젖먹이 돼지 다섯 마리였다. 냄새만 맡아도 입에 군침이 돌았다. "실례합니다." 티리온은 숙부 옆자리에 앉으며 입을 열었다.

타이윈 공이 말했다. "너에게 우리 사망자를 묻는 임무를 맡기는 게 좋을지도 모르겠구나, 티리온. 전투에도 식탁에 올 때처럼 늦는다면 네가 도착할 때쯤엔 싸움이 다 끝났을 테니 말이다."

"아, 아무렴 절 위해 농민 한두 놈쯤 남겨두실 수 있겠죠. 너무 많이는 말고요. 전 탐욕을 부리고 싶지 않거든요." 티리온은 그렇게 대꾸하고 와인 잔을 채운 다음, 하인이 돼지를 자르는 모습을 주시했다. 하인의 칼 아래에서 바삭한 껍질이 갈라지는 소리를 내고, 고기에서 뜨거운 육즙이 흘렀다. 티리온이 오랜만에 보는 매력적인 장면이었다.

나무 접시에 돼지고기 조각이 채워지는 동안 그의 아버지가 말했다. "아담 경의 별동대에 따르면 스타크 군이 트윈스에서 남쪽으로 이동했다고 한다. 프레이 공이 소집한 군대가 합류했다. 북으로 하루도 떨어지지 않은 거리에 있어."

"제발, 아버지. 막 먹으려는 참인데요." 티리온이 말했다.

"스타크 꼬마와 대면한다고 생각하니 식욕이 떨어지느냐, 티리온? 네 형 제이미는 그 녀석을 잡으러 오고 싶어 안달일 거다."

"전 저 돼지부터 잡고 싶네요. 롭 스타크는 저 돼지의 반도 부드럽지 않을 테고, 냄새도 이렇게 좋지 않을 테니까요."

보급품과 물자를 책임진 심술궂은 레포드 공이 몸을 앞으로 기울이고 말했다. "공의 야만인들은 공처럼 싸움을 꺼리지 않았으면 좋겠군요. 그런 마음가짐이라면 질 좋은 무기를 낭비한 꼴이니."

"내 야만인들은 공의 무기를 훌륭하게 쓸 겁니다." 티리온은 대꾸했다. 티리온이 레포드에게 울프가 산에서 데리고 내려온 300명을 무장시킬 무기와 갑옷이 필요하다고 말했을 때 반응이란, 누가 보면 야만인들의 즐거움을 위해 숫처녀 딸들을 바치라는 소리라도 한 줄 알 정도였다.

레포드 공은 얼굴을 찌푸렸다. "오늘 그 덩치 큰 털북숭이를 봤는데, 전투 도끼가 두 개는 있어야 한다고 주장하더군요. 초승달 모양의 양날이 붙은 무거운 검은색 강철 도끼로 말입니다."

"샤가는 양손으로 죽이길 좋아하지요." 티리온 앞에 김이 오르는 돼지고기가 쌓인 나무 접시가 놓였다.

"그러고도 등에는 나무 도끼를 아직 메고 있더이다."

"샤가는 도끼가 세 개면 두 개보다 더 좋다는 견해를 갖고 있거든요." 티리온은 엄지와 집게손가락으로 소금을 집어서 고기 위에 듬뿍 뿌렸다.

케반 경이 몸을 앞으로 기울였다. "전투에 들어가면 너와 네 야인들을 선봉에 넣을까 생각했다만."

케반 경이 타이윈 공에게 없는 "생각을 하는" 일은 별로 없었다. 티리온은 단검 끝에 고깃덩이를 꿰어서 입에 가져갔다가, 그 말을 듣고 내려놓았다. "선봉요?" 티리온은 의심스럽게 그 말을 되풀이했다. 아버지가 티리온의 능력에 대해 새로 경의라도 품게 됐거나, 그게 아니면 성가신 아들을 영원히 없애버리기로 결정했거나 둘 중 하나였다. 우울하게도 티리온은 어느 쪽인지 알 것 같았다.

"네 야인들은 충분히 흉포해 보인다만." 케반 경이 말했다.

"흉포해요?" 티리온은 자신이 앵무새처럼 숙부의 말을 따라하고 있음을 깨달았다. 아버지가 상황을 지켜보고, 모든 말을 재며 그를 판단하고 있었다. "그놈들이 얼마나 흉포한지 말해드리죠. 어젯밤에 달 형제 하나가 소시지 때문에 돌까마귀 하나를 찔렀어요. 그래서 오늘 진을 치는 동안 돌까마귀 세 명이 그자를 붙잡아서 목을 땄죠. 소시지를 뱉어내게 할 작정이었는지도 모르겠네요. 브론이 죽은 놈의 거시기를 잘라내려는 샤가를 용케 막았는데, 그건 다행이었지만, 울프는 피값을 요구하고 있고, 콘과 샤가는 지불하기를 거부하고 있어요."

"병사들이 군기가 빠졌다면, 잘못은 그 지휘관에게 있지." 아버지가 말했다.

제이미 형은 언제나 병사들이 열렬히 따르고, 필요하다면 형을 위해 죽게 만들 수 있었다. 티리온에게는 그런 재능이 없었다. 그는 황금으로 충성을 사고, 가문의 이름으로 복종을 강제했다. "더 큰 사내라면 그놈들에게 겁을 줄 수 있을 거다, 그런 말씀이십니까?"

타이윈 라니스터 공은 동생을 돌아보았다. "부하들이 명령에 복종하지 않는다면, 내 아들에게 선봉대는 맞지 않을지도 모르겠네. 분명 후미에서 우리 장비를 지키는 걸 더 편안히 여길 테지."

티리온은 화가 나서 말했다. "친절을 베푸실 필요 없습니다, 아버지. 제게 지휘를 맡길 다른 부대가 없다면 제가 선봉대를 이끌지요."

타이윈 공은 난쟁이 아들을 찬찬히 뜯어보았다. "내가 언제 지휘를 맡긴다더냐. 넌 그레고르 경 밑에 들어갈 거다."

티리온은 돼지고기를 한 입 물고 잠시 씹다가, 화를 내며 뱉어냈다. "아무래도 배가 고프지 않네요." 티리온은 볼품없이 장의자에서 내려서며 말했다. "실례하겠습니다, 여러분."

타이윈 공은 고개를 끄덕이고 그를 보냈다. 티리온은 몸을 돌려 걸어갔다. 뒤뚱거리면서 언덕을 내려가는 내내 그는 등에 꽂힌 눈길을 자각하고 있었다. 뒤에서 커다란 웃음소리가 일어났지만, 그는 돌아보지 않았다. 다들 돼지고기가 목에 걸려 죽어버리면 좋으련만.

땅거미가 내려앉아 모든 깃발이 시커메졌다. 라니스터 진영은 강과 왕의 가도 사이로 몇 킬로미터에 걸쳐 퍼져 있었다. 사람과 말과 나무들 사이에서 길을 잃기가 쉬웠고, 티리온은 실제로 길을 잃었다. 그는 거대한 가설물 십여 개와 요리 불 백여 개를 지나쳤다. 반딧불이들이 천막들 사이를 떠도는 별처럼 날아다녔다. 티리온은 향신료를 쳐서 매콤하게 만든 마늘 소시지 향을 맡았고, 그 냄새가 어찌나 유혹적인지 빈 배에서 꼬르륵 소리가 났다. 멀리서 음탕한 노래를 부르는 목소리들이 들렸다. 어두운 망토 아래에 아무것도 입지 않은 채 키득거리는 여인이 옆으로 달려갔고, 술 취한 남자가 그녀를 뒤쫓다가 나무뿌리에 걸려 비틀거렸다. 더 걸어가자 졸졸 흐르는 개울물을 사이에 두고 마주 선 창병 두 명이 희미한 불빛 속에 땀에 젖은 맨가슴을 드러낸 채로 찌르고 막기를 연습하고 있었다.

아무도 티리온을 쳐다보지 않았다. 아무도 그에게 말을 걸지 않았다. 아무도 그에게 신경 쓰지 않았다. 그는 라니스터 가문에 충성을 맹세한 2만 대군에 둘러싸여 있었건만, 혼자였다.

티리온은 어둠 속에 우렁차게 울리는 샤가의 굵은 웃음소리를 듣고 그 소리를 따라 밤의 작은 구석에 있는 돌까마귀 씨족을 찾았다. 코랏의 아들 콘이 큰 맥주잔을 휘둘렀다. "반쪽이 티리온! 와서 우리 불가에 앉아 돌까마귀와 고기를 같이 먹자. 황소를 잡았다."

"그건 나도 알아보겠네, 코랏의 아들 콘." 작은 나무만 한 꼬챙이에 꿰인 거대한 붉은 사체가 맹렬한 불길 위에 놓여 있었다. 정말로 작은 나무이고도 남았다. 돌까마귀 사내 두 명이 고기를 돌리자 피와 기름이 불 속에 뚝뚝 떨어졌다. "고맙네. 황소가 익거든 불러줘." 보아하니 전투가 벌어지기 전에 구워질지 알 수 없었다. 티리온은 계속 걸었다.

씨족마다 요리 불을 따로 피웠다. 검은 귀는 돌까마귀와 같이 먹지 않았고, 돌까마귀는 달 형제와 같이 먹지 않았으며, 아무도 불탄 남자와 같이 먹지 않기 때문이었다. 티리온이 레포드 공을 구슬려 얻어낸 간소한 천막은 그렇게 네 개의 요리 불 중앙에 서 있었다. 브론은 새로운 하인들과 와인 한 부대를 나눠 마시고 있었다. 타이윈 공은 티리온에게 말구종 하나와 몸종 하나를 보냈고, 종자도 하나 두라고 고집했다. 그들은 꺼져가는 작은 요리 불을 둘러싸고 앉아 있었다. 여자 하나가 같이 있었다. 날씬한 몸에 검은 머리로, 열여덟 살이 넘지 않아 보였다. 티리온은 잠시 그 여자의 얼굴을 살피고 재 속에 남은 생선 뼈를 보았다. "뭘 먹었나?"

말구종이 대답했다. "송어입니다. 브론이 잡아 왔습죠."

'송어라. 젖먹이 돼지도 못 먹고 이것까지. 망할 아버지.' 티리온은 꼬르

륵거리는 배로 서글프게 생선 뼈를 노려보았다.

포드릭 페인이라는 운 나쁜 이름을 가진 종자가 하려던 말을 삼켰다. 그 소년은 왕의 집행관 일린 페인 경의 먼 친척이었고…… 그 못지않게 조용했지만, 혀가 없어서는 아니었다. 티리온이 확인해보려고 혀를 내밀어보라고 시켰었다. "확실히 혀는 있군. 언젠가는 쓰는 법을 배워야 할 거야."

당장에 티리온에게는 잔인한 농담 삼아 주어졌다는 의심이 드는 소년이 무슨 생각을 하는지 구슬려 알아낼 인내심이 없었다. 티리온은 여자에게 관심을 돌리고 브론에게 물었다. "이 여잔가?"

여자는 우아하게 일어서서 150센티미터가 넘는 키로 그를 내려다보았다. "그렇답니다, 나리. 그리고 괜찮으시다면 직접 말도 할 수 있지요."

티리온은 고개를 한쪽으로 기울였다. "나는 라니스터 가문의 티리온이라고 한다. 사람들은 날 부르길, 꼬마 악마라지."

"제 어머니는 제게 샤에라는 이름을 주셨죠. 남자들은 저를 부르길…… 좋아하죠."

브론은 웃음을 터뜨렸고, 티리온도 웃고 말았다. "괜찮다면 천막 안으로 들어가지, 샤에." 티리온은 천막 덮개를 들어 올리고 샤에가 들어갈 때까지 잡고 있었다. 들어가서는 무릎을 꿇고 촛불을 켰다.

병사의 삶에도 보상이 없지는 않았다. 어디에 진을 치든 비전투 종군자들이 따라왔다. 하루 행군을 마치면서 티리온은 괜찮은 창녀를 찾아오라고 브론을 보냈다. "비교적 젊고, 될 수 있으면 예쁜 얼굴로 찾아오면 좋겠군. 올해 씻은 적이 있다면 기쁠 거야. 씻은 적이 없다면 씻겨. 반드시 내가 누구인지 말하고, 어떤 놈인지 경고해둬." 지크는 가끔 그런 수고를 들이지 않을 때가 있었다. 가끔은 쾌락을 위해 자신을 고용한 귀족이 누구인지 처음 보는 여자들의 눈에…… 티리온 라니스터가 다시는 보고 싶지 않은 표정이 있었다.

티리온은 촛불을 들어 올리고 여자를 살폈다. 브론은 맡은 일을 잘해주었다. 그녀는 크고 아름다운 갈색 눈에 날씬했고, 작고 단단한 가슴과, 수줍었다가 건방졌다가 장난스러워지는 미소를 갖고 있었다. 마음에 들었다. "옷을 벗을까요, 나리?"

"때가 되면. 처녀인가, 샤에?"

"나리가 그걸 좋아하신다면요." 그녀는 새침하게 대답했다.

"내가 좋아하는 건 진실이야."

"그래요. 하지만 그건 값이 두 배 드는데요."

티리온은 서로가 아주 잘 어울리겠다는 결론을 내렸다. "난 라니스터야. 나에겐 금이 많고, 넌 내가 관대하다는 사실을 알게 될 거야……. 하지만 난 네 두 다리 사이에 있는 것 이상을 원해. 그것도 원하긴 할 테지만 말이지. 넌 나와 천막을 같이 쓰고, 내 와인을 따르고, 내 농담에 웃고, 하루 말을 달리고 나면 내 아픈 다리를 주무를 거야……. 그리고 내가 널 하루 데리고 있든 1년 데리고 있든 간에, 우리가 함께하는 동안에는 네 침대에 다른 남자를 들이지 마."

"괜찮네요." 그녀는 얇고 조잡한 가운 아랫단에 손을 뻗더니 매끄러운 동작으로 옷을 머리 위로 벗어서 옆으로 던졌다. 그 아래에는 샤에의 알몸뿐이었다. "그 촛불을 내려놓지 않으면 우리 나리께서 손가락을 데겠는데요."

티리온은 초를 내려놓고, 그녀의 손을 잡아 부드럽게 당겼다. 그녀는 허리를 굽혀 그에게 입 맞췄다. 그녀의 입에서는 꿀과 정향 냄새가 났고, 그의 옷 여밈을 푸는 손가락은 날래고 능숙했다.

티리온이 안으로 들어갔을 때 그녀는 애정 어린 말을 속삭이고 쾌락으로 몸을 떨며 작게 헐떡여 그를 환영했다. 티리온은 그녀가 즐거움을 가장하고 있으리라 의심했지만, 워낙 연기를 잘하니 아무래도 상관없었다. 그런 진실은 굳이 알고 싶지 않았다.

그리고 샤에가 조용히 품 안에 누웠을 때 그는 깨달았다. 그는 그녀가 필요했다. 꼭 그녀가 아니더라도 비슷한 누군가가 필요했다. 여자와 누운 지가 꽤 되었다. 형과 로버트 왕과 함께 윈터펠로 출발하기 전부터 그랬으니, 거의 1년 만이었다. 그는 내일 아니면 모레 죽을 수도 있었고, 죽는다면 아버지나 라이사 아린이나 캐틀린 스타크 부인보다는 샤에를 생각하며 무덤에 들고 싶었다.

샤에가 옆에 눕자 팔을 누르는 부드러운 젖가슴을 느낄 수 있었다. 좋은 느낌이었다. 노래가 머릿속을 채웠다. 그는 가만가만 조용히 휘파람을 불기 시작했다.

"그건 뭔가요, 나리?" 샤에가 중얼거렸다.

"아무것도. 어렸을 때 배운 노래일 뿐이야. 자게나, 내 사랑."

샤에의 눈이 감기고 호흡이 깊고 차분해지자 티리온은 그녀의 잠을 방해하지 않도록 살며시 미끄러져 나왔다. 그는 벌거벗은 몸으로 천막을 기어 나가서 종자의 몸을 타 넘고, 천막 뒤를 돌아서 소변을 누러 갔다.

브론이 말을 매어둔 곳 근처 밤나무 아래에 다리를 접고 앉아서 졸린 기색도 없이 검날을 갈고 있었다. 그 용병은 여느 사람들만큼 자는 것 같지 않았다. "그 여자를 어디에서 찾았나?" 티리온이 오줌을 누며 물었다.

"어떤 기사에게서 빼앗았지요. 내주기 싫어했는데, 당신 이름을 듣더니 생각이 바뀌더이다……. 그놈 목에 갖다 댄 내 비수 때문이기도 하고."

"훌륭해." 티리온은 마지막 오줌 방울을 털어내며 건조하게 말했다. "창녀를 하나 찾아오라고 했지, 적을 만들라고 하진 않았을 텐데."

"예쁜 여자는 다 이미 임자가 있어요. 이 빠진 매춘부가 더 좋다면 기꺼이 그 여자를 돌려주러 가죠."

티리온은 절뚝거리며 브론이 앉은 곳으로 다가갔다. "내 아버지라면 건방진 소리로 듣고 그 무례함에 대한 벌로 광산에 보내버릴걸."

"댁이 아버지와 달라 다행이네요. 코에 부스럼이 잔뜩 난 매춘부도 하나 봤는데. 그 여자가 좋겠소?" 브론이 대꾸했다.

"뭐, 그래서 자네 마음에 상처를 주라고?" 티리온도 마주 쏘아붙였다. "샤에를 데리고 있겠네. 혹시 샤에를 빼앗아 온 기사 이름 기억하나? 전투에서 그놈을 옆에 두고 싶진 않군."

브론은 고양이처럼 빠르고 우아하게 일어서서 손에 든 검을 돌렸다. "전투에선 내가 곁에 있을 거요, 난쟁이."

티리온은 고개를 끄덕였다. 벗은 살갗에 닿는 밤공기가 따뜻했다. "내가 이 전투에서 살아남게 해준다면 원하는 보상을 말해도 좋아."

브론은 장검을 오른손에서 왼손으로 던지고 베는 시늉을 해보았다. "누가 댁 같은 사람을 죽이고 싶어 한다고 그러쇼?"

"일단 내 고귀하신 아버지가 있지. 날 선봉대에 넣었어."

"나라도 그럴 거요. 큰 방패를 든 작은 사내라면 궁수들을 해치우기 딱 좋지."

"자네 말이 묘하게 격려가 되는군. 내가 미쳤나 봐."

브론은 장검을 칼집에 넣었다. "의심할 여지 없지요."

티리온이 천막으로 돌아가자 샤에가 몸을 굴려 팔꿈치를 괴고 잠에 취해 중얼거렸다. "깨어보니 우리 나리가 안 계시더군요."

"우리 나리 지금 돌아왔네." 티리온은 샤에 옆으로 미끄러져 들어갔다.

샤에의 손이 티리온의 짧은 다리 사이를 더듬더니 단단해진 것을 발견했다. "분명히 그렇네요." 샤에는 그를 쓰다듬으며 속삭였다.

티리온은 브론이 누구에게서 빼앗아 왔는지 물었고, 그녀는 중요하지 않은 귀족 나부랭이의 별것 아닌 신하 이름을 댔다. 샤에는 티리온의 음경에 바쁘게 손가락을 놀리며 말했다. "그런 놈을 두려워하실 필요 없어요, 나리. 소인배인걸요."

"그럼 나는 뭔가? 거인?" 티리온이 물었다.

"아, 그럼요." 샤에가 가르랑거렸다. "제 라니스터 거인이죠." 샤에는 티리온의 몸 위에 올라탔고, 잠시나마 티리온이 그 말을 거의 믿게 만들었다. 티리온은 웃으며 잠들었다…….

……그리고 요란한 나팔 소리에 어둠 속에서 깨어났다. 샤에가 그의 어깨를 흔들고 있었다. "나리, 일어나세요, 나리. 저 무서워요." 그녀가 소곤거렸다.

티리온은 비틀거리며 일어나 앉아서 담요를 젖혔다. 나팔 소리는 거칠고 다급하게 밤을 꿰뚫었다. '얼른 얼른 얼른'이라고 말하는 외침이었다. 티리온은 고함과 창 부딪는 소리, 말 울음소리를 들었지만 아직 싸우는 소리는 없었다. "아버지의 나팔 소리로군. 전투 집결 신호야. 스타크는 아직 하루 거리에 있는 줄 알았는데."

샤에는 어쩔 줄 모르고 고개를 저었다. 눈을 크게 홉뜨고 있었다.

끙 소리를 내며 휘청거리고 일어선 티리온은 종자를 소리쳐 부르며 밖으로 나갔다. 강이 길고 하얀 손가락을 뻗은 것같이 흐릿한 안개가 밤공기에 떠돌고 있었다. 사람과 말이 해뜨기 전의 추위 속에 허둥거렸다. 안장을 죄고, 마차에 짐을 싣고, 불을 끄느라 소란스러웠다. 나팔 소리가 다시 울렸다. '얼른 얼른 얼른.' 기사들은 콧김을 뿜는 군마에게 올라탔고, 중장병들은 뛰면서 검대를 잠갔다. 겨우 찾아낸 포드는 조용히 코를 골고 있었다. 티리온은 발가락으로 포드의 갈비뼈를 날카롭게 찔렀다. "내 갑옷. 빨리해." 안개 속에서 이미 갑옷을 입고 낡은 반투구를 쓴 브론이 말을 타고 나타났다. "무슨 일이 일어났는지 아나?" 티리온이 물었다.

"스타크 꼬마가 선수를 쳤어요. 밤에 왕의 가도를 살금살금 내려와서, 지금은 북쪽으로 1킬로쯤 떨어진 곳에서 전열을 정비하고 있답니다."

'얼른.' 나팔 소리가 외쳤다. '얼른 얼른 얼른.'

"산악민들이 말달릴 준비를 갖추게 해." 티리온은 몸을 굽히고 다시 천막 안으로 들어가서 샤에에게 외쳤다. "내 옷은 어디 있지? 거기 있군. 아니, 가죽옷 말이야, 젠장. 그래. 내 장화도 좀 줘."

티리온이 옷을 입었을 때쯤에는 종자가 갑옷을, 아니 갑옷에 해당하는 물건을 펼쳐놓았다. 티리온은 기형의 몸에 딱 맞게 만든 훌륭한 중갑을 갖고 있었다. 안타깝게도 그 갑옷은 캐스털리록에 안전하게 남아 있었고, 티리온은 거기 없었다. 그러니 레포드 공의 짐마차에서 남은 물건을 모아들여 어떻게든 해야 했다. 쇠사슬 갑옷에 사슬 두건, 죽은 기사의 목가리개, 가재갑 정강이받이와 쇠 장갑과 끝이 뾰족한 강철 장화. 어떤 것은 장식이 들어갔고, 어떤 것은 소박했다. 단 하나도 서로 어울리거나 제대로 맞지 않았다. 흉갑은 더 몸집이 큰 남자에게 맞을 물건이었다. 커다란 머리를 위해서는 30센티미터에 달하는 삼각형 대못이 위에 달린 거대한 양동이 모양의 대투구가 마련됐다.

샤에가 포드를 도와서 무장을 죄고 잠갔다. "내가 죽는다면, 날 위해 울어줘." 티리온은 창녀에게 말했다.

"그걸 어떻게 알겠어요? 죽었을 텐데."

"난 알 거야."

"그럴 거라 믿어요." 샤에는 티리온의 머리 위로 대투구를 내렸고, 포드가 투구를 목가리개에 고정했다. 티리온은 짧은 검과 비수의 무게로 무거워진 허리띠를 찼다. 그때쯤에는 말구종이 티리온만큼이나 단단히 갑옷을 두른 엄청나게 큰 갈색 군마를 끌고 온 후였다. 티리온은 말에 오르기 위해 도움을 받아야 했다. 몸이 천 근은 나가는 느낌이었다. 포드가 강철 테를 두른 육중한 철나무 방패를 넘겨줬다. 마지막으로 그들은 티리온에게 전투 도끼를 들렸다. 샤에가 뒤로 물러서서 티리온을 훑어보았다. "우리 나리가 무시무시해 보이네요."

티리온은 심술궂게 대답했다. "그 나리는 짝짝이 갑옷을 입은 난쟁이로 보이지만, 친절하게 말해줘서 고맙군. 포드릭, 전투가 우리에게 불리하게 돌아가거든 아가씨를 안전하게 보내다오." 티리온은 도끼로 샤에에게 인사하고, 말을 홱 돌려서 달려갔다. 배 속이 단단히 뭉쳐서 아플 정도였다. 뒤에서는 하인들이 서둘러 천막을 걷기 시작했다. 첫 햇살이 지평선 위로 올라오자 진홍색 손가락들이 동쪽 하늘에 뻗어나갔다. 서쪽 하늘은 짙은 자주색에 별이 점점이 박혀 있었다. 티리온은 이게 마지막으로 볼 일출일지 궁금했다……. 그리고 그걸 궁금해한다는 게 겁쟁이라는 뜻일지도 궁금했다. 제이미는 전투 전에 죽음에 대해 생각해보기는 했을까?

멀리서 전투 나팔이 울렸다. 영혼을 차게 식히는 깊고 구슬픈 소리였다. 산악민들이 욕설을 뱉고 무례한 농담을 던지면서 앙상한 산악 말에 올라탔다. 몇 명은 취한 것 같았다. 티리온이 산악민들을 이끌고 움직이는 사이 떠오르는 태양은 떠도는 안개의 덩굴손을 태워버리고 있었다. 말들이 남겨둔 풀에는 지나가던 신이 땅 위에 다이아몬드 한 주머니를 흩뿌린 것처럼 이슬이 주렁주렁 맺혔다. 산악민들은 티리온 뒤에 정렬했고, 각 씨족이 각각의 지도자 뒤에 섰다.

새벽빛 속에서 타이윈 라니스터의 군대가 가시를 번쩍이는 강철 장미처럼 펼쳐졌다.

티리온의 숙부 케반 경은 중앙군을 이끌고, 왕의 가도 위에 군기를 올렸다. 허리띠에 화살통을 늘어뜨린 보병 궁수들은 길 위에 동서 3열 횡대로 길게 정렬하고, 차분하게 서서 활시위를 메겼다. 그 가운데에 장창병이 방진을 쳤다. 그 뒤로 창과 검과 도끼를 든 병사들이 줄줄이 섰다. 300명의 중기병이 케반 경과 휘하 영주 레포드, 리든, 세렛, 그리고 그들에게 충성을 맹세한 신하들을 에워쌌다.

본대 우익은 전원 기병으로, 중무장한 4000여 명이 포진했다. 기사들의 4분의 3 이상이 그쪽에 거대한 강철 주먹처럼 뭉쳤고, 아담 마브랜드 경이 지휘를 맡았다. 티리온은 기잡이가 흔드는 마브랜드의 깃발을 보았다. 오렌지색으로 연기를 올리며 타는 나무 문장이었다. 그 뒤에는 플레멘트 경의 자주색 유니콘, 크레이크홀의 얼룩 멧돼지, 스위프트의 수탉 등이 이어졌다.

티리온의 아버지는 잠자리로 삼았던 언덕 위에 자리 잡았다. 그 주위에는 예비군이 모여 있었다. 반은 기병, 반은 보병으로 이루어진 5000명의 대병력이었다. 타이윈 공은 거의 언제나 예비군을 지휘했다. 그는 높은 곳에 자리 잡고 아래에서 펼쳐지는 전투를 지켜보다가, 가장 필요한 때와 장소에 예비 병력을 보내곤 했다.

멀리서 보아도 아버지는 눈부시게 빛났다. 타이윈 라니스터의 갑옷은 제이미의 도금 갑옷을 부끄럽게 만들 물건이었다. 그의 거대한 망토는 금실을 넣어 짠 천을 수없이 겹쳐서 꿰맨 것으로, 어찌나 무거운지 돌격을 할 때도 미동조차 하지 않았고, 어찌나 큰지 타이윈 공이 안장에 앉으면 종마의 뒷다리를 거의 다 덮었다. 어떤 여밈으로도 그런 무게를 감당하기엔 무리였기에, 그 거대한 망토는 양쪽 어깨에 튀어 나갈 자세로 웅크리고 앉은 작은 암사자 한 쌍으로 고정했다. 두 암사자의 짝이라고 할 만한 거대한 갈기를 가진 수컷은 타이윈 공의 대투구 위에 엎드려서 한쪽 앞발로 허공을 긁으며 포효하고 있었다. 세 마리 모두 금으로 만들어서 눈에 루비를 끼웠다. 갑옷은 어두운 진홍색을 입힌 무거운 강철 판금 갑옷이었고, 정강이받이와 쇠 장갑에는 금으로 소용돌이 장식을 새겼다. 갑옷 틈에는 황금 햇살이 담긴 원판을 달았고, 잠금쇠와 여밈에는 모두 도금을 했으며, 붉은 강철은 어찌나 광을 냈는지 떠오르는 태양 빛을 받아서 불덩이처럼 빛났다.

티리온은 이제 적의 북소리를 들을 수 있었다. 그는 마지막으로 보았을 때, 윈터펠 대연회장에서 제 아버지의 권좌에 앉아 두 손에 장검을 번득이던 롭 스타크의 모습을 기억했다. 어떻게 다이어울프들이 그림자 속에서 달려들었는지도 기억했고, 그놈들이 갑자기 이를 드러내고 으르렁거리며 그를 물어뜯으려 하던 모습도 떠올랐다. 그 녀석이 늑대들도 전쟁터에 데리고 나왔을까? 그런 생각을 하니 불안해졌다.

북부인들은 잠도 없이 긴 행군을 하고 나서 기진맥진하리라. 티리온은 그 소년이 무슨 생각을 했는지 의아했다. 라니스터군이 자고 있을 때 눈치채지 못하게 잡자고 생각한 걸까? 승산이 낮은 계획이었다. 타이윈 라니스터에게 어떤 욕을 갖다 붙이더라도, 결코 바보만은 아니었다.

선봉군은 왼쪽에 모였다. 노란색 바탕에 검은 개가 세 마리 그려진 깃발이 먼저 보였다. 그레고르 경이 그 뒤에, 티리온이 이제까지 본 가장 큰 말 위에 앉아 있었다. 브론이 그레고르를 한번 보더니 히죽 웃었다. "전투에선 언제나 덩치 큰 놈을 따라가쇼."

티리온은 브론에게 냉엄한 눈빛을 던졌다. "그건 왜지?"

"훌륭한 과녁이 되니까요. 저 친구, 전장에 있는 모든 궁수의 시선을 끌걸요."

티리온은 껄껄 웃으며 '산더미'를 새로운 눈으로 보았다. "인정하건대, 그런 식으로는 생각해보지 못했어."

클리게인에게는 화려한 구석이라곤 없었다. 갑옷은 칙칙한 회색 강철이었고, 험하게 써서 상처가 많았으며 문장도 장식도 들어가지 않았다. 그는 양손 대검을 보통 사람이 단검 휘두르듯 한 손으로 휘두르며 검날로 부하들에게 위치를 지시하고 있었다. "누구든 도망갔다간 내가 직접 베어버린다." 그는 고함을 지르다가 티리온을 보았다. "꼬마 악마! 왼쪽을 맡으시오. 강을 지켜. 할 수 있다면."

왼쪽의 왼쪽. 스타크가 그들의 측면으로 돌려면 물 위를 달릴 수 있는 말이 필요할 터였다. 티리온은 부하들을 이끌고 강둑으로 향했다. "봐." 그는 도끼로 강을 가리켰다. "강이야." 수면에는 아직도 희끄무레한 안개 담요가 들러붙어 있었고, 그 아래로 탁한 초록색 급류가 소용돌이쳤다. 얕은 곳은 갈대가 꽉 메운 진흙탕이었다. "저 강은 우리 것이야. 무슨 일이 일어나든 강 가까이 붙어 있어. 절대로 시야에서 강을 놓치지 마. 어떤 적도 우리와 우리의 강 사이에 들어오게 두지 마. 놈들이 우리의 물을 더럽힌다면 거시기를 잘라서 물고기에게 먹여."

샤가는 양손에 도끼를 하나씩 들고 있었다. 그는 도끼 두 개를 부딪쳐 울렸다. "반쪽이!" 샤가가 외치자 다른 돌까마귀 씨족들이 따라 외쳤고, 검은 귀와 달 형제들도 마찬가지였다. 불탄 남자 씨족은 고함을 치지 않았지만, 검과 창을 맞부딪쳐 소리를 냈다. "반쪽이! 반쪽이! 반쪽이!"

티리온은 군마를 타고 빙 돌며 전장을 살폈다. 이곳은 땅이 고르지 않고 경사가 졌다. 강 근처는 부드러운 진흙땅이었고, 길은 왕의 가도까지 완만하게 올라갔으며, 그 너머 동쪽으로는 험하고 돌투성이였다. 언덕 비탈에는 나무가 좀 있었지만, 대부분의 땅은 개척하고 경작한 상태였다. 북소리에 맞추어 심장이 쿵쿵거렸고, 가죽과 강철을 껴입은 덕분에 이마가 땀으로 차가워졌다. 그는 산더미 같은 그레고르 경이 말을 타고 오가며 고함을 치고 손짓하는 모습을 지켜보았다. 이쪽도 모두 기병이었지만, 우익이 기사들과 중갑 기마 창병으로 이루어진 쇠주먹이라면 선봉대는 서부에서 쓸어 모은 쓰레기들로 이루어졌다. 가죽조끼를 입은 기마궁수들, 규율이라곤 없는 자유기수와 용병 떼거리, 밭갈이 말을 타고 큰 낫과 아비가 남긴 녹슨 칼로 무장한 농사꾼들, 라니스포트 양어장에서 온 훈련받다 만 사내아이들…… 그리고 티리온과 그의 산악민들.

"까마귀 밥이구먼." 브론이 옆에서 중얼거리며, 티리온이 말하지 않은 생각에 소리를 얹었다. 티리온은 고개를 끄덕일 수밖에 없었다. 아버지는 정신이 나간 걸까? 장창병도 없고, 궁수는 너무 적고, 기사는 한 줌밖에 안 되고, 서툰 무장에 갑옷도 입지 않은 병사들이 생각 없이 격노로 움직이는 야수 같은 자의 지휘를 받는다니……. 아버지는 어떻게 이런 형편없는 흉내쟁이들로 좌익을 지키길 기대할 수 있지?

그 문제를 생각할 시간이 없었다. 북소리는 몸속에서 소리가 울리고 손이 씰룩거릴 만큼 가까웠다. 브론이 장검을 빼 들었고, 느닷없이 적이 앞에 나타났다. 언덕 위에 들끓는다 싶더니 방패와 장창의 벽 뒤에서 신중한 걸음으로 전진했다.

'벼락 맞을, 저걸 보라지.' 티리온은 이 전장에 아버지의 병사가 더 많다는 사실을 알면서도 그렇게 생각했다. 지휘관들이 갑옷 입은 군마를 타고 병사들을 이끌었고, 지휘관 옆에는 깃발을 든 기잡이들이 달렸다. 티리온은 혼우드의 큰뿔사슴, 카스타크의 햇살, 세르윈 공의 전투 도끼, 글로버의 장갑 낀 주먹…… 그리고 회색 바탕에 파란색으로 그려진 프레이의 쌍둥이 탑을 보았다. 아버지는 왈더 공이 움직이지 않으리라 확신했건만. 스타크 가문의 하얀 깃발이 사방에 보였고, 높은 깃대에서 깃발이 펄럭이고 휘날리니 회색 다이어울프가 뛰쳐나올 것만 같았다. '스타크 녀석은 어디 있지?' 티리온은 생각했다.

전쟁 뿔나팔이 울렸다. '뿌우우우우우우우우우우우우우우우우', 나팔이 울부짖는 소리는 길고 낮으면서 북에서 불어오는 찬 바람처럼 서늘했다. 라니스터의 나팔들이 화답했다. '따닷, 따닷, 따다아아아아아아아아앗'. 도전적인 쇳소리였으나, 티리온이 듣기에는 어쩐지 적보다 작고 불안한 소리였다. 그는 배 속이 흔들리는 느낌을 받았다. 속이 메스껍게 출렁거렸다. 토하다가 죽지는 말아야 할 텐데.

뿔나팔 소리가 잦아들자 쉭 소리가 허공을 채웠다. 티리온 오른쪽, 가도 옆에 배치된 궁수들이 있는 곳에서 화살이 어마어마하게 날아오르는 소리였다. 북부인들은 고함을 지르며 달리기 시작했으나, 라니스터의 화살 수백, 수천 대가 우박처럼 떨어졌고 병사들이 비틀거리다가 쓰러지면서 고함 소리가 비명 소리로 변했다. 그 무렵에는 두 번째 화살비가 날아올랐고, 궁수들은 시위에 세 번째 화살을 메기고 있었다.

나팔이 다시 울렸다. '따다앗 따다앗 따닷 따닷 따다아아아아앗'. 그레고르 경이 대검을 휘두르며 명령을 외치자 천 명의 목소리가 마주 소리를 질렀다. 티리온은 말에 박차를 가하며 그 불협화음에 목소리를 하나 더했고, 선봉군은 앞으로 몰려 나갔다. "강!" 티리온은 말을 달리는 산악인들에게 소리쳤다. "강을 지키는 걸 기억해!" 말이 구보로 달릴 때까지는 티리온이 이끌고 있었지만, 첼라가 피가 얼어붙는 새된 소리를 지르며 티리온을 지나쳐 달려갔고, 샤가가 울부짖으며 뒤따랐다. 산악민들 모두가 티리온을 먼지구름 속에 남겨두고 돌진했다.

앞에 적의 창병들이 초승달 대형을 갖추고, 카스타크의 햇살 문양이 들어간 높은 참나무 방패 뒤에서 강철의 털을 세운 고슴도치처럼 도사리고 있었다. 그레고르 클리게인이 노련한 중기병들을 쐐기 대형으로 이끌고 제일 처음 적과 맞닥뜨렸다. 말들의 절반은 마지막 순간에 겁을 먹고, 늘어선 창 앞에서 돌진을 멈췄다. 다른 말들은 날카로운 강철 창끝에 가슴이 뚫려 죽었다. 티리온은 십여 명이 떨어지는 것을 보았다. '산더미'의 종마는 갈고리 달린 창끝이 목을 스치고 지나가자 뒷발로 서서 쇠발굽으로 적을 후려갈기려 들었다. 종마는 상처에 화가 나서 적진에 뛰어들었다. 사방에서 창이 찔렀으나, 종마의 무게에 방패 벽이 무너졌다. 북부인들은 죽기 전에 몸부림치는 말 앞에서 물러섰다. 종마가 피를 뿜어내고 마지막 붉은 숨을 물고 쓰러지자 '산더미'는 멀쩡한 몸으로 일어나서 양손 대검을 휘둘렀다.

방패 벽이 다시 붙기 전에 샤가가 그 틈으로 뛰어들었고, 다른 돌까마귀 씨족들이 그 뒤에 바싹 붙었다. 티리온은 소리를 질렀다. "불탄 남자! 달 형제! 나를 따르라!" 그러나 그들 대부분은 티리온을 앞질러 갔다. 티리온은 티멧의 아들 티멧이 전속력으로 달리다가 죽은 말에서 뛰어내리는 모습을 보았고, 달 형제 씨족 한 명이 카스타크의 창에 찔려 꼼짝도 못 하게 된 모습을 보았으며, 콘의 말이 어떤 남자를 걷어차서 갈비뼈를 박살 내는 광경도 보았다. 그들 위로 화살 비가 쏟아졌다. 어디에서 온 화살인지는 알 수 없었지만 그 화살 비는 스타크나 라니스터를 가리지 않고 떨어져서 갑옷에 튕겨 나가거나 살에 꽂혔다. 티리온은 방패를 들어 올리고 그 뒤에 숨었다.

고슴도치가 허물어지고, 북부인들은 기마 공격의 충격 앞에 밀리고 있었다. 티리온은 샤가가 어리석게 뛰쳐나온 창병 한 명의 가슴을 정통으로 때리자 그 도끼에 사슬 갑옷과 가죽옷과 근육과 폐가 갈라지는 광경을 보았다. 그 남자는 가슴팍에 도끼날이 꽂힌 채 죽어 쓰러졌지만, 말 위의 샤가는 그 시체를 오른쪽에 질질 끌면서 왼손에 든 전투 도끼로 방패 하나를 쪼갰다. 이리저리 튀고 흐느적거리던 시체는 한참 만에 도끼에서 떨어졌다. 샤가는 도끼 두 개를 맞부딪치며 함성을 질렀다.

그 무렵에는 적이 코앞까지 쇄도했고, 티리온의 전투는 올라탄 말 주위 반 미터 반경으로 줄어들었다. 중장병 하나가 티리온의 가슴을 찌르려 했고, 티리온은 도끼를 후려갈겨 창을 쳐냈다. 중장병은 물러서서 다시 시도하려 했지만, 티리온은 말에 박차를 가하여 그자를 밟고 지나갔다. 브론은 적병 셋에게 둘러싸였지만, 공격해 온 첫 번째 창병의 머리를 날려버리고 뒤로 칼을 내리쳐 두 번째 병사의 얼굴을 그었다.

왼쪽에서 누군가가 티리온에게 던진 창이 텅 소리를 내며 방패에 박혔다. 티리온은 말을 돌려 적을 뒤쫓았지만, 적은 방패를 머리 위로 들어 올렸다. 티리온은 말을 타고 그 주위를 돌면서 나무 방패에 도끼질을 퍼부었다. 참나무 조각이 튀고, 북부인은 버티다가 중심을 잃고 미끄러져서 방패를 든 채로 넘어졌다. 티리온의 도끼는 땅바닥에 닿지 않았고 말에서 내리기는 너무 성가셨기에, 티리온은 그자를 내버려둔 채 다른 놈을 뒤쫓아 뒤에서 도끼를 내리쳤다. 내리찍은 충격에 팔이 울렸다. 덕분에 잠시 숨 돌릴 틈이 생겼다. 티리온은 고삐를 당기고 강을 찾았다. 오른쪽에 강이 보였다. 어떻겐가 빙 돈 셈이었다.

불탄 남자 씨족 하나가 말 등에 축 늘어진 채 달려갔다. 창이 배를 뚫고 등으로 나와 있었다. 도울 길이 없는 상태였지만, 그래도 북부인 하나가 튀어나와서 그 말고삐를 잡는 것을 본 티리온은 그리로 돌진했다.

공격 대상은 손에 장검을 들고 티리온을 맞이했다. 키가 크고 야위었으며, 긴 쇠사슬 갑옷을 입고 가재갑으로 만든 강철 장갑을 꼈으나, 투구를 잃어버려 이마에 난 칼자국에서 눈으로 피가 흘러내렸다. 티리온은 그 얼굴을 후려치려고 했으나, 키 큰 적수는 티리온의 도끼를 옆으로 쳐내고 소리를 질렀다. "난쟁이, 죽어라!" 티리온이 말을 타고 그의 주위를 돌며 머리와 어깨를 내리쳤고 그는 원을 그리며 몸을 돌렸다. 강철과 강철이 부딪쳐 울리고, 티리온은 곧 키 큰 사내가 더 빠르고 힘이 세다는 사실을 깨달았다. 도대체 브론은 어디 있는 걸까? "죽어!" 사내가 으르렁거리며 무자비하게 칼을 휘둘렀다. 티리온은 간신히 제때에 방패를 들어 올렸고, 장검에 실린 힘을 받은 나무가 터졌는지 팔에서 나뭇조각이 우수수 떨어졌다. "죽어!" 장검을 든 적은 고함을 지르며 가까이 밀고 들어와서 티리온의 머리가 울릴 정도로 세게 관자놀이를 강타했다. 사내가 장검을 거둬들이면서 강철 투구를 긁는 소리가 끔찍하게 울렸다. 키 큰 사내는 히죽 웃었다……. 티리온의 군마가 뱀처럼 빠르게 뺨을 물어뜯어 뼈를 드러내기 전까지만이었다. 사내는 비명을 질렀고, 티리온은 그 머리통에 도끼를 찍었다. "네가 죽어." 티리온이 말했고, 그렇게 되었다.

티리온은 도끼날을 뽑으면서 고함 소리를 들었다. "에다드! 에다드와 윈터펠을 위하여!" 목소리가 울리더니, 기사가 가시 철퇴를 머리 위로 휘두르며 요란하게 달려들었다. 티리온이 입을 열어 브론을 찾을 겨를도 없이 두 사람의 군마가 충돌했다. 철퇴에 박힌 가시가 팔꿈치 관절을 감싼 얇은 금속을 뚫고 들어오면서 오른쪽 팔꿈치에 통증이 폭발했다. 티리온은 도끼를 놓쳤다. 장검을 찾아 더듬거렸지만 가시 철퇴는 다시 빙빙 돌아서 얼굴로 날아왔다. 소름 끼치게 으스러지는 소리가 나고, 티리온은 말에서 떨어졌다. 땅에 부딪친 기억은 나지 않았지만, 올려다보니 하늘뿐이었다. 몸을 옆으로 굴려 일어서려고 했지만 통증이 온몸을 흔들었고 세상이 진동했다. 티리온을 떨어뜨린 기사가 몸 위로 말을 몰아오더니 우렁차게 외쳤다. "꼬마 악마 티리온, 그대는 내 것이다. 항복하는가, 라니스터?"

'그래.' 티리온은 생각했지만, 그 말은 목에 걸려 나오지 않았다. 그는 켁켁거리는 소리를 내고 무릎을 세우려고 애쓰면서 무기를 더듬어 찾았다. 장검이든, 비수든, 뭐라도…….

"항복하는가?" 기사는 갑옷 입은 군마를 타고 머리 위에 우뚝 서 있었다. 사람도 말도 거대해 보였다. 가시 철퇴가 천천히 원을 그렸다. 티리온의 두 손에는 감각이 없었고, 눈앞은 흐렸으며, 칼집은 비어 있었다. "항복하든가 아니면 죽어라." 기사가 점점 더 빨리 철퇴를 돌리며 선언했다.

티리온은 펄쩍 뛰어 일어서면서 말의 배에 머리를 박았다. 말은 끔찍한 비명을 지르며 앞다리를 들어 올렸다. 말은 고통에서 벗어나려고 몸부림치면서 티리온의 얼굴에 피와 내장을 쏟아내더니, 눈사태처럼 무너졌다. 다음에 정신을 차렸을 때는 티리온의 면갑에 진흙이 범벅이었고 뭔가가 발을 깔고 있었다. 티리온은 꿈틀거리며 발을 빼냈고, 목이 너무 메어서 말을 거의 할 수가 없었다. 그는 간신히 작은 소리로 켁켁거렸다. "……항복……."

"그래요." 고통에 찬 목소리가 신음했다.

티리온은 투구에 묻은 진흙을 긁어내고 앞을 다시 볼 수 있었다. 말은 제 주인을 깔아뭉개고 쓰러져 있었다. 기사의 다리는 말의 시체 밑에 갇혔고, 떨어지면서 짚은 팔은 괴상한 각도로 비틀어졌다. "항복." 기사는 다시 말하고, 성한 손으로 허리띠를 더듬어 장검을 뽑아서 티리온의 발치에 던졌다. "항복이오."

티리온은 멍하니 무릎을 꿇고 그 검을 들어 올렸다. 팔을 움직이자 통증이 팔꿈치를 때렸다. 전투는 티리온을 넘어서 이동한 모양이었다. 티리온이 선 전장에는 수많은 시체 말고는 아무도 남아 있지 않았다. 벌써 큰까마귀들이 맴을 돌고 배를 채우려 내려앉았다. 케반 경이 선봉을 지원하기 위해 중앙군을 끌고 나와 있었고, 엄청난 수의 장창병이 북부군을 언덕으로 다시 밀어냈다. 그들은 이제 쇠못으로 보강한 타원형의 방패 벽을 창으로 찌르며 경사면에서 분투 중이었다. 티리온이 지켜보는 동안 화살 비가 허공을 다시 채웠고, 참나무 벽 뒤에 선 남자들은 집중포화 아래 무너졌다. "경의 군대가 지고 있는 것 같군요." 티리온은 말에 깔린 기사에게 말했다. 기사는 대꾸하지 않았다.

티리온은 뒤쪽으로 다가오는 말굽 소리를 듣고 몸을 홱 돌렸지만, 팔꿈치의 통증 때문에 검을 제대로 들어 올릴 수도 없었다. 브론이 고삐를 당기고 그를 내려다보았다.

"자넨 별로 쓸모가 없었어." 티리온이 말했다.

"혼자서도 잘 싸운 모양인데요. 그나저나 투구에 달렸던 뿔을 잃어버리셨네요." 브론이 대꾸했다.

티리온은 대투구 위를 더듬어보았다. 뿔이 깔끔하게 부러지고 없었다. "잃어버린 게 아니야. 어디 있는지 정확히 알거든. 내 말 보이나?"

티리온의 말을 찾아냈을 때쯤 나팔이 다시 울렸고 타이윈 공의 예비군이 강 앞으로 밀려왔다. 티리온은 아버지가 머리 위로 진홍빛과 금빛의 라니스터 깃발을 휘날리며 천둥같이 전장을 가로지르는 모습을 지켜보았다. 아버지를 둘러싼 500명의 기사가 든 기마 창 끝에 햇빛이 번득였다. 스타크의 나머지 전열은 그들의 쇠망치 같은 돌격 아래 풀잎처럼 부서졌다.

갑옷 안에서 팔꿈치가 부어올라 욱신거리다 보니, 티리온은 그 살육전에 낄 생각도 하지 않았다. 티리온과 브론은 부하들을 찾아 나섰다. 많은 수가 죽은 자들 사이에 있었다. 우마의 아들 울프는 팔꿈치 아래가 잘려 나간 채 굳어가는 피 웅덩이 속에 누웠고, 그 주위에 달 형제 씨족 십여 명이 뻗어 있었다. 샤가는 벌집처럼 화살이 꽂힌 채 콘의 머리를 무릎에 얹고 나무 아래에 주저앉아 있었다. 티리온은 둘 다 죽었다고 생각했지만, 그가 말에서 내리자 샤가가 눈을 뜨고 말했다. "놈들이 코랏의 아들 콘을 죽였다." 잘생긴 콘은 가슴에 붉은 얼룩을 제외하면 아무 상처도 없었다. 창이 뚫고 나가면서 그를 죽인 자국이었다. 샤가는 브론이 잡아 일으키자 처음으로 몸에 꽂힌 화살을 알아차린 것 같았다. 샤가는 화살을 하나씩 뽑으면서 사슬과 가죽 갑옷에 남는 구멍을 두고 욕을 했고, 살을 파고든 화살 몇 대를 뽑을 때는 아기처럼 울부짖었다. 그들이 샤가의 몸에서 화살을 뽑는 동안 체윅의 딸 첼라가 말을 달려 오더니 베어낸 귀 네 개를 자랑했다. 티멧은 불탄 남자 씨족들과 함께 시체들을 뒤지고 있었다. 티리온 라니스터를 따라 전장으로 달려온 300명 산악민 중에서 반 정도가 살아남았다.

그는 산 자들이 죽은 자들을 돌보게 두고, 브론에게 포로로 잡은 기사를 맡기고, 혼자서 아버지를 찾아 나섰다. 타이윈 공은 강가에 앉아서 종자가 흉갑 여밈을 푸는 동안 보석 잔에 와인을 마시고 있었다. 케반 경이 티리온을 보고 말했다. "멋진 승리였다. 네 야인들이 잘 싸워줬어."

아버지가 티리온을 보았다. 금빛이 섞인 옅은 녹색 눈은 오싹할 정도로 싸늘했다. 티리온이 물었다. "그래서 놀라셨나요, 아버지? 아버지의 계획이 틀어졌나요? 우린 도살당할 예정이었죠. 안 그래요?"

타이윈 공은 표정 없는 얼굴로 잔을 비웠다. "그래, 가장 훈련이 덜 된 자들을 좌익에 배치했다. 무너지리라 예상했지. 롭 스타크는 풋내기 소년이니, 현명하기보다는 용감할 가능성이 높지. 그러니 우리 좌익이 무너지는 것을 보면 궤멸시키고 싶어서 뛰어들지 모른다고 생각했다. 일단 롭 스타크가 완전히 파고들면 케반 경의 창병이 옆으로 돌아서 측면을 치고, 내가 예비군을 이끌고 나오는 동안 강으로 밀어넣을 계획이었다."

"그리고 저는 그 계획을 모르는 채로 그 대학살 한가운데에 들어가는 게 제일 좋다고 생각하셨고 말이죠."

"거짓 궤멸은 설득력이 떨어지지. 그리고 용병과 야만인들과 어울리는 자를 믿고 작전을 알리고 싶지는 않구나."

"제 야만인들이 아버지의 춤을 망쳐서 안됐네요." 티리온은 팔을 찌르는 통증에 얼굴을 찌푸리며 강철 장갑을 당겨서 땅에 떨어뜨렸다.

타이윈 공은 시인했다. "스타크 꼬마는 그 나이를 두고 내가 예상한 것보다 조심스러웠지. 그래도 승리는 승리다. 부상을 입은 모양이구나."

티리온의 오른팔은 피에 젖어 있었다. "알아주시니 다행이네요, 아버지." 티리온은 악문 잇새로 말했다. "아버지의 학사를 불러도 되겠습니까? 외팔 난쟁이를 아들로 두고 싶지 않으시다면 말이지만요……."

"타이윈 공!" 다급한 소리에 아버지는 미처 대답하지 못하고 고개를 돌렸다. 아담 마브랜드 경이 말에서 뛰어내리자 타이윈 라니스터는 자리에서 일어섰다. 군마는 입에 피거품을 물고 있었다. 짙은 구릿빛 머리카락을 어깨까지 늘어뜨리고, 팔다리가 긴 몸에, 마브랜드 가문의 불타는 나무 문장을 흉갑에 까맣게 새겨 넣은 반질반질한 청동색 강철 갑옷을 입은 아담 경이 한쪽 무릎을 꿇었다. "주군, 적의 지휘관을 몇 명 잡았습니다. 세르윈 공, 윌리스 맨덜리 경, 해리온 카스타크, 그리고 프레이 네 명입니다. 혼우드 공은 죽었고, 유감스럽게도 루스 볼턴은 빠져나간 것 같습니다."

"그리고 스타크 꼬마는?" 타이윈 공이 물었다.

아담 경은 머뭇거렸다. "스타크 꼬마는 같이 있지 않았습니다. 기병 대부분을 이끌고 트윈스에서 강을 건너 리버런으로 달려갔다고 합니다."

'롭 스타크는 풋내기 소년이니, 현명하기보다는 용감할 가능성이 높지.' 티리온은 아버지의 말을 기억했다. 통증만 심하지 않았어도 웃음을 터뜨렸을 것이다.

캐틀린

숲에는 속삭임이 가득했다.

계곡 바닥을 따라 돌투성이 길을 구불구불 흐르는 개울물에 달빛이 반짝였다. 나무 아래에서 군마들이 조용히 히힝거리며 잎사귀가 쌓인 촉촉한 땅을 긁는 동안, 사람들은 숨죽인 목소리로 초조한 농담을 나누었다. 가끔 한 번씩 창이 절그렁거리는 소리, 사슬 갑옷이 미끄러지는 희미한 쇳소리가 들렸지만 그런 소리조차도 숨을 죽였다.

"이제 오래 걸리지 않을 겁니다." 할리스 몰렌이 말했다. 그는 다가오는 전투에서 캐틀린을 보호하는 영예를 청했다. 그것은 윈터펠의 위병대장으로서 그의 권리였고, 롭은 그 권리를 무르지 않았다. 캐틀린이 다치지 않게 지키고 전투가 불리해질 경우에는 안전하게 윈터펠까지 호위할 책임을 맡은 30명이 그녀를 둘러쌌다. 롭은 50명을 원했고, 캐틀린은 전투에 한 명이라도 더 필요하니 10명이면 충분하다고 주장했다. 그들은 30명으로 타협했고, 둘 다 만족하지 못했다.

"때가 오면 오겠지." 캐틀린은 말했다. 그녀는 그때가 오면 죽음도 온다는 사실을 알고 있었다. 할의 죽음일 수도 있고…… 캐틀린이나, 롭의 죽음일 수도 있었다. 아무도 안전하지 않았다. 누구의 삶도 확실하지 않았다. 캐틀린은 기다리는 동안 숲 속의 속삭임과 희미한 개울물 소리를 들으며 머리카락을 흔드는 따뜻한 바람을 느끼는 데 만족했다.

기다림은 낯설지 않았다. 남자들은 언제나 그녀를 기다리게 했다. "내가 오나 지켜봐다오, 귀여운 캣." 아버지는 궁정에 갈 때나 장에 갈 때나 전투에 나갈 때나 그렇게 말하곤 했다. 그러면 그녀는 레드포크와 텀블스톤의 강물이 그 곁을 흐르는 리버런 성벽에 끈질기게 서 있곤 했다. 아버지는 오겠다던 날에 오지 않을 때도 있었고, 아버지가 늙은 갈색 거세마를 타고 강가를 따라 선창으로 달려오는 모습을 볼 때까지 캐틀린이 밤을 새며 화살구를 내다보다가 며칠이 지나가는 일도 자주 있었다. "기다렸느냐?" 아버지는 그녀를 안아주려고 허리를 굽히면서 물었다. "기다렸느냐, 귀여운 캣?"

브랜던 스타크도 기다려달라고 했었다. "오래 걸리진 않을 거요. 내가 돌아오면 결혼합시다." 그렇게 맹세했건만, 마침내 그날이 왔을 때 성소에서 그녀 옆에 선 사람은 브랜던의 동생 에다드였다.

네드 역시 새신부와 2주도 보내지 않고 입술에 약속의 말을 담으며 전쟁터로 달려나갔다. 그나마 네드는 말만 남기지 않았다. 아들을 주고 갔다. 아홉 달이 차고 이울고, 롭은 제 아비가 남쪽에서 전쟁을 계속하는 동안 리버런에서 태어났다. 그녀는 네드가 아이를 보는 날이 오기는 할지 알지 못한 채 피와 고통 속에 아들을 낳았다. 그녀의 아들. 너무나 작았던…….

그리고 이제 그녀가 기다릴 사람은 롭이었다……. 롭을, 그리고 기다리는 법을 배우지 못했다고들 말하는 금박의 기사 제이미 라니스터를. "킹슬레이어는 가만히 있지를 못하고, 쉽게 욱하지." 캐틀린의 숙부 브린덴이 롭에게 말한 내용이었다. 그리고 그는 그 말의 사실 여부에 승리의 희망과 그들의 목숨을 걸었다.

롭은 혹시 겁을 먹었다 해도 그런 기색을 드러내지 않았다. 캐틀린은 아들이 병사들 사이를 돌아다니며 한 사람의 어깨를 두드리고, 또 다른 사람과 농담을 나누고, 세 번째 사람이 불안한 말을 달래도록 도와주는 모습을 지켜보았다. 롭이 움직일 때마다 갑옷이 조용히 절그럭거렸다. 갑옷 없이 드러난 곳은 머리뿐이었다. 캐틀린은 산들바람에 그녀와 마찬가지로 적갈색을 띤 머리카락이 흔들리는 광경을 지켜보며 아들이 언제 이렇게 컸나 생각했다. 열다섯 살인데 캐틀린과 키가 비슷했다.

'지금보다 더 크게 해주세요.' 캐틀린은 신들에게 간청했다. '저 아이가 열여섯이 되고, 스무 살이 되고, 쉰 살이 되게 해주세요. 제 아버지만큼 커서 품에 아들을 안게 해주세요. 제발, 제발, 제발 부탁드립니다.' 수염을 새로 기르고 발치에 다이어울프를 거느린 이 키 큰 청년을 보면서도 캐틀린의 눈에는 오래전 리버런에서 품에 안았던 아기밖에 보이지 않았다.

밤은 따뜻했지만, 리버런을 생각하자 몸서리가 났다. '그자들은 어디 있지?' 숙부님이 틀렸을 수도 있을까? 너무나 많은 것이 숙부님이 한 말이 진실인지에 달려 있었다. 롭은 검은 물고기에게 정예 300명을 주고 앞서 가서 행군을 가리게 했었다. 브린덴 경은 말을 달려 돌아왔을 때 이렇게 말했다. "내 목숨을 걸겠네. 내 궁수들이 어떤 새도 제이미에게 닿지 못하게 막았어. 척후대를 몇 명 보기는 했지만, 우리를 본 놈들 중에 살아서 그 말을 할 자는 없네. 척후를 더 내보냈어야지. 제이미는 상황을 몰라."

"군대의 규모는요?" 캐틀린의 아들이 물었다.

"1만 2000명의 보병이 성 주위로 강을 끼고 따로 떨어진 진영 세 곳에 흩어져 있네." 숙부는 캐틀린이 너무나 잘 기억하는 선 굵은 미소를 지으며 말했다. "달리 리버런을 포위할 방법이 없기는 하지만, 그래도 그게 놈들의 파멸이 될 게야. 기병은 2000명에서 3000명쯤이야."

"킹슬레이어의 병력이 우리의 세 배지요." 갤버트 글로버가 말했다.

"그건 사실이지만, 제이미 경에게 부족한 게 하나 있소." 브린덴 경이 말했다.

"뭐죠?" 롭이 물었다.

"인내심."

그들의 군대는 트윈스를 떠났을 때보다 수가 많았다. 그들이 블루포크 상류를 둘러 남쪽으로 달려올 때 제이슨 말리스터 공이 시가드에서 병력을 이끌고 나와서 합세했고, 캐틀린의 동생 에드무어의 군대가 리버런 성벽 아래에서 무너졌을 때 북쪽으로 달아났던 방랑기사와 소영주와 주인 잃은 중장병들도 들어왔다. 그들은 제이미 라니스터가 소식을 접하기 전에 여기까지 오기 위해 혹독하게 말을 몰았고, 이제 때가 가까웠다.

캐틀린은 아들이 말에 오르는 모습을 지켜보았다. 올리바 프레이가 말을 잡고 있었다. 왈더 공의 아들로 롭보다 두 살 위인데, 열 살은 더 미숙하고 불안해 보였다. 그는 롭의 방패를 제자리에 묶고 롭에게 투구를 건넸다. 캐틀린이 너무나 사랑하는 얼굴 위로 투구가 내려가고 나니, 회색 종마 위에는 그녀의 아들이 아니라 키 큰 젊은 기사가 앉아 있었다. 달빛이 닿지 않는 숲 속은 어두웠다. 롭이 고개를 돌려 캐틀린을 쳐다보자 면갑 안의 어둠밖에 보이지 않았다. "전 전열 앞쪽으로 말을 달려야 해요, 어머니. 아버지는 전투 전에 꼭 병사들에게 모습을 보여야 한다고 하셨어요."

"그럼 가거라. 병사들에게 모습을 보여라."

"제 모습이 병사들에게 용기를 줄 거예요."

'나에게는 누가 용기를 줄까?' 캐틀린은 생각했지만, 침묵을 지키고 미소를 지어 보였다. 롭은 덩치 큰 회색 종마를 돌리고 천천히 멀어졌고, 그레이윈드가 그림자처럼 따라갔다. 그 뒤로 전투 호위대가 정렬했다. 롭이 캐틀린에게 호위대를 받아들이라고 밀어붙였을 때, 그녀는 아들도 호위를 받아야 한다고 주장했고, 휘하 영주들도 동의했다. 휘하 영주의 아들들 다수가 '젊은 늑대'와 함께 달리는 영예를 요구했다. 롭의 호위 30명 중에는 토르헨 카스타크와 그 동생 에다드가 있었고, 웬델 맨덜리나 로빈 플린트 같은 나이 많은 기사들과 더불어 파트렉 말리스터, 스몰존 엄버, 대린 혼우드, 테온 그레이조이, 왈더 프레이의 수많은 후손 중 최소 다섯 명이 함께했다. 심지어 한 명은 여자였다. 매기 모르몬트의 맏딸이자 곰 섬의 후계자로, 대부분의 여자아이들이 인형을 받는 나이에 철퇴를 받았던 180센티미터 키의 껑충한 데이시 모르몬트였다. 그녀에 대해 왈가왈부하는 영주들도 있었지만, 캐틀린은 그들의 불평을 듣지 않았다. "이건 가문의 영예 문제가 아닙니다. 내 아들이 멀쩡하게 살아 있도록 지키는 문제죠."

'그런데 그러기 위해 서른 명으로 충분할까? 6000명인들 충분할까?'

멀리서 희미하게 새가 울었다. 그 높고 날카로운 지저귐이 캐틀린의 목을 잡는 차가운 손처럼 느껴졌다. 또 다른 새가 응답했다. 세 번째, 네 번째 새가 울었다. 캐틀린은 윈터펠에서 보낸 세월 덕분에 그 울음소리를 잘 알고 있었다. 눈때까치였다. 가끔 한겨울에, 신의 숲이 하얗게 덮여 고요할 때 보이곤 했다. 북부의 새였다.

'놈들이 오고 있어.' 캐틀린은 생각했다.

"놈들이 오고 있습니다." 할리스 몰렌이 속삭였다. 언제나 뻔한 사실을 굳이 말하는 남자였다. "신들이 우리와 함께하시길."

캐틀린이 고개를 끄덕이는 사이 주위 숲은 잠잠해졌다. 그 정적 속에서 멀지만 점점 가까워지는 소리를 들을 수 있었다. 수많은 말발굽 소리, 검과 창과 갑옷이 절그럭거리는 소리, 웃기도 하고 욕을 하기도 하며 웅얼거리는 사람 목소리들.

영겁의 시간이 왔다가 가는 것 같았다. 소리가 점점 커졌다. 웃음소리,

크게 명령을 내리는 소리, 작은 개울을 건너고 다시 건너면서 첨벙거리는 소리가 더 많이 들렸다. 말 한 마리가 히힝거렸다. 어떤 남자가 욕을 했다. 그러다가 마침내 그자가 보였다……. 계곡 바닥을 내려다보는 위치에서는 나뭇가지 사이로 언뜻 보였을 뿐이지만, 분명히 그자였다. 멀리서도 제이미 라니스터 경은 놓칠 수가 없었다. 달빛은 그의 갑옷과 금빛 머리를 은빛으로 바꾸고 진홍색 망토는 시커멓게 물들였다. 투구는 쓰고 있지 않았다.

그는 잠시 보였다가 다시 사라졌고, 은빛 갑옷은 다시 나무에 가렸다. 다른 이들이 길게 열 지어 따라왔다. 기사와 맹약검사와 자유기수들, 라니스터군의 4분의 3이었다.

브린덴 경은 장담했었다. "제이미는 목수들이 공성탑을 짓는 동안 천막에 앉아 있을 사내가 아니야. 이미 세 번이나 기사들과 함께 달려나가서 습격자들을 뒤쫓거나 버티는 성채를 급습했지."

롭은 고개를 끄덕이며 캐틀린의 숙부가 그려준 지도를 살폈다. 네드는 롭에게 지도 읽는 방법도 가르쳐두었다. "여기에서 습격하세요." 롭은 위치를 가리키며 말했다. "몇백 명 정도로, 그 이상은 말고요. 툴리 깃발을 드세요. 놈이 따라오면, 우리가 기다리고 있을 겁니다." 롭의 손가락이 왼쪽으로 3센티쯤 움직였다. "여기에서요."

'여기'에는 밤의 침묵, 달빛과 그림자, 발 아래 두껍게 쌓인 낙엽, 개울가로 완만하게 내려가는 수목 울창한 언덕마루, 아래로 내려갈수록 줄어드는 덤불이 있었다.

'여기'에서 종마를 탄 아들은 마지막으로 캐틀린을 돌아보고 장검을 들어 올려 인사했다.

'여기'에서 매기 모르몬트의 전투 뿔나팔이 울렸고, 계곡 동쪽을 타고 내려오는 길고 낮은 나팔 소리는 그들에게 제이미의 기수들이 모조리 함정 안으로 들어왔음을 알렸다.

그리고 그레이윈드가 고개를 젖히고 길게 울부짖었다.

그 소리는 캐틀린 스타크를 관통하는 것 같았고, 그녀는 저도 모르게 몸서리를 쳤다. 끔찍한 소리였고, 무시무시한 소리였으나, 그 안에도 음악은 있었다. 그녀는 잠시 동안 아래에 있는 라니스터군에게 연민 비슷한 것을 느꼈다. '그러니까 이게 죽음의 소리로군.' 캐틀린은 생각했다.

'뿌우우우우우우우우우우우우우'. 반대쪽 언덕마루에서 그레이트존이 뿔나팔을 불어 답했다. 동쪽과 서쪽에서 말리스터와 프레이 군이 복수의 나팔을 울렸다. 북쪽으로 계곡이 좁아지면서 뒤로 젖힌 팔꿈치처럼 구부러지는 위치에서 카스타크 공의 뿔나팔이 그 음산한 합창에 깊고 구슬픈 소리를 더했다. 아래쪽 개울에서는 남자들이 소리를 치고 말들이 뒷발로 일어섰다.

롭이 나뭇가지 사이에 숨겨둔 궁수들이 화살을 날리자 '속삭이는 숲'이 한꺼번에 입김을 내뿜고, 밤하늘에 사람들과 말들의 비명이 솟구쳤다. 사방으로 기수들이 기마 창을 들어 올렸고, 잔인하게 반짝이는 창끝을 덮었던 흙과 낙엽이 떨어지면서 날카롭게 간 강철이 광채를 드러냈다. "윈터펠!" 롭의 고함 소리와 함께 화살 소리가 다시 울렸다. 롭은 부하들을 이끌고 언덕 아래로 내려가며, 빠른 속도로 캐틀린에게서 멀어졌다.

캐틀린은 할 몰렌과 호위대와 함께 움직임 없이 말 위에 앉아 있었고, 예전에 브랜던과 네드와 아버지를 기다렸듯이 아들을 기다렸다. 그녀는 언덕 높은 곳에 있었고, 발아래에서 벌어지는 일 대부분은 나무에 가려졌다. 심장이 한 번, 두 번, 네 번 뛰고 갑자기 숲 속에 그녀와 그녀의 호위병들만 남은 것 같았다. 나머지는 녹색 안으로 녹아 없어졌다.

그러나 먼 언덕마루를 보자 나무 아래 어둠 속에서 튀어나오는 그레이트존의 기수들이 보였다. 그들은 끝도 없이 줄지어 나타났고, 그들이 숲에서 튀어나오자 한 순간, 심장이 한 번 뛰는 것보다도 더 짧은 시간이었지만 캐틀린의 눈에 기마 창 끝에 반짝이는 달빛밖에 보이지 않는 순간이 있었다. 마치 천 개의 도깨비불이 은색 불길을 휘감고 쏟아져 내려오는 것만 같았다.

눈을 깜박이고 보니 그것은 그저 죽이거나 죽기 위해 달려가는 남자들이었다.

나중에 캐틀린은 그 전투를 보았다고 주장할 수 없었다. 그러나 그녀는 들을 수 있었고, 계곡에는 메아리가 울렸다. 기마 창이 부러지는 소리, 검과 검이 맞부딪는 소리, "라니스터"와 "윈터펠"과 "툴리! 리버런과 툴리!" 하는 외침이 울려 퍼졌다. 캐틀린은 더 볼 것이 없음을 깨닫자 눈을 감고 귀를 기울였다. 주위에서 벌어지는 전투가 생생해졌다. 말발굽 소리, 쇠장화가 얕은 물을 첨벙거리는 소리, 검이 참나무 방패를 때리는 둔한 소리와 강철과 강철이 스치는 소리, 화살이 날아가는 소리, 천둥 같은 북소리, 천여 마리의 말이 겁에 질려 내지르는 비명 소리가 들렸다. 사내들은 욕을 하고 자비를 빌었으며, 자비를 얻고 (혹은 얻지 못하고) 살았다 (혹은 죽었다). 산등성이가 소리에 이상한 장난을 치는지, 한 번은 옆에 있는 것처럼 또렷하게 롭이 "내 쪽으로! 내 쪽으로!" 외치는 소리가 들렸다. 그리고 롭의 다이어울프가 으르렁거리는 소리, 긴 이빨이 딱 부딪치는 소리, 살을 찢는 소리, 사람이고 말이고 할 것 없이 공포와 고통에 질려 내는 새된 소리가 들렸다. 늑대가 정말 한 마리뿐일까? 확신하기 힘들었다.

온갖 소리는 조금씩 조금씩 잦아들고 사그라들었고, 마지막에는 늑대 소리만 남았다. 동쪽 하늘에 붉은 동이 틀 무렵, 그레이윈드가 다시 길게 울부짖었다.

롭은 다른 말을 타고 캐틀린에게 돌아왔다. 계곡으로 내려갈 때 탔던 회색 종마 대신 얼룩 거세마를 타고 있었다. 롭의 방패에 그려진 늑대 머리는 반으로 잘렸고, 참나무를 파놓은 깊은 자국에 나무속이 드러났지만, 롭의 몸에는 상처가 없어 보였다. 그러나 롭이 더 가까이 오자 캐틀린은 아들의 장갑과 전포 소매에 시커멓게 묻은 피를 보았다. "다쳤구나."

롭은 손을 들어 올리고 손가락을 쥐었다 폈다. "아니에요. 이건…… 아마 토르헨의 피 아니면…….." 롭은 고개를 저었다. "모르겠네요."

사내들이 우르르 롭을 따라 올라왔다. 지저분하고 갑옷 여기저기가 찌그러진 채 웃고 있었고, 맨 앞에는 테온과 그레이트존이 있었다. 두 사람 사이로 제이미 라니스터 경이 끌려왔다. 둘은 그를 그녀의 말 앞에 팽개쳤다. "킹슬레이어." 할이 불필요한 말을 했다.

라니스터는 고개를 들고, 무릎을 꿇은 채로 말했다. "스타크 부인." 머리 상처에서 한쪽 뺨으로 피가 흘러내렸지만, 흐릿한 새벽빛을 받은 머리카락은 다시 금빛으로 반짝였다. "부인에게 제 검을 바치지요. 검을 엉뚱한 데 둔 것 같긴 하지만 말입니다."

"내가 원하는 건 경의 검이 아니오. 나에게 내 아버지와 내 동생 에드무어를 돌려주시오. 내 딸들을 돌려주시오. 내 남편을 돌려주시오."

"그 사람들도 엉뚱한 데 뒀나 봅니다."

"안됐군요." 캐틀린은 차갑게 말했다.

"죽여버려, 롭. 머리를 잘라." 테온 그레이조이가 충동질했다.

"안 돼." 캐틀린의 아들은 피투성이 장갑을 벗으며 대답했다. "죽어서보다는 살아서 더 쓸모가 있어. 그리고 내 아버님은 결코 전투가 끝난 후에 포로 살해를 용납하지 않으셨어."

"현명하고 명예로운 사람이지." 제이미 라니스터가 말했다.

"끌고 가서 사슬을 채우시게." 캐틀린이 말했다.

"내 어머님 말씀대로 하시오." 롭이 명령을 내렸다. "그리고 파수를 단단히 세워야 합니다. 카스타크 공이 저 머리를 창에 꿰고 싶어 할 테니."

"그렇겠지요." 그레이트존이 동의하며 손짓했다. 라니스터는 치료를 받고 사슬을 차기 위해 끌려갔다.

"어째서 카스타크 공이 킹슬레이어를 죽이고 싶어 할 거라는 거냐?" 캐틀린이 물었다.

롭은 네드가 종종 짓던 것과 같은 생각에 잠긴 표정으로 숲 속을 쳐다보았다. "저자가…… 죽였거든요……."

"카스타크 공의 아들들 말입니다." 갤버트 글로버가 설명했다.

"토르헨과 에다드, 둘 다요. 그리고 대린 혼우드도 죽였어요."

글로버가 말을 이었다. "라니스터의 용기만큼은 아무도 흠잡지 못할 겁니다. 졌다는 사실을 알자, 롭 공을 베어 쓰러뜨릴 생각으로 신하들과 결집해서 싸우면서 계곡 위로 올라왔습니다. 그리고 거의 성공했지요."

롭이 말했다. "토르헨의 손을 자르고 대린 혼우드의 두개골을 쪼갠 후에 엉뚱하게 에다드 카스타크의 목에 칼을 내리쳤어요. 내내 제 이름을 부르고 있었죠. 다들 그자를 막으려고 하지 않았다면—"

"—카스타크 공 대신 내가 울고 있었겠지." 캐틀린이 말했다. "네 신하들은 하겠다고 맹세한 대로 했다, 롭. 주군을 지키다가 죽었지. 그 사람들을 위해 슬퍼해라. 그 사람들의 용맹을 기려라. 하지만 지금은 안 된다. 슬퍼할 시간이 없어. 뱀의 머리는 쳐냈을지 몰라도, 몸의 4분의 3은 여전히 내 아버지의 성을 휘감고 있다. 우린 전투에서 이겼을 뿐, 전쟁에서 이긴 건 아니야."

"하지만 굉장한 전투였어요!" 테온 그레이조이가 열심히 말했다. "이런 승리는 '불의 들판' 이후 이 나라에 없었을 겁니다. 맹세컨대 라니스터는 우리의 열 배를 잃었어요. 우린 기사 백 명과 라니스터 휘하 영주 십여 명을 포로로 잡았습니다. 웨스털링 공, 베인포트 공, 가스 그린필드 경, 에스트렌 공, 타이토스 브락스 경, 도르네인 말로르…… 그리고 제이미 외에도 라니스터가 세 명 더 있습니다. 타이윈 공의 조카들로, 둘은 그 여동생의 아들들이고 하나는 죽은 남동생의……."

캐틀린이 말을 끊었다. "그리고 타이윈 공은? 혹시 타이윈 공을 사로잡았느냐, 테온?"

"아니요." 그레이조이는 말을 멈추고 대답했다.

"그때까지 이 전쟁은 결코 끝나지 않는다."

롭이 고개를 들고 눈을 가린 머리카락을 쓸어 올렸다. "어머니 말씀이 맞아. 아직 리버런이 있어."

대너리스

파리들이 천천히 칼 드로고 주위를 맴돌았다. 들릴락 말락 하게 울리는 날갯짓 소리가 대니의 마음속을 두려움으로 채웠다.

태양은 하늘 높이 무자비하게 떠 있었다. 낮은 구릉지대에 울퉁불퉁하게 노출된 암석 위로 열기가 파도처럼 일렁였다. 들리는 소리라고는 흐트러짐 없는 말발굽 소리, 드로고의 머리카락에서 흔들리는 종소리, 그리고 뒤쪽 멀리 떨어진 목소리들뿐이었다.

대니는 파리들을 주시했다.

벌만큼 큰 몸집에, 비대한 몸은 자줏빛으로 번들거렸다. 도트락인들은 그 파리를 '흡혈 파리'라고 불렀다. 늪과 웅덩이에 살면서 사람과 말을 가리지 않고 피를 빨고, 죽은 자와 죽어가는 자에게 알을 낳는 파리였다. 드로고는 그 파리를 질색했다. 한 마리라도 가까이 오면 뱀처럼 신속하게 손을 뻗어 잡곤 했다. 놓치는 모습을 본 적이 없었다. 드로고가 거대한 주먹 안에 파리를 가둬놓고 미친 듯이 웅웅거리는 소리를 듣다가 손가락을 꽉 쥐었다 펴면 손바닥에는 붉은 얼룩만 남아 있었다.

지금 한 마리는 말 엉덩이를 기어 다녔고, 말은 그 파리를 쫓으려고 성을 내며 꼬리를 흔들었다. 다른 파리들은 드로고 주위를 돌며 점점 가까이 접근했다. 칼은 반응하지 않았다. 그는 고삐를 느슨하게 쥐고 먼 갈색 언덕에 눈을 고정하고 있었다. 색칠 조끼 아래로 무화과잎과 파란 진흙을 개어 만든 반죽이 가슴의 상처를 덮고 있었다. 약초사 여인들의 조치였다. 미리 마즈 두르의 찜질 약은 가렵고 타는 것 같았고, 칼은 엿새 전에 마기라고 욕하면서 그 찜질 약을 뜯어내버렸다. 진흙 반죽에 진정 효과가 더 있었고, 약초사들은 양귀비 술도 만들어줬다. 칼은 지난 사흘 동안 양귀비 술을 심하게 마셨다. 양귀비 술이 아니면 마유주나 후추 맥주였다.

그러나 음식에는 거의 손을 대지 않았고, 밤이면 뒤척이며 신음했다. 대니는 그의 얼굴이 얼마나 야위었는지 알아볼 수 있었다. 배 속에서 라에고가 가만히 있지 못하고 종마처럼 발길질을 했지만, 그것조차도 예전처럼 드로고의 관심을 끌지 못했다. 대니는 매일 아침 드로고가 힘든 잠에서 깰 때마다 얼굴에 새로 새겨진 고통의 선을 발견했다. 그리고 이제는 이 침묵이 왔다. 대니는 두려워졌다. 그는 새벽에 말에 오른 후부터 한 마디도 하지 않았다. 대니가 말을 하면 그르렁거리는 소리밖에 돌아오지 않았고, 정오부터는 그런 반응조차 사라졌다.

흡혈 파리 한 마리가 칼의 맨어깨에 내려앉았다. 또 한 마리가 맴을 돌다가 목에 내려앉더니 입을 향해 기어갔다. 종마가 흔들림 없는 걸음으로 계속 나아가는 동안 칼 드로고는 안장에서 흔들리며 종소리를 울렸다.

대니는 은마의 옆구리를 건드려 그에게 다가갔다. "여보." 그녀는 조용히 말했다. "드로고. 내 태양이자 별이여."

그는 듣지 못하는 것 같았다. 흡혈 파리가 늘어진 콧수염 아래로 기어가서 코 옆 뺨에 팬 주름 속에 자리를 잡았다. 대니는 숨이 턱 막혔다. "드로고." 그녀는 어색하게 손을 뻗어 그의 팔에 올렸다.

칼 드로고는 안장에서 비틀거리더니, 천천히 기울어지다가 털썩 소리를 내며 떨어졌다. 잠시 파리들이 흩어졌다가 빙 돌아서 쓰러져 누운 몸에 다시 앉았다.

"안 돼." 대니는 고삐를 당겼다. 이번만은 배에 신경 쓰지 않고 은마에서 내려서 드로고에게 달려갔다.

드로고의 몸 아래 깔린 풀은 갈색으로 말라 있었다. 대니가 곁에 무릎을 꿇자 드로고가 고통스러운 소리를 질렀다. 그는 거친 숨을 몰아쉬며 제대로 알아보지도 못하는 눈으로 대니를 보았다. "내 말." 드로고가 헐떡거렸다. 대니는 그의 가슴에 붙은 파리들을 쓸어내고, 드로고가 그랬듯이 한 마리를 짓이겼다. 손가락에 닿은 그의 몸이 타는 듯 뜨거웠다.

칼의 혈맹기수들이 바싹 따라오고 있었다. 하고의 고함 소리가 들리더니 그들이 전속력으로 달려왔다. 코홀로가 말에서 뛰어내려 무릎을 꿇으며 말했다. "내 피 중의 피여." 나머지 둘은 말에서 내리지 않았다.

"안 돼." 칼 드로고가 대니의 품 안에서 몸부림치며 신음했다. "달려야 해. 달려야. 안 돼."

"말에서 떨어졌군." 하고가 내려다보며 말했다. 그 넓적한 얼굴은 표정을 드러내지 않았지만, 목소리는 무거웠다.

대니는 하고를 보고 말했다. "그렇게 말해서는 안 된다. 오늘은 충분히 멀리 달렸으니 여기에서 야영한다."

"여기에?" 하고는 주위를 둘러보았다. 땅은 갈색으로 말라비틀어졌고, 사람이 지내기 좋지 않았다. "이건 야영할 만한 땅이 아니오."

쿼토가 말했다. "여자는 우리에게 멈추라 명할 수 없소. 아무리 칼리시라 해도."

대니는 되풀이해서 말했다. "우린 여기에서 야영한다. 하고, 칼 드로고가 멈추라고 명했다 전하게. 누구든 이유를 묻거든 내 출산이 가까워서 계속 가지 못한다고 해. 코홀로, 노예들을 데려오게. 즉시 칼의 천막을 세워야 해. 쿼토—"

"우리에게 명령하지 마시오, 칼리시." 쿼토가 말했다.

"미리 마즈 두르를 찾아 와." 대니는 말했다. 그 신처는 긴 노예 대열에서 다른 어린 양족과 함께 걸었다. "찾아서 나에게 데려와. 그 여자의 궤짝도 함께."

쿼토는 부싯돌처럼 단단한 눈으로 그녀를 노려보았다. "그 마기." 그는 침을 뱉었다. "난 하지 않겠소."

"하지 않으면 드로고가 깨어나서 왜 내 명에 거역했는지 아시려 할 것이다." 대니가 말했다.

쿼토는 격분해서 종마를 홱 돌리고 달려가버렸다……. 하지만 아무리 내키지 않는다 해도 쿼토는 미리 마즈 두르를 데리고 올 터였다. 노예들은 오후 햇살을 조금이라도 막아주는 들쭉날쭉한 검은 바위 노두 아래에 칼 드로고의 천막을 세웠다. 대니가 이리와 도리아의 도움을 받아 드로고를 부축해서 들어간 모래 비단 아래는 그래도 숨이 막혔다. 땅바닥에는 무늬를 넣은 두꺼운 카펫이 깔렸고, 구석에는 베개가 흩어져 있었다. 대니가 어린 양족의 진흙 벽 바깥에서 구해준 소심한 소녀 에로어가 화로에 불을 지폈다. 그들은 드로고를 깔개에 눕혔다. "안 돼." 드로고는 공용어로 중얼거렸다. "안 돼, 안 돼." 드로고는 그 말밖에 하지 않았다. 그 말밖에 하지 못하는 것 같았다.

도리아가 드로고의 메달 허리띠를 풀고 조끼와 레깅스를 벗기는 동안, 지키는 그 발치에 무릎을 꿇고 승마용 샌들 끈을 풀었다. 이리는 약한 바람이라도 들어오게 천막 문을 젖혀두고 싶어 했지만, 대니가 그러지 못하게 했다. 이렇게 약해져서 헛소리를 하는 드로고의 모습을 누구에게 보일 수는 없었다. 그녀의 카스가 오자 대니는 그들이 밖을 지키도록 했다. "내 허락 없이는 아무도 들이지 말아라. 아무도." 대니가 조고에게 말했다.

에로어는 두려움에 찬 눈으로 드로고가 누운 자리를 바라보다가 속삭였다. "죽어가요."

대니는 에로어를 때렸다. "칼이 죽을 리가 없어. 칼은 세상에 올라탈 종마의 아버지야. 드로고는 한 번도 머리카락을 자른 적이 없어. 아버지에게 받은 종을 지금도 달고 있다고."

"칼리시…… 칼이 말에서 떨어졌어요." 지키가 말했다.

대니는 갑작스레 솟구치는 눈물에 몸을 떨며 그들을 외면했다. '말에서 떨어졌어!' 그랬다. 대니도 보았고, 혈맹기수들도 보았으며, 분명 대니의 시녀들과 대니의 카스 사내들도 보았다. 그리고 또 얼마나 많은 이가 보았을까? 이 일을 비밀로 지킬 수는 없었고, 대니는 그게 무엇을 의미하는지 알았다. 말을 탈 수 없는 칼은 지배할 수 없다. 그런데 드로고가 말에서 떨어졌다.

"몸을 씻겨드려야겠다." 대니는 고집스럽게 말했다. 절망에 빠질 수는 없었다. "이리, 당장 욕조를 가져오라 일러라. 도리아, 에로어, 물을 찾아와라. 차가운 물로. 드로고의 몸이 너무 뜨겁다." 드로고는 사람 거죽을 쓴 불덩이였다.

노예들이 천막 구석에 무거운 구리 욕조를 놓았다. 도리아가 첫 번째 물동이를 가져오자, 대니는 비단 천을 적셔서 드로고의 타는 듯한 이마에 올려놓았다. 드로고의 눈이 그녀를 보았지만, 보지 않았다. 입술이 벌어졌으나 그리로 빠져나오는 말은 없고 신음소리뿐이었다. "미리 마즈 두르는 어디 있느냐?" 두려움에 인내심이 닳아 없어진 대니가 물었다.

"쿼토가 찾아올 거예요." 이리가 대답했다.

시녀들은 유황 냄새가 나는 미지근한 물로 욕조를 채우고, 쓴 기름 몇 병과 잘게 부순 박하잎 한 줌을 넣었다. 목욕 준비가 이루어지는 동안 대니는 아이 때문에 부푼 배를 안고 어색하게 남편 옆에 무릎을 꿇었다. 대니는 드로고가 별들 아래에서 처음 그녀를 안았을 때 그랬던 것처럼 불안하게 손을 놀려 그의 땋은 머리를 풀었다. 머리에 달린 종은 하나씩 조심스럽게 내려놓았다. 드로고가 회복하고 나면 그 종을 다시 달고 싶어 할 거라고 생각했다.

한 줄기 바람이 불어 들더니 아고가 비단 천 사이로 고개를 들이밀었다. "칼리시, 안달인이 와서 들어갈 허락을 구합니다."

'안달인'이란 도트라키인들이 조라 경을 이르는 말이었다. 대니는 힘겹게 일어서며 말했다. "그래, 안으로 들여라." 그녀는 그 기사를 믿었다. 혹시 어떻게 해야 할지 아는 사람이 있다면 바로 조라이리라.

조라 모르몬트 경은 허리를 숙이고 천막 문을 통과한 후 잠시 서서 어둠에 눈이 익기를 기다렸다. 남쪽 지방의 극심한 열기 속에서 그는 얼룩덜룩한 모래 비단으로 지은 헐렁한 바지를 입고 무릎까지 끈을 묶어 올리는 발끝이 트인 승마용 샌들을 신었다. 말 털을 꼬아서 만든 허리띠에는 칼집이 달렸다. 하얗게 표백한 조끼 아래로 드러난 맨가슴은 햇빛에 벌겋게 익었다. 조라가 말했다. "칼라사르 전체에 소문이 퍼지고 있습니다. 칼 드로고가 말에서 떨어졌다고요."

"드로고를 도와줘." 대니가 간청했다. "경이 정말로 나에게 애정을 품고 있다면, 지금 드로고를 도와줘."

기사는 대니 옆에 무릎을 꿇었다. 그는 오랫동안 매서운 눈으로 드로고를 보더니, 대니를 쳐다보았다. "시녀들을 물리세요."

대니는 두려움에 목이 꽉 메어, 말없이 손짓만 했다. 이리가 다른 시녀들을 몰고 나갔다.

둘만 남게 되자 조라 경은 단검을 뽑았다. 그는 그 큰 덩치에 놀라울 정도의 섬세함을 발휘하여 드로고의 가슴에 붙은 검은 잎사귀와 말라붙은 푸른 진흙을 걷어내기 시작했다. 반죽은 어린 양족의 진흙 벽처럼 단단히 굳어 있었고, 그 벽처럼 쉽게 갈라졌다. 조라 경은 단검으로 마른 진흙을 깨고, 살에 붙은 반죽을 들어 올리고, 잎사귀를 하나씩 벗겨냈다. 상처에서 역겹고 달큰한 냄새가 올라왔다. 숨이 막힐 정도로 짙은 냄새였다. 잎사귀들은 피와 고름으로 딱딱했고, 드로고의 가슴은 썩어서 시커멓게 번들거렸다.

"안 돼." 대니는 뺨에 흘러내리는 눈물과 함께 속삭였다. "안 돼, 제발, 신들이시여, 제발."

칼 드로고가 보이지 않는 적과 싸우며 몸부림쳤다. 벌어진 상처에서 걸쭉하고 검은 피가 느릿느릿 흘러나왔다.

"공주님의 칼은 죽은 목숨입니다."

"안 돼, 이이가 죽을 리가 없어, 죽어선 안 돼. 베인 상처에 불과해." 대니는 거칠고 못이 박인 드로고의 손을 작은 두 손으로 힘주어 잡았다. "이이가 죽게 놔두지 않겠어……."

조라 경은 쓰게 웃었다. "칼리시든 왕비든, 그건 당신의 힘을 넘어서는 명령입니다. 눈물을 아끼세요. 내일, 아니면 1년 후에 우십시오. 지금은 슬퍼할 시간이 없습니다. 드로고가 죽기 전에 빨리 가야 합니다."

대니는 이해하지 못했다. "가다니? 어디로 간단 말이오?"

"아사이가 좋겠습니다. 멀리 남쪽에, 알려진 세계의 끝에 있지만 거대한 항구라고 하더군요. 거기서 펜토스로 데려다줄 배를 찾을 겁니다. 힘든 여행이 될 것은 분명하지요. 공주님의 카스를 믿으십니까? 그 친구들이 우리와 같이 갈까요?"

대니는 머뭇거리며 말했다. "칼 드로고에게 날 안전하게 지키라는 명을 받은 사람들이지만, 이이가 죽는다면……." 그녀는 부푼 배를 만졌다. "이해가 안 가. 왜 달아나야 하지? 나는 칼리시야. 나는 드로고의 후계자를 뱄어. 이 아이가 드로고의 뒤를 이어 칼이 될 텐데……."

조라 경이 얼굴을 찌푸렸다. "제발, 제 말 들으세요. 도트락인들은 젖먹이 아기를 따르지 않을 겁니다. 이자들은 드로고의 힘에 고개를 숙였고, 그 힘에 복종했을 뿐입니다. 드로고가 죽으면, 자코와 포노와 다른 '코'들이 칼의 자리를 두고 다툴 테고, 이 칼라사르는 내부에서 붕괴할 겁니다. 승자는 다른 경쟁자를 원치 않을 테지요. 아이가 태어나자마자 공주님 품에서 빼앗을 겁니다. 아이를 개 먹이로 줘버릴 테지요……."

대니는 제 몸을 끌어안고 애처롭게 외쳤다. "그렇지만 왜? 왜 어린 아기를 죽여야 한단 말이오?"

"그 아기는 드로고의 아들이고, 노파들은 그 아이가 세상에 올라탈 종마가 될 거라 합니다. 그렇게 예언했어요. 그러니 아이가 어른이 되었을 때의 분노를 각오하느니 죽이는 편이 낫겠지요."

아이가 그 말을 들은 것처럼 배 속에서 발길질을 했다. 대니는 비세리스에게 들었던 이야기를, 찬탈자의 개들이 라에가르의 자식들에게 했던 짓을 떠올렸다. 라에가르의 아들도 젖먹이였지만, 놈들은 그 아이를 어미 품에서 떼어내어 벽에 머리를 짓찧었다. 남자들이란 그랬다. "내 아들을 해칠 순 없어! 내 카스에게 이 아이를 지키라고 명할 것이고, 드로고의 혈맹기수들이—"

조라 경이 그녀의 어깨를 잡았다. "혈맹기수는 칼과 함께 죽습니다. 아실 텐데요. 혈맹기수들은 공주님을 바에스 도트락에 있는 노파들에게 데려갈 테고, 그게 혈맹기수가 살아서 칼을 위해 해야 할 마지막 의무입니다……. 그 일을 마치고 나면 밤의 땅에서 드로고와 함께할 거예요."

대니는 바에스 도트락으로 돌아가서 그 끔찍한 노파들과 함께 여생을 보내고 싶지 않았지만, 기사가 하는 말이 사실임을 알았다. 드로고는 그녀의 태양이자 별 이상이었다. 그는 그녀를 지키는 방패였다. "이이 곁을 떠나진 않겠어." 대니는 비참하게, 고집스럽게 말하며 드로고의 손을 다시 잡았다. "떠나지 않아."

대니는 천막 문이 펄럭이자 고개를 돌렸다. 미리 마즈 두르가 고개를 깊이 수그리고 들어왔다. 칼라사르 뒤에서 며칠씩 걸어서 초췌하고 다리를 절었으며, 발에는 물집이 잡히고 피가 났고 눈 밑은 움푹 꺼졌다. 그 뒤로 쿼토와 하고가 신처의 궤짝을 들고 들어왔다. 혈맹기수들이 드로고의 상처를 본 순간, 하고의 손에서 궤짝이 미끄러져 천막 바닥에 떨어졌고, 쿼토는 공기를 태울 만큼 독한 욕설을 내뱉었다.

미리 마즈 두르는 차분하고 감정 없는 얼굴로 드로고를 살폈다. "상처가 곪았군요."

"네가 한 짓이다, 마기." 쿼토가 말했다. 하고가 미리의 뺨에 주먹을 날려 땅바닥에 쓰러뜨리고는 발길질을 했다.

"그만!" 대니가 소리쳤다.

쿼토가 하고를 떼어내며 말했다. "발길질은 마기에게는 너무 자비로운 벌이다. 밖으로 끌고 나가라. 말뚝을 박아 묶어놓고, 지나가는 사내마다 올라타게 하자. 그게 다 끝나면 개들도 써먹겠지. 족제비들이 내장을 뜯어내고 까마귀들이 눈알을 쪼아 먹을 것이다. 강에서 날아온 파리들이 자궁 속에 알을 까고 문드러진 젖가슴에서 고름을 마실 것이다……." 쿼토의 강철 같은 손가락이 신처의 팔 아래로 흔들리는 연한 살을 파고들더니 그녀를 잡아 일으켰다.

대니가 말했다. "안 돼. 그 여자를 해치게 두지 않겠다."

쿼토의 입술이 말려 올라가더니 비뚤배뚤한 갈색 이빨이 드러나며 미소 비슷한 끔찍한 표정이 되었다. "안 돼? 나보고 안 된다고? 너를 네 마기 옆에 묶지 않기를 기도하는 게 좋을 거다. 이년만이 아니라 네가 한 짓이기도 해."

조라 경이 칼집에 든 장검을 느슨하게 풀며 두 사람 사이에 끼어들었다.

"입조심해라, 혈맹기수. 공주님은 여전히 네 칼리시다."

"내 피 중의 피가 아직 살아 있을 때만 그렇지." 쿼토는 기사에게 말했다. "칼이 죽으면 아무것도 아니다."

대니는 배 속이 꽉 조이는 느낌을 받았다. "나는 칼리시이기 이전에 드래곤의 핏줄이다. 조라 경, 내 카스를 부르시오."

"아니, 우리가 나간다. 아직은…… 칼리시." 쿼토가 말했고, 하고가 험상궂은 얼굴로 뒤따라 나갔다.

조라 모르몬트가 말했다. "저놈은 공주님에게 좋은 마음이 없습니다. 도트락인들은 한 남자와 그 혈맹기수들이 하나의 삶을 공유한다고 하는데, 쿼토는 그 삶이 끝났다고 보고 있어요. 죽은 자에게는 두려움이 없지요."

"아무도 죽지 않았소. 조라 경, 경의 검이 필요할지도 모르겠군. 갑옷을 입는 편이 좋겠어." 대니는 스스로에게조차 인정하기 힘들 만큼 겁을 먹었다.

기사는 고개를 숙였다. "분부대로." 그는 성큼성큼 걸어 나갔다.

대니는 다시 미리 마즈 두르를 돌아보았다. 여자는 경계하는 눈빛이었다. "이렇게 또 한 번 절 구해주셨군요."

"그러니 반드시 이이를 구해줘야 해. 제발……." 대니가 말했다.

"노예에게는 부탁하는 게 아닙니다. 시킬 뿐." 미리는 날카롭게 대꾸하고 깔개 위에서 괴로워하는 드로고에게 가서 오랫동안 상처를 들여다보았다. "부탁하든 시키든 차이가 없겠군요. 치료자의 기술이 미치지 않습니다." 미리는 손가락으로 칼의 감긴 눈 한쪽을 열어보았다. "그동안 양귀비즙으로 통증을 누그러뜨렸군요."

"그래." 대니가 인정했다.

"제가 불꼬투리와 바늘풀(sting-me-not)로 찜질 약을 만들어서 양가죽으로 묶어두었는데요."

"화끈거린다고 뜯어내셨네. 약초사 여인들이 통증을 달래는 약을 새로 만들어줬지."

"그래요, 화끈거리지요. 불에는 엄청난 치료 마법이 있습니다. 당신네 대머리들도 그건 알아요."

"찜질 약을 새로 만들어줘. 이번에는 반드시 붙이고 다니도록 할 테니까." 대니는 애원했다.

"그럴 때는 지났습니다, 마님. 이제 제가 할 수 있는 일이라곤 고통 없이 밤의 땅으로 달려갈 수 있도록 앞에 놓인 어두운 길을 편하게 만드는 것뿐입니다. 아침까지는 떠나실 겁니다."

그 말은 칼날처럼 대니의 가슴을 찔렀다. 대체 그녀가 무슨 짓을 했기에 신들이 이토록 잔인하게 구는가? 이제 겨우 안전한 곳을 찾고, 겨우 사랑과 희망을 맛보았다. 이제 겨우 집으로 가고 있었다. 그런데 모든 것을 잃다니……. 대니는 애원했다. "안 돼. 이이를 살려주면 자유의 몸으로 만들어주겠네. 맹세하지. 분명히 방법을 알 거야……. 마법이라든가, 뭔가……."

미리 마즈 두르는 쭈그리고 앉아서 밤처럼 검은 눈으로 대너리스를 찬찬히 보았다. "주문이 하나 있긴 합니다." 미리의 목소리는 속삭임과 별 차이가 없을 만큼 조용했다. "하지만 힘들고 어두운 길입니다. 죽음이 더 깨끗하다고 하는 사람도 있지요. 저는 아사이에서 그 방법을 배웠고, 비싼 대가를 치렀습니다. 제 스승은 그림자 땅에서 온 혈마법사(bloodmage)였지요."

대니의 온몸이 차가워졌다. "그렇다면 그대는 정말로 마기로군……."

"그런가요?" 미리 마즈 두르가 미소 지었다. "지금 당신의 기수를 구할 수 있는 건 마기뿐이랍니다, 은빛 마님."

"다른 방법은 없나?"

"없습니다."

칼 드로고가 몸을 떨며 헐떡였다.

"하게." 대니는 불쑥 말해버렸다. 두려워해선 안 된다. 그녀는 드래곤의 핏줄이었다. "이이를 살려내."

"대가가 있답니다." 신처가 경고했다.

"금이든 말이든 원하는 대로 주지."

"금이나 말 같은 게 아닙니다. 이건 피의 마법이에요, 마님. 오직 죽음만이 삶의 대가를 치를 수 있습니다."

"죽음?" 대니는 주저앉은 채 방어적으로 몸을 감싸고 앉아서 몸을 앞뒤로 흔들었다. "내 죽음?" 그래야 한다면 드로고를 위해 죽겠다고 생각했다. 그녀는 드래곤의 핏줄이었다. 두렵지 않았다. 라에가르 오빠도 사랑하는 여자를 위해 죽었다.

"아니요. 당신의 죽음은 아닙니다, 칼리시." 미리 마즈 두르가 약속했다.

대니는 안도감에 몸을 떨었다. "하게."

마기는 엄숙하게 고개를 끄덕였다. "당신이 말한 대로 될 것입니다. 하인들을 부르세요."

라카로와 쿠아로가 욕조 안으로 내려놓자 칼 드로고는 약하게 발버둥치며 중얼거렸다. "안 돼. 안 돼. 말을 달려야 해." 그러나 물속에 들어가자 모든 힘이 빠져나가는 것 같았다.

"애마를 데려와요." 미리 마즈 두르가 명했고, 그대로 되었다. 조고가 거대한 붉은 종마를 천막 안으로 끌고 들어왔다. 말은 죽음의 냄새를 맡자 눈을 희번덕거리며 소리를 지르고 뒷발로 일어섰다. 진정시키기 위해 남자 셋이 필요했다.

"뭘 하려는 건가?" 대니가 물었다.

"피가 필요해요. 그래야 합니다." 미리가 대답했다.

조고가 아라크에 손을 가져가며 물러섰다. 그는 채찍처럼 날렵한 몸매에, 두려움을 모르며, 잘 웃고, 윗입술 위에 첫 콧수염의 그림자만 보이는 열여섯 살의 소년이었다. 조고는 대니 앞에 무릎을 꿇고 애원했다. "칼리시, 이러시면 안 됩니다. 제가 이 마기를 죽이게 해주십시오."

"이 여자를 죽이면 네 칼을 죽이게 된다." 대니가 말했다.

"이건 혈마법입니다. 금기예요."

"나는 칼리시이고, 내가 금기가 아니라고 말한다. 바에스 도트락에서, 우리의 아들에게 힘과 용기를 주기 위해 칼 드로고가 종마를 죽이고 내가 그 말의 심장을 먹었지. 이것도 똑같아. 똑같은 일이야."

라카로와 쿠아로, 아고는 발길질하고 뒷발로 일어서려는 종마를 끌고 욕조로 다가갔다. 욕조에는 칼이 이미 죽은 사람처럼 누워 있었고, 상처에서 스며 나온 고름과 피가 목욕물을 더럽혔다. 미리 마즈 두르가 대니가 알지 못하는 언어로 뭔가 읊조리니 그 손에 단검이 나타났다. 대니는 그 단검이 어디에서 나왔는지 보지 못했다. 오래된 물건 같았다. 붉은 청동을 두드려 나뭇잎 모양으로 만들었고, 칼날에는 고대 상형문자가 덮여 있었다. 마기는 그 단검으로 종마의 당당한 머리통 아래를 그었고, 말은 붉은 피를 쏟아내며 비명을 지르고 몸서리를 쳤다. 그대로 두었다면 쓰러졌겠지만, 대니의 카스 사내들이 말을 붙들고 있었다. "말의 힘이여, 기수에게 들어가라." 미리는 말 피가 드로고의 목욕물 속으로 떨어지는 동안 노래했다. "짐승의 힘이여, 사람에게 들어가라."

조고는 죽은 몸뚱이를 만지기도 두렵지만 놓기도 두려워하며 겁에 질린 얼굴로 종마의 무게와 씨름하고 있었다. '말에 불과해.' 대니는 생각했다. 말 한 마리의 죽음으로 드로고의 목숨을 살 수 있다면 천 번이라도 지불할 수 있었다.

종마를 놓았을 때는 목욕물이 검붉게 물들었고, 드로고는 얼굴밖에 보이지 않았다. 미리 마즈 두르는 말의 시체를 필요로 하지 않았다. "태워라." 대니는 그렇게 일렀다. 도트락인이 그렇게 한다는 사실을 알고 있었다. 남자가 죽으면, 주인을 태우고 밤의 땅으로 가라고 그의 말을 죽여 화장 장작 위에 같이 올렸다. 대니의 카스 사내들은 말의 시체를 천막 밖으로 끌고 나갔다. 사방에 피가 튀어 있었다. 모래 비단으로 친 벽에도 붉은 점이 튀었고, 발 아래 깔개는 검게 젖어 있었다.

화로에 불이 켜졌다. 미리 마즈 두르는 석탄 위에 붉은 가루를 뿌렸다. 톡 쏘기는 하지만 나쁘지 않은 냄새가 나는 연기가 올랐는데, 에로어는 울면서 달아났고 대니는 두려움에 질렸다. 그래도 이제는 돌아가기엔 너무 멀리 왔다. 대니는 시녀들을 물렸다. "시녀들과 같이 가시죠, 은빛 마님." 미리 마즈 두르가 말했다.

"나는 남겠다. 이 남자는 별들 아래에서 나를 안고 내 배 속 아이에게 생명을 주었지. 이이를 떠나지 않겠어."

"나가야 합니다. 일단 제가 노래를 부르기 시작하면 아무도 이 천막에 들어와선 안 돼요. 제 노래는 오래되고 어두운 힘을 깨울 거예요. 오늘 밤 여기에선 죽은 자들이 춤을 출 겁니다. 산 자는 그들을 보아선 안 돼요."

대니는 어쩔 수 없이 고개를 떨궜다. "아무도 들어오지 않게 하지." 그녀는 욕조 위로, 피로 목욕하고 있는 드로고 위로 몸을 숙여 이마에 가볍게 입을 맞췄다. "이이를 나에게 돌려줘." 그녀는 미리 마즈 두르에게 속삭이고 밖으로 나갔다.

나가보니 해가 지평선에 낮게 걸렸고, 하늘은 멍든 붉은색이었다. 칼라사르는 그동안 진을 쳐서, 눈 닿는 곳 어디까지나 천막과 잠자리 깔개들이 흩어져 있었다. 뜨거운 바람이 불었다. 조고와 아고가 죽은 종마를 태우기 위해 불구덩이를 파고 있었다. 사람들이 모여들어, 구리를 두드려 만든 가면 같은 얼굴에 단단한 검은 눈으로 대니를 노려보았다. 사슬 갑옷과 가죽 방호복을 입고 넓게 벗어진 이마에 땀이 맺힌 조라 모르몬트 경이 보였다. 그는 도트락인들을 밀어내고 대니 옆으로 다가왔다. 대니의 장화가 땅에 남긴 진홍빛 발자국을 보자 조라의 얼굴에서 핏기가 빠져나갔다. "무슨 짓을 한 겁니까, 어린 바보여." 그는 쉰 목소리로 물었다.

"그이를 구해야만 했어."

"우린 도망칠 수도 있었어요. 제가 공주님을 아사이까지 안전하게 데려갔을 겁니다. 그럴 필요가……."

"내가 정말로 그대의 공주인가?" 대니는 물었다.

"아시잖습니까. 신들이 우리 둘 다 구하시길."

"그렇다면 지금 날 도와줘."

조라 경은 얼굴을 찡그렸다. "도울 방법을 안다면 좋겠군요."

미리 마즈 두르의 목소리가 높이 치솟았다. 대니의 등골에 오한이 흐르게 하는 울부짖음이었다. 도트락인 몇 명이 중얼거리며 뒷걸음질 치기 시작했다. 천막은 안에 지핀 화롯불로 환히 빛났다. 피가 튄 모래 비단에 움직이는 그림자들이 비쳤다.

미리 마즈 두르는 춤을 추고 있었고, 혼자가 아니었다.

대니는 도트락인들의 얼굴에 드러난 노골적인 공포를 보았다. "이럴 순 없다." 쿼토가 천둥같이 외쳤다.

대니는 혈맹기수들이 돌아온 줄도 몰랐다. 하고와 코홀로가 같이 있었다. 그들은 대머리 사내들, 칼과 바늘과 불로 치료하는 내시들을 데리고 왔다.

"그렇지 않아." 대니가 대꾸했다.

"마기." 하고가 으르렁거렸다. 그리고 코홀로가, 드로고가 태어난 날부터 드로고에게 삶이 매인 코홀로, 언제나 대니에게 친절했던 코홀로가 그녀의 얼굴에 침을 뱉었다.

쿼토가 장담했다. "넌 죽은 목숨이다, 마기. 하지만 다른 마기를 먼저 죽여야지." 그는 아라크를 뽑아 들고 천막으로 향했다.

"안 돼." 대니가 소리쳤다. "들어가면 안 돼." 대니가 어깨를 잡자 쿼토는 그녀를 뿌리쳤다. 대니는 아이를 보호하려고 두 팔로 배를 감싸고 무릎으로 주저앉았다. 대니는 그녀의 카스에게 명했다. "막아라. 죽여라."

라카로와 쿠아로가 천막 문 옆에 섰다. 쿠아로는 채찍 손잡이에 손을 뻗으며 한 걸음 내디뎠지만, 쿼토가 구부러진 아라크를 들어 올리며 무용수처럼 우아하게 몸을 돌렸다. 아라크는 쿠아로의 팔 아래를 베었고, 날카롭고 눈부신 강철이 가죽과 피부를 가르고 근육과 갈비뼈까지 파고들었다. 젊은 기마인이 숨이 막혀 비틀거렸고 피가 분수처럼 솟구쳤다.

쿼토는 칼날을 비틀어 뽑았다. 조라 모르몬트 경이 외쳤다. "기마전사여, 나에게 덤벼보라." 칼집에서 장검이 빠져나왔다.

쿼토는 욕을 하며 몸을 빙글 돌렸다. 아라크가 어찌나 빨리 움직이는지, 칼에 묻은 쿠아로의 피가 뜨거운 바람 속에 피 보라를 뿌렸다. 장검은 조라 경의 얼굴에서 30센티미터도 떨어지지 않은 곳에서 아라크를 받아내고 잠시 동안 파르르 떨렸다. 쿼토는 분노하여 울부짖었다. 기사는 사슬 갑옷을 입고 가재갑 형태의 쇠 장갑과 정강이받이를 차고 목에는 무거운 목가리개를 둘렀지만, 투구를 쓸 생각은 하지 못했다.

쿼토는 춤추듯 뒤로 물러서며 아라크를 머리 주위로 빙빙 돌렸다. 기사가 서둘러 돌진하자, 흐릿한 빛무리를 만들며 빨리 돌던 아라크가 번개처럼 번득였다. 조라 경은 최선을 다해 피했지만, 그 속도가 어찌나 빠른지 대니의 눈에는 쿼토가 네 개의 팔에 네 개의 아라크를 쥐고 있는 것처럼 보일 정도였다. 사슬 갑옷에 검이 부딪치는 소리가 나고, 그 긴 만곡도가 쇠 장갑을 스치면서 불똥이 튀었다. 갑자기 모르몬트가 비틀거리며 뒷걸음질을 쳤고, 쿼토는 껑충 뛰어 공격했다. 기사는 얼굴 왼쪽에 붉은 피가 흘렀고, 엉덩이가 베여 사슬 틈이 크게 벌어지고 다리를 절었다. 쿼토는 기사를 소리 높여 비웃고 비겁자, 젖먹이, 강철 옷을 입은 내시라고 불렀다. "넌 지금 죽는다!" 쿼토는 떨리는 아라크로 붉은 황혼을 가르며 장담했다. 대니의 자궁 속에서 아들이 거칠게 발길질을 했다. 만곡도는 직선의 장검을 스쳐 지나서 갑옷이 벌어진 기사의 엉덩이에 깊이 박혔다.

모르몬트는 앓는 소리를 내며 비틀거렸다. 대니는 배에 날카로운 아픔을 느꼈고, 허벅지가 축축하게 젖어 들었다. 쿼토는 승리의 소리를 내질렀지만, 뼈에 파고든 그의 아라크는 심장이 반 번 뛸 동안은 움직이지 못했다.

그것으로 충분했다. 조라 경이 남은 힘을 다해서 내리친 장검은 살과 근육과 뼈를 갈랐고, 쿼토의 팔뚝은 가는 살갗과 힘줄에 매달려 달랑거렸다. 기사의 다음 공격은 쿼토의 귀를 갈랐다. 쿼토의 얼굴이 폭발하는 것처럼 보일 만큼 맹렬한 일격이었다.

도트락인들이 고함을 지르고 있었다. 미리 마즈 두르는 천막 안에서 사람 같지 않은 소리로 울부짖었고, 쿠아로는 죽어가면서 물을 달라 애원했다. 대니는 소리쳐 도움을 청했지만 아무도 듣지 못했다. 라카로는 하고와 싸우고 있었고, 아라크와 아라크가 춤을 추는데 조고의 채찍이 천둥처럼 요란한 소리를 울리며 하고의 목을 휘감았다. 채찍을 한 번 당기자 하고는 중심을 잃고 검을 떨어뜨리며 뒤쪽으로 비틀거렸다. 라카로는 노호하며 달려들어 두 손으로 아라크를 하고의 머리에 내리찍었다. 붉은 칼끝이 하고의 두 눈 사이에서 흔들렸다. 누군가가 돌을 던졌고, 대니가 문득 보니 어깨가 찢어져 피투성이가 되어 있었다. "안 돼." 대니는 울었다. "안 돼, 제발 멈춰. 너무 커. 대가가 너무 커." 돌멩이가 더 날아왔다. 대니는 천막 쪽으로 기어가려고 했지만, 코홀로가 그녀를 잡았다. 코홀로는 대니의 머리채를 쥐고 고개를 뒤로 젖혔고, 대니는 목에 닿는 차가운 칼날을 느꼈다. "내 아기." 대니는 비명을 질렀고, 신들이 들으셨는지 그 순간 코홀로가 죽었다. 아고의 화살이 그의 팔 아래를 때리고 폐와 심장을 꿰뚫었다.

마침내 고개를 들 힘을 얻었을 때, 대너리스는 흩어지는 사람들을 보았다. 도트락인들은 소리 없이 천막과 잠자리 깔개로 돌아가고 있었다. 말에 안장을 얹고 달려가는 사람들도 있었다. 해는 이미 저물었다. 칼라사르 여기저기에서 불이 피어올라, 거대한 오렌지색 불꽃이 맹렬히 탁탁거리며 하늘에 불씨를 뱉어냈다. 대니가 일어서려고 하자 고통이 거인의 주먹처럼 그녀를 잡고 쥐어짰다. 숨이 빠져나갔다. 겨우 헐떡일 수 있을 뿐이었다. 미리 마즈 두르의 목소리가 장례식의 만가(輓歌) 같았다. 천막 안에서 그림자들이 빙빙 돌았다.

팔 하나가 허리를 잡는다 싶더니, 조라 경이 대니를 일으켜 세웠다. 그의 얼굴에는 피가 끈적거렸고, 귀가 절반 없었다. 통증에 다시 사로잡힌 대니는 조라 경의 품 안에서 몸부림쳤고, 기사가 시녀들에게 도와달라 외치는 소리를 들었다. '다들 이리 무서워한단 말인가?' 그녀는 답을 알고 있었다. 다시 통증이 그녀를 붙잡았고, 대니는 비명을 깨물었다. 마치 아들이 양손에 단검을 하나씩 쥐고 배 속을 난도질하며 나오고 있는 것 같았다. "염병할, 도리아!" 조라 경이 노호했다. "이리 와라. 산파를 불러와."

"오지 않을 거예요. 칼리시는 저주받았대요."

"오지 않으면 내가 산파들의 머리를 잘라버리겠다."

도리아는 흐느꼈다. "다들 가고 없어요, 나리."

"마기." 다른 누군가가 말했다. 아고였을까? "마기에게 데려가요."

'안 돼.' 대니는 말하고 싶었다. '안 돼, 그건 안 돼, 그것만은 안 돼.' 하지만 입을 열자 고통에 찬 긴 울음소리만 흘러나왔고, 온몸에 땀이 맺혔다. '다들 뭐가 잘못된 거야? 보지 못하는 건가?' 천막 안에서는 모래 비단에 검게 비치는 형상들이 춤을 추며 화로 주위를 돌고 피 목욕통 주위를 돌고 있었으며, 그중에는 인간처럼 보이지 않는 형상도 있었다. 대니는 거대한 늑대 그림자를 보았고, 불에 휩싸인 남자처럼 보이는 그림자도 보았다.

이리가 말했다. "저 어린 양 여자는 출산의 비밀을 알아요. 그렇게 말했어요. 제가 들었어요."

도리아가 맞장구를 쳤다. "맞아요, 저도 들었어요."

'안 돼.' 대니는 소리쳤지만, 생각만 했는지도 몰랐다. 작은 소리 하나 입술 밖으로 나오지 않았다. 그녀는 들려 가고 있었다. 눈을 뜨자 별도 없이 까맣고 황량한, 죽은 듯 단조로운 하늘이 보였다. '제발, 안 돼.' 미리 마즈 두르의 목소리가 점점 커지다가 세상을 가득 채웠다. 대니는 비명을 질렀다. '저 형상들! 저기서 춤추는 자들!'

조라 경이 대니를 안고 천막 안으로 들어갔다.

아리아

'밀가루 거리'에 열린 가게들에서 흘러나오는 따뜻한 빵 냄새는 아리아가 이제까지 맡아본 어떤 향수보다 더 달콤했다. 아리아는 빵 냄새를 깊이 들이마시고 비둘기에게 조금 더 다가갔다. 갈색 반점이 얼룩덜룩한 통통한 비둘기로, 포장 돌 사이에 떨어진 빵 껍질을 쪼아먹느라 바빴지만, 아리아의 그림자가 닿자마자 날아올랐다.

아리아의 목검이 휙 소리를 내며 땅에서 반 미터쯤 떠오른 비둘기를 때렸고, 비둘기는 갈색 깃털을 흩날리며 떨어졌다. 아리아는 눈 깜짝할 사이에 퍼덕거리는 비둘기 날개를 잡았다. 비둘기가 손을 쪼았다. 아리아는 그 목을 잡고 뼈가 부러지는 소리가 날 때까지 비틀었다.

고양이에 비하면 비둘기는 잡기 쉬웠다.

지나가던 성사 하나가 탐탁지 않은 얼굴로 보고 있었다. "여기가 비둘기 잡기 제일 좋아요." 아리아는 몸을 털고 떨어진 목검을 주우며 성사에게 말했다. "빵 부스러기를 먹으러 오거든요." 성사는 급히 떠나갔다.

아리아는 비둘기를 허리띠에 묶고 거리를 걷기 시작했다. 어떤 남자가 타르트를 가득 실은 이륜 수레를 밀고 있었다. 블루베리와 레몬과 살구 냄새가 진동했다. 아리아의 배에서 꾸르륵 소리가 울렸다. 아리아는 저도 모르게 말했다. "하나만 먹을 수 있을까요? 레몬 맛이나 아니면…… 뭐든지요."

수레 미는 행상은 아리아를 위아래로 훑어보았다. 못마땅한 표정이 역력했다. "동화 세 닢."

아리아는 목검으로 장화 옆을 톡톡 두드렸다. "통통한 비둘기 한 마리와 바꿔요."

"비둘기는 '다른자'들이나 가지라지." 수레 미는 행상이 말했다.

아직 오븐의 온기가 가시지 않은 타르트였다. 그 냄새에 군침이 돌았지만, 동화 세 닢은커녕…… 한 닢도 없었다. 아리아는 수레 미는 남자를 보고, 시리오가 '본다는 것'에 대해 말해준 바를 떠올렸다. 행상은 키가 작았고, 배는 살짝 나왔으며, 움직일 때면 왼쪽 다리에 살짝 신경을 썼다. 아리아가 타르트를 하나 낚아채어 달아나면 행상이 절대 잡지 못할 거라고 생각하는 순간, 행상이 말했다. "그 더러운 손 댈 생각 마라. 황금 망토들은 도둑질이나 하는 쪼끄만 시궁쥐를 어떻게 다룰지 알거든. 알고말고."

아리아는 조심스럽게 뒤를 돌아보았다. 도시 경비대 두 명이 골목 입구에 서 있었다. 진한 금빛으로 염색한 무거운 모직 망토가 땅에 닿을 듯했다. 사슬 갑옷과 장화와 장갑은 검은색이었다. 한 명은 허리에 장검을 찼고, 또 한 명은 쇠 곤봉을 찼다. 아리아는 마지막으로 타르트에 애석한 눈빛을 던지고 슬금슬금 수레에서 멀어져서 그 자리를 떠났다. 황금 망토들은 지금까지 아리아에게 특별히 관심을 두지 않았지만, 아리아는 그들을 보기만 해도 속이 뒤틀렸다. 아리아는 성에서 최대한 멀리 떨어져 지냈지만, 멀리서도 높이 솟은 붉은 벽 위에서 썩어가는 머리통들을 볼 수 있었다. 머리통마다 까마귀 떼가 파리 떼처럼 새카맣게 달라붙어서 시끄럽게 다퉈댔다. 플리바텀(Flea Bottom, 벼룩 바닥)에 도는 이야기로는 황금 망토들이 라니스터와 한패가 되었고, 그래서 경비대장이 영주가 되어 트라이던트에 있는 영지와 왕의 협의회 자리를 받았다고 했다.

다른 소문도 들렸다. 무서운 소문, 아리아에게는 이해가 가지 않는 이야기들이었다. 누군가는 아리아의 아버지가 로버트 왕을 살해했고 그래서 렌리 공의 손에 죽었다고 했다. 또 누군가는 형제가 취중에 다투다가 렌리가 왕을 죽였다고 주장했다. 그렇지 않고서야 왜 좀도둑처럼 밤중에 도망쳤겠는가? 왕이 사냥 중에 멧돼지에게 죽었다는 소문도 있었고, 멧돼지를 먹다가 너무 먹은 나머지 식탁에서 배가 터져서 죽었다는 소문도 있었다. 또 누군가는 아니다, 식탁에서 죽은 건 맞지만 거미 바리스가 독살해서였다고 말했다. 아니, 왕을 독살한 건 왕비였다. 아니다, 왕은 매독으로 죽었다. 아니다, 생선 뼈가 목에 걸려 죽었다.

그 모든 이야기가 동의하는 바는 하나, 로버트 왕이 죽었다는 점이었다. 바엘로르 대성소의 일곱 탑에서 하루 밤낮으로 종이 울려 비탄의 천둥소리가 청동의 파도를 타고 도시를 흔들었다. 그런 종소리는 왕이 죽었을 때만 울린다고, 어느 무두장이 소년이 아리아에게 말했다.

아리아는 그저 집에 가고 싶었지만, 킹스랜딩을 떠나기는 생각만큼 쉽지 않았다. 입마다 전쟁 이야기가 오르내렸고, 성벽에는 황금 망토들이…… 아리아의 몸에 붙은 벼룩만큼이나 우글거렸다. 아리아는 플리바텀에서 지붕 위든 마구간이든 누울 수 있는 자리를 찾으면 아무 데서나 잤고, 오래지 않아서 그 동네가 딱 맞는 이름으로 불린다는 사실을 알았다.

아리아는 레드킵에서 탈출한 후 매일같이 도시의 일곱 문을 돌아가며 찾아갔다. 드래곤 문, 사자 문, 옛 문은 닫아서 빗장을 질러놓았다. 진흙 문과 신들의 문은 열려 있었지만, 도시에 들어오고 싶어 하는 사람을 받기만 했고 아무도 내보내지 않았다. 나갈 허락을 받은 사람들은 왕의 문이나 무쇠 문으로 나갔는데, 그곳은 진홍색 망토를 두르고 사자 투구를 쓴 라니스터 중장병들이 지켰다. 왕의 문 옆 여관 지붕에서 살펴보니 그들은 짐수레와 마차를 다 뒤지고 기수들의 안낭도 열어보게 했으며, 걸어서 통과하려는 사람마다 질문을 던졌다.

헤엄쳐서 강을 건널 생각도 해보았지만, 블랙워터 급류는 넓고 깊었고, 모두가 그 강의 물살이 위험천만하다는 데 동의했다. 나룻배를 타거나 배에 오를 돈은 없었다.

아버지는 절대로 도둑질하지 말라고 가르쳤지만, 그 이유를 기억하기는 점점 힘들어졌다. 빨리 빠져나가지 못하면 황금 망토들을 상대로 도박을 해야 할 터였다. 목검으로 새를 잡는 방법을 터득한 후부터 배는 많이 곯지 않았지만, 비둘기를 많이 먹어서 아프지 않을까 겁이 났다. 플리바텀을 발견하기 전에는 몇 마리를 날것으로 먹기도 했다.

플리바텀에는 골목길마다 커다란 스튜 통을 몇 년 동안 끓여온 급식소들이 있었는데, 그곳에서는 새 반 마리를 어제 구운 빵 끄트머리와 갈색 죽 한 그릇과 바꿀 수 있었고 나머지 반은 급식소에서 꼬챙이에 꿰어 바삭하게 구워주기까지 했다. 깃털만 직접 뽑는다면 말이다. 아리아는 우유 한 잔과 레몬 케이크 한 조각을 위해서라면 뭐든 줄 마음이었지만, 갈색 죽도 나쁘지는 않았다. 보통은 둥둥 뜬 기름막 아래에 보리가 들었고, 당근과 양파와 순무 덩어리나, 가끔은 사과가 들어 있기도 했다. 고기에 대해서는 대개 생각하지 않으려고 했다. 한번은 생선 조각을 얻은 적도 있었다.

유일한 문제는 급식소가 비어 있을 때가 없고, 번개같이 음식을 먹어치우면서도 사람들의 눈길을 느낄 수 있다는 점이었다. 어떤 사람들은 아리아의 장화나 망토를 빤히 바라보았고, 그녀는 그들이 무슨 생각을 하는지 알았다. 또 어떤 사람들의 시선은 가죽옷 안으로 기어 들어오는 느낌마저 났는데, 그들이 무슨 생각을 하는지는 알 수 없었고, 그래서 더 겁이 났다. 몇 번은 골목길 안으로 사람들이 따라와 쫓기기도 했지만, 아직까지는 아무도 그녀를 잡지 못했다.

팔 생각이었던 은팔찌는 성을 빠져나온 첫날 밤에, 돼지 골목에 있는 불탄 집에서 자다가 멀쩡한 옷 꾸러미와 함께 도둑맞았다. 남은 것이라곤 걸치고 있던 망토와 입고 있던 가죽옷, 연습용 목검…… 그리고 '바늘'뿐이었다. 바늘을 깔고 잤기 망정이지, 그렇지 않았더라면 그것까지 잃어버렸으리라. 그 검은 나머지를 다 합친 것보다 중요했다. 그때부터 아리아는 망토를 오른팔 뒤로 둘러서 허리에 찬 칼을 숨기고 걸어 다녔다. 목검은 강도에게 겁을 주려고 누구나 볼 수 있게 왼손에 들고 다녔지만, 급식소에는 아리아가 전투 도끼를 들고 다닌대도 겁먹지 않을 남자들이 있었다. 그것만으로도 비둘기 고기와 묵은 빵을 먹을 맛이 안 났다. 그들의 시선을 감당하느니 굶주린 채 잠들 때도 많았다.

일단 도시 밖으로 나가기만 하면 따 먹을 만한 나무 열매나, 사과와 버찌를 슬쩍할 만한 과수원을 찾으려 했다. 남쪽으로 오는 여행 중에 왕의 가도에서 본 기억이 있었다. 숲에서 뿌리를 캐거나, 토끼를 뒤쫓을 수도 있었다. 도시에서는 쫓아다닐 만한 동물이 쥐와 고양이와 앙상한 개들뿐이었다. 강아지들을 잡아가면 급식소에서 동화를 한 주먹 준다고 들었지만, 그런 일은 생각하고 싶지 않았다.

밀가루 거리 아래쪽은 꼬불꼬불한 골목과 교차로의 미궁이었다. 아리아는 황금 망토들과 거리를 두려고 노력하면서 사람들 사이를 재빨리 움직였다. 아리아는 거리 한가운데로 움직이는 방법을 익혔다. 가끔 수레와 말을 피해야 하기는 했지만, 그래도 그런 위험은 눈으로 볼 수 있었다. 건물 가까이로 걸으면 사람들이 움켜잡았다. 어떤 골목길에서는 벽을 스치고 갈 수밖에 없었는데, 그런 곳에서는 건물들이 서로 마주칠 정도로 기울어 있었다.

어린아이들 한 무리가 와와 함성을 올리며 굴렁쇠를 따라 달려갔다. 아리아는 브랜과 존과 어린 동생 리콘과 함께 굴렁쇠 놀이를 하던 시절을 떠올리며 분한 눈으로 그들을 바라보았다. 리콘은 얼마나 컸을까, 브랜은 슬프지 않을까 궁금했다. 그녀는 이 자리에 "동생아" 부르며 머리를 헝클어뜨릴 존이 있게만 해준다면 무엇이든 줄 수 있었다. 더 헝클어뜨릴 것도 없었지만 말이다. 물웅덩이에 비친 모습을 보았는데, 머리가 지금보다 더 엉망이 될 수는 없을 것 같았다.

친구를 사귀면 잘 곳을 구할 수 있을까 싶어 길거리에서 보이는 아이들에게 말을 걸어보기도 했는데, 아리아가 말을 잘못했거나 그런 모양이었다. 작은 아이들은 경계하는 눈으로 흘긋거리기만 했고 아리아가 너무 가까이 가면 도망쳤다. 그 아이들의 손위 형제자매들은 아리아가 대답할 수 없는 질문을 던지고, 욕을 하고, 도둑질을 하려 들었다. 어제만 해도 나이가 두 배는 될 깡마른 맨발의 소녀가 아리아를 때려눕히고 장화를 벗겨 가려고 했는데, 아리아가 목검으로 귀를 때리자 피를 흘리고 울면서 달아났다.

플리바텀을 향해 언덕을 내려가자 머리 위에서 갈매기 한 마리가 맴을 돌았다. 어떨까 싶어서 올려다보았지만, 나무 막대기가 닿기에는 너무 높았다. 갈매기를 보자 바다가 생각났다. 빠져나갈 방법은 바다에 있는지도 몰랐다. 낸 할멈은 무역선에 몰래 타 온갖 모험을 겪는 소년들의 이야기를 해주곤 했다. 아리아도 그럴 수 있을지 몰랐다. 아리아는 강기슭에 가보기로 했다. 어차피 '진흙 문'으로 가는 길에 있기도 했고, 그 문은 오늘 아직 확인해보지 않았으니.

아리아가 도착했을 때 부둣가는 이상하게 조용했다. 나란히 서서 어시장을 통과하는 황금 망토 두 명이 보이기는 했지만, 그들은 아리아에게 눈길도 주지 않았다. 매대는 절반이 비어 있었고, 부두에는 기억보다 배가 적어 보였다. 블랙워터 강에는 왕의 전투 갤리선 세 척이 대형을 이루어 움직였고, 노가 오르내리자 금빛으로 칠한 선체가 강물을 갈랐다. 아리아는 잠시 그 배들을 지켜보다가, 강을 따라 걷기 시작했다.

세 번째 부두에서 하얀 새틴을 가장자리에 두른 회색 모직 망토를 걸친 위병들을 보자 심장이 멈추는 것 같았다. 윈터펠의 색을 보자 눈물이 나왔다. 그 위병들 뒤로 날렵한 세 줄 노잡이 무역선이 계류용 밧줄에 매인 채 흔들렸다. 아리아는 선체에 칠한 이름을 읽을 수 없었다. 글자가 이상했다. 미르어, 브라보스어, 아니면 고급 발리리아어일 수도 있었다. 아리아는 지나가던 부두 노동자의 소매를 잡았다. "저기요, 저건 무슨 배예요?"

"미르에서 온 '바람 마녀'호다." 남자가 대답했다.

"아직 여기 있었네요." 아리아는 불쑥 말해버렸다. 부두 노동자는 이상한 눈으로 보더니 어깨를 으쓱이고 걸어갔다. 아리아는 그 부두를 향해 달려갔다. '바람 마녀'호는 아버지가 아리아를 집에 보내려고 빌린 배였다……. 아직 기다리고 있었다니! 진작에 떠났을 줄 알았는데.

위병 두 명이 주사위 놀이를 하는 동안 세 번째 위병은 칼자루 끝에 손을 얹고 걸어 다녔다. 아리아는 아기처럼 우는 모습을 보이기 부끄러워서 걸음을 멈추고 눈을 문질렀다. 눈을, 눈을, 눈을…… 왜…….

'네 눈으로 제대로 보아라.' 시리오의 속삭임이 들렸다.

아리아는 보았다. 아리아는 아버지의 위병을 모두 알고 있었다. 회색 망토를 걸친 이 세 명은 낯설었다. 걸어 다니던 위병이 외쳤다. "이놈, 여기서 뭘 하려는 거냐?" 다른 두 명이 주사위에서 고개를 들었다.

번개같이 달아나고 싶은 마음이 간절했지만, 그랬다간 바로 따라올 게 뻔했다. 아리아는 오히려 더 가까이 걸어갔다. 그들은 여자애를 찾고 있을 테지만, 위병은 아리아를 남자애로 생각했다. 그렇다면 남자애가 되자. "비둘기 살래요?" 아리아는 그에게 죽은 새를 보였다.

"여기서 썩 꺼져라." 위병이 말했다.

아리아는 그 말대로 했다. 겁먹은 체 할 필요도 없었다. 등 뒤에서 위병들은 주사위 놀이로 돌아갔다.

어떻게 플리바텀으로 돌아왔는지 알 수 없었지만, 언덕 사이로 비뚤배뚤하게 난 좁은 비포장 거리에 도착했을 때 아리아는 격하게 숨을 몰아쉬고 있었다. 플리바텀에는 특유의 악취가 있었다. 돼지우리와 마구간과 무두장이 창고 냄새가 싸구려 술집과 밑바닥 매음굴의 시큼한 냄새와 뒤섞인 악취. 아리아는 멍하니 그 미로 속을 헤치고 나아갔다. 어느 급식소 문밖으로 끓는 갈색 죽 냄새가 새어 나왔을 때에야 비둘기가 없어졌음을 깨달았다. 뛰면서 허리춤에서 떨어졌거나, 누군가가 훔쳐갔는데 알아차리지 못한 모양이었다. 잠깐이지만 아리아는 다시 울고 싶었다. 그렇게 통통한 비둘기를 또 찾으려면 밀가루 거리까지 돌아가야 했다.

도시 저편에서 종이 울리기 시작했다.

아리아는 이번에는 무슨 종소리일까 생각하며 고개를 들고 귀를 기울였다.

"이번엔 또 뭐야?" 급식소에서 뚱뚱한 남자가 외쳤다.

"종이 또 울리네, 신들이시여, 맙소사." 늙은 여자가 흐느꼈다.

화려한 비단 속옷을 걸친 붉은 머리 창녀가 2층 창문을 밀어젖혔다. "이번엔 소년 왕이 죽었나?" 창녀는 길거리로 몸을 내밀고 소리쳤다. "아, 소년이란 그렇다니까. 절대 오래가는 법이 없어요." 창녀가 깔깔거리는 사이에 벌거벗은 남자가 뒤에서 그녀를 감싸 안고, 목을 물면서 속옷 아래 늘어진 묵직한 하얀 젖가슴을 문질렀다.

뚱뚱한 남자가 위를 보며 소리쳤다. "이 멍청한 매춘부야, 왕은 안 죽었어. 저건 소집 종이야. 탑 하나만 울리잖아. 왕이 죽으면 도시 안 모든 종을 다 울린다고."

"그만 좀 깨물지 않으면 내가 당신 종을 울려줄 거야." 창가의 여자가 등 뒤에 있는 남자를 팔꿈치로 밀면서 말했다. "그래서 왕이 아니면 누가 죽은 건데?"

"소집이라니까." 뚱뚱한 남자가 되풀이했다.

아리아 또래의 사내아이 둘이 물을 튀기면서 웅덩이를 밟고 지나갔다. 늙은 여자가 나무랐지만 아이들은 아랑곳하지 않고 뛰어갔다. 다른 사람들도 무슨 소리인가 보려고 언덕을 오르고 있었다. 아리아는 조금 느린 소년을 쫓아 달렸다. "어디로 가는 거야?" 아리아가 바로 뒤에서 외쳤다. "무슨 일인데?"

소년은 속도를 늦추지 않고 돌아보았다. "황금 망토들이 그 사람을 성소로 끌고 가."

"누구?" 아리아는 힘껏 달리면서 외쳤다.

"수관! 부우가 그러는데 목을 벨 거래."

길에는 지나가는 수레가 남겨놓은 깊은 바큇자국이 있었다. 앞에 가던 소년은 뛰어넘었지만, 아리아는 바큇자국을 보지 못했다. 아리아는 걸려서 엎어졌고, 돌에 무릎을 긁히고 두 손으로 딱딱하게 굳은 땅을 짚으면서 손가락을 다쳤다. '바늘'이 다리 사이에 엉켰다. 아리아는 흐느끼면서 무릎을 짚고 일어나려 애썼다. 왼손 엄지손가락이 피투성이였다. 피를 빨고 나서 보니 엄지손톱 절반이 떨어져 나가고 없었다. 두 손이 욱신거렸고, 무릎도 피투성이였다.

"길을 터라!" 누군가가 교차로에서 외쳤다. "레드와인 나리들을 위해 길을 터라!" 아리아는 거대한 말을 탄 위병 네 명이 전속력으로 질주해 달려오기 전에 간신히 길에서 몸을 피했다. 위병들은 파란색과 짙은 와인색이 교차하는 체크무늬 망토를 걸쳤다. 그 뒤로 한 꼬투리에 든 콩처럼 닮은 젊은 귀족 두 명이 밤색 암말을 타고 나란히 달려왔다. 아리아는 궁정에서 그들을 수없이 보았다. 오렌지색 머리에 주근깨가 난 각진 얼굴의 못생긴 청년들, 레드와인 쌍둥이 호라스 경과 호버 경이었다. 산사와 제인 풀은 그들을 호러(horror, 골칫덩이) 경과 슬로버(slobber, 침흘리개) 경이라고 부르곤 했고, 그들이 보일 때마다 키득거렸다. 지금 그 둘은 우스워 보이지 않았다.

모두가 같은 방향으로 움직이고 있었다. 다들 종이 왜 울리는지 보려고 마음이 급했다. 종소리는 이제 더 커져서 땡땡거리며 사람들을 불렀다. 아리아도 인파에 합류했다. 엄지손톱이 깨진 데가 너무 아파서 울지 않으려고 온 힘을 다해야 했다. 아리아는 입술을 깨물고 다리를 절뚝거리면서 주위의 흥분한 목소리들에 귀기울였다.

"—왕의 손 스타크 공 말이야. 바엘로르 대성소로 끌고 올라가고 있대."

"죽었다고 들었는데."

"그야 곧 죽겠지. 그놈 머리통을 자른다는 데 내 은화 한 닢 걸겠어."

"진작 했어야지, 반역자 놈." 남자가 침을 뱉었다.

아리아는 목소리를 내려고 애썼다. "스타크 공은 절대로—" 아리아는 입을 열었지만, 그녀는 어린아이에 불과했고 다들 그녀를 무시하고 대화를 이어갔다.

"멍청아! 절대 목을 자르진 않을 거야. 언제부터 대성소 계단에서 반역자 목을 잘랐대?"

"그렇다고 기사 서임을 할 건 아니잖아. 늙은 로버트 왕을 죽인 게 스타크였다던데. 숲 속에서 왕의 목을 그어놓고선, 사람들이 발견했을 땐 아주 냉정하게 서서 전하를 해친 건 늙은 멧돼지였다고 했다지."

"에이, 그건 아니라우. 로버트 왕을 죽인 건 그 동생 렌리였지. 렌리와 그 황금 뿔 말이우."

"거짓말 말고 그 입 다물어, 여자야. 알지도 못하는 소리 하긴. 렌리 공은 진실하고 훌륭한 분이셔."

자매들의 거리에 도달했을 때 사람들은 어깨를 맞대고 길에 꽉 들어차 있었다. 아리아는 사람의 흐름에 몸을 싣고 비세니아 언덕 위로 올라갔다.

하얀 대리석 광장에 사람이 꽉 차서 흥분한 목소리로 서로 지껄여대고 바엘로르 대성소에 가까이 가려고 안간힘을 썼다. 여기에서는 종소리가 아주 크게 들렸다.

아리아는 말들의 다리 사이로 몸을 굽히고 들어가 목검을 꽉 움켜쥔 채 꿈틀꿈틀 사람들의 벽을 뚫고 움직였다. 군중들 사이에서 볼 수 있는 것이라곤 팔과 다리와 몸통, 그리고 머리 위로 치솟은 성소의 기다란 일곱 개 탑뿐이었다. 나무 수레가 하나 보여서 거기에 올라가면 앞을 볼 수 있지 않을까 생각했지만, 다른 사람들이 같은 생각을 한 후였다. 수레꾼이 사람들에게 욕을 하며 채찍을 휘둘러 쫓아냈다.

아리아는 점점 더 정신이 없어졌다. 군중 앞으로 밀고 나가다 밀려서 돌대좌에 부딪쳤다. 올려다보니 성사이자 왕이었던 '성왕 바엘로르' 동상이었다. 아리아는 목검을 허리띠에 꽂고 동상에 기어오르기 시작했다. 부러진 엄지손톱이 채색 대리석에 핏자국을 남겼지만, 아리아는 올라가서 왕의 다리 사이에 몸을 밀어 넣을 수 있었다.

그러자 아버지가 보였다.

에다드 공은 황금 망토 두 명의 부축을 받아 대성소 문 밖에 있는 최고성사의 연단에 서 있었다. 앞에 구슬로 하얀 늑대를 새겨넣은 짙은 회색 벨벳 더블릿을 입고, 모피 두른 회색 모직 망토를 걸쳤지만, 아리아가 이제까지 본 적 없이 야위었고 기름한 얼굴은 고통으로 해쓱했다. 서 있다기보다는 떠받쳐진 상태였다. 부러진 다리에 감긴 붕대는 회색으로 썩어 있었다.

그 옆에 최고성사가 몸소 나와 서 있었는데, 머리가 희끗희끗하고 무겁게 살이 찐 땅딸막한 남자로, 긴 흰색 로브를 입고 금실과 수정으로 만든 거대한 관을 써서 움직일 때마다 머리 주위에 무지개가 둘렸다.

높은 대리석 연단 앞, 성소 문을 둘러싸고 기사와 귀족들이 모여 있었다. 질주하는 수사슴과 포효하는 사자 문양이 들어간 진홍색 비단과 새틴

옷을 차려입고 머리에 금관을 쓴 조프리가 눈에 띄었다. 그의 어머니인 대비는 진홍색 안감이 보이게 길게 튼 검은색 상복을 입고, 검은 다이아몬드 베일을 쓰고 아들 옆에 서 있었다. 아리아는 어두운 회색 갑옷 위에 눈처럼 하얀 망토를 걸친 사냥개가 킹스가드 네 명과 함께 서 있는 것을 알아보았다. 또 부드러운 슬리퍼를 신고 무늬가 들어간 다마스크 로브를 입은 내시 바리스도 보았고, 은색 케이프를 걸치고 뾰족한 수염을 기른 키 작은 남자가 옛날에 어머니를 두고 결투를 벌였다던 그 남자일 거라고 생각했다.

그리고 그들 사이에 산사가 있었다. 하늘색 비단옷을 입고, 긴 적갈색 머리를 감아서 곱슬거리게 말고 손목에는 은팔찌를 찬 산사. 아리아는 언니가 여기에서 뭘 하는 건지, 왜 그렇게 행복해 보이는지 알 수 없어서 얼굴을 찌푸렸다.

한 줄로 길게 늘어선 황금 망토의 창잡이들이 군중들을 밀어냈는데, 그들을 지휘하는 땅딸막한 남자는 온통 검은색으로 칠하고 금세공을 넣은 정교한 갑옷을 입고 있었다. 망토에서는 진짜 금실 특유의 금속성 광채가 번득였다.

종소리가 멎자 넓은 광장에 서서히 정적이 내렸고, 아리아의 아버지는 고개를 들고 말하기 시작했다. 너무나 약하고 가늘어서 제대로 알아들을 수 없는 목소리였다. 아리아 뒤편에 있는 사람들이 외치기 시작했다. "뭐라고?" "더 크게!" 검은색과 금색 갑옷을 입은 남자가 아버지 뒤에 올라서서 몸을 쿡 질렀다. '가만히 내버려둬!' 아리아는 외치고 싶었지만, 아무도 귀 기울이지 않을 것을 알고 입술을 씹었다.

아버지는 목소리를 높여 다시 시작했다. "나는 에다드 스타크, 윈터펠의 영주이자 왕의 수관이오." 더 크게 소리를 내자 아버지의 목소리가 광장에 울려 퍼졌다. "신들과 사람들 앞에서 내 반역을 고백하러 왔소."

"아니야." 아리아는 흐느꼈다. 발아래에서 군중들은 소리를 지르고 고함치기 시작했다. 비웃음과 욕설이 허공을 채웠다. 산사는 두 손에 얼굴을 묻고 있었다.

아버지는 잘 들리게 목소리를 더 높였다. "나는 내 왕이자 친구인 로버트의 신뢰와 믿음을 배신했소. 그분의 자식들을 지키고 보호하겠노라 맹세해놓고서, 그 피가 식기도 전에 그 아들을 폐하고 살해한 후 내가 직접 왕좌를 빼앗으려는 음모를 꾸몄소. 최고성사와 사랑받은 왕 바엘로르와 일곱 신께서 내 말이 진실임을 증거하시기를. 조프리 바라테온이 철왕좌의 진정한 후계자이며, 모든 신들의 가호로 칠왕국의 주인이자 이 나라의 수호자로다."

군중 사이에서 돌멩이가 날아갔다. 아리아는 아버지가 돌을 맞는 모습을 보고 소리를 질렀다. 황금 망토들이 아버지가 쓰러지지 않게 잡았다. 이마에 깊게 팬 상처에서 얼굴로 피가 흘러내렸다. 돌멩이가 더 날아갔다. 하나는 아버지의 왼쪽에 선 경비병을 때렸다. 또 하나는 검은색과 금색 갑옷을 입은 기사의 흉갑을 때리고 튕겨 나갔다. 킹스가드 두 명이 조프리와 대비 앞에 나서서 방패로 두 사람을 지켰다.

아리아의 손은 망토 아래로 미끄러져 들어가서 칼집에 든 '바늘'을 찾았다. 아리아는 칼자루를 감아쥐고 그 어느 때보다 더 힘주어 잡았다. '제발, 신들이시여, 아버지를 지켜주세요. 놈들이 아버지를 해치게 두지 마세요.' 아리아는 기도했다.

최고성사가 조프리와 그 어머니 앞에 무릎을 꿇었다. "죄지은 자는 고통받나니." 그는 아버지보다 훨씬 크게 울리는 장중한 목소리로 읊었다. "이자는 성스러운 이 장소에서 신들과 인간이 보는 앞에 범죄를 고백했습니다." 최고성사가 간청하는 자세로 두 손을 들어 올리자 머리 주위로 무지개가 춤을 추었다. "신들께서는 정의로우시나, 성왕 바엘로르께서 가르치시길 자비로우시기도 합니다. 이 반역자를 어찌하시겠습니까, 전하?"

천 명의 목소리가 소리를 치고 있었으나, 아리아는 그들의 말을 듣지 못했다. 조프리 왕자…… 아니, 조프리 왕이 킹스가드의 방패 뒤에서 걸어 나왔다. "내 어머니는 에다드 공이 검은 옷을 입게 해달라 하시고, 산사 아가씨는 부친에게 자비를 베풀어달라 빌더군." 그는 산사를 똑바로 보고 미소 지었고, 아리아는 잠시 신들이 기도를 들어주셨다고 생각했다. 그러나 조프리는 군중을 돌아보고 말했다. "하나 이들은 마음 약한 여인네야. 내가 너희들의 왕인 한 반역을 벌하지 않고 넘어가는 일은 없다. 일린 경, 저놈의 머리통을 가져와라!"

군중들이 아우성을 쳤고, 아리아는 사람들이 밀려드는 통에 바엘로르 동상이 흔들리는 것을 느꼈다. 최고성사가 왕의 망토를 잡았고, 바리스가 팔을 내저으며 뛰쳐나왔으며, 심지어 대비마저도 왕에게 뭔가를 말하고 있었지만 조프리는 고개를 저었다. 철 갑옷을 입은 해골처럼 키가 크고 살이 없는 집행관이 걸어 나오자 귀족과 기사들이 비켜섰다. 아리아는 아주 먼 듯 희미하게 언니의 비명 소리를 들었다. 산사가 무릎을 꿇고 주저앉아서 미친 사람처럼 울고 있었다. 일린 페인 경이 연단 계단을 올라갔다.

아리아는 '바늘'을 뽑으며 바엘로르 동상 다리 사이에서 몸을 빼내어 군중 속으로 뛰어내렸다. 그녀는 푸주한 앞치마를 두른 남자 위에 내려앉으며 그를 바닥에 쓰러뜨렸다. 그 즉시 누군가가 그녀의 등에 부딪쳐왔고 아리아도 쓰러질 뻔했다. 몸뚱이들이 밀려들며 비틀거리고 밀치고, 가엾은 푸주한을 짓밟았다. 아리아는 그들에게 바늘을 휘둘렀다.

연단 위에서 일린 페인 경이 손짓을 하자 검은색과 금색 갑옷을 입은 기사가 명령을 내렸다. 황금 망토들이 에다드 경을 대리석 위에 내팽개치고, 머리와 가슴이 대리석 밖으로 나오게 했다.

"거기, 너!" 성난 목소리가 아리아를 향해 소리쳤지만 그녀는 사람들을 밀치고, 꿈틀거리며 사이로 빠져나가고, 앞을 막는 사람은 아무나 들이받으면서 거침없이 지나갔다. 누군가의 손이 다리를 더듬자 그 손을 후려쳤고, 사람들의 정강이를 걷어찼다. 어떤 여자가 비틀거리자 그 등을 짚고 뛰며 양쪽으로 칼을 휘둘렀지만, 그래봐야 소용없었다. 소용이 없었다. 사람이 너무 많아서 틈을 내자마자 닫혔다. 누군가가 아리아를 옆으로 밀쳤다. 아직도 산사의 비명 소리를 들을 수 있었다.

일린 경이 등에 진 칼집에서 양손 대검을 뽑았다. 그가 대검을 머리 위로 들어 올리자, 햇빛이 그 검은 금속 위로 물결치고 춤을 추는 것 같았다. 어떤 면도날보다 더 날카로운 칼날에 광채가 번득였다. '얼음…….' 아리아는 생각했다. '저놈이 얼음을 들고 있어!' 눈물이 줄줄 흘러내려서 앞이 보이지 않았다.

그 순간 사람들 사이에서 누군가의 손이 튀어나와서 늑대 덫처럼 아리아의 팔을 움켜쥐었다. 힘이 너무 세서 '바늘'이 손에서 떨어져 나갔다. 아리아는 발이 접질렸다. 그 누군가가 그녀를 인형처럼 가뿐하게 받치지 않았다면 그대로 쓰러졌을 것이다. 긴 검은 머리에 헝클어진 수염과 썩은 이빨이 가까이 다가왔다. "보지 마라!" 탁한 목소리가 말했다.

"나…… 나…… 난……." 아리아는 흐느꼈다.

노인은 아리아를 이가 부딪칠 정도로 세게 흔들었다. "그 입 다물고 눈도 감아라, 이 녀석아." 아득히 먼 곳에서처럼 희미하게 어떤…… 어떤 소리가…… 백만 명이 한꺼번에 숨을 내쉬는 것 같은 부드러운 한숨 소리 같은 게 들렸다. 노인의 손가락은 강철처럼 단단히 그녀의 팔을 쥐고 있었다. "날 봐라. 그래, 그렇지. 날 봐." 입김에서 시큼한 술 냄새가 풍겼다. "기억나느냐?"

냄새 덕분에 기억이 났다. 아리아는 기름때가 껴서 엉겨 붙은 머리털, 뒤틀린 어깨를 덮은 누덕누덕하고 빛바랜 검은 망토, 그녀를 쏘아보는 단단한 검은 눈동자를 보았다. 그리고 아버지에게 찾아왔던 검은 형제를 기억해냈다.

"이제 알아보겠나? 똑똑한 녀석이군." 그는 침을 뱉었다. "여기는 끝났다. 넌 나와 같이 갈 거고, 입은 꽉 다물고 있을 거다." 아리아가 대꾸하려 하자 그는 다시, 아까보다 더 심하게 그녀를 흔들었다. "입 다물라고 했지."

광장이 비기 시작했다. 사람들이 각자의 삶으로 돌아가면서 주위 인파가 물러났다. 하지만 아리아의 삶은 사라졌다. 아리아는 멍하니 노인을 따라갔다……. 요렌, 그래, 이름이 요렌이었다. '바늘'을 언제 찾았는지는 모르겠지만 요렌은 아리아에게 칼을 다시 쥐여줬다. "네가 그걸 쓸 수 있길 바란다, 소년."

"아니에요, 난—" 아리아가 입을 열었다.

그는 아리아를 어느 집 현관에 밀어붙이고, 지저분한 손가락을 머리카락 사이에 밀어 넣고 비틀어서 아리아의 고개를 뒤로 잡아당겼다. "—똑똑한 소년은 아니다, 그런 말이냐?"

그는 반대쪽 손에 칼을 들고 있었다.

칼날이 얼굴 앞에 번득이자 아리아는 몸을 뒤로 빼고 마구 발길질을 하면서 고개를 이리저리 비틀었지만, 요렌이 머리카락을 어찌나 세게 쥐었는지 머리 가죽이 찢어지는 느낌이 났고, 입술에는 눈물의 짠맛이 감돌았다.

브랜

가장 나이가 많은 축은 명명일에서 17, 18년은 지난 성인이었다. 스무 살 넘은 남자도 하나 있었다. 대부분은 더 어려서 열여섯 살 이하였다.

브랜은 루윈 학사의 작은 탑 발코니에서 내려다보며, 그들이 장대와 목검을 휘두르면서 끙끙거리고 안간힘을 쓰고 욕을 뱉는 소리에 귀를 기울였다. 훈련장에는 딸깍딸깍 나무 부딪치는 소리가 가득했고, 나무가 가죽이나 살을 철썩 때리는 소리와 아파서 울부짖는 소리가 자주 끼어들었다. 로드릭 경은 하얀 구레나룻 아래 얼굴이 벌겋게 익어서 모두에게 투덜거리며 소년들 사이를 걸어 다녔다. 브랜은 노기사의 그런 험악한 얼굴을 처음 보았다. 로드릭 경이 계속 말했다. "아니야. 아니야. 아니야. 아니야."

"별로 잘 싸우지 못하네요." 브랜은 미심쩍다는 듯 말하고, 뒷다리 고기를 찢는 다이어울프의 귀 뒤쪽을 긁어주었다. 서머의 이빨 사이에서 와작와작 뼈가 부서졌다.

"확실히 그렇지요." 루윈 학사는 깊은 한숨을 내쉬며 동의했다. 그는 미르에서 온 커다란 렌즈 통을 보며 그림자를 측량하고 아침 하늘에 낮게 걸린 혜성의 위치를 기록하고 있었다. "하지만 시기를 생각하면…… 로드릭 경이 제대로 보고 있는 것이지요. 우리에겐 성벽 감시를 맡길 인력이 필요합니다. 아버님께서 가장 뛰어난 위병들을 킹스랜딩으로 데려가셨고, 형님이 나머지 위병들에다 근처에서 쓸 만한 청년들까지 모조리 데려갔으니까요. 많은 이들이 우리에게 돌아오지 못할 테니, 그 자리를 대신할 남자들을 찾아야 합니다."

브랜은 아래에서 땀 흘리는 소년들을 분한 얼굴로 노려보았다. "다리만 멀쩡했다면 저 녀석들 다 때려눕힐 수 있어요." 브랜은 마지막으로 검을 손에 쥐었던 때를 기억했다. 왕이 윈터펠에 왔을 때였다. 목검이기는 했지만, 그걸로 토멘 왕자를 50번은 쓰러뜨렸다. "로드릭 경에게 장대 도끼 쓰는 법을 배워야겠어요. 내가 크고 긴 자루가 달린 도끼를 쥐면 호도가 내 다리가 될 수 있을 거예요. 둘이 같이 기사가 될 수 있어요."

"그건…… 어려울 것 같군요. 브랜, 싸우려면 팔과 다리와 생각이 하나여야 해요."

아래 훈련장에서는 로드릭 경이 소리 치고 있었다. "꼭 거위처럼 싸우는구나. 저 녀석이 널 쪼면 넌 더 세게 쪼고 말이야. 쳐내! 공격을 막아. 거위 싸움으로는 안 될 거다. 그게 진검이었다면 한 번 쪼였을 때 팔이 떨어졌을 테니까!" 다른 청년 하나가 웃음을 터뜨렸고, 노기사는 몸을 빙글 돌렸다. "웃어? 네가 웃는 건 뻔뻔스럽지. 넌 고슴도치처럼 싸우면서……."

"옛날에 눈이 보이지 않는 기사도 하나 있었잖아요." 아래에서 로드릭 경이 계속 꾸짖는 동안 브랜은 고집스럽게 말했다. "낸 할멈이 얘기해줬어요. 양쪽 끝에 칼날이 달린 장대를 가지고 다니면서 두 손으로 빙빙 돌려서 두 명을 한꺼번에 썰 수 있었다고요."

"별눈의 시미언 말이군요." 루윈은 책에 숫자를 적으며 말했다. "시미언은 눈을 잃었을 때, 빈 눈구멍에 별 사파이어를 박아 넣었다고 하지요. 가수들은 그렇게 주장합니다만, 브랜, 그건 '광대 플로리안' 이야기와 마찬가지로 옛날이야기일 뿐이에요. 영웅 시대의 전설이지요." 루윈은 혀를 찼다. "그런 꿈은 제쳐둬야 해요. 상심만 더할 뿐입니다."

꿈이라는 말에 브랜은 생각이 났다. "어젯밤에 그 까마귀가 또 꿈에 나왔어요. 세눈박이 까마귀요. 내 침실로 날아들어서 같이 가자고 하길래, 같이 갔죠. 우린 지하묘지로 내려갔어요. 아버지가 거기 계셨고, 우린 이야기를 나눴어요. 아버지는 슬퍼했어요."

"왜 슬퍼했나요?" 루윈은 통에 눈을 대고 물었다.

"존 형과 관련이 있었던 것 같아요." 그 꿈은 까마귀가 나왔던 다른 어느 꿈보다 더 심란했다. "호도는 지하묘지에 내려가려 하지 않아요."

루윈은 반쯤 흘려듣고 있었다. 브랜은 알 수 있었다. 아니나 다를까 그는 통에서 눈을 떼더니 껌벅거리며 되물었다. "호도가 어딜……."

"지하묘지에 내려가지 않는다고요. 잠에서 깼을 때 호도에게 묘지로 가자고 했어요. 아버지가 정말 거기 계신가 보려고요. 처음에는 내가 무슨 말을 하는지 모르더니, 이리로 가라 저리로 가라 해서 지하묘지로 내려가는 계단까지 갔더니만 내려가질 않는 거예요. 맨 위 계단에 우두커니 서서 '호도'라고만 하는데, 어둠이 무서운가 싶기도 했지만, 제가 횃불을 들고 있었거든요. 너무 화가 나서 낸 할멈이 늘 하는 것처럼 호도의 이마를 때릴 뻔했어요." 브랜은 루윈 학사가 얼굴을 찌푸리자 서둘러 덧붙였다. "하지만 때리진 않았어요."

"잘했습니다. 호도는 사람이지, 때려서 일을 시키는 노새가 아니에요."

"꿈속에서는 까마귀와 같이 날아 내려갔지만, 깨어 있을 때는 그럴 수가 없잖아요." 브랜이 설명했다.

"왜 지하묘지에 내려가고 싶은 건가요?"

"말했잖아요. 아버지를 찾으려고요."

루윈 학사는 마음이 불편할 때면 자주 그러듯 목에 감긴 사슬 목걸이를 잡아당겼다. "브랜, 언젠가는 에다드 공도 저 아래 돌이 되어 앉으시겠지요. 그 아버지와 아버지의 아버지로 거슬러 올라가 옛 북부의 왕들로 이어지는 모든 스타크가 그랬듯이요……. 하지만 신들께서 보우하사, 그런 날이 오려면 오래 걸릴 겁니다. 아버님은 킹스랜딩에서 대비의 감옥에 갇혀 있어요. 지하묘지에서 에다드 공을 찾을 순 없어요."

"어젯밤엔 거기 계셨어요. 이야기도 했는걸요."

"고집 센 아이로군요." 루윈은 한숨을 내쉬며 책을 치웠다. "가보고 싶은가요?"

"갈 수가 없어요. 호도는 안 가고, 댄서를 타기엔 계단이 너무 좁고 꼬불꼬불해요."

"그 문제는 내가 해결할 수 있지 싶군요."

호도 대신, 야인 여자 오샤가 불려 왔다. 오샤는 키가 크고 억척스럽고 불평을 몰랐으며, 명령대로 어디든 기꺼이 갔다. "장벽 너머에서 평생 살았는데 땅속에 난 구멍이야 무서울 게 있나요."

"서머, 가자." 브랜은 오샤가 마르고 힘 있는 두 팔로 안아 들자 서머를 불렀다. 다이어울프는 뼈다귀를 버려두고 오샤가 브랜을 안고 마당을 가로질러 나선계단 아래 땅속에 자리한 차가운 묘지로 내려가는 길을 따랐다. 루윈 학사가 횃불을 들고 앞장섰다. 브랜은 오샤가 등에 업지 않고 팔에 안았다는 사실에도 크게 신경 쓰지 않았다. 오샤는 윈터펠에 온 이후 충실히 잘 일해줬기에, 로드릭 경이 오샤의 쇠사슬을 끊어주라 이른 후였다. 아직도 완전히 믿을 수는 없다는 뜻에서 여전히 발목에 무거운 철 족쇄를 채워놓기는 했지만, 쇠사슬이 없으니 계단을 성큼성큼 내려가는 데 방해가 되지는 않았다.

브랜은 마지막으로 지하묘지에 왔던 때를 기억할 수 없었다. 이전에 와본 건 분명했다. 어렸을 때는 형들과 누나들과 함께 이 아래에서 놀곤 했다.

지금도 형제들이 여기 있으면 좋으련만. 그랬다면 지하묘지가 이렇게 어둡고 무시무시해 보이지는 않았을지도 몰랐다. 반향이 울리는 어둠 속을 걸어나가던 서머가 걸음을 멈추더니, 고개를 들고 차갑게 죽은 공기를 킁킁거렸다. 서머는 이를 드러내고 슬금슬금 뒤로 물러섰다. 루윈 학사의 횃불 빛을 받은 두 눈이 금색으로 빛났다. 묵은 철처럼 단단한 오샤마저도 불편해하는 기색이었다. "보아하니 암울한 족속들이네요." 오샤는 돌 권좌에 앉은 화강암 스타크들의 긴 줄을 보며 말했다.

"겨울의 왕들이야." 브랜이 속삭였다. 어쩐지 여기에서는 너무 큰 소리로 말하면 안 될 것 같았다.

오샤는 미소 지었다. "겨울엔 왕 같은 거 없어요. 겨울을 봤다면 알 텐데요, 여름 도련님."

"이들은 수천 년간 북부의 왕이었다네." 루윈 학사가 횃불을 높이 들어 올려 석상의 얼굴들에 빛을 비추며 말했다. 어떤 이들은 발치에 웅크린 늑대처럼 험악하고, 털북숭이에 수염이 무성하고 덥수룩했다. 또 어떤 이들은 깨끗하게 면도했고, 수척한 얼굴에 이목구비는 무릎에 올려놓은 장검처럼 날카로웠다. "혹독한 시절에는 혹독한 이들이 있기 마련이지. 가세." 학사는 바쁜 걸음으로 줄지어 선 돌기둥과 끝없이 이어지는 석상들을 지나 지하묘지 안쪽으로 움직였다. 높이 치켜든 횃불에서 불 혓바닥이 뒤로 날름거렸다.

윈터펠 자체보다 오래된 지하묘지는 동굴 같았는데, 존은 언젠가 브랜에게 이 묘지에 아래층이 더 있다고 말하기도 했다. 더 깊고 더 어두운 곳에, 더 오래전의 왕들이 묻힌 묘지가 있다고 말이다. 빛을 놓칠 수는 없었다. 오샤가 브랜을 안은 채로 횃불 빛을 따라가는데도 서머는 계단에서 움직이지 않으려 했다.

학사는 걸으면서 말했다. "역사 공부 기억하나요, 브랜? 기억이 난다면 오샤에게 저들이 누구이고 무슨 일을 했는지 말해줘요."

옆으로 지나가는 얼굴들을 보자 들었던 이야기가 되살아났다. 학사는 브랜에게 옛이야기들을 해줬고, 낸 할멈이 그 이야기를 생생하게 만들어 줬다. "저건 존 스타크야. 바다 약탈자들이 동쪽에 상륙했을 때 쫓아내고 화이트하버에 성을 지었지. 그 아들은 리카드 스타크인데, 내 아버지의 아버지 말고 다른 리카드로, 늪의 왕에게서 넥 지역을 빼앗고 그 딸과 결혼했어. 테온 스타크는 머리가 길고 수염도 가는 데다 몸도 빼빼 말랐지. 언제나 전쟁 중이어서 다들 '굶주린 늑대'라고 불렀어. 저기, 꿈꾸는 듯한 얼굴에 키가 큰 저분은 브랜던인데, 바다를 사랑했기 때문에 '배 만드는 브랜던'이 됐어. 무덤은 비어 있지. 서쪽으로 일몰해(海)를 건너려다가 다시는 돌아오지 못했거든. 그 아들은 '불태우는 브랜던'인데, 슬픔에 잠겨서 아버지의 배에 다 불을 질러서 그래. 저기는 로드릭 스타크로, 씨름 시합으로 곰 섬을 따서 모르몬트 가문에 줬지. 저기는 '무릎 꿇은 왕' 토르헨 스타크야. 마지막 북부의 왕이고, 정복자 아에곤에게 항복한 이후에는 최초의 윈터펠 영주였지. 아, 저기, 저기는 크레간 스타크야. 아에몬 왕자와 싸운 적이 한 번 있는데, 드래곤 기사 아에몬이 그보다 더 뛰어난 검사를 만난 적이 없다고 했대." 이제 끝이 가까웠고, 브랜은 스며드는 슬픔을 느꼈다. "그리고 이제 할아버지인 리카드 공이야. 미친 왕 아에리스에게 목이 떨어졌지. 그분의 딸인 리안나와 아들인 브랜던이 양쪽 무덤에 계셔. 나 말고 다른 브랜던, 우리 아버지의 형님. 원래 영주와 왕만 석상을 세우는 거라서 만들지 않는 거였는데, 아버지가 너무나 사랑한 형과 동생이라서 만들게 하셨대."

"어여쁜 아가씨네요." 오샤가 말했다.

"로버트 바라테온은 리안나 고모와 약혼했는데, 라에가르 왕자가 고모를 채어 가서 범했어. 로버트는 고모를 되찾으려고 전쟁을 벌였지. 로버트는 트라이던트에서 망치로 라에가르를 때려죽였지만, 리안나 고모는 죽었고 로버트는 영영 되찾지 못했어." 브랜이 설명했다.

"슬픈 얘기네요. 하지만 저기 빈 구멍들이 더 슬퍼." 오샤가 말했다.

"에다드 공이 때를 맞이하면 잠드실 무덤이지." 루윈 학사가 말했다. "꿈속에서 아버지를 뵌 게 여긴가요, 브랜?"

"맞아요." 그 기억을 떠올리자 몸이 부르르 떨렸다. 브랜은 목덜미 털이 곤두선 채로 불안하게 지하묘지를 둘러보았다. 무슨 소리가 들렸나? 여기에 누가 있나?

루윈 학사가 횃불을 손에 들고 열린 분묘로 다가갔다. "보다시피 여기 안 계십니다. 앞으로도 오랫동안 안 계실 거고. 꿈은 꿈일 뿐이랍니다." 루윈은 거대한 짐승의 입에 손을 밀어 넣듯이 무덤 속 어둠에 팔을 찔러 넣었다. "보이죠? 텅 비어—"

어둠이 으르렁거리며 튀어 올랐다.

브랜은 녹색 불덩이 같은 눈, 번득이는 이빨, 동굴 속처럼 새까만 털을 보았다. 루윈 학사가 소리를 지르며 팔을 휘저었다. 손에서 날아간 횃불이 브랜던 스타크의 석상 얼굴에 부딪치더니 그 발치에 떨어졌고, 꺼지지 않은 불길이 석상의 다리를 핥았다. 취한 듯 흔들거리는 횃불 빛 속에서 그들은 루윈이 한 손을 물린 채 다른 손으로 다이어울프의 주둥이를 때리며 드잡이하는 모습을 보았다.

"서머!" 브랜이 소리쳤다.

그러자 뒤쪽 어둠에서 쏜살같이 달려온 서머가 펄쩍 뛰어올랐다. 서머는 몸으로 부딪쳐서 새기독을 쓰러뜨렸고, 두 다이어울프가 회색과 검은색 털 뭉치가 되어 이리저리 구르면서 서로를 물고 뜯는 사이에 루윈 학사는 팔이 피투성이가 된 채 일어서려 안간힘을 썼다. 오샤는 브랜을 리카드 공의 늑대상에 기대어놓고 서둘러 학사를 도우러 갔다. 펄떡거리는 횃불 빛을 받아 5미터 넘게 커진 그림자 늑대들이 벽과 지붕을 타고 싸웠다.

"섀기." 작은 목소리가 외쳤다. 브랜이 쳐다보니 동생이 아버지의 무덤 입구에 서 있었다. 섀기독은 마지막으로 한 번 서머의 얼굴 앞에 이를 부딪친 후, 물러나서 리콘 옆으로 뛰어갔다. 리콘은 루윈에게 경고했다. "아버지를 내버려둬. 내버려두라고요."

"리콘……." 브랜은 부드럽게 말했다. "아버지는 여기 안 계셔."

"여기 있어. 내가 봤어." 리콘의 얼굴에 눈물이 반짝였다. "어젯밤에 봤어."

"꿈속에서……?"

리콘이 고개를 끄덕였다. "내버려둬. 가만히 내버려둬. 약속한 대로 이제 집에 오고 계셔. 집에 오고 계신다고."

브랜은 그렇게 불안정한 루윈 학사를 본 적이 없었다. 섀기독이 모직 소매와 그 아래 살을 찢어낸 팔에서 피가 뚝뚝 떨어졌다. "오샤, 횃불을." 루윈은 통증에 이를 물고 말했고, 오샤는 불이 꺼지기 전에 횃불을 낚아챘다. 브랜의 백부를 닮은 석상 다리에 그을음이 남았다. "그…… 그 짐승은, 견사에 묶어놓기로 했을 텐데요." 루윈이 말을 이었다.

리콘은 피에 젖은 섀기독의 주둥이를 쓰다듬었다. "내가 풀어줬어. 섀기는 쇠사슬을 싫어해." 섀기독이 리콘의 손가락을 핥았다.

"리콘, 나랑 같이 갈래?"

"아니, 난 여기가 좋아."

"여긴 어둡잖아. 춥고."

"난 안 무서워. 아버지를 기다려야 해."

"나랑 같이 기다릴 수 있어. 너랑 나랑 우리 늑대들이 다 같이." 다이어울프는 두 마리 다 상처를 핥고 있었는데, 가까이 두고 지켜보아야 할 터였다.

루윈은 단호하게 말했다. "브랜, 좋은 뜻으로 그러는 줄은 알지만 섀기독은 풀어놓기엔 너무 길들지 않았어요. 섀기가 공격한 사람이 나까지 벌써 셋이에요. 성안을 돌아다닐 자유를 줬다간 누굴 죽이는 것도 시간문제예요. 가혹한 진실이지만, 저 늑대는 사슬에 묶어놓거나 아니면…….” 그는 말을 주저했다.

‘……아니면 죽여야겠지.’ 브랜은 생각했지만, 이렇게만 말했다. “사슬에 묶일 녀석이 아니에요. 우리 모두 학사님 탑에서 기다릴 거예요.”

“그건 불가능해요.” 루윈이 말했다.

오샤가 히죽 웃었다. “제 기억엔 저 꼬마가 여기 주인 나리일 텐데요.” 오샤는 루윈에게 횃불을 돌려주고 브랜을 다시 품에 안았다. “학사의 탑으로.”

“가는 거지, 리콘?”

동생이 고개를 끄덕였다. “섀기도 가면.” 리콘은 오샤와 브랜을 쫓아 달려왔고, 루윈 학사는 늑대들을 경계하며 따라오는 수밖에 없었다.

루윈 학사의 탑은 지독히도 어수선해서, 브랜은 학사가 여기에서 뭔가를 찾아낸다는 사실이 놀라웠다. 흔들거리는 책 더미가 탁자와 의자를 뒤덮었고, 마개를 한 단지들이 선반에 줄지어 놓였으며, 가구마다 양초 토막과 마른 밀랍 웅덩이가 덕지덕지 붙었고, 테라스 문 옆 삼각대에는 청동으로 만든 미르의 렌즈 통이 놓였고, 벽에는 성도(星圖)가 걸렸고, 골풀 깔개와 종이와 깃펜과 잉크 통이 사방에 널린 가운데 음영 지도가 흩어져 있었으며 그 모든 물건에 서까래에 있는 큰까마귀들의 똥이 얼룩졌다. 오샤가 루윈의 간결한 지시를 받으며 상처를 물로 씻고 소독하고 붕대를 감는 동안 머리 위에서는 귀에 거슬리는 까마귀 소리가 날아왔다. “이건 어처구니없는 짓이에요.” 몸집 작은 회색 남자는 오샤가 늑대에게 물린 상처에 따끔거리는 연고를 바르는 동안 중얼거렸다. “둘이 같은 꿈을 꾸다니 이상하다는 데에는 나도 동의하지만, 잠시만 생각해보면 자연스러운 일이지요. 둘 다 아버님을 그리워하고 있고, 아버님이 포로라는 걸 아니까요. 두려움은 사람의 마음을 과열시키고 기묘한 생각을 불어넣는 법이에요. 리콘은 그걸 이해하기엔 너무 어리—"

"난 이제 네 살이야." 리콘이 말했다. 리콘은 렌즈 통으로 최초의 아성에 달린 가고일들을 보고 있었다. 다이어울프 두 마리는 서로 크고 둥근 방 반대편에 멀찍이 떨어져 앉아서 상처를 핥고 뼈다귀를 갉았다.

"—너무 어리고, 또— 어이구, 일곱 지옥이여, 타는 것 같구먼. 아니, 멈추지 말고 더 바르게. 그러니까 리콘은 너무 어리지만, 브랜은 꿈은 꿈일 뿐이라는 걸 알 만한 나이라는 겁니다."

"어떤 건 그렇고, 어떤 건 안 그렇죠." 오샤가 긴 상처에 연한 붉은색 파이어밀크를 부었다. 루윈은 헉 소리를 냈다. "숲의 아이들이라면 꿈에 대해 한두 가지 가르쳐줄 수 있을걸요."

학사는 눈물을 흘리면서도 완강히 고개를 저었다. "숲의 아이들은…… 꿈속에서만 살지. 이제는. 죽어서 사라졌단 말이야. 됐네, 그만하면 됐어. 이제 붕대를 감아야지. 천을 대고 묶게, 꽉 묶어. 피가 흐르지 않게."

"낸 할멈은 숲의 아이들이 나무의 노래를 알았고, 새처럼 날고 물고기처럼 헤엄치고 짐승들과 말을 나눌 수 있었대요. 숲의 아이들은 듣기만 해도 어린아이처럼 울 만큼 아름다운 노래도 만들었다고 하고요." 브랜이 말했다.

"그게 다 마법으로 한 일이었지요." 루윈 학사는 다른 데 정신이 팔린 채로 말했다. "지금 이 자리에 숲의 아이들이 있었으면 좋겠군요. 주문으로 내 팔을 덜 아프게 고쳐줄 테고, 새기독에게도 사람을 물지 말라고 말할 수 있을 테니까요." 그는 곁눈질로 덩치 큰 검은 늑대에게 성난 눈길을 보냈다. "교훈으로 삼아요, 브랜. 마법을 믿는 사람은 유리 검으로 결투를 벌이는 겁니다. 숲의 아이들이 그랬듯이요. 자, 뭔가 보여줄까요." 루윈은 갑자기 일어서서 방을 가로질러 가더니, 성한 손에 녹색 단지를 들고 돌아왔다. "이걸 한번 봐요." 루윈은 마개를 열고 단지를 흔들어서 반짝이는 검은색 화살촉을 한 움큼 쏟았다.

브랜은 화살촉을 하나 집었다. "유리로 만들었네요." 호기심을 느낀 리콘이 탁자 위를 보려고 가까이 다가왔다.

"드래곤 유리네요." 오샤가 붕대를 손에 들고 루윈 옆에 앉으면서 말했다.

"흑요석이지." 루윈은 그렇게 강조하면서 상처 입은 팔을 내밀었다. "땅 속 깊은 곳에서 신들의 불에 단조된 돌이야. 숲의 아이들은 몇천 년 전에 이런 돌로 사냥을 했지요. 금속은 다루지 않았어요. 사슬 갑옷 대신 잎사귀를 엮어서 만든 긴 셔츠를 입고 다리에는 나무껍질을 묶어서, 숲 속에 스며드는 것처럼 보였지요. 검 대신 흑요석 칼을 들었고."

"지금도 그래요." 오샤는 루윈의 팔에 난 상처 위에 부드럽고 두툼한 천을 얹고 긴 리넨으로 단단히 묶었다.

브랜은 화살촉을 가까이 들어 올렸다. 검은 유리는 매끄럽게 반짝였다. 브랜은 아름답다고 생각했다. "하나 가져도 돼요?"

"원한다면야." 루윈이 말했다.

"나도 하나 갖고 싶어. 아니, 네 개. 네 살이니까." 리콘이 말했다.

루윈은 리콘이 하나씩 집게 했다. "조심해요, 아직 날카롭답니다. 손을 베면 안 돼요."

"숲의 아이들에 대해 말해줘요." 브랜이 말했다. 중요한 일이었다.

"뭘 알고 싶나요?"

"전부 다요."

루윈은 목을 죄는 사슬 목걸이를 잡아당겼다. "숲의 아이들은 여명 시대, 왕과 왕국들이 생기기 전에 가장 처음 존재했던 거주자들이지요. 그 시절에는 성도 요새도 없었고, 도시도 없었으며, 여기부터 도르네 해(海) 사이에 장이 서는 마을 같은 것조차 없었어요. 사람이라곤 없었지요. 지금 우리가 칠왕국이라고 부르는 땅에는 오직 숲의 아이들만 살았답니다.

살갗이 어둡고 아름다웠으며, 키가 작아서 다 자라도 아이들보다 크지 않았어요. 숲 속 깊은 곳, 동굴과 호상 주택과 비밀스러운 나무 마을에 살았지요. 몸이 가냘팠고, 날래고 우아했어요. 영목으로 만든 활과 던지는 올가미를 가지고 남자나 여자나 함께 사냥을 했지요. 숲의 아이들이 섬기는 신은 숲과 개울, 돌의 신, 그 이름이 비밀인 옛 신들이었고요. 그중에서 현자들을 '그린시어(greenseer, 녹색 천리안)'라고 불렀고, 이들은 영목에 기묘한 얼굴을 새겨서 숲 속을 지켜보았지요. 숲의 아이들이 이곳을 얼마 동안 통치했는지, 혹은 어디에서 왔는지는 아무도 모른답니다.

하나 1만 2000년 전쯤, 동쪽에서 나타난 최초인들이 도르네의 '부서진 팔(Broken Arm)'을 건너왔어요. 그곳이 부서지기 전의 일이지요. 청동검과 거대한 가죽 방패를 가지고, 말을 타고 왔지요. 협해 이쪽에서는 말을 본 적이 없었어요. 최초인들이 나무의 얼굴을 보고 겁에 질린 만큼이나 숲의 아이들도 말을 보고 겁먹었을 겁니다. 최초인들은 성채와 농장을 지으면서 나무의 얼굴을 베고 불태웠습니다. 숲의 아이들은 공포에 질려 전쟁에 나섰지요. 옛 노래들에 따르면 그린시어들이 흑마법을 써서 바닷물을 일으켜 땅을 휩쓸고 '팔'을 산산조각 냈다고 하지만, 문을 닫은들 너무 늦었지요. 전쟁은 땅이 인간과 아이들의 피로 붉게 물들 때까지 이어졌지만, 인간보다는 아이들의 피가 더 많았습니다. 인간이 더 크고 힘이 센 데다가, 나무와 돌과 흑요석은 청동의 상대가 되지 않았으니까요. 마침내 두 종족 모두 현명한 이들이 설득에 성공, 최초인들의 우두머리들과 영웅들이 '신의 눈(Gods Eye)'이라 불리는 거대한 호수에 있는 작은 섬의 영목 숲에서 그린시어와 숲의 춤꾼들을 만났습니다.

그곳에서 두 종족은 '조약'을 맺었지요. 최초인들은 해안 땅과 높은 평원과 빛나는 초원과 산맥과 늪지를 갖지만, 깊은 숲은 영원히 아이들의 것으로 남겨두며, 이 땅 어디에서도 더는 영목을 베지 않는다는 내용으로요. 신들이 그 서명을 증거하게 하기 위해 그 섬에 있던 모든 나무에 얼굴이 새겨졌고, 그 후에는 이 '얼굴 섬(the Isle of Faces)'을 감시하기 위해 녹색인이라는 신성한 조직이 만들어졌습니다.

조약으로 시작된 인간과 아이들 사이의 우정은 4000년간 이어졌지요. 나중에는 최초인들이 자신들이 모셔 온 신들을 제쳐두고 숲의 비밀스러운 신들에 대한 숭배를 받아들이기도 했습니다. 조약 체결과 함께 여명 시대는 끝나고, 영웅 시대가 시작되지요."

브랜은 반짝이는 검은색 화살촉을 주먹으로 쥐었다. "하지만 숲의 아이들은 이제 모두 사라졌다고 했죠."

"여기서야 그렇죠." 오샤가 붕대 끄트머리를 이로 물어 끊으며 말했다. "장벽 북쪽에선 모든 게 달라요. 숲의 아이들도, 거인들도, 다른 오래된 종족들도 그리로 갔죠."

루윈 학사는 한숨을 내쉬었다. "이 여자야, 자네는 죽거나 사슬에 매였어야 했네. 스타크 가문은 자네를 분에 넘치게 잘 대했어. 그 친절에 도련님들의 머릿속에 어리석은 소리를 채우는 식으로 보은하다니 못된 짓일세."

브랜이 말했다. "다들 어디로 갔는지 말해줘요. 알고 싶어요."

"나도." 리콘이 거들었다.

"아, 좋습니다." 루윈은 읊조렸다. "최초인의 왕국들이 지배하는 동안에는 조약도 지속되었지요. 영웅 시대와 긴 밤을 지나 칠왕국의 탄생기까지도요. 하지만 마침내, 많은 세월이 흘러, 다른 사람들이 협해를 건너는 날이 왔습니다.

안달인이 먼저 건너왔지요. 키가 큰 금발의 전사들이 강철과 불을 지니고, 가슴팍에는 새로운 신을 나타내는 칠각별을 그려 넣고 왔어요. 전쟁은 수백 년간 이어졌으나, 마지막에는 남부의 여섯 왕국 모두가 안달인에게 쓰러졌습니다. 북부의 왕이 넥 지역을 넘어오려는 군대를 모두 저지한 이곳에서만 최초인들의 통치가 이어졌지요. 안달인들은 영목 숲을 불태우고, 얼굴을 난도질하고, 숲의 아이들을 찾아내면 도살했으며, 모든 곳에서 '일곱 신'이 옛 신들을 이겼음을 선언했습니다. 그리하여 숲의 아이들은 북쪽으로 달아났고—"

서머가 울부짖기 시작했다.

루윈은 흠칫 놀라서 말을 끊었다. 새기독이 튀어 일어나서 형제와 함께 울부짖자, 두려움이 브랜의 심장을 죄었다. "온다." 브랜은 절망을 확신하며 속삭였다. 그러고 보면 어젯밤부터, 까마귀가 지하묘지로 데려가서 작별 인사를 하게 했을 때부터 알고 있었다. 알고 있었으나, 믿지 않았다. 루윈 학사의 말이 맞았으면 했다. '그 까마귀, 그 세눈박이 까마귀…….'

늑대 우는 소리는 시작했을 때만큼 갑작스럽게 멎었다. 서머가 탑 바닥을 가로질러 새기독에게 걸어가더니, 형제 늑대의 목덜미에 엉킨 피를 핥기 시작했다. 창문에서 날갯짓 소리가 들렸다.

큰까마귀 한 마리가 회색 돌 창턱에 내려앉아서 부리를 열고 귀에 거슬리는 쉰 소리로 고통스럽게 우짖었다.

리콘이 울음을 터뜨렸다. 손에 쥐고 있던 화살촉이 하나씩 바닥에 떨어졌다. 브랜은 리콘을 잡아당겨 끌어안았다.

루윈은 마치 깃털 달린 전갈이라도 보는 듯한 눈으로 검은 새를 응시했다. 그는 몽유병자처럼 천천히 일어나서 창가로 걸어갔다. 루윈이 휘파람을 불자 까마귀가 붕대 감은 팔뚝에 폴짝 올라섰다. 그 날개에는 피가 말라붙어 있었다. 루윈이 중얼거렸다. "매 아니면 올빼미였겠군요. 가엾은 것, 여기까지 온 게 용합니다." 그는 까마귀 다리에서 편지를 풀었다.

루윈이 편지를 펴는 동안 브랜은 몸을 벌벌 떨고 있었다. "뭐래요?" 브랜은 동생을 더 힘껏 끌어안으며 물었다.

"뭔지 알잖아요, 도련님." 오샤가 모질지 않게 말하고 브랜의 머리에 손을 얹었다.

루윈은 멍하니 그들을 쳐다보았다. 회색 모직 로브 소매에 피를 묻힌 몸집 작은 회색 남자의 총명한 회색 눈에 눈물이 맺혀 있었다. 그는 꽉 잠겨서 작아진 목소리로 말했다. "도련님들, 우리가…… 우리가 아버님 모습을 잘 아는 석공을 찾아야겠습니다……."

산사

마에고르 성채의 심장부에 위치한 탑방에서 산사는 어둠 속에 파묻혔다.

침대 주위에 장막을 치고 잠들었다가, 울면서 깨어났다가, 다시 잠들었다. 잠을 잘 수 없을 때면 담요를 뒤집어쓰고 누워서 슬픔에 몸을 떨었다. 하인들이 식사를 가지고 왔다 갔지만, 음식을 보기만 해도 참을 수가 없었다. 접시들은 하인들이 다시 와서 치울 때까지 손대지 않은 채로 고스란히 창문 아래 탁자에 쌓여 있었다.

가끔은 잠이 꿈도 없이 무거워서, 깨어났을 때 눈을 감기 전보다 더 지쳐 있기도 했다. 그나마 그럴 때가 제일 나았다. 꿈을 꾸면, 아버지가 보였다. 자나 깨나 그 모습이 보였다. 황금 망토들이 아버지를 넘어뜨리는 모습이 보이고, 일린 경이 앞으로 나서면서 등에 진 칼집에서 '얼음'을 뽑는 모습이 보이고, 그 순간이…… 바로 그 순간이 보였다……. 외면하고 싶었는데, 정말 외면하고 싶었는데, 다리가 풀려서 무릎을 꿇고 주저앉았지만, 그런데도 고개를 돌릴 수가 없었고, 사방에서 사람들이 비명과 고함을 질러댔으며, 산사의 왕자님이 그녀를 보고 미소 지었고, 그 미소를 보고 안전하다고 느꼈지만 잠시뿐, 왕자님이 그 말을 뱉었고, 아버지의 다리가……. 그녀는 그 모습을 기억했다. 그때 아버지의 다리가 어떻게 경련했는지, 일린 경이…… 검을…….

'나도 죽을지 몰라.' 그렇게 생각해도 별로 무섭지 않았다. 창밖으로 몸을 날린다면 이 고통을 끝낼 수 있었다. 세월이 지나면 가수들이 그녀의 슬픔에 대해 노래를 지을 테고, 망가진 채로 아래 돌바닥에 누운 순결한 시체는 그녀를 배신한 사람들에게 수치심을 안기리라. 산사는 침실을 가로질러 덧문을 열어젖히기까지 했다……. 그러나 그러고 나면 용기가 사라졌고, 산사는 울면서 침대로 달려갔다.

하녀들이 식사를 가져다주면서 말을 걸었지만, 산사는 절대 대답하지 않았다. 한번은 대학사 파이셀이 약병이 든 상자를 들고 와서 혹시 아픈지 물었다. 그는 산사의 이마를 짚어보고, 옷을 벗게 하고, 시녀가 잡고 있는 동안 온몸을 더듬었다. 그는 나가면서 산사에게 꿀물과 약초를 섞은 물약을 주고 매일 밤 마시라고 했다. 산사는 그 물약을 마시고 다시 잠들었다.

꿈속에서 탑 계단을 오르는 발소리를 들었다. 가죽이 돌에 스치는 음산한 소리가 울리며 어떤 남자가 천천히 산사의 침실을 향해 한 걸음, 한 걸음 올라왔다. 산사는 그 남자가 다가오는 동안 문 뒤에 몸을 웅크리고 벌벌 떨면서 귀 기울일 수밖에 없었다. 일린 페인 경이었다. '얼음'을 손에 들고 산사의 목을 베러 오고 있었다. 도망칠 곳도, 숨을 곳도 없었고 문을 막을 방법도 없었다. 마침내 발소리가 멎고 산사는 그자가 바로 밖에 있음을, 죽은 듯한 눈과 긴 곰보 얼굴로 말없이 서 있음을 알았다. 그 순간 산사는 벌거벗고 있음을 깨달았다. 산사가 두 손으로 몸을 가리려 애쓰며 쪼그려 앉는 사이에 문이 삐걱 열리고, 대검 끝이 들어와…….

산사는 중얼거리면서 깨어났다. "제발, 제발, 착하게 굴게요, 착하게 굴 테니까 제발 그러지 마세요." 하지만 그 말을 들을 사람은 없었다.

실제로 그들이 왔을 때, 산사는 발소리를 듣지 못했다. 산사의 방문을 연 사람은 조프리였다. 일린 경이 아니라, 한때 그녀의 왕자님이었던 소년이었다. 산사는 침대에서 장막을 치고 단단히 몸을 말고 있었으며, 낮인지 밤인지도 알지 못했다. 처음 들은 소리는 문이 쾅 닫히는 소리였다. 그다음에는 장막이 확 걷혔고, 산사는 갑작스러운 빛을 막으려고 손을 들어 올리면서 그들이 서 있는 모습을 보았다.

조프리가 말했다. "넌 오늘 오후 법정에 나와 같이 참석할 거야. 내 약혼자로서 걸맞게 씻고 옷을 입도록." 조프리 옆에는 소박한 갈색 더블릿을 입고 소매 없는 초록색 망토를 걸친 산도르 클리게인이 서 있었는데, 화상 입은 얼굴이 아침 햇살 속에 끔찍하게 드러났다. 그 뒤로 긴 하얀색 새틴 망토를 두른 킹스가드 두 명이 서 있었다.

산사는 담요를 턱까지 당겨 몸을 가리고 훌쩍였다. "싫어요. 제발…… 제발 내버려두세요."

"네가 직접 일어나서 옷을 입지 않으면 내 개가 대신 해줄 거야." 조프리가 말했다.

"제발 부탁이에요, 왕자님……."

"난 이제 왕이야. 개, 저 여자를 끌어내라."

산도르 클리게인은 산사의 허리를 잡고 힘없이 몸부림치는 그녀를 깃털 침대 밖으로 들어 올렸다. 담요가 바닥에 떨어졌다. 얇은 잠옷만이 그녀의 알몸을 가리고 있었다. 클리게인이 말했다. "분부대로 해라, 아가씨. 옷 입어." 그는 부드럽기까지 한 몸짓으로 산사를 옷장 쪽으로 밀었다.

산사는 뒷걸음질 쳤다. "왕비님이 하라는 대로 했어요. 편지도 썼어요. 쓰라는 대로 썼다고요. 자비를 베풀겠다고 약속했잖아요. 제발, 집에 가게 해줘요. 반역 같은 거 안 할게요. 착하게 굴게요. 맹세해요. 저한테 반역자의 피 같은 건 흐르지 않아요. 아니라고요. 집에 가고 싶을 뿐이에요." 산사는 뒤늦게 예절을 기억해내고 고개를 숙이며 힘없이 말을 맺었다. "괜찮으시다면요."

"괜찮지 않은데. 어머니가 그래도 너랑 결혼하라고 하시니, 넌 여기 머물고, 내 말에 복종하는 거야."

"당신과 결혼하고 싶지 않아요." 산사는 울부짖었다. "내 아버지의 머리를 베었잖아요!"

"그자는 반역자였어. 내가 언제 살려주겠다고 약속했나. 자비를 베풀겠다고 했지. 난 자비를 베푼 거야. 네 아버지만 아니었어도 그놈을 갈기갈기 찢어버리거나 가죽을 벗겼을 텐데, 깨끗하게 죽여줬잖아."

산사는 조프리를 응시했다. 처음으로 제대로 보았다. 그는 사자 무늬가 들어간 푹신한 진홍색 더블릿을 입고 높은 옷깃이 얼굴 아래를 감싸는 금란 케이프를 둘렀다. 어떻게 그 얼굴이 잘생겼다고 생각할 수 있었을까 의아했다. 조프리의 입술은 비 온 후에 볼 수 있는 벌레들처럼 물렁하고 붉었으며, 눈동자는 공허하고 잔인했다. "당신이 싫어." 산사는 속삭였다.

조프리 왕의 얼굴이 굳어졌다. "어머니 말씀이 왕이 아내를 때리는 건 적절하지 않은 일이라는군. 메린 경."

기사는 산사가 알아차리기도 전에 다가왔고, 산사가 얼굴을 가리려 하자 그 손을 잡아당겨 치우고 장갑을 낀 주먹 손등으로 뺨을 후려쳤다. 산사는 쓰러진 기억이 없었지만, 정신을 차리고 보니 한쪽 무릎을 꿇고 골풀 깔개에 쓰러져 있었다. 머리가 울렸다. 하얀 비단 장갑 손마디에 피를 묻힌 메린 트랜트 경이 그녀를 내려다보고 서 있었다.

"이제 복종하겠나, 아니면 메린 경을 시켜서 다시 벌을 줘야 하나?"

귀가 먹먹해서 만져보니 손끝에 축축한 붉은 피가 묻어났다. "저는…… 분부대로…… 분부대로 하겠습니다, 저하."

"전하라고 불러야지." 조프리가 바로잡았다. "법정에서 보자." 그는 몸을 돌려 나갔다.

메린 경과 아리스 경은 그 뒤를 따라 나갔지만, 산도르 클리게인은 뒤에 남아서 산사를 거칠게 잡아 일으켰다. "괜히 더 다치지 말고, 왕이 바라는 대로 해줘."

"뭘…… 뭘 바라는데요? 제발, 말해줘요."

사냥개가 거친 목소리로 말했다. "네가 미소를 띠고 달콤한 냄새를 풍기며 사랑스러운 여자로 있어주길 바라지. 성사가 가르쳐준 대로 귀엽고 예쁜 말을 재잘거리는 걸 듣고 싶어 해. 네가 자길 사랑하길 바라지……. 그리고 두려워하기를."

사냥개가 나간 후, 산사는 깔개 위에 다시 주저앉아서 벽만 바라보았다. 시녀 두 명이 쭈뼛쭈뼛 방 안으로 들어왔다. "목욕할 뜨거운 물이 필요하구나. 향수도, 그리고 이 멍을 감출 분도 있어야겠지." 얼굴 오른쪽이 부어올라 아프기 시작했지만, 조프리는 그녀가 아름답기를 원할 터였다.

뜨거운 물이 닿자 윈터펠이 생각났고, 덕분에 힘이 났다. 아버지가 죽은 날 이후 씻지 않았더니, 물이 얼마나 더러워졌는지 보고 깜짝 놀랄 정도였다. 시녀들이 산사의 얼굴에 묻은 피를 닦고, 등의 때를 밀고, 머리를 감기고, 풍성한 적갈색 곱슬머리가 살아날 때까지 빗질을 했다. 산사는 지시를 내릴 때가 아니면 그들에게 말을 걸지 않았다. 그들은 산사가 아니라 라니스터 가문의 하인이었고, 산사는 그들을 믿지 않았다. 옷을 입을 차례가 오자 산사는 마상 시합에 입고 갔던 초록색 비단 가운을 골랐다. 그날 밤 연회에서 조프리가 얼마나 정중했는지 생각이 났다. 그 옷을 보면 조프리도 그날을 기억하고, 좀 더 부드럽게 대할지 몰랐다.

산사는 기다리는 동안 버터밀크를 한 잔 마시고 달콤한 비스킷을 몇 입 먹으며 속을 달랬다. 메린 경은 정오가 되어 돌아왔다. 이번에는 하얀 갑옷을 갖춰 입고 있었다. 법랑을 입히고 금으로 무늬를 새겨 넣은 미늘 갑옷 셔츠에, 금빛 햇살 장식이 달린 높은 투구, 번쩍이는 철판으로 만든 정강이받이와 목가리개와 장갑과 장화, 황금 사자로 여민 묵직한 모직 망토까지 다 하얀색이었다. 투구는 면갑을 떼어놓아서 음침한 얼굴이 잘 보였다. 눈 밑에는 살이 늘어졌고, 큰 입은 심술궂었으며, 녹빛 머리카락은 희끗희끗했다. "아가씨." 메린 경은 세 시간 전에 피가 나게 그녀를 때린 적이 없었다는 듯이 허리를 굽혔다. "전하께서 알현실로 모시고 오라십니다."

"제가 가지 않으려 하면 때리라고 하셨나요?"

"가지 않으실 겁니까?" 산사를 보는 메린 경의 눈빛에는 아무 감정이 없었다. 자기 손으로 남겨놓은 멍도 거들떠보지 않았다.

산사는 깨달았다. 그자는 그녀를 미워하지 않았다. 좋아하지도 않았다. 그녀에 대해 아무 감정도 없었다. 그녀는 그에게 그저…… 물건이었다. "아니요." 산사는 몸을 일으키며 대답했다. 화를 내고, 상처 입은 만큼 상처 입히고, 한 번만 더 때린다면 왕비가 되었을 때 추방해버리겠다고 경고하고 싶었다……. 그러나 사냥개가 해준 말을 기억했기에, 산사는 이렇게만 말했다. "뭐든 전하께서 명하시는 대로 하겠어요."

"저도 그렇습니다." 메린 경이 대꾸했다.

"그래요……. 하지만 당신은 진정한 기사는 아니에요, 메린 경."

산도르 클리게인이었다면 웃음을 터뜨렸을 것이다. 다른 남자들이라면 욕을 하거나, 입 다물라고 경고하거나, 혹은 용서해달라 간청했을지도 모른다. 메린 트랜트 경은 그중 어떤 반응도 보이지 않았다. 메린 트랜트 경은 그저 신경 쓰지 않았다.

발코니 관람석은 산사를 제외하면 비어 있었다. 산사가 눈물을 참으려고 애쓰며 고개를 숙이고 서 있는 동안, 아래에서는 조프리가 철왕좌에 앉아 제멋대로의 정의를 베풀었다. 조프리는 사건 열에 아홉은 지루해했고, 그런 사건은 협의회가 처리하게 내버려두고는 베일리시 공이나 대학사 파이셀 , 아니면 세르세이 대비가 결론을 내리는 동안 가만히 있지 못하고 꼼지락댔다. 하지만 조프리가 판결을 내리기로 마음먹으면 대비조차 그 뜻을 바꾸지 못했다.

도둑이 하나 끌려 나오자 조프리는 일린 경을 시켜 법정에서 바로 목을 베었다. 기사 두 명이 땅을 두고 벌인 분쟁 사건을 들고 오자 다음 날 그 문제로 결투를 벌이라 명했다. "죽을 때까지." 덧붙인 말은 그랬다. 어떤 여자가 무릎을 꿇고서 반역자로 처형당한 어떤 남자의 머리통을 내어 달라 간청했다. 그 남자를 사랑했다고, 제대로 묻어주고 싶다고 했다. "반역자를 사랑했다면 너도 필시 반역자로구나." 조프리가 말했다. 황금 망토 두 명이 그 여자를 지하감옥으로 끌고 갔다.

개구리같이 생긴 슬린트 공은 검은색 벨벳 더블릿을 입고 반짝이는 금란 케이프를 걸치고 협의회석 말단에 앉아서 왕이 선고를 내릴 때마다 찬성한다는 듯 고개를 끄덕였다. 산사는 그 못생긴 얼굴을 뚫어지게 노려보며 그자가 아버지를 넘어뜨려 일린 경에게 참수당하게 했던 일을 기억하고, 그자를 해칠 수 있었으면 좋겠다고, 누군가 영웅이 나타나서 그자를 쓰러뜨리고 목을 베면 좋겠다고 생각했다. 그러나 내면에서 어떤 목소리가 속삭였다. '영웅 같은 건 없어.' 그리고 바로 이 알현실에서 피터 공이 했던 말을 떠올렸다. "인생은 노래가 아니란다, 사랑스러운 아가씨. 언젠가 슬픈 방식으로 배울지도 모르지." '실제 삶에서는 괴물들이 이겨.' 산사는 스스로에게 말했고, 이제는 돌에 금속이 스치는 듯한 사냥개의 차고 거친 목소리가 들렸다. "괜히 더 다치지 말고, 왕이 바라는 대로 해줘."

마지막 사건은 선왕 로버트를 조롱하는 노래를 만들었다는 죄로 고발당한 통통한 선술집 가수였다. 조프리는 가수의 나무 하프를 들이라 하더니 가수에게 법정에서 그 노래를 부르라 명령했다. 가수는 울면서 그 노래를 다시는 부르지 않겠다고 맹세했지만, 왕은 고집을 부렸다. 로버트가 돼지와 싸우는 내용을 다룬 우스꽝스러운 노래였다. 산사도 그 돼지가 로버트 왕을 죽인 멧돼지라는 것을 알았지만, 어떤 구절은 마치 왕비에 대해 노래하는 것처럼 들리기도 했다. 노래가 끝나자 조프리는 자비를 베풀기로 했다고 선언했다. 가수는 손가락을 간직하거나 혀를 간직할 수 있었다. 결정하는 데 하루의 시간이 주어졌다. 자노스 슬린트는 고개를 끄덕였다.

산사는 그것이 오후의 마지막 사건이라는 데 안도의 한숨을 내쉬었지만, 시련은 아직 끝나지 않았다. 의전관의 목소리가 폐정을 알리자 산사는 도망치듯 발코니를 벗어났는데, 곡선 계단 끝에서 조프리가 그녀를 기다리고 있었다. '사냥개'가 같이 있었고, 메린 경도 있었다. 어린 왕은 산사를 품평하듯 머리끝부터 발끝까지 살폈다. "아까보다 훨씬 나아 보이는군."

"감사드립니다, 전하." 산사가 말했다. 공허한 말이었지만, 그 말을 들은 조프리는 고개를 끄덕이며 미소 지었다.

"같이 걷지." 조프리가 팔을 내밀며 명했다. 그 팔을 잡을 수밖에 없었다. 한때는 그의 손길이 닿으면 설렜는데, 지금은 소름이 끼쳤다. "내 명명일이 곧인데 말이야." 조프리는 알현실 뒤쪽으로 빠져나가며 말했다. "성대한 연회와 선물이 있을 거야. 그대는 나에게 뭘 줄 거지?"

"미…… 미처 생각을 못했어요, 저하."

"전하." 조프리가 날카롭게 말했다. "그대는 정말로 멍청한 여자로군, 안 그런가? 어머니가 그러시던데."

"대비님이요?" 그 모든 일을 겪고 났으니 그녀의 말도 산사에게 상처 입힐 힘을 잃었어야 했건만, 어째서인지 그렇지가 않았다. 그녀는 언제나 산사에게 친절했었다.

"아, 그럼. 어머니는 우리 자식들도 그대처럼 멍청하지 않을까 걱정하시는데, 내가 괜한 걱정 마시라고 했지." 왕이 손짓하자 메린 경이 문을 열어줬다.

"감사드립니다, 전하." 산사는 중얼거렸다. '사냥개 말이 맞았어. 난 배운 말만 되풀이하는 작은 새에 불과해.' 태양이 서쪽 벽 너머로 떨어진 후였고, 레드킵의 돌들은 피처럼 어두운 색으로 빛났다.

"그대가 아이를 밸 수 있게 되면 바로 자식을 둘 거야." 조프리는 산사를 데리고 훈련장을 가로지르며 말했다. "첫째 자식이 멍청하면 그대의 머리를 베고 더 똑똑한 아내를 찾아야지. 언제쯤이면 아이를 가질 수 있을까?"

산사는 수치심에 조프리를 쳐다볼 수가 없었다. "모르데인 성사 말로는 대부분…… 대부분의 귀족 아가씨는 열두 살이나 열세 살에 꽃을 피운대요."

조프리는 고개를 끄덕였다. "이쪽으로." 그는 산사를 이끌고 성문 위 문루로 들어가더니, 성가퀴로 올라가는 계단 아래로 향했다.

산사는 떨면서 그에게서 주춤 물러났다. 순간 그들이 어디로 가는지 알 것 같았다. "안 돼요." 산사는 겁에 질려 숨을 제대로 쉬지 못하고 말했다. "제발, 안 돼요, 제발 그러지 마세요, 제발……."

조프리는 입을 꾹 다물었다가 말했다. "반역자들이 어떻게 되는지 보여주고 싶어."

산사는 맹렬히 고개를 저었다. "안 볼래요. 안 볼래요."

"메린 경을 시켜서 끌고 올라갈 수도 있어. 그건 싫을걸. 내가 말하는 대로 하는 편이 나아." 조프리가 손을 뻗었고, 산사는 뒷걸음질 치다가 뒤에 있던 '사냥개'에게 부딪쳤다.

"시키는 대로 해." 산도르 클리게인은 산사를 왕에게 다시 밀면서 말했다. 화상을 입은 쪽 입매가 비틀렸고 산사는 나머지 말을 들을 수 있을 것만 같았다. '어차피 널 끌고 올라갈 테니까, 원하는 대로 해줘.'

산사는 애써 조프리 왕의 손을 잡았다. 올라가는 길은 악몽 그 자체였다. 한 계단 오를 때마다 발목까지 파묻힌 진흙에서 발을 빼내는 것처럼 힘들었는데, 믿을 수 없을 만큼 많은 계단이 남아 있었고, 계단이 수천수만 개는 되는 것 같았으며, 위에는 무시무시한 것이 기다리고 있었다.

문루의 높은 성가퀴에 올라가자 온 세상이 발아래에 펼쳐졌다. 산사는 아버지가 죽은 곳, 비세니아 언덕에 자리한 바엘로르 대성소를 볼 수 있었다. 자매들의 거리 반대쪽 끝에는 불에 검게 탄 드래곤핏의 폐허가 있었다. 서쪽으로는 부풀어 오른 붉은 태양이 '신들의 문' 뒤로 반쯤 몸을 숨겼다. 등 뒤에는 바다가, 남쪽으로는 어시장과 부두와 소용돌이치는 블랙워터 급류가 있었다. 그리고 북쪽에는…….

북쪽으로 고개를 돌리자 도시밖에 보이지 않았다. 큰 거리와 골목길과 언덕과 낮은 바닥과 더 많은 큰 거리와 골목길과 멀리 떨어진 돌벽. 그러나 산사는 그 벽 너머에 탁 트인 땅이, 농장과 들판과 숲이 있고, 그 너머로 북으로 북으로 또 북으로 가면 윈터펠이 서 있음을 알았다.

"뭘 보고 있어? 내가 보여주고 싶었던 건 이거야. 바로 여기." 조프리가 말했다.

산사의 턱까지 올라오는 두꺼운 돌 난간이 방벽 바깥쪽을 보호했는데, 1.5미터마다 궁수가 있을 자리가 하나씩 파여 있었다. 그렇게 움푹 팬 자리마다 머리통이 있었다. 벽 위를 따라, 도시 쪽을 바라보는 방향으로 철못에 꽂혀 있었다. 산사는 성벽 길에 발 디딘 순간부터 그 머리통들을 알아차렸으나, 강과 붐비는 길거리와 저무는 해가 훨씬 더 보기가 좋았다. 산사는 스스로에게 말했다. '내가 머리통을 쳐다보게 할 순 있어도, 정말로 바라보게 할 순 없어.'

"이게 그대의 아버지야. 여기 이거. 개, 내 약혼녀가 볼 수 있게 머리통을 좀 돌려봐."

산도르 클리게인이 머리채를 잡고 돌렸다. 잘린 머리는 오래 보존하기 위해 타르에 담갔다 꺼낸 상태였다. 산사는 그 머리를 차분히 보되 보지 않았다. 진짜 에다드 공처럼 보이지 않는다고 생각했다. 진짜 머리통처럼 보이지도 않았다. "얼마나 오래 보아야 하나요?"

조프리는 실망한 것 같았다. "나머지도 보고 싶나?" 머리통이 아주 많았다.

"전하께서 원하신다면요."

조프리는 성벽 길을 따라가면서 십여 개의 머리통과 비어 있는 대못 두 개를 지나갔다. "이 두 개는 스타니스 숙부와 렌리 숙부를 위해 아껴뒀지." 조프리가 설명했다. 다른 머리통은 산사의 아버지보다 훨씬 오래전에 죽어서 걸려 있었다. 타르에 담갔다 해도 대부분이 알아볼 수 없을 만큼 망가졌다. "저건 그대의 성사야." 왕이 머리통 하나를 가리키며 말했지만 산사는 그게 여자라는 사실조차 알아볼 수 없었다. 턱은 썩어서 떨어져 나갔고, 새들이 한쪽 귀와 뺨 대부분을 먹어치웠다.

안 그래도 모르데인 성사는 어떻게 되었을까 내내 궁금했다. 내내 알고 있었던 것 같기도 했지만……. "왜 죽이셨나요? 성사는 성직자인데……."

"반역자였어." 조프리는 뾰로통한 얼굴로 대답했다. 산사 때문에 마음이 상한 모양이었다. "내 명명일에 어떤 선물을 줄지 아직 말하지 않았잖아. 그 대신 내가 그대에게 선물을 주는 건 어떨까? 마음에 들어?"

"원하신다면요." 산사가 말했다.

조프리가 미소를 짓자 산사는 그가 놀리고 있음을 알았다. "그대의 오빠도 반역자지." 그는 모르데인 성사의 머리통을 다시 돌려놓았다. "윈터펠에서 본 기억이 나. 내 개는 나무칼을 든 도련님이라고 불렀지. 안 그러냐, 개?"

"그랬던가요?" 사냥개가 대꾸했다. "기억은 안 나네요."

조프리는 심통 난 아이처럼 어깨를 으쓱였다. "그대의 오빠가 내 외삼촌 제이미를 이겼어. 어머니 말로는 음모고 계략이었다지. 소식을 듣더니 울더군. 여자들이란 약해빠졌어. 내 어머니조차도 그래. 아무리 아닌 척해도 말이야. 다른 숙부들이 공격해올 때에 대비해서 우린 킹스랜딩에 있어야 한다는데, 난 상관 안 해. 명명일 잔치가 끝나면 군대를 일으켜서 내가 직접 그대의 오빠를 죽여버릴 거야. 그게 내 선물이 될 거야, 산사 아가씨.

네 오빠의 머리통 말이야."

그 순간 광기 비슷한 것이 그녀를 사로잡았고, 산사는 저도 모르게 말해버렸다. "제 오라버니가 당신 머리통을 갖다 줄지도 모르죠."

조프리의 얼굴이 험악해졌다. "절대 그런 식으로 날 조롱해선 안 돼. 충실한 아내라면 남편을 조롱하지 않는 법이야. 메린 경, 가르쳐줘."

이번에 메린 경은 산사의 턱을 잡고 머리를 움직이지 못하게 해놓고 때렸다. 두 번, 왼쪽에서 오른쪽으로, 더 세게 오른쪽에서 왼쪽으로 때렸다. 입술이 터져서 턱으로 흘러내린 피가 짠 눈물과 뒤섞였다.

"내내 울기만 하면 안 돼. 웃을 때가 더 예쁘다고." 조프리가 말했다.

산사는 시키는 대로 하지 않으면 메린 경을 시켜서 또 때릴까 봐 억지웃음을 지었지만, 소용없었다. 왕은 여전히 고개를 저었다. "피 좀 닦아. 꼴이 엉망이야."

성벽 길 바깥쪽으로는 난간이 산사의 턱 근처까지 올라왔지만, 안쪽으로는 아무것도 없었다. 20여 미터 아래에 있는 안뜰까지 쭉 떨어질 뿐, 아무것도 없었다. 슬쩍 밀기만 하면 그만이었다. 그는 바로 그 자리에 서서 통통한 벌레 같은 입술로 그녀를 비웃고 있었다. '할 수 있어. 넌 할 수 있어.' 산사는 스스로에게 말했다. 같이 떨어진다 해도 상관없었다. 그래도 상관없었다.

"자." 산도르 클리게인이 산사 앞에 무릎을 꿇었다. 산사와 조프리 사이였다. 그는 덩치에 어울리지 않게 놀라운 섬세함을 발휘하여 산사의 터진 입술에서 흐르는 피를 닦아주었다.

그 순간은 지나갔다. 산사는 눈을 내리깔았다. "고마워요." 피를 다 닦자 그렇게 말하기도 했다. 산사는 착한 소녀였고, 언제나 예의를 잊지 않았다.

대너리스

열에 들뜬 꿈에 날개가 그림자를 드리웠다.

"드래곤을 깨우고 싶진 않을 거야, 그렇지?"

그녀는 높은 돌 아치 아래 긴 회랑을 걷고 있었다. 뒤를 돌아볼 순 없었다. 돌아보지 말아야 했다. 저만치 앞에 문이 하나 있었는데, 멀어서 작게만 보이긴 해도 붉은색이라는 점은 알아볼 수 있었다. 걸음을 재촉하자 맨발이 돌바닥에 핏빛 발자국을 남겼다.

"드래곤을 깨우고 싶진 않을 거야, 그렇지?"

도트락의 바다, 대지와 죽음의 냄새가 풍성한 그 살아 있는 평원에 쏟아지는 햇빛을 보았다. 바람이 휘젓자 초원이 물결처럼 흔들렸다. 드로고가 힘센 팔로 그녀를 끌어안았고, 그의 손이 그녀의 여성을 어루만지고 그녀를 열어 오직 그만의 것인 그 달콤한 촉촉함을 깨웠으며, 별들이 그들을 내려다보고 미소 지었다. 대낮의 하늘에 뜬 별들이. "집이야." 그녀는 드로고가 안으로 들어와 씨앗을 가득 채우는 동안 속삭였지만, 갑자기 별들이 사라졌고, 거대한 날개가 파란 하늘을 쓸더니 세상이 불길에 휩싸였다.

"……드래곤을 깨우고 싶진 않을 거야, 그렇지?"

조라 경의 얼굴은 비탄에 잠겨 핼쑥했다. "라에가르가 마지막 드래곤이었지요." 그는 돌 알이 석탄처럼 벌겋게 달아오르는 화로 위에 투명한 손을 데우며 말했다. 바로 전까지만 해도 그 자리에 있던 모습이 다음 순간에는 희미해졌다. 살갗이 색을 잃고, 바람보다 더 실체가 없어졌다. "마지막 드래곤." 조라 경은 연기처럼 속삭이고 사라졌다. 등 뒤로 어둠이 느껴졌고, 붉은 문은 전보다 더 멀어 보였다.

"……드래곤을 깨우고 싶진 않을 거야, 그렇지?"

비세리스가 앞에 서서 소리를 질렀다. "드래곤은 간청하지 않는다, 이 창녀야. 드래곤에겐 명령하는 게 아니다. 난 드래곤이고, 왕관을 쓸 거야." 녹인 황금이 밀랍처럼 그의 얼굴을 타고 흐르며 살을 태워 깊은 홈을 팠다. "나는 드래곤이고 왕관을 쓸 것이다!" 비세리스가 새된 소리를 질렀고, 눈알이 터져서 시커멓게 탄 뺨 위로 젤리처럼 흘러내리는 와중에도 그의 손가락은 뱀처럼 달려들어 대니의 젖꼭지를 쥐고, 꼬집고, 비틀었다.

"……드래곤을 깨우고 싶진 않……."

붉은 문은 까마득히 멀리 있었고, 등 뒤로 다가오는 얼음 같은 입김을 느낄 수 있었다. 잡힌다면 그녀는 죽음보다 더하게 죽고, 영원토록 홀로 어둠속에서 울부짖게 되리라. 대니는 뛰기 시작했다.

"……드래곤을 깨우고 싶진 않……"

몸 안의 열기를 느낄 수 있었다. 자궁 속이 타는 것 같았다. 그녀의 아들은 키가 크고 당당했으며, 드로고의 구릿빛 피부와 그녀의 백금발, 아몬드 모양의 보라색 눈동자를 타고났다. 아들이 미소 지으며 그녀에게 손을 뻗었지만, 아들이 입을 열자 불이 쏟아져 나왔다. 아들의 가슴속에서 심장이 타는 모습을 볼 수 있었고, 순식간에 아들은 촛불에 달려든 나방처럼 불길에 잡아먹혀 재가 되어버렸다. 그녀는 아들을 위해 울고, 젖가슴을 물어야 했던 사랑스러운 입을 위해 울었지만, 그 눈물은 살갗에 닿자마자 수증기가 되어버렸다.

"……드래곤을 깨우고 싶진……."

빛바랜 왕의 의복을 차려입은 유령들이 복도에 늘어섰다. 손에는 허연 불로 만들어진 검을 쥐고 있었다. 은과 금과 백금의 머리카락에 눈은 오팔과 자수정, 전기석과 비취였다. "더 빨리." 그들이 소리쳤다. "더 빨리, 더 빨리." 그녀는 질주했다. 발이 닿는 곳마다 돌이 녹았다. "더 빨리!" 유령들이 한목소리로 외쳤고, 그녀는 비명을 지르며 몸을 앞으로 던졌다. 거대한 고통의 칼이 등을 찢었고, 살갗이 갈라지는 느낌이 나고 피가 타는 악취가 났으며 날개 그림자가 보였다. 그리고 대너리스 타르가르옌은 날았다.

"……드래곤을 깨우고……."

앞에 문이, 붉은 문이 정말 가까이 다가왔고, 주위 복도는 흐릿해졌으며, 등 뒤의 한기는 멀어졌다. 그리고 돌이 사라지면서 그녀는 도트락의 바다, 그 초록색 물결 위로 높이, 더 높이 날았다. 아래에서 살아 숨 쉬는 모든 것이 그녀의 날개 그림자에 겁먹어 달아났다. 그녀는 '집'의 냄새를 맡을 수 있었다. 볼 수 있었다. 저 문만 넘으면 초록색 들판과 거대한 돌집과 그녀를 따뜻하게 안아줄 품이 있었다. 그곳에. 그녀는 문을 열어젖혔다.

"……드래곤……."

그리고 새까만 갑옷을 입고 새까만 종마에 올라탄 라에가르 오빠를 보았다. 투구에 가늘게 뚫린 눈구멍에서 붉은 불길이 번득였다. "마지막 드래곤." 조라 경의 목소리가 희미하게 속삭였다. "마지막. 마지막." 대니는 라에가르의 검은색 면갑을 들어 올렸다. 그 안에 든 것은 그녀의 얼굴이었다.

그 후로는 오랫동안 고통, 몸 안의 불길, 그리고 별들의 속삭임뿐이었다.

그녀는 재 맛을 느끼며 깨어났다.

"안 돼." 그녀는 신음했다. "안 돼, 제발."

"칼리시?" 지키가 겁에 질린 암사슴처럼 서성거리고 있었다.

천막은 어둠에 푹 잠긴 채 고요하고 후덥지근했다. 화로에서 재가 날아올랐고, 대니는 천막 위에 뚫린 연기 구멍으로 올라가는 재를 눈으로 좇았다. '날고 있었어. 나에게 날개가 달려서, 날고 있었어.' 하지만 꿈일 뿐이었다. 대니는 몸을 일으키려 애쓰며 속삭였다. "도와다오. 가져다줘……." 목소리가 상처처럼 쓰라리게 나왔고, 뭘 원했는지 생각할 수가 없었다. 왜 이렇게 아플까? 마치 몸뚱이가 갈가리 찢겼다가 그 조각들로 다시 만들어진 것 같았다. "내게……."

"네, 칼리시." 지키는 잽싸게 천막 밖으로 뛰쳐나가며 소리를 질렀다. 대니에게 무엇이…… 누가…… 필요했던가? 분명 중요한 일이었다. 세상에서 중요한 단 한 가지 일이었다. 대니는 옆으로 몸을 돌리고 팔꿈치를 괴며 다리에 얽힌 담요와 씨름했다. 움직이기가 너무 힘들었다. 세상이 어지럽게 빙빙 돌았다. '난 반드시…….'

그들은 드래곤 알들을 향해 카펫 위를 기어가는 대니를 발견했다. 조라 모르몬트 경이 대니를 안아 들었고, 힘없이 몸부림치는 대니를 비단 이불로 다시 데려갔다. 대니는 조라 경의 어깨 너머로 세 시녀와 가느다란 콧수염을 기른 조고, 그리고 넓적한 얼굴의 미리 마즈 두르를 볼 수 있었다. 그녀는 그들에게 말하려 했다. "꼭, 난 반드시……."

"……주무십시오, 공주님." 조라 경이 말했다.

"안 돼. 제발. 제발."

"아니요." 몸이 펄펄 끓는데도 조라 경은 그녀에게 비단 이불을 덮었다. "주무시고 다시 강해지십시오, 칼리시. 우리에게 돌아오세요." 그 후에는 마기인 미리 마즈 두르가 그녀의 입가에 컵을 기울였다. 응유 맛이 났는데, 쓰고 걸쭉한 무엇인가도 들어 있었다. 따뜻한 액체가 대니의 턱을 타고 흘렀다. 대니는 어떻게든 일부를 삼켰다. 천막이 흐릿해지고, 잠이 다시 그녀를 붙들었다. 이번에는 꿈을 꾸지 않았다. 그녀는 끝이 없는 검은 바다 위를 고요하고 평화롭게 떠돌았다.

그녀는 얼마 후에— 하루 밤인지, 하루 낮인지, 1년인지 알 수 없는 시간이 흐른 후에 다시 깨어났다. 천막 안은 어두웠고, 비단 벽은 바깥에 돌풍이 불 때마다 날개처럼 퍼덕거렸다. 대니도 이번에는 일어서려 하지 않았다. "이리, 지키, 도리아." 시녀들이 바로 대령했다. "목이 마르구나. 너무 목이 말라." 그러자 시녀들은 물을 가져왔다. 미지근하고 맛없는 물이었지만 대니는 열심히 마셨고, 더 가져오라고 지키를 보냈다. 이리가 부드러운 천을 적셔서 대니의 이마를 닦았다. "내가 아팠구나." 대니가 말하자 도트락인 시녀는 고개를 끄덕였다. "얼마나 오래?" 젖은 천은 위안이 되었으나, 이리가 너무 슬퍼 보여서 겁이 났다. "오래요." 이리가 속삭였다. 지키가 물을 더 가지고 돌아왔을 때는 잠이 덜 깬 미리 마즈 두르도 함께였다. "마셔요." 미리 마즈 두르는 다시 한 번 대니의 고개를 받쳐 컵에 댔지만, 이번에는 그냥 와인이었다. 달콤한, 달콤한 와인. 대니는 마시고 누우면서 자신이 내뱉는 부드러운 숨소리에 귀를 기울였다. 잠이 다시 오면서 팔다리가 무거웠다. "가져와라……." 대니는 불명료하게 늘어진 목소리로 중얼거렸다. "가져와…… 안고 있게……."

마기가 물었다. "뭘 원하십니까, 칼리시?"

"알…… 드래곤 알…… 가져…… 다줘……." 속눈썹이 납처럼 무거워졌고, 그걸 들어 올리고 있기에는 너무 피곤했다.

세 번째로 깨어났을 때는 천막 연기 구멍으로 황금빛 햇살이 쏟아져 들어왔고, 팔에는 드래곤 알이 안겨 있었다. 버터크림 빛깔에 금색과 청동색 소용돌이무늬가 들어간 알이었고, 대니는 그 알의 온기를 느낄 수 있었다. 이불 아래 벗은 몸에 얇게 땀이 덮였다. '드래곤 이슬이로구나.' 대니는 생각했다. 손가락이 알 표면을 부드럽게 만지면서 금색 줄기를 따라갔고, 그에 대한 응답으로 돌 속 깊숙이에서 무엇인가가 몸을 비틀고 뻗어오는 느낌이 들었다. 두렵지는 않았다. 모든 두려움이 타서 사라졌다.

대니는 이마를 만졌다. 땀 덮인 피부는 서늘했다. 열병은 가라앉았다. 대니는 몸을 일으켜 앉았다. 잠시 어지러웠고, 다리 사이에 깊은 둔통이 있었다. 그래도 기운이 났다. 대니의 목소리를 듣고 시녀들이 달려왔다.
"물을 가져와라. 최대한 차가운 물로 한 병. 그리고 과일도. 대추야자나."

"분부대로 하겠습니다, 칼리시."

"조라 경을 봐야겠다." 대니는 일어서면서 말했다. 지키가 모래 비단 로브를 가져와서 어깨에 걸쳐주었다. "그리고 따뜻한 목욕물, 그리고 미리 마즈 두르와……." 기억이 한꺼번에 돌아오는 바람에 대니는 비틀거렸다. "칼 드로고……." 그녀는 애써 말하고 시녀들의 두려움에 찬 얼굴을 보았다. "그이는—?"

"칼은 살아 계십니다." 이리가 조용히 대답했다……. 그러나 대니는 그 말을 하는 이리의 눈에서 어둠을 보았고, 그녀는 대답하자마자 물을 가지러 뛰쳐나갔다.

대니는 도리아를 돌아보았다. "말해라."

"저…… 제가 조라 경을 모셔 오겠습니다." 리스 출신의 시녀는 고개를 숙이고 천막 밖으로 달아났다.

지키도 달아나려고 했지만, 대니가 손목을 붙잡아 움직이지 못하게 했다. "무슨 일이냐? 알아야겠다. 드로고와…… 내 아이." 왜 지금까지 아이에 대해 기억하지 못했을까? "내 아들…… 라에고…… 어디 있지? 보고 싶다."

시녀는 눈을 내리깔았다. "아이는…… 아드님은 살지 못했습니다, 칼리시." 겁에 질린 속삭임이었다.

대니는 시녀의 손목을 풀어주었다. '내 아들이 죽었어.' 그녀는 지키가 나가는 동안 생각했다. 어쩐지 알고 있기는 했다. 처음 깨어나서 지키의 눈물을 보았을 때부터 알고 있었다. 아니, 깨어나기 전에 알았다. 갑자기 꿈이 선명하게 되살아났고, 대니는 구릿빛 피부에 백금색 머리를 길게 땋아 늘인 키 큰 남자가 불타던 모습을 기억했다.

울어야 할 테지만, 눈이 잿더미처럼 말라 있었다. 대니는 꿈속에서 울었고, 그 눈물은 뺨에 닿아서 증발했다. '모든 슬픔이 타서 없어졌구나.' 슬프면서도…… 라에고가 존재한 적도 없었다는 듯이 멀어지는 느낌이 들었다.

몇 분 후에 조라 경과 미리 마즈 두르가 들어왔을 때 대니는 궤짝에 담긴 다른 드래곤 알 두 개를 굽어보고 있었다. 대니가 만져보니 둘 다 안고 잤던 알만큼이나 뜨겁게 느껴졌다. 이상한 일이었다. "조라 경, 이리 오시오." 대니는 조라 경의 손을 잡고 진홍색 소용돌이무늬가 들어간 검은 알에 내려놓았다. "무엇이 느껴지지?"

"돌처럼 단단한 껍질……." 기사는 조심스러웠다. "비늘."

"열기는?"

"아니요. 차가운 돌입니다." 기사는 손을 떼어냈다. "공주님, 괜찮으십니까? 몸도 약하신데 일어나 계셔야겠습니까?"

"약하다니? 나는 강해, 조라." 대니는 조라 경을 생각해 쿠션 더미에 기대앉았다. "내 아이가 어떻게 죽었는지 말해보시오."

"살았던 적도 없었습니다, 공주님. 여자들 말로는……." 기사는 말을 더듬었고, 대니는 기사가 살이 축 처졌고 움직일 때면 다리를 절뚝거린다는 점을 알아보았다.

"말해. 여자들이 뭐라던가."

조라 경은 외면했다. 뭔가에 사로잡힌 눈이었다. "여자들 말이 그 아이는……."

대니는 기다렸지만, 조라 경은 끝내 말을 하지 못했다. 면목 없다는 듯 얼굴이 어두워진 조라 경 본인이 반쯤은 시체 같았다.

"괴물이었지요." 미리 마즈 두르가 대신 말을 맺었다. 기사는 힘 있는 남자였으나, 그 순간 대니는 마기가 더 강하고, 더 잔인하며, 한없이 위험하다는 사실을 이해했다. "뒤틀려 있었어요. 제가 직접 끌어냈지요. 도마뱀처럼 비늘이 돋은 데다 눈은 멀었고, 짧은 꼬리와 박쥐같이 작은 가죽 날개가 달렸더군요. 건드렸더니 뼈에서 살이 흘러내렸는데, 속에는 무덤 벌레가 가득해서 썩는 냄새가 풍겼답니다. 오래전에 죽은 물건이었지요."

'어둠.' 대니는 생각했다. 그녀를 집어삼키려고 쫓아온 무시무시한 어둠. 돌아보면 잡아먹히리라. "내 아들은 조라 경이 날 이 천막으로 들고 들어올 때만 해도 튼튼하게 살아 있었어. 아들이 발길질을 하며 나오려 애쓰는 걸 느낄 수 있었지."

미리 마즈 두르가 대꾸했다. "그랬을진 몰라도, 그 자궁에서 나온 것은 제가 말한 대로의 괴물이었답니다. 그때의 천막 안에는 죽음이 있었지요, 칼리시."

"그림자들뿐이었어." 조라 경이 쉰 목소리로 말했지만, 대니는 그 목소리에서 의혹을 들을 수 있었다. "난 봤네, 마기. 자네가 혼자서 그림자들과 춤추는 모습을 봤어."

"무덤은 긴 그림자를 드리웁니다, 강철 나리. 길고 어두운 그림자고, 결국에는 어떤 빛도 그들을 막을 수 없지요."

대니는 조라 경이 그녀의 아들을 죽였음을 알았다. 사랑과 충성심에서 한 일이었으나, 그는 산 사람은 가지 말아야 할 곳으로 대니를 데리고 들어가서 그녀의 아기를 어둠에게 먹였다. 조라 경도 알고 있었다. 그 잿빛 얼굴, 텅 빈 눈, 절뚝거리는 다리. "그림자가 그대도 건드렸군, 조라 경." 대니가 말했다. 기사는 대답하지 않았다. 대니가 신처를 돌아보았다. "자네는 나에게 죽음으로만 삶의 대가를 치를 수 있다고 경고했지. 나는 말의 죽음을 뜻한다 생각했어."

"아니요. 그거야 마님이 스스로에게 하는 거짓말이었지요. 마님은 대가를 알았어요."

그랬던가? 그랬던가? '돌아보면 잡아먹힌다.' 대니가 말했다. "대가는 치렀어. 말, 내 아이, 쿠아로와 쿼토, 하고와 코홀로까지. 대가를 치르고 치르고 또 치렀지." 대니는 방석에서 일어섰다. "칼 드로고는 어디 있지? 그이를 보여다오, 신처여. 신처, 마기, 혈마법사, 뭐든 간에 나에게 칼 드로고를 보여줘. 내가 아들의 목숨으로 무엇을 샀는지 보여줘."

"분부대로 합지요, 칼리시. 자, 그분에게 데려다 드리겠습니다."

대니의 몸은 생각보다 약해져 있었다. 조라 경이 한 팔로 감싸 부축했다. "이럴 시간은 나중에 충분히 있습니다, 공주님." 조라 경이 조용히 말했다.

"지금 봐야겠소, 조라 경."

어둑어둑한 천막에서 나가니 바깥 세상이 눈부시게 밝았다. 태양은 녹인 금처럼 타올랐고, 땅은 시들고 텅 비어 있었다. 시녀들은 과일과 와인과 물을 가지고 기다렸고, 조고가 조라 경을 도와 대니를 부축하러 다가왔다. 아고와 라카로는 뒤에 섰다. 모래 위에 꽂히는 햇살 때문에 더 바라보기가 힘들어진 대니는 손 그늘을 쳤다. 불타고 남은 잿더미, 무기력하게 빙빙 돌면서 한 입의 풀을 찾는 말 수십 마리, 점점이 흩어진 천막과 잠자리가 보였다. 아이들 한 무리가 모여서 그녀를 지켜보고 있었고, 그 너머로 바삐 일하는 여자들이 보였으며, 주름이 자글자글한 노인들이 지친 눈으로 구름 없는 파란 하늘을 올려다보며 힘없이 흡혈 파리를 때려댔다. 세어봐야 백여 명 남짓했다. 나머지 4만 명이 진을 쳤던 자리에는 바람과 먼지만 남아 있었다.

"드로고의 칼라사르가 떠났군." 대니가 말했다.

"말을 탈 수 없는 칼은 칼이 아닙니다." 조고가 말했다.

"도트락인들은 강한 자만 따릅니다." 조라 경이 말했다. "죄송합니다, 공주님. 붙잡을 방법이 없었습니다. 코 포노가 칼 포노를 자칭하면서 제일 먼저 떠났고, 많은 수가 따라갔습니다. 오래지 않아서 자코도 똑같은 짓을 했습니다. 나머지는 크고 작은 무리를 이루어 밤마다 조금씩 빠져나갔습니다. 이제 드로고의 칼라사르만 있던 도트락의 바다에는 새로운 칼라사르 십여 개가 있습니다."

아고가 말했다. "노인들은 남았습니다. 겁먹은 자들, 약한 자들, 병든 자들. 그리고 저희 맹세한 자들. 저희는 남습니다."

라카로가 말했다. "놈들이 칼 드로고의 가축 떼를 데려갔습니다. 막기에는 저희 수가 너무 적었습니다. 약자에게서 빼앗는 것은 강자의 권리. 노예들도 많이 데려갔습니다. 칼의 노예도 칼리시의 노예도. 그래도 몇은 남겨두고 갔습니다."

"에로어는?" 대니는 어린 양족의 도시에서 구해준 겁먹은 어린아이를 떠올리며 물었다.

조고가 대답했다. "마고에게 붙들렸습니다. 이제는 칼 자코의 혈맹기수입니다. 마고가 이리저리 타고 논 후에 자기 칼에게 바쳤고, 자코가 다시 다른 혈맹기수들에게 내줬습니다. 다 해서 여섯 명이었습니다. 녀석들이 볼일을 끝내고 나서 에로어의 목을 그었습니다."

"그럴 운명이었던 겁니다, 칼리시." 아고가 말했다.

'돌아보면 잡아먹힌다.' 대니가 말했다. "잔인한 운명이었지만, 마고의 운명은 더 잔인할 것이다. 내가 옛 신들과 새로운 신들, 어린 양의 신과 말의 신과 살아 있는 모든 신에 대고 약속한다. 산들의 어머니와 세상의 자궁에 대고 맹세한다. 내가 죽여주기 전에 마고와 코 자코는 자신들이 에로어에게 보였던 자비라도 달라고 애걸하게 될 것이다."

도트락인들은 미심쩍은 눈빛을 교환했다. 시녀인 이리가 아이를 가르치듯 설명했다. "칼리시, 자코는 이제 2만 기수를 거느린 칼입니다."

대니는 고개를 들었다. "그리고 나는 폭풍에서 태어난 대너리스, 정복자 아에곤과 잔혹 왕 마에고르와 그 이전 옛 발리리아 핏줄을 이은 타르가르옌 가문의 대너리스다. 나는 드래곤의 딸이니, 맹세코 그자들은 비명을 지르며 죽게 될 것이다. 이제 칼 드로고에게 데려다 다오."

그는 아무것도 깔리지 않은 붉은 흙 위에 누워서 태양을 올려다보고 있었다.

흡혈 파리 십여 마리가 몸에 앉았는데도 느끼지 못하는 것 같았다. 대니는 파리를 쓸어내고 그 옆에 무릎을 꿇었다. 그는 눈을 크게 뜨고도 보지 못했고, 대니는 바로 그가 눈이 멀었음을 알았다. 대니가 그의 이름을 속삭여도 듣지 못하는 것 같았다. 가슴에 난 상처는 아무 일 없었다는 듯이 나았으나, 남은 흉터는 회색과 붉은색으로 흉측했다.

"왜 혼자 이 햇볕 속에 나와 계신 거냐?" 대니가 물었다.

조라 경이 대답했다. "온기를 좋아하는 것 같습니다, 공주님. 보지는 못하지만 눈이 태양을 따라갑니다. 어느 정도는 걸을 수 있습니다. 저희가 이끄는 데로 가는데, 그 이상은 가지 않습니다. 입에 넣어주면 먹고, 입술에 물을 떨어뜨리면 마십니다."

대니는 자신의 태양이자 별의 이마에 부드럽게 입을 맞추고 일어서서 미리 마즈 두르를 마주 보았다. "마기여, 너의 주문은 비싸구나."

미리 마즈 두르가 말했다. "살아 있지 않나요? 마님은 살리라 청하셨고, 목숨의 대가를 지불하셨습니다."

"드로고같이 살았던 사람에게 이것은 삶이 아니다. 드로고의 삶은 웃음소리, 불구덩이에 구운 고기, 말을 타고 달리는 시간이었다. 드로고의 삶은 손에 쥔 아라크와 적에 맞서 말을 달릴 때 머리에서 울리는 종소리였다. 드로고의 삶은 혈맹기수들과 나, 그리고 내가 낳아줄 아들이었다."

미리 마즈 두르는 대꾸하지 않았다.

"언제 이전처럼 되겠는가?" 대니는 물었다.

"해가 서쪽에서 뜨고 동쪽으로 지는 날에. 바다가 마르고 산맥이 낙엽처럼 바람에 날릴 때. 마님의 자궁이 되살아나서 살아 있는 아이를 밸 때. 그때라야 돌아오겠지요. 그 전에는 안 됩니다."

대니는 조라 경과 다른 이들에게 손짓했다. "물러가라. 이 마기와 단둘이 대화하겠다." 모르몬트와 도트락인들이 물러났다. "넌 알고 있었지." 대니는 모두 사라지자 말했다. 안팎이 다 아팠지만, 분노가 힘이 되었다. "내가 뭘 사는지 알고, 그 대가를 알면서도 내가 그 값을 치르게 놔뒀어."

코가 납작하고 몸이 뚱뚱한 여자가 평온하게 말했다. "내 신전을 불태운 게 잘못이었다. 덕분에 위대한 양치기가 노하셨지."

"이건 신이 한 일이 아니야." 대니는 차갑게 말했다. '돌아보면 잡아먹힌다.' "네가 날 속였다. 네가 내 배 속의 아이를 살해했고."

"세상에 올라탈 종마는 이제 어떤 도시도 불태우지 못하겠지. 종마의 칼라사르는 이제 어떤 나라도 짓밟지 못해."

대니는 고뇌에 차서 말했다. "난 널 도와줬다. 널 구해줬어."

"날 구해?" 라자르 여인이 침을 뱉었다. "기마인 세 놈이 날 취했지. 남자가 여자를 취하듯이 하지 않고, 수캐가 암캐를 취하듯이 뒤에서 말이야. 네가 말을 타고 지나갔을 땐 네 번째 놈이 들어와 있었다. 그 후에 날 어떻게 구해줬지? 난 선량한 사람들을 수도 없이 치료했던 내 신의 집이 불타는 꼴을 봤다. 내 집도 불탔고, 길거리엔 머리통이 쌓인 걸 봤지. 나는 내 빵을 굽던 제빵사의 머리통을 보았다. 내가 겨우 세 달 전에 열병에서 살려낸 사내아이의 머리통도 보았다. 기마인들의 채찍질에 몰려 우는 아이들의 소리를 들었어. 네가 뭘 구해줬는지 다시 말해봐."

"네 목숨."

미리 마즈 두르는 잔인하게 웃었다. "네 남편을 보고, 다른 걸 다 잃었을 때 목숨에 무슨 가치가 있는지 보시지."

대니는 카스 사내들을 불러서 미리 마즈 두르를 잡고 손발을 묶게 했지만, 그 마기는 끌려가면서 무슨 비밀이라도 공유한 사람처럼 대니를 보고 미소 지었다. 말 한 마디면 대니는 그 여자의 목을 자를 수 있었다……. 그러나 그다음엔 무엇이 남나? 머리통? 삶이 무가치하다면, 죽음은 어떤가?

그들은 칼 드로고를 이끌고 그녀의 천막으로 돌아갔고, 대니는 욕조에 물을 채우라 명했다. 이번에는 그 물에 피가 섞이지 않았다. 대니는 직접 드로고를 목욕시켰다. 팔과 가슴에 묻은 흙과 먼지를 씻어내고, 부드러운 천으로 얼굴을 닦고, 긴 검은 머리카락을 감기고 기억 속에서처럼 빛날 때까지 엉키고 꼬인 부분을 빗어 내렸다. 목욕을 마치기 전에 밖이 어두워졌고, 대니는 지칠 대로 지쳤다. 잠시 손을 멈추고 음식을 찾았지만, 무화과를 조금 깨물고 물을 한 입 넘긴 게 다였다. 잠을 자면 해방이 되었을 테지만, 잠은 충분히 잤다……. 너무 오래 잤다. 이전에 함께한 모든 밤들과, 함께할 수도 있었을 모든 밤을 위해서라도 오늘 밤은 드로고에게 바쳐야 했다.

도트락인들은 남자의 인생에서 중요한 일은 모두 창공 아래에서 이루어져야 한다 믿었기에, 대니는 드로고와 처음으로 함께 말을 달린 기억을 떠올리며 그를 어둠 속으로 데리고 나갔다. 대니는 세상에는 증오보다 더 강한 힘이 있고, 마기가 아사이에서 배운 어떤 마법보다 더 오래되고 진실한 마법이 있다고 되뇌었다. 달도 없이 깜깜한 밤이었으나 머리 위에는 백만 개의 별이 밝게 타올랐다. 대니는 그것을 징조로 받아들였다.

여기에는 그들을 반겨주는 부드러운 풀 침대는 없고, 돌멩이가 흩어진 딱딱하고 황량한 흙바닥뿐이었다. 바람에 흔들리는 나무도 없었고, 부드러운 물의 음악으로 두려움을 달래줄 개울도 없었다. 대니는 스스로에게 별들로 충분하다고 말했다. 그녀는 속삭였다. "기억해봐요, 드로고. 우리가 혼인한 날, 처음으로 함께 달린 일을 기억해봐요. 사방에 칼라사르를 두고 당신이 내 얼굴을 보면서 같이 라에고를 만들었던 밤을 기억해봐요. 세상의 자궁 속 물이 얼마나 서늘하고 맑았는지 기억해봐요. 기억해봐요, 나의 태양이자 별이여. 기억하고 나에게 돌아와요."

출산 때문에 다치고 찢긴 몸으로는 원하는 방식으로 드로고를 받아들일 수 없었지만, 도리아가 가르쳐준 다른 방식들이 있었다. 대니는 손을, 입을, 가슴을 이용했다. 손톱으로 드로고의 몸을 긁고 온몸에 입맞춤을 퍼붓고 속삭이고 기도하고 이야기를 해주고, 마지막에는 눈물로 목욕시켰다. 그래도 드로고는 느끼지도, 말하지도, 일어서지도 않았다.

그리고 텅 빈 지평선 위로 암울하게 동이 트자 대니는 정말로 그를 잃었음을 알았다. 그녀는 슬프게 말했다. "해가 서쪽에서 떠서 동쪽으로 질 때. 바다가 마르고 산맥이 낙엽처럼 바람에 흔들릴 때. 내 자궁이 되살아나고, 내가 살아 있는 아이를 밸 때. 그때 당신은 돌아올 거예요, 나의 태양이자 별이여. 그 전에는 안 되겠죠."

'절대로.' 어둠이 외쳤다. '절대로 절대로 절대로…….'

천막 안에서 대니는 부드러운 비단에 깃털을 채운 쿠션을 하나 찾았다. 대니는 그 쿠션을 가슴에 꼭 끌어안고 드로고에게, 그녀의 태양이자 별에게 돌아갔다. '돌아보면 잡아먹힌다.' 걷기조차 아팠고, 그저 자고 싶었다. 꿈도 꾸지 않고 자고 싶었다.

대니는 무릎을 꿇고, 드로고의 입술에 입을 맞춘 다음, 그 얼굴에 쿠션을 대고 눌렀다.

티리온

"놈들이 내 아들을 잡았다." 타이윈 라니스터가 말했다.

"그렇습니다, 영주님." 전령의 목소리는 피곤에 흐려졌다. 찢어진 전포 가슴팍에 그려진 크레이크홀의 얼룩 멧돼지는 굳은 피에 반쯤 가려져 있었다.

'두 아들 중 하나죠.' 티리온은 생각했지만, 와인을 한 모금 마시고 제이미를 생각하며 아무 말도 하지 않았다. 팔을 들어 올리자 팔꿈치를 관통하는 통증이 짧게 경험한 전투를 상기시켰다. 티리온은 형을 사랑했지만, 캐스털리록의 금을 모두 준대도 '속삭이는 숲'에 형과 같이 있고 싶진 않았다.

전령이 소식을 전하는 동안, 아버지가 불러 모은 지휘관과 휘하 봉신들은 아주 조용했다. 들리는 소리라곤 외풍이 심한 긴 휴게실 끝에 있는 난로에서 타오르는 장작이 내는 타닥타닥 소리뿐이었다.

길고 가혹하게 남쪽으로 몰아붙인 고난의 행군 이후라 여관에서 하룻밤이라도 잔다는 생각을 하면 굉장히 힘이 났지만…… 온갖 기억이 함께하는 이 여관에 다시 오지 않았더라면 더 좋았을 것이다. 그의 아버지는 심하게 빠른 속도로 움직였고, 그만한 피해를 입었다. 전투 중에 부상을 입은 남자들은 최대한 알아서 따라오거나 아니면 버려져서 스스로를 건사해야 했다. 그들은 매일 아침 길가에 몇 명씩을 버리고 갔다. 잠들었다가 깨어나지 못한 자들이었다. 매일 오후마다 또 몇 명이 길에서 쓰러졌다. 그리고 매일 저녁마다 또 몇 명씩 탈영해서 어둠 속으로 도망쳤다. 티리온도 그들과 함께 떠나고픈 유혹을 느꼈다.

티리온이 위층에서 깃털 침대의 안락함과 옆에 누운 샤에의 온기를 즐기고 있을 때, 종자가 그를 깨우면서 기수 한 명이 리버런에서 심각한 소식을 가지고 왔다고 말했다. 그렇게 해서 모든 것이 쓸모없는 일이 되었다. 남쪽으로의 맹진, 끝없이 몰아세우는 행군, 길가에 버려진 시체들…… 모두 헛수고였다. 롭 스타크는 훨씬 전에 리버런에 도착해 있었다.

하리스 스위프트 경이 중얼거렸다. "어떻게 이런 일이 있을 수가 있지? 어떻게? 속삭이는 숲이 뚫린 후라 해도 리버런은 대군으로 단단히 둘러싸여 있었는데……. 대체 제이미 경은 무슨 광기에 사로잡혀서 군대를 따로 떨어진 세 진지로 나눴답니까? 그랬다간 얼마나 취약해지는지 알았을 텐데?"

'너보다야 낫지, 이 나약한 비겁자야.' 티리온은 생각했다. 제이미가 리버런을 잃었을지는 몰라도, 스위프트 같은 작자가 제이미 형을 비난하는 소리를 들으니 화가 났다. 이제까지 한 제일 대단한 성과라봐야 똑같이 나약한 딸을 케반 경과 결혼시켜서 라니스터 가문의 일원이 된 것밖에 없는, 부끄러운 줄 모르는 아첨꾼이 말이다.

"나라도 똑같이 했을 겁니다." 숙부는 차분하게 대꾸했다. 티리온이라면 그렇게 차분하지 못했다. "하리스 경은 리버런을 본 적이 없지요. 본 적이 있다면 제이미에게 선택지가 별로 없었음을 알 겁니다. 그 성은 텀블스톤 강물이 트라이던트의 레드포크 지류로 흘러드는 땅 끝에 자리 잡고 있습니다. 두 강이 삼각형의 두 면을 형성하고, 위험이 닥치면 툴리 가문은 상류 수문을 열고 세 번째 면에 넓은 해자를 채워 리버런을 섬으로 바꿔놓지요. 성벽은 물에서 바로 솟아 있고, 방어자들은 탑에 올라가서 반대편 강가를 십여 킬로미터씩 조망할 수 있습니다. 모든 접근을 차단하려면 포위군은 진지 하나를 텀블스톤 북쪽에 두고, 하나는 레드포크 남쪽에, 세 번째는 두 강 사이 해자 서쪽에 두어야만 합니다. 다른 방법이 없어요. 전혀."

전령이 말했다. "케반 경의 말씀대로입니다. 저희는 진지마다 날카로운 말뚝 울타리를 세워두었습니다만, 경고도 받지 못한 데다가 강물에 서로 나뉘어 있는 상황에서 그것만으로는 부족했습니다. 놈들은 북쪽 진지부터 쳤습니다. 아무도 예상하지 못한 공격이었습니다. 마크 파이퍼가 저희 보급품 수송 행렬을 습격하긴 했지만, 그자의 군사는 50명을 넘지 않았습니다. 제이미 경이 놈들을 처리하러 나가신 게 그 전날 밤인데……. 음, 저희는 그게 그놈들인 줄만 알았습니다. 스타크 군은 그린포크 동쪽에서 남으로 향하고 있다고 들었기에……."

"너희 별동대는?" 그레고르 클리게인 경의 얼굴은 바위에서 찍어낸 것처럼 보였다. 난로 불빛이 그 피부에 칙칙한 오렌지색을 더하고 눈구멍에 깊은 그림자를 드리웠다. "아무것도 못 봤던 건가? 경고도 전혀 안 하고?"

피에 얼룩진 전령은 고개를 저었다. "별동대는 사라져버렸습니다. 저희는 마크 파이퍼의 짓이라고 생각했지요. 살아 돌아온 자들은 아무것도 보지 못했습니다."

산더미 그레고르가 선언했다. "아무것도 못 보는 놈에게 눈이 무슨 쓸모냐. 그놈들 눈을 도려내어 다음 별동대에게 줘라. 눈깔 네 개면 눈깔 두 개보다 잘 보길 바란다고 말해줘. 그러고도 못 본다면 그다음 놈은 눈깔이 여섯 개가 되겠지."

타이윈 라니스터 공은 고개를 돌리고 그레고르 경을 찬찬히 살폈다. 티리온은 아버지의 눈동자에 빛이 반사하면서 번득이는 금빛 광채를 보았지만, 그 눈빛에 담긴 뜻이 찬성인지 역겨움인지 알 수 없었다. 타이윈 공은 회의에서 조용히 있을 때가 많았고, 말하기 전에 듣기를 좋아했다. 티리온도 본보기로 삼으려고 노력하는 습관이었다. 그러나 지금의 침묵은 아무리 타이윈 공이라 해도 어울리지 않았고, 앞에 놓인 와인은 손도 대지 않은 상태였다.

"놈들이 밤에 왔다고 했지." 케반 경이 이야기를 유도했다.

전령은 지친 듯 고개를 끄덕였다. "검은 물고기가 선봉대를 이끌고 와서 파수들의 목을 베고, 주력군을 위해 울타리를 치웠습니다. 저희들이 무슨 일이 벌어지는지 알았을 때는 도랑둑을 넘어서 쏟아져 내린 기수들이 손에 검과 횃불을 들고 진지를 질주하고 있었지요. 저는 두 강 사이 서쪽 진영에서 자고 있었습니다. 싸우는 소리를 듣고 불타는 천막을 보았을 때 브락스 공은 저희를 이끌고 뗏목으로 향했고, 저희는 장대를 밀어서 강을 건너려 했습니다만, 물살이 저희를 하류로 밀어냈고 툴리 가문이 성벽 투석기에서 바위를 날리기 시작했습니다. 뗏목 하나가 부서지고 다른 뗏목 세 개가 뒤집혀서 강에 빠져 죽는 이들을 보았습니다……. 그나마 강을 건너간 이들도 강둑에서 기다리는 스타크 군과 마주쳤지요."

은색과 자주색으로 만든 겉옷을 걸친 플레멘트 브락스 경은 방금 들은 말을 이해하지 못하는 표정을 짓고 있었다. "내 아버님은—"

전령이 대답했다. "죄송합니다. 브락스 공은 뗏목이 뒤집혔을 때 사슬과 판금 갑옷을 입고 계셨습니다. 정말 용맹하셨습니다."

'멍청했지.' 티리온은 잔을 빙빙 돌리고 와인 속을 들여다보며 생각했다. 반대편에서 적이 기다리는데 갑옷을 입고 조잡한 뗏목을 타고 밤에 강을 건너다니— 그게 용맹이라면, 차라리 비겁하고 말리라. 그는 철판 무게가 시커먼 물 밑으로 끌어당길 때 브락스 공이 특별히 용맹한 기분을 느꼈을까 궁금했다.

전령은 계속해서 말했다. "두 강 사이 진영도 공격을 받았습니다. 저희가 강을 건너려 하는 동안 서쪽에서 스타크 군이 더 나타났습니다. 중기병이 두 줄로 달려왔지요. 엄버 공의 사슬에 매인 거인과 말리스터의 독수리를 보았습니다만, 지휘관은 옆에 괴물 같은 늑대를 둔 소년이었습니다. 제가 직접 본 바는 아닙니다만, 그 늑대가 네 명을 죽이고 말을 십여 마리는 찢어놓았다고 하더군요. 저희 창병들이 방패 벽을 세우고 첫 돌격에 맞섰지만, 툴리 놈들이 교전을 보더니 리버런 성문을 열었고 타이토스 블랙우드가 돌격대를 이끌고 도개교를 건너서 후미를 쳤습니다."

"신들이시여, 맙소사." 레포드 공이 말했다.

"그레이트존 엄버는 저희가 짓던 공성탑에 불을 놓았고, 블랙우드 공은 사슬에 묶인 에드무어 툴리 경과 다른 포로들을 찾아내어 모두 풀어줬습니다. 남쪽 진영은 폴리 프레스터 경의 지휘하에 있었습니다. 그분은 다른 진영이 무너지는 것을 보고 2000명의 창병과 비슷한 수의 궁수를 데리고 질서정연하게 후퇴했습니다만, 그중에 자유기수들을 이끌던 티로시 용병은 프레스터 경의 깃발을 꺾고 적에게 넘어갔습니다."

"저주받을 놈." 케반 숙부는 놀라움보다는 화가 더 한 목소리였다. "제이미에게 그놈을 믿지 말라고 경고했는데. 돈을 위해 싸우는 놈은 지갑에만 충성한다고."

타이윈 공은 두 손을 깍지 껴 턱을 괴었다. 듣는 동안에는 눈만 움직였다. 짧고 뻣뻣한 금빛 구레나룻이 감싼 얼굴은 가면이라고 해도 믿을 만큼 고요했지만, 티리온은 아버지의 말끔히 민 머리에 맺히는 작은 땀방울을 볼 수 있었다.

"어떻게 이런 일이 있을 수가 있지?" 하리스 스위프트 경이 다시 울부짖었다. "제이미 경은 잡히고, 포위는 깨지고...... 이건 재난이야!"

아담 마브랜드 경이 말했다. "명백한 사실을 알려줘서 다들 고맙게 여길 겁니다, 하리스 경. 그래서 문제는 어떻게 할 것이냐겠지요."

"우리가 뭘 할 수 있나? 제이미의 군대는 다 죽거나 잡히거나 달아났고, 스타크와 툴리는 우리 보급선을 가로막고 앉아 있네. 우린 서부와 길이 끊겼어! 놈들이 하려고만 하면 캐스털리록으로 진군할 수도 있을 텐데, 뭘로 그놈들을 막나? 여러분, 우린 졌습니다. 화평을 청해야 해요."

"화평을요?" 티리온은 생각에 잠겨서 와인을 돌리다가 쭉 들이켜고 빈 잔을 바닥에 내던져 산산조각 냈다. "화평 같은 소리 하십니다, 하리스 경. 내 사랑스러운 조카가 에다드 공의 머리통으로 레드킵을 장식하기로 결정했을 때 화평은 영영 물 건너갔어요. 지금 롭 스타크를 설득해서 화평을 맺느니 저 잔에다 와인을 마시는 게 더 쉬울 겁니다. 그 녀석이 이기고 있거든요……. 혹시 눈치 못 채셨나요?"

아담 경이 맞섰다. "전쟁이 전투 두 번으로 다는 아닙니다. 우린 아직 패하지 않았어요. 난 스타크 녀석과 검을 맞대보는 쪽을 환영하겠습니다."

"어쩌면 그쪽에서 휴전에 동의하고, 서로 포로를 맞바꾸자고 할지도 모릅니다." 레포드 공이 제안했다.

티리온은 신랄하게 대꾸했다. "3대 1로 바꿔주지 않는 한은 여전히 우리 쪽 저울이 가벼워요. 그리고 우리 형과 뭘 교환하자고 하겠습니까? 에다드 공의 썩어가는 머리통요?"

레포드는 희망을 품고 말했다. "세르세이 대비께서 그 딸들을 데리고 있다 들었습니다. 스타크 녀석에게 누이들을 돌려준다면……."

아담 경은 경멸 조로 콧방귀를 뀌었다. "제이미 라니스터의 목숨을 계집애 둘과 바꾸려면 엄청난 바보여야 할 겁니다."

"그렇다면 얼마가 들더라도 제이미 경의 몸값을 지불해야지요." 레포드 공이 말했다.

티리온은 눈을 굴렸다. "스타크에게 금이 필요하다면 제이미의 갑옷을 녹일 수 있을 텐데 뭐하러요."

아담 경이 주장했다. "우리가 휴전을 청한다면 우릴 약하게 볼 겁니다. 즉시 진군해야 합니다."

하리스 경이 말했다. "궁정에 있는 우리 쪽 사람들이 지원 부대를 이끌고 합류하도록 설득할 수 있을 겁니다. 그리고 누군가는 캐스털리록에 돌아가서 새로운 군대를 일으킬 수도 있겠지요."

타이윈 라니스터 공이 일어섰다. "놈들이 내 아들을 잡았어." 그는 다시 한 번, 기름 덩어리를 가르는 칼처럼 소란을 가르는 목소리로 말했다. "나가시오. 모두."

티리온은 더없이 복종하고픈 마음으로 나머지와 함께 나가려고 일어섰지만, 아버지가 눈짓했다. "너는 말고, 티리온. 넌 남아라. 그리고 너도, 케반. 나머지는 다 나가게."

티리온은 말도 못 할 만큼 놀라서 장의자에 다시 주저앉았다. 케반 경은 방 안을 가로질러 와인 통으로 향했다. 티리온이 외쳤다. "숙부님, 혹시 괜찮으시면—"

"여기 있다." 아버지가 손대지 않은 와인 잔을 내밀었다.

티리온은 그야말로 아연실색해서 술을 마셨다.

타이윈 공이 다시 앉았다. "스타크에 대해서는 네가 제대로 보았다. 살아 있었다면 에다드 공을 이용해서 윈터펠과 리버런과 화평을 맺을 수도 있었겠지. 로버트의 동생들을 처리하는 데 필요한 시간을 벌어줄 화평을 말이야. 죽어서는……." 그는 주먹을 쥐었다. "미친 짓이다. 완전히 미친 짓이야."

"조프리는 어린아이에 불과합니다. 그 나이에는 저도 멍청한 짓을 좀 했죠."

아버지는 그를 날카롭게 쏘아보았다. "조프리가 아직 창녀와 결혼하지 않았다는 점에 고마워해야겠구나."

티리온은 타이윈 공의 얼굴에 잔을 던져버리면 어떤 표정을 지을까 생각하며 와인을 마셨다.

아버지가 말을 이었다. "우리 상황은 네가 아는 것보다 더 나쁘다. 새로운 왕이 하나 생긴 모양이야."

케반 경은 어안이 벙벙한 얼굴이었다. "새로운— 누구요? 놈들이 조프리에게 무슨 짓을 했습니까?"

타이윈 공의 얇은 입술에 보일락 말락 한 불쾌감이 스쳐갔다. "아무 짓도 안 했네…… 아직은. 내 손자는 아직 철왕좌에 앉아 있지만, 내시가 남쪽으로부터 속삭임을 들었어. 렌리 바라테온과 마저리 티렐이 2주 전에 하이가든에서 결혼했고, 이제 렌리가 왕관이 제 것이라 주장한다 하네. 신부의 아버지와 형제들은 렌리에게 무릎을 꿇고 검을 바쳤다는군."

"심각한 소식이군요." 케반 경이 얼굴을 찌푸리자 이마에 팬 주름이 계곡처럼 깊어졌다.

"내 딸은 우리더러 즉시 킹스랜딩으로 달려와서 렌리 왕과 꽃의 기사에 대항하여 레드킵을 지키라고 명하네." 타이윈 공의 입매가 굳었다. "부탁이 아니라 명령이야. 왕과 협의회의 이름으로 내리는."

"조프리 왕은 그 소식을 어떻게 받아들인답니까?" 티리온은 음울한 즐거움을 느끼며 물었다.

"세르세이가 아직 알리지 않았다고 한다. 알았다간 조프리가 직접 렌리와 싸우러 나가겠다고 할까 봐 걱정하고 있지."

"무슨 군대로요? 이 군대를 주실 계획은 아니겠죠?" 티리온이 물었다.

"도시 경비대를 이끌고 나간다는구나." 타이윈 공이 말했다.

"경비대를 끌고 나가면 도시가 무방비 상태가 됩니다." 케반 경이 말했다. "그리고 드래곤스톤에 있는 스타니스 공이……."

"그래." 타이윈 공이 아들을 내려다보았다. "광대 짓을 할 녀석은 티리온 너인 줄 알았다만, 내 생각이 틀린 모양이다."

"이야, 그거 거의 칭찬처럼 들리네요, 아버지." 티리온이 말하고는 집중해서 몸을 앞으로 내밀었다. "스타니스는 어떻게 된 겁니까? 렌리가 아니라 스타니스가 형인데요. 동생의 주장에 대해 어떻게 생각할까요?"

아버지는 얼굴을 찌푸렸다. "난 처음부터 스타니스가 다른 모두를 합친 것보다 더 큰 위험이라고 생각했다. 그런데 아무것도 하지 않는구나. 아, 바리스가 들었다는 속삭임이 있기는 하지. 스타니스가 배를 만들고 있다, 스타니스가 용병들을 고용하고 있다, 스타니스가 아사이에서 그림자술사를 하나 데려왔다……. 그게 무슨 의미일까? 그중에 하나라도 사실일까?" 그는 짜증스럽게 어깨를 으쓱였다. "케반, 지도를 가져다 다오."

케반 경은 지시대로 했다. 타이윈 경은 돌돌 말린 가죽을 펴서 평평하게 깔았다. "제이미는 우리를 위험한 상황에 빠뜨렸다. 루스 볼턴과 나머지 군대가 북쪽에 있다. 우리의 적들이 트윈스와 모트 카일린을 쥐고 있다. 롭 스타크가 서쪽에 앉아 있으니 전투를 벌이지 않고는 라니스포트와 캐스털리록으로 후퇴할 수 없다. 제이미는 잡혔고, 제이미의 군대는 사실상 존재하지 않는다. 미르의 토로스와 베릭 돈다리온은 계속 우리의 징발대를 괴롭히고 있다. 동쪽에는 아린과 드래곤스톤에 앉은 스타니스 바라테온이 있고, 남쪽에서는 하이가든과 스톰스엔드가 휘하를 소집하고 있다."

티리온은 비딱하게 웃었다. "용기를 내세요, 아버지. 그래도 라에가르 타르가르옌은 아직 죽은 채잖아요."

"농담보다는 쓸 만한 제안을 해줄지도 모른다는 희망을 품었다만." 타이윈 라니스터 공이 말했다.

케반 경이 이마에 주름을 새기며 찌푸린 얼굴로 지도를 보았다. "롭 스타크는 이제 에드무어 툴리와 트라이던트 영주들을 자기 편에 두었습니다. 양쪽 연합군이면 우리를 넘어설지도 몰라요. 그리고 등 뒤에는 루스 볼턴이 있으니…… 타이윈 형님, 여기 남아 있다간 세 군대 사이에 갇힐 수도 있습니다."

"여기 남아 있을 생각은 없다. 렌리 바라테온이 하이가든에서 진군해오기 전에 어린 스타크 공과의 일을 마무리해야 해. 볼턴은 걱정하지 않는다. 원래도 신중한 남자인데, 우리가 그린포크에서 더 신중해지게 만들어 놨으니 빨리 추격해오지 않을 게야. 그러니…… 내일 우리는 하렌홀로 간다. 케반, 아담 경의 별동대가 우리의 움직임을 가리도록 해라. 아담 경이 요구하는 만큼 군사를 내어주고, 네 명씩 묶어서 내보내라. 사라지는 일이 없도록 하겠다."

"명대로 하겠습니다만…… 왜 하렌홀입니까? 음침하고 불운한 곳인데요. 저주받은 곳이라는 사람도 있습니다."

"그러라지. 그레고르 경과 그 약탈대를 풀어서 우리를 앞서게 해라. 바고 호트와 그놈의 자유기수들도 먼저 보내고, 아모리 로치 경도 보낸다. 각각 기병 300명씩을 거느린다. 내가 신의 눈 호수부터 레드포크까지 강역이 다 불바다가 되는 꼴을 보고 싶어 한다고 전해라."

"강역은 불탈 겁니다. 제가 명을 내리겠습니다." 케반 경은 일어서며 말하고는, 목례하고 문으로 향했다.

둘만 남게 되자 타이윈 경은 티리온을 흘긋 보았다. "네 야만족들은 약탈을 즐길지도 모르겠구나. 바고 호트와 함께 말을 달리며 원하는 대로 노략질해도 좋다고 전해라. 물건이든 가축이든 여자든, 원하는 대로 취하고 나머지는 불태워도 좋다."

"샤가와 티멧에게 노략질을 어떻게 할지 말한다는 건 수탉에게 우는 법을 가르치는 것과 다를 바 없지요. 하지만 전 녀석들을 제 곁에 두는 편이 더 좋습니다." 무례하고 다루기 힘들지는 몰라도 그 야인들은 티리온의 사람들이었고, 티리온은 아버지의 부하들 그 누구보다 그들을 더 믿었다. 그들을 넘겨줄 생각은 없었다.

"그렇다면 그자들을 통제할 방법을 익히는 게 좋겠구나. 도시가 약탈당하게 둘 순 없으니."

"도시?" 티리온은 갈피를 잃었다. "무슨 도시 말입니까?"

"킹스랜딩 말이다. 널 궁정에 보낼 거다."

티리온 라니스터가 가장 예상하지 못했던 말이었다.

티리온은 와인에 손을 뻗었고, 술을 마시면서 잠시 생각했다. "제가 가서 뭘 하는 겁니까?"

"통치해라." 아버지는 짧게 말했다.

티리온은 요란한 웃음을 터뜨렸다. "사랑스러운 누나가 불평 좀 하겠는데요!"

"좋을 대로 말하게 두어라. 우리를 다 망치기 전에 그 아이의 아들에게 버릇을 가르쳐야 해. 협의회에 있는 그 건방진 놈들 탓이다. 우리의 절친한 피터와 덕망 높은 대학사, 그리고 남근 없는 놀라운 바리스 공 말이다. 조프리가 멍청한 짓에 연이어 달려드는데 놈들이 무슨 조언을 해줬단 말이냐? 자노스 슬린트라는 놈을 귀족으로 만들어준 건 누구 생각이지? 그 놈의 아비는 푸주한이었는데, 그런 놈에게 하렌홀을 주다니. 하렌홀은 왕들의 권좌였어! 나보고 말하라면 그놈이 하렌홀에 발 디딜 날은 오지 않을 테지만 말이다. 그놈은 가문의 문장으로 피 묻은 창을 골랐다더구나. 나라면 피 묻은 식칼을 골랐겠다." 아버지는 언성을 높이지 않았지만, 티리온은 그 눈동자에 비치는 금빛에서 분노를 읽을 수 있었다. "그리고 셀미를 내쫓다니, 그게 무슨 짓이냐? 그래, 늙기는 했지. 하나 대담한 바리스탄이라는 이름은 아직 이 나라에서 의미가 있다. 셀미는 누구를 섬기든 그 대상에게 명예를 부여했지. 사냥개를 두고 누가 같은 말을 할 수 있겠느냐? 개에게는 식탁 아래로 뼈다귀를 던져주는 법이지, 옆자리에 앉히는 게 아니야." 아버지는 티리온의 얼굴을 손가락으로 가리켰다. "세르세이가 그 아이를 제어하지 못한다면, 네가 해야 한다. 그리고 협의회 놈들이 우리를 기만한다면……."

티리온은 알고 있었다. "꽂아야죠." 그는 한숨을 내쉬었다. "머리통을. 성벽에."

"나에게 몇 가지 배운 게 있긴 하구나."

"아버지가 아시는 것보다 더 배웠답니다." 티리온은 조용히 대답했다. 티리온은 생각에 잠겨서 와인을 마저 마시고 잔을 밀었다. 그의 마음속 일부분은 받아들이기 싫을 만큼 기뻐했다. 또 일부분은 상류에서 겪은 전투를 떠올리고, 이번에도 좌익을 맡게 된 걸까 생각했다. 그는 머리를 한쪽으로 기울이며 물었다. "왜 접니까? 왜 숙부님이 아니고요? 왜 아담 경이나 플레멘트 경이나 세레트 경이 아니고요? 왜 더…… 큰 사람이 아니고요?"

타이윈 공이 벌떡 일어났다. "너는 내 아들이다."

그 순간 티리온은 알았다. '형을 포기했군요. 이 개자식, 제이미가 죽었다고 생각하니 나밖에 남지 않은 거야.' 티리온은 아버지를 한 대 치고, 그 얼굴에 침을 뱉고, 단검을 뽑아서 아버지의 심장을 도려내어 그게 정말로 평민들 말처럼 단단한 금으로 만들어졌는지 보고 싶었다. 그러나 가만히 그 자리에 앉아 있었다.

타이윈 공이 방을 가로지르자 그 발 아래로 깨진 와인 잔 조각이 부서졌다. "마지막으로 한 가지." 타이윈 공은 문 앞에서 말했다. "그 창녀는 궁정에 데려가지 말아라."

티리온은 아버지가 나간 후에도 오랫동안 휴게실에 혼자 앉아 있었다. 그는 한참 만에 종탑 아래 위치한 안락한 다락방으로 올라갔다. 천장이 낮았지만, 난쟁이에게는 문제가 되지 않았다. 창밖으로 아버지가 마당에 세워놓은 교수대를 볼 수 있었다. 돌풍이 불 때마다 여관 주인의 시체가 밧줄에 매달린 채 느릿느릿 돌았다. 여관 주인의 몸은 라니스터의 희망만큼이나 홀쭉하고 너덜너덜해져 있었다.

티리온이 깃털 침대 가장자리에 앉자 샤에가 잠결에 중얼거리며 가까이 몸을 굴려 왔다. 티리온이 담요 아래로 손을 넣어 부드러운 젖가슴을 감싸자 샤에가 눈을 떴다. "나리." 샤에는 졸린 미소를 지으며 말했다.

티리온은 샤에의 젖꼭지가 단단해진 것을 느끼고 그녀에게 입을 맞췄다. "널 킹스랜딩으로 데려갈 작정이야, 귀염둥이." 그는 속삭였다.

존

암말은 존 스노우가 뱃대끈을 조이자 나직이 히힝거렸다. "진정해, 착한 아가씨." 존은 부드러운 목소리로 말하면서 암말을 어루만져 달랬다. 마구간을 관통하는 바람이 그의 얼굴에 차가운 죽음의 입김을 불었지만, 존은 신경 쓰지 않았다. 존은 상처 입어 뻣뻣하고 서툰 손가락을 움직여 둘둘 만 짐을 안장에 묶었다. "고스트, 이리 와." 존이 조용히 부르자 늑대가 잉걸불처럼 눈을 빛내며 나타났다.

"존, 제발. 이러면 안 돼."

존은 고삐를 쥐고 안장에 올라서 말을 돌려 밤을 마주했다. 샘웰 탈리가 마구간 문 앞에 서 있었다. 달이 그의 등 뒤에서 거대하고 새카만 거인 같은 그림자를 드리웠다. "내 앞에서 비켜, 샘."

"존, 그럴 순 없어. 보내주지 않을 거야."

"널 해치고 싶지 않아. 비키지 않으면 널 밟고 가겠어, 샘."

"넌 안 그럴 거야. 내 말을 들어야 해. 제발……."

존이 말 옆구리에 박차를 가하자 암말이 문을 향해 달려갔다. 샘은 등 뒤로 보이는 달처럼 둥글고 창백한 얼굴로, 놀라서 입을 딱 벌린 채로 잠시 동안 버텨 서 있었다. 그러다가 마지막 순간, 말이 코앞에 닥치자 존이 예상한 대로 옆으로 뛰었고, 비틀거리다가 넘어졌다. 암말은 쓰러진 샘을 뛰어넘어 밤하늘 아래로 달려 나갔다.

존은 무거운 망토 두건을 뒤집어쓰고 말고삐를 늦췄다. 존이 고스트를 옆에 끼고 말을 달리는 동안에도 캐슬블랙은 고요하고 잠잠했다. 뒤에 선 장벽에서 감시하는 사람들은 있겠지만, 그들의 눈은 남쪽이 아니라 북쪽을 향했다. 아무도, 낡은 마구간의 흙바닥에서 일어나려 애쓰는 샘 탈리 외에는 아무도 존이 떠나는 모습을 보지 못했다. 존은 샘이 넘어지면서 다치지 않았기를 빌었다. 워낙 몸이 무겁고 움직임이 어설프다 보니 손목이 부러지거나 발목이 꺾이기 십상이었다. 존은 큰 소리로 말했다. "난 경고했어. 어차피 샘과는 상관없는 일이야." 존은 말을 달리면서 화상 입은 손을 구부려보고, 흉터 진 손가락을 오므렸다 폈다. 아직 아팠지만, 그래도 붕대를 풀고 나니 시원했다.

존은 달빛이 언덕을 은빛으로 물들이는 가운데 꼬불꼬불한 왕의 가도를 따라 달렸다. 떠났다는 사실을 들키기 전에 최대한 장벽에서 멀리 가야 했다. 내일이면 가도를 떠나서 들판과 덤불와 개울로 빠져 추적을 떨쳐내야겠지만, 당장은 속임수보다 속도가 더 중요했다. 존이 어디로 갈지 예상 못 할 리도 없었다.

늙은 곰은 해가 뜰 때 일어나는 편이었으니, 새벽까지는 장벽과 최대한 거리를 벌릴 여유가 있었다……. 샘 탈리가 배신하지만 않았다면 말이다. 뚱뚱한 샘은 착실하고 겁이 많았지만, 그래도 존을 형제처럼 사랑했다. 누가 묻는다면야 사실대로 고하겠지만, 샘이 왕의 탑 앞에 선 보초병들을 대면하고 모르몬트를 깨우라고 하는 모습은 상상할 수 없었다.

존이 늙은 곰의 아침 식사를 가지러 부엌에 나타나지 않으면 사람들이 그의 방을 들여다보고, 침대 위에 놓인 '긴 발톱'을 보게 되리라. 그 검을 버리기가 쉽지는 않았지만, 가지고 갈 만큼 염치없지는 않았다. 조라 모르몬트조차도 불명예를 안고 달아날 때 그 검은 두고 가지 않았던가. 모르몬트 공이 누군가 그 칼에 걸맞은 사람을 찾아내리라. 늙은 사령관을 생각하자 기분이 좋지 않았다. 존은 자신의 탈영이 모르몬트 공에게 아들의 불명예가 남긴 쓰라린 상처에 뿌린 소금이 되리라는 사실을 알았다. 그의 신뢰에 이렇게 보답하다니 형편없는 짓이었지만, 그래도 어쩔 수 없었다. 존은 어떻게 행동해도 누군가를 배신하는 기분이었다.

지금 이 순간에도 존은 과연 명예로운 일을 하고 있는지 알 수가 없었다. 남부인들은 더 쉽게 판단했다. 그들은 성사와 의논할 수 있었다. 신들의 뜻을 말해주고 옳고 그름을 구분하게 도와주는 존재가 있었다. 그러나 스타크는 옛 신들, 이름 없는 신들을 섬겼고, 심장 나무는 들어도 말은 하지 않았다.

캐슬블랙의 불빛이 남김없이 사라지자 존은 암말의 속도를 늦추어 걷게 했다. 앞으로 먼 여행길이 남아 있었고 타고 갈 말은 한 마리뿐이었다. 남쪽으로 가는 길에 혹시 필요해지면 이 말을 새로운 말과 바꿀 수 있는 성채와 마을이 나올지도 모르지만, 그것도 이 말이 부상을 입거나 쓰러지면 불가능한 일이었다.

조만간 옷도 새로 구해야 할 것이다. 아니, 그보다는 훔쳐야 할 것이다. 그는 머리끝부터 발끝까지 검은색 차림이었다. 높은 가죽 승마 장화, 거칠게 짠 반바지와 튜닉, 가죽조끼, 그리고 무거운 모직 망토까지. 장검과 단검은 검은색 몰스킨으로 만든 칼집에 싸였고, 안낭에 든 쇠사슬 갑옷과 사슬 두건도 검은색이었다. 잡힌다면 어디를 봐도 죽음이었다. 검은 옷을 입은 이방인이란 넥 북쪽 어느 마을과 성채에서도 차가운 의심의 시선을 받기 마련이었고, 곧 사람들이 그를 경계할 터였다. 일단 아에몬 학사의 까마귀들이 날고 나면 존에게 안전한 은신처란 없었다. 윈터펠조차 그랬다.

브랜이야 존을 받아들이고 싶어 할지도 모르지만, 루윈 학사는 분별력 있는 사람이었다. 응당 성문을 닫고 존을 내칠 것이다. 윈터펠은 생각하지 않는 게 좋았다.

그래도 마음속에 어제 떠난 것처럼 선명하게 윈터펠이 떠올랐다. 우뚝 솟은 화강암 벽, 연기와 구운 고기와 개들의 냄새가 나는 대연회장, 아버지의 개인 방, 존이 자던 망루 방. 한편으로는 브랜의 웃음소리를 다시 듣고, 게이지의 소고기 요리와 베이컨 파이를 먹고, 낸 할멈에게 숲의 아이들과 광대 플로리안 이야기를 듣고 싶은 마음 간절했다.

하지만 그것을 위해 장벽을 떠난 게 아니었다. 결국 존은 아버지의 아들이었고, 롭의 형제였기에 장벽을 떠났다. 장검 한 자루 선물받는다고 모르몬트가 될 수는 없었다. '긴 발톱'처럼 훌륭한 검이라 해도 그랬다. 그렇다고 아에몬 타르가르옌이 될 수도 없었다. 노인은 세 번 선택의 기로에 서서 세 번 다 명예를 선택했지만, 그건 그의 이야기였다. 바로 지금도 존은 아에몬 학사가 장벽에 남은 게 약하고 비겁해서인지, 강하고 진실해서인지 판단을 내릴 수가 없었다. 그러나 노인이 선택의 고통에 대해 한 말이 무슨 뜻인지는 이해했다. 너무나 잘 이해했다.

티리온 라니스터는 사람들은 대개 힘든 진실을 직시하기보다는 부인한다고 했지만, 존은 부인하기를 그만두었다. 그는 그 자신이었다. 존 스노우, 사생아이며 서약을 깬 자, 어미도 없고 친구도 없으며 저주받은 자. 얼마나 길게 남았을지는 모르지만 남은 평생 이방인으로, 감히 진정한 이름을 말하지 못하고 그림자 속에 선 말 없는 남자로 살게 되리라. 칠왕국 안 어디를 가더라도, 모두에게 공격받지 않으려면 거짓된 삶을 살아야 하리라. 형제 옆에 서서 아버지의 복수를 도울 만큼만 오래 살 수 있다면, 그래도 상관없었다.

존은 마지막으로 보았을 때 롭이 적갈색 머리에 내린 눈이 녹는 동안

마당에 서 있던 모습을 기억했다. 변장을 하고 몰래 롭을 만나야겠지. 존이 모습을 드러냈을 때 롭의 얼굴에 떠오를 표정을 상상해보았다. 롭은 고개를 내저으며 웃고 이렇게 말하겠지…… 아마도…….

존은 그 미소를 볼 수 없었다. 아무리 애를 써도 그려볼 수 없었다. 존은 다이어울프 새끼들을 발견한 날 아버지가 참수했던 탈영병을 생각했다. 에다드 공은 그 남자에게 말했다. "너는 맹세를 했다. 형제들 앞에서, 옛 신들과 새로운 신들 앞에서 서약을 했다." 데스몬드와 뚱보 톰이 그 남자를 나무 그루터기까지 끌고 갔다. 브랜은 눈을 휘둥그레 뜨고 있었고, 존은 브랜에게 조랑말을 잘 붙잡고 있으라고 일깨워야 했다. 존은 테온 그레이조이가 '얼음'을 가져갔을 때 아버지가 짓던 표정, 눈밭에 뿌려진 피 보라, 테온이 발치로 굴러 온 머리통을 걷어차던 모습을 기억했다.

존은 탈영병이 낯모르는 남루한 사내가 아니라 동생인 벤젠이었다면 에다드 공이 어떻게 했을까 궁금했다. 그랬다면 달랐을까? 분명히 달랐으리라. 달랐어야 했다……. 그리고 롭은 분명히 존을 환영할 것이다. 그래야만 했다. 그렇지 않다면…….

차마 생각할 수가 없었다. 고삐를 움켜쥐자 심한 통증에 손가락이 욱신거렸다. 존은 말에 박차를 가하여 속도를 높이고, 마치 의심을 떨쳐버리려는 것처럼 왕의 가도를 질주했다. 죽음이 두렵지는 않았지만, 그렇게 흔한 도둑처럼 묶여서 목 베여 죽고 싶지는 않았다. 죽어야 한다면 손에 검을 쥐고, 아버지를 죽인 자들과 싸우다가 죽고 싶었다. 존은 진정한 스타크가 아니었고, 한 번도 그랬던 적이 없었으나…… 스타크로 죽을 수는 있었다. 에다드 스타크가 아들을 셋이 아니라 넷 두었다는 말을 듣고 싶었다.

고스트는 붉은 혀를 길게 빼물고 1킬로미터 가까이 말과 보조를 맞추어 달렸다. 존이 속도를 더 올리자 암말과 사람이 같이 머리를 낮췄다. 늑대는 속도를 늦추더니 멈춰 서서 달빛에 붉게 빛나는 눈으로 그를 지켜보았다. 고스트가 뒤쪽 멀리 사라졌지만, 존은 고스트가 나름의 속도로 따라 오리라는 사실을 알았다.

앞에 보이는 숲 사이로 길 양쪽으로 흩어진 불빛들이 깜박였다. 몰스타운이었다. 존이 말을 달려 통과하자 개가 한 마리 짖었고, 마구간에서 노새 한 마리가 요란하게 소리를 질렀지만, 그 외에는 마을 전체가 조용했다. 여기저기 덧문을 닫은 창문에서 나무 널 사이로 난로 불빛이 새어 나왔지만, 그런 불빛도 몇 개뿐이었다.

몰스타운은 보기보다 컸다. 마을의 4분의 3이 땅 밑에서 미로 같은 굴로 연결된 깊고 따뜻한 지하실들이었다. 매음굴조차도 지하에 있어서, 지상에는 변소만 한 나무 헛간만 두고 문 위에 붉은 등을 걸어놓았다. 존은 장벽에서 사내들이 창녀들을 두고 "땅속의 보물"이라고 일컫는 소리를 들은 적이 있었다. 오늘 밤 검은 옷의 형제들 중 누군가가 그곳에서 보물을 캐고 있을까 궁금했다. 그것도 서약을 깨는 행동이었지만, 아무도 신경 쓰지 않는 것 같았다.

존은 마을을 멀찍이 벗어난 후에 다시 속도를 늦췄다. 그 무렵에는 존도 암말도 땀에 푹 절었다. 존은 몸을 떨며 말에서 내렸다. 화상 입은 손이 아팠다. 달빛을 받아 밝게 빛나는 나무 밑으로 눈 더미가 녹아내리면서 똑똑 떨어지는 물방울이 작고 얕은 웅덩이를 이루었다. 존은 쪼그려 앉아서 두 손을 모아 그 물을 받았다. 눈 녹은 물은 얼음처럼 차가웠다. 존은 그 물을 마시고, 빰이 얼얼하도록 얼굴에 끼얹었다. 손가락은 지난 며칠보다 훨씬 심하게 쑤셨고, 머리도 지끈거렸다. '난 옳은 일을 하고 있어. 그런데 왜 이렇게 기분이 엉망이지?'

암말이 땀투성이였기에 존은 고삐를 잡고 한동안 말을 걷게 했다. 길 폭은 기수 두 명이 나란히 말을 달리기 빠듯한 정도였고, 잔개울이 가로지르고 돌멩이가 흩어져 있기 일쑤였다. 그런 길을 달려오다니 목 부러지기 십

상인 멍청한 짓이었다. 존은 대체 자신이 무엇에 사로잡혔는지 알 수 없었다. 그렇게 서둘러 죽고 싶은가?

숲 속을 걷던 존은 멀리서 겁에 질린 짐승의 비명 소리를 듣고 고개를 들었다. 암말이 불안하게 히힝거렸다. 존의 늑대가 먹이감을 찾은 걸까? 그는 두 손을 입가에 대고 외쳤다. "고스트! 고스트, 이리 와." 돌아온 답이라곤 뒤에서 날아오른 올빼미의 날개 소리뿐이었다.

존은 얼굴을 찌푸리고 계속 이동했다. 그는 암말의 땀이 마를 때까지 반 시간을 걸었다. 고스트는 나타나지 않았다. 존은 다시 말에 올라 달리고 싶었지만, 사라진 늑대가 걱정스러웠다. 존은 다시 외쳤다. "고스트, 어디 있어? 이리 와! 고스트!" 아무리 털 자란 다이어울프라 해도 이 숲에 다이어울프를 곤란하게 만들 짐승이 있을 리 없었지만 혹시라도……. 아니다, 고스트는 곰을 공격하기엔 너무 똑똑했고, 근처에 늑대 무리가 있다면 존이 늑대 울음소리를 들었을 터였다.

존은 식사를 해야겠다고 결정했다. 음식을 먹으면 속이 가라앉을 테고 고스트가 따라잡을 시간도 생길 테니까. 아직 위험은 없었다. 캐슬블랙은 아직 잠든 채였다. 존은 안낭에서 비스킷과 치즈 한 조각, 오래된 작은 갈색 사과 한 알을 꺼냈다. 소금을 친 소고기도 가져왔고, 주방에서 베이컨 한 조각도 슬쩍해 왔지만, 고기는 내일을 위해 아껴두기로 했다. 그 고기를 다 먹고 나면 사냥을 해야 할 텐데, 그러면 속도가 늦어질 터였다.

암말이 왕의 가도에서 풀을 뜯는 동안, 존은 나무 아래에 앉아서 비스킷과 치즈를 먹었다. 사과는 마지막에 먹었다. 살짝 물렁해지기는 했지만 과육은 아직 시큼하고 즙이 많았다. 거의 사과 심만 남았을 때 소리가 들렸다. 말발굽 소리였고, 북쪽에서 오고 있었다. 존은 재빨리 일어나서 암말을 향해 걸어갔다. 따돌릴 수 있을까? 아니, 너무 가까웠다. 분명히 존이 말을 달리는 소리를 들을 테고, 혹시 캐슬블랙에서 온 사람들이라면…….

존은 암말을 이끌고 길에서 벗어나서 굵은 회녹색 파수목 뒤에 숨었다. "조용히 해." 존은 숨죽여 말하고 몸을 숙여 나뭇가지 사이로 길을 내다보았다. 신들이 친절을 베푸신다면 기수들이 그냥 지나가리라. 몰스타운에서 온 평민들일지도 몰랐다. 밭에 나가는 농부들이라거나…… 한밤중에 그런 사람들이 밖에서 뭘 하는지는 모르겠지만…….

존은 왕의 가도를 기운차게 달려오며 점점 커지는 말발굽 소리에 귀를 기울였다. 소리로 듣건대 최소한 대여섯 명이었다. 그들의 목소리가 나무 사이로 흘러들었다.

"……이리로 온 게 확실해?"

"확실히야 모르지."

"동쪽으로 달려갔을 수도 있어. 아니면 숲을 뚫고 가려고 길을 벗어났거나. 나라면 그렇게 했을 거야."

"어둠 속에서? 멍청아. 말에서 떨어져서 목이 부러지지 않으면 길을 잃고 헤매다가 해가 뜰 무렵엔 장벽에 돌아가 있을걸."

"나라면 안 그래." 그렌은 짜증이 난 목소리였다. "그냥 남쪽으로 달려갈 거야. 별을 보면 어디가 남쪽인지 알 수 있다고."

"하늘에 구름이 껴 있으면?" 핍이 물었다.

"그러면 안 가지."

다른 목소리가 끼어들었다. "나라면 어떻게 할지 알아? 나라면 몰스타운에서 땅속의 보물을 캘 거야." 토드의 새된 웃음소리가 숲 속에 요란하게 울려 퍼졌다. 존의 암말이 히힝거렸다.

할더가 말했다. "다들 조용히 해봐. 무슨 소리를 들은 것 같아."

"어디? 난 아무 소리도 못 들었는데." 말들이 멈춰 섰다.

"너야 네 방귀 소리도 못 듣잖아."

"나도 듣는다고." 그렌이 우겼다.

"조용히!"

다들 입을 다물고 귀를 기울였다. 존은 숨을 참고 있었다. '샘이구나.' 샘이 늙은 곰에게 가지는 않았지만, 자러 들어가지도 않고 다른 아이들을 깨운 것이다. 모두 다 끝장이었다. 새벽이 왔을 때 침대에 없으면 녀석들도 다 탈영병이 될 터였다. 대체 무슨 짓을 하는지 알고는 있는 걸까?

숨죽인 침묵이 이어지고 또 이어지는 것 같았다. 존이 웅크린 자리에서는 나뭇가지 사이로 말 다리밖에 볼 수 없었다. 마침내 핍이 입을 열었다. "어떤 소리였는데?"

"나도 모르겠어." 할더는 인정했다. "소리가 들렸는데, 말 울음소리일지도 모른다고 생각했지만……."

"여긴 아무것도 없어."

존은 시야 가장자리로 나무 사이를 뚫고 움직이는 희끄무레한 형체를 보았다. 잎사귀가 버스럭거리더니 고스트가 그림자 속에서 뛰쳐나왔고, 그 움직임이 너무 갑작스러웠던 탓에 존의 암말이 놀라서 히힝 소리를 내고 말았다. "저기야!" 할더가 외쳤다.

"나도 들었어!"

"배신자." 존은 안장 위로 뛰어오르며 다이어울프에게 말했다. 존은 암말의 고개를 돌리고 숲 속으로 들어가려고 했지만, 몇 미터 가기도 전에 친구들이 들이닥쳤다.

"존!" 핍이 뒤에서 외쳤다.

"말 세워. 우리 모두를 따돌릴 순 없어." 그렌이 말했다.

존은 검을 빼 들고 말을 돌려 친구들을 마주했다. "물러서. 너희를 해치고 싶진 않지만, 어쩔 수 없다면 그럴 거야."

"1대 7로?" 할더가 신호를 주자 친구들이 흩어져서 존을 둘러쌌다.

"날 어떻게 하고 싶은 건데?" 존이 물었다.

"네가 있어야 할 곳으로 데려가고 싶어." 핍이 말했다.

"난 내 형제 옆에 있어야 해."

"이젠 우리가 네 형제야." 그렌이 말했다.

"잡히면 머리가 잘릴 거야. 너도 알잖아." 토드가 신경질적으로 웃으며 끼어들었다. "이건 정말 멍청한 짓이야. 이 들소 놈이나 할 짓이라고."

"난 안 해." 그렌이 말했다. "난 맹세를 깨는 놈이 아니야. 난 서약을 했고 진심이었어."

"나도 그랬어." 존이 말했다. "이해 못 하겠어? 놈들이 내 아버지를 살해했어. 이건 전쟁이야. 내 형제인 롭이 강역에서 싸우고 있고—"

"우리도 알아." 핍이 엄숙하게 말했다. "샘이 다 말해줬어."

그렌이 말했다. "우리도 네 아버지 일은 안타까워. 하지만 그래도 소용없어. 일단 서약을 하고 나면 무슨 일이 있어도 떠날 수 없어."

"난 가야 해." 존은 강경하게 말했다.

핍이 상기시켰다. "넌 서약을 했어. 넌 말했다고. '이제 나의 감시가 시작되니, 죽을 때까지 끝나지 않으리라'."

"내가 맡은 자리에서 살고 죽으리라." 그렌이 고개를 끄덕이며 덧붙였다.

"굳이 말해줄 필요 없어. 나도 그 내용은 너희만큼 잘 알아." 존은 이제 화가 났다. 왜 그를 평화롭게 보내주지 못하는 걸까? 사태를 더 어렵게 만들고만 있었다.

"나는 어둠 속의 검이요." 할더가 읊었다.

"장벽 위의 감시자로다." 토드가 높은 목소리로 말했다.

존은 모두에게 저주를 퍼부었다. 친구들은 무시했다. 핍이 말에 박차를 가하여 다가오면서 읊었다. "'나는 추위에 맞서 타는 불이요, 새벽을 가져오는 빛. 잠자는 이들을 깨우는 나팔이자, 인간의 나라를 지키는 방패로다."

"물러서." 존은 검을 휘두르며 경고했다. "난 진심이야, 핍." 그들은 갑옷조차 입지 않았다. 필요하다면 모두 조각낼 수 있었다.

존 뒤로 돌아가 있던 매타가 합세하여 말했다. "내 목숨과 명예를 밤의 경비대에 바치노라."

존은 암말을 걷어차서 빙 돌렸다. 이제는 사방에서 친구들이 그를 에워싸고 있었다.

"이 밤은 물론이고……." 할더가 왼쪽에서 다가왔다.

"……앞으로 올 모든 밤에." 핍이 맹세를 마무리하고 존의 말고삐에 손을 뻗었다. "그러니 둘 중에 선택해. 날 죽이든가, 같이 돌아가든가."

존은 검을 치켜들었다가…… 힘없이 내렸다. "저주받을 놈들. 너희 다 망할 놈들이야."

"네 손을 묶어야 해? 아니면 평화롭게 같이 돌아가겠다고 약속할래?" 할더가 물었다.

"도망치지 않을게. 그걸 묻는 거라면." 고스트가 숲 속에서 나왔다. 존은 늑대를 노려보았다. "넌 도움이 안 됐어." 짙은 붉은 눈은 다 안다는 듯이 존을 쳐다보았다.

핍이 말했다. "서둘러야겠어. 날이 새기 전에 돌아가지 않으면 늙은 곰이 우리 모두의 머리를 벨 거야."

존 스노우는 돌아가는 길에 대해 별로 기억하지 못했다. 마음이 다른 곳에 있어서인지 남쪽으로 갔을 때보다 짧은 느낌이었다. 핍이 선두에서 질주했다가, 걸었다가, 속보로 걸었다가, 다시 질주했다. 몰스타운이 나타났다가 사라졌는데, 매음굴 위에 걸렸던 붉은 등은 꺼진 지 오래였다. 그들은 빠르게 이동했다. 거대한 장벽의 흰빛을 배경으로 어두운 캐슬블랙의 탑들이 보였을 때는 아직 동이 틀 때까지 한 시간이 남아 있었다. 이번에는 그 탑이 집처럼 보이지 않았다.

존은 그들이 다시 데려올 수는 있어도, 머물게 할 수는 없다고 생각했다. 내일이나 모레 끝날 전쟁이 아니었고, 친구들이 낮이고 밤이고 그를 감시할 수도 없었다. 시간을 벌고, 여기에서 지내기로 체념했다고 여기게 만든 후에…… 친구들이 태만해지면 다시 떠날 작정이었다. 다음번에는 왕의 가도를 피하고, 장벽을 따라 동쪽으로 갈 생각이었다. 아예 바닷가까지 갈 수도 있었다. 더 멀지만 안전한 길이었다. 아니면 아예 서쪽으로, 산맥으로 들어갔다가 고갯길을 넘어서 남쪽으로 가도 됐다. 야인들이나 이용하는 어렵고 위험한 길이었지만, 누가 따라올 염려는 없었다. 윈터펠이나 왕의 가도 근처에는 얼씬도 하지 않으리라.

샘웰 탈리는 낡은 마구간에서 그들을 기다리고 있었다. 불안해서 잠도 이루지 못하고 건초 더미에 몸을 기대고 주저앉아 있었다. 샘은 일어나서 몸을 털었다. "너…… 널 찾아내서 다행이야, 존."

"나에겐 아니야." 존은 말에서 내리면서 말했다.

핍이 말에서 훌쩍 뛰어내리더니 진저리를 치며 밝아오는 하늘을 올려다보았다. "말들 재우게 손 좀 빌려줘, 샘. 하루가 긴데 스노우 나리 덕분에 잠 한숨 못 잤잖아."

날이 밝자 존은 매일 아침 그랬듯이 부엌으로 걸어갔다. 세 손가락 홉은 늙은 곰의 아침 식사를 내어주며 아무 말도 하지 않았다. 오늘 아침은 완숙으로 삶은 갈색 달걀 세 알에 구운 빵과 햄 스테이크, 쭈그러진 자두 한 그릇이었다. 존은 식사를 들고 왕의 탑으로 돌아갔다. 모르몬트는 창가 자리에 앉아서 편지를 쓰고 있었다. 까마귀가 그의 어깨 위를 걸어 다니며 중얼거렸다. "옥수수, 옥수수, 옥수수." 까마귀는 존이 들어가자 새된 소리로 울었고, 늙은 곰은 존을 흘긋 보고 말했다. "음식은 탁자에 두거라. 맥주를 좀 마셔야겠다."

존은 덧문을 열고, 바깥 창턱에 놓인 맥주병을 가져다가 뿔잔을 채웠다. 홉이 레몬을 한 알 줬는데, 장벽의 한기로 아직 차가웠다. 존은 주먹으로 레몬을 으깼다. 손가락 사이로 레몬즙이 떨어졌다. 모르몬트는 매일 맥주에 레몬을 넣어 마셨고, 그게 아직 치아가 튼튼한 비결이라고 주장했다.

모르몬트는 존이 뿔잔을 가져가자 말했다. "넌 필시 아버지를 사랑했겠구나. 언제나 우리가 사랑하는 것들이 우리를 파괴한다. 내가 그 말을 언제 했는지 기억하느냐?"

"기억합니다." 존은 뚱하니 대답했다. 아버지의 죽음에 대해 이야기하고 싶지 않았다. 모르몬트에게라 해도 그랬다.

"절대로 그걸 잊지 말아라. 혹독한 진실일수록 단단히 명심해야지. 내 접시를 갖다 다오. 또 햄이냐? 할 수 없지. 지쳐 보이는구나. 야간에 말을 타니 피곤하더냐?"

존은 목이 말랐다. "알고 계셨어요?"

모르몬트의 어깨에 앉은 까마귀가 따라 했다. "알고. 알고."

늙은 곰은 코웃음을 쳤다. "내가 밤의 경비대 사령관으로 뽑힌 이유가 멍청해서일 줄 아느냐, 스노우? 아에몬은 네가 떠날 거라고 했지. 나는 돌아올 거라고 했다. 난 내 부하 놈들을 안다……. 어린 놈들도 알지. 넌 명예 때문에 왕의 가도로 달려 나갔고…… 명예 때문에 돌아왔다."

"절 데리고 돌아온 건 친구들입니다." 존이 말했다.

"내가 너의 명예라고 했더냐?" 모르몬트는 접시를 들여다보았다.

"놈들이 제 아버지를 죽였습니다. 제가 아무 짓도 하지 않을 줄 아셨습니까?"

"사실대로 말하면, 우린 네가 한 짓 그대로 예상했다." 모르몬트는 자두를 하나 먹어보고 씨를 뱉어냈다. "널 감시하라고 해뒀지. 네가 떠나는 모습도 봤을 거다. 네 형제들이 데리고 돌아오지 않았다면 넌 가다가 친구가 아닌 이들에게 잡혔을 것이다. 까마귀처럼 날개가 달린 말이 있다면 또 모르지만 말이다. 너에게 그런 말이 있던가?"

"아니요." 존은 바보가 된 기분이었다.

"아쉽구나. 그런 말이 있다면 쓸데가 많은데."

존은 당당하게 섰다. 그는 잘 죽겠다고 다짐했다. 적어도 그 정도는 할 수 있었다. "저도 탈영에 대한 처벌을 압니다. 전 죽음이 두렵지 않습니다."

"죽음!" 까마귀가 외쳤다.

"삶도 두려워하지 않길 바란다." 모르몬트는 단검으로 햄을 잘라서 한 조각을 까마귀에게 먹였다. "넌 탈영하지 않았다— 아직은. 여기 서 있지 않느냐. 밤에 몰스타운으로 달려가는 녀석마다 목을 벴다면 장벽은 유령들만 지키고 섰겠지. 하지만 넌 내일이나 2주 후에 또 달아나려고 할지도 모르겠구나. 그런 거냐? 그게 네 희망이냐?"

존은 침묵을 지켰다.

"그럴 줄 알았다." 모르몬트는 삶은 달걀 껍질을 벗겼다. "네 아버지는 죽었다. 네가 아버지를 되살릴 수 있다고 생각하느냐?"

"아니요." 존은 무뚝뚝하게 대답했다.

"다행이구나. 너와 나는 죽은 자가 살아난 꼴을 보았지. 다시 보고 싶은 광경은 아니야." 모르몬트는 두 입에 달걀을 먹어치우고 잇새에 낀 껍질을 빼냈다. "네 형제는 북부의 모든 병력을 등에 업고 전장에 나가 있다. 그 녀석의 휘하 영주 어느 놈이나 밤의 경비대에서 찾을 수 있는 모든 병력보다 많은 병사를 지휘하지. 어째서 거기에 네 도움이 필요하다고 생각하느냐? 네가 그렇게 대단한 전사냐, 아니면 주머니 속에 네 검에 마법을 걸어줄 그럼킨이라도 넣어 다니냐?"

존에게는 대답할 말이 없었다. 까마귀는 달걀을 쪼아 껍질을 깨고 있었다. 까마귀는 구멍으로 부리를 밀어 넣더니 흰자와 노른자를 조금 끌어냈다.

늙은 곰이 한숨을 내쉬었다. "이 전쟁에 동요한 사람은 너만이 아니다. 십중팔구 내 누이도 네 형제의 군대에서 진군하고 있을 게다. 내 누이와 그 딸들이 다 남자 같은 갑옷을 입고 나갔겠지. 매기는 집요하고 성질 급한 데다 고집도 센 늙다리 백발 스나크야. 솔직히 말하면 그 치사한 여자 옆에 있기도 힘들다만, 그렇다고 해서 누이에 대한 내 사랑이 이복 누이들에 대한 네 사랑보다 작지는 않아." 모르몬트는 찌푸린 얼굴로 마지막 달걀을 집어 들고 움켜쥐어 껍질을 바스러뜨렸다. "아니, 너보다는 못할지도 모르지. 그렇다고 해도 동생이 죽는다면 비통할 게다. 하나 내가 달아나는 모습을 보진 못할 거야. 너와 마찬가지로 나도 서약을 했으니까. 내가 있을 곳은 여기다……. 네가 있을 곳은 어디냐?"

'제겐 있을 곳이 없습니다.' 존은 그렇게 말하고 싶었다. '전 사생아이고, 권리도 없고, 이름도 없고, 어머니도 없고, 이제는 아버지조차 없습니다.' 말이 나오지는 않았다. "모르겠습니다."

"나는 알아." 모르몬트 사령관이 말했다. "찬 바람이 일고 있다, 스노우. 장벽 너머 그림자가 길어지고 있어. 코터 파이크의 편지로는 엄청난 엘크 떼가 남동쪽으로 바다를 향해 이동하고 있고, 매머드도 마찬가지라고 한다. 이스트워치에서 10여 킬로미터밖에 떨어지지 않은 곳에서 보기 흉한 거대한 발자국을 발견한 부하도 있다고 해. 섀도타워의 순찰자들은 통째로 버려진 마을들을 발견했고, 데니스 경은 밤마다 산맥 속에 불빛이 보인다고 한다. 거대한 불길이 해 질 녘부터 해 뜰 녘까지 타오른다고 말이야. 반쪽 손 쿼린은 협곡 깊은 곳에서 포로를 하나 잡았는데, 그놈이 맹세하길 만스 레이더가 새로 찾아낸 요새에 모든 백성을 불러 모으고 있다고 한다. 무슨 목적인지는 신들만 알겠지. 올해 우리가 잃은 순찰자가 네 숙부 벤젠뿐인 줄 아느냐?"

"벤 젠." 까마귀가 고개를 까딱거려 부리에 묻은 달걀 조각을 떨구며 깍깍거렸다. "벤 젠. 벤 젠."

"아니요." 존이 말했다. 사라진 사람들은 또 있었다. 너무 많았다.

"네 형제의 전쟁이 우리의 전쟁보다 중요하다 생각하느냐?" 노인이 고함을 쳤다.

존은 입술을 깨물었다. 까마귀가 그에게 날개를 퍼덕이며 노래했다. "전쟁, 전쟁, 전쟁, 전쟁."

모르몬트가 말했다. "그렇지가 않아. 신들이 보우하사, 너는 눈이 멀지도 않았고 어리석지도 않다. 죽은 자들이 밤 사냥에 나섰을 때, 철왕좌에 누가 앉았는지가 중요할 것 같으냐?"

"아니요." 존은 그런 식으로 생각해본 적이 없었다.

"네 아버지는 널 우리에게 보냈다, 존. 이유야 누가 알겠느냐?"

"이유? 이유? 이유?" 까마귀가 우짖었다.

"내가 아는 거라곤 스타크의 핏줄에 최초인의 피가 흐른다는 것뿐이다. 최초인들이 장벽을 지었고, 다른 자들로부터 잊힌 것들을 기억한다고 전해지지. 그리고 네가 키우는 짐승…… 그놈은 우리를 시귀들에게 인도해줬고, 너에게 계단을 올라오는 죽은 자에 대해 경고해줬다. 제레미 경이라면 보나 마나 우연이라고 했겠지만, 제레미 경은 죽었고 나는 죽지 않았어." 모르몬트 경은 단검 끝으로 햄을 찔렀다. "난 네가 여기 있을 운명이었다고 생각하고, 우리가 장벽 너머로 나갈 때 너와 네 늑대가 같이 가기를 바란다."

모르몬트의 말을 듣자 존의 등을 타고 오싹한 흥분이 흘렀다. "장벽 너머로요?"

"듣고도 묻느냐. 난 벤 스타크를 찾을 작정이다. 살았든 죽었든 간에." 모르몬트는 햄을 씹어 삼켰다. "여기 얌전히 앉아서 눈과 얼음 바람을 기다리진 않겠다. 우린 무슨 일이 벌어지고 있는지 알아내야 해. 이번에는 밤의 경비대가 대거 나가서 장벽 너머의 왕과 '다른자'들, 그리고 저 밖에 있을지 모르는 그 어떤 것에든 맞설 것이다. 내가 직접 지휘할 생각이고."

모르몬트는 단검으로 존의 가슴 쪽을 가리켰다. "관습상으로 사령관의 개인 집사는 종자이기도 하다……. 하지만 매일 아침 네가 도망치진 않았나 생각하면서 깨고 싶진 않구나. 그러니 너에게 답을 받아야겠다, 스노우 나리. 지금 받아야겠어. 너는 밤의 경비대 형제냐…… 아니면 전쟁 놀이를 하고 싶은 사생아에 불과하냐?"

존 스노우는 몸을 바로 세우고 길고 깊게 호흡했다. '용서하세요, 아버지. 롭, 아리아, 브랜…… 날 용서해. 난 너희를 도울 수 없어. 사령관님 말이 맞아. 여기가 내가 있을 곳이야.' "저는…… 사령관님 사람입니다. 맹세합니다. 다시는 도망치지 않겠습니다."

늙은 곰은 코웃음을 쳤다. "좋아. 이제 가서 네 검을 차라."

캐틀린

캐틀린 스타크가 어린 아들을 데리고 리버런을 떠나, 작은 배를 타고 텀블스톤을 건너서 북쪽 윈터펠로 향했던 때가 천 년도 더 전의 일 같았다. 이제 그들은 텀블스톤을 건너서 집으로 돌아왔지만, 그때 포대기에 싸였던 아이는 사슬과 판금 갑옷을 입고 있었다.

롭은 그레이윈드와 함께 뱃머리에 앉아서, 사공들이 노를 젓는 동안 다이어울프의 머리에 손을 올리고 있었다. 테온 그레이조이가 함께 탔다. 캐틀린의 숙부 브린덴은 그레이트존과 카스타크 공과 함께 두 번째 배를 타고 뒤따라왔다.

캐틀린은 배꼬리 쪽에 자리 잡았다. 그들은 거센 물살에 떠밀리며 텀블스톤을 빠르게 내려가다가 높이 솟은 '수차 탑'을 지나쳤다. 그 탑 안에 든 거대한 수차가 굉음을 울리며 물을 튀기는 소리를 듣자 어린 시절이 생각나며 그녀의 얼굴에 서글픈 미소가 떠올랐다. 사암으로 만든 성벽에서 병사와 하인들이 그녀와 롭의 이름을 외치고, "윈터펠!"을 외쳤다. 방벽마다 툴리 가문의 깃발이 나부꼈다. 파란색과 빨간색 물결무늬 바탕에 뛰어오르는 은색 송어였다. 마음을 흔드는 광경이었으나, 캐틀린의 기분을 돋우

지는 못했다. 다시 기운이 돋는 날이 오기는 할까. '아아, 네드…….'

그들은 수차 탑 아래에서 배를 크게 돌린 후, 소용돌이치는 물을 가르고 움직였다. 사공들이 온 힘을 기울였다. '물의 문'의 거대한 아치가 눈에 보였고, 무거운 사슬이 끼릭거리면서 거대한 쇠창살문을 올리는 소리가 들렸다. 문은 배가 접근하는 동안 천천히 올라갔고, 캐틀린은 쇠창살 아래쪽 절반에 벌겋게 녹이 슬었음을 보았다. 그들이 뾰족한 못을 머리 바로 위에 두고 통과하자 끄트머리에서 갈색 진흙이 뚝뚝 떨어졌다. 캐틀린은 쇠창살을 올려다보며 녹이 얼마나 깊이 슬었을지, 그 쇠창살문이 충차에 얼마나 잘 버틸지, 이제 쇠창살을 갈아야 할지 생각했다. 최근에는 그런 생각들이 머리를 떠나지 않았다.

그들은 햇볕에서 그림자로, 다시 햇볕으로 이동하며 아치와 성벽 아래를 통과했다. 돌에 박힌 쇠고리에 묶어놓은 크고 작은 배들이 사방에 보였다. 캐틀린의 남동생이 아버지의 위병들과 함께 수중계단 위에서 기다리고 있었다. 에드무어 툴리 경은 다부진 젊은이로 적갈색 머리와 타는 듯한 빛깔의 수염이 텁수룩했다. 흉갑은 전투로 긁히고 찌그러졌고, 파란색과 빨간색으로 만든 망토에는 피와 그을음이 남았다. 그 옆에는 타이토스 블랙우드 공이 서 있었는데, 소금과 후추를 섞은 듯 희끗희끗한 구레나룻을 짧게 자르고 매부리코가 특징인 단단한 장창 같은 사내였다. 밝은 노란색 갑옷에는 흑옥으로 정교하게 덩굴과 잎사귀 문양을 새겨 넣었고, 마른 어깨에는 큰까마귀 깃털로 만든 망토를 걸쳤다. 타이토스 공은 캐틀린의 동생을 라니스터 진영에서 구해낸 돌격대를 지휘한 사람이었다.

"모셔 오게." 에드무어 경이 명했다. 남자 세 명이 계단을 내려와서 무릎까지 물속에 잠긴 채 긴 갈고리로 배를 끌어당겼다. 그레이윈드가 훌쩍 뛰어내리자 그중 한 명이 장대를 떨구고 휘청거리다가 강물에 털썩 주저앉고 말았다. 다른 사람들은 웃음을 터뜨렸고, 넘어진 남자는 창피한 표정을 지었다. 테온 그레이조이가 뱃전을 뛰어넘더니, 장화까지 철썩이는 물속에서 캐틀린의 허리를 잡고 들어 올려 위쪽 마른 계단에 올려놓았다.

에드무어가 계단을 내려와서 그녀를 끌어안았다. "사랑하는 누나." 에드무어는 쉰 목소리로 중얼거렸다. 동생은 짙푸른 눈에 잘 웃는 입매가 특징이었지만, 지금은 웃는 얼굴이 아니었다. 전투에 지치고 중압감에 초췌해져 피곤한 얼굴이었다. 상처를 입었던 목에는 붕대가 감겨 있었다. 캐틀린도 동생을 격하게 끌어안았다.

에드무어는 포옹을 풀면서 말했다. "누나의 슬픔이 내 슬픔이야. 에다드 공에 대해 듣고는……. 맹세코 라니스터는 대가를 치를 것이고, 누나는 복수를 하게 될 거야."

"그런다고 네드가 내게 돌아오겠니?" 캐틀린은 날카롭게 반응했다. 더 부드러운 말이 나오기에는 아직 상처가 너무 생생했다. 지금은 네드에 대해 생각할 수가 없었다. 생각하지 않을 작정이었다. 안 된다. 강해져야 한다. "그 이야기는 나중에 하자. 아버지를 뵈어야겠다."

"개인 방에서 기다리고 계셔." 에드무어가 말했다.

"호스터 공은 병상에 계십니다." 아버지의 집사가 설명했다. 저 선량한 사내가 언제 저렇게 늙고 머리가 세었던가? "오시거든 즉시 모셔 오라 이르셨습니다."

"내가 모셔 가겠네." 에드무어가 캐틀린을 인도하여 수중계단을 오르고, 과거에 피터 베일리시와 브랜던 스타크가 그녀를 두고 검을 맞댔던 낮은 안뜰을 가로질렀다. 아성의 육중한 사암 벽이 머리 위로 치솟았다. 물고기 장식 투구를 쓴 위병 두 명 사이로 문을 통과하면서 캐틀린은 물었다. "얼마나 안 좋으셔?" 물어보면서도 답을 듣기가 두려웠다.

에드무어의 표정은 어두웠다. "학사들 말로는 오래 남지 않았어. 고통이…… 끊이지 않는 데다가 극심해."

앞이 보이지 않는 격노가, 온 세상에 대한 분노가 캐틀린을 채웠다. 남동생인 에드무어에게도, 여동생인 라이사에게도, 라니스터 가문에도, 학사들에게도, 네드에게도 아버지에게도, 두 사람을 다 앗아가려는 끔찍한 신들에게도 화가 났다. "나한테 말을 했어야지. 상황을 알자마자 나에게 소식을 보냈어야지."

"아버지가 막으셨어. 적들에게 당신이 죽어가고 있다는 사실을 알리고 싶어 하지 않으셨지. 나라가 불안하니, 라니스터 놈들이 혹시 아버지가 얼마나 약해졌는지 알기라도 하면……."

"……공격할지 모른다고?" 캐틀린은 냉정하게 말을 받았다. 마음속 목소리가 속삭였다. '네가 한 짓이야. 네가 한 짓. 네가 그 난쟁이를 붙잡지만 않았어도…….'

그들은 말없이 나선 계단을 올라갔다.

아성은 리버런 자체와 마찬가지로 삼각형이었고, 호스터 공의 개인 방 역시 세모져서 동쪽에 거대한 사암으로 만든 배의 뱃머리처럼 석조 발코니가 튀어나온 형태였다. 그 석조 발코니에 서면 성주가 성곽과 성가퀴를 내려다보고, 저 멀리 강과 강이 만나는 곳까지 볼 수 있었다. 아버지의 침대는 그 발코니로 옮겨져 있었다. 에드무어가 설명했다. "햇볕에 앉아서 강을 바라보기를 좋아하시거든. 아버지, 제가 누굴 데려왔나 보세요. 캣 누나가 아버지를 뵈러 왔어요……."

호스터 툴리는 언제나 덩치 큰 사내였다. 젊어서는 키가 크고 어깨가 넓었으며, 나이가 들면서 살이 쪘다. 이제는 뼈에 붙은 근육과 살이 녹아내리고 쪼그라든 것처럼 보였다. 얼굴마저 축 늘어졌다. 캐틀린이 마지막으로 보았을 때는 아버지의 머리털과 턱수염이 희끗희끗한 갈색이었는데, 지금은 눈처럼 하얗게 세었다.

에드무어의 목소리를 듣고 아버지가 눈을 떴다. "귀여운 캣." 아버지는 가늘고 희미한 데다 통증에 시달린 목소리로 중얼거렸다. "내 귀여운 캣."
아버지는 떨리는 미소가 내려앉은 얼굴로 캐틀린의 손을 더듬어 쥐었다.
"네가 오길 기다렸다……."

"누나랑 이야기하시게 나가 있을게요." 에드무어는 아버지의 이마에 상냥하게 입을 맞추고 물러났다.

캐틀린은 무릎을 꿇고 두 손으로 아버지의 손을 잡았다. 큰 손이었지만, 이제는 살이 내려 피부 아래에서 뼈가 헐겁게 움직였고, 모든 힘을 잃었다. "저한테 말씀하셨어야죠. 기수를 보내든, 까마귀를 보내든……."

"기수는 잡혀서 심문을 당했을 게야. 까마귀는 화살에 맞아 떨어지고……." 발작적인 통증에 사로잡힌 아버지는 그녀의 손을 꽉 쥐었다. "내 배 속에 게들이 들었단다……. 늘상 꼬집어대지. 낮이고 밤이고. 이 게들의 발톱이 어찌나 사나운지 몰라. 바이먼 학사가 양귀비즙으로 수면제를 만들어줘서…… 잠을 많이 잔다만…… 네가 왔을 때 깨어서 만나고 싶었지. 혹시라도…… 라니스터 놈들이 네 동생을 잡고 사방에 진을 쳤을 때…… 혹시라도 널 다시 보기 전에 갈까 봐 두려웠단다……. 두려웠어……."

"저 여기 있어요, 아버지. 제 아들 롭과 같이 왔어요. 롭도 뵙고 싶어 할 거예요."

"네 아들." 아버지는 속삭였다. "내 눈을 닮았더랬지. 기억난다……."

"지금도 그래요. 그리고 제이미 라니스터를 사슬에 묶어서 데려왔어요. 리버런은 이제 포위에서 풀려났어요, 아버지."

호스터 공은 미소 지었다. "나도 봤다. 어젯밤에, 전투가 시작됐을 때, 내가 말했지……. 꼭 봐야겠다고. 그래서 문루로 실려 가서…… 성가퀴에서 지켜봤어. 아, 아름답더구나……. 횃불이 파도치고, 강에 떠도는 함성을 들을 수 있었다……. 달콤한 소리였어……. 그 공성탑이 무너졌을 때 말이다. 신들이시여…… 그때 죽어도 기쁘게 죽었을 텐데. 그 전에 너희들만 볼 수 있었다면 말이다. 그게 네 아들이었나? 그게 네 아들 롭이었어?"

"네." 캐틀린은 맹렬한 자부심을 느끼며 말했다. "롭이었어요……. 브린덴 숙부님하고요. 아버지의 동생도 여기 와 있어요."

"그 녀석이." 아버지의 목소리는 희미한 속삭임이었다. "그 검은 물고기가…… 돌아왔다고? 협곡에서?"

"네."

"라이사는?" 서늘한 바람이 성긴 흰 머리를 훑고 지나갔다. "신들이 보우하사, 네 동생…… 라이사도 왔느냐?"

너무나 희망과 갈망에 찬 목소리여서 진실을 말하기가 힘들었다. "아니에요. 죄송해요……."

"아." 아버지의 얼굴에서 힘이 빠졌고, 눈에서는 빛이 일부 사라졌다. "가기 전에 그 애를 볼 수 있을까 싶었는데……."

"라이사는 아들과 같이 이어리에 있어요."

호스터 공은 힘없이 고개를 끄덕였다. "불쌍한 아린이 갔으니 이젠 그 애가 로버트 공이지…… 기억난다……. 왜 라이사는 너와 같이 오지 않은 거냐?"

"라이사는 겁먹었어요. 이어리가 안전하다고 느끼는 거죠." 캐틀린은 아버지의 주름진 이마에 입을 맞췄다. "롭이 기다릴 거예요. 롭을 보시겠어요? 브린덴 숙부도요?"

"네 아들." 아버지가 속삭였다. "그래. 캣의 아들…… 내 눈을 닮았지. 기억나. 그 녀석이 태어났을 때. 데려오거라…… 그래."

"아버지의 동생도요?"

아버지는 강물 쪽을 내다보았다. "검은 물고기. 그 녀석은 결혼했나? 어떤…… 여자를 아내로 맞이했느냐?"

'임종 직전까지도…….' 캐틀린은 서글프게 생각했다. "결혼하지 않으셨어요. 아시잖아요, 아버지. 숙부님은 영영 혼인하지 않으실 거예요."

"내가 그놈에게 말했지…… 명령했어. 결혼하라고! 난 그놈의 주군이었다. 그놈도 알아. 그놈을 짝지어주는 건 내 권리였어. 훌륭한 짝이었지. 레드와인. 오래된 가문. 사랑스러운…… 주근깨가 예쁜 여자였는데…… 그래, 베타니였지. 가엾은 것. 아직도 기다리고 있단다. 그래. 아직도……."

"베타니 레드와인은 오래전에 로완 공과 결혼했어요." 캐틀린이 기억을 되짚었다. "아이도 셋이나 낳았는걸요."

"그래도 그렇지." 호스터 공이 중얼거렸다. "그래도 그렇지 말이야. 그런 여자에게 침을 뱉다니. 레드와인 가문에. 나에게 침을 뱉은 거나 다름없어. 그놈의 주군이자 형에게…… 그 검은 물고기 녀석. 다른 제안도 해봤지. 브라켄 공의 딸. 왈더 프레이…… 셋 중 누구든 말이야……. 그놈이 결혼을 했느냐? 누구든? 누구와든?"

"아무와도 하지 않았어요. 그래도 아버지를 뵈려고 먼 길을 왔어요. 리버런까지 싸우면서 돌아왔어요. 브린덴 경이 돕지 않았다면 전 지금 여기 있지 못할 거예요."

"그 녀석은 언제나 전사였지." 아버지는 쉰 목소리로 말했다. "싸우는 건 잘했어. 관문의 기사, 그래." 그는 말도 못 하게 지쳐서 등을 대고 눈을 감았다. "보내거라. 나중에. 지금은 자야겠다. 싸우기엔 너무 아프구나. 검은 물고기 녀석은 나중에 올려 보내……."

캐틀린은 아버지에게 부드럽게 입을 맞추고 머리를 쓸어준 후에, 아래에 강이 흐르는 아성의 그림자 속에 두고 나갔다. 아버지는 캐틀린이 개인 방을 나서기도 전에 잠들었다.

캐틀린이 낮은 안뜰로 돌아갔을 때는 브린덴 툴리 경이 젖은 장화를 신고 수중계단에 서서 리버런의 위병대장과 이야기를 나누고 있었다. 그는 캐틀린을 보고 바로 다가왔다. "형님이—"

"죽어가시네요. 우리가 두려워했던 대로요."

숙부의 엄한 얼굴은 아픔을 숨김없이 드러냈다. 그는 무성한 회색 머리털을 손가락으로 빗어 넘겼다. "날 보겠다더냐?"

캐틀린은 고개를 끄덕였다. "싸우기엔 너무 아프다고 하세요."

검은 물고기 브린덴은 쿡쿡 웃었다. "지낸 세월이 얼만데 그 말을 믿으랴. 호스터 형은 장례식 장작더미에 불을 붙일 때도 레드와인 집안의 딸을 두고 날 꾸짖을 게다. 넨장."

캐틀린은 그 말이 사실임을 알기에 미소 지었다. "롭이 보이지 않네요."

"그레이조이와 같이 대연회장에 갔을 거다."

테온 그레이조이는 리버런의 대연회장 안 장의자에 앉아서 뿔잔에 담긴 에일 맥주를 마시며 수비대에게 '속삭이는 숲'의 살육전을 신나게 설명하고 있었다. "달아나려는 놈들도 있었지만, 우리가 계곡 양쪽 끝을 꽉 닫아놓고 검과 창을 들고 어둠 속에서 튀어 나갔단 말이지. 라니스터 놈들, 롭의 늑대가 뛰어들었을 때는 '다른자'들이 덮친 줄 알았을 거야. 늑대가 어떤 놈의 어깨에서 팔을 뜯어내는 걸 봤는데, 늑대 냄새만 맡고도 말들이 미쳐 날뛰더라고. 얼마나 많은 병사가 떨어졌는지—"

"테온." 캐틀린은 말을 끊고 물었다. "내 아들을 어디에서 찾을 수 있지?"

"롭 공은 신의 숲을 찾아가셨습니다, 부인."

네드가 했을 법한 일이었다. '내 아들인 만큼이나 그이의 아들임을 기억해야지. 아, 신들이시여, 네드…….'

롭은 초록색 잎사귀가 만들어낸 차양 아래에 있었다. 키 큰 붉은 나무와 크고 늙은 느릅나무들에 둘러싸여, 사납기보다는 슬퍼 보이는 얼굴이 새겨진 가느다란 심장 나무 영목 앞에 무릎 꿇고 있었다. 장검 끝을 흙에 박아 넣고, 장갑을 낀 두 손으로 칼자루를 쥐고 있었다. 주위에 다른 사람들이 무릎을 꿇고 있었다. 그레이트존 엄버, 리카드 카스타크, 매기 모르몬트, 갤버트 글로버 등등. 타이토스 블랙우드마저도 거대한 까마귀 망토를 늘어뜨리고 무릎 꿇고 있었다. 캐틀린은 이들이 옛 신들을 섬긴다는 사실을 깨달았다. 스스로는 요새 어떤 신들을 섬기는지 자문해보니, 답을 찾을 수가 없었다.

그들의 기도를 방해할 수는 없었다. 신들은 신다운 대접을 받아야 했다……. 설령 그녀에게서 네드를 빼앗아갔고, 아버지를 빼앗아갈 잔인한 신들이라 해도 그랬다. 그래서 캐틀린은 기다렸다. 높은 나뭇가지들을 뚫고 강바람이 불었고, 오른쪽으로 벽에 담쟁이덩굴이 덮인 수차 탑을 볼 수 있었다. 그 자리에 서 있으려니 온갖 기억이 물밀듯이 되살아났다. 아버지는 이 나무들 사이로 말 달리는 방법을 가르쳤고, 저쪽에 있는 느릅나무는 에드무어가 떨어져서 팔이 부러진 나무였으며, 저만치 떨어진 나무 그늘 아래에서 캐틀린과 라이사는 피터에게 입 맞추며 놀았었다.

몇 년 동안 생각하지 않은 기억이었다. 그때는 다들 얼마나 어렸던가……. 캐틀린은 산사보다 어렸고, 라이사는 아리아보다 어렸으며, 피터는 그보다 더 어렸지만, 더 열심이었다. 두 여자아이는 진지했다가, 키득거렸다가 하면서 피터를 주고받았다. 기억이 어찌나 선명하게 살아나는지 어깨를 잡는 피터의 땀에 젖은 손가락이 느껴지고 내뿜는 숨결의 박하 향을 맡을 수 있을 지경이었다. 신의 숲에는 언제나 박하가 자랐고, 피터는 박하잎을 즐겨 씹었다. 언제나 말썽에 휘말리는, 참으로 대담한 소년이었다. "내 입에 혀를 넣으려고 했지 뭐야." 캐틀린은 동생과 둘만 남았을 때 고백했다. "나한테도 그랬어." 라이사는 수줍게 숨죽여 속삭였다. "난 좋던데."

롭이 천천히 일어나서 장검을 검집에 넣었고, 캐틀린은 저도 모르게 아들이 신의 숲에서 여자에게 입 맞춘 적이 있을까 생각하고 있었다. 분명히 경험이 있으리라. 제인 풀이 촉촉한 눈으로 롭을 바라보는 모습을 보기도

했고, 비슷하게 구는 하녀들 중에 열여덟 살짜리도 있었고…… 롭은 전투에서 말을 달리고 검으로 사람을 죽이기도 했으니, 입맞춤도 당연히 해봤으리라. 캐틀린의 눈에 눈물이 고였다. 그녀는 사납게 눈물을 닦아냈다.

"어머니." 롭은 캐틀린을 보고 말했다. "회의를 열어야 해요. 결정할 일들이 있어요."

"네 외할아버지께서 널 보고 싶어 하신다. 롭, 할아버지가 많이 아프셔."

"에드무어 경에게 들었어요. 뭐라 위로를 드려야 할지요, 어머니……. 호스터 공에게도, 어머니에게도요. 하지만 우선 회의부터 해야 합니다. 남쪽에서 소식이 왔어요. 렌리 바라테온이 형의 왕위 계승을 요구했답니다."

캐틀린은 놀랐다. "렌리가? 그렇게 나온다면 스타니스 공일 줄 알았는데……."

"저희 모두 그랬습니다." 갤버트 글로버가 말했다.

군사 회의는 대연회장에서, 긴 가대 탁자 네 개를 대충 원형으로 놓고 열렸다. 호스터 공은 참석하기엔 너무 약해진 몸이라 발코니에서 자면서 젊은 날 강물에 비치던 태양 빛을 꿈꾸고 있었다. 에드무어가 툴리 가문의 상석에 앉고 옆에 검은 물고기 브린덴이, 부친의 휘하 봉신들은 양쪽 탁자를 따라 앉았다. 트라이던트에서 도망친 영주들도 리버런의 승리 소식을 듣고 다시 모여들어 있었다. 골든투스에서 부친이 전사한 후 영주가 된 캐릴 밴스도 들어왔다. 마크 파이퍼 경이 함께였고, 레이먼 대리 경의 아들인 브랜 또래의 소년을 데리고 왔다. 폐허가 된 스톤헤지에서 온 조노스 브라켄 경은 눈을 부라리고 고함을 쳐대며 들어오더니 타이토스 블랙우드와 최대한 멀리 떨어져 앉았다.

북부의 영주들이 반대편에 앉았고, 캐틀린과 롭이 에드무어를 마주 보았다. 북부 영주들의 수가 더 적었다. 그레이트존이 롭 왼쪽에 앉고, 그 옆에 테온 그레이조이가 앉았다. 갤버트 글로버와 모르몬트 여영주는 캐틀린

오른쪽에 앉았다. 비탄에 빠져 눈이 움푹 꺼진 수척한 리카드 카스타크 공은 악몽에 빠진 사람처럼 자리에 앉았다. 긴 수염은 빗지도 감지도 않은 상태였다. 그는 속삭이는 숲에서 두 아들을 잃었고, 카스타크 창병들을 이끌고 그린포크에서 타이윈 라니스터와 싸운 맏아들은 소식이 없었다.

논쟁은 밤늦도록 격심했다. 모든 영주에게 발언권이 있었고, 그들은 발언을 했다……. 그리고 고함을 치고, 욕을 하고, 설득하고, 회유하고, 농담을 하고, 흥정을 하다가, 맥주잔을 쾅 소리 나게 내려놓고, 위협을 하고, 걸어 나갔다가, 부루퉁하거나 웃는 얼굴로 돌아왔다. 캐틀린은 앉아서 그 모든 발언에 귀를 기울였다.

루스 볼턴은 그들의 나머지 병력을 둑길 입구에 재편해둔 상태였다. 헬만 톨하트 경과 왈더 프레이는 여전히 트윈스를 쥐고 있었다. 타이윈 공의 군대는 트라이던트 강을 건너서 하렌홀로 향했다. 그리고 칠왕국에는 왕이 두 명이었다. 왕은 둘인데, 동의는 없었다.

많은 휘하 영주들은 즉시 하렌홀로 진군하여 타이윈 공과 맞닥뜨리고 라니스터 군세를 끝장내고 싶어 했다. 젊고 다혈질인 마크 파이퍼는 그 대신 서쪽으로 가서 캐스털리록을 치자고 주장했다. 다른 사람들은 인내심을 갖자고 조언했다. 제이슨 말리스터는 리버런이 라니스터의 보급선을 가로지르고 있음을 지적했다. 시간을 벌고, 타이윈 공이 새로운 징집병과 식량을 받지 못하게 막으면서 방어를 강화하고 지친 군대를 쉬게 하자는 생각이었다. 블랙우드 공은 용납지 않았다. 속삭이는 숲에서 시작한 일을 끝내야 마땅하다, 하렌홀로 진군하면서 루스 볼턴의 군대도 데려가자 했다. 브라켄은 언제나처럼 블랙우드의 의견에 반대했다. 조노스 브라켄 공은 일어서서 그들이 렌리 왕에게 충성을 맹세하고, 남쪽으로 이동해서 힘을 합쳐야 한다고 주장했다.

"렌리는 왕이 아닙니다." 롭이 말했다. 그것이 처음 한 말이었다. 부친과 마찬가지로 롭은 들을 줄 알았다.

갤버트 글로버가 말했다. “조프리에게 붙자는 말씀은 아니겠지요. 아버님을 죽인 놈입니다.”

롭이 대꾸했다. “그래서 조프리가 나쁜 놈이 되긴 하지만, 그렇다고 렌리가 왕이 되는지는 모르겠군요. 조프리는 여전히 로버트의 적장자이니, 이 나라의 모든 법에 따라 왕좌는 조프리의 것입니다. 조프리가 죽는다면…… 그렇게 만들 작정이기는 하지만, 그 동생이 있지요. 토멘이 조프리 다음 계승자예요.”

“토멘도 라니스터이긴 마찬가집니다.” 마크 파이퍼 경이 쏘아붙였다.

롭은 당혹해하며 말했다. “그야 경의 말대로지만, 둘 다 왕이 아니라 해도 렌리 공이 어떻게 왕이 되지요? 렌리는 로버트의 막내아우예요. 브랜이 저보다 먼저 윈터펠의 영주가 될 수는 없고, 렌리가 스타니스 공보다 먼저 왕이 될 수는 없습니다.”

모르몬트 여영주가 동의했다. “스타니스 공이 더 타당하지요.”

마크 파이퍼가 말했다. “렌리는 왕관을 썼습니다. 하이가든과 스톰스엔드가 렌리의 왕권을 지지하고, 도르네인들도 꾸물거리지 않을 겁니다. 윈터펠과 리버런이 힘을 더한다면 렌리는 일곱 대가문 중 다섯 가문의 힘을 등에 업게 됩니다. 아린 가문이 움직인다면 여섯이지요! 캐스털리록 하나에 여섯이 맞서는 겁니다! 여러분, 우리는 1년 안에 왕비와 소년 왕과 타이윈 공과 꼬마 악마, 킹슬레이어와 케반 경까지 모두의 머리통을 창에 꽂게 될 겁니다! 렌리 왕에게 합세한다면 그렇게 이길 수 있어요. 스타니스 공에게 무엇이 있어서 우리가 이 모든 걸 포기해야 합니까?”

“권리가 있지요.” 롭이 완강하게 말했다. 캐틀린은 아들이 소름 끼칠 정도로 제 아버지와 비슷하게 말한다고 생각했다.

“그렇다면 우리가 스타니스 지지 선언을 해야 한다는 건가?” 에드무어가 물었다.

"모르겠습니다. 어떻게 해야 할지 알려달라고 기도를 드렸지만, 신들은 대답하지 않으시거든요. 라니스터 놈들은 반역자라고 제 아버지를 죽였고, 우리는 그게 거짓말이라는 사실을 알지만, 만약 조프리가 적법한 왕인데 우리가 맞서 싸우는 거라면, 우리는 반역자가 됩니다."

"제 아버지라면 신중함을 촉구하실 겁니다." 나이 든 스테브론 경이 프레이 가문 특유의 족제비 같은 미소를 지으며 말했다. "기다려라, 두 왕이 자기들끼리 왕좌의 게임을 하게 놔둬라. 싸움이 끝나고 나면 승자에게 무릎을 굽히거나 반대할 수 있겠지 하고 말입니다. 렌리가 싸울 준비를 한다면, 타이윈 공은 휴전을 환영할 겁니다……. 아들을 안전하게 돌려주기를 바라기도 할 테고요. 고귀하신 여러분들, 제가 하렌홀에 가서 괜찮은 조건과 몸값을 조정하게 해주신다면……."

그 목소리는 격노한 포효에 묻혀버렸다. "비겁자!" 그레이트존이 쩌렁쩌렁하게 외쳤다. "휴전을 청한다면 우리가 약해 보일 겁니다." 모르몬트 여영주가 말했다. "몸값은 무슨 몸값, 킹슬레이어를 포기해선 안 되오." 리카드 카스타크가 외쳤다.

"평화는 왜 안 됩니까?" 캐틀린이 물었다.

영주들이 그녀를 쳐다보았지만, 캐틀린은 롭의 시선을, 오직 롭의 시선만을 느꼈다. "어머니, 놈들은 제 아버지이자 어머니의 남편을 살해했습니다." 롭은 엄숙하게 말하더니 장검을 뽑아서 탁자에 올려놓았다. 거친 나무 위에 놓인 강철이 번쩍였다. "제가 라니스터에게 내놓을 평화는 이것뿐입니다."

그레이트존이 우렁찬 목소리로 찬동했고, 다른 사내들이 목소리를 더하여 고함을 치고 검을 뽑고 주먹으로 탁자를 두드렸다. 캐틀린은 다들 조용해질 때까지 기다려서 말했다. "여러분, 에다드 공은 여러분의 주군이었으나, 나는 그이와 침대를 같이 쓰고 자식을 낳은 사람입니다. 내가 여러분보다 그이를 덜 사랑한다 생각합니까?" 슬픔에 목소리가 갈라지려 했지만, 캐틀린은 심호흡을 하고 마음을 가라앉혔다. "롭, 그 검이 그이를 다시 데려올 수만 있다면 난 네드가 다시 내 곁에 서는 날까지 네가 그 검을 검집에 넣지 못하게 하겠다……. 하지만 네드는 떠났고, 속삭이는 숲이 백 곳이 있다 해도 그 사실은 달라지지 않아. 네드는 떠났고, 대린 혼우드도, 카스타크 공의 용맹한 아들들도, 다른 훌륭한 남자들도 많이 떠났고 그 누구도 우리에게 돌아오진 않는다. 아직도 죽음을 더 겪어야 할까?"

그레이트존이 장중한 목소리로 우렁차게 말했다. "부인은 여인이십니다. 여자들은 이런 일을 이해하지 못하지요."

카스타크 공이 슬픔 때문에 주름이 더해진 얼굴로 말했다. "여자들은 너그러운 법이지요. 남자는 복수를 해야만 합니다."

"카스타크 공, 나에게 세르세이 라니스터를 넘겨준다면 여자가 얼마나 너그러울 수 있는지 보게 될 겁니다." 캐틀린은 대꾸했다. "내가 전술 전략은 이해하지 못할지 몰라도…… 무엇이 무익한지는 이해합니다. 우리는 라니스터 군대가 강역을 유린하고, 네드가 반역자라는 누명을 쓰고 죄수가 되었을 때 전쟁에 나섰습니다. 우리 스스로를 방어하고, 내 남편의 자유를 얻기 위해 싸웠지요.

이제 목적 하나는 이루어졌고, 다른 하나는 영영 불가능해졌습니다. 나는 죽는 날까지 네드를 애도할 테지만, 산 사람들도 생각해야 합니다. 나는 아직 왕비에게 잡혀 있는 딸들을 되찾고 싶습니다. 그쪽에 있는 두 명의 스타크를 네 명의 라니스터와 바꿔야 한다면, 기꺼이 협상하고 신들에게 감사드리겠습니다. 롭, 나는 네가 아버지의 자리를 대신해서 안전하게 윈터펠에서 통치하길 바란다. 네가 네 인생을 살고, 젊은 여자에게 입을 맞추고, 결혼하여 아들을 두기를 바란다. 나는 이 전쟁을 끝내고 싶다. 여러분, 나는 집에 돌아가서 남편을 위해 울고 싶습니다."

캐틀린이 말을 끝냈을 때는 무척이나 조용했다.

브린덴 숙부가 말했다. "평화라. 평화는 달콤하지……. 하나 어떤 조건으로? 검을 두드려 쟁기로 바꾼다 한들, 내일 다시 검으로 바꿔야 한다면 무슨 소용이랴?"

"내가 자식들의 뼈만 들고 카홀드로 돌아간다면, 토르헨과 에다드는 무엇을 위해 죽었단 말입니까?" 리카드 카스타크가 물었다.

브라켄 공이 말했다. "그렇소, 그레고르 클리게인은 내 밭을 초토화시키고 내 영지민들을 살육했으며 스톤헤지를 연기 오르는 폐허로 만들어놨습니다. 그런데 내가 그놈을 보낸 작자에게 무릎을 꿇는다고? 모든 것이 예전으로 돌아간다면 우린 뭘 위해 싸운 겁니까?"

캐틀린으로서는 놀랍고도 실망스럽게도, 블랙우드 공이 동의하고 나섰다. "그리고 우리가 조프리 왕과 화해한다면, 렌리 왕에게는 반역자가 되지 않습니까? 수사슴이 사자에게 승리한다면 우린 어떻게 되겠습니까?"

"다들 좋을 대로 결정할 일이지만, 난 절대 라니스터를 왕으로 모시지 않아요." 마크 파이퍼가 선언했다.

"나도요!" 대리 경의 어린 아들이 외쳤다. "절대 안 해요!"

다시 소란이 시작되었고, 캐틀린은 좌절한 채 자리에 앉았다. 거의 성공할 뻔했다. 다들 귀를 기울이고 있었는데, 거의……. 하지만 그 순간은 가버렸다. 평화도, 치유의 기회도, 안전도 없었다. 캐틀린은 아들을 쳐다보고, 아들이 영주들의 토론에 귀 기울이는 모습을 지켜보았다. 롭은 얼굴을 찌푸리고 심란해했지만, 전쟁과 결혼했다. 롭은 왈더 프레이의 딸과 결혼하겠다고 서약했으나, 캐틀린은 지금 롭의 진짜 신부를 똑똑히 보았다. 탁자에 올려놓은 검이었다.

캐틀린이 딸들을 떠올리고, 다시 그 아이들을 보게 될까 생각하고 있을 때 그레이트존이 벌떡 일어섰다.

"여러분!" 그레이트존의 목소리가 서까래를 흔들었다. "두 왕에 대해 내가 할 말은 이거요! 렌리 바라테온은 나에게 아무것도 아니고, 스타니스도 마찬가지지요. 왜 그놈들이 하이가든이나 도르네의 꽃밭에서 나와 내 사람들을 통치해야 합니까? 놈들이 장벽이나 늑대 숲이나 최초인들의 고분에 대해 뭘 안다고? 놈들의 신들도 잘못됐어요. 라니스터 놈들도 '다른자'들이 잡아가라지. 그런 놈들은 신물이 나." 그레이트존은 어깨 너머로 손을 뻗어 거대한 양손 대검을 뽑았다. "왜 다시 우리가 스스로를 통치하면 안 된단 거요? 우리가 손을 잡은 건 드래곤이었는데, 드래곤은 다 죽었잖소!" 그는 검날로 롭을 가리켰다. "저기 내가 무릎 꿇을 마음이 있는 유일한 왕이 앉아 있소, 여러분. 북부의 왕이!" 천둥 같은 목소리였다.

그리고 그레이트존은 무릎을 꿇고, 캐틀린의 아들 발치에 검을 놓았다.

카스타크 공이 말했다. "그런 조건이라면 나도 평화를 받아들이지. 놈들이 붉은 성과 철왕좌를 간직해도 좋아." 그는 장검을 뽑고 그레이트존 옆에 무릎을 꿇었다. "북부의 왕!"

매기 모르몬트가 일어섰다. "겨울의 왕!" 매기 모르몬트가 선언하며 가시 철퇴를 두 개의 검 옆에 내려놓았다. 강역 영주들도 일어섰다. 블랙우드와 브라켄과 말리스터는 한 번도 윈터펠의 통치를 받은 적이 없었지만, 캐틀린은 그들이 일어서서 검을 뽑고 무릎을 굽히며, 드래곤 아에곤이 일곱 왕국을 하나로 만든 이후 300년이 넘도록 이 땅에 들린 적 없는 오래된 이름을 외치는 모습을 보았다……. 지금 그 오래된 이름이 리버런의 대들보에 울려 퍼졌다.

"북부의 왕!"

"북부의 왕!"

"북부의 왕!"

대너리스

땅은 붉게 죽어 바싹 말랐고, 멀쩡한 나무를 찾기가 힘들었다. 대너리스가 보낸 징발대는 울퉁불퉁 비틀린 미루나무, 자주색 덤불, 갈색 풀 다발을 들고 돌아왔다. 그들은 제일 곧은 나무 두 그루를 골라 가지를 쳐내고 껍질을 벗기고 쪼개어 광장에 쌓았다. 가운데에는 짚과 덤불과 나무껍질과 마른풀 더미를 채웠다. 라카로가 남아 있는 소규모 말 떼에서 종마를 한 마리 골랐다. 칼 드로고의 붉은 말에 필적하지는 못했지만, 애초에 그런 말은 별로 없었다. 아고가 광장 중앙에서 그 말에게 시든 사과를 먹인 후, 도끼로 두 눈 사이를 찍어 단숨에 쓰러뜨렸다.

흙바닥에 손발이 묶인 미리 마즈 두르는 검은 눈에 동요하는 빛을 담고 그 광경을 지켜보더니 대니에게 말했다. "말을 죽이는 걸로는 충분하지 않다. 피 자체는 아무것도 아니지. 너에겐 마법을 쓸 주문도, 그걸 찾아낼 지혜도 없어. 혈마법이 애들 놀이인 줄 아나? 너희는 무슨 저주처럼 날 마기라고 부르지만, 마기라는 말은 현명하다는 뜻이지. 넌 어린아이야. 아무것도 모르는 어린아이. 뭘 하려고 하든 성공하지 못한다. 이 끈을 풀어주면 내가 도와주지."

"마기가 울어대는 소리가 지겹구나." 대니는 조고에게 말했다. 조고가 채찍을 휘두르자 신처도 조용해졌다.

그들은 말의 시체 위에 잘라낸 통나무로 단을 쌓았다. 통나무라고는 해도 작은 나무둥치와 큰 나무에서 잘라낸 가지, 그리고 찾아낼 수 있었던 나뭇가지 중에서 제일 굵고 곧은 것들이었다. 그들은 동쪽에서 서쪽으로, 해 뜨는 방향에서 해 지는 방향으로 나무를 쌓았다. 그 단 위에는 칼 드로고의 보물들을 쌓았다. 드로고의 대천막, 채색 조끼들, 안장과 마구, 성인이 되었을 때 아버지에게 받은 채찍, 칼 오고와 그 아들을 벨 때 썼던 아라크, 드래곤 뼈로 만든 거대한 활. 아고는 드로고의 혈맹기수들이 혼인 선물로 대니에게 바쳤던 무기들을 더하려 했지만, 대니가 금했다. "그 무기들은 내 것이고, 내가 간직할 생각이다." 칼의 보물들 주위에 덤불이 한 겹 더 쌓이고, 그 위에 건초 다발이 흩어졌다.

태양이 정점을 향해 올라가는 동안 조라 모르몬트가 대니를 옆으로 끌어당겼다. "공주님……."

"왜 날 공주라고 부르지?" 대니가 이의를 제기했다. "비세리스 오라버니는 그대의 왕이었어. 그렇지 않았나?"

"그랬습니다."

"비세리스는 죽었어. 나는 그 후계자이고, 타르가르옌 가문의 마지막 핏줄이야. 비세리스의 것은 모두 이제 내 것이야."

"네…… 여왕님." 조라 경은 한쪽 무릎을 꿇으며 말했다. "그분의 것이었던 제 검은 대너리스 님의 것입니다. 그리고 한 번도 오라버님에게 속했던 적 없는 제 마음도 대너리스 님의 것입니다. 저는 일개 기사에 불과하며, 도피 외에는 해드릴 것도 없는 몸입니다만, 그래도 이렇게 탄원합니다. 칼 드로고를 보내주십시오. 여왕님은 혼자가 아닐 겁니다. 약속드리건대, 여왕님이 가고자 하지 않으신다면 어떤 자도 바에스 도트락으로 데려가지 못할 겁니다. 도시 칼린에 들어가실 필요 없습니다. 저와 함께 동쪽으로 가시지요. 이-티, 콰스, 비취해, 그림자 땅 옆 아사이……. 우리는 아직 보지 못한 모든 경이로운 것들을 보고, 신들이 우리에게 적합하다 여긴 술을 마실 겁니다. 제발, 칼리시. 어떻게 할 작정이신지 압니다. 그러지 마십시오. 그러지 마세요."

"해야만 해." 대니는 애정을 담아, 서글프게 그의 얼굴을 어루만졌다. "그대는 이해하지 못해."

"칼 드로고를 사랑하셨다는 사실은 압니다." 조라 경은 절망이 깔린 목소리로 말했다. "저도 과거에 제 아내를 사랑했으나, 아내와 같이 죽지는 않았습니다. 당신은 제 여왕이시고, 제 검은 당신의 것입니다만, 당신이 드로고를 태울 장작더미에 올라갈 때 비켜서 있으라고는 하지 마십시오. 당신이 불타는 모습을 보진 않겠습니다."

"두려워하는 게 그건가?" 대니는 조라 경의 넓은 이마에 가볍게 입을 맞췄다. "나도 그렇게 어린아이는 아니라네, 다정한 조라 경."

"같이 죽을 작정이 아니십니까? 맹세하십니까, 여왕님?"

"맹세하지." 대니는 적법한 권리로 그녀의 것인 칠왕국의 공용어로 말했다.

세 번째 단은 손가락보다 가는 나뭇가지를 엮어서 만들고 마른 잎사귀와 잔가지를 덮었다. 북쪽에서 남쪽 순서로, 얼음으로부터 불의 방향으로 쌓고 그 위에 부드러운 쿠션과 비단 이불을 높이 올렸다. 작업이 다 끝났을 때는 해가 서쪽으로 기울기 시작했다. 대니는 도트락인들을 불러 모았다. 백 명도 남지 않았다. 아에곤은 몇 명으로 시작했을까? 궁금했다. 중요하지는 않았다.

대니는 그들에게 말했다. "너희는 나의 칼라사르가 될 것이다. 노예들의 얼굴이 보이는구나. 자유의 몸으로 풀어주니 목걸이를 벗어라. 원한다면 떠나라. 아무도 너희를 해치지 않을 것이다. 남는다면 형제자매로, 남편과 아내로 살게 될 것이다." 표정 없이 경계하는 까만 눈동자들이 그녀를 바라보았다. "아이들, 여자들, 주름진 노인들의 얼굴이 보이는구나. 어제 나는 어린아이였다. 오늘 나는 여인이다. 내일이면 노인이 될 것이다. 너희 모두에게 말하노니, 나에게 너희의 손과 마음을 바친다면 언제나 너희가 있을 곳이 있으리라." 대니는 그녀의 카스인 젊은 전사 세 명을 돌아보았다. "조고, 너에게 내가 결혼 선물로 받은 은손잡이 채찍을 내리며 너를 '코'로 임명하니, 네가 내 옆을 달리며 나를 지키고, 내 피 중의 피로 살고 죽을 것을 맹세하길 바란다."

조고는 대니에게 채찍을 받았으나, 혼란스러운 얼굴이었다. 그는 머뭇거리며 말했다. "칼리시, 이건 안 됩니다. 여자의 혈맹기수가 되는 것은 부끄러운 일입니다."

"아고." 대니는 조고의 말에 신경 쓰지 않고 다음 이름을 불렀다. '돌아보면 잡아먹힌다.' "너에게 내가 결혼 선물로 받은 드래곤 뼈 활을 내린다." 쌍봉을 이루는 우아한 몸체는 검은빛으로 반들거렸고, 높이는 대니의 키보다 컸다. "너를 '코'로 임명하며, 네가 내 옆을 달리며 나를 지키고, 내 피 중의 피로 살고 죽을 것을 맹세하길 바란다."

아고는 눈을 내리깔고 활을 받았다. "그런 맹세를 할 수는 없습니다. 칼라사르를 이끌거나 코를 임명할 수 있는 것은 남자뿐입니다."

대니는 거절을 외면하고 말했다. "라카로, 너에게 내가 결혼 선물로 받은, 손잡이와 칼날에 금상감을 한 대형 아라크를 준다. 너 또한 나의 '코'로 임명하며, 네가 내 옆을 달리며 나를 지키고, 내 피 중의 피로 살고 죽을 것을 맹세하기를 바란다."

라카로는 아라크를 받으며 말했다. "당신은 칼리시입니다. 저는 산들의 어머니 아래 바에스 도트라크까지 당신 곁을 달릴 것이며, 당신이 도시 칼린의 노파들과 함께 지내게 되실 때까지 해를 입지 않도록 지킬 것입니다. 그 이상은 약속할 수 없습니다."

대니는 마치 그 답을 듣지 못했다는 듯이 차분하게 고개를 끄덕이고, 마지막 남은 대전사에게 고개를 돌렸다. "조라 모르몬트 경. 나의 첫 번째 기사이자 가장 위대한 기사여. 그대에게 줄 결혼 선물은 없으나, 맹세컨대 언젠가 그대는 드래곤이 주조하고 발리리아 강철로 만든, 세상이 본 적 없는 장검을 받게 되리라. 그대의 맹세를 받고 싶다."

"바라시는 대로 맹세합니다, 여왕님." 조라 경은 무릎을 꿇고 대니의 발치에 검을 놓았다. "당신을 섬기고, 당신의 명에 복종하며, 필요하다면 당신을 위해 죽기를 맹세합니다."

"무슨 일이 있어도?"

"무슨 일이 있어도."

"그대의 서약을 받아들인다. 그대가 이 서약을 후회하는 일이 없기를." 대니는 조라 경을 일으켰다. 그리고 까치발을 들어 기사의 입술에 부드럽게 입 맞추고 말했다. "그대는 나의 첫 번째 퀸스가드다."

천막 안으로 들어가는 그녀에게 꽂히는 칼라사르의 시선을 느낄 수 있었다. 도트락인들은 아몬드 모양의 검은 눈으로 그녀를 묘하게 흘끔거리며 알아들을 수 없는 말을 중얼거렸다. 그들은 대니가 미쳤다고 생각했다. 어쩌면 그 생각이 맞는지도 몰랐다. 곧 알게 되리라.

'돌아보면 잡아먹힌다.'

이리의 부축을 받고 욕조에 들어가자 목욕물이 살이 데도록 뜨거웠으나, 대니는 움찔하지도 소리를 지르지도 않았다. 그 열기가 좋았다. 깨끗해지는 느낌이 들었다. 지키가 바에스 도트락의 시장에서 찾아낸 향유를 물에 부어놓았다. 피어오르는 수증기가 촉촉하고 향긋했다. 도리아가 그녀의 머리를 감기고, 엉키고 떡 진 부분을 풀어내어 빗었다. 이리는 그녀의 등을 문질렀다. 대니는 눈을 감고 향기와 온기에 감싸였다. 허벅지 사이 아픈 부분으로 스며드는 열기를 느낄 수 있었다. 열기가 파고들자 몸서리가 났고, 통증과 뻣뻣함이 녹아 없어지는 것 같았다. 대니는 물속에 몸을 띄웠다.

깨끗해진 대니는 시녀들의 부축을 받아 물 밖으로 나갔다. 이리와 지키가 부채질로 물을 말리는 동안, 도리아는 그녀의 머리카락이 등으로 쏟아지는 은의 강처럼 보일 때까지 머리를 빗었다. 그들은 대니에게 향신화와 계피 향을 발랐다. 양쪽 손목, 귀 뒤, 젖에 분 가슴 끝에 한 번씩. 마지막은 그녀의 성기였다. 대니의 아래 입술 사이로 부드럽게 미끄러져 들어오는 이리의 손가락은 연인의 입맞춤처럼 은은하고 서늘했다.

그 후에 대니는 밤의 땅으로 향하는 칼 드로고의 마지막 질주를 직접 준비하기 위해 모두를 물렸다. 대니는 드로고의 몸을 깨끗하게 닦고 머리를 빗은 다음 기름을 발랐다. 마지막으로 그 머리카락을 손가락으로 훑으며 그 무게를 느끼고, 결혼식 밤에 말을 달리고 나서 처음으로 만졌을 때를 떠올렸다. 한 번도 자른 적 없는 머리카락이었다. 머리채를 자른 적 없이 죽을 수 있는 남자가 얼마나 될까? 대니는 그 머리카락에 얼굴을 묻고 짙은 기름 향을 들이마셨다. 그에게선 풀과 따뜻한 대지, 연기와 정액과 말 냄새가 났다. 드로고의 냄새가 났다.

'용서해요, 내 삶의 태양이여. 내가 한 모든 짓과 내가 해야 하는 모든 짓을 용서해요. 나의 별이여, 나는 대가를 치렀지만, 그 대가는 너무 컸어요. 너무 컸어…….'

대니는 그의 머리카락을 땋고 콧수염에 은고리를 끼우고 머리에 종을 하나씩 달았다. 금과 은과 청동 종이 많기도 했다. 적들이 드로고가 접근하는 소리를 듣고 두려움에 질려 약해지게 만들기 위한 종이었다. 대니는 그에게 말 털로 짠 레깅스에 높은 장화를 신기고, 허리에는 금과 은 메달로 무거운 허리띠를 채웠다. 흉터 진 가슴팍에는 드로고가 제일 좋아했던 낡고 빛바랜 색칠 조끼를 입혔다. 대니 자신의 복장으로는 모래 비단으로 만든 느슨한 바지와 끈이 다리 반쯤 올라오는 샌들, 그리고 드로고와 비슷한 조끼를 골랐다.

다시 들어와서 드로고의 시신을 장작더미로 옮기라고 심복들을 불렀을 때는 해가 지고 있었다. 도트락인들은 조고와 아고가 천막에서 시신을 지고 나오는 모습을 말없이 지켜보았다. 대니가 그 뒤를 걸었다. 그들은 드로고를 쿠션과 이불 위에 놓고, 머리가 북동쪽 멀리 솟은 산들의 어머니를 향하게 두었다.

"기름을." 대니가 명령하자 그들은 단지를 가져와서 장작더미 위에 부으며 비단 이불과 덤불과 마른풀 더미를 적셨다. 통나무 아래까지 기름이 뚝뚝 떨어지고, 공기 중에 향기가 짙어졌다. "내 알을 가져와라." 대니는 시녀들에게 명령했다. 그 목소리에 담긴 무엇인가가 시녀들을 달리게 했다.

조라 경이 대니의 팔을 잡았다. "여왕님, 드로고는 밤의 땅에서 드래곤 알을 쓸 일이 없을 겁니다. 아사이에서 파는 게 낫습니다. 하나만 팔아도 자유도시로 돌아가기 위한 배를 살 수 있어요. 셋 다 팔면 평생 부유하게 사실 수 있습니다."

"팔기 위해 받은 게 아니야." 대니가 말했다.

대니는 직접 장작더미를 올라가서 그녀의 태양이자 별 주위에 드래곤 알을 놓았다. 검은색 알은 그의 심장 옆에 놓이도록 옆구리에. 녹색 알은 땋은 머리에 감싸서 머리 옆에. 크림과 금색의 알은 다리 사이에. 대니는 마지막 입맞춤을 하면서 드로고의 입술에 바른 기름의 달콤한 맛을 느낄 수 있었다.

대니는 장작더미에서 내려가면서 미리 마즈 두르의 시선을 알아차렸다. "미쳤군." 신처는 쉰 목소리로 말했다.

"광기와 지혜 사이가 그리 멀던가? 조라 경, 이 마기를 장작더미에 묶으시오."

"그런…… 여왕님, 안 됩니다. 부디……."

"내 말대로 해." 그래도 조라 경이 머뭇거리자 대니는 분노를 터뜨렸다. "그대는 무슨 일이 있어도 내게 복종하겠다 맹세했어. 라카로, 조라 경을 거들어라."

신처는 그들이 칼 드로고의 장작더미로 끌고 가서 드로고의 보물 사이에 말뚝을 박고 묶는 동안 소리도 지르지 않았다. 대니가 직접 그 여자의 머리 위에 기름을 부었다. "나에게 가르쳐준 교훈 고맙다, 미리 마즈 두르."

"내 비명 소리를 듣진 못할 거다." 미리는 기름이 머리카락에서 떨어져 옷을 적시는 동안 그렇게 대꾸했다.

"그렇겠지. 하지만 내가 원하는 건 네 비명이 아니다. 네 목숨뿐이지. 네가 했던 말을 기억하고 있거든. 생명의 대가는 죽음뿐이라는 말." 미리 마즈 두르는 입을 벌렸지만, 대답은 하지 않았다. 대니는 물러서면서 마기의 생기 없는 검은 눈동자에서 경멸의 빛이 사라졌음을 알아보았다. 그 자리에는 공포일 수도 있는 감정이 들어찼다. 그 후에는 태양을 지켜보며 첫 번째 별이 뜨기를 기다리는 것밖에 더 할 일이 없었다.

기마전사가 죽으면, 밤의 땅으로 당당하게 달려갈 수 있도록 그의 애마를 함께 죽인다. 사람과 말의 시신을 열린 하늘 아래에서 태우면, 칼은 불타는 말을 타고 일어나서 별들 사이에 자리 잡는다. 살면서 맹렬하게 불탄 남자일수록, 그 별은 어둠 속에서 더 밝게 빛날 것이다.

조고가 먼저 보았다. "저기." 조고가 쉰 목소리로 말했다. 대니는 그쪽을 보고, 동쪽 하늘에 낮게 걸린 별을 발견했다. 처음 나타난 별은 붉게 타는 혜성이었다. 핏빛 붉은색. 불의 붉은색. 드래곤의 꼬리. 이보다 더 강력한 신호를 구할 수 없었다.

대니는 아고의 손에서 횃불을 받아 통나무 사이에 찔러 넣었다. 기름에 즉시 불이 붙었고, 덤불과 마른풀이 한 박자 늦게 불탔다. 작은 불길이 재빠른 붉은 쥐처럼 나무 위를 뛰어오르고 기름 위로 미끄러지며 나무껍질에서 나뭇가지로, 다시 잎으로 건너뛰었다. 열기는 연인의 입김처럼 갑작스럽고 부드럽게 얼굴에 끼쳤다가, 순식간에 견디기 힘들 만큼 뜨거워졌다. 대니는 뒤로 물러섰다. 나무 터지는 소리가 점점 커졌다. 미리 마즈 두르는 새된 울부짖음 같은 소리로 노래하기 시작했다. 불길은 빙빙 돌고 몸을 뒤틀며 서로를 뒤쫓아 올라갔다. 열 때문에 공기가 액체가 되는 것같이 땅거미가 일렁거렸다. 대니는 통나무가 탁탁거리고 갈라지는 소리를 들었다. 불이 미리 마즈 두르를 휩쓸었다. 노랫소리가 점점 커지고 높아지다가…… 미리 마즈 두르는 숨을 헐떡이고, 또 헐떡였고, 그녀의 노래는 가늘고 높고 고통에 가득찬 오싹한 울음소리로 변했다.

불길이 드로고에게 닿더니, 곧 완전히 감쌌다. 옷에 불이 붙었고, 곧이어 칼 드로고는 떠다니는 오렌지색 비단 조각과 피어오르는 회색 기름 연기 차림으로 변했다. 대니의 입술이 벌어졌다. 저도 모르게 숨을 참고 있었다. 마음 한편으로는 조라 경이 두려워했던 대로 그에게 달려가고 싶었다. 불길 속으로 뛰어들어 그의 용서를 구하고 마지막으로 그를 받아들여, 불길에 뼈와 살이 녹아내려 둘이 영원히 하나가 되고 싶었다.

살이 타는 냄새를 맡을 수 있었다. 불구덩이에서 굽는 말고기 냄새와 다르지 않았다. 장작더미는 깊어가는 땅거미 속에서 거대한 야수처럼 포효하며 미리 마즈 두르의 비명을 집어삼키고, 불길로 이루어진 긴 혓바닥을 내밀어 밤의 배를 핥았다. 연기가 짙어지자 도트락인들은 기침을 하며 물러섰다. 거대한 주황색 불덩이가 무시무시한 바람을 받아 깃발을 폈고, 통나무는 요란한 소리를 냈으며, 연기를 타고 날아오른 시뻘건 재는 무수히 많은 갓난 반딧불이처럼 어둠 속을 떠다녔다. 열기는 거대한 붉은 날개로 허공을 치며 도트락인들을 뒤로 밀어내고, 모르몬트마저 뒷걸음질 치게 만들었지만, 대니는 선 자리를 지켰다. 그녀는 드래곤의 핏줄이었고, 불은 그녀 안에 있었다.

불길을 향해 한 걸음 다가서면서 대니는 오래전에 진실을 감지했으나, 화로 불은 충분히 뜨겁지 않았었다고 생각했다. 앞에 선 불길은 결혼식 날 춤을 추던 여인들처럼 몸을 뒤틀었고, 빙그르르 돌면서 노래를 부르고 노란색과 주황색과 진홍색 베일을 휘둘렀다. 바라보기 무서운 광경이었으나 사랑스러웠다. 열기와 함께 생동하는 모습이 사랑스러웠다. 대니는 불길을 향해 두 팔을 벌렸다. 대니의 피부가 달아올라 빛났다. 이 또한 결혼식이었다. 미리 마즈 두르는 조용해진 후였다. 그 신처는 그녀를 어린아이로 여겼으나, 아이들은 자라고, 또 배우기 마련이었다.

또 한 걸음 내딛자 샌들을 신고도 발바닥에 모래의 열기를 느낄 수 있었다. 땀이 허벅지 사이로, 가슴 사이로 흐르고 한때 눈물이 흘렀던 두 뺨 위로 개울이 되어 흘렀다. 뒤에서 조라 경이 소리를 지르고 있었으나, 이제 그는 중요하지 않았다. 오직 불만이 중요했다. 불길은 너무나 아름다웠다. 대니가 이제껏 본 가장 아름다운 것들이었다. 불길 하나하나가 노란색과 주황색과 진홍색 로브를 입고 긴 연기 망토를 빙빙 돌리는 마법사 같았다. 진홍색 불 사자와 거대한 노란색 뱀, 옅은 푸른색 불길로 이루어진 유니콘들이 보였다. 물고기와 여우와 괴물들, 늑대와 화려한 새들과 꽃이 만발한 나무들이 보였다. 갈수록 아름다운 것들이 나타났다. 말이 한 마리 보였다. 연기로 이루어진 몸에 파란 불길 후광을 갈기로 삼은 거대한 회색 종마였다.

'그래요, 내 사랑, 나의 태양이자 별이여, 그래요, 이제 말에 올라요, 이제 말을 달려요.'

조끼에서 연기가 피어오르기 시작했기에 대니는 그 옷을 떨쳐내어 바닥에 떨궜다. 색칠한 가죽은 폭발하듯 불탔고 그녀는 맨가슴을 화염에 드러낸 채, 붉게 부푼 젖꼭지에서 젖을 흘리며 불 속으로 더 가까이 다가갔다. '지금이야. 지금.' 대니는 생각했고, 한순간 연기 종마를 타고 불꽃 채찍을 손에 든 칼 드로고의 모습을 보았다. 그는 미소 지었고, 채찍은 쉭 소리를 내며 장작더미를 내리쳤다.

쩍 하고 돌이 깨지는 소리가 났다. 나무와 덤불과 풀로 이루어진 화장단이 무너지기 시작했다. 불타는 나뭇조각이 대니를 향해 떨어져 내렸고, 대니는 재와 뜬숯으로 목욕을 했다. 그리고 또 다른 것이 떨어져서 쿵쿵거리며 굴러 내리더니 그녀의 발치에 안착했다. 부서져 연기를 올리고 있는 둥근 돌덩이였다. 금맥이 들어간 크림색 돌. 불길의 포효가 세상을 채웠지만, 불 폭포 속에서도 희미하게 여자들의 날카로운 비명 소리와 아이들이 놀라서 내지르는 소리들이 들렸다.

'생명의 대가는 오직 죽음뿐.'

두 번째 쩍 소리가 천둥처럼 크고 날카롭게 울리더니, 사방에서 연기가 소용돌이치고 장작더미가 움직였다. 불길이 장작더미의 비밀스러운 심장부를 건드리며 통나무가 폭발했다. 겁에 질린 말들의 비명 소리가 들리고, 공포와 두려움에 찬 도트락인들의 고함 소리가 들렸으며, 그녀의 이름을 부르며 악을 쓰는 조라 경의 목소리가 들렸다. 대니는 그에게 마주 외치고 싶었다. '아니야. 아니야, 나의 훌륭한 기사여, 나 때문에 두려워할 것 없어. 불은 나의 것이야. 나는 폭풍에서 태어난 대너리스, 드래곤의 딸이며 드래곤의 신부이자 드래곤의 어머니야. 모르겠어? 정말 모르겠어?' 불과 연기가 하늘로 100미터까지 치솟더니, 장작더미가 무너져 대니 주위로 쏟아졌다. 대니는 두려움 없이 불의 폭풍 속으로 걸어 들어가며 그녀의 아이들을 불렀다.

세 번째 쩍 소리는 세상이 깨지는 것처럼 크고 날카로웠다.

마침내 불이 꺼지고 땅이 걸을 수 있을 만큼 식자, 조라 모르몬트 경은 잿더미 속에서 시커먼 통나무와 발간 잉걸불과 타버린 남자와 여자와 종마의 뼛조각에 둘러싸인 그녀를 발견했다. 벌거벗은 몸에 그을음을 덮어썼고, 옷은 재가 되어버렸으며 아름다운 머리카락도 모두 불타 없어졌지만…… 아무 해도 입지 않은 채였다.

크림색과 금색으로 이루어진 드래곤이 그녀의 왼쪽 젖가슴을 빨고, 녹색과 청동색으로 이루어진 드래곤이 오른쪽 가슴을 빨았다. 그녀의 팔은 두 드래곤을 단단히 안고 있었다. 검은색과 진홍색으로 이루어진 드래곤은 그녀의 어깨 위에 몸을 걸치고 긴 목을 구부려 그녀의 턱을 감쌌다. 놈은 조라를 보자 머리를 들어 올리고 석탄처럼 붉은 눈으로 그를 쳐다보았다.

기사는 말을 잃고 무릎을 꿇었다. 그 뒤로 대니의 카스가 다가왔다. 제일 먼저 대니의 발치에 아라크를 바친 사람은 조고였다. "내 피 중의 피여." 그는 연기가 피어오르는 땅에 얼굴을 대고 중얼거렸다. "내 피 중의 피여." 아고의 목소리가 들렸다. "내 피 중의 피여." 라카로가 외쳤다.

그 뒤로 시녀들이 왔고, 그 뒤로 남자와 여자와 아이 할 것 없이 모든 도트락인들이 따라왔으며, 대니는 그들의 눈을 보고 이제 그들이 그녀의 사람들이 되었음을 알았다. 오늘도 내일도, 영원히, 드로고에게는 불가능했을 정도로 그녀의 것이었다.

대너리스 타르가르옌이 몸을 일으키자 검은 드래곤이 쉭쉭거리며 입과 콧구멍으로 희끄무레한 연기를 뱉어냈다. 다른 두 마리도 그녀의 젖가슴에서 입을 떼고 같이 소리를 지르며 반투명한 날개를 펼쳐 허공에 흔들었다. 수백 년 만에 처음으로 드래곤들의 음악이 밤에 활기를 불어넣었다.

부록

— 주요 가문과 인물 —

바라테온 가문

정복 전쟁 당시에 탄생하여, 대가문 중에서 가장 역사가 짧다. 설립자인 오리스 바라테온은 드래곤 아에곤의 이복형제였다는 소문이 있다. 오리스는 승진을 거듭하여 아에곤의 제일가는 맹장이 되었다. 오리스가 마지막 '폭풍의 왕(Storm King)'이었던 오만한 아르길락을 패퇴시켜 베고 나자, 아에곤은 그에게 아르길락의 성과 영지와 딸을 내려 보상했다. 오리스는 그 여자를 신부로 삼고, 그 가문의 기치와 명예와 가언을 취했다. 바라테온의 문장은 황금색 바탕에 왕관을 쓴 검은 수사슴이다. 가언은 '맹위는 우리의 것'.

로버트 바라테온 왕 로버트 1세

세르세이 왕비 라니스터 가문

자녀

조프리 왕자 철왕좌의 후계자, 12세

미르셀라 공주 8세

토멘 왕자 7세

형제

스타니스 바라테온 드래곤스톤의 영주

–**셀리스 부인** 아내, 플로렌트 가문

–**시린** 딸, 9세

렌리 바라테온 스톰스엔드의 영주

소협의회

대학사 파이셀

피터 베일리시 공 일명 '리틀핑거', 재무관

스타니스 바라테온 공 해군관

렌리 바라테온 공 법률관

바리스탄 셀미 경 킹스가드 단장

바리스 내시, 일명 '거미', 첩보관

신하와 가신

일린 페인 경 왕의 심판관, 처형 집행인

산도르 클리게인 일명 '사냥개', 조프리 왕자에게 충성을 맹세한 경호원

자노스 슬린트 평민, 킹스랜딩 도시 경비대장

잘라바르 쇼 여름 군도에서 망명한 왕자

문보이 어릿광대

란셀 라니스터, 타이렉 라니스터 왕의 종자이며 왕비의 사촌

아론 산타가르 경 훈련대장

킹스가드

바리스탄 셀미 경 기사단장

제이미 라니스터 경 일명 '킹슬레이어'

보로스 블런트 경

메린 트랜트 경

아리스 오크하트 경

프레스턴 그린필드 경

맨던 무어 경

스톰스엔드에 충성을 맹세한 주요 가문: 셀미, 와일드, 트랜트, 펜로즈, 에롤, 에스터몬트, 타스, 스완, 돈다리온, 카론

드래곤스톤에 충성을 맹세한 주요 가문: 셀티가르, 벨라리온, 시워스, 바르 에몬, 선글라스

스타크 가문

스타크는 건설자 브랜던과 고대 겨울의 왕(King of Winter)들로부터 이어지는 혈통이다. 수천 년 동안 윈터펠에서 북부의 왕으로 통치하다가, '무릎 꿇은 왕' 토르헨 스타크에 이르러 싸우지 않고 드래곤 아에곤에게 충성을 맹세했다. 문장은 얼어붙은 흰색 바탕에 회색 다이어울프이다. 스타크 가언은 '겨울이 오고 있다'.

에다드 스타크 윈터펠의 영주, 북부의 관리자

캐틀린 부인 아내, 툴리 가문

자녀

롭 윈터펠의 후계자, 14세

산사 맏딸, 11세

아리아 둘째딸, 9세

브랜던(브랜) 7세

리콘 3세

존 스노우 서자, 14세

테온 그레이조이 대자, 강철 군도의 후계자

형제

{브랜던} 형, 아에리스 타르가르옌 2세의 명으로 살해당함

{리안나} 여동생, 도르네 산맥에서 사망

벤젠 남동생, 밤의 경비대 소속

가신들

루윈 학사 조언자, 치료사, 교사

바욘 풀 윈터펠의 집사

-**제인** 그의 딸이자 산사의 제일 친한 친구

조리 카셀 위병대장

-**할리스 몰렌, 데스몬드, 잭스, 포터, 퀜트, 알린, 토마드, 발리, 휴어드, 케인, 윌** 위병들

로드릭 카셀 경 훈련대장, 조리의 숙부

-**베스** 어린 딸

모르데인 성사 에다드 공의 딸들을 가르치는 교사

차일 성사 성의 성소와 도서관 책임자

헐렌 거마장

-**하윈** 그의 아들, 위병

조세스 마구간지기이자 조마사

팔렌 견사장

낸 할멈 예전에 유모였던 이야기꾼

-**호도** 그녀의 증손자, 머리가 둔한 마구간지기

게이지 요리사

미켄 대장장이 겸 무기제조인

휘하의 주요 영주와 봉신

헬만 톨하트 경

리카드 카스타크 카홀드의 영주

루스 볼턴 드레드포트의 영주

존 엄버 일명 '그레이트존'

갤버트 글로버, 로벳 글로버

와이먼 맨덜리 화이트하버의 영주

매기 모르몬트 곰 섬의 여영주

윈터펠에 충성을 맹세한 주요 가문: 카스타크, 엄버, 플린트, 모르몬트, 혼우드, 세르윈, 리드, 맨덜리, 글로버, 톨하트, 볼턴

라니스터 가문

금발에 키가 크고 용모가 준수한 라니스터 가문은 서부의 언덕과 계곡들에 강력한 왕국을 개척했던 안달인 모험가들의 혈통이다. 모계로는 영웅 시대에 있었다는 전설적인 트릭스터, '영리한 란'의 후손임을 자랑한다. 캐스털리록과 골든투스의 황금으로 대가문 중에서도 가장 부유한 가문이 되었다. 문장은 진홍색 바탕에 황금 사자이다. 라니스터의 가언은 '내 포효를 들으라!'.

타이윈 라니스터 캐스털리록의 영주, 서부의 관리자, 라니스포트의 방패

{조안나 부인} 아내, 사촌으로 출산 중에 사망

자녀

제이미 경 일명 '킹슬레이어', 캐스털리록의 후계자, 세르세이와 쌍둥이

세르세이 왕비 로버트 바라테온 1세의 아내, 제이미와 쌍둥이

티리온 일명 '꼬마 악마'로 불리는 난쟁이

형제

케반 경 첫째 동생

–**도르나** 아내, 스위프트 가문

–**란셀** 맏아들, 왕의 종자

–**윌렘, 마틴** 쌍둥이 아들

–**제이네** 어린 딸

젠나 누이, 에몬 프레이 경과 혼인

–**클레오스 프레이 경** 아들

–**티온 프레이** 아들, 종자

{타이겟 경} 둘째 동생, 매독으로 사망

–**달레사** 아내, 마브랜드 가문

–**타이렉** 아들, 왕의 종자

{**제리온**} 막냇동생, 바다에서 실종

–**조이** 그의 서녀, 10세

스태퍼드 라니스터 경 사촌, 고 조안나 부인의 남자 형제

–**세레나, 미리엘** 딸들

–**대븐 라니스터 경** 아들

크렐린 학사 조언자

주요 기사와 휘하 영주

레오 레퍼드 공

아담 마브랜드 경

그레고르 클리게인 경 일명 '달리는 산더미'

하리스 스위프트 경 케반 경의 장인

안드로스 브락스 공

폴리 프레스터 경

아모리 로치 경

바고 호트 자유도시 코호르 출신의 용병

캐스털리록에 충성을 맹세한 주요 가문: 페인, 스위프트, 마브랜드, 리든, 베인포트, 레퍼드, 크레이크홀, 세렛, 브룸, 클리게인, 프레스터, 웨스털링

아린 가문

아린 가문은 산과 협곡의 왕(King of Mountain and Vale)들로부터 내려오는, 안달 귀족 중에서도 가장 오래되고 순수한 혈통 중 하나이다. 문장은 하늘색 바탕에 하얀 달과 매이다. 아린의 가언은 '명예만큼 드높게'.

{존 아린} 이어리의 영주, 협곡의 방어자, 동부의 관리자, 왕의 수관, 최근 사망

{제인 부인} 첫 번째 아내, 로이스 가문, 출산 중 사망, 딸은 사산
{로웨나 부인} 두 번째 아내, 아린 가문, 사촌으로 겨울 오한으로 사망, 자식 없음
라이사 부인 세 번째 아내, 툴리 가문

자녀
로버트 아린 6세의 병약한 소년, 현재 이어리의 영주이자 협곡의 방어자

가신과 하인
콜먼 학사 조언자, 치료사, 교사
바디스 이겐 경 위병대장
브린덴 툴리 경 일명 '검은 물고기', 관문의 기사이자 라이사 부인의 삼촌
네스토 로이스 공 협곡의 고위 집사
–**알바르 로이스 경** 아들
–**미아 스톤** 그를 섬기는 사생아
이언 헌터 공 라이사 부인의 구혼자
린 코브레이 경 라이사 부인의 구혼자
–**미첼 레드포트** 그의 종자

아냐 웨인우드 부인 미망인

–**모턴 웨인우드 경** 아들, 라이사 부인의 구혼자

–**도넬 웨인우드 경** 아들

모드 잔혹한 간수

이어리에 충성을 맹세한 주요 가문: 로이스, 베일리시, 이겐, 웨인우드, 헌터, 레드포트, 코브레이, 벨모어, 멜컴, 허시

툴리 가문

툴리 가문은 왕으로 통치한 적은 없으나, 천 년 동안 리버런에서 풍요한 땅과 강대한 성을 유지했다. 정복 전쟁 중에 강 유역 땅은 '섬들의 왕(King of the Isles)' 검은 하렌에게 속해 있었다. 하렌의 조부인 하르윈 하드핸드 왕은 트라이던트 강역을 폭풍의 왕 아렉에게서 빼앗았고, 아렉의 조상들은 그보다 300년 전에 옛 '강의 왕(River King)' 혈통의 마지막 왕을 베고 넥 지역까지 정복했었다. 자만심 강하고 피비린내 나는 폭군이었던 검은 하렌은 다스리는 이들에게 사랑받지 못했고, 강역의 영주들 다수가 이탈하여 아에곤의 군대에 합류했다. 그중 첫 번째가 리버런의 에드민 툴리였다. 하렌과 그 혈통이 불타는 하렌홀에서 죽자, 아에곤은 에드민 공을 트라이던트 영역의 지배자로 격상하고 다른 강역 영주들에게 충성을 맹세시켜 툴리 가문에 보상했다. 툴리의 문장은 푸른색과 붉은색 물결 바탕에 은색으로 뛰어오르는 송어이다. 툴리의 가언은 '가족, 의무, 명예'.

호스터 툴리 리버런의 영주

{미니사 부인} 아내, 휀트 가문, 출산 중 사망

자녀

캐틀린 맏딸, 에다드 스타크 공과 혼인

라이사 둘째딸, 존 아린 공과 혼인

에드무어 경 리버런의 후계자

형제

브린덴 경 동생, 일명 '검은 물고기'

가신

바이먼 학사 조언자, 치료사, 교사

데스몬드 그렐 경 훈련대장

로빈 라이거 경 위병대장

유세리데스 웨인 리버런의 집사

기사와 휘하 영주

제이슨 말리스터 시가드의 영주

-**파트렉 말리스터** 아들이자 후계자

왈더 프레이 크로싱의 영주

-무수히 많은 아들, 손자, 서자

조노스 브라켄 스톤헤지의 영주

타이토스 블랙우드 레이븐트리의 영주

레이먼 대리 경

캐릴 밴스 경

마크 파이퍼 경

셸라 휀트 하렌홀의 여주인

-**윌리스 워드 경** 그녀를 섬기는 기사

리버런에 충성을 맹세한 가문: 대리, 프레이, 말리스터, 브라켄, 블랙우드, 휀트, 라이거, 파이퍼, 밴스

티렐 가문

티렐은 도르네 변경 지역과 블랙워터 급류에서 남서쪽으로 일몰해(海) 바닷가에 이르는 비옥한 평원을 포함하는 영토를 거느렸던 '리치 평원의 왕(King of the Reach)' 집사 가문으로 일하면서 권세를 얻었다. 모계로는 최초인으로 덩굴과 꽃으로 만든 왕관을 쓰고 땅을 꽃피웠다고 하는 정원사 왕(Gardner King) 가스 그린핸드의 혈통을 주장한다. 옛 혈통의 마지막 후손이었던 머른 왕이 불의 들판에서 죽자, 그의 집사였던 할렌 티렐이 아에곤 타르가르옌에게 항복하여 하이가든을 바치고 충성을 맹세했다. 아에곤은 그에게 하이가든 성과 리치 평원의 지배권을 허락했다. 티렐 문장은 풀색 바탕에 황금색 장미이다. 가언은 '강하게 자라리'.

메이스 티렐 하이가든의 영주, 남부의 관리자, 변경의 방어자, 리치의 고위 원수

알러리 부인 아내, 올드타운의 하이타워 가문

자녀

윌라스 맏아들, 하이가든의 후계자

갈란 경 둘째아들, 일명 '용사'

로라스 경 막내아들, '꽃의 기사'

마저리 딸, 14세

형제

미나 누이, 팍스터 레드와인 공과 혼인

잔나 누이, 존 포소웨이 경과 혼인

부모

올레나 부인 홀어머니, 일명 '가시 여왕', 레드와인 가문

아버지의 형제

가스 하이가든의 대집사

–**가아스 플라워스, 가렛 플라워스** 서자

모린 경 올드타운의 도시 경비대장

고르몬 학사 시타델의 학자

가신

로미스 학사 조언자, 치료사, 교사

이곤 바이어웰 위병대장

보티머 크레인 경 훈련대장

휘하 기사와 봉신

팍스터 레드와인 아버의 영주

–**미나 부인** 아내, 티렐 가문

–**호라스 경** 아들, '호러(골칫덩이)'라고 놀림받음, 호버와 쌍둥이

–**호버 경** 아들, '슬로버(침흘리개)'라고 놀림받음, 호라스와 쌍둥이

–**데스메라** 딸, 15세

랜딜 탈리 혼힐의 영주

–**샘웰** 큰아들, 밤의 경비대 소속

–**디콘** 작은아들, 혼힐의 후계자

아르윈 오크하트 올드오크의 여주인

마티스 로완 골든그로브의 영주

레이톤 하이타워 올드타운의 목소리, 항구의 주인

존 포소웨이 경

하이가든에 충성을 맹세한 주요 가문: 바이어웰, 플로렌트, 오크하트, 하이타워, 크레인, 탈리, 레드와인, 로완, 포소웨이, 멀런도어

그레이조이 가문

파이크의 그레이조이 가문은 영웅 시대의 '회색 왕(Grey King)' 혈통이라고 주장한다. 전설에 따르면 회색 왕은 서쪽 섬들만이 아니라 그 바다 전체를 지배했고, 인어를 아내로 맞이했다.

수천 년 동안 강철 군도의 약탈자들–약탈당하는 이들이 "강철인"이라고 이름 붙인–은 이벤 항구와 여름 군도까지 항해하는 바다의 공포였다. 그들은 사나운 전투 실력과 신성한 자유를 자랑스럽게 여겼다. 원래는 각 섬마다 "소금 왕(salt king)"과 "바위 왕(rock king)"이 있어, 그들 중에서 군도 전체를 다스리는 고위 왕을 선택했는데, 우론 왕이 선택을 위해 모인 다른 왕들을 살해하여 왕좌를 세습제로 만들었다. 우론의 혈통은 천 년 후 안달인이 군도를 휩쓸면서 끊어졌다. 그레이조이 가문은 다른 섬 영주들과 마찬가지로 정복자들과 결혼하여 혈통을 섞었다.

강철 왕들은 군도 자체에서 한참 벗어난 곳까지 통치를 확장, 불과 검으로 본토에 왕국을 세웠다. 코러드 왕은 자신의 명령서가 "소금물 냄새를 맡을 수 있거나 파도 소리를 들을 수 있는 곳이라면 어디든" 통한다고 뽐낼 수 있었다. 최근 몇 세기 동안 코러드의 후손들은 아버, 올드타운, 곰 섬, 그리고 서부 해안 대부분을 잃었다. 그럼에도 정복 전쟁 당시 검은 하렌은 넥에서 블랙워터 급류까지, 산맥 사이에 있는 모든 땅을 지배했다. 하렌과 그 아들들이 하렌홀 함락과 함께 죽자, 아에곤 타르가르옌은 강역을 툴리 가문에 허락하고, 살아남은 강철 군도 영주들에게는 고대의 관습을 되살려 자기들 중에서 으뜸을 선택하도록 했다. 그들은 파이크의 영주 비콘 그레이조이를 선택했다.

그레이조이의 문장은 검은 바탕에 금색 크라켄이다. 가언은 '우리는 씨를 뿌리지 않는다'.

발론 그레이조이 강철 군도의 영주, 소금과 바위의 왕, 바닷바람의 아들, 파이크의 사신

알라니스 부인 아내, 할로우 가문

자녀

{로드릭} 맏아들, 그레이조이 반란 당시 시가드에서 참살

{마론} 둘째아들, 그레이조이 반란 당시 파이크 성벽에서 참살

아샤 딸, '블랙윈드'호의 선장

테온 유일하게 살아남은 아들, 파이크의 후계자, 에다드 스타크 공의 대자

형제

유론 일명 '까마귀 눈', 사일런스호의 선장, 무법자, 해적, 약탈자

빅타리온 강철 함대의 함대장

아에론 일명 '젖은 머리', 익사한 신의 사제

파이크에 충성을 맹세한 가문: 할로우, 스톤하우스, 멀린, 선덜리, 보틀리, 타우니, 윈치, 굿브러더

마르텔 가문

로인족의 전사 여왕 니메리아는 1만 척의 배를 몰고 칠왕국 최남단인 도르네에 도착하여, 모스 마르텔 공을 남편으로 맞이했다. 그는 여왕의 도움을 받아 경쟁자들을 완파하고 도르네 전체를 지배하게 되었다. 로인 여왕의 영향은 지금도 강하게 남아 있다. 그리하여 도르네의 통치자들은 스스로를 '왕(king)'이 아니라 '대공(prince)'이라고 부른다. 도르네의 법에서 영지와 작위는 맏아들이 아니라 맏자식에게 상속된다. 칠왕국 중에서 유일하게 도르네만은 드래곤 아에곤에게 정복당하지 않았다. 200년이 지나도록 칠왕국에 영구 통합되지 않았으며, 그때도 검에 굴복한 것이 아니라 혼인과 조약으로 병합되었다. 평화로운 왕 다에론 2세는 도르네의 공녀 미리아와 혼인하고 자신의 누이를 통치자인 도르네 대공과 혼인시킴으로써 전사들이 실패한 일을 성공시켰다. 마르텔의 문장은 금빛 창이 꿰뚫은 붉은 태양이다. 가언은 '굽히지 않고, 휘지 않고, 꺾이지 않으리'.

도란 니메로스 마르텔 선스피어의 영주, 도르네 대공

멜라리오 아내, 자유도시 노보스 출신

자녀

아리안느 공녀 맏딸, 선스피어의 후계자

쿠엔틴 공자 맏아들

트리스탄 공자 둘째아들

형제

{엘리아 공녀} 누이, 라에가르 타르가르옌 왕자와 혼인, 킹스랜딩 점령 중에 참살

–**{라에니스 공주}** 어린 소녀, 킹스랜딩 점령 중에 참살

–**{아에곤 왕자}** 아기, 킹스랜딩 점령 중에 참살

오베린 공자 남동생, 일명 '붉은 독사'

가신들

아레오 호타 노보스 출신의 용병, 위병대장

칼레오트 학사 조언자, 치료사, 교사

휘하 기사와 영주

에드릭 데인 스타폴의 영주

선스피어에 충성을 맹세한 주요 가문: 조데인, 산타가르, 알리리온, 톨랜드, 이론우드, 윌, 파울러, 데인

옛 왕조 타르가르옌 가문

타르가르옌가는 고대 발리리아의 프리홀드에 거하던 대귀족들로부터 이어지는 드래곤 혈통으로, 연보라색이나 보라색 또는 짙은 남색 눈동자에 은발 또는 백금발의 빼어난, 혹자는 인간 같지 않다고도 말하는 아름다움이 특징이다. 드래곤 아에곤의 조상들은 발리리아의 파멸과 뒤따른 혼란과 살육으로부터 도망쳐서 협해에 위치한 바위 섬 드래곤스톤에 정착했다. 아에곤과 그 누이들은 그곳에서부터 배를 타고 칠왕국을 정복하러 나섰다. 왕가의 혈통을 순수하게 유지하기 위해 타르가르옌 가문은 남매끼리 혼인하는 발리리아의 관습을 따를 때가 많았다. 아에곤 본인은 누이동생들을 아내로 맞이했고, 양쪽에 각각 아들들을 두었다. 타르가르옌의 문장은 검은 바탕에 붉은색 삼두룡으로, 세 개의 머리는 아에곤과 그 누이들을 나타낸다. 타르가르옌의 가언은 '불과 피'.

타르가르옌 계보

(아에곤의 상륙을 원년으로)

1~37 **아에곤 1세** 정복자 아에곤, 드래곤 아에곤

37~42 **아에니스 1세** 아에곤과 라에니스의 아들

42~48 **마에고르 1세** 잔혹 왕 마에고르, 아에곤과 비세니아의 아들

48~103 **재해리스 1세** 늙은 왕, 조정자, 아에니스의 아들

103~129 **비세리스 1세** 재해리스의 손자

129~131 **아에곤 2세** 비세리스의 맏아들

[아에곤 2세의 즉위는 한 살 위인 누이 라에니라의 이의에 직면, 음유시인들이 '드래곤들의 춤'이라고 부른 내전으로 둘 다 사망했다.]

131~157 **아에곤 3세** 드래곤의 파멸, 라에니라의 아들

[타르가르옌의 마지막 드래곤들이 아에곤 3세 통치기에 죽었다.]

157~161 **다에론 1세** 젊은 드래곤, 소년 왕, 아에곤 3세의 맏아들

[다에론은 도르네를 점령했지만, 점령을 유지하지 못하고 젊은 나이에 죽었다.]

161~171 **바엘로르 1세** 사랑받은 왕, 성왕, 성사이자 왕, 아에곤 3세의 둘째아들

171~172 **비세리스 2세** 아에곤 3세의 남동생

172~184 **아에곤 4세** 자격 없는 왕, 비세리스의 맏아들

[그의 동생인 드래곤 기사 아에몬 왕자는 나에리스 왕비의 대전사였으며, 혹자는 연인이었다고도 한다.]

184~209 **다에론 2세** 나에리스 왕비의 아들, 아버지는 아에곤 또는 아에몬

[다에론은 도르네 공녀 미리아와 혼인하여 도르네를 왕국에 병합했다.]

209~221 **아에리스 1세** 다에론 2세의 둘째아들(자녀 없음)

221~233 **마에카르 1세** 다에론 2세의 넷째아들

233~259 **아에곤 5세** 뜻밖의 왕, 마에카르의 넷째아들

259~262 **재해리스 2세** 뜻밖의 왕 아에곤의 둘째아들

262~283 **아에리스 2세** 미친 왕, 재해리스의 유일한 아들

아에리스 2세가 권좌에서 쫓겨나 살해당하고, 후계자인 왕세자 라에가르 타르가르옌도 트라이던트에서 로버트 바라테온에게 참살당하면서 드래곤 왕가의 계보는 끝난다.

마지막 타르가르옌

{아에리스 타르가르옌 왕} 아에리스 2세, 킹스랜딩 점령 중 제이미 라니스터에게 참살

{라엘라 왕비} 그의 누이이자 아내, 타르가르옌 가문, 드래곤스톤에서 출산 중 사망

자녀

{라에가르 왕자} 철왕좌의 후계자, 트라이던트에서 로버트 바라테온에게 참살

–**{엘리아 공녀}** 아내, 마르텔 가문, 킹스랜딩 점령 중에 참살

–**{라에니스 공주}** 어린 소녀, 킹스랜딩 점령 중에 참살

–**{아에곤 왕자}** 아기, 킹스랜딩 점령 중에 참살

비세리스 왕자 스스로는 칠왕국의 주인 비세리스 3세라 자칭, 통칭 '거지 왕'

대너리스 공주 통칭 폭풍의 딸 대너리스, 13세

왕좌의 게임 2

얼음과 불의 노래 제1부

1판 1쇄 발행 2000년 12월 15일
2판 1쇄 발행 2005년 4월 12일
2판 22쇄 발행 2016년 5월 2일
개정판 1쇄 발행 2016년 7월 1일
개정판 9쇄 발행 2023년 1월 6일

지은이 · 조지 R. R. 마틴
옮긴이 · 이수현
펴낸이 · 주연선

(주)은행나무
04035 서울특별시 마포구 양화로11길 54
전화 · 02)3143-0651~3 | 팩스 · 02)3143-0654
신고번호 · 제 1997-000168호(1997. 12. 12)
www.ehbook.co.kr
ehbook@ehbook.co.kr

ISBN 978-89-5660-900-3 04840
ISBN 978-89-5660-898-3 (세트)